KB185345

나의 작은 무법자

WE
BEGIN

나의 작은 무법자

크리스 휘타커 지음 김해온 옮김

AT THE
END

위즈덤하우스

나의 작은 무법자를 위해

일러두기

- 본문의 각주는 모두 옮긴이 주다.
- 원서에서 이탤릭으로 강조한 부분은 고딕체로 표기했다.
- 외국 인명, 지명, 독음 등은 외래어표기법을 따르되 관용적인 표기와 동떨어진 경우 절충하여 표기했다.
- 소설 단행본의 제목은 《》로, 시, 노래, 단편소설 등의 제목과 산문, 잡지명은 〈〉로 표기했다.

뭔가 보이거든 손을 드세요.

담배 껍질이든 음료수 캔이든 상관없습니다.

뭔가 보이거든 손을 드세요.

건드리지도 마시고요.

그냥 손만 드세요.

마을 사람들은 여울에 두 발을 담그고 준비했다. 일렬로 20보씩 떨어진 50쌍의 눈이 아래를 향해 있었는데도 사람들은 하나가 되어 움직였다. 저주받은 자들의 춤처럼.

사람들 뒤로 마을은 텅 비어 있었고, 길고 흠잡을 데 없었던 여름의 메아리도 그 소식에 묻혀 사라졌다.

아이는 시시 래들리였다. 일곱 살. 금발 머리. 마을 사람 대부분 그 애를 알았기에 뒤부아 서장은 아이 사진을 나눠줄 필요가 없었다.

워크는 가장 먼 쪽에 있었다. 두려울 게 없는 열다섯 살이었으나 걸음마다 무릎이 떨렸다.

사람들은 마치 군대처럼 숲속을 행진했고, 경찰들이 이끄는 가운데 손전등을 좌우로 쓸 듯이 움직이며 전진했다. 나무들 너머 저 아래에 바다가 있었으나 소녀는 수영을 할 줄 몰랐다.

워크 옆에는 마사 메이가 있었다. 두 사람은 사귄 지 세 달이 지났지만 입맞춤 이상으로는 진도를 나가지 못했는데, 마사의 아버지가 리틀 브룩 미국 성공회 목사여서였다.

마사가 워크를 흘끗 보았다.

"아직도 경찰 하고 싶어?"

워크는 뒤부아 서장을, 마지막 희망을 두 어깨에 짊어진 채 고개를 숙이고 있는 그를 응시했다.

"나 스타 봤어. 앞쪽에 걔네 아빠랑 같이 있는 거. 울고 있더라."

마사가 말했다.

스타 래들리, 실종된 소녀의 언니. 마사의 가장 절친한 친구. 그들 넷은 각별한 사이였다. 그중 한 명만 거기 없었다.

"빈센트는 어디 있어?"

마사가 물었다.

"반대쪽에 있을지 모르겠네."

워크와 빈센트는 형제처럼 가까웠다. 아홉 살 때 둘은 칼로 자기 손바닥을 그은 뒤 꾹 마주 대고 계급을 초월한 의리를 맹세했다.

워크와 마사는 이제 말없이 땅만 관찰하며 선셋가를, 소원 비는 나무를 지나갔고, 척 테일러 올스타 컨버스 운동화가 낙엽들을 헤쳤다. 워크는 바짝 집중하고 있었지만 그런데도 하마터면 놓칠 뻔했다.

캘리포니아 해변을 끼고 약 1000킬로미터를 달리는 캘리포니아주 1번 고속도로, 그 카브리요 구간*에서 열 발자국 떨어진 곳. 워크는 우뚝 멈춰 섰고, 고개를 들어 마을 사람들이 자기를 남겨두고 앞으로 이동하는 모습을 보았다.

워크는 쭈그려 앉았다.

신발은 작았다. 빨강과 하양 가죽. 금색 버클.

* 샌프란시스코에서 남쪽으로 두세 시간 달리면 나오는 몬터레이베이 부근의 주행 구간을 일컫는다.

고속도로에서 차 한 대가 속도를 늦추며 다가와 구불구불한 지형을 헤드라이트로 훑다가 워크를 찾아냈다.

그때 워크는 그 애를 보았다.

워크는 숨을 들이쉬고 손을 들었다.

1부 _____ 무법자

1

워크는 흥분에 취한 군중의 가장자리에 서 있었다. 일부는 그가 태어났을 때부터 아는 이들이고, 일부는 그들이 태어났을 때부터 그가 아는 이들이었다.

카메라를 가져온 휴양객들은 햇볕에 그을린 얼굴로 느긋하게 웃었고, 바닷물이 부식시키는 것이 목재만이 아니라는 걸 몰랐다.

지역 방송국 KCNR에서 취재 팀이 나왔다.

"말씀 좀 나눌 수 있을까요, 워커 서장님?"

워크가 웃으며 양손을 주머니에 찔러 넣고 무리를 헤쳐 지나가려는데, 사람들이 헉 하고 숨을 삼켰다.

산발적인 소음과 함께, 지붕이 내려앉아 저 아래 바다로 떨어졌다. 조각조각 분해된 토대가 다 드러나 뼈대만 남으니, 한 가족의 집이던 그곳이 그저 건물로 변해버린 듯했다. 그곳은 워크가 기억하는 한 페어론의 집이었고, 그가 어렸을 때는 바다에서 30미터 정도 떨어져 있었다. 1년 전에는 절벽이 침식되어 차단 테이프를 쳤고, 때때로 캘리포니아 와일드° 사람들이 와서 측정도 하고 상황을 판단하기도 했다.

지붕의 슬레이트가 비처럼 떨어지고 현관 앞 포치가 무너져 덜렁이자 카메라들이 찰칵거리고 부적절한 흥분이 일었다. 깃대

　　• 가상의 야생 보호 및 관리 단체.

가 기울어지고 깃발이 바람에 휘날리는 순간, 정육점 주인 밀턴이 한쪽 무릎을 꿇더니 결정적인 장면을 카메라로 찍었다.

탤로의 막내아들이 집에 너무 가까이 다가갔다. 아이 어머니가 아이의 옷깃을 얼마나 세게 당겼는지 아이가 엉덩방아를 찧었다.

저 멀리에서 해가 건물과 함께 내려앉으며 주황색과 자주색, 이름도 없는 빛깔들로 바다를 물들였다. 기자는 거의 의미 없고 사소한, 역사의 한 조각을 배웅하며 기사를 끝맺었다.

워크가 흘끗 주변을 둘러보다 디키 다크를 보았는데, 그는 무감정하게 지켜볼 뿐이었다. 거인처럼 서 있는 다크는 2미터가 훨씬 넘었다. 부동산을 하는 그는 케이프 헤이븐˚에 집을 여러 채 보유했고, 카브리요 고속도로 옆에 클럽도 하나 있었다. 클럽은 10달러와 양심 한 조각만 주면 불법을 살 수 있는 소굴이었다.

사람들은 그대로 한 시간을 더 서 있었고, 워크가 다리에 피로를 느낄 무렵 마침내 포치가 무너져 떨어졌다. 구경꾼들은 박수를 치고 싶은 충동을 억누르고 뒤로 돌아, 워크의 저녁 순찰 길에 불꽃을 흔들어대는 화덕과 바비큐와 맥주를 향해 떠났다. 사람들은 판석 보도를 느릿느릿 지나, 메쌓기로 올렸으나 여전히 튼튼한 회색 돌담을 따라 걸었다. 담 너머에는 참나무 소원목이 있었는데 어찌나 거대한지 가지들에 부목을 대어 지지해놓아야 했다. 옛 케이프 헤이븐은 그 모습을 지키려고 안간힘을 쓰고 있었다.

워크는 언젠가, 너무 오래전이라 이제는 거의 무의미해진 과

˚ '안식처와 같은 곳'이라는 뜻의 가상의 마을. 몬터레이베이 근처로 추정된다.

거에 빈센트 킹과 그 나무에 오른 적이 있었다. 워크는 떨리는 한쪽 손을 총에 대고 다른 손은 벨트에 얹었다. 그는 타이를 맸고 깃은 빳빳했으며 구두는 반짝거렸다. 그가 그 자리를 지키는 것을 어떤 이는 칭찬했고 다른 이는 딱하게 여겼다. 워커, 결코 항구를 떠나지 않는 배의 선장.

워크는 소녀가 군중을 거슬러 움직이는 모습을, 누나와 보조를 맞추려고 애쓰는 남동생과 손을 잡고 걸어가는 소녀를 발견했다.

더치스와 로빈, 래들리가家의 아이들.

워크는 두 아이에 관해서라면 모르는 게 없었기에 반쯤 뛰듯이 두 아이와 합류했다.

다섯 살인 남자아이는 말없이 눈물을 흘렸고, 여자아이는 막 열세 살이 됐으나 절대로 울지 않았다.

"너희 엄마는."

워크가 말했지만 질문이 아니라 지독하게 비참한 사실을 진술한 것일 뿐이었다. 그 말에 소녀는 고개조차 끄덕이지 않고 그저 뒤돌아 앞장섰다.

셋은 어스름이 내린 거리를 따라 고요한 나무 울타리와 장식용 꼬마전구를 지나갔다. 하늘에 떠오른 달이 지난 30년 동안 그랬듯 길을 안내하며 조롱했다. 그들은 자연에 맞서는 강철, 유리로 만든 커다란 집들, 그 가공할 아름다움을 뽐내는 풍경을 지나갔다.

세 사람은 제니시로路를 따라서 한때 워크의 부모가 살았고 워크가 아직도 살고 있는 집을 지나쳤다. 아이비 랜치가로 접어들자 래들리 가족이 사는 집이 나타났다. 벗겨진 덧문들, 뒤집힌 자전거와 그 옆에 놓인 바퀴. 케이프 헤이븐에서는 완벽함에서 조금만 아래로 내려가면 암흑이나 다름없었다.

워크는 두 아이에게서 떨어져 집으로 이어지는 길을 달려갔고, 집 안에서는 깜빡이는 텔레비전을 빼면 불빛이 새어 나오지 않았다. 그가 돌아보니 로빈은 여전히 울고 있었고 더치스는 여전히 냉정하고 굳은 눈으로 지켜보고 있었다.

워크는 소파에서 스타를 발견했다. 옆에 빈 병이 하나 있었지만 이번에는 약은 없었고, 한쪽 발은 신발을 신고 다른 발은 맨발이었는데 작은 발가락들에 색이 칠해져 있었다.

"스타."

워크가 무릎을 꿇고 그녀의 뺨을 두드렸다.

"스타, 정신 차려."

아이들이 문 앞에 있었기에 그는 차분하게 말했다. 더치스는 한 팔을 남동생에게 얹었고, 로빈은 작은 몸에 뼈가 없어진 듯 누나에게 무겁게 기대고 있었다.

워크는 소녀에게 911에 전화하라고 했다.

"벌써 했어요."

그는 손가락으로 스타의 눈을 억지로 벌려보았지만 흰자위밖에 보이지 않았다.

"엄마 괜찮을까요?"

소년의 목소리였다.

워크는 사이렌 소리가 들리기를 바라며 바깥을 흘깃 내다보다가 불타오르는 하늘에 눈을 가늘게 떴다.

"가서 구급차 오는지 좀 봐줄래?"

더치스는 워크의 속뜻을 알아듣고 로빈을 데리고 나갔다.

그때 스타가 몸을 떨고 조금 구토하더니, 마치 신이나 사신이 혼을 잡아 뽑기라도 하듯 경련했다. 워크는 긴 세월 기다렸다. 시시 래들리와 빈센트 킹 일이 있은 지 30년이 지났으나, 스타는 아직도 혀가 꼬이는 발음으로 시간이 과거부터 미래까지 동시에 존재한다고 웅얼거리며 과거와 현재가 충돌하고 그 힘에 미래가 궤도에서 벗어나 결코 제자리로 돌아갈 수 없다고 했다.

더치스는 어머니와 함께 구급차에 탈 것이었다. 로빈은 워크가 데려갈 생각이었다.

더치스는 응급구조사가 일하는 모습을 지켜보았다. 응급구조사는 웃음 지으려 하지 않았고, 더치스는 그것이 고마웠다. 머리가 벗어지고 있는 그는 땀을 흘렸는데, 어쩌면 죽으려고 기를 쓰는 사람들을 구하느라 지쳐가고 있는지도 몰랐다.

잠시 그들은 집 앞에서 대기했고, 워크는 늘 그러듯이 열린 문 앞에 서서 로빈의 어깨에 손을 얹고 있었다. 로빈에겐 어른의 위로가, 안전하다는 인식이 필요했다.

길 건너편에서는 이 집 저 집에서 커튼이 움직이고 그림자들이 말없이 평결을 내렸다. 그때 더치스는 길 끝에서 자기와 같은 학교에 다니는 아이들이 자전거를 힘차게 구르며 빨개진 얼굴로 달려오는 걸 보았다. 특정 지역의 용도 설정*이 신문 1면을 장식하는 일이 흔한 동네에서는 소식이 순식간에 퍼졌다.

두 소년은 순찰차 근처에서 멈추더니 자전거를 눕혔다. 둘 중

---

* 부동산의 용도를 지정하는 것. 크게 주거용, 상업용, 산업용, 농업용이 있고 각각이 또 다르게 세분화된다. 이것이 신문 1면을 장식한다는 말은 그만큼 사건, 사고가 없다는 의미로 해석된다.

키가 큰 소년이 숨을 헐떡이며 얼굴에 머리카락을 찰싹 붙인 채 구급차 쪽으로 천천히 걸어왔다.

"죽은 거야?"

더치스가 턱을 치켜들고 소년과 눈을 마주치더니 그대로 응시했다.

"씨발, 꺼져라."

엔진이 웅웅거리고 문이 휙 하고 닫혔다. 거무스름한 차창 밖 세상이 칙칙해 보였다.

자동차들이 구불구불한 길을 따라 꿈틀거리며 언덕에 오르자, 뒤로 태평양이 펼쳐지고 수면에는 익사하는 사람 머리처럼 바위들이 솟아 있었다.

더치스는 길이 끝날 때까지 자기가 사는 거리를 내다보았다. 펜서콜라에 이르자 도로 양쪽에 선 가로수들이 크게 자라 가지들이 마치 기도하는 손처럼 서로 얽히며 소녀와 소녀의 남동생을 위해, 그리고 둘이 태어나기 한참 전에 시작되어 아직도 진행 중인 비극이 끝나기를 기도하는 듯했다.

날마다 똑같은 밤이 이어지며 소녀를 완전히 삼켜버려, 더치스는 두 번 다시 낮을 보지 못하리라는 것을, 다른 아이들이 보는 방식으로는 볼 수 없으리라는 것을 알아버렸다. 그들이 도착한 병원은 밴코어 힐이었고 더치스는 그곳을 너무나 잘 알았다. 구급대원들이 어머니를 데려갔을 때 더치스는 반질반질 닦여 전등 불빛이 거울처럼 반사되는 바닥에 서서, 워크가 로빈을 데리고 문으로 들어오는 것을 보았다. 더치스는 다가가 남동생의 손을 잡고 엘리베이터로 간 뒤 2층으로 올라갔다. 불빛이 흐릿한 가족

대기실에서 더치스는 의자 두 개를 가까이 붙였다. 건너편에 있는 비품실에서 부드러운 담요를 가지고 와 가까이 붙인 두 의자를 간이침대로 만들었다. 어색하게 서 있던 로빈은 피로로 축 늘어져 있었고, 걱정스러울 만큼 눈 주위가 시커멨다.

"너 쉬 해야 돼?"

누나가 물었다.

동생이 끄덕였다.

더치스는 동생을 화장실로 데려가 몇 분 기다리다가, 동생이 손을 잘 씻는 것을 지켜보았다. 더치스는 치약을 발견해 손가락에 조금 짠 다음, 동생의 치아와 잇몸 여기저기를 문질렀다. 로빈이 치약을 뱉자 더치스는 동생의 입을 톡톡 닦아주었다.

소녀는 동생이 신발을 벗고 의자 팔걸이를 넘어가도록 도와준 뒤 동생이 작은 동물처럼 자리를 잡고 나자 담요를 덮어주었다.

로빈의 눈이 담요 밖을 내다보았다.

"나 두고 가지 마."

"절대 안 그래."

"엄마는 괜찮을까?"

"그래."

더치스는 텔레비전을 껐고, 어두워진 방에 비상 조명이 빨갛고 은은하게 비췄다. 로빈은 누나가 문에 다가갔을 즈음 잠에 빠져들었다.

더치스는 새하얀 병원 불빛 속에서 문을 등지고 서 있었다. 누구도 안에 들이지 않을 작정이었다. 3층에 가족 대기실이 하나 더 있었으니까.

한 시간 뒤 워크가 다시 나타나더니 피곤한지 하품을 했다. 더치스는 워크의 하루하루를 알고 있었다. 그는 카브리요 고속도로를 달렸다. 케이프 헤이븐에서 시작해 저 멀리까지 이어지는 그 완벽한 구간은 눈을 깜빡일 때마다 낙원이 펼쳐져, 전국 각지에서 사람들이 찾아와 집을 산 다음 연중 열 달은 비워두는 곳이었다.

"동생은 자니?"

더치스가 한 번 끄덕였다.

"네 엄마 보러 다녀왔는데, 괜찮을 거야."

더치스가 다시 끄덕였다.

"가서 음료수든 뭐든 마셔도 돼. 자판기가 거기……."

"알아요."

대기실을 돌아보니 동생은 곤히 자고 있었고 더치스가 흔들기 전에는 꼼짝도 하지 않을 터였다.

워크가 1달러 지폐를 내밀자 더치스는 마지못해 받았다.

더치스는 복도를 걸어가 탄산음료를 뽑아 왔지만 마시지는 않았다. 로빈이 깨어나면 줄 셈이었다. 소녀는 병실들을 들여다보며 탄생과 눈물과 생명의 소리를 들었다. 껍데기가 되어버린 사람들, 텅 비어버려 다시 회복하지 못할 사람들을 보았다. 경찰들이 팔에 문신을 새기고 얼굴이 피로 범벅된 나쁜 남자들을 끌고 갔다. 더치스는 술 냄새, 표백제 냄새, 토사물 냄새와 똥 냄새를 맡았다.

거기 일하는 간호사들이 대체로 그렇듯 전에도 더치스를 본 적이 있는 한 간호사가, 나쁜 패를 받은 아이들 중 하나라는 걸 알고 더치스를 향해 웃음을 지어 보였다.

더치스가 가족 대기실로 돌아가자 워크가 문가에 의자 두 개를 가져다둔 게 보였다. 더치스는 동생이 잘 자나 확인한 뒤 의자에 앉았다.

워크가 껌을 내밀었으나 더치스는 고개를 저었다.

더치스는 그가 이야기하고 싶어 한다는 것을, 변할 거라느니 먼 길을 가려다 보면 나타나는 미끄러운 부분일 뿐이라느니, 앞으로는 전부 달라질 거라느니 하는 말을 지껄이고 싶어 한다는 걸 알았다.

"전화 안 했네요."

워크가 더치스를 쳐다봤다.

"복지과에요. 전화 안 했잖아요."

"해야 되는데."

워크는 슬픈 어조로, 마치 더치스나 경찰 배지 둘 중 하나를 실망시키기라도 한 것처럼 말했다. 어느 쪽인지 더치스는 알 수 없었다.

"하지만 안 할 거잖아요."

"안 할 거야."

워크는 배가 나와 연갈색 셔츠가 팽팽했다. "안 돼"라고 절대 하지 않고 응석을 받아준 부모 슬하에서 자란 소년처럼 볼이 빨갛고 토실토실했다. 게다가 얼굴은 모든 게 훤히 드러나, 더치스 생각에 그에게 비밀이라고는 단 하나도 없을 게 틀림없었다. 어머니 스타는 그를 좋기만 한 사람이라고, 마치 그런 게 가능하기라도 한 듯 말했다.

"너도 좀 자야지."

두 사람이 그대로 앉아 있는 동안 별들은 여명으로 기울어져 가고, 달은 제자리를 잊고 새날 하늘에 묻은 얼룩처럼, 지나간 일들을 연상시키는 무엇인가처럼 흐릿해졌다. 두 사람 맞은편에 창문이 있었다. 더치스는 창가에 서서 유리에 머리를 기대고, 나무들과 제멋대로 떨어지는 낙엽들을 보았다. 새소리. 저 멀리에 바다가 보이고, 파도를 타고 기어가는 저인망어선들이 점점이 보였다.

워크가 목을 가다듬었다.

"네 엄마 말이야…… 혹시 어떤 남자가 있었니…….."

"항상 남자가 있죠. 세상에 뭔가 좆같은 일이 벌어질 때마다 늘 남자가 있죠."

"다크였어?"

더치스가 몸을 곧추세웠다.

"나한테 말하면 안 되는 거야?"

워크가 물었다.

"난 무법자라고요."

"그렇지."

더치스는 머리에 나비 리본을 하고 있었고 곧잘 그걸 만지작거렸다. 소녀는 너무 마르고 너무 창백했고, 어머니처럼 너무 아름다웠다.

"아래층에 갓 태어난 아기가 있더라."

워크가 화제를 바꿨다.

"이름이 뭐래요?"

"나도 몰라."

"더치스가 아니라는 데 50달러 걸게요."

워크가 나지막이 웃었다.

"드물어서 색다르잖아. 네 이름, 에밀리라고 하려던 건 알지."

"성난 폭풍우만이.•"

"맞아."

"엄마는 지금도 그걸 로빈에게 읽어줘요."

더치스는 앉은 채 다리를 꼬고 근육을 문질렀다. 운동화가 헐 겁고 낡아 있었다.

"이게 저의 폭풍인가요, 워크?"

워크는 커피를 홀짝이며 답이 없는 의문에 답을 찾는 듯했다.

"난 더치스가 좋은데."

"아저씨도 그 이름 써봐요. 내가 남자애였으면 이름이 수••였 을지도 몰라요."

더치스는 고개를 젖히고 형광등이 깜빡이는 걸 바라보았다.

"엄마는 죽고 싶어 해요."

"그렇지 않아. 그런 식으로 생각하면 안 돼."

"자살이 가장 이기적인 일인지 아니면 가장 이타적인 일인지 모르겠어요."

6시가 되자 간호사가 더치스를 안내했다.

누워 있는 스타는 사람이 아닌 그림자였고, 어머니는 더더욱 아니었다.

"케이프 헤이븐의 여공작.•••"

스타는 웃음 지었지만 희미한 웃음이었다.

"괜찮아."

- • 미국의 유명한 시인 에밀리 디킨슨의 시 〈희망은 날개 달린 것Hope Is the Thing with Feathers〉에서 따온 말이다.

- •• 수Sue는 보통 수잔Susan을 줄여서 부르는 여자아이 이름이다.

- ••• 더치스Duchess는 여공작이라는 뜻이다.

더치스가 그저 바라만 보자 스타는 울었고, 더치스는 병실을 가로질러 어머니 가슴에 뺨을 대고 어떻게 아직 그 심장이 뛰는지 의아해했다.

둘은 함께 여명 속에 누워 있었고, 새날이 왔지만 희망의 빛은 보이지 않았다. 희망이 거짓이라는 것을 더치스가 알고 있었으므로.

"사랑해. 엄마가 미안."

더치스는 할 수 있는 말이 많았지만 그 순간은 다른 말을 찾을 수 없었다.

"사랑해요. 나도 알아요."

2

언덕 꼭대기에서 땅이 스러지듯 기울었다.

해가 짙푸른 하늘로 떠올랐고 더치스는 뒷좌석에서 로빈 옆에 앉아 동생의 작은 손을 잡고 있었다.

워크는 순찰차를 천천히 몰아 오래된 집 앞에 대놓고 두 아이를 따라 들어갔다. 그는 아이들에게 아침을 차려주려고 했으나 찬장이 휑한 걸 보고 로지스 다이너로 달려가 팬케이크를 사 온 뒤, 로빈이 세 개를 먹자 웃음 지었다.

더치스는 로빈의 얼굴을 씻기고 입고 갈 옷을 준비해준 다음 현관 앞에 나갔다가 워크가 계단에 앉아 있는 걸 발견했다. 더치스는 케이프 헤이븐이 잔잔하게 깨어나는 모습을 지켜보았다. 우편집배원이 지나가고 브랜던 록이 옆집에서 나와 자기 집 잔디에 물을 뿌렸다. 그들이 래들리 가족의 집 앞에 주차된 순찰차를 보고 눈도 깜빡하지 않는 것이 더치스는 슬프면서 기뻤다.

"내가 태워다줄까?"

"아뇨."

더치스는 워크 옆에 앉아 신발 끈을 묶었다.

"그럼 네 엄마 데리러 갈 수도 있는데."

"어머니가 다크 부를 거라고 했어요."

더치스는 자기 어머니와 워커 서장의 우정이 어떤 것인지 알지 못했다. 워크가 마을의 다른 남자들처럼 어머니와 그 짓을 하고 싶어 하리라고는 짐작했지만.

더치스는 자기네 집의 지친 뜰을 바라보았다. 지난여름 더치스는 어머니와 함께 식물 심는 일을 벌였다. 로빈은 작은 물뿌리개를 가지고 와서 흙을 매만졌고, 왔다 갔다 하느라 뺨이 달아올랐다. 네모필라, 어저귀, 마운틴 라일락.

다들 방치되어 죽고 말았다.

"엄마가 무슨 일이었는지 얘기하든? 어젯밤에 왜 그랬는지 알아?"

워크가 조심스레 물었다.

그것은 잔인한 질문, 더치스가 워크에게서 잘 듣지 못하는 질문이었다. 대부분은 이유 따위 없기 때문이었다. 하지만 이번에는 그가 왜 물어보았는지 더치스도 알았다. 더치스는 빈센트 킹에 관해, 절벽 끄트머리에 있는 공동묘지에 묻힌 이모 시시에 관해 알았다. 모두들 아는 이모의 무덤은 햇빛에 바랜 나무 울타리 너머에 세상을 보지 못한 아기들 그리고 부모들이 자식을 위해 기도한 바로 그 신이 꺾어버린 아이들과 함께 있었다.

"엄마는 아무 말 없었어요."

뒤에서 로빈의 소리가 들렸다. 더치스는 일어서서 동생의 머리를 만져주고 뺨에 묻은 치약을 침으로 닦아준 뒤 책가방 안에 읽기 교재와 공책, 물통이 들어 있는지 점검했다.

더치스는 동생 어깨에 책가방을 메주고, 동생이 웃음 짓자 마주 웃었다.

남매는 나란히 서서 순찰차가 긴 도로를 갉아내듯 멀어지는 모습을 지켜봤고, 더치스가 동생의 어깨에 팔을 두르고 걷기 시작했다.

옆집 사람이 호스의 물을 잠그더니, 그러지 않으려 기를 쓰는

데도 다리를 살짝 절면서 뜰 가장자리로 걸어왔다. 브랜던 록. 딱 바라진 몸에 갈색 피부. 한쪽 귀에 스터드 귀걸이를 하고 깃털 모양 머리 스타일*에 실크 로브 차림. 때때로 그는 차고 문을 열어놓고 음악 소리가 쾅쾅 울리는 가운데 벤치프레스를 했다.

"너희 엄마는 또냐? 누가 사회복지과에 전화 좀 해야겠는데."

부러진 코를 바로잡지 않은 것 같은 목소리. 그는 한 손으로 아령을 들고 한 번씩 팔을 굽혔다 폈다. 오른팔이 왼팔보다 눈에 띄게 굵었다.

더치스가 그쪽으로 몸을 돌렸다.

산들바람이 불었다. 그의 로브가 벌어졌다.

더치스가 코를 찡그렸다.

"아이 앞에서 거시기를 드러내다니. 경찰을 불러야겠는데요."

브랜던이 빤히 보자 로빈이 누나를 끌고 갔다.

"워크 아저씨 손 떨리는 거 봤어?"

로빈이 물었다.

"아침에는 항상 더 심해."

"왜?"

더치스는 어깨를 으쓱했지만 이유를 알았다. 워크와 자기 어머니, 두 사람은 같은 문제가 있었고 그걸 해결하는 방법도 같았다.

"어젯밤에 엄마가 혹시 무슨 말 했어? 나 방에 있을 때?"

전날 밤 더치스가 방에서 가계도를 만드는 숙제를 하고 있는데 로빈이 문을 쾅쾅 두드리더니 어머니가 또 아프다고 했다.

"엄마는 사진 꺼내서 보고 있었어. 옛날 사진들, 시시 이모랑

* 1970년~1980년대 유행하던 머리 모양으로 풍성한 컬을 넣어 깃털처럼 층이 지도록 했다.

할아버지 나온 거."

로빈은 어머니의 사진에서 그 큰 남자를 처음 본 순간 자기한테 할아버지가 있다는 생각에 사로잡혔다. 한 번도 그를 만난 적이 없다는 것, 어머니인 스타가 그 사람 이야기를 거의 하지 않았다는 것은 아무 상관도 없는 듯했다. 로빈에게는 사람들이, 자기가 위험에 너무 노출되었다고 느끼지 않도록 해줄 무익한 이름들의 완충막이 필요했다. 로빈은 자기 반에 있는 다른 아이들처럼 자기한테도 사촌과 삼촌들이 있고, 일요일에 축구도 하고 바비큐도 할 수 있기를 간절히 바랐다.

"누나 빈센트 킹에 관해 알아?"

둘이 피셔로에 들어서자 더치스가 동생의 손을 잡았다.

"왜, 넌 뭐 아는 거 있어?"

"그 사람이 시시 이모 죽였다는 거. 30년 전에. 1970년대에, 남자들이 콧수염을 기르고 엄마가 웃긴 머리 모양을 했던 때."

"시시는 우리 이모가 아니야. 진짜로는."

"이모 맞아."

로빈이 일축했다.

"누나랑 엄마랑 닮았던데. 똑같았다고."

더치스는 시간이 흐르는 동안 스타가 웅얼거리던 이야기에서, 또 설리나스에 있는 도서관 자료실에서 그 이야기의 뼈대를 알게 되었다. 지난봄에 가계도를 만드느라 다니던 바로 그 도서관이었다. 더치스는 래들리 가문의 뿌리를 멀리까지 추적하다가 수배 중이었던 무법자 빌리 블루 래들리를 발견했을 때 책을 바닥에 떨어뜨리고 말았다. 그것은 더치스가 자랑스러워하는 발견, 교실 앞에 나가서 아이들에게 발표할 때 내세울 수 있는 것이었다. 아버지 쪽으로는 여전히 아무것도 나오지 않았고, 그저 의문만 떠올라 어머니와 성난 대화를 하게 만들 뿐이었다. 스타는 한 번이 아니라 두 번이나 낯선 남자와 만나다가 임신했고, 두 아이가 평생 자기가 누구 핏줄인지 궁금해하도록 만들었다. 걸레. 더치스는 그때 들릴 듯 말 듯 속삭였다. 그 일로 한 달간 외출이 금지되었다.

"오늘 그 사람 감옥에서 나오는 거 알아?"

로빈이 마치 중대한 비밀이라도 되는 듯 숨죽여 말했다.

"누가 그러디?"

"리키 텔로가."

리키 텔로의 어머니는 케이프 헤이븐 경찰서에서 출동 무전 연락을 담당했다.

"그거 말고 리키가 또 뭐라고 했는데?"

로빈이 고개를 돌렸다.

"로빈?"

로빈은 금세 항복했다.

"그 사람 튀겨버려야* 한다고 했어. 근데 딜로리스 선생님이 리키한테 야단쳤어."

"튀겨버린다고. 너 그 말 무슨 뜻인지 알아?"

"아니."

더치스는 로빈의 손을 잡고 좀 더 넓은 부지에 집을 지어놓은 버지니아로로 건너갔다. 케이프 헤이븐은 바다를 향해 가파르게 경사진 지형이었는데, 해발고도와 땅값이 반비례했다. 더치스는

• 　전기의자로 사형하는 것을 가리키는 속어.

자신의 처지를, 바다에서 가장 멀리 떨어진 곳에 집이 있다는 게 무슨 뜻인지를 알고 있었다.

두 아이는 다른 아이들 무리와 합류했다. 더치스 귀에 프로야구팀 로스앤젤레스 에인절스와 신인 선발 이야기가 들렸다.

학교 정문에 이르자 더치스는 한 번 더 동생 머리를 만져주고 셔츠 단추가 잘 채워졌는지 확인했다.

유치원은 힐톱 중학교 옆에 있었다. 더치스는 쉬는 시간이면 학교 울타리에 서서 동생을 바라보았다. 동생이 손을 흔들며 웃으면 더치스는 샌드위치를 먹으며 동생을 지켜봤다.

"얌전히 지내."

"알았어."

"엄마 얘기 아무것도 하지 말고."

더치스는 동생을 끌어안고 뺨에 입을 맞춘 뒤 유치원에 들여보내고, 동생이 덜로리스 선생한테 갈 때까지 지켜보았다. 그런 다음 아이들로 북적북적한 보도를 따라 걸어갔다.

더치스는 고개를 숙인 채 한 무리, 네이트 도먼과 그 애의 친구들이 모인 계단을 지나갔다.

네이트는 옷깃을 세우고 바짝 마른 이두박근 위로 소매를 말아 올린 모습이었다.

"네 엄마 또 꽐라 됐다며."

웃음소리가 합창처럼 울렸다.

더치스가 네이트에게 정면으로 맞섰다. 네이트가 같이 쏘아봤다.

"뭔데?"

더치스가 사내아이의 눈을 마주 봤다.

"난 무법자 더치스 데이 래들리고, 넌 겁쟁이 네이트 도먼이야."

"너 미쳤구나."

더치스가 한 걸음 다가가자 네이트가 침을 꿀걱 삼켰다.

"한 번만 더 내 가족 얘기 나불거리면 그 모가지 날려버린다, 니미 씨팔놈아."

네이트는 웃음으로 넘기려 했지만 뜻대로 되지 않았다. 더치스에 관해 떠도는 소문들이 있었다. 예쁜 얼굴과 마른 체형이었지만 돌변할 수도 있다. 꼭지가 완전히 돌아버린다는 이야기에 네이트의 친구들조차 끼어들려고 하지 않았다.

더치스가 밀치고 지나가자 네이트가 무겁게 내쉬는 한숨 소리가 들렸고, 학교로 걸어 들어가는 더치스의 두 눈은 또 다른 번민의 밤을 보낸 탓에 타오르는 듯했다.

3

침식되고 있는 절벽은 2킬로미터가 못 되게 구불구불 이어지다가 만을 따라 휘어졌다. 도로는 클리어워터 코브의 커다란 참나무들 앞에서 끊겼다. 워크는 도로를 따라 달리며 절대 시속 50킬로미터를 넘기지 않았다.

그는 더치스와 로빈을 떠난 다음 킹의 집으로 차를 몰았고, 집의 진입로에서 낙엽을 모으고 뜰에서 쓰레기를 주웠다. 그는 그곳을 30년 동안 매주 돌봤고, 이는 그의 고루한 일상의 한 부분이었다.

경찰서에 돌아간 그는 안내 데스크에 있는 리 텔로에게 별일 없는지 확인했다. 경찰서에는 둘뿐이었고, 워크는 평생을 날마다 대기 중이었다. 서의 창문으로 그는 계절이 바뀌고 휴양객이 오고 가는 것을 지켜보았다. 그들은 경찰서에 소풍 바구니를 두고 갔다. 매년 벨트에 새로 구멍을 뚫게 만드는, 와인과 치즈와 초콜릿을.

경찰서에는 보조 경찰인 벌레리아도 있었는데, 그녀는 퍼레이드나 쇼 등이 열려 일손이 필요할 때나 아니면 자기 집 뜰을 돌보는 게 지겨워졌을 때 서에 나왔다.

"준비들 되셨나요, 왕의 귀환에?"

"준비된 지 30년이네요."

워크는 웃음을 숨기려고 해보았다.

"나 나갑니다. 돌아오는 길에 페이스트리 좀 사 올게요."

워크는 아침마다 중심가로 나가 텔레비전에서 본 경찰 걸음 걸이를 따라 연습한 듯 걸었다. 언젠가는 매그넘*처럼 콧수염을 길렀고, 〈포렌식 파일스〉**를 보던 시기에는 메모를 했으며, 한번은 심지어 베이지색 레인코트***를 사기도 했다. 언제든 진짜 사건이 벌어지기만 하면……. 그는 준비가 되어 있을 터였다.

가로등에 걸린 깃발들, 꼬리를 물듯이 주차된 SUV, 티끌 하나 없는 보도 위로 그늘을 드리운 초록색 차양들. 워크는 페터슨 가족의 벤츠가 이중 주차 되어 있는 걸 봤지만 딱지를 떼지는 않았고, 다음에 커티스를 보면 그저 친근하게 조심하라고 당부나 할 생각이었다.

정육점 앞에서 그는 발걸음을 재촉했으나, 밀턴이 재빨리 나와 매장 앞 계단에 섰다. 흰색 앞치마에는 붉은색이 점점이 튀어 있었고, 손에 수건을 든 모습은 마치 양손에서 핏자국을 없앨 수 있다고 여기는 것 같았다.

"잘 잤나, 워크."

밀턴은 털보였다. 굵고 구불구불한 털이 몸 구석구석에서 솟아나, 동네를 지나치던 사육사가 그를 보고 진정제 화살을 쏘지 않도록 하루에 세 번 눈 주변만 남기고 모조리 털을 밀어버려야 할 정도였다.

유리창으로 보이는 매달린 사슴은 어찌나 신선한지 전날만

- 1980년대 미국에서 방영된 범죄 드라마 〈사립탐정 매그넘〉의 주인공 토머스 매그넘이 콧수염을 기른 바 있다.
- Forensic Files, 미국의 범죄 실화 다큐멘터리 프로그램이다.
- 유명 드라마 〈형사 콜롬보〉에서 콜롬보가 즐겨 입던 옷이다.

해도 멘도시노 국유림*을 어슬렁거렸을 터였다. 밀턴은 사냥도 했다. 사냥철이면 가게 문을 닫고 사냥 모자를 쓴 다음 코만치 트럭에 소총과 시트 여러 장, 맥주를 담은 냉장 박스를 실었다. 워크는 밀턴과 한 번 사냥하러 간 적이 있는데, 못 간다고 둘러댈 구실을 더는 찾아내지 못해서였다.

"브랜던 록이랑 얘기해봤어?"

밀턴이 뱉어내듯이, 점잖게 대화하다가 폐에서 숨이 싹 빠져나가기라도 한 것처럼 한 단어 한 단어 힘겹게 말했다.

"할 계획이야."

브랜던 록이 소유한 포드 머스탱은 엔진 실화가 어찌나 심각한지, 처음 그 일이 벌어졌을 때 같은 거리에 사는 주민 중 절반이 소음 때문에 경찰에 신고했을 정도였다. 이는 점점 골칫거리가 되고 있었다.

"얘기 들었어. 스타 말이야, 또."

밀턴이 피 묻은 수건으로 이마에 난 땀을 톡톡 두드렸다. 소문에 따르면 그는 고기만 먹는다고 했는데 그 영향이 나타나는 듯했다.

"스타는 괜찮아. 아팠어. 이번엔 그냥 아픈 거였어."

"나도 다 봤어. 젠장, 안됐어…… 애들도."

밀턴은 스타의 집 바로 맞은편에 살았다. 그가 스타와 그 아이들에게 보이는 관심은, 그가 지휘하지만 점점 축소되고 있는 자경단보다도 그의 외로운 삶을 더 잘 드러냈다.

"매번 다 보는군, 밀턴. 자네가 경찰이 됐어야 하는 건지도 모

* 캘리포니아주 서북부에 있는 국유림으로 서울시 면적의 약 여섯 배에 달한다.

르겠는데."

밀턴이 손을 흔들었다.

"난 자경단만으로도 벅찬걸. 요전 날 밤에는 10-51이었지."

"견인차 필요."

밀턴은 경찰 무전 코드를 자유롭게, 게다가 틀리게 써먹었다.

"보살펴주는 자네가 있으니 스타는 운이 좋아."

밀턴이 주머니에서 이쑤시개를 꺼내더니 두 앞니 사이에 긴 살점을 파내기 시작했다.

"좀 전까지 빈센트 킹 생각을 하고 있었어. 오늘인가? 사람들 말로는 오늘이라던데."

"그래."

워크가 몸을 숙여 음료수 캔을 주운 뒤 쓰레기통에 떨어뜨렸다. 목에 닿는 햇살이 따뜻했다.

밀턴이 휘파람을 불었다.

"30년이야, 워크."

그 안에서 일어난 싸움만 아니었더라면 10년, 최대한으로 잡아도 10년이었을 터였다. 워크는 온전한 보고서를 결국 받아보지 못했고, 그저 그의 어린 시절 친구가 두 사람의 죽음에 책임이 있다는 사실만 알았다. 10년은 30년이 됐고, 과실치사는 살인이 됐으며, 소년은 남자가 되었다.

"난 아직도 그날 생각이 나. 우리가 숲속을 찾아다니던 거. 그래서, 그 친구는 여기로 돌아온대?"

"내가 아는 한은."

"뭐든 필요한 거 있으면 이리로 오라고 해. 아니, 이렇게 하지, 워크. 내가 그 친구 걸로 족발 두어 개 떼어놓으면 어떨까? 자네 생각엔 어때?"

워크는 뭐라고 대답할지 생각했다.

"그런데."

밀턴이 목을 가다듬더니 땅을 내려다보았다.

"오늘 밤이…… 슈퍼 문이래. 굉장할 거야. 게다가 내가 셀레스트론 천체망원경을 새로 장만했거든. 뭐, 준비는 해야 되겠지만, 자네 혹시 들르고 싶으면……."

"일이 좀 있어서. 다음에 할까?"

"좋지. 하지만 근무 끝나면 여기 들러. 목살 줄 테니까."

밀턴이 사슴 쪽으로 고개를 까딱였다.

"맙소사, 그러지 좀 마."

워크가 뒤로 물러나며 배를 두드렸다.

"나 살 빼야……."

"걱정 마. 기름기 없으니까. 제대로 푹 고면 꽤 괜찮은 부위야. 심장도 줄 순 있는데, 그건 불에 한번 그슬려줘야 맛이 제대로 살아나거든."

워크는 스멀스멀 욕지기가 올라오려 해 두 눈을 감았다. 손이 떨렸다. 밀턴이 그걸 알아채고 뭔가 더 말하고 싶어 하는 듯해서 워크는 빠르게 그 자리를 떴다.

그는 주위에 아무도 보이지 않자 약을 두어 알 삼켰다.

자신이 약에 의존하고 있다는 것을 날카롭게, 고통스럽게 인식했다.

워크는 카페와 상점들을 지나가며 몇몇에게 인사를 건네고, 애스터 부인이 자기 차에 식료품 꾸러미를 싣는 걸 도와주고, 필릭스 코크가 풀러턴의 교통 상황에 관해 장광설을 늘어놓는 걸

귀 기울여 들었다.

그는 브란츠 델리카트슨, 페이스트리와 치즈가 유리창을 가득 채운 가게에 들렀다.

"안녕하세요, 워커 서장님."

앨리스 오언은 운동복 차림인데도 머리를 뒤로 묶고 화장을 제대로 한 모습이었다. 그녀는 무슨 자그마한 교배종 개를 데리고 다녔는데, 녀석이 어찌나 바싹 말랐는지 워크는 바들바들 떠는 녀석의 갈비뼈를 셀 수 있었다. 워크가 쓰다듬으려고 다가가자 녀석이 이빨을 드러냈다.

"제가 뭘 사는 동안 레이디 좀 잡아주실래요? 금방 올게요."

"그럼요."

워크가 목줄에 손을 뻗었다.

"아, 바닥에 내려놓으시면 안 돼요. 방금 깎아서 손톱이 약하거든요."

"발톱 얘긴가요?"

앨리스는 워크의 팔에 개를 떠안기고 안으로 들어갔다.

그가 창문으로 지켜보는 동안 앨리스는 뭔가를 주문하더니 하던 걸 멈추고 다른 휴양객이랑 이야기하기 시작했다. 10분이 흘렀고 개는 워크의 얼굴에 대고 헐떡이고 있었다.

마침내 밖으로 나온 앨리스가 쇼핑백을 잔뜩 들고 있어서 워크는 그녀의 SUV로 개를 데리고 가 그녀가 짐을 싣는 동안 기다렸다. 앨리스는 그에게 고맙다고 한 뒤 종이봉투에 손을 넣어 카놀리*를 하나 건넸다. 워크는 받지 않겠다고 난리를 피우더니 중

---

* 이탈리아 시칠리아 지방에서 유래한 튜브 모양의 페이스트리로 안에 리코타 치즈와 설탕 등을 넣어 부드럽고 달콤한 맛이 난다.

심가에서 멀어질 때까지 기다렸다가 두 입 만에 카놀리를 먹어 치웠다.

워크는 캐시디로를 따라 걷다가 중간에 아이비 랜치가로 빠 졌다. 스타의 집 현관 앞에 잠시 서서 안에서 들려오는 음악에 귀 를 기울였다.

스타는 그가 문을 두드리기도 전에 현관을 열고, 그녀를 포기 할 수 없게 만드는 웃음을 지으며 그를 맞았다. 공허하지만 아름 답고, 피폐해졌으나 아직도 두 눈은 빛났다. 스타는 빵이라도 만 드는 사람처럼 분홍색 앞치마를 했다. 워크는 찬장이 비었다는 걸 알았다.

"안녕하세요, 워커 서장님."

워크는 웃음을 참을 수 없었다.

선풍기 한 대가 느리게 돌아갔고 석고보드가 군데군데 드러 나 있었으며, 스타가 그날을 조금이라도 일찍 끝내버리고 싶어 한 것처럼 커튼이 엉성하게 걸려 있었다. 라디오가 크게 켜져 있 었고, 스키너드*가 앨라배마에 관해 노래하는 동안 스타는 부엌 에서 춤을 추며 빈 맥주병과 러키 스트라이크 담뱃갑을 쓰레기 봉투에 채웠다. 스타는 그를 보고 빙긋이, 어린아이처럼 웃었다. 스타는 여전히 그런 면이 있었다—연약하고, 걱정스럽고, 사고 뭉치 같은.

* 1964년 결성한 미국의 유명한 록 밴드 레너드 스키너드Lynyrd Skynyrd를 가리킨다. 노래는 2집에 있는 〈스위트 홈 앨라배마Sweet Home Alabama〉로, 스타가 10대이던 1970년대에 상당한 인기를 누렸 고 이후에도 꾸준히 사랑받는 곡이다.

스타는 한 바퀴 돌더니 은박 재떨이를 쓰레기봉투에 던졌다.

벽난로 위에는 두 사람의 사진이, 열네 살이던 그들이 미래가 찾아오기를 준비하고 기다리던 모습이 담겨 있었다.

"머리는 좀 어때?"

"최고야. 머릿속이 말끔해졌어, 워크. 고마워…… 어젯밤 말이야. 그런데 있지, 그게 필요했던 거 같아. 마지막으로. 이젠 똑바로 보여."

스타가 머리를 톡톡 두드리더니 여전히 춤추며 움직였다.

"애들 말이야, 아무것도 못 본 거 맞지?"

"오늘 일, 얘기할 거야?"

음악이 서서히 잦아들자 스타는 마침내 움직임을 멈추고 이마에서 땀을 닦은 다음 머리를 뒤로 묶었다.

"오는가 하면 또 가겠지. 더치스도 알아?"

자기 딸 일을 그에게 묻는 스타.

"마을 전체가 아는걸."

"넌 그 자식이 변했다고 생각해?"

"다들 변했잖아."

"넌 아니야, 워크."

스타는 칭찬으로 말했지만 그에겐 경멸로 들릴 뿐이었다.

워크는 지난 5년간 빈센트를 보려고 자주 시도했지만 보지 못했다. 초기에는 방문이 잦았는데, 워크는 그레이시 킹과 함께 오래된 뷰익 리걸을 타고 찾아갔다. 판사가 열다섯 살 난 소년을 성인 교도소에 보내기로 판결한 것은 냉혹한 일이었다. 스타의 아버지는 증언대에 서서 시시 이야기를, 그 아이가 어떤 소녀로 자라나고 있었는지 진술했다. 검사 측에서는 현장 사진들을, 자그마한 두 다리와 작은 손에 묻은 피를 보여주었다. 그런 뒤 허지 교장이 소환되었고, 그는 빈센트가 어떤 소년인지 말했다. 사고뭉치라고.

다음은 워크 차례였다. 그의 아버지는 갈색 셔츠를 입고 정직한 얼굴로 지켜보았다. 아버지는 텔로건설의 현장 감독이었는데, 텔로건설의 공장은 건넛마을에서 뿌연 연기로 꿈을 흩어버리는 곳이었다. 같은 해 여름 워크는 아버지와 함께 공장을 견학했다. 그는 작업복을 입고 온갖 잿빛의 것들을, 파이프와 비계가 동물의 내장처럼 아주 복잡하게 뒤얽혀 금속으로 만든 대성당 같던 모습을 관찰했다.

법정에서 워크는 아버지의 자랑스러운 시선을 보고, 있는 그대로의 사실을 증언하여 친구의 운명을 봉인해버렸다.

"이제 뒤돌아보는 건 그만두려고."

스타가 말했다.

워크가 커피를 만들었다. 두 사람은 테라스로 나갔고, 그네에 앉은 새들이 한가롭게 날개를 높이 퍼덕일 때 워크는 낡은 의자에 앉았다.

스타가 얼굴에 손부채질을 했다.

"그 자식 데리러 갈 거야?"

"오지 말라더라고. 내가 편지 썼거든."

"그래도 갈 거잖아."

"가야지."

"그 자식한테 말하지 마…… . 내 얘기 같은 거."

스타의 무릎이 까딱거렸고 손가락이 의자를 두드렸다. 금단 증상이 제대로 나타나기 전의 상태였다.

"물어볼 텐데."

"그 자식 여기 안 오면 좋겠어. 견딜 수 있을 것 같지가 않아. 내 집에 있는 거."

"알았어."

스타는 담배에 불을 붙이고 눈을 감았다.

"근데 말이야, 프로그램이 있어. 새로운 건데······."

"놔둬."

스타가 한 손을 들었다.

"말했잖아. 이젠 괜찮다고."

예전에 둘은 상담하러 다녔다. 워크는 오랜 세월 스타를 차에 태우고 매달 블레어피크를 찾아갔다. 그곳 심리상담가는 스타와 통하는 것 같았고 효과도 좋았다. 워크는 스타를 내려주고 혼자 작은 식당에서 기다렸다. 세 시간, 때로는 좀 더 지나 스타가 전화했다. 어떤 날은 아이들도 긴 여정을 같이했는데, 두 아이가 뒷좌석에 조용히 앉아 지켜보는 가운데 아이다운 순수함이 순찰차를 뒤따르다가 점점 뒤처졌다.

"안 돼······. 이대로는 안 된다고."

"아직도 약 먹어, 워크?"

워크는 그건 다르다고 말하고 싶었지만, 생각해보니 무엇이 다른가 싶었다. 둘은 괴로운 사람들이었다. 그게 전부였다.

스타가 비난하려는 의도 없이 손을 내밀어 그의 손을 꼭 쥐었다.

"너 셔츠에 크림 묻은 거 같은데."

워크가 슬쩍 내려다보자 스타가 웃음을 터뜨렸다.

"우리 좀 봐. 있지, 난 아직도 가끔 그런 느낌이 들어."

"무슨 느낌?"

"열다섯 살 같은, 아기 같은."

"우린 늙고 있다고."

스타가 완벽하게 동그란 링 모양 연기를 내뿜었다.

"난 아니야, 워크. 넌 늙고 있지만 이 몸은 이제 시작이라고."

워크가 배꼽을 잡고 웃었고 이내 스타도 웃었다. 그게 바로 두 사람, 워크와 스타였다. 30년을 뒤로 돌리니 남은, 헛소리하고 장난 치는 두 아이.

둘은 편안한 고요함 속에서 한 시간을 더 머무르며 서로 아무 말도 안 했으나, 상대의 마음엔 오직 한 가지 생각뿐이라는 걸 알았다. 빈센트 킹이 집으로 돌아온다.

4

워크는 차를 몰며 한쪽 눈으로 바다를, 금빛으로 굽이치며 포효하는 파도를 보았다.

150여 킬로미터를 동쪽으로 달려 도착한 페어몬트 카운티 교도소. 하늘에서 형성되는 뇌운이 마치 실수들을 뭉쳐놓은 듯했고, 운동장에 있던 남자들은 하던 일을 멈추고 하늘을 올려다보았다.

워크는 넓게 펼쳐진 주차장에 차를 세우고 시동을 껐다. 경보음, 고함, 갇힌 영혼들의 외로운 파동이 신에게 버림받은 드넓은 평원으로 퍼져 나갔다.

그곳은 구체적인 죄목이 무엇이든 열다섯 살 난 소년이 갈 장소가 아니었다. 판사는 돌처럼 굳은 얼굴로 교정시설행이라는, 눈앞이 까매지는 판결을 내렸으나 교화의 가혹한 실상은 라스로마스에 있는 그 법원과 아예 딴 세상처럼 동떨어져 있었다. 워크는 그날 밤 발생한 피해가 얼마나 되나 때때로 따져보았다. 헤아릴 수 없는, 거미줄처럼 얽힌 상처가 숱한 인생에 그림자를 드리워 새로운 것을 낡은 것으로, 생생한 것을 부패한 것으로 바꿔버렸다. 그는 그 흔적을 스타에게서도 보고 스타의 아버지에게서도 보았지만, 그 흔적을 누구보다 많이 보인 것은 태어나기 한참 전부터 그걸 짊어지고 다닌 더치스였다.

트렁크를 두드리는 소리에 워크는 차에서 내려 교도소장 커디에게 미소 지었다. 키가 크고 마른 커디는 빙긋 웃고 있었다.

커디는 직업상 접해야 할 부류들에게 가차 없이 시달리느라 거칠어 보이긴 해도 항상 우호적이고 친절했다.

"빈센트 킹 말이네. 케이프 헤이븐에서는 사람들이 서로서로 돌봐주는 거겠지? 거긴 요즘 어떤가, 여전히 천국 같은가?"

커디가 웃으며 말했다.

"그렇죠."

"까놓고 말하면 빈센트 같은 재소자가 백 명쯤 더 있었으면 싶네. 다들 녀석이 있는 것도 잊어버린다고 할 정도야."

커디가 걷기 시작해 워크도 따라 걸었다.

두 남자는 문을 하나 지나고 또 하나 지난 다음 납작하고 네모난 건물로 들어섰다. 초록색으로 칠해진 그곳은 커디 말에 따르면 계절마다 새로 칠한다고 했다.

"인간 눈을 가장 편안하게 해주는 색이지. 용서와 변모를 나타내는 색."

워크는 재소자 두어 명이 붓을 들고 굽도리널을 따라 세심하게, 입을 꾹 다물고 집중해서 붓질하는 걸 보았다.

커디가 워크의 어깨에 손을 얹었다.

"이봐. 빈센트 킹은 복역을 마쳤지만 그 친구한테 그걸 깨닫게 해주기는 쉽지 않을 거야. 필요한 게 있으면 뭐든 연락하고."

워크는 대기실에 서서 기다리며 드넓은 풍광을 바라보고, 커디가 수치스러워 하는 게 죄라고 가르치기라도 한 듯 재소자들이 고개를 똑바로 들고 운동하는 모습을 관찰했다. 풍경에 잔혹함을 아로새긴 철조망만 없었더라면 그것은 〈우리의 고마운 대지〉˙그림처럼 숨이 멎게 하는 장면일 터였고, 죄수복 차림의 남자들도 어린 시절로 돌아간 듯 그저 길 잃은 아이들로 보였을 것이었다.

빈센트가 마지막으로 방문자를 받은 지 5년이 지났기에, 여전히 파란 두 눈이 아니었더라면 워크는 그를 알아보기 어려웠을지도 몰랐다. 큰 키에 수척할 정도로 마르고 움푹 꺼진 뺨은 그곳에 들어갔던 시건방진 열다섯 살 소년과는 거리가 멀었다.

그때 빈센트가 그를 보더니 웃음 지었다. 그것은 워크가 기억조차 못할 만큼 자주 빈센트를 문제에 빠지게 만들기도 하고 문제에서 벗어나게 해주기도 한 바로 그 웃음이었다. 그 빈센트는 여전히 남아 있었다. 누가 뭐라고 경고하든, 거기 들어가면 달라지기 마련이라고 사람들이 떠들든 말든, 그의 친구는 아직 자신을 잃지 않았다.

워크는 한 걸음 앞으로 내디디며 두 팔을 벌릴까 하다가 그냥 천천히 손을 내밀었다.

빈센트는 내민 손이 그저 악수를 청하는 것 외에는 다른 의미가 없을 수도 있다는 걸 잊기라도 한 듯 그의 손을 보았다. 그는 가볍게 악수했다.

"오지 말라고 했잖아."

빈센트가 단조롭고 조용한 목소리로 말했다.

"그래도 고맙다."

그의 동작에는 뭔가 경건한 분위기가 있었다.

- Our Good Earth. 제2차 세계대전 때 존 스튜어트 커리John Steuart Curry가 그린 작품으로 황금빛으로 물든 밀밭에 한 남자가 두 아이와 함께 서 있는 풍경을 담았다.

"반갑다, 빈."

빈센트가 서류를 작성할 때 교도관 한 명이 가까이서 지켜봤다. 30년이 지나 석방되는 것도 거기서는 특별한 일이 아니었다. 캘리포니아주에 찾아온 또 다른 하루일 뿐.

30분 뒤 둘은 마지막 문에 서 있다가 커디가 나오자 뒤로 돌아섰다.

"나가면 만만치 않을 거다, 빈센트."

커디는 그를 빠르게 꼭 안았고, 둘 사이에 뭔가가 오갔다. 어쩌면 30년간 지켜오던 형식적인 틀이 마침내 깨졌는지도 몰랐다.

"반이 넘어."

커디는 잠시 빈센트를 안고 있었다.

"그렇게 많이들 나한테 돌아온다는 얘기야. 네가 그 안에 들어가지 않도록 조심해."

워크는 커디가 그 무거운 대사를 긴 세월 동안 몇 번이나 했을지 궁금했다.

두 사람은 나란히 걸어갔고 순찰차에 이르자 빈센트가 보닛에 손을 얹더니 워크를 쳐다봤다.

"제복 차림인 건 처음이네. 사진은 언뜻 봤지만 이렇게 실물로 보니 진짜 경찰이구나."

워크가 웃었다.

"그렇지."

"경찰이랑 친구할 수 있을지 잘 모르겠다, 인마."

워크는 웃음을 터뜨리며 안도감에 정신이 나갈 것 같았다.

그는 처음에 천천히 차를 몰았고, 빈센트는 창을 내려 산들바람이 들어오게 하고서 온갖 것들을 내다보았다. 워크는 뭔가 말하고 싶었으나 둘은 처음 몇 킬로미터를 꿈속에 있는 것 같은 상태로 기어가듯 달렸다.

"우리 옛날에 '세인트 로즈'호에 몰래 탔던 게 생각나더라."

워크가 태연하게 들리도록, 돌아오는 길에 대화의 물꼬를 어떻게 틀지 연습하지 않은 것처럼 말했다.

빈센트가 고개를 들더니 옛 기억에 어렴풋이 웃었다.

열 살이던 그들은 여름의 첫날 이른 시각에 만났다. 자전거를 타고 바닷가로 나가 자전거를 숨긴 다음 저인망어선에 기어올랐고, 해가 뜨고 그들에게 빛이 스며드는 동안 방수포 아래에서 거칠게 숨을 쉬었다. 워크는 여전히 그때 일을, 스킵 더글러스 선장과 선원들이 망망대해에서 배를 몰던 때 엔진이 웅웅거리던 것을 기억했다. 두 아이가 방수포에서 기어 나갔을 때 선장은 화를 내기는커녕 무전을 쳐서 그날 하루 아이들을 자기가 데리고 있겠다고 말했다. 워크는 그때만큼 힘들게 일한 적이 없었고 생선 피 냄새를 맡아가며 갑판과 상자를 박박 문질러야 했지만, 익숙한 경계 너머를 맛본 느낌에 비하면 그런 건 아무것도 아니었다.

"근데 스킵이 아직도 일한다는 거 아니냐. 앤드루 휠러라는 남자가 전셋배 사업을 하거든. 스킵도 이제 여든은 됐을걸."

"그날 어머니한테 아주 혼쭐이 났지."

빈센트가 헛기침을 했다.

"고맙다. 장례식에서 이것저것 해줘서."

워크가 햇빛 가리개를 쳤다.

"그래서 그 애 얘기는 안 해줄 거야?"

빈센트가 자리에서 자세를 바꿨다. 다리가 구부러지면서 바지가 발목 위로 살짝 올라갔다.

워크가 철로에서 속도를 늦추자 화물열차 한 대가 지나갔다. 녹슬어 벌게진 강철 상자들이 우는 소리를 냈다.

둘은 철로를 넘어가 광산이 돌아가던 시절에나 기능하던 마을로 접어들었고, 그제야 워크가 입을 열었다.

"걘 잘 있어."

"이제 애들도 있다며."

"더치스랑 로빈. 우리가 처음 스타 봤던 때 기억하냐?"

"그래."

"더치스 보면 그때로 곧장 되돌아갈 거다."

이미 빈센트는 생각에 빠졌고 워크는 그의 마음이 어디로 가 있는지 알았다. 스타의 아버지가 뷰익 리비에라를 몰고 케이프 헤이븐에 처음 온 그날. 빈센트와 워크는 자전거를 타고 갔다가 트렁크에 삶이 채워져 있는 것을, 옷가지며 가방들이며 상자들이 뒷유리에 밀착되어 있는 것을 보았다. 나란히 서서 스텔버 자전거에 양손을 대고, 목에 뜨거운 태양을 맞으면서. 남자가 먼저 차에서 내렸는데, 몸집이 크고 딱 바라진 그는 그 애들 같은 부류를 안다는 듯 두 소년을 쳐다보았다. 그러나 워크가 기억하기로 둘은 그저 어린애였고, 빈센트의 매직 8볼[*]에 이제 곧 행운이 찾아올 거라고 나왔다는 이유로 윌리 메이스[**] 프로 카드를 발견하는 데나 관심이 쏠려 있었다. 그러더니 남자는 아직 자고 있는 작은 여자아이를 차에서 끌어내 안았고, 아이 머리가 어깨에 놓인 상태로 낯선 거리를 이쪽저쪽 훑어보았다. 아이는 시시 래들리

- [*] 미래를 점쳐준다는 장난감이다.
- [**] Willie Mays. 유명한 메이저리그 프로야구 선수다.

였다. 둘이 이제 그만 워크네 집 마당으로 돌아가서 그동안 같이 만들던 나무 위 오두막에 가려는데, 자동차 뒷문이 열리더니 워크가 그때까지 본 중에 최고로 긴 다리가 밖으로 나왔다. 빈센트는 욕을 하더니 입을 헤벌리고 소녀를 뚫어져라 쳐다봤다. 소녀는 두 소년 또래인데 벌써 줄리 뉴마*처럼 아름다웠다. 소녀는 차에서 내려 껌을 씹으며 둘을 흘깃 보았다. 이런 쌍, 빈센트가 또 욕을 했다. 그때 그 애 아버지가 딸을 재촉해 전에 클라인먼 가족이 살던 집으로 들여보냈지만, 들어가기 전에 소녀는 고개를 돌려 둘을 향해 갸웃했다―웃음기 없는 그저 시선일 뿐이었으나, 빈센트의 영혼에 아로새겨졌다.

"너 보고 싶었어. 너도 알겠지만 갔을 거야. 네가 받아줬다면 말이야. 주말마다 가서 널 봤을 거라고."

빈센트는 바깥 풍경에서 결코 눈을 떼지 않았다. 텔레비전으로 인생을 경험한 남자처럼.

센트럴 밸리 고속도로에서 둘은 핸퍼드 부근의 작은 식당에 들러 햄버거를 먹었다. 빈센트는 반을 먹더니 창문에 시선을 고정한 채 한 어머니와 아이, 등에 세월을 짊어지고 다니는 듯 어깨가 굽은 노인을 지켜보았다. 워크는 그가 무엇을 보는지 궁금했다. 이름을 알지 못하는 자동차들, 오로지 화면에서만 본 가게들. 1975년부터 새천년으로 넘어가던 과거에 2005년은 자동차가 날아다니고 로봇이 집안일을 해줄 것처럼 보였지만 이제 그해가 되었다.

"집은……."

- Julie Newmar. 1960년대 최초로 〈배트맨〉의 캣우먼 역을 맡은 키가 매우 큰 배우다.

"내가 가끔 확인해. 수리는 좀 해야 돼. 지붕이랑 포치, 목재들 반이 썩었어."

"그렇구나."

"부동산 개발업자가 있어. 디키 다크라고. 여름이 될 때까지 매달 거기 가서 기어다니며 살펴보는 남자야. 혹시라도 팔 생각 있으면……."

"없어."

"알았어."

이제 워크는 자기가 할 말은 했다. 돈을 원한다면 빈센트는 그곳을 팔 수 있었다. 선셋가의 첫 줄에 있는 마지막 집을.

"집에 갈 준비는 됐어?"

"나 방금 집에서 나왔는데, 워크."

"아냐, 빈, 그렇지 않아."

두 사람이 케이프 헤이븐에 도착했으나 팡파르도 없었고, 반가워하는 얼굴도 파티도 난리법석도 없었다. 차가 언덕을 올라 태평양이 내다보였을 때, 워크는 옆에 앉은 친구가 숨을 들이쉬며 끝없이 펼쳐진 바다가 밀려오는 모습을, 곶과 그 너머로 소나무 우듬지와 커다란 주택들이 늘어선 모습을 바라보는 걸 알아챘다.

"집을 좀 지었네."

빈센트가 말했다.

"그래."

처음에는 반대도 있었지만 받을 돈이 기대를 뛰어넘었기에 반대가 심하지 않았다. 밀턴 같은 개인사업자들은 주민 회의에서 목소리를 높이며 점점 버티기가 힘들다고 말했다. 에드 탤로는 자기 건설회사가 전등을 켜놓고 있기도 힘들다고 했다.

케이프 헤이븐은 절벽에 조각을 해 넣은 듯한 모양이었고 평온하고 잘 보존된, 애너하임°에서 따온 것 같은 마을이었다. 워크는 새로 쌓이는 벽돌 하나하나가 그의 어린 시절 위에, 그가 필사적으로 매달리는 추억들 위에 얹히는 것을 느꼈다.

워크는 친구의 양손을, 손가락 관절 위를 깊이 가로지르는 무수한 상처를 훔쳐보았다. 친구는 늘 강하고 거친 남자였다.

마침내 두 남자는 경사면을 따라 내려가 선셋가로, 킹의 집이 제아무리 밝은 날에도 달갑지 않은 그림자처럼 서 있는 거리로 접어들었다.

"이웃집들이 사라졌네."

"쓰러졌어. 절벽이 포인트 둠°°처럼 무너지고 있어서. 어제 마지막 집이 내려앉았지. 페어론 집. 네 집은 꽤 안쪽에 있기도 하고 2, 3년 전에 방파제도 만들었으니까."

빈센트는 마치 범죄 현장처럼 차단 테이프가 둘러쳐진 광경을 바라보았다. 그의 집 뒤쪽으로도 집들이 있었는데, 그 길이 격리되었다고 느껴지지 않을 만큼 가까이 있으면서도 킹의 집이 가장 장려한 전망을 독차지할 만큼은 떨어져 있었다.

빈센트는 차에서 내려 집 앞에 서더니 썩어가는 박공과 떨어져 내린 덧문을 보았다.

"잔디는 깎아놨어."

- Anaheim. 오렌지카운티에 있는 도시로 디즈니랜드, 메이저리그 팀인 로스앤젤레스 에인절스의 야구장이 있을 뿐 아니라 풍광도 수려하고 해변도 있어 방문객이 많다.
- •• L.A.에서 가까운 말리부에 있는 곳으로 절벽을 낀 풍광이 아름답다.

"고맙다."

워크는 빈센트를 따라 구불구불한 진입로로, 계단으로, 그런 다음 시원하고 어둑한 복도로 들어섰다. 꽃무늬 벽지가 1970년 대와 백만 가지 벨벳 같은 기억들을 소환했다.

"시트도 덮어뒀고."

"고마워."

"냉장고도 좀 채워놨어. 닭고기랑 다른 것들도……."

"고맙다."

"몇 번이나 말 안 해도 돼."

벽난로 위에 거울이 놓여 있었는데 빈센트는 그걸 보지 않고 지나갔다. 워크는 빈센트의 행동이 달라졌다고, 한 걸음, 한 걸음 이 몸가짐과 판단에 주의를 기울이라는 이야기처럼 보인다고 생 각했다. 워크는 그곳에서 처음 몇 년이 힘겨웠다는 걸, '눈물도 나고 잠 못 이루는' 따위의 고난이 아니라 '세상 음흉한 남자들 틈에 박힌 잘생긴 소년'이 겪을 법한 고난으로 힘겨웠다는 걸 알 았다. 워크와 그레이시 킹은 판사와 대법원에, 심지어 백악관에 도 편지를 보냈다. 적어도 그를 다른 재소자들에게서 격리라도 해달라고 요청했다. 달라지는 건 없었다.

"나 여기 있을까?"

"돌아가서 일 봐."

"나중에 들를게."

빈센트는 현관까지 나와서 손을 내밀었다.

워크는 돌아온 친구를 끌어당겨 안았다. 그는 빈센트가 긴장 해서 흠칫하는 걸 모른 척했다.

두 사람은 엔진 소리에 뒤를 돌아보았다. 워크는 캐딜락 에스컬레이드*를 바라보았다. 디키 다크였다.

다크가 차에서 내렸다. 그는 자기에게 맞는 치수의 옷도 안 맞는 옷처럼 입었다. 어깨는 구부정하고 두 눈은 땅을 향했다. 그는 매일같이 검은색 차림으로, 재킷과 셔츠와 바지를 검게 입었다. 산만하고 불안정한 모습이었다.

"빈센트 킹."

깊고 진지한 목소리였다.

"디키 다크입니다."

그는 웃지 않았다. 웃는 법이 없었다.

"편지 받았습니다."

빈센트가 말했다.

"마을이 달라 보이시겠습니다."

"그렇네요. 제가 알아볼 수 있는 건 소원목 정도예요. 우리 그 아래 구멍에 담배 꿍쳐놓던 거 기억해, 워크?"

워크가 소리 내 웃었다.

"여섯 개씩 묶어서 파는 샘 애덤스 맥주도 숨겼지."

다크가 드디어 고개를 들어 오싹한 눈빛으로 워크를 보았다. 그러더니 집으로 눈을 돌렸다.

"첫 줄에 남은 마지막 집입니다. 뒤쪽의 땅도 소유하고 계시더군요."

빈센트가 워크를 쳐다보았다.

"100만 달러 드리겠습니다. 시세는 85만입니다. 상태가 이러

- 캐딜락은 링컨과 더불어 미국에서 럭셔리 자동차를 대표하는 브랜드다. 에스컬레이드는 캐딜락에서 만드는 대형 SUV로 매우 크고 호화롭다.

니까요. 게다가 경기도 안 좋아지고 있고."

"파는 물건이 아닙니다."

"그래도 생각하시는 값이 있을 거 아닙니까."

워크가 웃었다.

"그만하게, 다크. 이 친구 이제 막 집에 왔다고."

다크는 좀 더 쳐다보았다. 그러더니 돌아서서 둘을 남겨두고 한가롭게, 느긋하게, 커다란 몸으로 긴 그림자를 드리우며 걸어 갔다.

빈센트는 그를 지켜보았다. 마치 워크가 못 보는 뭔가를 보는 것처럼 시선이 다크에게 고정되어 있었다.

⁜

더치스는 유치원 교사 덜로리스와 합의를 봤다. 덜로리스는 더치스의 수업이 끝날 때까지, 기나긴 세 시간 동안 로빈이 유치 원에 머무르게 해주었다. 주로 워크가 부탁했기 때문이었고, 로 빈이 전혀 성가시지 않기 때문이기도 했다.

로빈은 누나를 보더니 자기 물건을 정리하고 가방을 들어 누 나에게 달려갔다. 더치스는 무릎을 꿇고 동생을 끌어안은 뒤 덜 로리스 선생에게 손을 흔들고 길을 나섰다.

더치스는 로빈이 어깨에 가방끈을 걸치는 걸 도와주고 가방 에 이야기책과 물병이 들어 있는지 확인했다.

"샌드위치 안 먹었잖아."

더치스가 노려보았다.

"미안."

통학 버스가 지나가고 SUV에 탄 부모들이 지나가고, 교사들이 잔디밭에 나와 아이들이 축구공을 차는 동안 잡담을 나눴다.

"너 먹어야 돼, 로빈."

"그게…….'"

"뭐?"

"누나가 안에 아무것도 안 넣어서."

로빈이 마지못해 말했다.

"헛소리."

로빈이 자기 신발을 내려다보았다.

더치스가 동생의 도시락 가방을 열고 샌드위치를 꺼냈다.

"이런 썩을."

"괜찮아."

"안 괜찮아."

더치스가 동생 어깨에 손을 얹었다.

"집에 가면 핫도그 만들어줄게."

그 말에 로빈이 웃었다.

둘은 돌멩이 하나를 같이 차면서 걸었고, 그렇게 이스트 하니 끝까지 갔을 때 로빈이 돌을 하수구에 빠뜨렸다.

"애들이 무슨 얘기 했어, 엄마 얘기?"

더치스가 로빈의 손을 잡고 길을 건너는데 로빈이 말했다.

"아니."

"리키 텔로는 했어. 자기네 엄마가 우리 엄마 얘기했다고."

"뭐라고 했대?"

둘은 몸을 숙여 버드나무 나뭇가지를 지난 다음 포덤과 듀폰트 사이로 질러갔다.

"걔네 엄마가 걔더러 우리 집에 가지 말라고 했대. 우리 엄마가 제대로 지켜보지 않는다고."

"네가 걔네 집에 가면 되잖아."

"걔네 엄마랑 아빠 맨날 서로 소리 지른단 말이야."

더치스가 동생 머리를 헝클어뜨렸다.

"내가 걔네 엄마랑 얘기해보면 좋겠어?"

"응."

더치스는 리 텔로를 알았다. 케이프 헤이븐 경찰서에는 리와 워크와 늙어빠진 보조 경찰 벌레리아가 전부였다. 더치스는 그중 누구든 진짜 범죄를 수사한다는 게 상상이 가지 않았다.

"리키는 형이 대학교에 가면 자기가 형 방으로 옮길 거래. 걔네 형한테 수족관이 있대. 우리도 사면 안 돼?"

"너 잠수 마스크 있잖아. 물고기는 바다 가서 봐."

중심가에 이르렀을 때 둘은 로지스 다이너 밖에 있는 소녀들을 보았다. 언제나 같은 무리인 그들은 햇빛 속에서 셰이크를 마시며 두 테이블을 차지하고 있었다. 둘이 지나가자 숙덕거림과 웃음소리가 들렸다.

둘이 식료품점에 들어가자 애덤스 부인이 계산대에 서 있었다.

더치스는 프랑크푸르트 소시지 한 팩을 발견했고 로빈은 번빵을 집었다. 더치스는 지갑을 꺼내 지폐로 3달러를 셌다. 가진 전부였다.

로빈이 누나를 올려다봤다.

"프렌치스 겨자 소스 사면 안 돼?"

"안 돼."

"적어도 케첩은 있어야 돼. 안 그럼 뻑뻑할걸."

더치스는 소시지와 빵을 집어 들었다.

"어머니는 좀 어떠시니?"

애덤스 부인이 안경 위로 내려다봤다.

"괜찮아요."

"내가 듣기론 아니라던데."

"그럼 쌍, 왜 물어보는데요?"

로빈이 누나의 손을 당겼다. 애덤스 부인이 나가라고 할 수도 있었지만, 더치스가 먼저 1달러 지폐 세 장을 계산대에 던져버렸다.

"그렇게 욕하지 마."

둘이 중심가를 걸어가는데 로빈이 말했다.

"어머니는 오늘 어떠셔?"

더치스가 고개를 돌리자 밀턴이 정육점 앞에 나와 있었다. 그는 피 묻은 앞치마에 양손을 닦았다.

로빈이 유리창으로 다가가 목이 꿰어져 매달려 있는 토끼들을 들여다봤다.

"괜찮아요."

더치스가 말했다.

밀턴이 한 걸음 다가서자 지독한 냄새가 더치스의 목구멍을 조여왔다. 피와 죽음.

"정말 네 어머니랑 지독하게 닮았구나. 너도 알겠지만."

"그래요, 전에도 얘기했잖아요."

더치스는 자잘한 살점이 그의 양팔에 난 굵은 털 속에 파묻혀 있는 걸 알아챘다. 밀턴은 자기 입장을 잊어버린 듯 더치스를 잠시 빤히 보다가, 소녀의 식료품 봉지와 그 안에 든 것을 보더니 정신을 차렸다.

그는 쯧쯧거렸다.

"그런 건 소시지도 아니야. 연구실에서 만드는 거라고. 잠깐 기다려."

더치스는 그가 걸음마다 쌕쌕거리며 안으로 들어가는 걸 지켜보았다.

몇 분 뒤 밀턴이 반으로 접은 갈색 종이봉투를 들고 나왔다. 접은 부분에 피 묻은 손자국이 나 있었다.

"모르시야°다. 네 어머니한테 이게 어디서 났는지 말씀드려. 제대로 조리하는 법을 알고 싶으면 여기로 오시라고 하고."

"그냥 튀기는 거 아니에요?"

로빈이 말했다.

"감옥에서라면 혹시 모르지. 그 풍미가 춤을 추게 하고 싶거든 더치 오븐에 익숙해져야 돼. 알겠냐. 중요한 건 압력이랑……."

더치스는 봉투를 잡아챈 다음 로빈의 손을 잡고 밀턴의 시선을 느끼며 서둘러 가버렸다.

로지스 다이너에서 더치스는 숨을 한 번 들이쉬고 로빈을 데리고 들어가며 소녀들과 그들의 시선을 차단했다. 가게 안은 휴양객들이 테이블을 가득 채웠고 커피 향이 진하게 풍겼다. 시끄러운 말소리에 별장 이야기며 여름 계획이 들려왔다.

더치스는 계산대 옆에 서서 케첩 봉지가 든 단지를 봤다. 뭔가 사면 케첩은 공짜였다. 재빨리 가게 주인 로지 쪽을 보니, 그녀는 금전 등록기를 만지느라 바쁜 듯했다.

더치스가 로빈에게 주려고 케첩 하나를 집어 들고 돌아서려

• 남미 쪽에서 먹는 돼지 피로 만드는 소시지.

고 할 때였다.

"케첩 가져가려면 뭔가 사야 하는 거 아냐?"

더치스가 고개를 들었다. 같은 반의 캐시디 에번스였다. 로빈은 초조하게 지켜보며 이쪽 발 저쪽 발에 몸을 실었다.

립글로스를 바른 튀어나온 입술, 반들반들한 머리칼, 심술궂어 보이는 얼굴의 캐시디가 히죽거렸다.

"고작 하나뿐인걸."

"로지 아줌마, 케첩 가져가려면 뭔가 사야 하지 않나요?"

캐시디가 큰 소리로, 순진함이 뚝뚝 묻어나도록 말했다.

대화가 잦아들었고 낯선 이들의 눈길이 너무 뜨거워져서 더치스는 타는 듯했다.

로지가 컵을 내려놓고 계산대로 왔다. 더치스는 단지에 케첩을 도로 쑤셔 넣으려다 유리 단지가 바닥으로 떨어지며 산산이 깨지자 흠칫했다.

더치스가 로빈의 손을 잡아채 밖으로 데리고 나가는데 캐시디가 뒤를 바짝 따랐고 로지가 소리쳤다.

남매는 조용한 거리를 말없이 걸어갔다.

"소스는 필요도 없어. 그래도 맛있을 거야."

로빈이 말했다.

선셋가를 따라가는데 아이들 두어 명이 저 아래 모래사장에서 공을 던지고 놀고 있었다. 로빈은 그 애들을 골똘히 쳐다봤다. 더치스는 장난감이니 병사들이니 자동차들, 그리고 로빈이 마법 지팡이처럼 보인다고 여기는 막대기를 가지고 동생과 자주 놀아주었다. 이따금 로빈은 큰 소리로 스타를 불러 나오라고 했지만, 어머니는 대부분 어두운 거실에서 텔레비전 소리를 죽여놓고 누위 있었다. 더치스는 조울증, 불안장애, 중독 따위의 말을 들었다.

"무슨 일이지?"

로빈이 말했다.

저 앞에서 남자아이 셋이 남매를 향해 뒤돌아 달려오며 최대한 빠르게 둘을 지나쳐 뛰어갔다.

"킹네 집인데."

더치스가 말했고, 둘은 길 건너에서 걸음을 멈추고 건너다보았다. 집의 정면 유리창이 깨져 작은 돌멩이 크기의 삐죽빼죽한 구멍이 나 있었다.

"얘기해야 되나?"

더치스는 집 안에서 그림자가 움직이는 걸 보고 고개를 저었다. 소녀는 로빈의 손을 잡고 그곳에서 멀어졌다.

5

워크는 관중석 뒤쪽에 앉아 미식축구 공이 빙글빙글 돌며 엔드 존까지 50야드를 날아갔으나 리시버가 공을 놓치는 상황을 지켜봤다. 쿼터백이 손을 들자 리시버는 웃으며 털어버렸다. 선수들은 다시 시도할 터였다.

워크는 쿠거스 팀을 평생 따라다녔다. 빈센트도 한때 거기서 와이드 리시버로 뛰었다. 타고난 재능이라고, 주 대표가 될 거라고들 했다. 그 후로 쿠거스는 그다지 많이 이기지 못했고, 연달아 두어 번 이상은 이긴 적이 없었다. 그래도 워크는 금요일 밤이 되면 얼굴에 페인트칠을 하고 목이 쉬어라 소리 지르는 10대 소녀들 틈에 끼어 구경했다. 팀이 승리하면 로지스 다이너에 선수들이며 치어리더들이 모두 모였고 워크를 웃음 짓게 하는 분위기로 가게를 채웠다.

"녀석 좀 던지는데."

빈센트가 말했다.

"그러게."

워크는 롤링 록 맥주 여섯 개짜리 팩을 가져왔지만 빈센트는 한 모금도 마시지 않았다. 워크는 근무 시간을 마치고 들렀다가 빈센트가 어둑어둑해지는데도 여전히 집을 손보고 있는 걸 발견했다. 빈센트는 이미 뒤쪽 테라스 목재를 대부분 사포질해놨고, 손에 물집이 잡힌 채 애를 쓰느라 얼굴이 굳어 있었다.

"녀석 프로 되겠어."

빈센트는 쿼터백이 다시 던지는 걸 지켜보았다. 이번에는 리시버가 공을 받고 소리를 질렀다.

"너도 될 수 있었지."

"나한테 물어보고 싶어?"

"뭘?"

"전부 다."

워크는 맥주를 홀짝였다.

"어땠을지 난 상상도 못하겠다."

"상상할 수 있어. 하고 싶지 않을 뿐이지. 그래도 상관없어. 뭐가 됐든 난 당해도 쌌으니까."

"그건 아냐. 그런 식으로는 아니지."

"그 애 무덤에 다녀왔어. 난…… 꽃이고 뭐고 아무것도 안 가져갔어. 그래도 될지 모르겠더라고."

조명 아래서 패스가 족족 성공했다. 저기 가장 먼 코너에서 워크는 브랜던 록이 야구 모자를 거꾸로 쓰고 앉아 있는 모습을 보았다. 워크는 매 경기 그를 봤다.

빈센트가 워크의 시선을 따라갔다.

"저거 브랜던인가?"

"그래."

"저 녀석은 잘될 줄 알았는데. 아니, 그때 잘했었잖아."

"무릎 때문에. 무릎이 나가버렸는데 그 뒤로 제대로 붙질 않았어. 지금 텔로건설에서 무슨 영업인지 그런 걸 해. 다리를 절뚝거려서 아마 지팡이를 써야 할 테지만 브랜던이 어떤 녀석인지는 너도 알지."

"이젠 몰라."

"저 자식 아직도 제 아버지 머스탱 갖고 있어."

"그 양반 처음 차 샀을 때 생각난다. 그 거리 주민 절반이 모였었지."

"넌 그거 훔치고 싶어 했잖아."

빈센트가 껄껄 웃었다.

"빌리는 거지, 워크. 그냥 빌리는 거라고."

"저 녀석 그걸 애지중지한다니까. 내 생각엔 그 차를 보면 그때가 떠오르는 거 같아. 알지, 자기 인생에서 좋았던 때 말이야. 머리 모양이나 옷이나, 녀석은 여전히 1978년에 산다니까. 아직도 안 변한 거야, 빈. 다들 그래, 진짜로는."

빈센트는 맥주 캔에서 상표를 떼어냈지만 여전히 마시지는 않았다.

"그럼 마사 메이는? 그 애도 많이 변했나?"

워크는 그녀 이름이 나오자 잠시 뜸을 들였다.

"그 앤 비터워터에서 변호사로 일해. 별거나 가정 문제를 주로 다루지."

"난 항상 그 애가 네 짝이라고 생각했는데. 그때 우리가 어렸다는 건 나도 알지만, 네가 그 애를 바라보던 걸 생각하면."

"네가 스타를 바라보던 거랑 좀 비슷했지."

리시버가 놓친 공이 관중석 쪽으로 튀었다. 브랜던이 재빨리 일어서더니 절뚝이는 다리로 빠르게 움직였다. 그는 공을 들어 리시버에게 던져주는 대신 40야드 떨어진 쿼터백에게 던졌고, 쿼터백은 펄쩍 뛰어 공을 받았다.

"아직도 잘 던지네."

워크가 말했다.

"덕분에 더 비참하겠지."

"스타 만나러 갈 거야?"

"걔 너더러 내가 자기 집에 안 왔으면 좋겠다고 했잖아."

워크가 인상을 쓰자 빈센트는 웃었다.

"네 속마음은 언제든 알 수 있어, 워크. 네가 그 애한테 시간이 좀 필요한 것 같다고 했을 때…… 젠장, 시간은 벌써 충분히 지나지 않았냐? 하지만 생각해보니 그 애 말이 맞는 거 같더라. 가끔은 과거가 너무 무거울 수 있으니까. 하지만 너랑 마사는."

"마사는…… 우린 이제 말도 안 해."

"얘기해봐."

워크가 맥주를 하나 더 땄다.

"그날 밤, 재판 끝난 다음에 말이야. 우린 같이 있었어. 그 앤 임신했고."

빈센트는 운동장을 빤히 보았다.

"그리고 그 애 아버지 말이야. 그분이 목사에 뭐에 그랬잖아."

"제기랄, 워크."

"그래."

"그리고 그 애도 목사가 되고 싶어 했지. 아버지의 성스러운 발자취를 따라서."

워크가 목을 가다듬었다.

"그분이 그 애한테…… 낙태를 시켰어. 그러니까, 그게 그 애를 위해……. 우린 어렸으니까. 하지만 그런 일은 되돌릴 수가 없지. 그리고 문제는 그분이 날 보는 눈만이 아니라, 그 애가 날 보는 눈이었어. 실수를 보는 것 같은 눈."

"그리고 넌 그 애를 보면……."

"모든 걸 봤지. 인생 전부를. 내 부모님처럼 말이야. 두 분은 53년 동안 같이 살았어. 집도 아이도 인생도 모두 함께했지."

"그 앤 결혼했나?"

워크는 어깨를 으쓱했다. 그동안 바로 그 문제를 백 번은 생각하지 않은 것처럼.

"아직 바로잡을 수 있어."

빈센트가 말했다.

"그건 너도 마찬가지지."

빈센트가 일어섰다.

"난 30년이나 늦어버렸는걸."

‡

바Bar가 위치한 산 루이스는 그 지역의 휴한지를 길게 관통하며 앨터넌 밸리 쪽으로 내려가는 고속도로를 빼면 별게 없는 동네였다.

스타는 건너편에 사는 밀턴에게 낡은 코만치를 빌렸다. 에어컨이 작동하지 않아 더치스와 로빈은 한 쌍의 개처럼 차창 밖으로 고개를 내민 채 지친 모습이었으나, 이것은 적어도 한 달에 한 번은 있는 일이었다.

더치스는 학교 과제를 가져왔고, 스타가 두 아이를 데리고 주차장을 가로질러 픽업트럭 두 대 사이를 비집고 지나가 바의 뒷문으로 들어가는 동안 과제를 꼭 쥐고 있었다. 스타는 낡아빠진 기타 케이스를 들고 엉덩이가 훤히 드러나는 데님 반바지와 가슴이 깊이 파인 상의를 입었다.

"그런 식으로 입으면 안 돼요."

"그래, 뭐, 팁은 더 받으니까."

더치스가 속삭이듯 욕을 내뱉자 스타가 돌아보았다.

"제발. 오늘은 좀 봐주라. 동생 잘 보고 말썽 부리지 마."

더치스는 뒤쪽에 있는 칸막이 자리로 가 동생을 안쪽에 앉히고 그 옆에 앉아, 동생이 있어서는 안 될 공간에서 그 애를 차단하려고 했다. 스타는 두 아이에게 탄산음료를 하나씩 주었고, 더치스는 과제를 꺼낸 뒤 동생에게 백지를 좀 주었다. 더치스는 로빈의 필통을 꺼내 펜을 여러 개 펼쳐놓았다.

"엄마가 다리 노래* 부를까?"

로빈이 물었다.

"항상 부르잖아."

"나 그거 진짜 좋아. 누나도 같이 부를 거야?"

"아니."

"잘됐다. 난 엄마가 저기서 우는 거 싫어."

재떨이들이 차오르며 연기가 흘날렸다. 짙은 색 목재, 바 위에 걸린 깃발들, 꽤나 흐릿한 불빛. 더치스 귀에 웃음소리가 들리고 어머니가 남자 둘과 술잔을 넘겼다. 어머니는 무대에 오르기 전에 술이 필요했다.

로빈이 탁자에 놓인 견과류 그릇에 손을 뻗자 더치스는 동생의 손을 밀어냈다.

---

* 전설적인 포크 듀오 사이먼 앤드 가펑클Simon and Garfunkel의 곡 〈Bridge over Troubled Water〉를 말한다. 제목은 '거친 물결을 가로지르는 다리'라는 뜻인데, 노랫말 역시 듣는 이를 위로하는 내용이다.

"오줌 범벅이야."

더치스는 과제를 응시하며 아버지가 들어갈 공간을, 가계도에서 비어 있는 긴 가지들을 보았다. 그 전날 캐시디 에번스가 학급 앞에 나가 자기 집안을 언급한 다음, 자기에게서 듀폰트가家*로 이어지는 굴곡졌으나 고상한 혈통을 뽐냈는데, 이야기가 얼마나 생생한지 더치스 코에서 화약 냄새가 느껴질 정도였다.

"나 누나 그려써."

"그렸어."

로빈이 종이를 밀자 더치스가 웃음 지었다.

"내 이가 그렇게 커?"

더치스가 동생 옆구리를 꼬집었다. 로빈이 너무 크게 웃어서 스타가 건너다보고 조용히 하라고 손짓했다.

"빌리 블루 래들리 얘기 또 해줘."

로빈이 말했다.

"내가 읽기로 그 사람은 두려운 게 없었어. 그 남자는 은행을 턴 다음 보안관을 따돌리면서 천 몇 킬로미터를 달렸어."

"나쁜 사람 같은데."

"자기 동료를 지키려고 한 거야. 자기 수하들을, 가족처럼."

더치스는 로빈의 가슴에 손을 댔다.

"그게 바로 우리한테 흐르는 피야. 우리는 무법자야."

"누나는 그럴지도 모르겠다."

"우리는 똑같아."

"하지만 내 아빠랑 누나 아빠는 똑같지 않……."

* 19세기 이후 미국에서 가장 부유한 가문 중 하나로, 초기에 화약으로 돈을 벌었다.

67

"봐봐."

더치스가 동생의 얼굴을 살짝 잡았다.

"그건 래들리 피야. 우린 똑같아. 우리 아버지들이 아무 쓸모
도 없다는 이유만으로…… 우리는 똑같아. 말해봐."

"우리는 똑같아."

때가 되자 조명이 조금 더 어두워지고 스타가 앞에 나가 스툴
에 앉더니 다른 사람 노래를 몇 곡 한 다음 자기 노래도 두어 곡
불렀다. 스타와 같이 술을 마신 남자들 중 하나가 곡이 끝날 때마
다 휘파람을 불고 고성을 지르며 추잡한 소리를 던졌다.

"머저리들."

더치스가 말했다.

"머저리들."

로빈도 동의했다.

"그런 말 쓰지 마."

그때 그 남자가 일어서더니 스타 쪽으로 몸짓하며 자기 사타
구니를 쥐었다. 그는 뭔가 다른 말도 했는데, 과거에 둘 사이에
무언가 있었다는 투였다. 줄 것처럼 애만 태운다고 했다. 여자 호
모일지 모른다고.

더치스가 자리에서 일어나 자기 음료수 병을 바 쪽으로 집어
던졌다. 병은 거리가 미치지 못해 남자 발치에서 박살이 났다. 남
자는 입을 헤벌리고 더치스를 쳐다봤고, 더치스도 양팔을 벌리
고 해볼 테면 해보라는 듯, 자기는 달아나지 않을 거라는 듯 마주
봤다.

"앉아."

로빈이 누나의 손을 당겼다.

"제발."

더치스는 눈을 깜빡이며 동생을 내려다보다가 두려움을 마주했고, 어머니 쪽으로 고개를 돌리자 어머니도 입 모양으로 같은 말을 하고 있었다.

남자가 노려보았다. 더치스는 그에게 가운뎃손가락을 들어보이고는 앉았다.

로빈이 음료수를 마저 마셨을 때 스타가 더치스를 불렀다.

"더치스, 이리 나와. 제 애는 엄마보다 노래를 더 잘한답니다."

더치스는 벤치에 몸을 파묻고 어머니를 노려보면서, 아무리 많은 사람이 고개를 돌리고 손짓하며 손뼉을 쳐도 머리를 흔들었다. 한때, 더 어리고 세상을 알지 못하던 때 더치스는 노래를 하기도 했다. 집에서, 샤워실에서, 뜰에서 노래했다.

스타는 자기 딸이 재미없는 애라고 선언하고 마지막 곡으로 넘어갔고, 그 노래가 나오자 로빈은 펜을 내려놓고 자기 어머니가 세상에 마지막으로 남은 축복받은 사람인 양 바라보았다.

"나 이거 정말 좋아."

"알아."

스타는 노래를 마치고 무대에서 내려가 돈을 수거하고 봉투를 지갑에 쑤셔 넣었다. 아마 50달러쯤 될 터였다. 그때 아까 그 남자가 다시 나타나더니 이번에는 스타의 엉덩이를 한 손 가득 움켜쥐었다.

더치스는 로빈이 안 된다고 애원하기도 전에 벌떡 일어났다. 빠른 동작으로 다가갔다. 무릎을 꿇고 유리 조각 하나를 집어 들었다.

스타가 남자를 밀어냈지만 그는 도로 덤벼들어 주먹을 쥐고 있다가, 사람들 시선이 자기가 아니라 자기 뒤쪽으로 향하는 걸 보았다. 그가 뒤로 돌자 더치스가 작은 몸으로 만반의 태세를 갖추고 서 있었다. 더치스는 파편의 삐죽빼죽한 쪽을 높이 들어 그의 목을 조준했다.

"난 무법자 더치스 데이 래들리다. 네놈은 바에 들락거리는 겁쟁이 놈팡이고. 내가 네놈 목을 깔끔하게 날려주마."

더치스는 희미하게 들려오는 동생의 외침을 들었다. 스타는 딸의 손목을 잡고 딸이 유리 조각을 떨어뜨릴 때까지 흔들었다. 다른 남자들이 와서 그들 사이에 끼어 소동을 가라앉혔다. 공짜 술이 한 바퀴 돌았다.

스타는 더치스를 문 밖으로 떠밀었고 로빈을 안아 올린 뒤 따라 나갔다.

어두운 주차장에서 셋은 트럭에 올라탔다.

스타는 더치스에게 고함치며 멍청한 짓을 했다고, 하마터면 그 남자한테 맞았을 수도 있다고, 자기도 다 알고 한 행동이고 열세 살짜리가 자기를 보호해줄 필요는 없다고 나무랐다. 더치스는 가만히 앉아 말이 끝나기를 기다렸다.

말이 멈추자 스타는 시동을 걸려고 했다.

"어머니 지금 운전하면 안 돼요."

"나 멀쩡해."

스타가 거울을 보며 머리를 매만졌다.

"이런 상태일 때 내 동생 태우고 운전하지 말라고요."

"멀쩡하다고 했잖아."

"빈센트 킹이 멀쩡했던 것처럼요?"

더치스는 손이 날아오는 걸 봤지만 고개를 돌리지 않았고, 아무엇도 아니라는 듯 따귀를 맞았다.

뒷좌석에서 로빈이 울었다.

더치스는 몸을 숙여 자동차 열쇠를 빼낸 다음 뒤로 넘어가 로빈 옆에 앉았다. 동생의 머리카락을 쓸고 눈물을 닦아주며 파자마로 갈아입도록 도와주었다.

더치스는 한 시간 동안 눈을 붙이고 앞으로 넘어가 스타에게 열쇠를 건네주었다. 그들은 그곳을 떠나 집으로 차를 몰았다. 어머니와 딸이 나란히 앉아.

"이번 주말에 쟤 생일인 거 알죠."

더치스가 나직이 말했다.

한 박자 늦게 스타가 대답했다.

"당연히 알지. 내 왕자님인걸."

이 말에 더치스의 배가 욱신거렸다. 더치스는 돈이 없었다. 신문배달을 하느라 주말마다 자전거 페달을 밟으며 땀을 흘렸지만 그건 얼마 안 됐다.

"나한테 돈 좀 줄 수 있으면 알아서 할게요."

"내가 챙길게."

"하지만……."

"젠장, 더치스, 엄마가 한다잖아. 조금만 믿어봐."

더치스는 자기 생일을 어머니가 일언반구도 없이 지나갈 때마다 믿음을 잃어버렸다고 말할 수도 있었다.

차가 덜컹이며 달리다가 마침내 고속도로로 진입했다.

"배고프니?"

스타가 말했다.

"핫도그 만들어 먹었어요."

"소스는 뿌렸어? 로빈이 소스 좋아하는 거 너도 알잖아."

더치스는 지친 눈으로 어머니를 쳐다봤다. 스타가 손을 뻗어 소녀의 뺨을 쓰다듬었다.

"아까 무대에 올라오지 그랬어."

"취한 인간들 앞에서 노래하라고요. 그런 건 전문가들한테 맡길래요."

스타가 가방에서 담배를 꺼내 이 사이에 물고서 라이터로 불을 붙이려고 했다.

"라디오 틀면 엄마한테 노래 하나 불러줄래?"

"로빈 자잖아요."

스타가 더치스의 어깨에 한 팔을 두르고 딸을 가까이 끌어당겼다. 차가 고속도로를 기어가는 동안 그녀는 딸 이마에 입을 맞췄다.

"오늘 밤에 어떤 남자가 왔었어. 밸리*에 스튜디오가 있는 사람이야. 그 남자가 자기 명함을 주면서 전화하라고 하더라. 이번엔 잘될지도 몰라."

더치스는 하품을 했다. 두 눈이 점점 무거워지고, 가로등 불이 번지기 시작했다.

"케이프 헤이븐의 여공작. 너 내가 항상 딸이 있었으면 하고 바란 거 알지. 머리에 예쁜 나비 리본을 한."

더치스는 알고 있었다.

"빌리 블루 래들리 얘기 알아요?"

- 유니버설 스튜디오 테마 파크와 워너 브러더스, 월트 디즈니 스튜디오가 있는 곳으로 영화와 연예 산업 쪽으로 유명한 샌퍼난도 밸리 San Fernando Valley를 말한다.

스타가 웃었다.

"네 할아버지가 가끔 그 남자 이야기를 해줬지. 난 지어낸 건 줄 알았는데."

"진짜였어요. 래들리 피라구요, 어머니."

더치스는 다시 자기 아버지 일을 물어볼까 했지만 그 얘기를 하기에는 너무 지쳐서 넘어가기로 했다.

"내가 너 사랑하는 거 알지?"

"그럼요."

"농담 아니야, 더치스. 내가 하는 거 전부…… 내가 가진 거 전부, 다 너희 둘을 위한 거야."

더치스는 어두운 밤을 응시했다.

"난 그냥……."

"뭐?"

"그냥 중간이 있었으면 좋겠어요. 사람들이 사는 데는 거기니까요. 꼭 이쪽 아니면 저쪽일 필요는 없잖아요……. 가라앉거나 아니면 헤엄치거나, 그럴 필요는 없잖아요. 사람들은 대부분 그냥 물을 헤치고 걸어가고, 그걸로 충분하다고요. 어머니가 가라앉으면 우리까지 같이 끌고 들어가니까요."

스타가 두 눈을 훔쳤다.

"노력하고 있어. 더 잘할게. 오늘 아침에도 긍정의 문구 외웠다고. 매일 외울 거야. 너희를 위해서 하고 싶어."

"뭘 해요?"

"이기심이 없어졌으면 좋겠어. 이기심 없는 행동 말이야, 더치스. 좋은 사람이 되려면 그게 필요하거든."

그들은 거의 자정이 되어서야 마을을 통과했고, 다크의 에스컬레이드가 진입로에 있는 걸 보고 더치스는 가슴 한구석이 타들어가버렸다.

그들이 탄 차가 다가서니 대문이 열려 있었다. 디크가 뜰에서, 포치에서 기다리며 더치스를 무섭게 만드는 그 모습으로, 어둠 속에서 뭔가가 보이기라도 하는 것처럼 허공을 응시하고 있을 터였다. 더치스는 그가 마음에 들지 않았다. 그는 너무 말이 없고, 좆같이 크고, 좆같이 쳐다봤다. 더치스는 그가 학교 밖에서, 울타리 근처에서 그저 차에 앉아 자기를 지켜보는 것을 보았다.

"엄마 오늘 밤에 심야 근무라고 하지 않았어요?"

더치스가 말했다.

스타는 한동안 비터워터에서 사무실 청소를 했다.

"그 사람들이…… 내가 어젯밤에 못 나갔더니 그 사람들이 오지 말라고 했어. 걱정하지 마. 디크 가게에서 바텐더 하면 되니까. 아마 그것 때문에 왔을 거야."

"난 엄마 거기서 일하는 거 싫어요."

스타가 웃음 짓더니 다시 명함을 들면서 그게 무슨 증거라도 되는 듯 행동했다.

"행운이 우리 쪽으로 오고 있어."

더치스는 동생을 들어 안았다. 동생은 다리도 팔도 가늘고 가벼웠고, 그 애 머리카락이 길어지고 있었지만 더치스는 다른 소년들이 가는 이발소, 중심가에 있는 조 로저스에 동생을 데려갈 수가 없었다. 동생이 너무 어려서 그런 걸 알아차리지 못하는 게, 다른 아이들도 마찬가지인 게 다행이었다. 그것도 얼마 안 가 달라질 터였고 더치스는 그게 걱정되었다.

남매가 함께 쓰는 방에는 더치스가 붙여놓은 과학 포스터와 행성 포스터가 있었다. 동생은 똑똑하게 자랄 것이었다. 선반에 있는 한 권뿐인 책°에는 맥스가 너무 배고픈 채 떠도는 모습이 그려지지만, 로빈이 정말 좋아하는 건 결말이었다. 마지막에 맥스가 저녁을 먹는 장면이 곧 그 애가 보살핌을 받았다는 뜻이기 때문이었다. 더치스는 그 책을 설리나스에 있는 작은 도서관에서 빌렸는데, 2주마다 3킬로미터쯤 떨어진 그곳까지 자전거를 타고 가서 다시 빌려왔다.

방문 바깥에서 말소리가 들렸다. 다크는 이 집의 주인이었고, 스타는 세를 감당할 수 없었다. 더치스는 그게 무슨 뜻인지 알 만큼 성숙했고, 그걸 이해하지는 않을 만큼 어렸다.

학교 과제가 떠올랐다. 과제를 끝내지 못하면 어떤 구렁텅이에 떨어지게 될지. 벌로 방과 후에 학교에 남아 있을 수는 없었다. 로빈을 데려올 사람이 없을 테니까. 스타는 믿을 수 없었다.

더치스는 새벽녘까지 좀 졸다가 이른 시간에 숙제를 하기로 결정했다. 더치스는 커튼을 열었다. 거리는 잠들어 있었다. 건너편 밀턴의 집에서 포치 전등이 밤새 불을 밝히고 있어 나방들이 모여들어 파닥였다. 여우 한 마리가 빛에서 어둠으로 우아하게 사라지는 게 보였다. 그리고 그때 브랜던 록의 집 옆에서 한 남자를 보았는데, 그는 더치스의 방 창문을 지켜보고 있었다. 거기 선 채로는 안쪽에 서 있는 더치스가 보일 리 없었다. 남자는 키가 컸는데 다크처럼 거대하지는 않았지만 그래도 컸다. 짧게 친 머리카락, 굽은 어깨는 마치 자부심이 모조리 빠져나간 듯했다.

더치스는 자기 자리에 누웠다.

- 모리스 센닥Maurice Sendak이 지은 《괴물들이 사는 나라Where the Wild Things Are》.

그리고 두 눈이 무거워지려는데, 비명이 들렸다.

어머니의 비명이었다.

더치스는 숙련된 동작으로 움직였다—밤의 공포에 익숙한 소녀가, 최악의 남자들과 어울리는 어머니에게로. 문에서 나간 뒤 문을 닫았다. 동생은 잘 것이고 일어난다고 해도 기억하지 못할 터였다. 그 애는 기억하는 법이 없었다.

더치스는 다크의 목소리를, 늘 그렇듯이 흔들림이 없는 목소리를 들었다.

"진정해요."

더치스는 문틈으로, 모퉁이 너머로 살펴보았다—거실은 지옥의 한 조각처럼 쓰러진 스탠드가 스타 위로 그림자를 드리웠고 스타는 러그에 누워 있었다. 다크는 마치 방금 진정제를 놓은 야생동물이라도 보는 듯 어머니를 골똘히 바라봤다. 그는 그 의자에도, 그 작은 집에도 너무 컸고 쓰러뜨리기에도 너무 컸다.

더치스는 어디를 밟으면 소리가 나는지, 어떻게 해야 하는지 알고 복도를 따라 부엌으로 이동했다. 911에 전화하면 기록이 남기 때문에 거기에 전화하지는 않을 작정이었다. 더치스가 워크에게 전화를 거는데 뭔가 소리가 들려 돌아보니 이미 다크가 와서 수화기를 뺏어갔다.

더치스는 그의 손에 손톱을 박아 피가 난다는 게 느껴질 때까지 할퀴었다. 그는 한 손으로 더치스의 어깨를 단단히 잡고 부엌에서 거실로 가게 했다. 더치스는 넘어져 발버둥 치다 사이드 테이블을 쓰러뜨렸고, 로빈이 유치원에 간 첫날 찍은 사진이 눈 옆에 떨어졌다.

더치스 위로 다크가 섰다.

"다치게 하지 않을 테니 경찰은 부르지 마라."

너무 깊은 목소리가 마치 인간이 아닌 듯했다. 더치스는 그에 관해 단편적인 이야기들을 들었는데, 한 남자가 펜서콜라에서 다크의 차 앞으로 끼어들자 그가 남자를 차에서 끌어내 얼굴을 곤죽으로 만들었다는 얘기도 그중 하나였다. 게다가 다크의 모습이 너무 차분해서 행인들이 넋을 놓고 봤다고 했다.

다크는 늘 그러듯이 더치스를 관찰했다. 소녀의 얼굴을, 머리카락을, 두 눈을, 입을 뜯어보았다. 하나하나를 흡수하는 모습에 더치스는 몸서리가 났다.

더치스는 사납게 그를 노려보며 작은 코를 찡그려 이를 드러냈다.

"난 무법자 더치스 데이 래들리고, 당신은 여성 폭행자 디키 다크야."

더치스는 뒤로 미끄러지듯 현관 쪽으로 움직였다. 위쪽에서 가로등 불이 유리창을 통과해 더치스를 오렌지색으로 물들였고, 어머니가 비명을 지르고 소리치며 다크에게 달려드는 모습이 보였다.

더치스는 일어나서 도우면 안 된다는 걸 알기에 그러지 않을 작정이었다. 대신 유리창으로 그 형체가 보였을 때 자리에서 일어섰다.

뒤에서 어머니가 주먹을 휘둘렀다. 다크가 어머니의 양손을 잡고 제압하려고 했다.

더치스는 재빨리 결정했다. 바깥에 있는 게 무엇이건 안에 있는 것보다 나쁘지는 않을 터였다. 소녀는 문의 잠금장치를 돌리고 남자의 얼굴을 올려다보았다. 소녀가 옆으로 비켜서자 남자는 안으로 들어가서 다크를 붙잡고 그와 드잡이를 했다. 그가 주먹을 날려 다크의 옆머리를 강타했다.

다크는 움찔하지도 않고, 상대가 누구인지 보고는 동작을 멈추고 차분하게 이리저리 재보았다. 다크가 키도 훨씬 크고 체격도 좋았지만 상대편 남자는 싸우려는 욕구로 불타오르는 듯 보였다.

다크는 서두르지 않고 주머니에서 열쇠를 꺼낸 뒤 집에서 나갔다. 남자가 그를 따라 나갔고 더치스도 뒤따랐다.

더치스는 에스컬레이드의 불빛이 점점 희미해져 사라질 때까지 지켜보았다.

남자가 몸을 돌려 더치스를 보았다. 그런 다음 뒤쪽에, 오래된 포치에 서서 숨을 헐떡이는 스타를 보았다.

"이리 와, 더치스."

더치스는 아무 말 없이 그저 어머니를 따라 안으로 들어가다가 한 번 뒤를 돌아보았다. 남자는 마치 소녀를 지키기 위해 파견된 사람처럼 거기 서 있었다.

그는 난동 중에 셔츠가 찢어졌고, 달빛이 그를 비쳤을 때에야 더치스는 보았다. 서로 교차하며 온몸을 감싼 무수한 상처들이, 새로 난 듯 성나고 부풀어 있는 것을.

6

피로가 소녀를 짓밟았고, 소녀는 맞서지 않고 굴복했다―발걸음과 호흡은 힘겨웠고 눈은 타는 듯했으며 귀는 종종 먹먹해져 반응할 수 없을 만큼 소리가 멀리서 오는 것 같았다.

손을 가볍게 당기는 게 느껴지고 남동생의 진지한 얼굴이 보였다. 밤새 꿈을 꾼 모습이었다.

"누나 괜찮아?"

동생이 걱정했다.

더치스는 동생 가방과 자기 가방을 다 들었다. 팔뚝에 멍이 들어 있는데, 어젯밤에 넘어진 자리였다. 자기 가방에는 반쯤 하다 만 숙제, 그러니까 가계도가 들어 있었다. 더치스는 성적이 학급에서 중간쯤이었고 그 상태를 유지해야 한다는 걸 알았다. 더는 땡땡이를 치지도 않고 말썽에도 얽히지 않으려 했는데, 스타가 어떤 식으로든 개입하는 위험을 감수할 수 없어서였다. 학부모 상담 날이면 "어머니가 일을 해서요, 아시잖아요" 하고 변명했다. 자기가 만든 점심을 다른 아이들이 볼까 겁이 나 점심도 혼자 먹었다. 때로는 버터를 바른 빵이 전부였는데 너무 딱딱해서 부러질 정도였다. 자기보다 형편이 더 안 좋은 애들도 있다는 건 더치스도 알았지만 그저 그 애들과 같이하고 싶지 않을 뿐이었다.

"나 어제 네 침대에서 잤는데 너 자면서 날 자꾸 차더라."

더치스가 말했다.

"미안. 무슨 소리가 들린 줄 알았는데. 꿈이었나 봐."

더치스는 동생이 앞으로 조금 달려가 이웃집 뜰로 들어가더니 마치 개처럼, 기다란 나뭇가지를 들고 돌아오는 걸 보았다. 동생은 그걸 앞으로 뻗어 지팡이처럼 다루면서 노인 행세를 해 누나를 웃겼다.

그때 그 집 대문이 열렸다. 브랜던 록. 그는 자기 머스탱을 얼마나 애지중지했는지, 스타 말로는 전처에게나 보이면 좋았을 만한 관심을 그 차에 쏟아부었다.

그가 입은 재킷은 학창 시절 명예 선수에게 주는 운동복으로, 색이 다 바래고 꽉 끼어서 소매가 아래팔 중간까지밖에 안 왔다. 그는 로빈을 노려보았다.

"차에 얼씬도 하지 마라."

"걘 가까이 가지도 않았다고요."

브랜던은 잔디밭을 가로질러 더치스 앞에 섰다.

"너 저 덮개 아래 뭐가 있는지 알아?"

그는 차 쪽을 가리켰고 파란색 방수포가 차를 꼭 감싸고 있었다. 더치스는 밤마다 브랜던이 차를 자기 맏아이처럼 재우는 모습을 보았다.

"엄마 말로는 음경의 확장판이라던데요."

소녀는 그의 볼이 벌게지는 걸 봤다.

"1967년산 머스탱이다."

"1967년, 그 재킷 만든 연도랑 똑같네요."

"내 등번호야. 네 엄마한테 내가 누군지 물어봐라. 주 대표였어. 돌진하는 황소라고들 했지."

"돌대가리 염소요?"

로빈이 누나에게 돌아와서 손을 잡았다. 더치스는 그 길을 걷는 내내 브랜던의 시선을 느꼈다.

"왜 저렇게 성질을 내지? 난 머스탱 가까이 가지도 않았는데."

"그냥 엄마랑 데이트하고 싶은데 퇴짜 맞아서 저러는 거야."

"어젯밤에 다크 왔었어?"

앞쪽에서 햇빛이 비추었고 상점 덧문들이 올라가고 가게 주인들이 개점 준비를 했다.

"난 소리 못 들었어."

더치스는 겨울의 케이프 헤이븐이 더 맘에 들었다. 겨울이면 정직이 겉치레를 벗겨버려 다른 마을들과 다를 바 없는 모습이 되었으니까. 여름은 괴로웠다. 길고 아름답고 추했다.

더치스는 캐시디 에번스와 그 일당이 로지스 다이너 밖에 앉아 짧은 치마와 볕에 그은 다리를 드러내고 서로 예쁜 척 입술을 내미는 걸 보았다.

"버몬트 쪽으로 가자."

로빈이 말하자 더치스는 동생이 이끄는 대로, 비웃음을 던질 소녀들과 중심가에서 멀어지도록 내버려두었다.

"이번 여름에 우리 뭐 할 거야?"

"여름마다 하는 거. 밖에 나가서 놀고 바닷가에 가고."

"아."

로빈은 눈을 깔고 있었다.

"노아는 디즈니에 간대. 그리고 메이슨 걔는 하와이에 가고."

더치스는 동생 어깨에 손을 얹고 꼭 쥐었다.

"내가 뭔가 찾아볼게."

로빈이 포덤 거리에 서 있는 가로수들로 뛰어갔다. 더치스는 동생이 버드나무 가지들을 헤치고 그 아래로 들어가는 걸 봤다.

동생은 낮은 가지를 타고 기어오를 터였다.

"잘 잤니."

더치스가 뒤로 돌았다. 소녀는 너무 피곤해서 순찰차 소리를 못 들었고 너무 정신이 팔려 있어서 워크가 차를 옆에 세우는 것도 알아채지 못했다.

더치스가 잠시 걸음을 멈추자 워크는 시동을 끄고 선글라스를 벗더니 빤히 들여다봤다.

"별다른 일은 없고?"

"그럼요."

더치스는 눈을 깜빡이며 다크의 손을, 어머니의 비명을 지워버렸다.

워크는 곧장 대답하지 않고 무전기를 만지작거리며 문을 손가락으로 두드렸다.

"어젯밤, 아무 일 없었던 거니?"

워크는 빌어먹게도 언제나 눈치챘다.

"방금 말했잖아요."

그 말에 그는 웃었다. 그는 결코, 무슨 일로든 더치스를 들볶지 않았다. 그는 두 아이가 잘 지내는지 지켜볼 뿐이었다. 더치스는 어른들이 그저 지켜보는 것과 괜히 끼어들어 자기도 감당 못할 결과를 일으키는 것을 혼동하는 경우를 종종 봤다.

"그럼 됐다."

그가 말했다.

워크의 손이 떨리고, 엄지와 검지가 붙었다 떨어지기를 반복했다.

그는 더치스가 보는 걸 알아채고 손을 순찰차 안으로 숨겼다.

더치스는 그가 술을 얼마나 마시는지 궁금했다.

"언제든 나한테 얘기해도 되는 거 알지, 더치스."

더치스는 너무 지쳐서 그의 토실토실하고 친절한 얼굴과 감정이 넘치는 눈을 마주할 기력이 없었다. 그는 부드러웠고, 젤리나 푸딩 같았다. 부드러운 웃음, 말랑말랑한 몸, 소녀의 세상을 바라보는 부드러운 눈길. 부드러운 것은 더치스에게 쓸모가 없었다.

학교에 도착해 더치스는 로빈이 유치원에 들어가는 걸 보고 덜로리스 선생에게 손을 흔든 다음 뒤로 돌아섰다. 방학이 며칠 안 남았고 눈에 띄지 않도록 조심해야 했지만 숙제가 골치였다. 그놈의 가계도 때문에 구렁텅이에 빠질 터였다. 더치스는 숙제를 빼먹는 법이 없었다. 위장이 아파 더치스는 배에 손을 댔고, 뭔가 심각한 일이 벌어지려는 듯 뱃속이 단단히 뭉치는 걸 느꼈다. 학급 앞에 나가서 아버지가 누군지 모른다고 말할 수는 없었다. 그럴 수는 없었다.

더치스는 복도에서 자기 사물함을 발견하고 옆에 선 여자아이에게 웃어 보였지만 상대는 아무 반응이 없었다. 그렇게 된 지가 이미 오래였다. 더치스가 책임이니 결과니 하는 것에 신경 쓰느라 진이 빠져버려서 애들이 친구로서 바라는 것에 짬을 낼 수 없다는 걸 다른 아이들도 아는 모양이었다.

더치스는 교실에 들어가 줄의 중간쯤에 있는 자기 자리, 창가여서 들판이 내다보이는 자리에 앉았다. 새 한 무리가 땅을 쪼았다.

더치스는 로빈을 떠올리며 혹시 자기가 벌을 받아 방과 후에 남는다면 누가 그 애를 데리러 갈지 생각했다. 아무도 없었다. 아무도. 더치스는 목으로 올라오는 덩어리를 꿀꺽 삼켰다. 눈이 뜨거웠다. 더치스는 울지 않았다.

문이 열렸지만 들어온 것은 루이스 선생이 아니었다. 웬 늙은 여자가 발을 끌며 들어왔는데, 스티로폼 컵에서 커피의 김이 피어올랐고, 목에 걸린 줄에 안경이 매달려 있었다. 대리교사였다.

더치스는 대리교사가 교과서를 꺼내 조용히 공부하라고 하자 책상 위에 풀썩 엎드려졌다.

♰

워크는 이제 공터가 된 부지에서, 페어론의 집이 끽해야 잔해에 불과한 그곳에서 그를 발견했다. 인부들이 그곳을 안전하게 정리하고 있었고, 굴착기들이 목재와 슬레이트를 옮기고 있었으며, 짐 실은 트럭들이 기억을 실어 가버릴 준비를 하고 있었다.

다크는 인부들을 지켜보고 있었고 그의 존재만으로도 사람들이 서둘러 일하게 만들기에 충분했다. 그가 워크를 보고 살짝 등을 펴자, 워크는 저도 모르게 한 걸음 물러났다.

"오늘 날씨가 좋군. 리 말로는 자네가 서에 전화했다던데. 클럽에 또 문제라도 있었나?"

"아니오."

잡담은 일절 안 했다. 워크가 아무리 애를 써도 소용없었다. 절대 그에게 고통스러울 정도로 필요한 것 이상을 말하게 할 수는 없었다.

워크는 떨리는 손을 주머니에 집어넣었다.

"그럼 뭔가?"

다크는 뒤쪽에 있는 집을 가리켰다.

"저 집은 내 소유요."

뒤쪽에 있는 작은 주택은 덧문이 벗겨지고 포치가 썩어가고 있었고, 유지하려고 애는 쓰지만 당장이라도 허물고 새로 지을 준비가 된 듯 보였다.

"디 레인 집이군."

워크는 디가 창가에 서 있는 걸 봤다. 그가 손을 흔들었지만 그녀는 그를 무시하고 그의 뒤편에 있는 바다를, 자연의 냉담한 숨결 속에서 드러나는 100만 달러짜리 전망을 바라보았다.

"저 여자가 세입자인데. 나가려고 하질 않소. 서류는 제때 제출했소만."

"내가 얘기해보지. 저 여자가 여기 산 지 오래된 건 자네도 알 테니."

대답은 없었다.

"게다가 딸들도 있고."

다크가 몸을 돌려 하늘을 봤다. 어쩌면 기다리던 뭔가가 도착하는지도 몰랐다.

워크는 그 참에 그를 뜯어봤다. 검정 양복. 워크의 발목만큼 두꺼운 손목에 찬 평범한 시계. 워크는 그가 벤치프레스로 얼마나 들까, 어쩌면 가족용 차 정도를 들지도 모른다고 생각했다.

"이제 어쩔 생각인가, 저 집은?"

"지을 거요."

"허가는 신청했고?"

워크는 허가신청서를 감시하면서, 뭔가 바꾸려는 움직임이 보일 때마다 번번이 반대했다.

"어젯밤 소동이 좀 있었다던데. 래들리네 집에서."

다크는 그저 쳐다볼 뿐이었다.

워크가 웃음 지었다.

"좁은 동네지."

"그것도 얼마 안 남았소. 빈센트 킹과는 다시 얘기해봤소?"

"그 친구 말이…… 아니, 그 친구 이제 막 나왔으니까 당분간
은……."

"말해도 괜찮소."

워크가 기침을 했다.

"좆이나 까라더군."

다크의 얼굴은 슬픔인지 아니면 그저 실망인지 모를 가면 같
았다. 그가 손가락 마디를 꺾자 총성 같은 소리가 났다. 워크는
360밀리미터 사이즈의 부츠로 그가 어느 정도나 해를 가할 수 있
을지 그저 상상만 할 따름이었다.

워크는 작업 중인 부지로 올라갔다. 땅은 무너졌고, 장비에 탄
남자들이 담배를 입에 물고 해를 향해 눈을 가늘게 뜨고 있었다.

"워커 서장."

워크가 뒤돌아섰다.

"레인 씨한테 한 주를 더 주겠소. 나한테 보관 창고가 있소. 거
기 맡기고 싶은 게 있으면 뭐든 집 앞에 내놓으라고 하시오. 내가
가져다가 보관할 테니. 비용은 없고."

"그거 친절하군."

디의 뜰에는 자그마한 테라스가 있었고, 아무리 작다 해도 그
곳을 자랑스러워한다는 게 묻어나는 단정한 화단이 있었다. 워크
는 그녀를 20년간 알고 지냈는데, 그 세월 내내 디는 포튜나로路
에 있는 그 집에 살았다. 한때 결혼 생활도 했으나 남편이 오입질

을 하더니 청구서와 양육할 두 딸만 남기고 가버렸다.

디는 방충문에서 워크를 맞았다.

"저 인간 그냥 쌍, 죽여버려야 하는 건데."

디는 키가 작아서 155센티미터 정도 됐고, 매력적이지만 거친 느낌을 주는 게 마치 지난 세월이 옛 모습을 지워버린 듯했다. 디와 다크의 싸움이라, 미스 매치라는 말로는 턱없이 부족했다.

"내가 어디 좀 알아봐줄……"

"집어치워요, 워크."

"다크 말이 맞아요? 오늘이라던데?"

"오늘이에요. 그렇다고 그 인간이 맞다고 할 순 없죠. 그 인간이 대출금을 이어받고 은행 문제를 처리한 다음 내가 이 집에 세입자로 산 지가 3년이에요. 그러다가 페어론 집이 무너지면서 이 집 전망이 좋아지니까 우편함에 이게 와 있는 거예요."

디는 서류 뭉치에서 통지서를 찾아 그에게 내밀었다.

워크는 주의해서 읽었다.

"정말 안타깝네요. 누구 상의할 사람 없나요?"

"지금 얘기하고 있잖아요."

"난 법 쪽으로는……"

"그 인간이 나더러 여기 있어도 된댔어요."

워크는 통지서를 다시 읽고, 첨부된 공문도 다시 보았다.

"짐 정리하는 거 도와줄게요. 딸들은 알아요?"

디가 두 눈을 감고 눈물이 맺힌 눈을 뜨더니 고개를 저었다. 올리비아와 몰리, 열여섯과 여덟 살이었다.

"다크가 일주일 더 있어도 된다더군요."

그러자 디가 숨을 들이쉬었다.

"그게요, 우리 사귄 적이 있어요……. 잭 떠난 뒤에요."

워크도 알고 있었다.

"내가……. 그러니까 다크는요. 생긴 건 멀끔하지만 빌어먹을 괴물이라고요, 워크. 뭔가 정상이 아니에요. 난 뭐가 문제인지도 잘 모르겠지만, 그 남자는 어딘지 차가운 데가 있어요. 꼭 로봇처럼요. 게다가 날 건드리지 않으려고 했다니까요."

워크가 인상을 찌푸렸다.

"무슨 뜻인지 알잖아요."

그는 뺨이 달아오르는 걸 느꼈다.

"내가 뭐 그 짓에 환장하거나 그런 건 아니지만요. 데이트를 대여섯 번 했으면 그 다음은 자연스러운 거잖아요. 근데 그 인간은 아니에요. 디키 다크한테 자연스러운 거라고는 아무것도 없다고요."

앞뜰에 상자들이 놓인 걸 보고 워크는 옮기려고 했지만 그녀는 그냥 두라고 했다.

"전부 쓰레기예요. 오늘 아침에 내 인생을 상자에 담기 시작했죠. 그랬더니 뭘 깨달았게요?"

디는 소리도 흐느낌도 없이 그저 눈물만 계속 흘렸다.

"내가 걔들을 실망시켰다는 거예요, 워크."

워크가 뭐라고 말하려고 하자 디는 손을 들어 저지했다. 무너지기 직전이었다.

"딸들을 실망시켰다고요. 이제 나한텐 애들이 살 집도 없어요. 아무것도 없다고요."

✢

그날 밤 로빈과 어머니가 자고 있을 때 더치스는 자기 방 창문을 넘어 자전거를 타고 달렸다.

땅거미가 내리고 푸른 낮이 스러진 거리에 쓰레기통들이 나와 있었고 바비큐 냄새가 났다. 더치스는 배가 고팠고 배를 채울 만큼 먹을 게 넉넉한 적이 없었다. 로빈이 먹을 수 있는 만큼 먹게 하느라 바빴다.

메이어에 접어들자 야트막한 언덕이 완만하게 아래로 흘러내렸고, 더치스는 발을 구르지 않은 채 자전거가 한쪽으로 색 테이프를 휘날리며 달려가게 내버려두었다. 반바지 차림에 헬멧은 쓰지 않았고 웃옷 지퍼를 채우고 샌들을 신고 있었다.

더치스는 선셋가로 꺾어지는 길에서 속도를 늦추었다.

킹네 집은 언제나 더치스의 마음에 들었다. 그 서 있는 모습이, 반쯤 폐허가 되어서도 주변을 아랑곳하지 않는 태도가.

더치스는 한눈에 그를 보았다.

차고 문이 올라가 있었고, 그는 사다리에 올라 조심스레 슬레이트를 제거하고 있었다. 슬레이트는 반쯤 떼어낸 상태였고, 근처에는 타르지 한 장과 망치며 곡괭이 같은 도구들과 건조하고 흙 묻은 돌덩이가 가득한 손수레가 있었다. 그에게 램프가 있었는데 거기에서 딱 필요한 만큼 빛이 새어 나왔다.

더치스는 시시의 사진을 본 적이 있었다. 더치스와 시시는 같은 부류의 소녀로, 밝은 머리카락과 눈동자와 작은 코 위에 난 주근깨까지 같았다.

더치스는 천천히 길을 건너다 두 다리를 벌렸고, 안장 때문에 아팠지만 이쪽저쪽으로 균형을 잡으며 한쪽 발로 페달을 밟았다.

"우리 집에 왔었죠."

그가 돌아섰다.

"빈센트라고 해."

"나도 알아요."

"한때 네 어머니를 알았지."

"그것도 알아요."

그러자 그가 웃었지만 진짜는 아니었고 웃어야 한다고 생각해서, 마치 다시 뭔가가 되어가는 법을 배우고 있는 것 같은 웃음이었다. 더치스는 웃어주지 않았다.

"어머니는 괜찮아?"

"항상 괜찮죠."

"넌 어때?"

"나한테는 물어볼 필요 없어요. 난 무법자니까."

"내가 걱정해야 하는 건가? 무법자는 나쁘잖아?"

"와일드 빌 히콕*은 두 명을 죽였지만 보안관이 됐어요. 어쩌면 나도 언젠가 개심할지도 모르죠, 아닐 수도 있고."

더치스가 자전거를 타고 조금 다가갔다. 그는 땀이 나서 티셔츠의 가슴과 겨드랑이 부분이 시커멓게 젖어 있었다. 차고 위쪽으로 오래된 농구대가 그물망 없이 서 있었는데, 더치스는 그가 아직 농구하는 법을 기억할지, 예전에 있었던 일을 무엇이라도 기억할지 궁금했다.

"자유요. 그걸 빼앗는 게 가장 끔찍한 건가요? 다른 무엇보다?

* Wild Bill Hickok, 1837년에 태어나 1876년에 사망한 서부 시대의 유명한 총잡이이자 보안관이다.

그럴지도 모르죠."

빈센트가 사다리에서 내려왔다.

"팔에 상처가 있네요."

빈센트는 자기 팔뚝을 내려다봤다. 상처는 길게 나 있었지만 성난 상태는 아니었고 그저 흉터였다.

"몸 전체가 상처투성이고요. 거기 있을 때 두들겨 맞았나요?"

"어머니랑 닮았구나."

"거기에 속지 마세요."

더치스는 조금 뒤로 물러나더니 그가 지켜보는 가운데 머리에 있는 작은 나비 리본을 만지작거렸다.

"속임수예요. 그러면 사람들이 여자아이로만 보고 다른 건 안 보니까."

더치스가 자전거를 앞뒤로 움직였다.

그가 십자드라이버를 들고 천천히 다가갔다.

"브레이크가 잘 안 풀리네. 그래서 페달이 뻑뻑한 거야."

더치스는 그를 주의 깊게 관찰했다.

그는 더치스의 다리 옆에, 피부가 닿지 않도록 조심스럽게 무릎 꿇고 앉아 브레이크를 주물거리더니 일어나 뒤로 물러섰다.

더치스는 페달을 밟으며 바퀴가 좀 더 쉽게 돌아가는 것을 느끼고는 자전거를 돌렸다. 빈센트와 낡은 집 뒤편으로 달이 지고 별이 떴다.

"우리 집에 다시 오지 마요. 우린 아무도 필요 없으니까."

"알았다."

"다치게 하고 싶지 않아요."

"나도 그건 싫은걸."

"이 집 창문 깬 녀석, 이름이 네이트 도먼이에요."

"잘 알았다."

더치스는 천천히 자전거를 몰아 그에게서 멀어져 집으로 향했다.

자기 집이 있는 거리에 이르러 더치스는 그 차를, 보닛이 어찌나 긴지 진입로 밖으로 튀어나와 있는 차를 보았다. 다크가 돌아온 것이었다.

더치스는 페달을 세게 밟다가 정신이 나간 듯 자전거를 잔디밭에 쓰러뜨리며 집을 비워서는 안 되는 거였다고 생각했다. 집 옆면을 따라 이동한 뒤 뒷문을 통해 부엌으로 살금살금 들어가는데, 척추를 따라 땀이 흘러내렸다. 벽에 붙은 거치대에서 수화기를 들었다. 그리고 그때 웃음소리가, 어머니의 웃음소리가 들렸다.

더치스는 두 사람이 자기를 볼 수 없는 어둠 속에서 지켜보았다. 커피 테이블에는 반쯤 빈 병이 놓여 있고, 펜서콜라 주유소에서 파는 것 같은 빨간 꽃이 한 다발 있었다.

더치스는 그들을 내버려두고 뜰로 나가 창문을 기어올라 자기 방문이 그대로 잠겨 있는지 확인했다. 반바지를 벗고 로빈의 이마에 입을 맞춘 뒤, 커튼을 걷고 동생 침대 발치에 누웠다. 더치스는 저 거인 같은 남자가 가기 전에는 잠들지 않을 작정이었다.

7

"그 여자애 얘기 좀 해봐."

빈센트가 말했다.

둘은 오래된 교회 뒤쪽에 앉아 있었다. 창문 밖으로 공동묘지가, 그 너머로는 바다가 있었고 둘 다 스테인드글라스 때문에 알록달록했다. 둘은 앞서 시시의 무덤에 찾아갔는데, 워크는 친구가 잠시 혼자 있게 해주었다. 빈센트는 꽃을 가져가서 무릎을 꿇고 앉아 묘비에 쓰인 문구를 바라보았다. 그는 그곳에 한 시간 동안 머물렀고 결국 워크가 다가가 부드럽게 어깨에 손을 얹었다.

"더치스, 그 애는 나이보다 성숙해."

워크는 자기가 가장 잘 안다고 여겼다.

"로빈은?"

"더치스가 돌봐. 그 애 엄마가 해야 할 일을 개가 하지."

"애들 아버지는?"

워크는 흰색으로 칠한 오래된 벤치와 그 아래 돌바닥에 떨어진 흰색 페인트 방울들을 내려다봤다. 천장은 높고 둥글고 섬세하게 장식되어 있었고, 휴양객들이 사진도 찍고 일요일마다 교회를 꽉 채우게 할 만큼 아름다웠.

"두 번 다 별것 없었어. 스타는 당시에 두어 명이랑 만났고 외출도 자주 했어. 아침에 귀가하는 걸 종종 봤지."

"수치스러운 귀가인가."

"수치심은 없었어. 네가 아는 스타가 그런 거 신경 쓴 적이나 있어?"

"내가 스타를 알기나 하는지 모르겠다."

"아는 거 맞아. 스타는 네가 고등학교 2학년에 무도회 데려갔을 때랑 똑같아."

"나 핼한테 편지 썼어. 스타 아버지 말이야."

"그 양반이 답장했어?"

"했지."

10분이 지나가고 워크는 궁금하기는 했지만 알고 싶지 않았다. 스타의 아버지는 엄한 남자였다. 그는 몬태나에 농장이 있었는데, 너무 고통스러워서 케이프 헤이븐에는 찾아오지도 못했다. 그는 손주들을 만난 적도 없었다.

"처음에는 나더러 자살하라고 하더라."

워크는 성화가 그려진 벽을, 심판과 용서의 이미지를 바라봤다.

"난 자살할 수도 있었어. 그런데 그 양반이 마음을 바꾼 거야. 죽어버리는 게 너무 편하다고 생각한 거지. 나한테 그 애 사진을 보냈더라고."

빈센트가 침을 삼켰다.

"시시 사진 말이야."

햇빛이 스며들어 설교단에 닿자 워크는 두 눈을 감았다.

"시내엔 가봤어?"

"이 동네 이젠 모르겠어."

"다시 알게 될 거야."

"페인트 좀 구하느라 제닝스에 가긴 했지. 이젠 어니가 주인이던데."

"그 친구가 성가시게 굴기라도 한 거야? 내가 얘기해볼게."

어니는 30년 전 그날 밤 같이 수색했던 마을 사람들 중 하나였다. 그는 워크가 손을 들었을 때 가장 먼저 보고 가장 먼저 달려와 그곳에 우뚝 멈춘 다음, 작은 소녀를 보더니 허리를 반으로 접고 구역질을 해댔다.

두 사람은 함께 자리에서 일어나 교회 바깥으로 나간 뒤 초록 풀과 비스듬한 묘비들 사이를 걸어갔다. 절벽 끝에서 둘은 30미터 아래에 있는 삐죽삐죽한 바위에 파도가 부서지는 걸 지켜보았다.

워크는 그 광경에 어지러웠다.

"난 종종 생각해. 그때 우리가 어땠는지. 케이프 헤이븐의 아이들, 더치스 같은 애들을 보면 나랑 너랑 스타랑 마사가 생각나. 스타가 어떤 날은 자기가 아직 열다섯 살인 것 같다고 그러더라. 언제 같이 만날 수 있을 거야, 우리 셋이서. 때가 되면 되찾을 수 있을 거야. 그때는 더 단순했잖아. 그때는……."

"잘 들어, 워크. 그동안 있었던 일들을 네가 어떻게 생각하든 아니면 어떻게 짐작하든, 예전에 내가 어떤 사람이었든, 지금 난 그 사람이 아니야."

"네 어머니 돌아가신 뒤에 내가 널 만나러 가지 못하게 한 건 왜 그런 거야?"

빈센트는 못 들은 것처럼 풍경에 눈을 고정하고 있었다.

"그 양반, 핼이 편지했었어. 매년. 시시 생일에."

"그런 건 뭘 하러……."

"어떤 때는 짧았어. 그냥 내가 잊어버리지 않게 하려는 거였지. 나한테 그런 게 필요하기라도 한 것처럼. 어떤 때는 열 쪽이 넘게 써내려갔어. 전부 화만 내는 건 아니었고, 일부는 변화에 관해서, 그러니까 내가 할 수 있는 일이 뭔지, 다른 사람들까지 같이 무너지게 하지 않고 그 사람들이 자기 인생을 살아가게 하려면 어떻게 해야 하는지 쓰기도 했어."

그때 워크는 이해했다. 빈센트가 방문객을 받지 않은 까닭이 워크가 추측했듯이 어떤 식으로든 자신을 보호하려는 행동은 아니었다는 것을.

"만약 잘못을 바로잡을 수 없다면, 절대로 그럴 수 없다면······."

빈센트가 말했다.

둘은 함께 저인망어선 '더 선 드리프트'호를 바라보았다. 워크는 그 배를 알았다. 파란색 페인트와 녹슨 부분, 강철 곡선과 케이블. 둘이 있는 위치에서 보니 배는 조용히 움직이며 물결도 일으키지 않고 선체가 물을 가를 뿐이었다.

"어떤 일들은 그저 일어나는 거야. 이유야 항상 있지만, 말로 바꿀 수 있는 건 아무것도 없어."

워크는 친구의 인생에서 지난 30년 동안 있었던 일에 관해 묻고 싶은 게 많았지만, 빈센트의 손목에 난 상처들은 그 시간이 그가 상상할 수 있는 그 무엇보다 더 끔찍했으리라는 걸 말해주었다.

둘은 마을 쪽으로 말없이 돌아가기 시작했고 빈센트는 계속 골목길로만, 늘 그렇듯 고개를 숙이고 갔다.

"스타 말이야. 그때 남자를 많이 만났나?"

빈센트가 물었다.

워크는 어깨를 으쓱하더니 잠시 빈센트의 목소리에서 질투의 흔적 같은 것을 들었다고 생각했다.

그는 친구가 선셋가를 향해 멀어지는 모습을, 낡고 텅 빈 집을 수리하러 가는 걸 바라보았다.

점심 이후 워크는 밴쿠어 힐 병원으로 차를 몰았다. 엘리베이터를 타고 4층으로 올라가 대기실에 자리를 잡고 잡지를 읽었다. 빛을 받아 번들거리는 사진에는 주인들만큼이나 미니멀리스트인 살풍경한 집들이 온통 깨끗한 스투코로 마감되어 있었다. 그는 고개를 숙이고 있었다. 대기실에 있는 유일한 다른 사람이라면 젊은 여자로, 그녀는 그와 마찬가지로 협조적이지 않은 몸이면서도 그를 모르는 체하느라 완고하게 딴 생각을 하고 있었는데도. 자기 이름이 불리자 워크는 재빨리 움직여, 몇 시간 전만해도 참기조차 어려웠던 통증을 무시하고 아무 표도 내지 않고 이동했다.

"약이 안 듣습니다."

그가 앉으며 말했다. 진료실은 획일적이었고 사적인 분위기가 나는 것이라고는 의사 쪽을 향해 놓인 액자뿐이었다. 의사는 켄드릭이었다.

"또 손인가요?"

켄드릭이 물었다.

"전부 다요. 아침마다 일어나는 데 30분이 걸립니다."

"다른 쪽으로는 느려지지 않았고요? 걷는 거나? 웃는 건?"

그는 자기도 모르게 웃었다. 의사도 마주 웃었다.

"양손과 양팔만요. 뻣뻣한 것 빼곤 없어요. 앞으로는 더 심해지겠지만."

"그런데 아무한테도 말씀을 안 하셨죠. 아직도요?"

"사람들은 그냥 제가 술고래인 줄 알아요."

"그래도 괜찮으신 건가요?"

"이쪽 직업에는 어울리는 얘기잖아요?"

"누구에게든 얘기하기는 해야 되는 거 아실 텐데요."

"그런 다음에는요? 전 책상에만 앉아 있을 마음은 없는데요."

"다른 걸 해볼 수도 있죠."

"진짜로요. 제가 낚싯배 같은 거에 앉아서 허송세월하는 걸 혹시라도 보신다면, 와서 절 쏴셔도 좋습니다. 경찰로 일하는 건…… 저는 이 자리가 좋아요. 제 인생도 좋고요. 둘 다 지키고 싶습니다."

켄드릭이 슬프게 웃었다.

"달리 하실 말씀은요?"

그는 밖을 응시했다. 그때 유리창은 단순한 풍경이 아니라, 그가 해야 할 시시콜콜한 이야기를 나누는 동안 자신을 잊는 수단이었다. 오줌 눌 때 좀 불편한 것, 똥 눌 때 좀 불편한 것. 그리고 잘 때는 좀 불편한 정도를 넘는다는 것. 켄드릭은 그게 보통이라고 하면서 체중을 좀 줄이고, 식단을 조절하고, 치료도 받고, 레보도파* 복용량을 조절해보자고 제안했다. 그가 모르는 건 아무 것도 없었다. 그는 맹목적으로 약물 치료에 뛰어든 사람이 아니었다. 자유시간이면 도서관에 가서 자료를 읽으며 여섯 단계니 브라악 가설, 심지어 제임스 파킨슨까지 거슬러 올라갔다.

"씨발."

그가 말하더니 손을 들었다.

"욕해서 미안합니다. 안 그러는데."

"씨발 맞죠."

* 파킨슨병 치료에 사용되는 약.

98

켄드릭도 동의했다.

"일을 그만둘 순 없어요. 그럴 순 없다고요. 사람들에겐 제가 필요합니다."

그는 그게 사실일지 궁금했다.

"오른쪽만 그렇다고요."

거짓말이었다.

"치료 모임이 있어요."

켄드릭이 말했고 워크가 일어서려고 했다.

"제발요."

그녀의 말에 그는 팸플릿을 받았다.

╪

더치스는 모래사장에 앉아 있었다. 무릎을 안고, 로빈이 발목까지 물에 잠긴 채 조개껍질을 찾아다니는 걸 지켜보았다. 로빈은 대부분 쪼가리이긴 하지만 껍질을 꽤 모아서 주머니가 터질 듯했다.

왼편으로는 더치스와 같은 학교 애들이 있었는데, 수영복 차림의 소녀들과 공을 던지고 노는 소년들이었다. 아이들 소리가 둥둥 떠와서 더치스를 곧바로 통과해갔다. 더치스는 인파로 가득한 해변에서든, 아이들로 가득한 교실에서든 완전히 홀로 있는 것처럼 느끼는 능력이 있었다. 더치스는 그걸 어머니에게 물려받았으나, 온 힘을 다해 거기에 맞서 싸웠다. 로빈에게는 안정이 필요하지, 거지 같은 인생을 투덜거리며 살아가는 짜증 많은 10대 누나가 필요한 게 아니었다.

"또 찾았다."

로빈이 외쳤다.

더치스가 일어나서 동생에게 다가가자 잠시 물이 차갑게 느껴졌다. 들쭉날쭉한 해안선이 양방향으로 멀리 이어졌다. 더치스는 로빈의 선캡을 바로잡은 뒤 팔뚝을 만졌는데 따뜻했다. 그들은 로션을 살 형편이 아니었다.

"화상 입으면 안 돼."

"알아."

더치스는 동생이 찾는 걸 도와주다가 더없이 맑은 물에서 완벽한 모양의 연잎성게를 건졌고, 동생이 그걸 보고 웃음 짓는 걸 바라보았다.

로빈이 리키 텔로를 보고 그 애한테 달려가더니 서로 인사하며 얼싸안았고 그 모습에 더치스는 웃음이 났다.

"안녕, 더치스."

리 텔로였다. 그녀는 외모가 평범했고 더치스가 자기 어머니가 그랬으면 하는 균형 잡힌 얼굴이었다. 그냥 어머니. 엉덩이와 가슴을 드러내고 바에서 노래하는 가수가 아니라, 해변을 따라 걸어가면 남자들이 빤히 쳐다보는 여자가 아니라.

"저희 금방 가야 돼요."

더치스의 말에 로빈의 얼굴이 어두워졌지만 투정은 부리지 않았다.

"너 가고 싶으면 우리가 동생 태워다줄 수 있어. 사는 데가 어디지?"

"아이비 랜치가야."

리키의 아버지가 답했다. 나이보다 훨씬 이르게 머리가 센 그는 눈 밑에 난 불룩한 주머니가 볼 때마다 무거워지는 듯했다.

리가 남편을 쏘아봤다.

그는 눈을 돌리고 해변에서 가지고 놀 장난감이 가득한 가방을 탈탈 털었다. 로빈은 장난감들을 쳐다보면서도 입을 꾹 다물고 있었다. 동생은 누나에게 부탁하지 않을 터였고, 더치스는 그게 싫었다. 그런 동생이 사랑스러웠지만 여전히 그게 싫었다.

더치스는 잠시 고민했다.

"정말 괜찮으시겠어요?"

"당연하지. 리키의 형도 나중에 올 거야. 애들한테 공 던지는 법을 가르쳐줄 수도 있지."

로빈이 눈을 크게 뜨고 더치스를 올려다보았다.

"저녁 먹기 전까지 데려다줄게."

리가 말했다.

더치스는 로빈을 옆으로 데려가 모래사장에 무릎을 꿇고 동생 얼굴을 꼭 쥐었다.

"착하게 있어야 되는 거 알지."

"으응."

로빈이 어깨 너머로 흘끗 보니, 리키가 모래를 파내 물길을 만들기 시작했다.

"알았어, 착하게 있을게. 맹세해."

"저 사람들한테서 떨어지지 말고, 달아나지 말고, 예의 바르게 굴어. 엄마 얘기는 한마디도 하지 말고."

로빈이 어느 때보다 진지한 얼굴로 끄덕이자 더치스는 머리에 입을 맞추고서 리 탤로에게 손을 흔든 뒤 뜨거운 모래사장을 건너 자기 자전거가 있는 곳으로 갔다.

더치스는 땀을 흘리면서 선셋가에 도착해 자전거에서 내린 뒤 마지막 50미터를 밀고 갔다. 킹의 집 밖에서 발을 멈췄다.

빈센트는 포치에서 사포질을 하고 있었고, 등을 구부린 자세로 턱에서는 땀방울이 똑똑 떨어졌다. 더치스는 잠시 구경했다. 그는 팔에 근육이 있었지만, 해변에서 보는 남자들처럼 불룩하게 나온 것이 아니라 작고 탄력 있는 근육이었다. 더치스는 길을 건너 진입로 앞에 섰다.

"도와주고 싶어?"

빈센트는 일을 멈추고 앉은 다음 사포 블록을 한 손에 들고 다른 하나를 내밀었다.

"내가 쌩, 뭐 때문에 도와주고 싶겠어요?"

그는 다시 일하기 시작했다. 더치스는 자전거를 울타리 옆에 눕히고 가까이 갔다.

"뭐 마실 거라도 줄까?"

"모르는 사람이잖아요."

더치스는 그가 몸을 뻗을 때 티셔츠의 팔 안쪽에서 문신을 발견했다. 빈센트는 다시 10분간 작업했다.

더치스가 더 가까이 갔다.

그는 다시 멈추고 자리에 앉았다.

"그 남자……. 요전 날 밤에 말이야, 그 남자 알아?"

"그 남자는 날 아는 것처럼 쳐다보죠."

"너희 집에 자주 들르나?"

"요즘 들어 더 자주 와요."

더치스가 팔로 이마에서 땀을 훔쳤다.

"내가 워크한테 얘기해줄까?"

"당신한테 바라는 거 아무것도 없어요."

"달리 부를 사람은 있고?"

"난 무법자예요. 기록에도 나와 있다고요."

"또 그런 일 있으면 나한테 연락할래?"

"댈러스 스투던마이어*는 5초에 세 명을 죽였어요. 나도 한 명은 처리할 수 있을 거 같은데요."

더치스는 무게 중심을 바꿔 한쪽 골반에 체중을 싣더니, 더 다가가서 계단 제일 밑단에, 그에게서 다섯 단 떨어진 곳에 앉았다.

그는 다시 돌아서 몸을 굽히고 사포질을 하기 시작했고, 고르고 안정되게 손을 움직였다. 더치스는 손을 뻗어 다른 사포 블록을 잡더니 자기가 앉은 계단을 문지르기 시작했다.

"이 거지 같은 집을 왜 팔지 않는 거예요?"

그는 그 오래된 건물 앞에 기도하듯이 무릎을 꿇었다.

"사람들 말로는……. 그러니까, 내가 로지스 다이너에서 듣기로는 100만 달러인지 뭔지 하는 말도 안 되는 돈을 받을 수 있다던데요. 근데도 여기 살고 싶다는 건가요."

빈센트가 집을 한참 동안 쳐다보자 더치스는 자기에게 안 보이는 뭔가가 그에게는 보인다고 생각했다.

"내 증조할아버지가 이 집을 지으셨어. 이 마을, 케이프 헤이븐으로 워크가 날 태우고 들어왔을 때, 이곳의 작은 부분이라도 아는 데가 있어서 좋더라. 휴양객들만 달라진 게 아니야, 달라진 건……."

• Dallas Stoudenmire, 1845년에 태어난 서부 시대 총잡이, 보안관이다. 1881년 4월 14일 실제 총격전에서 앨패소의 보안관이던 스투던마이어는 불과 5초 만에 세 명을 사살했다고 한다.

그는 뭐라고 해야 할지 모르는 것처럼 말을 멈췄다.

"옛날에 난 내가 나쁘기만 한 건 아니라고 생각했어. 그때를 떠올리면, 그 옛날까지 거슬러 올라가면, 나쁘기만 한 건 아니었던 내가 보여."

"그럼 지금은요?"

"감옥은 빛을 꺼버리는 곳이야. 그리고 이 집은…… 어쩌면 작은 불길일지는 모르지만 그래도 아직 타고 있지. 그걸 놔버리면, 그 마지막 빛마저 보내버리면, 어둠만 남을 거고 난 더 이상 볼 수 없게 될 거야."

"뭘 봐요?"

"사람들이 널 보기는 하지만 진짜로 널 보는 건 아니라고 생각해본 적 있어?"

더치스는 그 말이 스며들게 내버려두었다. 나비 리본을 만지작대고 신발 끈을 운동화에 쑤셔 넣었다.

"시시는 어떻게 된 거예요?"

그는 다시 작업을 멈추더니 이번에는 허리를 펴고 한 팔을 햇빛에 내놓은 채 눈을 가늘게 뜨고 더치스를 쳐다봤다.

"네 어머니가 얘기 안 해줬어?"

"당신이 얘기해주면 좋겠어요."

"난 형의 차를 몰고 나갔어."

"형은 어디 있었는데요?"

"전쟁에 나갔지. 베트남 알아?"

"네."

"난 여자애한테 멋져 보이고 싶어서 걔를 차에 태우고 나갔어."

더치스도 그 여자애가 누구인지 알았다.

"걔를 집에 내려준 뒤에 난 카브리요 고속도로로 갔지. 마을 표지판 옆에 있는 굽은 길 알아?"

"네."

그는 나직이 말했다.

"난 그 애를 친 줄 몰랐어. 속도도 줄이지 않았지."

"그 애는 왜 나와 있었던 거죠?"

"자기 언니를 찾고 있었어. 네 할아버지, 그분은 가끔 밤에 일했어. 텔로건설 공장에서. 그거 아직도 있나?"

더치스가 어깨를 으쓱했다.

"남아는 있어요."

"그래서 낮에는 잤지. 스타가 걔를 보기로 되어 있었어."

"그런데 집에 없었죠."

"내가 불러냈으니까. 우리는 맥주를 두어 개 마셨어. 우리랑, 워크와 마사 메이도. 메이는 알아?"

"아뇨."

"난 시간 가는 걸 잊어버렸어. 스타는 시시를 텔레비전 앞에 앉혀두고 왔지."

그의 목소리에는 아무것도 담겨 있지 않았다. 암기한 걸 외우는 듯해 더치스는 그에게 뭐가 남아 있기는 한지 궁금했다.

"사람들이 당신을 어떻게 찾은 거죠?"

"아마 워크는 그때도 경찰이었나 봐. 그날 밤에 내 집으로 찾아왔더라고. 그때 차가 상한 걸 본 거야."

두 사람은 침묵 속에서 계속 작업했다. 더치스는 이를 악물고 너무 세게 나무를 문질렀는지 어깨가 아팠다.

"너 조심해야 돼. 내가 그런 부류를 알거든. 다크 말이야. 그런 남자들을 좀 봤지. 눈이 뭔가 정상이 아니야."

그가 말했다.

"난 겁 안 나요. 터프하다고요."

"나도 알아."

"모르잖아요."

"넌 동생을 보살펴야 돼. 그건 엄청난 책임이 따르지."

"난 방문을 잠가서 동생이 아무것도 보지 못하게 해요. 그리고 뭔가 소리를 들으면 동생은 나쁜 꿈이었다고 생각해버리죠."

"동생을 안에 두고 잠그는 거, 그게 안전할까?"

"밖에 있는 게 뭐든 그것보다는 안전해요."

그때 더치스는 그를 지켜봤다. 그는 마음이 저 멀리 가 있는 듯, 뭔가 무거운 것을 재보고 있는 것 같았다.

얼마 후에 그가 더치스의 눈을 마주 보았다.

"너 무법자라고?"

"그래요."

"그럼 잠시 기다려. 너한테 줄 게 있어."

더치스는 그가 집 안으로 들어가는 것을 지켜보며 사면에 관해 생각했다. 그에게 석방은 찰나에 지나지 않는 유예일 뿐 끝이 아니라는 것을 느꼈고, 돌아 나오는 그에게서 사형수가 형장으로 걸어가는 모습을 보았다.

8

"가끔은 개가 날 미워하는 거 같아."

워크가 스타를 힐끗 봤지만 스타는 마주 보지 않았다. 그날 아침 스타는 차분한 모습이었으나 그는 그게 오래가지 않으리라는 걸 알았다.

"10대잖아."

"정말 그게 전부라고 생각하는 거야, 워크? 헛소리는 필요 없어. 너한테서만은."

브랜던 록의 집을 지나가면서 워크는 커튼이 움직이는 걸 보았고, 잠시 후 브랜던이 나왔다. 그는 절뚝이지 않으려고 기를 쓰며 입을 꾹 다물고 뜰을 가로질렀다. 워크는 잠시 어물거렸고 스타는 한숨을 내쉬었다.

"잘 잤어?"

브랜던이 스타를 향해 웃었다.

"너 또 이 거리 사람들 절반을 깨웠어, 브랜던. 그 엔진 고치지 않으면 더치스가 너 대신 고쳐줄걸."

"저건 1967년산……."

"저 차가 뭔지는 나도 알아. 네 아버지 차, 네가 20년 동안 만지작거린 차잖아. 난 심지어 네가 그 망할 물건을 지역 신문에서 떠벌리는 것도 봤다고."

기사는 조잡했고 항목별 광고 부근에 지역 생활 쪽으로 실렸다. 브랜던이 반쪽에 걸쳐 피스톤 이야기를 떠들었고, 그다음에는 그가 보닛 위에 누워서 깃털 모양 머리를 드러내며 입술을 내민 사진이 나왔다. 더치스는 자기네 신문에서 그 기사를 매직펜으로 덧칠한 다음 브랜던의 집 대문에 붙여놓았다.

"7월 4일에 맞춰서 수리될 거야. 근데 난 네가 혹시 클리어워터 코브에 나가고 싶어 하지 않을까 했는데. 내가 소풍 준비할 수 있어. 트윙키 맞지. 너 트윙키 좋아하잖아. 파인애플 치킨이랑. 나한테 퐁듀 냄비도 있다고."

브랜던은 아령을 들고 팔을 접었다 폈고, 오른팔의 정맥이 불끈 튀어나왔다.

"나 너랑 데이트하고 싶지 않아, 브랜던. 고등학교 때부터 계속 졸랐잖아. 이젠 지친다."

"솔직히 언젠가는 널 그냥 포기할지도 몰라, 스타."

"그거 서면으로 받을 수 있을까?"

스타가 워크의 팔을 잡고 느긋하게 걸어갔다.

"쟤는 우리가 아직도 고등학생인 줄 안다니까."

스타가 말했다.

"게다가 여직 빈센트에게 널 뺏긴 일로 골이 나 있고."

아이비 랜치가 끝에 이르러 워크는 뒤를 돌아봤다가 브랜던 록이 아직도 그 자리에 서서 둘을 뚫어져라 보고 있는 걸 발견했다.

둘은 걸었다. 거의 10년간 이어진 주간 행사였다. 워크는 월요일 아침이면 스타 집에 들러 스타가 집에서 나가 말을 하게 만들었다. 별다른 건 없었지만 이따금 그는 이 습관이 스타에게 이롭다는 생각이 들었다. 심리 상담자에게 못 하는 말을 워크에게라도 할 수 있을 테니.

"그래, 그 자식은 어때?"

"녀석은 괜찮아."

스타가 눈을 가늘게 떴다.

"젠장 그게 대체 무슨 뜻인데, 워크? 괜찮다니. 제대로 얘기해봐."

"나 들었어. 어젯밤에 있었던 일."

"그래, 나의 영웅. 내가 알아서 할 수 있었어. 빌어 처먹을 빈센트 킹께서 내 싸움을 대신해주실 필요는 없었다고."

"녀석은 전에 우리들 모두의 싸움을 대신했지. 존슨 자식이 내가 자기 자전거 훔쳤다고 생각했던 때 기억나?"

스타가 웃어버렸다.

"네가 뭘 훔친다고."

"그놈 덩치가 컸잖아."

"빈센트를 눕힐 만큼은 아니었지. 나도 그 자식 그런 점은 좋았어. 터프했지만 우리만 그 안에 어떤 애가 있는지 알았지. 시시는 그 애를 사랑했었어. 우리가 소파에 앉아 있으면 시시가 와서 우리 사이에 끼어들었지. 그 자식 시시랑 놀아주기도 했잖아. 시시가 그린 그림을 집에 보관해두기도 했고."

"기억나."

"넌 전부 다 기억하잖아, 워크."

"다크는 왜 들인 거야? 그 친구 정상이 아니야."

"아무것도 아냐. 네가 생각하는 그런 거 아니라고. 내가 그 남자한테 화가 났어. 내가 시작한 거라고. 이젠 끝난 일이야. 오늘 밤에 그 클럽에서 일할 거야."

선셋가 모퉁이에서 워크는 잠시 머뭇거렸고, 스타의 눈은 그를 지나 킹의 집으로 향했다. 워크는 스타가 앞서가게 내버려두었고 스타는 그곳에서 멀어져 해변 쪽으로 내려갔다. 차들이 지나가고 다시 SUV가 한 대 지나갔다. 그는 에드 탤로인 걸 알아보고 손을 들었지만 지나치던 에드의 눈은 스타에게서 떨어지지 않았다.

워크는 타이를 풀었고 스타는 샌들을 벗어 뜨거운 모래사장에 발을 디뎠다. 그도 따라가자 신발에 모래가 차올랐고, 스타는 바다를 향해 뛰면서 불이 난 발바닥으로 모래를 찼다. 스타가 물이 발목까지 잠긴 곳에서 멈추고 깔깔 웃을 때 워크는 발이 무거워 힘겹게 다가갔다.

둘은 해안선을 따라 거닐었다.

"나도 내가 망치고 있다는 거 알아, 워크."

"넌 망치고 있지……."

"내가 잘해야 하는 단 한 가지를 완전 조지고 있다는 거 나도 안다고."

"더치스는 널 사랑해. 까다로운 애이긴 하지만, 내 눈엔 걔가 널 지켜주는 게 보여. 그리고 로빈은……."

"로빈은 편해. 그 애는…… 걔는 내 좋은 점만 받았어. 왕자님이야."

둘은 모래사장에 앉았다.

"30년이야, 워크. 그랬는데 짠, 하고 떠났던 마을로 되돌아온 거야. 나도 그 자식 생각했어. 지난 세월 동안 너무나 많이 생각했지. 그리고 난 네가 그걸 기뻐했다는 것도 알아. 넌 우리가 그때 그대로인 것처럼 그 자식 얘기를 하고 싶어 했어."

워크는 문득 열기를, 등에 땀이 나는 걸 느꼈다.

"넌 그렇게 술에 취하거나 약에 취해서 죽을 뻔하고, 그런 다음 나랑 같이 걷고 이야기하고, 별로 변한 것도 없잖아."

"너 그렇게 병적으로 정직한 건 일종의 저주야. 워크. 너는 너 자신도 모르는 짐을 짊어지고 있어. 더치스가 우러러보는 건 내가 아니야. 너라고."

"아냐. 내가 아니……."

"넌 그 애한테 온갖 좋은 것들을 떠오르게 해. 넌 그 애 인생에서 중요한 남자 어른이야. 거짓말을 하거나 바람을 피우거나 사람들을 짓밟고 다니지 않는 사람 말이야. 내색은 안 하지만 더치스는 네가 필요해. 그러니까 넌 그 애를 절대로 실망시켜서는 안 돼. 그럼 빛을 다 꺼버리는 거랑 마찬가지니까."

"넌 괜찮을 거야. 네가 걔한테 그런 사람이 될 수 있어."

스타는 모래를 파서 손으로 퍼 올리더니 손가락 사이로 흘러내리게 했다.

"나 어떡해? 내가 어떻게 해야 내가 아니게 될 수 있지?"

"녀석을 만나."

"그 자식을 용서하라고?"

"내 말은 그게 아냐."

"내가 미끄러지거나 쓰러졌을 때는 매번 그 자식 생각을 하다가 그런 거였어. 난 그 자식 생각을 감당할 만큼 강하지 않단 말이야. 그게 다 무슨 의미가 있는지, 내 삶에 그 자식을 다시 받아들이는 게 무슨 뜻인지, 그런 생각. 게다가 내 삶만이 아니잖아."

"녀석이 디키 다크보다는 낫지."

"쌍, 워크. 넌 애 같다니까. 더 좋은 거 아니면 더 나쁜 거. 나쁜 거 아니면 좋은 거. 우리 중에 둘 중 하나에만 해당하는 사람이 어디 있어. 우리는 그저 우리가 살면서 했던 가장 좋은 일과 가장 나쁜 일들을 모아놓은 덩어리일 뿐이야. 빈센트 킹은 살인자야. 내 동생을 죽였다고."

스타의 목소리가 떨렸다.

"나도 다른 데로 이사했어야 하는 건데. 마사처럼 이곳을 떠날걸 그랬어."

"내가 너랑 네 아이들을 지켜봤잖아."

스타가 그의 손을 쥐었다.

"그래서 내가 널 사랑하지. 넌 내 평생 가장 좋은 친구야. 세상에는 원대한 계획이 있어, 워크. 우주를 다스리는 힘이지. 인과라는 힘."

"그걸 정말 믿어?"

"우주는 좋은 것과 나쁜 것의 균형을 맞출 방법을 찾아."

스타가 일어나더니 손에서 모래를 털어냈다.

"그 자식이 묻거든, 난 오래전에 그 자식과 끝냈다고 말해줘. 그리고 다시는 내게 그 자식 언급하지 마, 워크. 그리고 더치스랑 로빈에 관해서는…… 지금 중요한 건 그 애들뿐이야. 난 그걸 증명하기 위해 내가 할 수 있는 걸 다 할 거야."

워크는 스타가 떠나는 걸 지켜보다가 다시 바다를 향해 돌아섰다. 그것은 이제까지 그가 수도 없이 들었던 말, 이번에는 부디 진심이기를 기도한 말이었다.

†

때는 자정, 낮게 우르릉거리는 소리가 들리고 헤드라이트가 방을 훑고 지나가며 문짝 없는 옷장과 서랍이 부서진 서랍장을 비췄다.

소녀의 지난 13년을 보여주는 포스터도, 그림도, 단서 하나 없었다. 카펫은 닳아서 얇아진 데다 나일론 실타래가 풀려서 맨 나무 바닥이 드러났고, 동생 침대 옆에 놓은 작은 침대에서 더치스는 괴로워하며 잠을 잤다.

더치스가 확인해보니 동생은 이불을 걷어찬 상태로 푹 잠들었고 공기가 따뜻해서 머리카락이 땀에 젖어 있었다. 더치스는 방문을 꼭 닫은 다음 현관으로 가서 체인을 걸어둔 채 문을 열었다.

스타가 시든 잔디 위에 누워 있었다.

더치스는 조심조심 다가갔다.

거리 저편에서 에스컬레이드가 방향을 꺾어 사라지면서 브레이크 등이 번쩍였다.

더치스는 어머니를 돌려 눕혔다. 스커트가 끌려 올라가 점잖지 못한 모양새였다.

"스타."

눈가에 자국이 있고 입술은 부어 있었으며 피가 당장이라도 피부를 뚫고 나올 듯했다.

"스타, 일어나."

더치스는 길 건너편에서 커튼이 움직이는 것을, 언제나 지켜보는 정육점 주인의 실루엣을 보았다. 그리고 옆집에서는 브랜던 록의 보안등이 덮개를 씌워놓은 머스탱 위로 강렬한 빛을 뿌려댔다.

"일어나라고."

더치스는 어머니의 뺨을 쳤다.

기나긴 10분이 흐른 뒤에야 어머니를 깨우고, 다시 10분이 흐른 뒤에야 집으로 데리고 들어갈 수 있었다. 스타는 복도에 토했는데 숯처럼 시커먼 혼을 올리기라도 하는 듯했다.

더치스는 어머니를 침대로 데려가 마치 뭘 알고 하는 사람처럼 엎드려놓은 뒤, 힐을 벗기고 담배 냄새와 들큼한 알코올 냄새와 향수 냄새가 빠지도록 창문을 빼꼼 열어두었다. 가끔 어머니는 더치스가 잘 때 다크의 클럽에서 바텐더로 늦게까지 일하고서 비틀비틀 들어와 소녀를 깨우기도 했다. 하지만 폭행을 당한 건 이번이 처음이었다.

소녀는 부엌으로 가서 양동이에 물을 채웠다. 동생이 보지 않도록 구토 자국을 닦고, 몸을 씻은 다음 청바지를 입고 운동화를 신었다.

방에 돌아가니 남동생이 일어나 앉아 멍한 얼굴로 있었다. 더치스는 로빈을 다시 눕혀서 재웠다. 버튼을 눌러 방문을 잠그고 창문을 올린 다음 창을 넘어갔다.

케이프 헤이븐은 잠들어 있었고, 더치스는 조심하며 거리를 달렸다. 워크가 가끔 앉아서 감시하는 선셋가와 중심가는 피했다. 더치스는 어머니와 워크를 떠올리고 세상을 작아지게 만드는 약과 알코올의 매력을 생각했다.

2킬로미터가 좀 못 되는 거리를 달려 카브리요 고속도로, 30분이 지나자 허벅지가 타는 듯했다.

클럽 '디 에이트'가 시야에 들어왔고, 모든 아이들이 알았기에 더치스도 아는 곳이었다. 몇 년마다 그곳을 폐업시키려는 가벼운 압력이 가해졌는데, 예비 선거가 열리고 새로 선출된 시장이 건전한 유권자들을 꾀려고 할 적에 그랬다.

월요일 밤, 충분히 늦은 시각이어서 텅 빈 클럽 부지는 어둠에 잠긴 채 꺼져버린 네온사인과 자갈 위의 빈 병들만 남아 있었다.

　카브리요 고속도로 건너편으로 더치스는 절벽과 형체 없는 바위들, 자기 쪽으로 흔들리는 나무들이 산들바람을 맞고 있는 모습을 보았다. 밤의 바다는 너무도 멀고 어두워서 더치스에게 세상의 끝이라도 되는 듯했다. 배 한 척 없고 지나가는 차 한 대 없이 오로지 혼자뿐이었고, 소녀는 자전거에서 내려 주차장을 가로지른 뒤 커다란 나무문을 열려고 했다. 하지만 짐작한 대로 잠겨 있었다. 창문들은 까만 테이프가 붙어 있었고 한쪽 구석이 벗겨지고 있었다. '2시에서 7시 사이에 행복한 시간'을 약속하는 문구가 붙어 있었는데, 더치스는 어떤 남자가 벌건 대낮에 그런 데 찾아가는 건지 궁금했다.

　위쪽으로 보이는 네온사인에는 엉덩이와 다리의 옆모양이 그려져 있었지만 이제는 색이 칙칙했다. 건물 옆에서 더치스는 돌을 하나 발견해 유리창 쪽으로 던졌고, 창에 금이 가자 한 번 더 던졌다. 창이 깨지는 순간 숨이 가빠지고 잠시 귀가 먹먹했지만 그런 뒤에는 아무 소리도 들리지 않았다. 잠시 후 경보음이 울렸는데 어찌나 시끄러운지 서두를 수밖에 없었다. 가방에는 성냥갑이 있었고 더치스는 삐죽빼죽한 창을 넘다가 팔이 걸려 살이 찢어졌지만 아무 소리도 내지 않았다. 소녀는 목표를 생각하며 움직이다 희미하게 밝혀진 안쪽 방에 들어갔는데, 그곳에는 빛을 반사하는 거울들이 있고 등받이 없는 의자들과 더치스가 알지 못하는 의상과 화장품들이 있었다. 냄새, 땀과 소독약 냄새가 났다.

　사물함이 너무 많았고 각각 사진이 붙어 있었다. 더치스는 사진 속 얼굴과 내민 입술과 뒤로 빗어 넘긴 머리칼을 보았다. 사진 옆에는 천진함과 순수함을 약속하는 이름이 있었다. 소녀는 이동하면서 깃털과 코르셋을 손으로 훑었다.

바에는 거울 달린 벽 앞으로 유리잔이 늘어서 있었다. 더치스는 크루부아지에 코냑을 한 병 들어 가죽 부스에 쏟아버렸다. 가방에서 성냥을 꺼내 불을 붙인 다음 떨어뜨리고 불길이 푸르스름한 최면을 걸듯이 타오르는 걸 지켜보았다.

소녀는 일어나 한참을 응시하느라 열기에 뺨이 빨개지고 가슴이 갑갑해져 기침을 하기 시작한 줄도 몰랐다. 소녀가 비틀거리며 물러서는데 불길이 천천히 다가오며 뭉쳤다. 불길이 전등과 테이블을 향해 일어서며 퍼져 나가는 동안 소녀는 다친 팔을 붙잡고 있느라 손가락에 피가 묻어났다.

거의 밖으로 나왔을 때 더치스는 기억해냈다.

더치스는 티셔츠를 코에 걸치고 짙은 연기를 뚫고 달려 들어가 문마다 열어본 끝에 사무실을 발견했다. 마호가니 책상 위에 초록색 가죽이 깔려 있었고, 또 다른 작은 바에는 크리스털 잔과 시가 박스가 있었다. 그 옆으로 화면이 줄줄이 붙어 있는 걸 발견하고 소녀는 그 아래 있는 장을 열어 기계에서 보안 테이프를 꺼낸 뒤 가방에 집어넣었다.

소녀는 덮쳐 오는 불길을 피해 고개를 숙인 채 재빨리 움직였다.

한밤의 공기 속에서 소녀는 헐떡이며 자전거를 집어 세웠다. 티셔츠에는 활짝 웃는 얼굴 모양과 반달과 별들이 있었다. 뒤쪽에서 불길이 탁탁거리며 파괴하는 소리가 들렸다. 그러더니 마침내 경보음에 응답하는 소리도.

더치스는 힘차게 발을 굴러 카브리요 도로를 달려 내려가다 다시 경사면을 올랐다. 고개를 숙이고 차를 한 대 지나간 다음 도로에서 떨어져 나무들을 따라 달리며 케이프 헤이븐으로 들어섰다. 선셋가를 질러 포튜나로로 들어선 뒤 쓰레기 더미에 다가가섰다. 낡은 사이드 테이블, 상자들, 넘칠 듯한 쓰레기봉지들이 트럭에 실려 가기를 기다리고 있었다. 더치스는 자전거를 눕히고 그리로 달려가 테이프를 쓰레기봉지에 넣었다.

더치스는 흔적을 지웠다. 그 정도로는 똑똑했다.

자기가 사는 거리로 돌아가 자기 집 뜰에서, 더치스는 최대한 조용히 움직여 자전거를 받쳐놓고 창문을 넘어 방으로 들어갔다. 집은 여전히 잠들어 있었다. 더치스는 화장실에 가서 옷을 벗어버리고 상처에는 신경도 쓰지 않은 채 벌거벗은 몸으로 세탁기까지 기어간 뒤 옷을 빨았다.

일을 마친 뒤에는 욕조에 들어가 샤워기를 틀고 비누칠을 하며 씻었다. 그런 다음 거울을 보고 팔에 박힌, 1센티미터가 조금 넘는 유리 조각을 뽑아내며 피가 뿜어져 나오는 걸 지켜보았다. 그 붉은색과 거기에 담긴 역사를 보았다. 무법자의 혈통이 소녀를 단단하게 만들어주었다.

그 집에는 약장이나 응급 상자가 없었지만 소녀는 1년 전에 산 어린이용 밴드에이드 묶음을 발견하고 그중 가장 큰 것을 골라 상처에 꾹 누른 뒤 색이 번지는 걸 바라보았다.

소녀는 동생 침대 발치에 누워 고양이처럼 몸을 말고 찾아오지 않는 잠을 기다렸다.

여명이 비치고 뜨거운 밤이 지나자, 소녀는 앞으로 무엇이 다가올지 생각했다.

좋지 않을 터였다.

소녀는 자신을 마구 욕했다.

9

워크는 벼랑 끝에서 그를 발견했다.

뒤쪽 울타리는 허물어졌고 빈센트는 발끝이 바위에서 벗어나 허공에 뜬 채로, 바람이 살짝만 불어와도 30미터 아래로 추락할 위치에 서 있었다. 그는 청바지와 낡은 티셔츠 차림이었고 두 눈에 피로가 쌓여 있었다. 워크는 그게 어떤 느낌일지 알았다. 워크는 새벽 1시가 조금 지난 시각, 다크의 클럽 일로 호출을 받고 일어났다. 제복을 입고 2킬로미터가 좀 못 미치는 거리를 달려 현장에 갔더니, 붉은 하늘이 마치 7월 4일*이 되돌아온 듯했다. 그는 열기와 소음과 불빛을 따라간 뒤 두 차선 건너편에 순찰차를 세웠다. 차가 좀 모이기는 했지만 대부분은 상식적으로 되돌아갔다.

연기가 피어올라 하늘을 잿빛으로 만드는 동안 다크는 구경꾼들에게서 떨어져 서 있었다. 감정은 보이지 않았다.

"그 끝에서 좀 물러나지 그래, 빈? 너 보고 있으니까 내가 다 불안하다."

둘은 걸어서 집의 그늘로 돌아갔다.

"거기 서서 기도라도 한 거야? 뛰어내리는 건 아닌지 걱정했잖아."

"기도랑 소원이 뭐 다른 거라도 있나?"

---

* 미국 독립기념일로 대개 불꽃놀이를 한다.

워크가 모자를 벗었다.

"소원은 바라는 걸 비는 거고, 기도는 필요한 걸 비는 거지."

"내 경우는 확실히 그 둘이 하나인 것 같은데."

두 남자는 뒤쪽 테라스 계단에 앉았다. 새로운 판재들이 옆에 세워져 있었지만 아직 칠은 하기 전이었다. 그곳을 복구하려면 한 세월은 걸릴 터였다.

"너 그 친구 알아, 디키 다크?"

"나 제대로 아는 사람 없어, 워크."

워크는 압박하지 않고 기다렸다.

"래들리네 여자애랑 스타 말이야. 그 남자가 둘을 귀찮게 굴 길래 내가 끼어들었지. 아무도 끼어들지 않는 거 같은데."

워크는 그 말을 받아들였다.

"스타가 그 남자랑 친구라고 하더라고. 고소 안 하겠대."

"친구라고."

워크는 이번에도 희미한 질투를 느꼈다. 빈센트는 여전히 마음을 쓰고 있었다.

"그 남자 건물이 어젯밤에 불에 타버렸어."

빈센트는 말이 없었다.

"카브리요 도로변에 클럽이 하나 있거든. 노다지야. 다크가 네 이름을 언급하는 바람에 나도 어쩔 수⋯⋯."

"괜찮아, 워크. 그런 건 걱정할 필요도 없어."

워크는 기울어진 난간을 손으로 훑었다.

"그러니까 넌 어젯밤에 집에 있었구나."

"그런 남자라면 척진 사람이 좀 될 거 같은데."

"누굴 찾아가야 할지는 대강 알 것 같아."

빈센트가 그를 건너다봤다.

"한 운전자가 신고했거든. 자전거 탄 애를 봤다고."

"그거 그냥, 아니, 그러니까 넘어갈 순 없는 거야? 나도 내가 무슨 소리를 하는지 알지만, 개입할 권리 따위 없다는 건 알지만 어린애잖아. 스타의 애라고."

"그렇지. 여하간 일을 벌인 게 누구든 똑똑하게도 보안 테이프를 가져갔어. 그러니까 얌전히 지내기만 한다면……."

"그렇군."

그게 전부였다. 빈센트는 더 아무 말도 하지 않았고 워크는 그를 내버려두었다. 워크는 대화를 기록했고, 그저 자기 일을 할 뿐이었다. 그는 언제든 자기 일을 할 것이었다.

워크는 빈센트와 헤어진 뒤 중심가에서 멀리 떨어져 좀 돌아가야 하는 세이어 거리에서 그들 남매를 보았다. 둘은 걷고 있었고 로빈이 앞서나가며 뜰을 건너다가 이따금 혼자가 아니라는 걸 확인하려고 뒤를 돌아보았다. 그리고 더치스는 항상 조심스러운 그 몸가짐으로, 매 순간 말썽이 벌어지기를 예상하듯 귀를 쫑긋 세우고 있었다. 그가 다가가자 더치스는 몸을 돌려 빈센트와 똑같이 차분한 눈으로 그를 바라보았다.

워크는 시동을 끄고 차에서 내렸고 외장재를 입힌 집 위로 해가 느릿느릿 올라오고 있었다. 그날 아침에는 약 복용량을 바꿔 도파민이 나온 덕에 손이 떨리지 않았다. 나아진 상태는 오래가지 않을 것이었다.

"잘 잤니, 더치스."

더치스도 마찬가지로 피곤해 보였다. 그 애는 자기 가방과 동생 가방을 같이 들고 있었다. 청바지에 낡은 스니커즈를 신고 팔

한쪽에 작은 구멍이 난 티셔츠를 입었다. 어머니와 같은 금발 머리는 헝클어져 있었고 늘 그렇듯이 나비 리본을 했다. 그 애는 충분히 예뻐서 남자애들이 사귀자고 줄을 섰을 터였다. 그 애들이 몰랐더라면, 모두들 몰랐더라면.

"다크네 클럽에서 있었던 일 아니?"

워크는 뭔가 낌새를 찾아보았지만 더치스는 아무것도 드러내지 않았다. 그는 그게 기뻤다. 그 애가 제대로 해주기를, 그에게 필요한 답을 해주기를 간절히 바랐다.

"클럽이 어젯밤에 불에 탔어. 어떤 사람이 자전거 탄 애를 그 시간에 봤다고 하던데. 너 알아?"

"몰라요."

"네가 한 건 아니고?"

"난 밤새 집에 있었어요. 엄마한테 확인해봐요."

그는 점점 부풀어 오르는 배에 양손을 얹었다.

"그동안 내가 묻고 넘어간 게 한둘이 아니야. 그럴 때마다 이게 잘하는 짓인가 싶었지. 네가 훔치다가 잡힐 때마다······."

"먹을 거였어요. 그냥 먹을 거였다고요."

더치스가 말했다.

"이번엔 달라. 엄청난 돈이 걸려 있고 누가 그 안에 있었으면 죽었을 수도 있어. 내가 지켜줄 수 없는 일도 있다는 말이야."

둘이 같이 서 있는데 차 한 대가 나이 든 이웃을 태우고 지나갔고, 이웃은 밖을 내다보다 그들을 흘끗거리며 가버렸다. 스타의 딸아이라면 놀랄 일도 아니라는 듯.

"난 다크가 어떤 인간인지 알아."

더치스는 너무 피곤해 두 눈을 손으로 문질렀다. 근육이 바짝 긴장해 있었다.

"아저씨는 쥐뿔도 몰라요."

더치스는 나직이 말했지만 그에게는 타격이 컸다.

"중심가나 거닐면서 휴양객들 개나 봐주지 그래요?"

그는 뭔가 할 말이 없나 찾았지만 그저 잔디에 눈을 내리깔고 배지를 엄지로 만지작거렸다. 쓸모없다는 느낌은 그의 일부처럼 자연스러웠다.

더치스는 뒤돌아 걸어가며 한 번도 돌아보지 않았다. 로빈이 그 애를 비뚤어지지 않게 해주지 않았더라면 워크는 쉴 겨를이 없었으리라 생각했다.

학교 정문에서 더치스는 그 차를, 세상을 차단하는 창이 달린 검은색 에스컬레이드를 보았다. 차는 시동을 켠 채 서 있었고 아무것도 모르는 이들이 그 옆으로 지나갔다. 노란색 버스들이 꽃처럼 줄지어 서 있었다.

이렇게 될 줄 알았다. 스타는 항상 균형에 관해, 인과에 관해 이야기했다. 소녀는 동생에게 손을 흔들어 유치원에 들여보낸 뒤 동생이 빨간색 문을 넘는 걸 지켜봤다.

공기 중에 아직도 불길이 타올랐고, 잉걸불이 떠다니며 더치스의 양팔을 그슬리고 코에 들러붙었다. 그런 시간에, 사회적 책임이 있는 사람이라면 완벽한 하루를 마치고 집에서 자고 있었어야 할 그 밤중에 누가 자기를 봤는지 궁금했다. 운이 나빴다. 그뿐이었다. 더치스는 한편으로 만족스러웠다. 디키 다크 따위, 나가 뒈지라지.

더치스는 길을 건너 차창으로 다가갔다. 그곳은 학교 앞이라

낯선 이를 지켜보기로 되어 있는 사람들과 교사들이 있어서 안전했다.

창이 내려갔다. 눈이 퉁퉁 부어오른 다크의 모습이 마치 바다에서 건져 올린 것 같았지만, 그의 속을 채운 건 바닷물이 아니라 돈과 탐욕이었다.

더치스는 청바지 안쪽부터 무릎이 떨려왔지만 가만히 서서 그를 노려보았다.

"타라."

화난 말투도 큰 목소리도 아니었다.

"좆 까시네."

같은 반 아이들 한 무리가 지나갔지만 방학 전 마지막 주라 다들 들떠서 그 애를 보지 못했다. 이따금 더치스는 어떤 느낌일지, 좀 더 평범하다면, 좀 더 아무것도 아니라면 어떨지 궁금했다.

"시동 끄고 열쇠 빼요."

그는 그렇게 했다.

더치스는 반대편으로 돌아갔다.

"문은 열어둘 거예요."

그는 두꺼운 손가락과 커다란 손마디로 운전대를 꽉 쥐고 있었다.

"너도 알고 나도 알지."

더치스는 하늘을 보았다.

"그래요."

"인과의 법칙이라는 거 아나?"

그는 너무 슬프게, 우라지게 크고 강인하고 슬프게 보였다. 이 세상의 생명체가 아닌 듯했다.

"할 테면 해봐요."

"넌 네가 무슨 짓을 했는지 모른다."

바닥에는 막 밟아 꺼서 탄 자국이 남은 담배꽁초가 하나 있었다. 어머니가 피우는 것과 같은 브랜드였다.

"넌 네 어머니랑은 다르구나."

그가 말했다.

더치스는 새 한 마리가 공중에서, 한 자리에서 완벽하게 나는 모습을 바라봤다.

다크가 운전대에 한 손을 문질렀다.

"네 어머니한테는 빠져나갈 길이 있다. 네 어머니는 세를 내야 하고, 난 도움이 필요하지."

"엄마는 창녀가 아니야."

"네 눈에는 내가 포주처럼 보이나?"

"내 눈에는 계집처럼 보이는데."

그 말이 잠시 허공에 떠 있었다.

"그건 괜찮아. 진짜 내 모습으로 보이지만 않으면."

그는 등골이 서늘해지는 단조로운 어조로 말했다.

"어젯밤에 가져간 게 있지."

"당신은 충분히 가졌잖아."

"어느 정도가 충분한 건지 누가 정하지?"

더치스가 빤히 쳐다봤다.

"네 어머니라면 이 일을 해결해줄 수 있을 거다. 어머니한테 가서 부탁해. 그럼 상황이 좀 나아질 테니."

"나가 뒈지셔, 다크."

"테이프 말이다, 더치스. 그 보안 테이프가 필요해."

"왜지?"

"트렌턴 세븐. 그게 뭔지 알아?"

"보험 회사잖아. 나도 광고판은 봐."

"테이프가 없으니 그쪽에서 보험금을 주지 않으려고 하는데, 그쪽에서는 내가 화재랑 연관이 있다고 생각한다."

"연관 있잖아."

그가 숨을 깊이 들이쉬었다.

더치스가 이를 갈았다.

"잊지 않을 거다."

더치스가 그의 눈을 마주 봤다.

"잊으시면 안 되지."

"정말이지 널 다치게 하고 싶지는 않아."

그 목소리에 담긴 무언가에 더치스는 그의 말을 믿었다.

"그래도 할 거잖아."

"그래."

다크는 몸을 뻗어 조수석 사물함을 연 뒤 선글라스를 꺼냈으나 그러기 전에 더치스는 그것을, 그 안에서 자기를 향해 놓여 있는 총구를 보았다.

"하루를 주마. 어머니한테 네가 한 일을 털어놔. 네 어머니가 해결하지 않으면 내가 할 거다. 그리고 넌 테이프를 가져와."

"그럼 워크한테 줄 거잖아."

"아니."

"보험사 인간들이 경찰을 끌어들일 텐데."

"그럴지도. 하지만 너 자신한테 한번 물어봐라, 더치스."

"뭘 말이지, 딕?"

어쩌면 그때 다크는 더치스가 떠는 걸 느꼈을지도 몰랐다.

"널 잡으러 경찰들이 가는 게 나을까, 아니면 내가 가는 게 나을까?"

"듣자 하니 당신 웬 남자를 패 죽였다던데."

"죽진 않았어."

"왜 그랬지?"

"사업이었어."

"테이프 말이야. 그냥 내가 가지고 있을까 봐."

그가 더치스를 응시했다. 꿰뚫어버릴 듯한 눈이었다.

"내 엄마한테서 떨어져. 그럼 언젠가는 돌려줄지도 몰라."

소녀는 차에서 내린 뒤 학교를 향했다. 그는 소녀를 지켜보고 살펴보며 구석구석을 뇌리에 새겼다. 학교 건물로 걸어 들어가면서 더치스는 그가 뭘 보는지 생각했다. 옆에 있는 다른 아이들의 삶이 너무 가벼워서 눈이 부셨다.

하루가 느릿느릿 지나갔다. 더치스는 연신 시계를 확인하고 창밖을 내다보며 교사의 말을 한쪽 귀로 흘리고 있었다. 혼자 점심을 먹고 학교 울타리로 가서 로빈을 지켜보며, 한때 자기 뜻대로 할 수 있었던 작은 부분마저 손가락 사이로 흘러내리는 걸 느꼈다. 다크는 어마어마한 해를 입힐 수 있었다. 소녀는 보안 테이프가 필요했다. 그가 워크에게 가져가지 않을 거라는 말을 믿었다. 소녀의 생각에 세상에는 두 부류의 사람이 있었는데, 한 부류는 경찰을 부르는 쪽이고 다른 부류는 부르지 않는 쪽이었다.

종이 울리자 소녀는 다른 아이들이 줄줄이 안으로 들어가고, 공을 가지고 놀던 아이들이 마지막으로 공을 던지고, 캐시디 에번스가 자기 일당을 이끌고 가는 모습을 보았다.

더치스는 본관 건물 옆을 미끄러져 내려간 뒤 주차장으로 뛰어가 포드와 볼보와 닛산 자동차들 틈을 지나갔다. 붙잡힐 게 뻔했지만 어머니에게 몸이 안 좋았다고, 한 달에 한 번 오는 그날이었다고, 학교에서 추궁하지 않을 구실을 댈 작정이었다.

소녀는 빠르게 걸으며 지나가는 사람들의 눈길을 느꼈다. 혹시 워크가 경찰서에서 나와 지켜보고 있을까 봐 중심가를 빙 둘러 갔다. 더워서, 미칠 듯이 더워서 숨 쉬기도 힘겨웠다. 땀이 범벅이었고 티셔츠도 흠뻑 젖었다.

포튜나로에 이르렀을 때 더치스는 그 낡은 집을 발견하고 일을 조져버린 것이, 시간을 내서 테이프를 부숴버리지 않은 것이 난생처음 다행스러웠다.

그러나 그 순간 그 집 뜰을 가만히 보니, 쓰레기가 다 사라지고 없었다. 쓰레기 트럭이 이미 다녀간 것이었다.

테이프는 사라졌다.

소녀는 길을 위아래로 두리번거리며, 최후의 희망이 자기를 버리기라도 한 듯 숨을 헐떡였다.

오후 내내 더치스는 해변에 머무르며 모래사장에 앉아 바다를 바라보았다. 배를 움켜쥐었다. 로빈을 데리러 가는 길 내내 강한 통증이 따라다녔다.

로빈은 집에 가는 동안 자기 생일 이야기며 여섯 살이 되면 어떻게 되는지를 줄곧 재잘거렸다. 로빈이 집 열쇠를 달라고 하자 더치스는 웃음 지으며 머리를 쓰다듬었지만 마음은 동생이 절대 따라오지 못했으면 하는 어딘가에 가 있었다. 빈 집에 들어간 더치스는 달걀 스크램블을 만들었고 둘은 TV 앞에서 같이 먹었다. 해가 지자 더치스는 동생을 잠자리로 데려가 책을 읽어주었다.

"언제 우리 초록색 달걀 살 수 있어?"

"그럼."

"햄도?"

더치스는 동생 머리에 입을 맞추고 불을 꺼준 다음 잠시 눈을 감고 있다가 어둠 속에서 눈을 떴다. 집 안을 걸어가 전등에 불을 켜고 바깥에서 들리는 음악 소리를 들었다.

더치스는 테라스에 있는, 페인트칠이 필요한 낡은 벤치에서 스타를 발견했다. 달빛 속에서 어머니는 옛날 기타를 튕겼다. 그들의 노래였다. 더치스는 눈을 감았고, 가사에 마음이 아려왔다.

어머니에게 자기가 무슨 짓을 저질렀는지, 그들이 거친 물결에 휩쓸리지 않게 해주는 바로 그 다리를 성냥 하나로 불태워버렸다는 것을 말해야 했다. 아직은 얕은 물이었지만 곧 깊어질 터였고, 그들은 달빛조차 스며들지 못할 만큼 깊이 잠길 터였다.

더치스는 맨발로 다가가면서 바닥에 난 가시들도 느끼지 못했다.

기타에서 부드러운 선율이 흘러나왔다.

"엄마랑 같이 부르자."

"싫어요."

더치스는 가까이 가 어머니 어깨에 머리를 얹었다. 무슨 짓을 저질렀다 해도, 아무리 터프하고 무법자라 해도, 소녀에게는 어머니가 필요했다.

"노래할 때 왜 울어요?"

더치스가 물었다.

"미안."

"미안해하지 마요."

"그 남자, 바에서 만난 그 음악 관계자한테 전화했어. 만나서 한잔하자더라."

"갔어요?"

스타가 천천히 끄덕였다.

"남자들이란."

"어젯밤에는 어떻게 된 거예요?"

더치스는 자주 묻지 않았지만 이번에는 분명히 알아야 했다.

"술을 마시면 통제가 안 되는 사람들이 있어."

스타가 이웃집 쪽으로 눈짓을 했다.

"브랜던 록. 그놈이 엄마 때린 거예요?"

"사고였어."

"거절당하는 걸 못 참은 거구나."

스타가 고개를 흔들었다.

더치스는 밤하늘을 배경으로 큰 나무들이 흔들리는 걸 바라보았다.

"그러니까 이번에 다크는 아무 짓도 안 한 거네요."

"마지막으로 내가 기억하는 건 내가 차에 타는 걸 그 남자가 도와준 거야."

싸늘한 깨달음이 찾아왔고 더치스는 한동안 말을 할 수 없었다. 그러다가 다크가, 자기에게 얹은 그의 두 손이 생각났다. 더치스는 이를 갈며 스스로를 다잡았다. 나쁜 인간에게는 나쁜 일이 벌어지는 법.

"아침이면 로빈 생일인 거 알죠."

그 말에 스타는 슬퍼 보였다. 가슴이 무너진 건 아니었지만 거의 그럴 지경이었고, 입술은 아직 조금 부어 있고 눈도 아직 거무스름했다. 고통이 더 심해 보이게 하는 모습이었다. 동생에게 줄 선물은 없었다. 어머니는 기억하지 못한 것이다.

"나 나쁜 짓 했어, 엄마."

"누구나 나쁜 짓을 해."

"근데 바로잡을 수가 없을 것 같아."

스타는 두 눈을 감고 아직도 기타를 연주하며 노래했고, 딸이 그녀에게 부드럽게 기댔다.

더치스는 너무나도 간절히 같이 노래 부르고 싶었지만 목소리가 갈라지기 시작했다.

"내가 널 지켜줄게. 그게 엄마들이 하는 거니까."

더치스는 우는 법이 없었지만 그때는 거의 울 뻔했다.

10

워크는 혼자 있을 때 자빠지는 수치를 겪었다.

그나마 다행이었다. 길을 걷고 있었는데 어느 순간 쓰러져 하늘을 올려다보고 있었다. 왼쪽 다리가 그냥 주저앉아버린 것이다.

그는 순찰차에 앉은 채 밴코어 힐 병원 주차장에 있었다. 안에 들어가지는 않았다. 담당의 켄드릭이 균형 잡는 데 문제가 있을지 모른다고 말했지만, 그래도 그렇게 통제를 잃어버리는 건 두려운 일이었다.

무전이 낮게 지직거리다 브론슨에서 코드 2-11[*]이, 샌 루이스에서 코드 11-54[**]가 들어왔다. 순찰차 바닥에는 로지스 다이너에서 가져온 커피 컵과 햄버거 포장지가 있었다. 옷이 배를 압박했고 워크는 배에 손을 얹었다. 근무 시간이 느리게 흘러갔다. 그는 빈센트의 집에 가봤는데 그동안 진전이 있었던지 덧문들을 떼어내고 칠도 벗겨내어 새로 칠할 준비가 되어 있었다.

워크는 북극성을 찾더니 자기 병을 곱씹으며 자신의 뼈에서, 피에서, 마음에서 병을 느꼈다. 시냅스가 느릿느릿 발화하여 전달이 안 되는 건 아니지만 지연되었다.

자정이 되기 얼마 전 워크는 무전 소리에 퍼뜩 선잠에서 깨어났다.

- [*] 강도.
- [**] 수상한 차.

아이비 랜치가.

그는 마른 입술을 핥았다.

그런 뒤 다시 호출이 이어졌다.

그는 무전기를 잡고 시동을 건 다음 경광등을 켜고 케이프 헤이븐을 향해 불을 밝히며 달려갔다. 신고자는 세부 사항은 말하지 않고 그저 와야 한다고만 했다. 그는 아무 일도 아니기를, 스타가 그저 취한 것이기를 기도했다.

애디슨을 지났다. 중심가의 조용한 거리에 들어서자 불빛이 하나도 없었다.

그는 아이비 랜치가에 접어들며 속도를 늦췄다가 잠든 집들 외에 아무것도 보이지 않자 다시 숨을 쉬었다.

스타의 집 앞 도로 경계석까지 갔다. 차분한 마음이었으나 거리 쪽으로 난 현관문이 열려 있었고, 그걸 보자 뱃속을 날카롭게 찌르는 느낌, 허파에 공기가 다 빠져버린 느낌이 닥쳐왔다. 그는 차에서 내려 총에 손을 가져갔다. 그가 기억하는 한 총에 손을 댄 적은 한 번도 없었다.

이웃 브랜던 록의 집을 흘끗 보고, 건너편 밀턴의 집도 보았지만 인기척이라고는 없었다. 올빼미 한 마리가 울었고 저쪽에서 쓰레기통이 쓰러졌는데 아마도 너구리일 터였다. 그는 포치를 한달음에 올라가 문을 열었다.

복도에는 사이드 테이블에 전화번호부가 놓여 있었다. 스니커즈들이 어지러이 흩어져 있었다. 로빈이 그리고 더치스의 그림들이 벽에 붙어 있었다.

거울에는 금이 가 있었고 워크는 거울에서 휘둥그레지고 두려움에 찬 자신의 눈을 보았다. 그는 총을 꽉 쥐고 안전장치를 푼 뒤 소리를 내 외칠까 했지만 조용히 있었다.

그가 복도를 지나 방 두 개가 있는 곳으로 가보니, 방문이 둘 다 열린 채로 여기저기 늘어진 옷가지와 쓰러진 화장대가 보였다.

화장실. 수도꼭지에서 물이 조금씩 흘렀고 세면대는 흘러넘쳤다. 그가 물을 잠그는데 신발이 웅덩이에 잠겼다.

부엌에 들어가자 시계 소리만 정적을 흐트러뜨리고 있었다. 천천히 살펴보니 늘 그렇듯이 난장판에 버터 칼과 싱크대에 담긴 그릇들이 보였다. 언제나처럼 더치스가 설거지를 할 터였다.

워크는 처음에 남자를 알아채지 못했다. 그는 작은 탁자에 앉아 손바닥을 위로 향하게 펼치고 마치 딴마음이 전혀 없는 것 같은 자세로 있었다.

"거실에 가봐야 할 거야."

빈센트가 말했다.

워크는 자기 이마에 땀이 맺힌 것을 알아차리고, 자기가 어린 시절 친구에게 총구를 향하고 있는 걸 깨달았지만 총을 내리지는 않을 작정이었다. 아드레날린이 그를 움직였다.

"무슨 짓을 한 거야?"

"상황을 바꾸기에는 이미 늦었어, 워크. 하지만 가서 호출은 해야 할 거야. 난 여기 있을게. 꼼짝하지 않고."

총이 흔들렸다.

"나한테 수갑을 채워. 그게 정상이잖아. 제대로 처리하는 게 좋을 거야. 수갑을 이쪽으로 던지면 내가 직접 찰게."

워크는 입이 너무 바짝 말라서 겨우겨우 말할 수 있었다.

"이해가 안……."

"수갑 던지라고, 워커 서장."

서장. 그는 경찰이었다. 워크는 벨트에 있는 수갑을 찾아 탁자에 떨어뜨렸다.

그는 거실로 이동했다. 땀이 눈으로 흘러들었다.

그 장면이 눈으로 달려들었다.

"젠장, 스타."

그는 재빠르게 다가가 무릎을 꿇었다.

"하느님 맙소사, 스타."

스타는 누워 있었다. 일순간 그는 스타가 뭔가 안 좋은 걸 잔뜩 삼킨 줄 알았다. 전에도 그런 일이 있어서였다. 하지만 뭔가를 알아차리고 그는 뒤로 넘어져 다시 욕설을 내뱉었다.

피가 사방팔방에, 너무 많아서 그는 허둥거리며 무전기를 찾아 미끌미끌한 손가락으로 호출했다.

"세상에."

그는 스타의 옷을 더듬거리며 뭐가 어떻게 된 건지 알아내려고 하다가 심장 위쪽에서 상처를, 구멍과 찢긴 살을 발견했다.

그는 창백하고 생명이 떠난 얼굴에서 가만히 머리카락을 쓸어 넘겼다. 맥박을 확인하고, 아무것도 느껴지지 않았지만 심폐소생술을 시작했다. 그러면서 그는 주위를 둘러보았다. 쓰러진 전등, 카펫에 놓인 그림, 뒤집힌 작은 책꽂이.

점점이 찍힌 혈흔이 벽을 타고 올라갔다.

"더치스."

그가 불렀다.

그는 계속 같은 동작을 반복했고 땀이 흐르고 근육이 타는 듯했다.

경찰과 긴급의료대가 도착해 그를 부드럽게 밀어냈다. 스타가 죽었다는 건 명백했다.

그는 부엌에서 고함을 들었고, 빈센트가 바닥에서 제압된 뒤 밖으로 끌려 나왔다.

워크는 멍하게 일어나 세상이 기이하게 빙글빙글 도는 걸 느끼며 거리로 나갔다. 길에는 사람들이 모여들고 있었다. 그는 빨강과 파랑 불빛을 보며 포치에 나가 앉아 숨을 크게 들이쉬었다. 머리와 두 눈을 문지르고 가슴을 몇 번 치면서 이것이 현실인지 확인했다.

경찰은 그가 경찰차에 이르기도 전에 빈센트를 데려가버렸다. 그는 조금 뛰어갔으나 숨을 헐떡이며 무릎을 꿇어야만 했다. 인생이 한 올 한 올 풀어지는 듯했다.

한 팀이 와서 통제권을 그에게서 앗아가더니 차단 테이프를 치고 사람들을 충분히 멀리 떼어놓았다. 방송사 밴들이 오고, 조명들과 기자들이 나왔다. 과학수사팀 밴이 도로 경계석까지 뚫고 들어왔다. 그곳은 범죄 현장이었고 그들은 현장을 잘 통제했다. 그러다가 워크는 안에서 무슨 소리를 들었다.

그는 여전히 멍했으나 자리에서 일어나 사람들을 헤치고 걸어가 차단 테이프 아래로 몸을 숙이고 집으로 들어갔고, 거기서 주州 경찰관인 보이드와 서틀러 카운티에서 온 경찰 두 명을 보았다.

"무슨 일입니까?"

경찰 한 명이 뒤를 돌아보는데 눈에 분노가 가득했다.

"꼬마가……. 남자애가."

워크는 물러나며 벽에 부딪치더니 다리에 힘이 빠지는 걸 느꼈고, 시야가 좁아지며 닥쳐올 순간에 대비했다.

보이드가 둘을 조금 물러나게 했다.

그러자 워크의 시야에 아이가 눈을 가늘게 뜨고 어깨에 담요를 두른 모습이 들어왔다.

"애는 괜찮나요?"

워크가 물었다.

보이드가 아이를 조심스레 살폈다.

"침실 문이 잠겨 있었소. 자고 있던 것 같은데."

워크가 아이 옆에 무릎을 꿇었지만 아이는 여기저기를 보면서도 그는 보지 않았다.

"로빈, 누나는 어디 있어?"

‡

더치스는 약 5킬로미터를 자전거로 달려 마을에서 이어지는 어두운 도로를 가로질렀다. 자동차들이 다가오며 상향등을 끄거나 깜빡이거나 경적을 울릴 때면 더치스는 숨을 죽였다. 예쁜 길로 갈 수도 있었지만 그러면 거리가 훨씬 더 늘어날 터였고 소녀는 이미 너무 피곤했다.

펜서콜라에 있는 셰브론 주유소, 회색 기둥들 위로 파란색 간판이 보였다. 더치스는 자전거를 석탄 통에 기대놓고 주차장을 걸어갔다. 오래된 세단 한 대가 엉성하게 주차되어 있고 차 주인이 주유 펌프를 당기고 있었다.

로빈은 깨어나면 여섯 살이 될 테고 더치스는 동생이 깨어났을 때 선물 하나 볼 수 없도록 두지 않을 작정이었다.

11달러, 스타의 지갑에서 가져온 돈. 더치스는 어머니가 대부분 미웠고, 이따금 좋았고, 너무도 필요했다.

주유소 가게에 경찰 한 명이 커피 머신 옆에 서 있었는데, 짙은 색 타이와 바지 차림에 콧수염을 단정하게 길렀고 가슴에는 배지가 걸려 있었다. 그가 더치스를 봤지만 더치스는 그를 무시했다. 그때 무전기가 치직거리자 그는 계산대로 2, 3달러를 던지고 밖으로 나갔다.

더치스는 진열대들을 걸어 다니며 맥주며 탄산음료며 에너지 음료라고 적힌 커다란 냉장고들을 지나갔다.

생일 케이크는 없고 그저 엔터먼스 컵케이크, 분홍색 프로스팅이 올라간 것 한 상자가 전부일 터였다. 로빈은 적어도 속으로는 성질이 나겠지만 고마운 줄 모르는 것처럼 들릴 만한 말은 한마디도 하지 않을 것이었다. 더치스는 그것 한 상자를 집어 들고 양초를 찾았다. 남은 건 6달러.

계산대에는 열아홉 살쯤 되어 보이고 뺨에 여드름이 난, 피어싱을 너무 많이 한 애송이가 있었다.

"장난감은 없나요?"

점원은 더치스가 이제껏 본 것들 중 가장 지질한 장난감들이 놓인 선반을 가리켰다. 더치스는 마술 세트, 토끼 솜 인형, 색색의 머리띠 묶음을 세심하게 뜯어보다가, 명예 훼손에 해당할 정도로 캡틴 아메리카와 어설프게 닮은 피규어를 보았다. 더치스는 그걸 꼭 쥐었다. 득템이었다. 게다가 가격도 7달러였다.

더치스는 장난감을 들고 컵케이크를 찾은 진열대로 돌아갔으나, 거기 있는 것들 중에 그나마 특별해 보일 만한 건 자기가 들고 있는 것뿐이라는 점을 발견하고 다시금 어머니를 욕했다. 노란색 형광등 빛이 너무 흐릿해서 마음이 흔들렸다. 양초를 훔칠까 하는 생각을 잠시 했지만, 점원 녀석이 고뇌하는 더치스의 마음을 훤히 읽을 수 있다는 듯 지켜보고 있었다. 더치스는 케이크 상자를 살짝 구겨질 만큼만 꽉 쥐었다.

계산대에서 더치스는 점원에게 뭉개진 케이크를 보여주며 1달러를 깎아달라고 우겼다. 처음에 점원은 거절했으나 기다리는 손님이 점점 늘어나자 인상을 찌푸리며 돈을 받았다.

더치스는 봉지를 자전거 핸들에 걸고 집으로 출발했다. 천천히 페달을 밟고 있는데 따뜻한 밤공기 속에서 경광등을 켠 경찰차가 또 한 대 지나가면서 날카로운 사이렌을 울렸다.

나중에 알게 된 이후에, 더치스는 그 마지막 자전거 주행을 돌아보며 사소한 것들을 누릴 수 있는 마지막 밤을 제대로 음미하는 거였는데, 하고 생각했다. 해안을 따라 돌아가는 길을 택해 끝없이 펼쳐지는 바다를 보고, 밤의 노래를 듣고, 중심가에 켜진 전등 하나하나의 완벽한 빛깔을 봤어야 하는 건데, 하고. 평범하다고 할 마지막 순간을 깊이 들이마시고 소중히 간직하는 거였는데, 하고 바랐다. 만약 예전 생활이 나쁘기만 했다면—실제로 대부분 나빴지만—자기가 사는 거리로 돌아가 자전거가 지나가도록 이웃들이 좍 갈라지는 모습을 보았을 때, 마치 더치스가 그들에게 명령이라도 내린 듯, 소녀가 전능한 듯 행동하는 걸 보고 난 뒤에는 모든 게 완전히 달라져버렸으니까.

경찰차들을 처음 봤을 때 더치스는 본능적으로 달아나려고 했다. 한 시간 전에 자전거에 타고 집을 나서며 더치스는 브랜던록의 집 앞에 멈춰 섰다. 제법 날카로운 돌을 하나 들어 그 집 진입로로 들어간 다음 머스탱을 감싸고 있는 덮개를 걷고, 돌로 문과 펜더를 강하고 깊게 긁어 은색이 드러나게 만들었다. 어머니를 때린 놈이었다. 뒈져버리라지.

하지만 이건 차가 너무 많았고, 소음도 너무 컸으며, 워크와 그가 던지는 시선을 뛰어넘는 것이었다.

더치스는 자전거를 쓰러뜨리고 봉지를 내던진 뒤, 자기 쪽으로 다가오려는 경찰에게 발길질을 했다. 경찰은 물러섰고 더치스는 그게 정상이 아니라는 걸 알았다.

소녀는 집으로 달려가 차단 테이프와 또 다른 경찰을 피해 지나가며 그들 전체에게 욕을 퍼부었다. 자기가 아는 나쁜 말을 총동원해서.

더치스는 동생을 발견하고 마음을 좀 가라앉혔고, 워크는 입을 굳게 다물고 모든 것을, 전부를 말해주는 눈으로 바라보고 있었다. 경찰은 소녀가 거실에 들어가지 못하게 했다―워크에게 양팔을 마구 휘둘러도, 그러다 그의 눈을 때려도, 온갖 말을 해대도, 동생이 야생동물처럼 울어도.

워크는 더치스를 반쯤 들어 안다시피 해서 사람들 눈이 닿지 않는 뜰로 데리고 나갔다. 그가 흙바닥에 내려놓자 더치스는 네미 시팔놈이라고 욕을 했고, 그 옆에서 로빈은 내일이 오지 않을 것처럼 흐느꼈다.

제복을 입은 사람들과 정장 차림의 남자들, 사방에 낯선 이들이었다.

소녀가 차분해졌다고 경찰이 생각했을 때, 소녀는 감시를 벗어나 경찰들을 피해 내달렸다. 얼마나 재빠른지 전부 따돌렸다. 현관문을 지나 안으로, 집이었던 곳이 하나의 장면으로 변해버린 곳으로.

더치스는 그녀를 보았다.

어머니.

어떤 팔이 자기를 감쌀 때 더치스는 싸우지 않았다. 더는 발로 차고 욕하지 않고, 워크가 자기를 아이처럼—실제로 아이였다—데리고 나가도록 내버려두었다.

"너랑 로빈은 오늘 밤 나랑 있으면 돼."

워크의 순찰차로 가는 동안 로빈은 누나의 손을 꼭 쥐고 있었다. 이웃들이 빤히 쳐다봤고 방송국 카메라 한 대가 둘에게 빛을 비췄다. 더치스는 노려볼 기력도 없었다. 건너편에서 밀턴이 창가에 서 있다가 소녀와 눈이 마주치자 어둠 속으로 사라졌다.

더치스는 뜰에서 봉지를 챙겼고, 그 안에는 컵케이크와 장난감과 양초가 있었다.

두 아이는 차에 오랫동안 앉아 있었고, 시간이 너무 늦어지자 견디기 힘들어진 로빈은 누나 옆에서 잠에 빠져들었지만 신음하고 잠꼬대를 하며 뒤척였다. 소녀는 동생의 머리를 쓰다듬었다.

워크는 천천히 차를 몰아 그 거리에서 벗어났고 더치스는 자신의 집이던 밝은 빛을, 자신의 인생이었던 희미해져가는 장면을 바라보았다.

2부 ———————— 빅 스카이*

* 몬태나의 비공식 별명 중 하나이다.

11

워크가 한 팔에 해를 맞으며 차를 모는 동안 끝없이 펼쳐진 평원이 오르내리며 풀이 긴 아메리카 대초원에서 살짝 팬 스텝 초원으로 다시 그 너머의 초원으로 바뀌었다. 동쪽으로는 네 개의 주를 감아 돌며 태평양으로 흘러 나가는 강이 있었다.

워크는 무전기를 꺼두었다. 귀뚜라미 우는 소리와 이따금 가슴을 드러낸 운전자들이 낡은 트럭을 몰고 지나가는 것 말고는 아무것도 없었다. 어떤 운전자는 고개를 까딱였고 어떤 운전자는 숨길 게 많다는 듯 앞만 보고 갔다. 워크는 느린 속도를 유지했다. 오랫동안 잠을 자지 않았기 때문이었다. 일행은 지난밤을 모텔에서 보냈는데, 워크는 나란히 붙은 방을 두 개 빌리고 둘을 연결하는 문을 밤새 빼꼼히 열어두었다. 출발 전 그가 비행기로 가자고 제안했지만 소년이 무서워했다. 워크는 비행기 여행을 결코 좋아하지 않아서 오히려 달가웠다.

두 아이는 뒷좌석에 앉아 각자 창밖을 내다보며 생소한 듯 풍경을 바라보았다. 로빈은 그날 밤에 관해 아무 말도 하지 않았다. 워크에게든 누나에게든 찾아온 특별 경찰에게든. 연민으로 무장한 특별 경찰들은 파스텔 톤으로 칠해진 벽화들과 웃는 동물들이 그려진 방으로 로빈을 데려갔다. 로빈에게 펜과 종이를 주고, 뭔가 확실하다는 얼굴로 자기들끼리 대화하며 로빈이 온전함과는 거리가 먼, 깨지기 쉬운 파편들이라도 되는 듯 행동했다. 소년의 누나는 시답잖다는 얼굴로 팔짱을 끼고 코를 찡그린 채, 그들이 팔려고 하는 개소리가 딱히 마음에 들지 않는다는 듯 지켜보았다.

"너희들 뒤에서 괜찮은 거니?"

대답이 없었다.

세 사람은 마을을 지나고, 급수탑을 지나고, 녹슨 비계를 지났다. 약 80킬로미터를 철로와 함께 달렸는데 타버린 침목들 위로 갈색 풀이 자라난 모습이 꼭 마지막 기차가 그 역에서 떠난 것이 다른 생애 일인 것 같았다.

워크는 한 감리교회 근처에서 속도를 늦췄다. 흰색 판재로 된 벽과 아주 연한 녹색 슬레이트 지붕, 저 높은 곳을 가리키는 화살 같은 첨탑.

"배고프니?"

워크는 아이들이 대답하지 않으리라는 걸 알았다. 그것은 긴 여정으로, 1600킬로미터를 아우르는 길이었다. 공기만큼이나 땅도 바짝 말라붙어 불에 탄 듯한 네바다 구간을 따라 80번 고속도로를 끝도 없이 달렸다. 한 세월이 걸려서야 주황색이 초록색으로 바뀌며 아이다호가 눈앞으로 다가왔고, 조금 더 가면 옐로스톤 국립공원과 와이오밍이었다. 더치스는 한동안 흥미를 보였다.

트윈 리버 밀스에서 그들은 작은 식당에 들렀다.

찢어진 칸막이 자리에서 워크는 햄버거와 밀크셰이크를 주문했고 셋은 길 건너에 있는 주유소를 내다보았다. 한 젊은 가족이 이삿짐 이동용 렌터카인 유홀 트럭에 탄 채 주유기들 사이로 이동하고 있었는데, 어린 여자아이는 초콜릿으로 범벅이 되어 있고 어머니는 호들갑스럽게 물티슈로 아이를 닦아주며 웃음 지었다.

로빈은 아예 먹는 걸 멈추고 바라보았다. 워크가 로빈의 어깨에 손을 얹자 아이는 다시 자기 밀크셰이크를 내려다보았다.

"괜찮을 거야."

"그걸 어떻게 알아요?"

더치스가 뭔가 기다리고 있었다는 듯 바로 쏘아붙였다.

"내가 어렸을 적에 너희 할아버지가 어땠는지 기억하거든. 그분은 좋은 사람이야. 내가 듣기로는 땅이 10만 평도 넘는다는데, 어쩜 너희도 마음에 들지 몰라. 깨끗한 공기며 뭐 그런 것들."

워크는 자기가 무슨 말을 하는지 몰랐고, 그저 입을 멈출 수 있었으면 싶었다.

"땅도 비옥하고."

더 망쳐놓았을 뿐이지만.

더치스가 눈동자를 굴렸다.

"빈센트 킹이랑은 얘기해봤어요?"

더치스는 고개를 들지 않았다.

워크가 냅킨으로 입술을 두드렸다.

"난…… 주 경찰의 보조로 일할 거야."

주 경찰은 이튿날 아침 사건에서 워크를 내치고 자기들이 일을 마칠 때까지 현장을 보존하는 일만 그에게 맡겼다. 이틀 동안 과학수사대 밴과 사람들이 바삐 움직였고 워크는 지역 당국과 연락하여 도로 절반을 차단했다. 주 경찰은 킹의 집으로 이동했다. 이번에도 워크는 현장 보존을 담당했다. 그들은 그가 너무 촌구석 경찰이라고, 케이프 헤이븐 경찰서가 사건을 감당하기에 너무 작다고 여겼다. 그는 반박하지 않았다.

"그 인간 사형일 거예요."

로빈이 누나를 바라보는데 두 눈이 피곤하면서도 이글거리는 것이, 죽어가는 불꽃의 마지막 불길 같았다.

"더치스……."

"그럴 거라고요. 그런 남자는 돌이킬 방법이 없어요. 무기도 없는 여자를 쏘다니. 눈에는 눈이라는 거 믿어요, 워크?"

"난 모르겠다."

더치스는 감자튀김을 케첩에 찍은 뒤 그에게 실망했다는 듯 고개를 흔들었다. 소녀는 빈센트 이야기를, 자기 어머니를 쏘아 죽이고 자기 가족을 무너뜨려버린 남자 이야기를 종종 했다.

"버거 먹어."

더치스가 로빈에게 말하자 로빈이 먹었다.

"채소도."

"그치만……."

더치스가 빤히 쳐다봤다.

로빈은 양상추 한 쪼가리를 들어 끄트머리를 조금 베어 먹었다.

한 시간을 더 달리자 워크의 눈에 디어먼을 알리는 표지판이 들어왔다. 면도날 철조망이 약 400미터를 둘러싸고 사람들이 그 안에 머무르도록, 말썽 부리지 못하도록 막고 있었다.

감시탑에서 경비 한 명이 챙 넓은 모자를 쓰고 한 손을 소총에 대고 있었다. 룸미러로 보니 차 뒤로 먼지가 피어오르는 것이 꼭 그가 평온함을 깨뜨린 것 같았다.

로빈은 자리에서 잠을 잤지만 꿈속에서도 깨어 있을 때처럼 힘든 듯 바짝 굳은 얼굴이었다.

"저거 감옥이네요."

더치스가 말했다.

"그래."

"빈센트 킹을 가두던 데 같은."

"맞아."

"그 남자 그 안에서 얻어맞을까요?"

"감옥은 좋은 데가 아니지."

"어쩌면 막 강간당할지도 몰라요."

"그런 식으로 말하면 안 돼."

"개소리 마요, 워크."

그는 그 증오를 이해하고도 남았지만 그것이 더치스에게 어떤 영향을 미칠지, 그 잉걸불 같은 것이 아주 작은 바람에도 확 타오르지는 않을지 염려했다.

"그 인간이 죽도록 얻어맞았으면 좋겠어요. 있죠. 밤에 자려고 누워 있으면 눈앞에 떠올라요. 그놈 얼굴이요. 그놈이 아무것도 남지 않을 때까지 얻어터졌으면 좋겠어요."

그는 좌석에 앉아 몸을 뒤로 기대어 뼈마디가 아파오고 양손이 떨리는 것을 느꼈다. 그날 아침에 그는 속수무책으로 누워서 그 상태가 지나가지 않을지도 모른다고, 더치스가 도와줄 사람을 불러야 할지도 모른다고 걱정했다. 그는 맨 처음에 어깨가 아팠던 때를, 그저 어깨가 아팠을 뿐이던 때를 떠올렸다.

"케이프 헤이븐이 기억나지 않을까 봐 걱정돼요."

더치스가 지나가는 풍경을 보며 말했다.

"내가 편지하면 되지. 사진도 보내고."

"이제 거기는 집이 아니에요. 우리가 가는 데도, 거기도 집이 아니고요. 그 인간이 다 뺏어버렸어요."

"괜찮을……."

워크는 말이 목에 걸렸다.

더치스는 고개를 돌려 디어먼 교도소가 연기에 가려 안 보일 때까지 바라보다가 워크도, 바뀌는 세상도 보지 않으려고 눈을 감았다.

하루 중 가장 더운 때에서 한 시간 지나고, 열기에 아지랑이가 피어오르는 와중에 아이들은 잠을 잤다. 더치스는 두 눈이 푹 꺼지고 울지 않으려고 애쓰느라 부어 있었다. 소녀는 반바지를 입고 있었다. 워크는 거칠거칠한 무릎과 창백한 허벅지를 보았다.

약 150킬로미터를 지나는 동안 땅은 높이 솟았다가 꺼졌고, 건조하기 짝이 없던 풍경은 무성하게 바뀌었다. 편서풍이 바다에서 수분을 실어다 주어 갈증을 해소해주는 것이었다. 몬태나에 들어설 때는 요란한 변화 없이 파란색과 빨간색, 노란색으로 된 환영 표지판이 있을 뿐이었다. 워크는 목을 문지르고 하품을 하더니 뺨에 자라난 수염을 긁적였다. 그 일 후로 그는 별로 먹지 않았다. 2킬로그램이 넘게 빠졌다.

한 시간이 더 지나 그는 미주리강 부근에서 방향을 틀었다. 헬레나를 뒤로하자 하늘이 얼마나 드넓은지 신의 작품조차 그날 오후의 푸른빛에서 그의 눈길을 돌리게 할 수 없을 지경이었다. 몇몇 도로를 달려 좁은 길로 접어들었을 때 나타난 농장은 섬세한 붓질로 풍경 속에 그려 넣은 듯, 애초에 그곳에 속한 것처럼 보였다. 진흙 빛깔의 붉은 헛간 세 채는 흰색 지붕을 이고 있었고, 개잎갈나무들 속에 둥지를 튼 곡물 저장고가 두 채 있었다. 집은 좌우로 길었고 그 앞을 감싸는 포치는 의자들과 그네가 있었을 뿐 아니라, 옹이투성이의 아름다운 목재로 만들어져 있었다. 워크는 소녀가 지금 지켜보고 있다는 것을, 물어보고 싶으면서도 입을 꾹 다물고 있다는 것을 알았다.

"저기야."

그가 먼저 말했다.

"이 근처에 사람은 살아요?"

"몇 킬로미터만 가면 코퍼 폴스*가 나와. 거긴 영화관도 있어."

그가 전날 밤에 모두 확인해둔 것이었다.

유칼립투스 나무들이 양쪽에서 솟아올라 서로 얽히며 그들에게 그늘을 드리웠고, 흰색 말뚝 울타리는 벗겨져 칠을 해야 했다. 워크는 굽은 길을 따라가다 핼이 가만히 서서 지켜보기만 할뿐, 웃지도 손을 흔들지도 않고 있는 것을 보았다.

더치스가 목을 빼고 워크의 어깨 옆으로 머리를 내밀며 안전벨트를 풀었다.

차가 멈추자 워크는 내렸지만 더치스는 내리지 않았다.

"핼."

그가 말하며 다가가 손을 내밀었다.

핼은 거칠고 굳은살이 박인 손으로 워크의 손을 꼭 쥐고 흔들었다. 파란 눈동자는 나이를 넘어서는 무언가로 빛났지만 웃음은 걸려 있지 않았다. 손녀가 순찰차에서 내려 그처럼 가만히 서 있는 모습에서 아이 어머니의 환영을 발견하기 전까지는.

워크는 두 사람이 서로 상대를 관찰하며 파악하는 것을 지켜보았다. 그가 더치스를 손짓해 부르려고 하자 핼이 고개를 한 번 저었다. 자기가 올 준비가 되면 올 거라는 뜻이었다.

- 가상의 마을로 지명에 '폴스Falls'가 들어가는 곳은 보통 주변에 폭포가 있다. 핼의 농장 주변 작은 동네들은 대부분 작가가 만든 곳이다.

"먼 길이었어요. 로빈은 자고 있습니다. 깨워야 할지 어떨지 모르겠어서요."

"내일이면 어차피 일찌감치 일어나게 될 거야. 농장은 나름대로 일정이 있거든."

워크는 핼을 따라 집으로 걸어갔다.

늙은 핼은 키가 크고 근육질에, 걸음걸음마다 엄격한 분위기를 풍겼다. 고개를 똑바로 들고 턱을 살짝 세우고 걸었다─여기는 내 땅이야.

뒤쪽에서 더치스가 배회하며 넓게 펼쳐진 세상을 바라보았다. 이미 오래되어가기 시작한 새로운 삶을. 소녀는 몸을 숙여 풀을 만져보고, 한 헛간에 가서 시원하고 어두운 안쪽을 들여다보기도 했다. 동물들과 배설물 냄새가 코를 찔렀지만 소녀는 고개를 돌리지 않았다.

핼이 너무 시원한 맥주를 가지고 나왔고 워크는 거절하지 않았다. 그는 제복을 입고 있었고, 두 남자는 딱딱한 나무 의자에 자리를 잡았다.

"오랜만이네요."

워크가 말했다.

"그렇군."

몬태나. 세로에서 가로로 풍광이 달라지는 그곳은 다 받아들이지 못할 만큼 탁 트여 있었다.

"웬 난리인지."

핼이 말했다. 그는 격자무늬 셔츠를 입고 근육질인 팔뚝 위로 소매를 걷고 있었다.

난리라는 말로는 부족했지만 어떤 표현을 써도 비슷할 터였다.

"저 애는 봤나?"

워크는 핼을 쳐다봤지만 그는 시선을 농장에 고정하고 있었다.

"그런 것 같습니다. 나중에요. 경찰들한테 달려들어서 거실까지 들어간 모양이더군요."

핼은 상처투성이 손마디를 꺾어 우두둑 소리를 냈고, 잿빛의 목소리로 말했다.

"사내 녀석은?"

"못 봤습니다. 어쩌면 비명이나 총성 같은 걸 들었을지도 모르는데 말을 안 하네요. 잠긴 방 안에 있었거든요. 의사를 두어 번 만나기는 했는데요. 여기서도 의사한테 보여야 할 겁니다. 제가 연결해드리겠습니다. 녀석한테 필요한 일이에요. 어쩌면 기억을 할지도 모르고, 혹은 기억을 안 하는 게 최선일지도 모르겠네요."

핼은 반병을 한 번에 마셔버렸다. 소박한 시계를 찬 두터운 손목은 열린 하늘 아래에서 오랜 세월 일한 탓에 갈색으로 그을어 있었다.

"난 저 애들을 보지 못했네, 더치스……. 그 애는 딸년을 마지막으로 봤을 때 아기였어. 그리고 로빈은……."

그는 말을 맺지 못했다.

"둘 다 좋은 애들이에요."

이 말은 막상 내뱉고 나니 진부하게 들렸다. 마치 세상에 다른 종류의 아이가 있기라도 한 것처럼.

"장례식에 가려고 했는데. 약속은 약속이니."

핼은 부연 설명은 하지 않았다.

"정신없이 지나갔어요. 그쪽에서 시…… 그러니까 스타를 건

네주자마자 했으니까요. 리틀 브룩 교회에서 작게 거행했습니다. 동생 옆에 묻었죠."

그때 더치스는 동생의 손을 잡고 있었다. 울지는 않고 그저 관을, 모든 걸 공평하게 만드는 것이라는 듯 바라볼 뿐이었다.

두 남자는 더치스가 헛간에서 나오고 그 뒤에 닭 한 마리가 따라 나오는 걸 지켜보았다. 더치스는 마치 녀석이 자기를 뒤따른다는 듯 뒤를 흘끗거렸다.

"제 엄마랑 닮았구먼."

"네."

"방을 준비해뒀네. 둘이 같이 써야 할 거야. 사내 녀석은 야구 좋아하나?"

워크는 웃었지만 답을 알지 못했다.

"공이랑 야구 글로브를 사뒀네."

둘은 더치스가 순찰차 안을 들여다보며 로빈이 잘 있는지 확인한 뒤에 다시 헛간 쪽으로 가서 여전히 닭을 구경하는 모습을 보았다.

핼이 목을 가다듬었다.

"빈센트 킹. 그 이름을 내뱉는 게 얼마 만인지. 다시는 그럴 일 없기를 바랐건만."

"녀석은 아직 아무 말도 안 했습니다. 제가 녀석을 부엌에서 발견했는데 신고를 한 것도 녀석이었어요. 저로서는 의문점이 좀 있습니다."

그는 자신 있게 말했으나 핼이 그를 꿰뚫어보진 않을지, 주 경찰도 그를 거의 배제해서 그가 허우적거리고 있다는 걸 알아보지는 않을지 걱정이었다.

"잡아두고 있는 거로군."

"아직 공식 기소 전입니다. 보석 조건 위반으로 잡아두고 있죠. 통금시간 위반으로요."

"하지만 빈센트 킹은."

"모르겠습니다. 빈센트가 뭘 했는지, 이게 무슨 상황인지."

"난 교회에 나가기는 하지만 신을 믿지는 않네. 녀석은 감옥에는 가지만 범죄자는 아니야."

핼의 얼굴에 새겨진 주름살이 얼마나 깊은지, 30년 전에 시작된 이야기가 거기에 담겨 있었다.

핼이 다시 손마디를 꺾었다.

"목사가 말하기로 끝은 또 다른 시작이라더군. 시시가 작은 나무 상자보다 어딘가 더 나은 곳에 가 있다는 걸 내가 한순간이라도 믿었더라면, 지난 세월이 조금은 편안했을 거야. 그래도 난 시도는 하네, 매주 일요일이면 믿으려고 해보지."

"죄송합니다."

"자네 잘못이……."

"시시 일만이 아니라요. 부인 일도요. 그때 후로 말씀을 못 드렸잖아요."

그 일은 지역 신문에 실렸다. 누구든 스타의 어머니를 처음으로 본 날은 재판이 열린 첫날이었다. 매기 데이는 법정에 도도하게 걸어 들어갔다. 매기는 눈에 익은 머리카락과 눈동자로 시선을 끌었으나, 예전의 매혹을 잃어버린 듯한 분위기 탓에 아름다움이 느껴지지 않았다.

"그 사람은 빈센트 일로 슬퍼했어. 어린애가 성인의 형을 사는 걸 지켜보려니 상처가 다시 벌어지는 것 같다고 했지."

핼은 마지막 남은 맥주를 비웠다.

"스타가 그 사람을 발견한 그날 밤. 우리 집에는 그림이 있었어. 아트 프린트. '테메레르'라고 아나?"

"배요."

"그 사람은 그 아래 앉아 고개가 뒤로 꺾여 있었어. 뇌리를 떠나지 않는 그 하늘, 마치 그 일부가 된 것 같았지."

"안타깝네요."

"그 사람은 시시랑 함께 있고 싶어 했네."

그는 단순하게 말했다. 마치 아내이자 어머니인 사람의 죽음에 하나라도 단순한 점이 있을 수 있다는 듯이.

"우리 가족에게 빈센트 킹은 암이야."

워크는 차가운 병을 이마에 가져다댔다.

"저기요, 핼. 어떤 남자가 있었어요, 디키 다크라고. 그 남자는…… 그러니까 스타랑…… 스타를 거칠게 대했습니다."

워크는 핼이 입을 꾹 다물고 있는 걸 보았다.

"그리고 더치스랑은 무슨 일이 있었는지 모르겠지만, 누군가 그 남자 가게를 깡그리 태워버렸거든요. 스트립쇼 하는 술집이었죠."

핼은 손녀가 끝없이 넓은 땅에 조그맣게 서 있는 모습을 바라보았다.

"그자가 여기 와서 당신을 찾으려고 할 거라고 생각하진 않습

---

* J. M. W. 터너Turner가 영국 해군의 군함 'HMS 테메레르Temeraire'를 소재로 그린 〈전함 테메레르The Fighting Temeraire〉(1839년 작)를 말한다. 장엄한 저녁노을을 배경으로, 군함 테메레르를 작은 증기선이 예인해가는 모습을 담고 있다.

니다. 일어난 일들을 고려하면요.”

“여기 올지도 모른다는 이야긴가?”

“저는 그럴 것 같지 않은데, 더치스는 그럴 거라고 생각해요.”

“그렇게 말했나?”

“뭐든 제대로 말을 안 합니다. 그냥 다크가 여기까지 자기들을 찾아올 수 있냐고 물은 것뿐이죠. 정확히 뭣 때문인지도 말을 안 하고요. 그 남자가 스타 일이랑 뭔가 연관되어 있을 가능성도 배제할 순 없습니다.”

“만약 연관이 있다면?”

워크는 소년이 잠들어 있는 차를 바라보며 숨을 들이쉬었다. 어쩌면 유일한 증인인 소년.

“여긴 못 찾을 거야. 난 등기가 안 돼 있고 이 땅은…… 유치권이 걸려 있네. 힘든 시기가 있었거든. 저 애는 내가 지켜줄 수 있네. 꼬마 녀석도. 그거 한 가지는 확실히 할 수 있다고 생각하네.”

워크는 집이 바라보는 쪽을 따라 걷다가 울타리로 내려갔다. 그곳에는 연못이라기에는 너무 크고 호수라기에는 너무 작은 물이 있었다. 그는 거울이 보였다―하늘과 나무들과 물결 속에 비친 초췌한 얼굴이 있었다.

“여기 있기 싫어요.”

그가 돌아서자 더치스가 보였다.

“저 사람은 늙었어요. 빌어먹을 누군지도 모르고.”

“달리 갈 데가 없어. 여기 아니면 사회복지센터야. 그건……로빈을 위해 안 되겠니?”

그는 손을 뻗어 소녀의 손을 잡고 부드러운 거짓말을 하고 싶었다.

"여기 전화하지 마요, 워크. 편지는 괜찮을지 모르겠네요. 로빈이요. 그 정신과 의사 말이, 잊어버려야 한댔어요. 잠깐이라도요. 걔한테 너무 안 좋아요. 아이한테 너무 심하다고요."

워크는 소녀도 아이라고 말해주고 싶었다.

나중에 워크는 흙에 무릎을 꿇고 로빈의 머리카락을 헝클이며 두려움이 맺힌 아이의 눈을 마주 보았다. 로빈은 그 너머를, 핼과 오래된 집을 바라보았다. 그런 뒤 워크는 일어나서 더치스를 보며 무슨 말을 해야 할지 생각했다.

"난 무법자예요."

더치스가 말했다.

슬픔이 덮쳐와 그는 숨을 들이쉬었다.

"그리고 아저씨는 경찰관이고요."

그는 고개를 끄덕였다.

"그렇지."

"그러니까 이제 꺼져버려요."

그는 순찰차에 올라타 두 아이에게서 천천히 멀어졌다.

해가 힘을 잃었고 그는 물가에서 속도를 늦추어 유칼립투스 나무들 아래에서 더치스가 동생 어깨에 한 손을 얹고 노인을 향해 천천히, 조심스레 걸어가는 모습을 지켜보았다.

12

더치스는 농장에서 머무른 첫날 밤 아무것도 먹지 않았다.

대신 로빈을 지켜보며 그 애가 그릇을 비우는지 확인했다. 저녁은 무슨 스튜였는데 로빈은 울고 싶다는 눈망울로 누나를 바라보았다. 더치스는 마지막 몇 숟가락을 직접 먹었다.

핼은 어색하게 서서 잠시 지켜보다 싱크대로 가서 바깥을 내다보았다. 더치스 눈에 그는 크고 딱 벌어지고 강하고 위압적으로 보였다. 로빈에게는 분명 거인처럼 느껴졌을 터였다.

더치스가 둘의 그릇을 가지고 갔다.

"너도 먹어야지."

핼이 말했다.

"나에 관해 아무것도 모르잖아요."

더치스는 음식을 쓰레기통에 쏟아 버린 뒤 동생을 부엌에서 데리고 포치로 나갔다.

일몰. 불타는 듯한 연무가 구릉구릉한 들판을 뒤덮고 물에서 솟아올랐다. 저 멀리에서 와피티 사슴 한 무리가 기우는 빛을 향해 서 있었다.

더치스가 동생을 슬쩍 밀었다.

로빈은 누나를 두고 낮은 언덕을 올라가 나뭇가지를 하나 줍더니 흙에 끌고 다녔다. 다른 손에는 캡틴 아메리카가 꼭 쥐어져 있었다. 로빈은 워크의 집에서 깨어난 날 아침부터 그걸 시야에서 떼어놓는 법이 없었다.

워크가 잠든 늦은 시각, 더치스는 동생에게 물어보았다. 소녀는 그날 밤 일을 물으며 뭔가 들었으면 이야기해도 괜찮다고 말했다. 동생은 아무 말도 하지 않았다. 기억이 있어야 할 곳이 완전한 어둠에 잠겨 있는지도 몰랐다.

소녀는 어머니의 죽음도 장례식도, 리틀 브룩 교회의 절벽에 있는 시시의 무덤 옆에 만든 새로운 무덤도 아직 소화하지 못했다. 울고 싶었지만 그랬다가는 분명 슬픔이 가슴 한가운데 자리를 잡고 그 어느 때보다 힘이 필요한 지금, 숨을 쉬지 못하게 만들 것이었다. 소녀는 동생을 지켜줄 작정이었다. 두 사람뿐이었다. 무법자와 남동생.

"녀석 주려고 공을 준비해뒀다."

더치스는 고개를 돌리지도, 헬에게 알은체를 하지도 않았다. 그를 가족으로 생각하고 혈육으로 여기다니. 그는 정작 필요했을 때 옆에 없었고, 그런 순간은 너무도 많았다. 소녀는 땅에 침을 뱉었다.

"그동안 힘들었던 거 안다."

"알기는 개뿔."

더치스는 어스름이 깔린 땅 위에 그 말이 한참 떠 있게 내버려두었다. 어둠이 얼마나 빠르게 질주해 오는지 눈을 깜빡였더니 빛깔이 사라져버린 듯했다.

"내 집에서 욕을 듣고 싶지는 않구나."

"내 집이라고요. 워크는 우리 집이라고 했는데."

그 말에 헬은 곤란한 얼굴이 되었다. 소녀는 고소했다.

"내일은 모든 면에서 달라질 거다. 어떤 건 네 마음에 들 수도 있고 어떤 건 그렇지 않을 거야."

"내가 뭘 맘에 들어하는지 뭘 맘에 들어하지 않는지 모르잖아요. 내 동생도 그렇고."

핼은 그네에 앉아 더치스에게도 앉으라고 손짓했지만 소녀는 앉으려 하지 않았다. 그네에 묶인 사슬이 개잎갈나무를 끌어내리는 모양새가, 마치 오래된 그 집의 혼을 잡아 뽑는 듯 보였다. 소녀의 어머니는 전에 영혼에 관해 말해주었다, 식물의 영혼에서 인간의 이성적인 영혼까지*. 더치스는 밑바닥의 인간에게 이성적인 게 있기나 할지 궁금했다.

핼이 시가를 피워 냄새가 날아오자 더치스는 움직이고 싶었지만 샌들이 뿌리를 내린 듯 움직이지 않았다. 본능적으로는 어머니에 관해, 시시 이모에 관해, 빈센트 킹에 관해 핼에게 묻고 싶었다. 도대체 이 농장이 빌어먹을 세상 어디쯤에 있는 건지, 너무도 다른 땅과 너무도 드넓은 하늘에 관해 묻고 싶었다. 소녀는 그러면 그가 좋아할 거라고, 유대가 형성되기라도 할 것처럼 손녀와 이야기하는 걸 그가 기뻐하리라 여겼다. 더치스는 다시 흙에 침을 뱉었다.

잠자리에 들 시간이 한참 남았는데 핼이 두 아이를 위층으로 올려 보냈다. 더치스는 가방을 끙끙거리며 옮겼다. 핼이 돕게 내버려두지 않을 셈이었다.

소녀는 로빈이 파자마로 갈아입도록 도와준 뒤 가구도 몇 점 없는 방에 딸린 작은 화장실로 가서 동생의 이를 닦아주었다.

* 아리스토텔레스에 따르면 식물의 영혼, 동물의 영혼, 인간의 영혼은 각자 다른 능력이 있다. 요약하자면 식물의 영혼은 영양분을 섭취하고 번식하는 능력이 있고, 동물은 이에 더해 감각으로 인식하는 능력과 이동하는 능력이 있고, 인간은 거기에 더해 사고하는 능력이 있다고 한다.

159

"집에 가고 싶어."

로빈이 말했다.

"알아."

"나 무서워."

"넌 왕자님이야."

더치스는 침대 옆 협탁을 여기저기 긁힌 마룻바닥 한쪽으로 움직인 다음 애를 써가며 침대 두 개를 가까이 붙였다.

"이제 기도하거라."

핼이 문에서 말했다.

"기도는 무슨 씨발."

더치스가 쏘아붙였다. 소녀는 핼이 그 말을 어떻게 받아들이는지 지켜보며 그가 흠칫하는 모습을 보고 싶었지만 그는 그러지 않았다. 그는 그 자리에 서서 입을 일자로 다물고 있었다. 더치스는 그 얼굴에서 자기 자신, 남동생, 어머니의 흔적을 찾으려고 했다. 세 사람 모두가 조금씩 있는 것도 같았고 그냥 낯선 노인인 것도 같았다.

몇 분이 지나지 않아 로빈이 누나 침대로 완전히 넘어왔다. 소년은 잠들 때까지 누나 팔로 자기를 감싸고 있었다.

숨 한번 쉬었을 뿐인데 꾸준히 윙윙대는 소리가 꿈속으로 파고들었다. 더치스는 손을 뻗어 알람 시계를 두드려 끈 뒤 벌떡 일어나 앉았고, 잔인한 몇 초 동안 소리쳐 어머니를 부를까 생각했다.

로빈은 옆에서 자고 있었고, 소녀는 그쪽으로 몸을 뻗어 이불을 덮어주고 아래층에서 핼이 움직이는 소리를, 주전자에서 삐하는 소리와 부츠가 쿵쿵대는 소리를 들었다.

더치스는 도로 누워 자려고 해보았지만 핼이 계단을 올라 방문을 열자 방으로 복도의 불빛이 스며들었다.

"로빈."

동생이 노인의 목소리를 듣고 꿈틀거렸다.

"동물들이 아침 먹어야 하는데 와서 도와주련?"

더치스는 동생을 지켜보면서 어떤 생각이 지나가고 있는지 쉽게 알았다. 동생이 헛간들과 닭들, 커다란 소들이며 말들을 얼마나 호기심에 찬 눈으로 들여다보았는지 이미 봤으니까. 동생은 침대에서 내려가더니 누나를 쳐다보았고 소녀는 가서 칫솔을 가져다주었다.

아래층에는 오트밀이 준비되어 있었다. 더치스는 자기 그릇을 쓰레기통에 비웠다. 설탕을 찾아 로빈의 그릇에 조금 넣었다. 로빈은 조용히 먹었다.

핼이 문가에 와서 섰고 그의 뒤편으로 땅속에서 불길이 타오르는 것처럼 연한 안개가 피어올랐다.

"일할 시간이다."

질문이 아니었다.

로빈은 주스를 다 마시고 의자에서 풀쩍 뛰어내렸다. 핼이 손을 내밀자 로빈은 그 손을 잡았다. 더치스가 창문으로 지켜보는 가운데 둘은 헛간으로 걸어갔고, 노인이 거기까지 들리지 않는 목소리로 말을 건네자 로빈은 지난 6년이 더는 중요하지 않다는 듯 그를 올려다보았다.

소녀는 코트를 걸치고 운동화 끈을 묶은 다음 새벽 공기 속으로 걸어 나갔다.

그 뒤에서 산 위로 해가 천천히 떠올랐고 무언가 새로운 것이 올지 모른다는 가망이 소녀의 가슴에 무겁게 내려앉았다.

워크는 밤새 차를 몰았다. 어둠 속에서는 서로 다른 지역과 풍경이 다 거기서 거기여서 몇 마일을 달렸다는 표지판만 그에게 휴식을 취하라고, 피곤하면 죽는 수가 있다고 말해줄 뿐이었다. 집에 도착한 그는 전화기 코드를 뽑고 커튼을 치고 누웠으나, 잠은 자지 않고 그저 스타와 더치스와 로빈을 생각했다.

아침은 진통제 애드빌 두 알과 물 한 잔이었다. 샤워는 했지만 면도는 하지 않았다.

8시가 되어 경찰서에 도착하자 웬 기자가 주차장에 서 있었는데, 〈서틀러 카운티 트리뷴〉에서 나온 킵 대니얼스였다. 킵 이외에도 휴양객과 지역 주민이 두어 명 있었다. 워크는 경찰서로 오는 길에 캘리포니아주가 빈센트 킹을 스타 래들리 살해 혐의로 기소할 준비를 하고 있다고 들었다. 그는 곧이듣지 않고 방송사들이 기삿거리를 만들려고 할 뿐이라고 여겼다.

"안됐지만 말씀드릴 게 없을 것 같네요."

"흉기에 대해서는 뭐 없습니까?"

킵이 외쳤다.

"없습니다."

"기소는요?"

"들리는 걸 다 믿지는 마세요."

빈센트는 페어몬트로 돌아갔다. 그가 말을 하지 않으려 한다는 것, 그가 현장에 있었다는 것 때문에 문제가 단순해졌다. 그 외에는 사건에 얽힌 사람이 아무도 없었다. 주 경찰인 보이드와 그의 부하들은 안쪽 사무실을 차지하고 지역 주민들을 불러들이며 소동을 벌였다. 이미 상황이 정리되고 있었다.

경찰서에 들어가니 리 텔로가 프론트에 앉아 있고 전화기 불빛이 미친 듯이 깜빡였다.

"오늘 아침은 아주 정신이 쏙 빠지네요. 소식 들으셨어요?"

워크는 리가 다시 전화기를 들고 상대방에게 아무 얘기도 해주지 않는 걸 지켜보았다.

주 경찰은 워크보다 열 살은 많은 벌레리아 레예스를 불러들였다. 벌레리아는 책상 앞에 앉아 견과를 먹고 있었는데, 전화기 옆에 조개껍질을 단정하게 늘어놓은 채 소동에는 귀를 닫고 있었다.

"어서 와요, 워크. 여긴 바쁘네요. 정육점 주인이 와 있어요."

워크는 발걸음을 멈추고 뺨에 난 수염을 긁적였다.

"어디죠?"

"인터뷰실이요."

"무슨 이유로 불러들인 거라던가요?"

"저 사람들이 나한테 무슨 말이라도 해줄 것 같아요?"

벌레리아는 견과를 하나 더 입에 넣고 켁켁대더니 커피로 넘겨버렸다.

"잠 좀 자야겠네요, 워크. 면도도 좀 하시고."

워크가 주변을 둘러보니 평상시와 다름없었다. 리의 여동생이 중심가에서 꽃가게를 하고 있었는데 매주 꽃꽂이를 가지고 왔다. 파란 수국, 페루 백합, 유칼립투스. 이따금 그는 그곳 경찰서가 세트장 같다고, 낮 시간대에 방영하는 TV 경찰 쇼 무대이고 그들이 배경으로 등장하는 엑스트라 역할을 할 뿐이라고 생각했다.

"보이드는 어디 있죠?"

벌레리아가 어깨를 으쓱했다.

"자기가 돌아오기 전에는 정육점 주인이랑 얘기하지 말라던 데요."

그는 경찰서 안쪽에 혹시라도 진술을 받을 일이 벌어지면 인 터뷰에 쓸지 몰라 마련해둔 작은방에서 밀턴을 발견했다. 밀턴 은 가슴을 움켜쥐고 꼭 심장을 다시 뛰게 만들어야 하는 것처럼 주무르고 있었다. 그는 앞치마를 벗고 있었지만 워크는 아직도 피 냄새가 나는 게, 마치 피가 밀턴의 몸에 심긴 털 한 올 한 올에 엉겨 붙어 있는 것 같았다.

워크는 주머니 깊숙이 손을 찔러 넣었다. 요즘 들어 자기가 더 자주 그러는 걸 알아챘는데, 약도 그렇고 아무것도 도움이 안 되 었다.

밀턴이 일어섰다.

"왜 나더러 기다리라고 하는지 모르겠어. 가봐야 하는데. 애 초에 내가 찾아온 거고."

"뭣 때문에?"

밀턴은 자기 신발을 내려다보고 칼라를 느슨하게 한 뒤 커프 스를 잡아당겼다. 거기 오려고 차려입은 것이었다.

"뭔가 기억이 나서."

"그런데?"

"내가 내다보는 거 좋아하잖아. 바다도 내다보고 하늘도 보 고, 셀레스트론도 컴퓨터에 연결해뒀고. 자네도 언제 와서 같 이……."

워크가 손을 들어 올렸다. 그 이야기를 하기에는 너무 피곤했다.

"그날 밤 총성이 울리기 전에 말이야. 고함을 들은 것 같아. 창문을 열어놓고 있었거든. 작은 토끼를 고는 중이어서. 알잖아. 뼈를 부드럽게 하느라고."

"들은 거 같다고?"

밀턴은 머리 위의 전등을 올려다보았다.

"고성이 들렸어. 다투는 소리."

"그런데 그게 이제야 생각났다고?"

"나 아직 쇼크 상태인지 몰라. 조금씩 나아지고 있나 보지."

워크가 그를 빤히 쳐다보았다.

"그날 밤에 다크 봤나?"

밀턴이 한 박자 늦게 고개를 저었다. 고작 2, 3초밖에 안 되었지만 워크는 그걸 알아챘다. 사건과 관련해 디키 다크의 이름이 언급된 적이 있기는 했지만 그걸 말한 사람은 워크 자신이었다. 더치스는 그 남자 이야기를 하려고 하지 않았다. 워크는 그 애가 무서워하는 건지 궁금했다.

"브랜던 록 말이야."

밀턴이 가슴을 부풀렸다.

"그 차……. 오늘 새벽에도 그랬어. 난 일찍 일어나는데 그 자식은 아무 때나 집에 온다니까. 나도 잠은 자야잖아, 워크."

"내가 얘기해볼게."

"그런데 자경단에서 또 한 명이 빠져나갔어. 이제는 다들 이웃에서 무슨 일이 벌어지는지 신경 쓰지 않는 거 같아."

"몇 명 남았지?"

밀턴이 콧방귀를 뀌었다.

"나랑 에타 콘스턴스뿐이야. 하지만 그 여자는 외눈이라서 그리 잘 보지는 못해. 시야가."

그는 이해를 도우려고 한쪽 손을 흔들어 보였다.

"두 사람이 지켜보고 있다고 생각하니 든든한데."

"난 다 기록해둬. 침대 밑에 둔 커다란 여행 가방에다가."

워크는 그가 어떤 메모를 적어둘지 상상만 할 수 있을 뿐이었다.

"내가 본 어떤 TV 쇼에서 경찰이 민간인을 태우고 순찰을 돌더라고. 그런 거 생각해본 적 있어, 워크? 내가 코테키노˙가 져갈 수 있는데……. 풍미를 좀 더하는 거지. 그러고 난 다음에 는……."

워크가 바깥에서 나는 소리에 뒤를 돌아보자 보이드가 문간을 가득 채우고 서 있었다. 딱 바라진 몸에 짧게 친 머리, 군인에서 경찰이 된 남자였다.

워크는 그를 따라 나갔다.

보이드는 워크의 사무실로 그를 데려간 뒤 그의 의자에 풀썩 앉았다.

"어떻게 되고 있는 건지 얘기 좀 해보시죠?"

워크가 말했다.

보이드는 뒤로 기대더니 넓은 어깨를 젖혀 목 뒤에서 손을 깍지 끼며 스트레칭을 했다.

"지금 막 지방검사장 사무실에서 돌아오는 길이오. 빈센트 킹을 스타 래들리 살해 혐의로 기소할 거요."

워크는 그렇게 되리라고 생각했지만 보이드의 입에서 그 말을 직접 들으니 여전히 충격이었다.

• 이탈리아식의 두툼한 돼지고기 소시지.

"정육점 주인 말로는 사건이 있기 며칠 전 밤에 빈센트 킹이 디키 다크랑 다퉜다던데. 빈센트가 다크에게 으름장을 놓고 있는 것 같았다고. 질투가 난 거지. 래들리 집 바로 앞에서 말이오."

"그럼 다크는 거기에 관해 뭐라고 하던가요?"

"서로 맞아떨어지는 이야기를 했소. 변호사랑 같이 왔더군. 좆같이 크더구먼. 피해자랑 만나고 있었던 것 같던데, 그 남자 말로는 그냥 친구라고 하긴 했지만."

"밀턴, 정육점 주인 말입니다. 그 친구는 그동안에 신고를 한두 번 한 게 아닙니다. 마을 감시하는 걸 좋아하거든요. 쉽게……흥분하죠. 실제로 있지도 않은 걸 볼 수도 있다고요."

보이드가 이를 혀로 핥더니 입술을 내밀었다. 그는 가만히 있으면 배가 더 빵빵해지고 머리가 더 급히 벗어지기라도 할 것처럼 끊임없이 움직였다. 오드콜로뉴 냄새가 독했다. 워크는 창문을 곁눈질하며, 휙 열어버리고 싶었다.

"빈센트는 현장에 있었고 지문도 나왔소. 피해자 몸에서 DNA도 나왔고. 피해자는 갈비뼈가 세 대 나갔는데 놈은 왼손이 부어 있었지. 놈은 부인하지도 않고 아무 말도 하지 않소. 간단한 일이오, 워커."

"잔여물이 없잖습니까. 총기 말입니다. 잔여물도 없고 총도 없고."

워크가 말했다.

보이드가 턱을 문질렀다.

"서장이 수도꼭지가 열려 있었다고 하지 않았소. 놈은 손을 씻은 거요. 총은. 우리가 사람들을 여기저기 풀어놨고, 찾아낼 거요. 놈은 피해자를 죽이고 총을 버린 뒤에 돌아와서 신고한 거요."

"말이 안 되는데요."

"탄도학 보고서도 왔는데. 발견한 탄환은 .357 매그넘이었소. 반동이 상당하지. 놈의 주소를 조사해봤더니 빈센트 킹의 아버지가 1970년대 중반에 총을 하나 등록했더군."

워크는 그를 지켜보면서도 이야기가 흘러가는 방향이 마음에 들지 않았다. 워크는 킹네 가족에게 협박이 두어 차례 왔었고 사태가 제법 심각해서 빈센트의 아버지가 총을 보관해뒀다는 걸 기억했다.

"구경이 뭐였는지 짐작할 수 있겠소, 워커."

워크는 위장이 뒤집어지는데도 차분함을 유지했다.

"지방검사장은 거기서 만족하지 않았소. 이제 동기도 있고, 살해 무기에 접근할 수 있었다는 것도 알았으니 사형을 요구할 거요."

워크가 고개를 저었다.

"아직 이야기해봐야 할 사람들이 더 있습니다. 디키 다크의 알리바이도 다시 확인해보고 싶고, 밀턴도 있는 데다가, 확실히⋯⋯."

"그쯤 해두시오, 워커. 이건 아주 단순한 사건이요. 이번 주가 가기 전에 지방검사장에게 넘길 작정이오. 증거는 충분하고. 그러고 나면 눈앞에서 사라져드리지."

"하지만 나는 정말⋯⋯."

"잘 들으시오. 여기는 지금 이대로도 괜찮소. 내 사촌이 앨슨 코브에서 일하는데 그 친구도 거기를 무척 좋아하지. 시간은 느리게 흘러가고 일도 수월하고. 그건 전혀 문제 될 게 없소. 하지만 서장이 진짜 사건을 마지막으로 맡은 게 언제였소? 그러니까

경범죄가 아닌 진짜 사건 말이오."

워크는 법규 위반 외에는 다뤄본 적이 없었다.

보이드가 다가오더니 워크의 어깨를 꽉 쥐었다.

"일을 개판으로 만들지 마시오."

워크는 침을 삼켰고 머릿속이 미친 듯이 돌아갔다.

"그 친구가 인정하면요. 내가 그 친구를 설득하면 어떻게 됩니까?"

보이드는 워크와 눈을 마주쳤고 말하지 않았지만 그럴 필요가 없었다.

이번 일로 빈센트 킹은 죽을 거라고.

13

뒤쪽으로 구름이 산을 타고 폭포처럼 내려오며 농가주택을 그림 속 풍경으로 만들었다.

소녀는 일을 했고 다리는 무겁고 장갑 낀 손바닥은 갈라졌다.

핼이 무슨 일을 시키든, 똥을 치우는 일이든, 집 근처에 길게 자란 덩굴들을 자르는 일이든, 구불구불한 진입로에서 나뭇가지를 치우는 일이든 소녀는 조용히 미워하는 마음으로 했다. 어머니가 땅속에 깊이 묻힌 지금에 와서 핼은 할아버지 역을 하고 있었다.

장례식은 부끄러울 정도로 조용했다. 워크는 자기 어머니가 세상을 떠났을 때 했던 오래된 넥타이를 찾아내 로빈에게 주었다. 로빈은 내내 누나 손을 잡고 있었고, 목사는 무너진 인생에서 그들을 멀어지게 하려고 애쓰면서 신께 천사가 한 명 더 필요했다는 소리를 했다. 그가 거두어간 영혼이 어떤 고통을 받았는지 전혀 모른다는 듯이.

"이제 점심 먹으면서 쉬자."

노인의 말이 소녀를 회상에서 끌어냈다.

"배 안 고파요."

"넌 좀 먹어야 해."

더치스는 핼에게 등을 돌리고 빗자루를 들더니 갈라진 진입로에서 힘차게 흙을 쓸어냈다.

10분 뒤에 더치스는 빗자루를 내려놓고 천천히 돌아갔다. 집 계단을 올라 포치로 간 다음 창문을 들여다보았다. 핼은 소녀에게 등을 돌리고 있었고 동생은 식탁 위로 머리만 올라온 채 샌드위치를 먹고 있었다. 동생 앞에는 우유가 한 잔 있었다.

소녀는 뒷문으로 걸어가 부엌으로 갔다. 뺨이 타는 듯 뜨거웠다. 소녀는 식탁에서 로빈의 컵을 집어 들고 우유를 싱크대에 부어버린 뒤 컵을 헹구고 냉장고에서 주스 통을 꺼냈다.

"나 점심에는 우유 마셔도 돼, 상관없다고."

로빈이 말했다.

"아니, 그럼 안 돼. 넌 주스를 마셔, 예전에 하던……."

"더치스."

핼이 말했다.

"입 다물어요."

소녀가 노인을 돌아보았다.

"내 이름 부르지 마요. 내 이름 쌩, 부르지 말라고. 나에 대해서, 동생에 대해서 아무것도 모르면서."

로빈이 울기 시작했다.

"그만하면 됐다."

핼이 부드럽게 말했다.

"됐다는 소리도 하지 마요."

더치스는 숨을 헐떡였고, 몸을 떨었고, 분노가 너무 뜨겁게 타올라서 다스리기 힘겨웠다.

"그만하라고……."

"좆 까."

그 말에 핼은 일어섰고, 손을 올렸다가 식탁을 세게 내리치자 핼의 접시가 바닥에 떨어졌다. 접시가 돌바닥에 산산조각이 나자 더치스는 흠칫하더니 돌아서서 뛰어나갔다. 물기슭과 진입로를 지나 양팔을 휘두르며 키 큰 풀들을 통과해 험한 땅으로 늘어서서 나무들이 있는 곳으로 향했다.

소녀는 버틸 수 없을 때까지 멈추지 않고 달리다가 마침내 무릎을 꿇고 따뜻하고 무거운 공기를 크게 들이마셨다. 헬에게 욕을 퍼붓고, 굵은 참나무를 발로 찼다가 고통이 다리를 타고 올라오는 걸 느꼈다. 나무에 대고 소리를 질렀는데 그 소리가 어찌나 큰지 새들이 날아올라 구름에 점점이 박혔다.

소녀는 집을 생각했다. 장례식 이튿날 얼마 안 되는 소유물을 워크가 모조리 박스에 포장했다. 예금 계좌에는 아무것도 없었고 어머니의 지갑에는 30달러가 전부, 물려받은 것은 전무했다.

2킬로미터 좀 안 되게 걷다 보니 더글러스 전나무가 점점 드문드문해졌다. 소녀는 지저분하고 땀으로 번들거렸고 머리카락은 젖어 엉켜 있었다. 속도를 조금 늦추고 도로 가운데를 걸으며 끊겨 있는 중앙선을 하나하나 헤아렸다.

길옆으로 풀과 나무가 점점 듬성듬성해지더니 멀리 강이 흘렀고 더 나아가자 하늘이 파란 너그러움으로 가득했다. 이따금 더치스는 뭔가 다른 것, 어떤 단서, 뭔가가 시들어가거나 흐릿해져가거나 아니면 지속되지 않는 모습을, 어머니가 죽었으니 세상이 달라졌다고 말해주는 뭔가를 볼 수 있었으면 했다.

표지판이 동네 이름을 알렸다. 몬태나주 코퍼 폴스. 늘어선 상점들과 그곳에 어울리지 않을 만큼 새것인 오렌지색 벽돌, 편편한 지붕들과 색이 바랜 차양들, 축 늘어진 깃발들. 오래전에 잊힌 탈색된 간판들, '부시와 케리'라는 문구와 성조기. '사냥꾼 환영'이라 적힌 작은 식당, 편의점, 약국, 빨래방. 소녀가 침을 흘리게 만드는 빵집. 소녀가 앞에 서서 안을 들여다보니 노부부들이 각자 테이블에서 페이스트리를 먹으며 커피를 마셨다. 가게 앞에서는 한 남자가 앉아 신문을 읽었다. 소녀는 이발소도 하나 지나갔는데, 옛날식으로 빙글빙글 돌아가는 간판 기둥과 면도도 해준다는 문구가 쓰여 있었다. 그 옆에는 여자들이 앉아 있는 미용실이 있었고 열린 문으로 열기가 스며 나왔다.

거리 끝에는 지평선을 꽉 채운 산이 있었는데, 얼마나 치솟았는지 마치 어딘가에는 더 큰 것들도 얼마든지 있다는 걸 상기시키는 것도 같고, 도전해보라고 부추기는 것도 같았다.

더치스는 작고 바싹 마른 한 흑인 소년을 지나쳤다. 소년은 보도에 서서 27도인데도 긴팔 코트를 입은 채 더치스를 뚫어져라 쳐다봤다. 소년은 슬랙스와 나비넥타이에 멜빵 달린 바지를 입었는데, 바지가 위로 바짝 당겨 올라가 흰 양말이 도드라졌다.

소년은 더치스가 아무리 노려봐도 고개를 돌리지 않았다.

"뭘 그렇게 꼬나보는 거야?"

"이름 모를 천사."

더치스는 소년의 나비넥타이를 보고 고개를 흔들었다.

"난 토머스 노블이야."

소년은 입을 살짝 벌리고 계속 쳐다봤다.

"그만 쳐다봐, 병신아."

더치스는 소년을 밀었고 소년은 넘어져 엉덩방아를 찧었다.

소년은 두꺼운 안경으로 더치스를 올려다보았다.

"괜찮아. 네 손길을 느낄 수 있었으니까."

"우엑. 이 동네 사람들은 전부 맛이 간 거야?"

더치스는 거리 끝까지 가는 내내 소년의 시선을 느꼈다.

벤치에 앉아 거리를 바라보니 흐름이 너무 느려서 눈이 마구

감길 지경이었다.

예순쯤 되어 보이는 한 여자가 옆에 멈춰 섰는데 어찌나 화려한지 더치스는 그쪽을 흘끗거릴 수밖에 없었다. 엄청나게 높은 힐, 립스틱과 지독한 향수, 막 미용실에서 걸어 나온 듯 물결치는 머리카락.

여인은 샤넬 가방을 내려놓고 벤치에 비집고 앉았다.

"올여름엔."

더치스가 들어보지 못한 억양이었다.

"빌한테 에어컨 좀 고쳐놓으라고 내가 그렇게 말했는데, 넌 그이가 고쳤을 거라고 보니?"

"그게 썩을, 나랑 뭔 상관이냐고 보는데요. 어쩌면 빌도 그럴지 모르죠."

이 말에 여인은 소리 내 웃어버리더니 담배를 파이프에 넣고 불을 붙였다.

"꼭 그이를 아는 것처럼 들리네. 아니면 비슷한 아빠가 있거나. 일을 벌여놓고 금방 흥미를 잃어버리지. 남자들이란 그런 거란다, 예쁜아."

더치스는 숨을 내쉬며 분위기만으로 여인을 쫓아버릴 수 있기를 바랐다.

여인은 쇼핑백에 손을 넣더니 작은 종이봉투를 꺼냈다. 거기서 도넛을 하나 집어 더치스에게 권했다.

더치스는 무시하려고 했지만 여인은 봉투를 살짝 흔들며 마치 겁 많은 동물을 유혹하듯 행동했다.

"체리스에서 파는 도넛 먹어본 적 있니?"

여인이 고집스레 봉투를 흔들자 더치스는 결국 도넛을 받아

들고 조심스레 먹기 시작했다. 설탕이 청바지에 떨어졌다.

"이제까지 먹은 것 중 최고지?"

"보통인데요."

여인은 소녀가 농담이라도 한 것처럼 웃어젖혔다.

"난 한 상자도 먹을 수 있을 거야. 입술 핥지 않고 한 개 다 먹어본 적 있니?"

"당최 그런 짓을 왜 해요?"

"그럼 한번 해봐라. 생각보다 어려울걸."

"늙은 사람한테나 그렇겠죠."

"여자는 자기가 느끼는 남자만큼만 늙은 거야.*"

"빌은 몇 살인데요?"

"일흔다섯."

막힌 데 없는 웃음.

더치스는 입술에 묻은 설탕을 느끼면서도 입술을 핥지 않았다. 여인도 똑같이 하면서 한동안은 가려움을 참듯이 버티려고 했지만 결국 입술을 핥았고, 더치스가 그걸 지적하자 여인이 얼마나 요란하게 웃는지 더치스도 웃음을 참아야 했다.

"참, 난 돌리야. 돌리 파튼**처럼. 가슴은 없지만."

* 그루초 막스Grucho Marx의 말을 '여자'를 주어로 재인용했다. 보통은 "You're only as old as you feel"의 형태로 쓰는데, "사람은 자기가 (늙었다고) 느끼는 만큼만 늙은 거다"라는 뜻이다. 그루초 막스는 여기에 유머를 담아 "A man is only as old as the woman he feels"라고 말했다. 여기서 '느낀다'는 '사랑을 느낀다'라는 뜻도 되겠지만 '손으로 매만진다'라는 뜻도 된다.

** Dolly Parton. 1946년에 미국에서 태어난 싱어송라이터이자 배우, 사업가로 컨트리 음악의 전설로 알려져 있다. 앨범을 1억 장 넘게 판매할 정도로 오랜 기간 널리 인기를 누렸다. 〈I Will Always Love You〉라는 곡을 휘트니 휴스턴이 리메이크해서 히트를 치기도 했다.

더치스는 잠시 아무 말도 하지 않고 그저 그 말이 허공에 떠 있게 내버려두었다가 돌리가 자기 쪽을 한번 본 뒤 다시 고개를 돌리는 걸 느꼈다.

"난 무법자예요. 나랑 얘기하는 걸 아무에게도 보이지 않는 게 좋을 거예요."

"스왜그 있는데. 이 세상엔 그런 사람이 많지 않지."

"클레이 앨리슨* 묘비에는 이렇게 쓰여 있어요. '그는 죽일 필요가 없는 인간은 죽인 적이 없다.' 그런 게 스왜그죠."

"그래서 이 무법자는 이름이 있나?"

"더치스 데이 래들리."

그 시선, 동정은 아니지만 그것에 가까웠다.

"네 할아버지는 나도 알지. 어머니 일은 정말 안타깝구나."

그 말에 더치스는 가슴에서 뭔가 꽉 조여오는 것을, 숨을 쉴 수가 없는 것을 느꼈다. 바닥을 내려다보고 운동화에 시선을 고정한 두 눈이 너무 뜨거웠다.

돌리는 담배를 한 모금도 빨지 않고 눌러 꺼버렸다.

"안 피웠잖아요."

돌리는 깔끔하고 눈이 부실 듯 하얀 치아를 드러내며 웃었다.

"흡연은 몸에 나빠. 빌한테 물어봐."

"그럼 왜 피워요?"

"옛날에 담배 피우다가 아빠한테 걸린 적이 있어. 아빠는 날 아주 그냥 곤죽을 만들어놨지. 하지만 난 몰래 계속했어. 담배 맛

> 키는 150대 초반으로 무척 작은데 가슴은 엄청나게 커서 가슴도 전설이 됐다.

* Clay Allison. 19세기 서부의 목장 주인이자 총잡이다.

을 좋아하지도 않았으면서. 넌 내가 미친 쭈그렁바가지라고 생각하겠구나."

"맞아요."

더치스는 어깨에 손이 놓이는 걸 느꼈다. 동생이 활짝 웃으며, 곱슬머리가 땀에 젖어 얼굴에 들러붙고 손톱 밑에 흙이 낀 채로 서 있었다.

"전 로빈이에요."

"만나서 반갑구나, 로빈. 난 돌리야."

"파튼처럼요?"

"하지만 가슴은 없어."

더치스가 말했다.

"엄마는 돌리 파튼을 좋아했어요. 9시에서 5시까지 일한다는 그 노래 곧잘 불렀는데."

"우스운 일이죠. 엄마는 일자리에 붙어 있었던 적이 없었으니까."

돌리는 로빈 손을 흔들고 자기가 이제까지 본 중에 아마도 가장 잘생긴 남자아이라고 말했다.

더치스는 핼이 길 건너편에서 낡은 트럭 보닛에 기대 선 모습을 보았다.

"조만간 또 볼 수 있으면 좋겠네."

돌리는 로빈에게 도넛을 하나 건네고 두 아이에게서 멀어져 거리를 따라 내려가다가 핼을 지나치면서 고개를 끄덕였다.

"할아버지가 겁냈어. 제발 말썽 부리지 마."

"난 무법자야, 꼬맹아. 말썽이 날 찾아온다고."

동생이 슬픈 눈으로 올려다보았다.

"그 도넛 입술 핥지 말고 먹어봐."

로빈이 도넛을 쳐다보았다.

"너무 쉬운데."

"그럼 해봐."

로빈은 한 입을 먹더니 곧바로 입술을 핥았다.

"방금 핥았잖아."

"안 그랬어."

둘은 보도를 따라 걸어 내려갔고, 하늘은 구르듯이 다가오는 구름으로 점점 어두워지며 낮을 순식간에 쫓아내려 했다.

"엄마 보고 싶어."

더치스는 동생 손을 꼭 쥐었다. 자기도 똑같은 마음인지 소녀는 아직도 결정하지 못했다.

✝

30년을 보낸 방에는 철제 변기와 세면대가 있고, 벽면에는 파헤쳐지고 끄적거린 흔적이 있었다. 매일 정해진 시간 열리고 닫히는 미닫이문.

워크는 페어몬트 카운티 교도소 밖에 서서, 계절과 무관하게 무자비하고 높이 떠 있는 해를 쬐었다. 보안 카메라를 흘끗 올려다보고 운동장에 있는 재소자들을 관찰했다. 쇠사슬 때문에 세상 어느 곳에도 맞지 않는 퍼즐 조각이 되어버린 그들.

"여기 색에는 도무지 익숙해지지가 않네요. 전부 허옇게 바랜 것처럼 보여요."

커디가 웃었다.

"파랑이 그리운 모양이로군, 워크."

커디는 담배에 불을 붙이더니 워크에게 하나를 권했지만 워크는 손을 저었다.

"담배 피울 때 있나?"

"피워본 적도 없어요."

두 남자는 재소자들이 상의를 벗고 땀을 흘리며 농구하는 모습을 지켜보았다. 한 남자가 넘어졌다가 일어서더니 싸울 태세를 갖추었지만 커디를 발견하고 금세 그만두었다. 시합은 계속되었고, 격렬함은 사느냐 죽느냐 둘 중 하나만 허락할 뿐 그 중간이 설 자리는 남겨두지 않았다.

"이번에는 아무래도 괴롭군."

커디가 말했다.

워크는 그를 돌아봤지만 커디는 계속 시합을 보고 있었다.

"그런데 또 예전에는 여기에 안 맞는 사람들도 있다고 생각했어. 처음 여기 일 시작했을 때 안에서 업무를 보다 보면, 바깥에서 사무직이던 사람, 변호사니 은행원이니 그런 사람들을 데려오는 걸 보고 여기 안 맞는 사람들이라고 생각했네. 그런데 어쩌면 나쁜 짓에 등급 같은 건 없는지도 몰라. 선을 얼마나 넘었느냐 하는 건 중요하지 않을지도 모르지."

"대부분은 선을 넘을 뻔하죠. 적어도 살면서 한 번은요."

"자네는 아니야, 워크."

"저도 아직 모르죠."

"빈센트는 열다섯에 그 선을 넘었지. 내 아버지는 녀석이 여기 들어오던 날 밤에 근무하셨네. 언론사에서도 왔지. 배심원들이 판결을 늦게 내렸던 게 기억나는군."

워크도 그때를 기억했다.

"아버지 말씀으로는 당신 인생에서 제일 끔찍한 밤이었다더
군. 아버지가 뭘 봤을지는 상상만 할 수 있겠지. 어린애를 들여보
내면서. 철창 안에서 재소자들이 팔을 내밀고 소리쳐 부르는 걸
보면서. 두어 명은 괜찮았고 심지어 도와주려고까지 했지만, 나
머지는 자네도 알 거야. 계속 난동을 부리면서 녀석을 환영했지."

워크가 울타리를 꽉 쥐자 손가락이 철망 안으로 감겨 들어갔
다. 울타리 밖인데도 마찬가지로 숨 쉬기가 힘겨웠다.

"나는 첫 근무를 열아홉에 했네."

커디가 담배를 눌러 끄더니 꽁초를 들고 말했다.

"빈센트보다 네 살 많았지. 난 녀석이 있던 구역에서, 3구역에
서 일했네. 젠장, 녀석을 볼 때면 다른 애들이랑 똑같게, 그저 어
린애로만 보이더군. 어쩌면 내가 다니던 학교의 애일 수도 있고,
어쩌면 동생일 수도 있고, 뭐 그런 애 말일세. 난 한눈에 녀석이
맘에 들었네."

워크가 웃음 지었다.

"나는 집에 가서도, 휴가를 가서도, 마음에 드는 여자애랑 영
화를 보러 가서도 녀석 생각을 했네."

"그래요?"

"녀석 인생과 내 인생. 그리 다르지도 않아. 한 번의 실수만 빼
면. 그리고 바로 그것 때문이었어. 한 아이의 생명이…… 하느님
맙소사. 빈센트 자신까지 하면 두 아이지. 녀석이 여기 돌아와 있
다면, 녀석이 나가서 달라진 게 아무것도 없다면, 그건 더 비극적
인 일이잖나. 더 큰 손실이라고."

워크도 그런 생각을 해본 적이 있었다.

"자네가 와서 녀석을 데리고 갔을 때 난 기뻤네. 너무 길기는 했지만 한 챕터가 끝나고 새로운 챕터가 시작된 셈이지. 녀석에게는 시간이 있었어, 워크. 우리는 그렇게까지 늙지는 않았잖아."

"그렇죠."

워크는 자신의 병이 자기를 다른 누군가로, 아직 받아들일 마음의 준비가 되지 않은 누군가로 비틀어 바꿔버리고 있는 걸 생각했다.

"이따금 내가 녀석을 편애한다고 사람들이 불평하면서, 내가 녀석에게 자유 시간이든 뭐든 더 준다고들 했어. 맞네. 난 내가 할 수 있는 건 다해서 녀석에게 주려고 했네. 삶을……. 그저 작은 부분이라도 말이야. 우리는 죄가 있는지 없는지 의문을 품어서는 안 되는 사람들이네. 그저 할 일을 할 뿐이지, 아닌가?"

"그렇죠."

"난 이 질문을 한 번도 한 적이 없어. 한 번도. 여기 있던 지난 30년 동안 한 번도 하지 않았네."

"녀석이 한 게 아닙니다, 커디."

커디는 그 질문을 아주 오랫동안 품고 있었던 것처럼 무겁게 숨을 내쉬었다. 그러더니 몸을 돌려 문을 열었다.

"방을 마련해놨네."

"고맙습니다."

워크는 수화기로 대화해야 할까 봐 걱정했다. 플렉시글래스를 사이에 두고 있으면 서로 거리를 좁히기가 더 어려웠다.

커디가 그를 안내한 곳은 사무실로, 다른 건 아무것도 없고 철제 테이블 하나와 의자 두 개가 놓여 있을 뿐이었다. 변호사와 의뢰인이 만나 정보와 전략을 주고받고, 항소하고, 희망을 걸고, 다음에는 어떤 항소법원으로 할지 정하는 자리였다.

빈센트가 들어오자 커디는 그의 수갑을 풀어주고 워크를 건너다본 다음 둘만 남기고 나갔다.

"너 도대체 뭐 하는 거야?"

워크가 말했다.

빈센트가 반대편 의자에 앉아 다리를 꼬았다.

"살이 좀 빠졌다, 워크."

1킬로그램이 더 줄었다. 워크는 아침만 먹고 그 뒤로는 커피만 마셨다. 위장에 통증이 있었지만 찌르는 아픔은 아니었고 그냥 둔하게 지속적으로 아픈 게, 몸이 다시 그에게 등을 돌리는 것 같았다. 새로 먹는 약은 기능을 하고 있어서 그가 안정된 상태를 유지하게 도와주고, 일어서서 걸을 수 있게 해주며, 그것들을 거의 당연하게 여길 정도로 만들어주었다.

"뭐가 어떻게 되는 건지 말 좀 해볼래?"

"너한테 편지 보냈어."

"받았어. 미안하다."

"진심이야."

"편지에 쓴 다른 것들은."

"그것도 다 진심이고."

"네 집은 내놓지 않을 거야. 판결이 나오고 앞일이 어떻게 될지 알고 나면 또 모르겠지만."

빈센트는 곤란해 보였다. 자기가 뭔가 부탁했는데 워크가 그걸 들어줄 수 없단 걸 알게 된 것처럼. 그는 편지에 명쾌하게 썼고 글씨가 얼마나 수려한지 워크는 그걸 두 번 읽었다. 집을 팔아라. 제안을 받아들여라. 디키 다크에게 100만 달러를 받아라.

"수표는 이미 받았어. 네가 서류 작업만 해주면 돼."

워크가 고개를 흔들었다.

"좀 기다려봐, 그러면……."

"너 꼴이 말이 아니다."

빈센트가 말했다.

"난 괜찮아."

둘은 다시 침묵했다.

"더치스랑 로……. 사내 녀석. 그 꼬마 녀석."

빈센트는 이름을 나직이, 마치 그 이름을 말할 자격이 없는 것처럼 말했다.

"넌 지금 뭔가 필요해, 빈센트. 우리가 같이 그걸 의논하고 답을 찾아낼 수도 있지만, 먼저 너부터 그걸 생각해볼 시간을 내야할 거 같아."

"시간이라면 나도 있지."

워크가 주머니에서 껌을 하나 꺼내 빈센트에게 건넸다.

"반입 금지잖아."

빈센트가 말했다.

"그래."

워크는 빈센트를 응시하며 보이지 않는 뭔가를 찾으려고 했다. 그가 찾는 건 죄책감도 아니고, 회한도 아니었다. 전에 워크는 빈센트가 그곳을 그리워했다는, 그곳 생활에 익숙해졌을지도 모른다는 가능성을 따져보았다. 그는 그걸 믿지 않았다. 그건 전혀 앞뒤가 맞지 않았다. 빈센트는 내내 고개를 돌린 채로 순간적으로만 눈을 맞출 뿐이었다.

"나 알아, 빈."

"뭘 아는데?"

"네가 한 게 아니라는 거."

"죄는 일을 저지르기 한참 전에 이미 정해지는 거야. 사람들이 깨닫지 못할 뿐이지. 사람들은 자기가 선택할 수 있다고 생각해. 지나간 일을 돌아보면서 다르게 해보고, 이런저런 문을 열고 닫아보지. 하지만 사실 선택 같은 건 없었던 거야."

"너 나한테 들통날까 봐 말 안 하는 거지. 앞뒤가 맞는 거짓말을 할 수 없으니까."

"그런 게 아니……."

"네가 한 짓이라면 총은 어디 있어?"

빈센트가 마른침을 삼켰다.

"변호사는 좀 선임해줬으면 좋겠는데."

워크가 숨을 내쉬고 웃음 지은 뒤 손바닥으로 테이블을 두드렸다.

"그래, 좋아. 내가 아는 친구가 두어 명 있지. 뛰어난 법정 변호사들."

"마사 메이로 해줘."

워크가 두드리는 걸 멈췄다.

"뭐라고?"

"마사 메이라고. 그 친구 말고는 아무도 안 돼."

"걔는 가족법밖에 안 다룬다고."

"내가 원하는 변호사는 그 친구뿐이야."

워크는 그 문제를 잠시 내버려두었다.

"지금 네가 생각하는 게 뭔데?"

빈센트는 계속 눈을 깔고 있었다.

"도대체 문제가 뭐야? 30년을 널 기다렸는데."

워크는 손으로 테이블을 쾅 하고 내리쳤다.

"이러지 말자, 빈센트. 너만…… 네 인생만 유보된 게 아니라고."

"네 인생이랑 내 인생이 거의 같았다고 생각해?"

"내 말은 그게 아니야. 우리 모두 힘들었다는 거야. 스타도."

빈센트가 일어섰다.

"기다려."

"뭐야, 워크? 할 말이 뭐냐고?"

"보이드랑 지방검사장. 그 사람들이 사형을 구형하려고 한다고."

그 말에 잠시 침묵이 흘렀다.

"마사더러 여기로 오라고 해. 서류에 서명할 테니."

"사형 사건이 될 거야. 맙소사, 빈센트. 네가 무슨 짓을 하는지 생각 좀 해봐라."

빈센트가 문을 두드려 교도관에게 신호를 보냈다.

"나중에 보자, 워크."

또다시 살짝 보이는 그 웃음, 워크를 30년 전으로 되돌아가게 하는 웃음. 그가 친구를 포기할 수 없게 만드는 웃음이었다.

14

두 아이는 처음 맞이한 일요일에 8시까지 잤다.

더치스가 먼저 깨보니 동생이 자기한테 꼭 달라붙은 채 얼굴이 금빛으로 물들어 있었다. 동생은 해에 금방 그을었다.

더치스는 침대에서 내려가 화장실에 들어갔다가 거울에 비친 자기 얼굴을 보았다. 소녀는 몸무게가 줄어서, 애초에도 비쩍 말랐지만 이제는 뺨이 푹 꺼지고 쇄골이 도드라졌다. 하루하루 어머니를 닮아가서 로빈이 좀 먹으라고 성화를 부렸다.

더치스는 방에서 나가 복도로 가다가 드레스를 보았다. 데이지인지 모를 꽃이 그려져 있었다. 옆에는 옷걸이가 있었고 거기에는 단정한 면 셔츠와 진한 색 슬랙스가 걸려 있었다. 태그가 달려 있었는데, 사이즈가 4, 5였다.

더치스는 아직 오래된 집 어디서 소리가 나는지 익히는 중이어서 계단을 천천히 내려갔다. 부엌 문 앞에 서서 핼을 지켜보았다. 그는 신발이 반짝거렸고 타이를 맸으며 깃이 빳빳했다. 더치스가 소리를 내지 않았다고 확신했는데도 핼은 뒤로 돌아섰다.

"너 입을 드레스 내놨다. 우리는 일요일에 교회에 가. 캐니언 뷰 교회. 빼먹는 일은 없어."

"나랑 내 동생 가리키면서 '우리'라고 하지 마요."

"아이들은 교회 가는 거 좋아해. 끝나면 케이크를 먹으니까. 로빈한테는 벌써 말했는데 괜찮다더구나."

로빈, 그 배신자는 케이크라면 무슨 짓이든 할 것이었다.

"핼이나 가요. 우리는 여기 있을 테니."

"둘만 놔둘 수는 없다."

"13년 동안 그랬으면서."

핼은 그 말을 받아들였다.

"맞는 사이즈를 사지도 않았잖아요. 로빈은 여섯 살이에요. 그런데 네다섯 살 걸 샀어요. 자기 손자가 몇 살인지조차 모르잖아요."

핼이 침을 삼켰다.

"미안하구나."

더치스는 다가가 자기가 마실 커피를 따랐다.

"그나저나 하느님이 있다고 생각하는 이유가 뭐예요?"

핼은 창문 쪽을 가리켰다. 더치스는 고개를 돌려 내다보았다.

"아무것도 안 보이는데요."

"보일 거다, 더치스. 넌 다 보고 있어. 내가 안다."

"나한테 보이는 건 말이죠."

핼이 고개를 들고 살짝 긴장했다. 무슨 말이든 충분히 각오가 되어 있다는 듯.

"내 눈에는 껍데기만 남은 남자가 보여요. 자기 인생을 엉망진창으로 만든 남자. 친구도 없고 가족도 없고 쓰러져 죽어도 누구 하나 쥐뿔도 신경 안 쓰는 남자."

더치스는 순진하게 웃었다.

"아마도 자기 땅에서, 하느님의 빛깔로 칠해진 그 좆같이 특별하신 땅에서 죽겠죠. 살갗이 푸르뎅뎅해질 때까지, 기름차가 와서 배달원이 밀밭에 있는 까마귀 백 마리 틈에서 발견할 때까지 거기 누워 있을 거예요. 그때쯤이면 동물들이 다 갈가리 찢어발겼겠죠. 하지만 고대로 땅에 처박아버릴 테니까 상관없을 거예요. 애도할 사람도 없고."

더치스는 커피를 집어 드는 핼의 손이 살짝 떨리는 걸 보았다. 소녀는 거기서 끝내지 않고 계속하고 싶었고, 혹시 이모 이야기, 자기가 아끼는 아름다운 이모 이야기를 꺼내면 어떨까 싶었다. 스타는 동생의 무덤을 마주할 수 없었고 핼은 더치스를 완전히 혼자 내팽개쳐서 무덤을 보살피는 사람 하나 없었을 텐데. 소녀가 아니었더라면, 언덕으로 자전거를 타고 올라가 야생화를 따가지고 가지 않았더라면 이모는 그냥 혼자 썩어갔을 터였다. 그런데 그때 고개를 들어보니 동생이 문에 서 있었다.

로빈이 핼 맞은편 의자에 올라앉았다.

"케이크 먹는 꿈 꿨어요."

핼이 더치스를 바라보았다.

"교회 갈 거지, 그치?"

로빈이 누나를 빤히 쳐다보았고 더치스는 그 애 눈에서 자기가 필요하다는 것을 알았다.

"제발, 더치스. 하느님 만나러가 아니라 그냥 케이크 먹으러 가자."

더치스는 계단을 올라가 침실 문틀에 걸려 흔들리고 있던 드레스를 휙 낚아챘다. 화장실에 들어가 수납장을 열고 밴드에이드와 비누와 샴푸 틈에서 가위를 발견한 다음 작업에 돌입했다.

소녀는 드레스를 짧게 쳐서 데이지꽃 모양들이 창백한 허벅지 위쪽에 오게 만들었다. 두어 군데는 되는대로 잘라서 등이 드러나고 배 위쪽이 보이게 했다. 머리는 빗질을 하지 않고 엉망이 되도록 헝클어뜨렸다. 침대 밑에서 오래된 운동화를 끄집어내고

188

새 샌들은 저쪽으로 걷어찼다. 무릎은 베인 상처가 나 있는 데다 자기 키만 한 곡식에 긁혀 까끌까끌했고, 팔에는 낫지 않을 게 틀림없는 상처가 있었다. 가슴이 빵빵했더라면 앞쪽도 툭 터버렸을 터였다.

더치스가 내려갔을 때 둘은 바깥에 나가 있었다. 핼은 전날 트럭을 세차했는데, 로빈도 거들어 둘이 함께 지는 해 아래에서 비누칠을 하고 물을 뿌려서 헹군 다음 낡은 새미 조각*으로 물기를 닦아냈다.

"우아, 세상에."

로빈이 누나를 보고 말했다.

핼은 동작을 멈추고 빤히 쳐다보며 상황을 파악한 뒤 트럭에 올라탔다.

세 사람은 다른 농장 하나와 줄줄이 늘어선 송전탑을 지났다. 한때 흰색이었으나 녹슬어 갈색이 되어버린 송전탑들을 지날 때 송전선들에서 웅웅거리는 소리가 꾸준히 났지만 트럭 엔진이 털털거리는 소리에 묻혔다. 동쪽으로 더 가자 처음 내리는 비를 감지하려는 벌레처럼 배관 같은 것이 땅에서 솟아 올라와 있었는데 한 500미터쯤 이어지다가 다시 땅속으로 사라졌다.

10분이 지나자 흙바닥에 박힌 표지판이 하나 나타났다. 보물의 주.

"보물이라고 쓴 거예요?"

더치스가 로빈의 무릎을 토닥였다. 소녀는 밤마다 10분 동안

---

* 작은 구멍이 많아 공기나 물기가 잘 통하는 가죽으로, 표면에 흠을 내지 않고 물을 잘 흡수하는 특성 때문에 자동차를 닦는 용도로 널리 쓰인다.

동생과 함께 글을 읽었다. 동생은 똑똑해서 이미 더치스도 그걸 알 수 있을 정도였다. 자신과 엄마가 감당하기에는 너무 똑똑했다. 소녀는 동생이 뒤처질까 봐, 예전의 생활이 덩굴처럼 동생 발목을 잡아당기지는 않을까 걱정했다.

"광물을 말하는 거야."

핼이 한 손으로 운전대를 잡은 채 고개를 돌려 로빈을 향해 눈썹을 치켜올렸다.

"오로 이 플라타*. 금과 은이란다."

로빈이 휘파람을 불려고 했지만 소리다운 소리는 내지 못했다.

서쪽으로 플랫헤드 밸리가 보였지만 너무 멀어서 더치스는 버펄로를 알아볼 수가 없었다. 대초원과 그 위에 어쩌면 소 떼일지도 모를 뭔가가 수백 마리 있는 건 볼 수 있었다.

"그리고 상류수. 이 나라 전체를 흐르는 물줄기가 여기서 시작되지."

로빈은 그 말에는 휘파람을 불지 않았다.

그들은 방향을 틀었다. 표지판이 캐니언 뷰 침례교회라고 알려주었다. 더치스 눈에 보이는 '뷰'라고는 더 많은 갈색뿐이었다.

교회는 그 지역에서 흔히 보이는 목조 건축물로, 흰색으로 칠했고 전면 박공이 갈라지고 있었으며 종탑은 아주 낮아서 돌을 던지면 맞힐 수 있을 법했다.

"더 거지 같은 교회는 찾지 못했나 보죠?"

작은 주차장에는 자동차와 트럭이 좀 서 있었다. 더치스는 트럭에서 햇빛 속으로 내려서서 주변을 둘러보았다. 100킬로미터

---

* 스페인어로 금과 은이라는 뜻이다.

도 안 되는 곳에서 풍력 발전 터빈이 돌아갔다.

한 늙은 여자가 느긋하게 다가오더니 활짝 웃음 지었다. 검버섯이 피고 축 처진 피부는 마치 지구가 땅에 묻히라고 끌어당기는데도 노인의 뇌가 고집스럽게 붙들고 늘어진 것처럼 보였다.

"잘 있었소, 애그니스. 이쪽은 더치스랑 로빈이라오."

햄이 말했다.

애그니스가 뼈만 남은 손을 내밀었다. 로빈은 아주 조심스럽게 손을 흔들었다. 어쩌면 팔이 떨어져 나와 자기가 그 사태를 해결해야 할지도 모른다고 걱정하는 것 같았다.

"어머나, 세상에, 예쁜 드레스구나."

애그니스가 말했다.

"이 넝마요. 저는 조금 짧다고 생각했는데 목사님이 아주 기뻐하실 거라고 햄이 그러더라고요."

애그니스는 웃고는 있었지만 어리둥절함이 웃음을 뚫고 나오려고 기를 썼다.

더치스는 로빈을 교회 쪽으로 데려갔다. 옆쪽 창가에 아이들이 한 무리 모여 있었는데 머리를 깔끔하게 단장하고 하나같이 웃고 있었다.

"사이비 냄새가 나는데."

더치스가 말했다.

"가서 저 애들이랑 같이 놀아도 돼?"

"안 돼. 쟤들이 네 영혼을 훔쳐 가려고 할 거야."

로빈은 누나를 올려다보며 웃는 기미가 없는지 살폈다. 누나는 흔들림이 없었다.

"그걸 어떻게 훔치는데?"

"비현실적인 이상을 심어줘서 널 혼란스럽게 하는 거지."

더치스는 동생의 머리카락을 헝클어뜨린 뒤 다른 애들 쪽으로 밀고는, 동생이 돌아보자 고개를 끄덕였다.

"네 누나 옷 구리다."

한 작은 소녀가 말했다.

더치스가 다가가자 아이들이 모두 조심스레 지켜봤다. 작은 소녀는 더치스 뒤쪽을 쳐다보고, 보라색 아이섀도를 한 덩치 큰 여자에게 손을 흔들었다.

"저거 네 엄마니?"

가시가 말이 되어 나왔다.

소녀가 끄덕거렸다.

로빈이 누나를 올려다보며 간청하는 눈길을 보냈다.

"이제 안에 들어가야 돼."

더치스가 말하며 분노를 눌러 삼켰다.

로빈이 참았던 숨을 내쉬었다.

셋은 교회 뒤쪽에 있는 벤치에 앉았다. 돌리가 발목이 부러질 듯 높은 힐을 신고 향수 냄새를 풍기며 뽐내듯 걸어왔다. 그녀는 더치스를 보고 윙크했다.

로빈은 둘 사이에 앉아 헬에게 살아 있는 자로서는 대답할 수 없는, 하느님에 관한 질문을 던졌다.

목사는 신도들을 인도하며 멀리 떨어진 곳들 이야기를, 전쟁과 기근에 관해 그리고 친절이 훼손되는 것에 관해 설교했다. 더치스는 듣는 둥 마는 둥 하다가 목사가 죽음과 새로운 시작을 언급하며 그것이 장대한 계획의 절정이므로 이해하거나 의심하지 말아야 한다고 말하는 걸 들었다. 로빈을 보니 푹 빠져 있는 모습이, 무슨 생각을 하는지 안 봐도 훤했다.

고개를 숙이고 기도할 때 더치스는 스타의 얼굴이 눈앞에 너무 또렷하고 평온하게 보여 소리쳐 부를 뻔했다. 눈물이 고이는 게 느껴져 흐르지 않게 꾹 참았다. 이어서 늙은 목사가 다시 입을 열었을 때에도 소녀는 여전히 고개를 숙인 채, 아직 보낼 준비가 되지 않은 그 마지막 이미지를 잃어버릴까 두려워 꼼짝도 하지 않았다.

더치스는 커다란 손이 등에 닿는 것을, 손이 동생 너머에서 뻗어와 자기가 가장 필요하지 않을 때 위로를 주려는 걸 느꼈다.

"좆 까. 다들 좆 까라고."

더치스가 속삭였다.

더치스는 일어나 교회에서 달려 나갔고, 얼마나 빠르고 멀리 뛰었는지 저주의 외침들이 소녀를 땅속으로 밀어넣으려는 것도 거의 듣지 못했다.

더치스는 키 큰 풀숲에 앉아 숨을 고르며 마음을 가라앉히려 했다. 돌리가 옆에 와서 앉기 전까지도 낌새를 알아채지 못했다.

"드레스 멋있네."

더치스는 풀을 한 움큼 뜯어내 가벼운 산들바람에 던졌다.

"괜찮으냐고 묻지 않으마."

"잘됐네요."

더치스는 돌리를 힐끗 훔쳐봤다. 밝은색 입술과 스모키한 눈가, 돌돌 말린 머리칼. 돌리는 크림색 치마에 가슴이 깊이 파인 네이비색 상의를 입고 실크 스카프를 했다. 너무 여성스러워서 더치스는 자기가 더더욱 소녀로 느껴졌다.

"교회에 입고 오기에는 가슴이 너무 많이 드러나는데요."

"내가 브라 벗으면 다들 웃느라 뒤집어질걸."

더치스는 웃지 않았다.

"전부 개소리예요. 안에서 들은 얘기요."

돌리는 담배에 불을 붙였고 연기에 향수가 그러구러 덮였다.

"난 네가 보여, 더치스."

"뭐가 보이는데요?"

"나도 예전에 너처럼 그렇게 미워했어. 어떤 때는 그 불길이 너무 뜨거워지지."

담배가 산들바람에 살짝 타올랐다.

더치스가 다시 풀을 뜯기 시작했다.

"나에 대해 쥐뿔도 모르잖아요."

"네가 아직 충분히 젊다는 건 알지. 나는 늙을 때까지도 알아 내지 못했거든."

"뭘 알아내요?"

"세상에 나 혼자가 아니었다는 걸."

더치스는 일어섰다.

"난 내가 혼자가 아니라는 거 알아요. 나한텐 동생이 있다고 요. 그리고 그 외에는 아무도 필요하지 않아요. 헬도, 돌리도, 신 도."

†

비터워터는 콘크리트와 강철이 마구잡이로 뻗어 나간 도시 였다. 가게들 앞면에 밴드니 바니 값싼 술 따위를 홍보하는 전단 지가 덕지덕지 붙어 있었다. 케이프 헤이븐에서 내륙으로 30여

킬로미터 떨어진 그곳은 도시 계획 단계에서 뭔가가 심각하게 잘못된 것 같은 동네였다.

워크는 위로 쌓인 컨테이너들, 물품 보관 창고, 물품 제공 업체 등 산업용 시설들이 늘어선 거리를 지나다가 그곳을 발견했다.

마사 메이 법률사무소는 시내 끄트머리에 있는 쇼핑몰에 한 자리를 차지했는데, 89센트짜리 타코를 판다고 되어 있는 멕시코 음식점과 세탁소 사이에 끼어 있었다.

워크는 주차 공간에 차를 세우고 주차장을 질러갔다.

비터워터 치과, 스피릿 일렉트로닉스, 레드 데어리. 한 미용실에서는 마스크를 쓴 아시아계 여자가 발로 유모차를 밀고 있는, 피곤해 보이는 아이 엄마의 손톱에 스프레이를 뿌리고 있었다.

위로는 잿빛 하늘이었고 옆으로는 네온사인이 '타코'라고 깜빡였다. 워크는 문을 열고 들어갔다가 사람으로 꽉 차 있는 걸 발견했다. 전부 여자였고, 전부 아이를 데리고 있었고, 하나같이 비슷비슷하고 딱한 사연을 말하는 듯한 눈이었다. 책상이 하나 있었는데 그 앞에는 칠순에 가까운 비서가 파란색 머리카락에 분홍색 안경을 끼고 앉아 있었다. 그 여자는 껌을 쩍쩍거리며 타이핑 했고 귀와 어깨 사이에 전화기를 낀 채로, 사무실이 떠나가라 소리 지르는 작은 여자아이에게 윙크를 했다.

워크는 다시 바깥으로 나왔다.

그는 6시까지 차에 앉아 있다가 나가는 사람들을 헤아리고 비서가 녹슨 포드 브롱코에 올라타 시동을 걸려고 한참 애쓰는 모습을 지켜보았다. 비서가 사라지자 그는 주차장을 가로질렀다. 멕시코 음식점은 창가에 앉아 맥주를 홀짝이는 지친 사무직 종사자들로 점점 붐볐다.

워크는 문을 열려고 해봤지만 잠겨 있어서 두어 번 문을 두드렸다.

그는 유백 유리 안쪽에서 그녀 목소리를 들었다.

"닫았습니다. 내일 다시 오셔야겠어요. 미안합니다."

"마사. 나 워크야."

1분쯤 조용하다가 자물쇠 돌아가는 소리가 났다. 그러더니 마사가 나타났다.

둘은 잠시 서로 쳐다보았다. 마사 메이. 갈색 머리에 요정 같은 얼굴. 마사는 회색 정장을 입었다. 거기에 맞춰 척 테일러 올스타 컨버스 운동화를 신은 모습을 보고 워크는 거의 웃을 뻔했다.

그는 다가가 포옹할까 생각했지만 마사는 웃지도 않고 돌아섰다. 마사는 자기 사무실로 그를 안내했고 그곳은 그의 예상보다 괜찮았다. 참나무 책상, 화분, 벽을 채운 법률 서적이 보였다. 마사는 자리에 앉으며 그에게도 앉으라고 손짓했다.

"오랜만이네, 워크."

"그러네."

"커피라도 주고 싶지만 너무 피곤해서."

"만나서 반가워, 마사."

이제야 보이는 웃음. 그러자 워크는 늘 그랬던 것처럼 마음이 움직였다.

"스타 일은 정말 너무 미안해. 가고는 싶었는데 재판 날짜를 바꿀 수가 없었어."

"보내준 꽃은 받았어."

"그 애들, 어쩌면 좋아."

책상에는 파일이 단정하지만 아찔하게 높이 쌓여 있었다. 두 사람은 잠시 스타에 관해, 그 충격적인 일에 대해, 보이드가 사건을 인계받은 것에 관해 이야기했다. 워크는 자기도 그 사건을 맡고 있는 것처럼 들리도록 말했다. 둘 사이에 뭔가 긴장감이 흘렀는데, 발가벗은 상대의 모습을 보았던 사람들이 재회했을 때는 그럴 수밖에 없었다.

"그럼 빈센트는?"

"녀석이 한 게 아니야."

마사는 창가로 걸어가 멀리 있는 고속도로를 내다보았다. 워크는 지나가는 자동차들 소리와 이따금 들리는 경적, 오토바이가 부다다다 하는 소리를 들었다.

"넌 여기서 잘하고 있네, 마사."

마사가 살짝 고개를 갸우뚱했다.

"이야, 고마운데, 워크. 네가 인정해주니 얼마나 기쁜지 모르겠어."

"난 그런 뜻으로……."

"나 잡담할 기운 없어. 바라는 게 뭔지 얘기해볼래?"

워크는 입이 바짝 말랐다. 그는 거기에 있고 싶지 않았다. 되갚을 길도 없는 부탁을 하고 싶지 않았다.

"빈센트가 널 원해."

마사가 돌아섰다.

"어떻게 원한다는 거야?"

"자기 변호사가 되어달라는 거지. 어떻게 들리는지는 나도 알아."

마사가 소리 내 웃었다.

"안다고, 워크? 내가 듣기로는 숫제 감도 못 잡는 거 같은데."

마사는 숨을 들이쉬고 마음을 가라앉혔다. 벽에는 사우스웨스턴 대학 명패가 걸려 있고, 그 옆 코르크판에는 웃고 있는 어머니들과 아이들 사진과 카드가 꽂혀 있었다.

"난 형사법 변호사가 아니야."

"나도 알아. 녀석에게도 말했고."

"아니, 그게 내 대답이라고."

"알았어. 뭐, 물어보긴 했으니까."

마사가 웃었다.

"아직도 빈센트 킹이 하라는 대로 하고 있네."

"무고한 사람이 사형당하는 걸 막을 수 있다면 뭐든 할 거야."

"사형 사건이야?"

"그래."

마사는 의자에 몸을 푹 파묻고 운동화를 책상에 올려놓았다.

"내가 추천은 해줄 수 있는데."

"그건 나도 해봤어."

마사는 그릇에서 땅콩 엠앤엠즈를 하나 꺼냈다.

"도대체 왜 날 지목하는 거래?"

"거기서 30년을 보냈잖아. 잊어버리기 쉽겠지만 너랑 내가 녀석에게 남은 유일한 사람이라고."

"난 그 애를 알지도 못하는걸. 그리고 이제는 너도 모르겠어, 워크."

"난 그다지 변하지 않았어."

"내가 무서운 게 바로 그거야."

워크가 소리 내 웃었다.

"뭐 좀 먹으면서 얘기나 할까?"

그는 나직이 말했고 뺨이 달아오르기 시작했다.

"89센트만 있으면 먹을 수 있는 괜찮은 타코 가게 아는데."

"솔직히 말해도 될까, 워크?"

"그럼."

"난 케이프 헤이븐을 뒤로하려고 오랫동안 노력했어. 거기로 다시 돌아가고 싶지는 않아."

그는 일어서서 미소 지은 뒤 문을 나섰다.

15

워크는 중심가가 천천히 깨어나는 모습을 지켜보았다.

밀턴이 피투성이가 된 채 서서 예술가 같은 안목으로 양지와 최상품 갈비와 채끝 부위를 진열하고 있었다. 워크는 그곳에서 스테이크를 샀는데 휴양객들은 꿈도 못 꿀 가격으로 받았다.

워크는 방금 핼과 통화한 참이었다. 워크는 매주 전화해서 로빈에 관해, 그날 밤 뭔가 들었을지 모를 유일한 사람이 어떻게 지내는지 물었다. 핼은 정신과 의사를 한 명 찾았다고, 래들리 농장에서 30여 킬로미터 떨어진 본인 집에서 일하는 여의사라고 했다. 두 사람은 이름이나 지명은 언급하지 않았다. 워크는 과하게 조심하고 있었다.

"커피 하실래요?"

리가 문간에서 말했다.

워크가 고개를 흔들었다.

"괜찮아요, 리?"

"피곤하네요."

어떤 날이면 리는 울고 있었던 것이 분명하게 눈이 빨갛게 부어 있었다. 워크는 에드 때문일 거라고, 그가 예전부터 곧잘 한눈을 팔았다고 생각했다. 워크는 남자들이 여자들과는 다르게 만들어졌다고, 설계상의 오류 때문에 빌어먹을 멍청이들이 된다고 생각했다.

"그 파일들 다시 정리 계속해야 돼요. 그 안쪽 방 꼴을 좀 보시라고요."

리는 몇 년 동안 그 문제로 워크를 들들 볶으며 정리 체계를 바꾸자고, 새로운 양식으로 하자고 했다. 워크가 옛날 방식을 좋아한다는 것은 비밀도 아니었다. 오래된 집을 허물고 새 집을 짓겠다는 신청서가 접수될 때마다 그는 이의를 제기했다.

주 경찰은 그곳을 떠나면서 햄버거 포장지와 커피 컵을 남기고 갔고, 보이드는 그에게 새로운 소식이 나오면 알리겠다고 약속했다.

"혹시 추가 근무를 좀 더 할 수 있을까요? 물론 지금도 낮 시간에 근무하고 있기는 한데, 더 늦게 제가 필요할 일은 없을까 해서요."

"별일 없는 거예요, 리?"

"어떤지 아시잖아요. 하나는 대학에 보내야 하고, 리키는 비디오 게임 사달라고 하고."

"그럼요. 방법을 좀 찾아볼게요."

그곳 경찰서의 예산은 한정되어 있었지만 리를 위해서라면 워크도 어느 정도 무리할 마음이었다. 에드는 텔로건설의 소유주였고 리도 전에는 거기서 사무를 봤지만 시장 상황이 나빠졌다. 그래도 그는 그게 전부일까 의문이었다. 리는 경찰서에도 더 오래 있고 해변에도 더 오래 가 있고, 남편과 함께 집에 있는 게 아니면 어디든 가능한 오래 있었다.

워크가 파일을 펼치자 스타가 그를 응시했다. 경위서가 이제 도착했다.

그 옆에는 빈센트의 파일이 있었다. 워크는 전날 밤 지난 30년을 돌아보았다. 첫 사건의 기록을 읽으며 시시 래들리의 죽음을 살펴보았다. 그런 다음 두 번째 사건, 걷잡을 수 없게 되어버린 감옥 내 싸움을 들여다보았다. 죽은 남자의 이름은 백스터 로건이었고, 워크가 읽기로 그는 없어지는 편이 세상에 이로운 남자였다. 그는 싸울 당시 애니 클레이버스라는 젊은 부동산업자를 납치하고 살해한 혐의로 이미 종신형을 살고 있었다. 워크는 인터뷰 기록을 읽으면서 빈센트의 목소리가 마음속에서 또렷하게 울리는 걸 들을 수 있었다.

제가 했습니다. 우리는 싸우기 시작했고, 제가 그 남자를 쳤는데 그 남자가 다시 일어나지 않았습니다. 그 외에는 별로 기억나지 않습니다. 뭘 더 말씀드려야 할지 모르겠네요, 커디. 서명할 걸 주시면 서명하겠습니다.

세 페이지가 지나고, 커디는 사실들을 설명하면서 워크 눈에는 아주 또렷하게 보이는 그 미묘한 방식으로 빈센트를 구슬리며 이끌려고 했다. 정당방위라고 하자, 다들 그게 정당방위였다는 걸 알고 있다.

정당방위가 아니었습니다. 그냥 싸움이었죠. 누가 먼저 시작했느냐는 중요하지 않습니다.

주 검찰은 이번에도 공격적으로 나갔고, 2급 살인으로 기소했다. 빈센트는 기존 형량에 20년이 더 얹혀졌다.

워크는 수화기를 들고 커디에게 전화한 다음 5분을 기다렸다.

"지금 빈센트 킹 파일을 살펴보고 있는데요."

커디는 감기를 앓고 있는 듯 훌쩍거렸다.

"보이드가 그 건은 끝낸 줄 알았는데."

"그 사람은 끝냈죠."

"그렇군."

"제가 받은 보고서, 빈센트 킹이랑 백스터 로건 사건 말인데요. 부검에 자세한 내용이 별로 없네요."

"안됐지만 그게 전부인 듯하군. 로건은 돌바닥에 부딪쳤을 때 죽었어. 24년 전이네, 워크. 그때는 보고서가 그렇게 상세하지 않았어."

"빈센트는 좀 어떤가요?"

워크는 키가 큰 커디가 몸을 뒤로 기대어 앉아 의자 가죽이 당겨지는 소리를 들었다.

"입을 안 열어. 나한테도."

"녀석 뉴스에 나온 거 봤답니까?"

지역 언론들은 지방검사장에게 이제 그만 기소를 하라고 압박하고 있었다.

"그 친구 방에는 TV가 없네."

워크가 얼굴을 찡그렸다.

"설마요……."

"아 물론 원한다면 들여줬을 거야. 나도 몇 번이나 놓으라고 했어."

"그럼 녀석은 방에서 뭘 하나요?"

침묵이 길게 이어졌다.

"커디?"

"그 여자애 사진을 갖고 있네. 시시 래들리 말이야. 그걸 벽에 붙여놨더군. 그 친구 방에 있는 건 그게 전부야."

커디가 또 연락하자고 말할 때 워크는 눈을 감았다.

그는 보고서를 확인했다. 부검을 한 사람은 의학박사 데이비드 유토였다. 보고서에는 주소와 전화번호가 나와 있었다. 워크

203

는 전화를 걸었지만 자동응답기에 연결되었고 메시지를 남겼다. 24년 전 일이니 그 의사가 아직 거기서 일할지도 의문이었다. 만약 여전히 거기 있다고 해도, 대체 그에게 무엇을 물어야 할지 워크는 알 수 없었다. 그는 경찰이 되려고, 자기 딴에는 최선을 다해 사건을 해결하려고 애쓰고 있었다. 보이드가 경고했는데도 밀어붙일 작정이었다. 단지 어느 방향으로 가야 할지 모를 뿐이었다.

벌레리아 레예스가 사무실에 들어와 맞은편에 앉더니 평소처럼 말도 하지 않고 그저 창밖만 내다보았다.

워크는 페이지를 한 장 넘겨 스타를 응시했다. 머리카락이 부채꼴로 펼쳐지고 팔이 도와줄 사람을 부르는 듯한 각도로 놓여 있었다.

"이 방 정리 좀 해야 되겠는데요."

벌레리아가 쌓여 있는 서류와 난장판이 된 사무실을 보고 말했다.

"다크랑 직접 얘기 좀 해야겠어요."

"서장님이 주 경찰들보다 더 잘할 테니까요? 그렇게 터프한가요?"

"난 다크를 오래전부터……."

"무의미해요, 워크. 그런 건 아무 의미도 없다고요. 빈센트 킹을 봐요. 내가 보기에 당신은 빈센트를 아직도 30년 전에 여기를 떠난 그 꼬마처럼 여겨요. 하지만 그 사람은 이제 없어요. 당신이 알던 사람이 전에 어땠든 간에, 그 사람은 페어몬트에 들어간 그날 사라졌다고요."

"그렇지 않아요."

"정신 좀 차려요, 워크. 당신이 변하지 않은 건 나도 알아요. 하

204

지만 다른 사람들은 다 변했다고요."

창밖에서 워크는 너무 밝은 빛깔을, 다양한 파랑과 하양을, 반짝이는 유리창과 탈색된 깃발들을 보았다.

"그래서, 달리 또 뭐가 있는데요?"

벌레리아가 말했다.

"절도요. 집이 난장판이 됐잖아요."

"하지만 없어진 건 없었잖아요. 절도보다는 싸우다가 일이 커진 쪽에 더 가깝죠."

"밀턴은 거짓말을 하고 있어요."

"별로 그럴 만한 이유가 없잖아요."

"절도로 가죠. 스타가 범인을 방해했을 수도 있어요."

워크는 또 무리수를 던졌고 어찌나 허무맹랑한 이야기였는지 말이 더듬거리며 나왔다.

"이런 거 다, 당신이 이야기하는 것들 전부요, 그 집에 앉아서 셔츠에 피해자 피를 묻히고 온갖 곳에 지문까지 남긴 남자를, 게다가 가능성 있는 동기도 있는 사람을 이미 발견했다는 사실 자체를 무시해야 말이 되는 거예요."

"천만에요."

그가 재빨리 쏘아붙였다.

"하지만 지금 상태를 봐요. 어림짐작뿐이잖아요."

"빈센트는 한마디도 하질 않아요. 왜 그랬는지도, 어떻게 거기 들어갔는지도, 몇 시에 그 일이 벌어졌는지도 말하려고 하지 않는다고요. 젠장, 녀석이 직접 신고했다니까요. 그 집 전화로."

"범인은 난폭했어요. 스타…… 갈비뼈를 몇 대나 부러뜨렸죠? 바로 앞에 사진이 있잖아요."

워크는 사진을 다시 살폈다. 가슴을 가로지른 성난 흉터들, 푸르스름하고 보랏빛이 되어 부러진 뼈를 따라 난 흔적들. 거기에는 감정이, 너무 뜨거워서 워크도 그 타오르는 열기를 느낄 수 있는 증오가 개입되어 있었다.

"그리고 피해자의 눈가도 부어 있죠."

벌레리아가 말했다.

"녀석이 안에 들어가요, 어떻게 들어갔든 침입한 흔적은 없고요. 스타가 녀석을 안에 들였는데 무슨 일인가 일어난 거예요. 녀석이 스타를 때려요. 쏴서 죽이죠. 달려가서 무기를 숨기고, 돌아가서 부엌에 앉아 신고해요. 그러고는 우리를 기다려요. 꼬마 녀석, 로빈은 방에 갇혀 있어요, 천만다행으로. 하지만 녀석이 뭔가 들었을 가능성도 있어요."

워크는 일어나서 창문을 열어 또 다른 완벽한 아침이 부르는 소리를 맞았다. 책상 앞에서 견딜 수 있는 시간은 한두 시간이 최대였다.

"다크랑 얘기해봐야겠어요. 그 친구, 스타랑 뭔가 있었어요. 폭력적이고."

"알리바이는 빈틈이 없던데요."

"그래서 그 여자를 불러들인 거예요."

"보이드가 가만두라고 했잖아요. 주 경찰 사건에 깽판 치지 말아요."

워크는 숨을 깊이 들이쉬었다. 모든 것이 빙글빙글 돌았고, 분명한 거라고는 오로지 그가 빈센트를 안다는 사실뿐이었다. 벌레리아가 뭐라고 하든 상관없었다. 그는 빈센트 킹을 알았다. 썩을 30년이고 나발이고, 그는 자기 친구를 알았다.

"면도 좀 해야겠어요, 워크."

"당신도요."

그 말에 벌레리아가 웃어버렸다. 그때 리가 그에게 디 레인이 와서 기다린다고 전했다.

워크는 디가 책상에 앉아 있는 걸 발견하고 뒤쪽에 있는 작은 사무실로 데리고 갔다. 작은 탁자 하나와 의자 네 개, 벤델라 장미가 넘칠 듯 꽂힌 넓은 화병이 하나 있었다. 중심가가 내다보이는 그 방은 취조실이라기보다는 할머니의 응접실 같았다.

디는 지난번에 그가 봤을 때에 비해 나아 보였다. 소박한 노란색 여름 드레스를 입고 머리도 단장을 한 상태였다. 거친 피부를 부드럽게 덮어줄 정도로만 살짝 화장도 했다. 디는 가지고 있던 종이봉투를 그에게 건넸다.

"복숭아 갈레트예요."

디가 인사 대신 말했다.

"그거 얼마나 좋아하는지 알거든요."

"고마워요."

워크는 녹음기도 메모지도 펜도 없었다.

"주 경찰에서 나온 분들에게 이미 말씀은 드렸는데요."

"그냥 확인 좀 하느라고요. 커피 할래요?"

디의 어깨가 살짝 내려갔다.

"좋죠, 워크."

워크는 방에서 나가 리를 찾은 다음 커피 물을 좀 올려놔달라고 부탁했다. 그가 돌아갔을 때 디는 창가에 서 있었다.

"여기서 보니 달라 보이네요. 중심가요. 새로운 상점들이랑 새로운 얼굴들도 보이고. 그게, 천천히 바뀌었잖아요. 새로 지을 주택들 신청 들어간 거 알아요?"

"통과 안 될 거예요."

디는 돌아서서 다시 자리에 앉아 다리를 꼬았다.

"내가 약하다고 생각하는 거죠. 다크한테."

"그냥 어떻게 된 건지 궁금해서요."

"그 사람이 찾아와서는 꽃을 건네면서 미안하다고 하더군요. 그러고 나서는 자연스럽게 흘러갔어요."

"어떻게 그 친구랑 관계가 시작됐는지 말해봐요."

"그 사람이 은행에 와서 당좌 예금 계좌를 개설했어요. 난 그 사람이…… '귀엽다'는 말은 그 사람을 설명하기에 맞지 않죠. 그는 조용하지만 터프했어요—젠장, 워크. 뭐라고 해야 할지 모르겠어요. 그 사람은 은행에 몇 번 더 찾아왔고, 항상 내 창구로 왔어요. 내가 만나자고 했죠. 그는 좋다고 했고요. 그런 식으로 가는 거 아닌가요?"

"요전에는 그 친구한테 자연스러운 거라고는 아무것도 없다고 했잖아요."

"그때는 화가 났어요, 집 문제로. 그래서 되는대로 퍼붓고 있던 거라고요. 그 남자에 대해 한 가지 말해주죠."

"뭔데요?"

"내 딸들한테 잘해줬어요. 관심을 보였다고요. 아이들을 지켜보고, 그네에 태워 밀어주고, 그런 거요. 그냥 같이 있어주는 거죠. 한번은 내가 뜰에 나갔다가 들어갔는데 그 남자가 몰리를 무릎에 앉히고 있는 거예요. 디즈니 영화를 같이 보면서. 다른 남자의 아이를 예뻐하는 남자는 흔치 않죠."

리가 커피를 가지고 왔다가 나갔다. 워크가 컵을 들려는데 손

208

이 하도 떨려서 도로 내려놓았다.

"괜찮아요, 워크? 피곤해 보여요. 그리고 면도도 해야 할 거 같은데요. 기분 나쁘라고 한 말은 아니에요."

"그래서 그날 밤 내내 당신 집에 있었나요? 다크가?"

"아침에 일찍 내쫓았어요. 애들이 일어나기 전에."

워크는 의자에 축 늘어졌다―피로가 밀려와 눈은 뻑뻑하고 근육은 쑤셨다.

"당신이 인정하고 싶어 하지 않는 거 알아요, 워크. 빈센트가 스타를 그렇게 했다느니 하는 것들요. 하지만 다크 그 남자는 재수 없는 인간일지는 모르지만, 당신이 생각하는 인간은 아니에요. 아니면 당신이 바라는 인간이라고 해야 하나?"

"그 친구가 어떤 인간이 되기를 내가 바라는데요?"

"빈센트 킹을 무죄로 만들어줄 인간이요."

✝

소녀는 가축우리를 다 정리한 뒤에 마구간으로 갔는데, 이제는 똥 냄새가 그리 지독하지 않았다. 말은 두 마리, 하나는 검은색이었고 다른 하나는 좀 더 작은 회색이었다. 두 녀석에게는 이름이 없다고 했다. 로빈은 그 말에 당황했다. 이름은 누구한테나 필요하잖아요.

마구간을 치우며 소녀는 축축한 지푸라기와 똥을 퍼서 포대에 담았다. 보관된 작은 지푸라기 덩어리를 가져다가 갈퀴로 잘 흩어주었다. 소녀는 젖은 부분을 그대로 내버려두었다가 마르고 나면 덮어야 하는 걸 알았다. 하루 두 번 정확한 시간에 물을 채

위주고 곡물을 주었다. 안 그러면 회색 말이 배앓이를 할 수도 있었다. 소녀는 두 녀석을 우리에 데리고 가서 풀어놓은 뒤 문을 닫아주었고, 가끔은 두 녀석이 힘차게 달리다가 발을 차고 몸을 뒤채며 로프에 묶이기 싫어서 날뛰기라도 하는 듯 구는 모습을 지켜보았다. 더치스는 말이 좋았다. 무법자라면 응당 그렇듯이.

총성.

그 소리가 더치스를 어마어마한 충격으로 흔들었고, 소녀는 무릎을 꿇고 말았다. 와피티 사슴들이 한 발을 들고 머리를 갸웃했다. 그러더니 흩어지며 뛰었고 얼마나 빠른지 소녀가 일어섰을 즈음에는 이미 다 사라지고 없었다.

소녀는 집으로 질주하며 쿵쾅거리는 심장으로 다크를 떠올렸다.

핼이 포치에 앉은 모습을 보고 더치스는 조금 차분해졌지만, 핼의 얼굴은 걱정으로 구겨져 있었다.

"위층에 있다. 옷장에."

더치스는 빠르게 계단을 올라 방으로 들어가서 동생이 바닥에서 담요를 뒤집어쓰고 있는 걸 보았다.

"로빈."

소녀는 동생을 건드리지 않고 몸을 낮춘 채 빠르게 다가갔다.

"로빈. 괜찮아."

소녀가 부드럽게 말했다.

"나 들었어."

목소리가 너무 작아서 소녀는 몸을 기울여야 했다.

"뭘 들었는데?"

"총소리. 나 들었어. 또 들었다고."

그날 오후에 핼이 두 아이를 데리고 빨간색 헛간으로 가더니 해가 있는 밖에서 기다리라고 했다. 더치스는 헛간 문 틈으로 핼이 바닥에 깔린 매트를 마는 것을 보았다.

"할아버지가 여기서 기다리랬잖아."

소녀는 동생에게 조용히 하라고 했다.

핼이 바닥에 난 문을 열더니 아래로 내려갔다. 그는 총을 들고 돌아왔다. 그는 한 손으로 총이 아래로 향하게 느슨하게 잡고, 다른 손으로는 작은 주석 통을 들고 있었다.

더치스는 동생 옆에 가까이 가서 섰다.

"이건 스프링필드 1911이다. 권총이지. 가볍고 정확해. 농부라면 누구든 총이 필요해. 아까 너희가 들은 소리는 그냥 사냥꾼들이 낸 거다. 거기에 익숙해질 필요가 있어. 너희가 무서워하지 않았으면 좋겠다."

핼은 무릎을 꿇고 총을 둘에게 내밀었다. 로빈이 한 걸음 물러나 더치스의 다리 뒤로 숨었다.

"이건 장전도 안 되어 있고 안전장치도 걸려 있어."

잠시 후 더치스가 손을 뻗어 총을 받았는데 생각보다 차가웠고 핼이 가볍다고 한 것에 비해 무거웠다.

더치스는 주의 깊게 살펴보았고 로빈도 다가와서 쳐다봤다. 로빈은 손잡이를 손가락으로 쓸어보았다.

"한번 쏴보고 싶으냐, 더치스?"

더치스는 총을 내려다보며 어머니를 떠올렸다. 가슴에 난 구멍을. 빈센트 킹을 생각했다.

"네."

초록색 들판으로 나가자 곡식들이 더치스의 발목 위로 올라오지 않았다. 더 나아가니 가장 앞쪽에 서 있는 개잎갈나무들이 높이 솟아 하늘로 올라가는 사다리처럼 나타났다.

두 아이를 합한 것보다 굵은 몸통에 탄흔과 구멍이 깔끔하고 단정하게 나 있었다. 오래전에 죽은 나뭇잎들이 내려앉아 있고, 녹색 이끼가 떨어진 나뭇가지들을 타고 오르고, 물웅덩이들이 우듬지를 통과한 햇살에 반짝였다.

핼은 두 아이를 50보 뒤로 데려가 총알 네 개를 꺼낸 다음 약실을 보여주며 장전했다. 안전장치 조작 방법과 조준 방법, 올바르게 양손으로 총을 쥐는 법과 호흡을 잘 고르는 법을 보여주었다. 그런 다음 두 아이에게 방음 보호구를 건넸다.

핼이 처음 총을 쏘았을 때 로빈은 펄쩍 뛰어 물러섰고 더치스는 동생을 잡아주었다. 두 번째에도 로빈은 똑같이 했다. 세 번째와 네 번째에는 조금 나아졌다.

다음으로 더치스가 장전하고 핼이 지시했다. 소녀는 핼이 말한 것처럼 조심스레 총알을 다루었지만 여전히 심장이 빨리 뛰었고, 기억들이 물결처럼 소녀를 그때로 완벽하게 데려다놓았다. 워크와 다른 경찰들, 동생, 차단 테이프와 언론사 밴들, 소음.

더치스는 여섯 발을 연달아 놓쳤는데, 그때마다 두 발을 굳게 딛는 대신 반동으로 손을 뒤쪽으로 휙 꺾었다. 로빈은 점점 대담해져서 여전히 핼의 손을 꼭 잡고 있었지만 고개를 돌리지는 않았다.

더치스는 다시 장전했고, 이번에는 숲의 소리만 함께할 뿐이었다. 핼은 주의해서 지켜보기는 하면서도 소녀가 스스로 터득하게 내버려두었다.

처음으로 나무를 맞혔을 때 몸통 가장자리에서 덩어리가 하나 떨어져 나갔다.

그런 다음 더치스는 가운데에 두 발을 쏘았고, 로빈이 소리 지르며 박수를 쳤다.

"총 좀 쏘는구나."

핼이 말했다.

더치스는 살짝 웃는 것을 핼이 보지 못하도록 몸을 돌렸다.

소녀는 탄약 상자를 다 비우며 개잎갈나무의 한가운데 혹은 약간 위나 아래에 총알을 박을 수 있게 되었다. 그다음 핼은 소녀를 스무 걸음 뒤로 물러나게 했고, 더치스는 다시 처음부터 터득했다. 각도를 조정하고, 무릎을 꿇고 쏘고, 그런 다음은 엎드려서 쏘았다. 감정과 아드레날린, 완벽함을 망치는 인간적인 것들을 버리고.

집으로 돌아가는 길에 로빈은 앞서 달려가 자기 새들을 확인했다. 닭들. 로빈은 매일 아침 달걀을 가져왔는데, 오직 자기에게만 맡겨진 그 일을 소중히 여겼다.

더치스는 해가 내려앉기 시작하는 풍경을 바라보았다. 빛이 산란될 정도로 낮지는 않으나 열기가 식고 있는 것이 느껴졌다. 여름이 마지막 숨을 내뱉고 있었고 핼은 가을이 되면 장관일 거라고 말했다.

더치스가 회색 말 가까이 가자 말이 다가왔다. 더치스는 부드럽게 말을 쓰다듬었다.

"그 녀석 나한테는 안 온다. 너를 좋아하는 게야. 좋아하는 사람이 몇 안 되는데."

핼이 말했다.

더치스는 대화하고 싶지 않아서, 날마다 자기를 움직이게 해주는 그 불길을 잃고 싶지 않아서 아무 말도 하지 않았다.

그날 밤 더치스는 혼자 포치에서 저녁을 먹으면서 로빈이 한 말에 핼이 껄껄 웃는 소리를 들으며 가슴이 죄어드는 것을 느꼈다. 어두운 생각에 이끌려 케이프 헤이븐으로 되돌아가버리는 건 바로 이런 순간들이었다. 손주들이 그런 일을 겪은 뒤인데도 노인이 껄껄 웃거나 빙긋 웃는 순간. 유대가 형성되고 있었다.

더치스는 부엌으로 돌아가 찬장을 열고 제일 높은 선반에서 짐 빔 위스키를 한 병 꺼냈다.

소녀는 그걸 가지고 호숫가로 나가 마개를 따고 마셨다. 타는 듯한 느낌에도 흠칫하지 않았다. 빈센트 킹을 생각하며 좀 더 마셨고, 다크를 생각하며 더 마셨다. 마시고 또 마셔 고통이 약해지고 근육이 풀어지며 세상이 빙빙 돌기 시작할 때까지 마셨다. 문제가 녹아 없어지고 모퉁이가 부드러워졌다. 소녀는 똑바로 누워 두 눈을 감고 어머니를 느꼈다.

한 시간 뒤 소녀는 토했다.

다시 한 시간 뒤 핼이 소녀를 찾았다.

연무 속에서 소녀는 그가 부드럽게 자기를 들어 안을 때 그의 두 눈을, 촉촉하게 젖은 파란 눈동자를 보았다.

"미워요."

더치스가 속삭였다.

핼은 아이의 머리에 입을 맞추었고 아이는 뺨을 그의 가슴에 대고 어둠에 삼켜졌다.

16

집에도 영혼이 있다면 스타의 집은 12월 밤처럼 컴컴했다.

워크는 주 경찰이 그 집에서 할 일을 다 마치자마자 다크가 서둘러서 새 세입자를 맞기 위해 단장하거나, 아니면 아예 헐어버리고 새로 지으려고 할 줄 알았다. 그러나 집은 손대지 않은 채 그대로 있었고, 거리를 향해 난 현관문을 합판으로 바꾸고 창을 하나 깨고 판자로 대놓았을 뿐이었다. 뜰에는 풀이 길게 자라 누레졌다.

"자네가 스타 그리워하는 거 알아, 워크. 아이들도."

워크는 돌아보지 않아도 알았다. 피 냄새가 곧바로 났다.

"빈센트 킹은 무슨 소식 없나? 지금쯤이면 기소할 줄 알았는데 말이야. 신문에서는 유죄 판결이 나면 사형할 거라고 하던데."

워크는 조금 긴장했다. 마지막으로 들은 말에 따르면 지방검사장이 보이드에게 살해 도구를 한 번 더 찾아보라고 요청했다고 했다. 빈센트는 가석방 위반으로 어디에도 가지 않을 테니, 시간이 자기들 편이라는 이야기였다.

"그건 그렇고 턱수염 마음에 드는데. 멋져. 아주 좋아. 짙어지고 있군. 나도 기를 수 있는데 말이야. 같이 기르는 거지. 그거 재미있겠는데, 안 그래, 워크?"

"물론이지, 밀턴."

밀턴은 운동복 바지에 속옷 상의 차림이었는데, 굵은 털이 어깨에서 손등까지 구불구불하게 나 있었다.

"여기서 일어난 일. 무섭지, 안 그래. 피가 낭자했잖아. 동물일 때는 괜찮지. 뭐, 비건들이야 다르게 생각하지만 그 사람들도 흰 살 고기는 먹잖아, 아주 얇게 썰어놓기만 하면."

그 말에 워크는 머리를 긁적였다.

"하지만 스타가 여기 누워 있었던 걸 생각하면."

밀턴이 가슴을 부여잡았다.

"걱정하지 마, 내가 여기 지켜보고 있었으니까. 애들이든 뭐든 발견하면 호출할게. 10-54."

"고속도로에 가축 있음."

밀턴은 몸을 돌렸고 발을 끄는 걸음걸이로 그 금속성 냄새를 흘리면서 길을 건너갔다.

워크는 옆집으로 걸어가 브랜던 록의 차고 문을 쿵쿵 두드렸다.

차고가 열리면서 눈부신 빛이 뿜어져 나오고, 밴 헤일런*이 시끄럽게 흘러나오고, 땀과 오드콜로뉴의 진한 냄새가 배어 나왔다. 브랜던은 딱 붙는 스판덱스 바지에 배를 드러낸 민소매 셔츠를 입었다.

"워크. 방금 자네 빅풋이랑 이야기한 건가?"

"엔진은 아직 안 고쳤나?"

"자식 또 징징거리던가? 그게 말이지, 내가 집을 좀 손보려고 신청해뒀거든. 뒤쪽을 개방해서 차고 위쪽에 도장道場을 만들려고. 그런데 누가 이의를 제기했을 것 같아?"

브랜던은 물병을 열더니 머리에 반을 들이부었다.

"좀 식혀야겠어. 열은 낼 만큼 냈으니."

- Van Halen, 1970년대 초에 결성된 미국의 전설적인 록 밴드로 2007년 로큰롤 명예의 전당에 올랐다.

"차나 고치라고, 브랜던."

"학교 다닐 때 그 자식 어땠는지 기억하나, 워크? 그때 내가 줄리아 마틴이랑 만나고 있었는데, 그 애 말이 밀턴이 자기를 집 앞까지 따라다녔다는 거야. 소름이 아주 그냥, 미쳐버릴 거 같았다더라고."

"30년 전 일이잖아."

브랜던이 차고에서 나오더니 전에 래들리네 집이던 곳을 빤히 보았다.

"그날 밤 내가 여기 있었으면 좋았을 텐데 말이야. 뭔가 할 수 있었을지도 모르잖아. 혹시 알아."

워크는 짤막한 인터뷰를 이미 읽었다. 주 경찰에서 가가호호 탐문 수사를 한 것이다.

"그래, 자넨 그날 밤에 다른 데 있었다고."

"주 경찰에서 나온 여자한테 말한 그대로야. 애드 텔로가 나를 데리고 의뢰인들을 만나러 갔거든. 마을 끄트머리에 새로 집 지을 데 둘러보느라고. 들었나? 일본인들이 파티하기 좋아하는 건 자네도 알지."

"그래."

브랜던이 오른팔을 움직였다.

"힘을 유지하는 거야. 무릎 수술을 받고 나면 다시 공 던질 테니까."

워크도 그 문제는 건드리지 않았다.

브랜던은 자기 팔을 부드럽게 주먹으로 친 다음 차고로 돌아갔다. 그는 문을 닫아 빛을 차단하고 소리를 죽였다.

워크는 스타네 집 앞뜰로 들어가며 그날 밤 일이 되살아나 마음을 다잡았다. 몸의 떨림을 단지 기억 때문이라고 치부하고 집의 옆면으로 걸어갔다.

그는 케이프 헤이븐에선 결코 잠겨 있는 법이 없는 옆문을 열었고 안에서 소리가 들리자 우뚝 멈췄다. 그는 가까이 몸을 대고 창문으로 안을 들여다보다가 손전등 불빛을 보았다.

포치에 올라선 그가 총을 뽑은 다음 막 움직이려고 할 때였다.

워크가 한 걸음 물러나고 그 남자가 탑처럼 서 있었다.

"다크."

빤히 볼 뿐 말은 없었다.

"깜짝 놀랐잖나."

워크가 총을 총집에 넣자 다크가 벤치에 앉았다.

앉으라는 말도 안 했는데 워크도 그 옆에 가서 앉았다.

"여기서 뭘 하고 있나?"

"여긴 내 집이오."

"그렇지."

워크는 열기에 이미 익숙해지고도 남았는데도 이마에서 땀을 훔쳤다.

"듣자 하니 자네 주 경찰들하고 이야기를 했다면서. 보고서는 나도 읽었지만 직접 얘기해보고 싶었네. 전화하려고 했는데 수고를 아껴줬군."

"아이들은. 어떻게 지내고 있소?"

"애들은······."

워크는 할 말을 찾았다.

"여자애한테 할 말이 있는데."

그 말에 워크는 몸이 굳어지면서 그를 응시했다.

"왜지?"

"미안하다고 전해주시오."

"정확히 뭣 때문에?"

"그 애는 어머니를 잃었소. 강한 아이지, 아닌가?"

그는 천천히, 한 단어 한 단어를 세심하게 고른 듯이 말했다.

"그래봐야 어린애야."

달빛이 나무들 사이로 둘을 비추었다.

"애들은 어디로 간 거요?"

"여기서 아주 먼 곳이지."

거인 같은 손이 거인 같은 허벅지에 놓여 있었다. 워크는 그런 몸으로 돌아다니면 어떨지, 사람들이 좌우로 갈라지고 빤히 쳐다보면 어떨지 생각했다.

"그 애 이야기를 해주시오."

"더치스?"

다크가 끄덕였다.

"열세 살 맞소?"

워크가 목을 가다듬었다.

"지난 몇 년간 두어 번 신고가 들어왔지. 힐톱 중학교에서. 사람들 말로는 학교 울타리 앞에 서 있는 차를 봤다던데. 검은색 차. 아무도 차 번호를 적어놓지는 않았지만."

"나한테도 검은색 차가 있소, 워커 서장."

"나도 알지."

"자신이 한 일에 대해 생각해본 적 있소?"

"물론."

"그리고 해야만 하는 일에 대해서도?"

"무슨 말을 하는 건지 잘 모르겠군."

다크가 달을 바라보았다.

"자네에 관한 소문이 도는 거 알고 있나, 다크?"

"그렇소."

"듣자 하니 자네는 폭력적이라던데."

"난 폭력적이오. 사람들에게 말해주시오."

커다란 다크의 눈은 하늘로 향하고 있었고 워크는 목이 바싹 마르는 걸 느꼈다.

"교회에서 서장을 봤소."

다크가 말했다.

"나는 자네 못 봤는데."

"나는 안에 안 들어가니까. 서장은 무얼 기도하시오?"

워크는 총에 손을 댔다.

"적절하고 타당한 끝."

"희망은 세속적인 거요. 삶은 쉽게 깨지는 거고. 그리고 우리 는 이따금 너무 꽉 매달리지, 부서질 거라는 걸 알면서도."

다크가 일어나며 워크에게 그림자를 드리웠다.

"그 애하고 얘기하게 되거든 내가 그 애를 생각하고 있다고 전해주시오."

"난 아직 물어볼 게 있는데."

"나는 주 경찰한테 전부 이야기했소. 더 필요한 게 있으면 내 변호사를 부르시오."

"그러면 빈센트는? 그 집에 관해 아는 거 없나? 그 친구가 집 을 팔까 생각 중이던데. 왜 마음을 바꿨는지 뭐 아는 거 없나?"

"어쩌면 적당한 가격을 찾았는지도 모르오. 비극이 일어나면 생각이 명료해지기도 하지 않소. 나는 은행이랑 논의하는 중이오. 돈을 마련할 거요."

다크는 돌아서서 가버렸다. 워크는 일어나 유리창에 딱 붙어자기 손전등을 들었다.

부엌에는 온갖 것들이 분해되어 있었다. 천장 판재도 뜯어지고, 석고보드도 여기저기 구멍이 뚫려 있었다. 다크가 거기서 달리 무엇을 하고 있었는지는 모르지만 한 가지는 확실했다. 그는 뭔가를 찾고 있었다.

⸸

몬태나의 여름은 케이프 헤이븐보다 더 빠르게 색이 빠져서처음에는 비가 몇 방울씩 떨어지듯 했지만 이내 그늘진 아침과우수 어린 저녁이 쏟아져 내리는 것 같았다.

더치스는 워크에게 카브리요 고속도로에서 찍은 사진을 한장 엽서로 받았다. 워크는 뒤쪽에 파란색 펜으로 글씨를 썼는데, 손이 어찌나 심하게 떨리는지 거의 읽을 수가 없을 정도였다.

너희들을 생각한다.

워크.

더치스는 엽서를 침대 뒤편 벽에 압정으로 꽂아놓았다.

소녀는 아직도 노인이랑 말하지 않았고, 대신 회색 말에게 중얼거렸다. 그건 하나의 습관이 되었고 더치스는 말하고 싶지않은 것들에 관해 이야기하게 되었다─다크와 빈센트에 관한 일, 손가락으로 어머니의 입에서 토사물을 끄집어낸 일, 리틀 브룩의오카메 벚나무 아래에서 로빈과 같이 회복 자세를 연습하던 일.

어떤 날 밤이면 더치스는 계단에 앉아 핼이 워크와 통화하는 것을 들었다.

로빈은 나아지고 있어, 동물들을 무척 좋아해. 잠도 잘 자고, 먹는 것도 잘 먹네. 그 정신과 의사 말이 전보다 좋아지고 있다더군. 매주 30분 동안 상담하는데 녀석은 불평도 안 해네.

그런 다음 분위기가 바뀌고. 그네는 정점을 찍은 뒤 아래로 내려오면서 앞서 얻은 이득이 상쇄된다.

그 애는…… 아직 여기 있네. 워크. 할 일도 하고 불평도 안 해. 이따금 나는 그 애를 잃어버린다네. 보리밭을 지나서 어딘가로 사라져버리는 거야. 난 당황해서, 처음에는 길을 따라 뛰어다니면서 흙길을 건너가고 트럭을 몰고 돌아다니기도 했지. 찾았을 때 녀석은 무릎을 꿇고 있더군. 밀밭 옆에, 물가에서 떨어져서 가려진 곳이 있거든. 움푹 파인 곳인데, 예전에 헛간을 만들려고 했다가 필요가 없어졌지. 하여간 녀석이 거기 무릎을 꿇고 있는데 얼굴은 못 봤지만 기도하고 있었던 것 같아.

소녀는 이제 그곳에 가지 않기로 했다. 이미 다른 곳을, 아주 울창해서 핼이 다시는 찾지 못할 만한 숲속의 공터를 찾아놓았다.

더치스는 어머니가 죽은 날 밤을 회상하며, 어쩌면 그날 이후로 자기가 줄곧 쇼크 상태에 있었을지도 모른다고 생각했다. 슬픔이 천천히, 매시간 조금조금 다가와 강해져야 하는 지금 소녀를 뒤흔들었다.

어떤 날 소녀는 비명을 질렀다.

농장 집에서 30분쯤 떨어져 땅 파는 걸 도와주느라 뺨이 벌게진 동생에게서 멀어져 있을 때면 소녀는 고개를 뒤로 젖히고 구름에 대고 소리 질렀다. 풀을 뜯던 회색 말이 몸을 곤추세우고 고개를 들어 우아한 긴 목을 드러내게 만드는 비명을. 할 만큼 하고 나면 소녀는 말에게 손을 들어 계속 먹으라고 풀을 뜯으라고 말했다.

밤이면 어둠 속에서 남매는 이야기를 나눴다.

"그 경찰들."

로빈이 말했다.

"그래."

"그 사람들 내가 거짓말한다고 생각했어."

"경찰들은 원래 그런 식으로 쳐다봐."

"워크는 그런 식으로 쳐다보지 않아."

더치스는 반박하지 않았다. 하지만 그가 무엇이었든, 자기들집에 찾아와서 냉장고를 채워주고 그들을 영화관에 데리고 가던 그 남자는 여전히 경찰이었다.

"오늘은 어땠어?"

누나가 매주 하듯이 물었다.

"좋은 분이야. 나더러 클라라라고 불러도 된대. 고양이가 네마리고 개가 두 마리 있대. 엄청나지."

"맞는 남자는 못 찾았구나. 그날 밤 이야기도 했어?"

"못했어. 그냥…… 하려고는 하는데, 아무것도 생각나는 게없어. 누나가 나한테 책 읽어주고 그러다 잔 건 기억나는데, 그다음은 워크 차에서 일어난 거 같아."

더치스는 팔꿈치로 몸을 받쳤고 로빈은 몸을 굴려 똑바로 누웠다.

"혹시 뭔가 들은 게 기억나면 제일 먼저 나한테 말해야 돼. 그걸 어떻게 할 건지는 내가 정할 거야. 너는 그 경찰들 믿으면 안 돼. 헬도. 우리에게는 서로뿐이야."

소녀는 날마다 오후에 총을 쏘았다. 헬이 소녀를 데리고 굵은 나무가 있는 장소로 갔는데, 이제 로빈은 겁내지 않고 앞서 걸었다. 더치스는 여전히 꼭 필요할 때만 말했고, 말을 할 때면 급소를 노리면서 하느님이니 버림받았다느니 그런 것들을 얘기했지만, 헬은 전과 받아들이는 게 달라져서 가시도 그에게 박히지 않았고 갈고리도 그를 상처 입히지 못하고 미끄러져 내렸다. 소녀는 그를 사랑하지 않고 앞으로도 절대로 그러지 않으리라는 것을, 쌀쌀맞게 이름 외에는 그를 그 무엇으로도 부르지 않으리라는 것을, 그리고 자기 나이가 차는 대로 로빈을 데리고 떠나 그가 홀로 죽게 내버려두는 걸 아무렇지 않게 여긴다는 것을 말해주었다.

헬의 반응은 소녀에게 운전을 가르쳐주는 것이었다.

낡은 트럭은 거칠게 덜컹이며 나아갔고, 아주 편편한 곳에서 소녀가 속도를 높이면 헬이 좌석을 양손으로 꽉 붙잡았다. 뒤에서 로빈은 어린이용 좌석에 앉아 둘을 지켜보았는데, 더치스가 차를 쓰러뜨릴지도 몰라서 헬은 로빈에게 자전거 헬멧과 팔꿈치 패드를 차게 했다. 소녀는 수동 기어 다루는 법을 점점 파악하여 헬이 조언한 대로 클러치를 발로 느끼면서 기어가 별로 갈리지 않게 할 수 있게 되었다. 어떤 날은 더치스가 속도를 시속 100킬로미터까지 올려 헬이 꾸짖었고, 헬의 눈길은 마치 파란 하늘이 너무 많이 보인다는 듯이 첫 비를 기다리며 하늘을 향해 있었다. 일주일이 지나자 더치스는 트럭을 부드럽게 세울 수 있게 되었으므로, 헬이 대시보드에 세게 부딪치며 벨트 매는 걸 또 까먹었다고 자신에게 욕을 해대지 않을 수 있었다.

연습을 마치고 집으로 걸어가는 길에 더치스는 로빈의 왼손을 잡고 핼은 오른손을 잡았다. 핼은 더치스에게 잘했다고 했고 더치스는 핼을 형편없는 선생이라고 했다. 핼이 부드럽게 잘 몰았다고 말하면 더치스는 핼의 트럭이 완전히 똥차라고 말했다. 핼이 다음 날에도 차를 몰게 해주겠다고 하면 더치스는 거기에는 아무 말도 안 했는데, 운전하는 게 좋았기 때문이다.

어떤 날 아침이면 소녀는 로빈이 밥 먹는 모습이나 닭과 같이 있는 모습 아니면 써레에 기어오르는 모습을 노인이 지켜보는 걸 발견했는데, 노인의 눈에는 사랑과 회한이 같이 어려 있었다. 그럴 때 더치스는 그를 미워하려고 기를 썼다. 처음 그곳에 도착했을 때는 쉽사리 이기던 그 싸움을, 이제는 점점 더 힘을 쏟아야 이길 수 있었다.

소녀는 아직 자기 옷을 상자에 고이 접어넣어두고 있었다. 때때로 핼이 빨래를 하면 소녀는 자기들 것에 손대지 말라고 소리 질렀다. 자기들 옷이 옷장에 걸려 있는 것을 발견하면 전부 끄집어내서 상자에 도로 집어넣었다. 핼이 엉뚱한 치약을 로빈에게 사다주면 더치스는 그에게 소리 질렀고, 엉뚱한 샴푸와 엉뚱한 아침 식사용 시리얼을 사와도 그랬다. 어찌나 소리를 질렀는지 목이 아팠다. 그러는 내내 로빈은 지켜보았다. 가끔 동생이 소리 지르지 말라고 하면 소녀는 그대로 따랐다. 농장 안을 걸어 다니며 빌어먹을 미친 계집애처럼 지는 해에 욕을 해댔다.

더치스는 빈센트 킹과 디키 다크를 덜 생각하게 되었다. 그들은 소녀 인생의 가장 어두운 챕터에 등장하는 사람들이었다. 소녀는 그들이 다시 나타나리라는 것을, 자기 인생 이야기의 반전이자 날카로운 침이라는 것을 알았다.

무엇보다 소녀는 피곤했다. 일 때문도 잠 때문도 아니었고, 그저 내면 깊은 곳에 살고 있는 지독한 증오 때문이었다.

17

"학교에 총을 가져가야겠어요."

"안 된다."

핼은 첫날 아침에 불안해했다.

로빈도 불안해했다. 학교에 관해 궁금한 것들이 있었고, 어디에서 누나를 만날지 누나가 나타나지 않으면 어떻게 될지 알고 싶었다. 핼의 농장이 있는 곳까지 다니는 버스가 없었기에, 핼은 두 아이를 차로 데려다주고 데리고 오겠다고 했다. 그는 그것 때문에 시간을 잡아먹게 생겼다고 투덜거렸지만, 더치스가 그럼 대신 강간범 트럭 운전기사 차에 히치하이킹을 하거나 자기 몸을 팔아서 택시비를 마련하겠다고 하자 입을 다물었다.

"다른 애들이 나 좋아할까?"

"넌 왕자님인걸."

"그렇고말고. 안 그랬다가는 네 누나랑 상대해야 될 거다."

핼이 말했다.

"그러면서도 총은 못 가져가게 하네요."

더치스는 시리얼을 다 먹고 로빈의 가방을 점검하면서 필통과 물통을 넣었는지 확인했다.

핼은 더치스가 유칼립투스 나무들이 위쪽에서 터널을 만드는 곳까지 차를 몰게 해주었다. 더치스는 기어를 중립에 두고 운전석에서 내렸고, 핼도 자기 자리에서 내렸다. 둘은 트렁크 쪽에서 서로 지나치며 핼이 한 번 *끄덕*하자 더치스도 *끄덕*였다.

"서로 잘 살펴봐줘야 된다."

핼이 앞을 보면서 말했다.

"큰 애들이 우리 점심 사 먹을 돈을 뺏어 갈지 모르니까요?"

로빈이 불쑥 흥미를 보이며 두 눈을 동그랗게 떴다.

"한번 해보라 그래. 난 무법자 더치스 데이 래들리고, 그놈들 미간에 총알을 박아버릴 테니까."

"무법자가 되고 싶으면 그 회색 말 타는 법을 배워야 할 거다."

핼이 말했다.

"아무것도 모르면서. 탈 수 있거든요. 말타기는 내 본능이라고요."

"예전에 빌리 블루 래들리 이야기를 읽은 적이 있다."

핼을 보는 더치스의 찌푸린 표정이 흥미로 바뀌었다.

"네가 듣고 싶다면 언제 이야기해주마."

"좋아요."

그것은 휴전도 공물도 아니었다.

차가 학교 앞에 들어서자 로빈은 긴장했다. 소음이 들리고 통학 버스와 부모들과 SUV들이 보였다. 더치스는 바퀴가 진흙투성이인 포드와 너무 반짝이는 벤츠를 보았다. 소녀는 다크와 그가 모는 에스컬레이드를, 희미해져가는 그의 약속을 생각했다.

"같이 들어가주랴?"

핼이 트럭을 연석 옆에 세웠다.

"아뇨. 다들 우리 아버지인 줄 알 거예요. 그럼 지독하게 괴롭힐 거라고요."

더치스는 로빈의 가방을 들고 동생 손을 잡은 뒤 거리로 나갔다.

"3시에 오마."

핼이 창문 안쪽에서 말했다.

"우리 3시 15분에 나오는데요."

로빈이 말했다.

"기다리마."

남매는 여기저기 뭉쳐 있는 아이들 틈에서 걸었다. 아이들은 여름 동안 햇빛에 탄 몸으로 과장되고 시끄러운 이야기를 떠들어대고 있었다. 더치스는 휴가며 해변이며 놀이공원 따위의 비슷비슷하지만 조각난 얘기를 들었다. 아이들이 둘을 쳐다보자 더치스도 똑같이 쳐다봤다.

더치스는 로빈을 교실까지 데리고 가 안으로 같이 들어갔다. 안에서는 학부모들이 무릎을 꿇고 자식들에게 입을 맞추며 법석을 떨었다. 한 작은 소년이 울고 있었다.

"저 녀석 겁보니까 같이 놀지 마."

더치스가 말했다.

교사는 젊은 여자인데 웃는 얼굴로 교실을 돌아다니면서 무릎을 꿇고 아이들의 작은 손을 잡아 악수했다. 더치스는 못걸이로 로빈을 데려가 동생 이름과 그 위에 붙은 동물 그림을 발견했다.

"이게 무슨 동물이야?"

더치스가 눈을 가늘게 뜨고 말했다.

"쥐."

"그건 생쥐야."

교사가 옆에서 다가오며 말했다.

더치스가 어깨를 으쓱했다.

"해로운 건 해로운 거죠."

교사가 두 아이 옆에 무릎을 꿇고 로빈의 손을 잡더니 가볍게 흔들었다.

"난 미스 차일드야. 너는 로빈이겠구나. 정말 만나고 싶었어."

더치스가 동생을 슬쩍 찔렀다.

"대단히 고맙습니다."

로빈이 말했다.

"그리고 너는 더치스겠고."

"난 무법자 더치스 데이 래들리예요."

더치스가 교사 손을 얼마나 꽉 쥐었는지 손이 하얗게 변했다.

"음, 오늘 하루 근사하게 보내길 바라, 더치스 양."

차일드 선생이 달콤하게, 길게 빼며 말했다.

"네 동생이랑 나는 오늘을 아주 즐겁게 보낼 거야. 그렇지, 로빈?"

"네."

차일드 선생은 둘에게서 멀어져 울고 있던 소년에게 돌아갔다.

더치스가 동생에게 몸을 숙이고 눈을 맞춘 다음 양손으로 얼굴을 잡아 로빈이 가만히 자기를 마주 보게 했다.

"뭐든 거지 같은 일 있으면 날 찾아와. 그냥 복도로 달려가서 내 이름을 외쳐. 가까이 있을 테니까."

"알았어."

"알았어?"

"응."

동생이 좀 더 굳게 말했다.

"알았어."

더치스가 일어섰다.

"더치스."

더치스가 돌아섰다.

"엄마가 여기 있었으면 좋겠어."

복도로 나가자 뒤처진 아이들도 점점 줄어들었고, 축구공을 든 소년들이 벌게진 얼굴로 땀을 흘리며 지나갔다. 더치스는 자기 교실을 찾아가 창가 옆에, 선생에게 이름을 불리지 않을 정도로 뒤쪽에 앉았다.

"거긴 내 자린데."

커다란 남자애가 기이한 각도로 서 있었는데 셔츠는 작아 보이고 바지는 짤막했다.

"여동생 반바지 빌려 입었냐? 딴 데 알아봐, 니미 씨팔놈아."

남자애는 얼굴을 붉히더니 돌아서서 창가 반대편에 가 앉았다.

더치스 옆에는 흑인 소년이 앉아 있었는데 얼마나 바싹 말랐는지 뱃속에 기생충이나 뭐 그런 게 있는 줄 알았다. 소년은 한 손이 뒤틀려서 더는 손으로 보이지 않았다. 소년은 더치스가 보는 것을 알아채고 손을 주머니에 쑤셔 넣었다.

소년이 웃음 지었다.

더치스는 고개를 돌렸다.

"토머스 노블이라고 해, 나 기억해?"

교사가 들어왔다.

"넌 이름이 뭐야?"

"조용히 해, 나 여기 공부하러 온 거야."

"그거 웃긴 이름인데."

더치스는 마음속으로 그 애가 불길에 휘말리라고 주문을 외웠다.

"나 그때 시내에서 너 봤어. 너 금색 머리카락의 천사잖아."

"네가 조금이라도 날 알면 내가 천사하고는 상극이라는 걸 알 거야. 이제 주둥이 닥치고 앞에 봐."

†

워크는 주차장에서 차창을 열고 멕시코 음식 냄새가 흘러들어 오게 내버려두었다.

늦은 시간이었고, 투광 조명과 달빛이 해와 자리를 바꾸며 되는 대로 뻗어나간 비터워터의 하늘이 보랏빛으로 물들었다.

워크는 다시 빈센트를 만나러 갔는데 공기도 안 통하는 대기실에서 세 시간 동안 함께해준 것은 CNN과 고장 난 선풍기뿐이었다. 그런 뒤 그는 빈센트와 14분 동안 같이 있었다. 그리고 그 14분 동안 그는 제발 변호사를 선임하라고, 적어도 진실을 밝힐 가능성이라도 있는 형사법 전문 변호사를 고용하라고 빌면서 애원했다. 빈센트는 마사 메이가 아니면 누구도 싫다고 이미 말했다. 마사가 그 둘과도, 또 케이프 헤이븐과 그와 연관된 기억들과도 얽히고 싶지 않다고 했다는 걸 워크가 전해도 빈센트는 더는 아무 말도 하지 않았다. 그러더니 교도원을 불렀고 워크는 그가 감방으로 돌아가는 걸 지켜봤다.

시간이 늦었는데도, 비서가 두어 시간 전에 이미 떠났는데도 마사의 사무실은 아직 불이 환했다. 워크는 차에서 내리려고 하다가 너무 어지러워서 도로 변에 기대 잠시 두 눈을 감았다. 그는 켄드릭에게 전화하려고 했지만 연결이 되지 않아 메시지를 남긴 뒤 새로운 약에 따라오는 설명서를 확인해보았다. 부작용이 두 쪽을 꽉 채울 정도로 길었다.

마사가 사무실에서 나오는 걸 보고 워크는 차에서 내려 주차장을 천천히 걸어갔다. 주차장은 얼마 안 남은 마지막 차들이 빠져나가고 있었고, 멕시코 식당 앞에 낡은 세단 두어 대와 마사의 차만, WWF[*] 범퍼 스티커가 붙은 회색 프리우스만 남아 있었다. 워크는 마사가 동물들을 좋아한다는 것을 기억했다. 마사의 열다섯 살 생일에 둘은 빈센트, 스타와 함께 학교를 빼먹고 클리어워터 코브에 있는 동물원에 갔다. 동물을 만질 수 있는 곳이었던 그 동물원에는 작은 아이들이 잔뜩 있었지만 마사는 그날 내내 웃고 있었다.

"마사."

그가 불렀다.

마사는 그를 보고 서류 가방을 트렁크에 툭 던진 다음 그가 다가가는 동안 서서 엉덩이에 손을 얹고 마치 준비가 될 만큼 되었다는 듯 기다렸다.

"오랫동안 못 봤는데 한 달 만에 두 번째네."

"저녁 사주고 싶어서."

워크는 자기도 놀랄 정도로 자신 있는 목소리로 말했고 마사도 놀랐는지 천천히 미소 지었다.

노란색 벽과 초록색 아치, 격자무늬 천이 덮인 작은 테이블들. 선풍기가 천천히 돌아가며 칠리 냄새를 뒤쪽의 지친 바 너머로 흘려보냈다. 둘은 구석에 주차장이 내다보이는 창문 옆에 앉았다. 마사가 둘이 먹을 타코와 맥주를 주문했다. 그녀는 옆집 사는 소녀 같은 친근한 웃음을 아직 잃지 않았고, 그걸 웨이터에게 날

* World Wide Fund for Nature, 세계자연기금.

리자 웨이터가 서둘렀다.

워크는 차가운 맥주를 홀짝이고 근육이 풀어지는 것을, 편안하게 앉으며 어깨 주위에 굳어 있던 부분이 조금 느슨해지는 것을 느꼈다. 부드러운 라틴 음악이 차분히 흘렀다.

둘은 조용히 술을 마셨고 마사는 맥주를 비우더니 한 잔 더 달라는 신호를 보냈다.

"택시 타고 가려고."

"난 아무 말도 안 했는데."

"세상에, 경찰이랑 술을 마시다니."

워크가 껄껄 웃었다. 웨이터가 음식을 가져다주어 둘은 먹었다. 음식은 맛있었고 기대한 것보다 나았지만 그래도 워크는 깨작거리며 거의 먹지 않았다.

마사는 자기 음식에 핫소스 반 통을 들이부었다.

"자, 어디 화끈하게 먹어볼까. 한번 먹어볼래, 서장?"

"남은 대화를 화장실에서 하고 싶은 게 아니라면 사양이야."

"흠, 화장실 가봤어?"

"나중에 분명 가겠지."

"수염 마음에 든다."

워크가 눈을 굴렸다.

"미안. 지난번에는 좀 힘든 날이었어. 게다가 널 볼 거라고는 생각도 못했고."

"사과는 내가 해야지."

"당연히 그래야지."

워크가 웃었다.

"그래서, 지금 해치우는 게 좋겠어. 아니면 내가 맥주 한 잔 더

할 때까지 기다릴래?"

"기다릴게."

이번에는 마사가 웃었고 그것은 워크가 한동안 들어본 소리 중 가장 달콤했다.

워크는 숨을 들이마시고 말했다. 전부. 빈센트가 석방되던 일 부터 스타의 일, 디키 다크와 더치스와 로빈에 관한 일들을 모두. 주 경찰에 관해서, 그들이 그를 잘라내버린 일을 말했다. 그리고 사건에 관해 발표되지 않은 세세한 부분을 이야기했다. 부러진 갈비뼈, 부어오른 눈, 찾지 못한 살해 도구, 빈센트가 입을 열지 않으려는 것까지. 그가 장례식에 관해 말할 때 마사는 눈물을 훔 치고 팔을 뻗어 워크의 손을 잡았다.

"젠장."

그가 말을 마치자 마사가 말했다.

"정말 엉망이네. 스타, 그 애 인생이 그렇게 되다니. 그때는 우 리가 영원히 친구로 남을 줄 알았어."

"네가 뒤돌아보지 않은 걸 탓하는 건 아니야."

"넌 그렇게 생각해?"

"미안. 그런 뜻은 아닌……."

"나도 수없이 뒤돌아봤어. 단지 돌아갈 수 없었을 뿐이지."

"그렇구나."

"그래서 빈센트는 아직도 날 원한다고 해?"

"녀석은 널 믿어. 녀석이 고용한 유일한 다른 변호사는 필릭 스 코크였어. 그 결과가 어땠는지 좀 보라고."

"내가 어떤 사건을 다루는지 알잖아, 워크? 얻어맞은 여자들. 입양. 사소한 이혼 절차. 난 매달 나갈 비용을 벌 때까지는 할 수 있는 건 뭐든지 하고, 그런 다음에는 내 도움이 가장 필요한 사람들을 골라서 일해. 인생의 유일한 목적이 아이들을 되찾는 것인 여자들이 줄을 서 있다고."

"빈센트는 네가 필요해."

"빈센트한테 필요한 건 형사법 변호사야."

워크는 맥주를 잡으려고 하다가 손이 떨리는 걸 느끼고 도로 내렸다.

"너 괜찮은 거야, 워크?"

"피곤해. 별로 못 잤거든."

"그동안 큰일이 너무 많았잖아."

"제발 이것 좀 맡아줘, 마사. 나도 어떻게 보이는지는 알아. 내가 이렇게 나타나서 도와달라고 부탁하는 게 어떻게 보일지. 믿을지 모르지만 가슴이 아프다고."

"믿어."

"난 녀석을 포기할 수가 없어. 그냥 기소사실인부절차* 때 와서 녀석 옆에 서 있어줘. 그런 다음 같이 뭔가 찾아낼 수 있을 거야. 녀석이 정신 차리게 할 수 있을 거라고. 난 그냥…… 녀석이 하지 않았다는 걸 알아. 이 말이 어떻게 들릴지도 알아. 지푸라기라도 잡으려는 사람의 말로 들리겠지만, 그렇다고 내 말이 틀린 건 아니잖아. 더 알아내야 돼. 전부 살펴보려면 시간이 필요하다고. 난 줄곧 네 생각을 했어. 날마다 너랑 우리랑 그때 당시 있었

---

* 미국법 공판정에서 피고인에게 기소 사유를 말해준 다음, 죄를 인정하는지 아닌지 대답하게 하는 절차로, 공판 절차를 간소화하려고 채택한 것이다. 피고인이 '유죄'라고 답하면 그것만으로도 형을 선고할 수 있다.

던 일들을 생각해. 내가 지난 일을 바로잡거나 시간을 과거로 돌릴 수 없다는 건 알지만, 지금 빈센트를 돕는 건 할 수 있어. 하지만 네가 없으면 도울 수가 없어."

워크는 기력이 다 빠져서 축 늘어졌다.

"기소사실인부절차. 그거 언제야?"

"내일이야."

"맙소사, 워크."

18

라스 로마스의 법원은 평소보다 붐볐다.

9월의 어느 화요일, 에어컨도 고장 난 그날 로즈 판사는 서류로 직접 부채질을 하면서 깃을 느슨하게 했다.

워크는 30년 전에 그랬듯이 앞쪽 줄에 앉았다.

"보석 가능성은 없어. 사형 사건에서는."

마사가 말했다.

마사는 그날 이른 시각에 그와 만났고 둘은 길을 건너가 커피를 마셨다. 마사는 정장 차림에 힐을 신고 가볍게 화장을 해 무척 근사한 모습이었고, 워크는 한때나마 그녀를 계속 곁에 둘 수 있을지도 모른다는 생각을 했다는 것이 바보처럼 느껴졌다.

그가 주변을 둘러보자 변호사들과 그 의뢰인들, 네이비색 정장과 오렌지색 죄수복, 피고 측 답변과 협상과 만족스럽지 못한 약속이 오가는 모습이 눈에 들어왔다. 로즈 판사는 하품이 나려는 것을 참았다.

그가 인도되어 들어가자 법정이 조용해졌다. 사람들이 사형을 바라는, 이목을 끄는 사건.

로즈 판사는 좀 더 허리를 펴고 앉아 깃의 단추를 다시 채웠다. 법정 뒤쪽에는 기자들이 카메라 없이 펜과 메모지만 들고 있었다. 마사는 워크에게서 멀어져 벤치로 갔고 빈센트가 그 옆에 앉았다.

지방검사장 엘리스 데샹은 꼿꼿하고 엄격해 보이는 여자로,

앞으로 나가 기소 내용을 하나하나 다루었다. 워크는 친구의 생각을 읽어보려고 했으나 그가 앉은 자리에서는 얼굴이 또렷이 보이지 않았다.

엘리스가 말을 마치자 빈센트가 자리에서 일어났다. 워크는 사람들이 몸을 앞으로 내밀고 좌석 끄트머리에 걸터앉아서 어린 아이를 죽이고 30년 뒤에 돌아와 그 언니를 죽인 남자에게 두 눈을 고정하고 있는 것을 느꼈다.

빈센트가 자기 이름을 말했다.

로즈 판사는 다시 기소 내용을 말해준 다음 '유죄'로 답변하면 검사 측에서 가석방 없는 종신형으로 합의할 거라고 덧붙였다.

워크는 다시 숨을 들이쉬었다. 거래가 제안된 것이었다.

로즈 판사가 답변이 무엇이냐고 묻자 빈센트는 고개를 돌려 워크와 눈을 마주쳤다.

"무죄입니다."

그러자 수군거림이, 말소리가 들렸고 로즈 판사가 조용히 하라고 할 때까지 이어졌다.

마사가 간절한 눈으로 판사를 바라보자 판사가 가까이 오라고 했다.

"킹 씨. 당신이 기소와 제안을 제대로 이해하지 못한 것 같아 당신 변호사가 걱정하고 있습니다만."

로즈 판사가 말했다.

"이해했습니다."

경비가 그를 데리고 법정에서 나가는 동안 빈센트는 뒤돌아보지 않았다.

워크는 법원에서 오전 햇살 속으로 나갔다. 라스 로마스의 예쁜 광장에는 높이 솟은 조각상이─성스러운 법원을 향해 고개를 숙인, 무릎 꿇은 여성의 조각이 있었다.

재판은 이듬해 봄으로 잡혔다.

차를 몰고 돌아가는 길에 워크는 몸에서 식은땀이 터져 나왔고 떨림이 너무 심해서 정신적으로 지쳐버렸다. 룸미러로 자기 눈을 봤지만 아무리 비벼도 핏발이 누그러지지 않았다. 턱수염은 길어졌고 벨트도 새로 구멍을 뚫었다. 이제 제복도 커져서 어깨가 이두박근 위쪽까지 흘러내렸다.

워크는 비터워터에 있는 주류점에 들어가 여섯 개들이 맥주를 샀다.

마사는 시내에서 상당히 떨어진 빌링턴가에 있는 작은 주택에서 살았다. 흰색 대문으로 들어가면 양쪽으로 단정한 화단이 길을 감싸고 있고 그 옆으로는 초록 풀이 무성했다. 섬세하게 장식된 고리들에 바구니들이 걸려 있었고, 다른 날이었다면 워크를 웃음 짓게 만들 만한 집이었다.

안으로 들어서자 서류가 여기저기 흩어져 있었다. 집 구석구석이 일의 흔적으로, 약자들을 변호하는 흔적으로 가득했다.

워크는 한적한 포치에 자리 잡고 맥주 두 병을 마셨고 그사이 마사는 콘칩을 한 그릇 준비해 나왔다. 워크가 한 입 먹고 혀가 불에 타는 듯 행동하자 마사는 웃음을 터뜨렸다.

"이런 짐승."

"매운 걸 좋아하는 사람도 있다고."

두 사람은 나란히 앉아 술을 마셨다.

어스름이 깔리고 나서야 워크는 진정되었다. 맥주 두 병. 그게 그가 자신에게 허락한 양이었다. 그는 술에 취하고 싶었고 고함치고 욕하고 흔들어 빈센트 킹이 정신을 차리게 하고 싶었다.

마사가 와인을 홀짝였다.

"빈센트가 유죄를 인정하게 해야 돼."

워크는 목을 문지르며 요즘 항상 긴장되어 있는 부분을 마사지했다.

"빈센트 사건은 이길 수가 없어. 너도 알지."

마사가 말했다.

"그건 나도 알아."

"그렇다면 한 가지 결론이 나와."

워크가 고개를 들었다.

"빈센트 킹이 죽고 싶어 한다는 거."

"그럼 이제 어떻게 하지?"

"여기 앉아서 나랑 술이나 마시면서 이보다 더 딱할 수 없는 사태를 같이 한탄하는 거지."

"끌리는데. 아니면?"

"사건을 수사하는 거야."

"하고 있어."

마사가 한숨을 내쉬었다.

"여기저기 문 두드리면서 누구라도 뭔가 봤기를 기도하는 건 수사가 아니지. 직접 움직이면서 사건을 풀어나갈 틈을 찾아야지. 그리고 못 찾겠으면 스스로 만들어야지. 배짱이야, 서장. 이제는 배짱 문제라고."

바람이 고속도로를 가로지르며 땅에서 먼지를 피워 올렸다. 초저녁, 픽업트럭 두어 대가 보였으나 워크는 음악을 들으며 달려 문 앞에 도착했다. 그는 잠시 멈춰서 산 루이스의 널찍한 풍광을 바라보며 그곳에 있던 스타를, 그녀가 뒤에 아이들을 태우고 다니던 일을 떠올렸다.

안에는 불빛이 흐릿했고 담배와 오래된 맥주 냄새가 진하게 났다. 칸막이 자리는 비어 있고 바에 남자가 두어 명 앉아 있고 나무 상자에 페인트칠을 해 만든 무대 주위에 몇몇이 모여 있었다. 늙은 가수가 블루그래스*를, 멀리 떨어진 고향을 노래하는 곡을 불렀고 손님들은 술을 마시며 허벅지를 두드렸다.

워크는 전에 그 남자의 인상착의를 더치스에게 들었다. 그는 더치스를 앉혀놓고 지나간 날들을 하나하나 찬찬히 훑어 나갔고 이야기를 다 들었을 즈음에는 머리가 무거웠다. 차분하게 말하는 소녀의 태도가, 마치 어린 시절이라고는 전혀 모른다는 듯한 어조가 그의 영혼을 잡아 뽑아버리는 것 같았다.

워크는 그를 곧바로 알아보았다―짧게 친 머리와 짙은 턱수염, 야외 작업을 암시하는 강한 팔뚝. 버드 모리스였다. 워크가 슬금슬금 다가가자 버드는 법적인 문제를 마주하는 게 응당 있는 일이라는 듯 눈알을 굴렸다.

"얘기 좀 나눌 수 있겠소?"

버드가 그를 위아래로 훑더니 웃어버렸다.

워크는 탄산수를 마셨다. 그는 훈련도 받았고 경찰 배지도 달았고 그 의미도 알았으나 남과 대립하는 걸 즐기는 인물이 아니었다. 목소리가 시끄럽게 귓전을 때렸다. 주 경찰한테 맡겨라. 그는 잔을 세게 쥐었다. 마사의 말이 그보다 더 크게 울렸던 것이다.

---

* 미국 남부에서 시작된 전통 포크 음악으로 기타나 밴조, 만돌린 등을 연주하며 부른다.

버드가 화장실에 갔다. 워크는 일어서서 그를 따라 들어간 뒤 심호흡을 한차례 하고 오줌을 누는 남자 옆에서 총을 들었다.

워크는 총구를 버드의 뒤통수에 대고 눌렀다.

아드레날린이 솟구치며 두 손이 떨리고 무릎이 후들거렸다.

"이런 쓰벌."

버드가 청바지에 오줌을 흘렸다.

워크가 더 세게 총구를 눌렀다. 땀이 코로 흘러내렸다.

"염병, 알겠다고. 형씨 대체 왜 이러는 거요?"

워크가 총구를 내렸다.

"바에서 이럴 수도 있었어, 네 친구들 앞에서, 네가 관중들 앞에서 바지에 오줌을 싸게 만들 수도 있었다고."

버드는 노려보았지만 곧 눈을 내리깔며 재빠르게 패배를 받아들였다. 둘이 밖으로 나가자 늙은 가수가 〈맨 오브 콘스턴트 소로〉를 부르기 시작해 사람들이 환호하는 소리가 들렸다.

"스타 래들리."

워크가 말했다.

버드는 혼란스러워 보이더니 생각이 났는지 바로 술기운이 달아난 듯 굴었다.

"듣자 하니 당신 그 여자랑 여자 딸이랑 다퉜다던데. 그 여자가 노래하고 있는데 당신이 손을 가만히 두지 못했다며."

버드가 고개를 흔들었다.

"별거 아니었수다."

워크는 초조했다. 화장실에서 사람에게 총을 겨누고 있다니 자기가 제정신인지 의심했다. 수사의 틈을 찾겠답시고.

"그 여자랑 두어 번 만났지."

"그런데?"

"잘 안 됐수다, 그게 다요."

워크가 다시 총에 손을 뻗자 버드가 물러섰다.

"진짜라니까. 아무 일도 없었단 말이야."

"그 여자한테 거칠게 굴었나?"

"아니. 절대. 그런 게 아니었다니까. 난 그 여자한테 잘해줬어. 염병, 블리커에 있는 그 식당까지 데려갔는데. 20달러짜리 스테이크 파는 데 말이지. 모텔도 예약하고…… 좋은 데로."

"여자가 싫다고 했군."

버드는 자기 발과 오줌 묻은 청바지, 총을 보았다.

"그냥 싫다고 한 게 아니라고. 난 거절을 못 받아들이는 남자는 아니야. 염병, 여자들한테 가서 물어보라니까. 나도 나쁘지 않다고. 하지만 스타, 그 여자는 환상을 심어줬어. 나한테 빠졌다는 듯 굴었지. 근데 그 여자는 그냥 싫다고, 지금은 안 된다고 한 게 아니었어. 절대 안 된다더군. 그게 그 여자의 말이었어. 절대 안 된다고. 쓰벌 그게 뭔 소리요? 절대라니. 그 여자 꼭 자기가 아닌 다른 사람이 되려고 잔뜩 애를 쓰고 있는 것 같았다니까. 무슨 연극하는 것처럼. 전부 연기였을지도 모르지."

"연기라고?"

"다른 남자들한테도 그랬던 거 같더만. 그 이웃도 그렇고. 한번은 내가 그 여자 집에 데리러 갔는데 그 남자가 다가오더니 시간 낭비하지 말라고 하더이다."

"어떤 이웃 말이지?"

"바로 옆집 말이야. 1970년대 사내처럼 생긴 자식."

"6월 14일에는 어디 있었나?"

버드는 그 일이 떠오르자 웃었다.

"언제였는지 기억하지. 엘비스 커드모어가 공연하는 날이었거든. 난 여기 있었어. 아무한테나 물어보쇼."

워크는 그를 남겨두고 몇 안 되는 사람들을 헤치고 밤공기 속으로 나왔고 여전히 심장이 쿵쿵거렸다.

그는 주차장을 걸어가 쓰레기 수거함 옆에 쪼그리고 앉아 토했다.

19

소녀는 참나무 아래에서 점심을 먹으며 눈은 동생을 향해 있었다.

첫 주는 조용하게 지나갔고 소녀는 아무와도 말하지 않았다. 토머스 노블이 여러 번 접근했으나 소녀는 퉁명스레 내쳤다.

로빈은 K2 구역에 있었는데 학교는 각 구역을 낮은 담장으로 나눠놓았다. 동생은 매일 같은 여자애, 남자애와 함께 놀았다. 어린이 부엌에서 로빈과 여자애는 즉석 조리를 담당하고 다른 소년은 보이지 않는 다른 사람들한테 음식을 가져다주며 놀았다.

더치스는 혼자가 아니라는 것을 모르고 있었으나 그림자가 빛을 가리고 자기에게 그늘을 드리우자 고개를 들었다.

"나도 네 나무가 마음에 들지 않을까 해서."

토머스 노블이 불룩 튀어나온 도시락 가방을 멀쩡한 손에 들고 있었다.

더치스가 한숨을 내쉬었다.

토머스 노블이 옆에 앉아 헛기침을 했다.

"그동안 널 관찰했어."

"와, 소름이 하나도 안 돋네."

더치스가 소년에게서 멀어졌다.

"생각해봤는데. 혹시……."

"절대 안 돼."

"내 아버지가 그러는데 어머니도 처음에는 거절했대. 하지만 눈은 좋다고 말하더래. 그래서 계속했다더라."

"진짜 강간범 같은 말이네."

소년은 더치스 옆에 크고 두꺼운 천 냅킨을 펼쳐놓았다. 그러더니 감자칩 한 봉지, 트윙키 하나, 리세스 피넛 버터 컵 여러 개, 마시멜로 한 봉지, 탄산음료 캔 하나를 늘어놓았다.

"사람들이 여기를 모르는 게 신기하다."

"네가 당뇨에 안 걸린 게 신기하다."

소년은 조용히 먹으면서 한 입 먹을 때마다 두꺼운 안경테를 코 위로 밀어 올렸다. 안 좋은 손은 주머니에 숨기고 있었다. 소년이 이로 마시멜로 봉지를 뜯는 모습을 지켜보는 건 고역이었다.

"약한 손 써도 돼. 나 때문에 감출 필요 없어."

결국 소녀가 말했다.

"다발성단지증이야. 이건……."

"안 궁금해."

소년은 마시멜로를 먹었다.

로빈이 울타리로 달려오더니 흙덩어리가 올라간 보라색 접시를 누나에게 보여주었다. 로빈이 "핫도그"라고 입 모양으로 말하자 소녀는 웃었다.

"귀여운 애네."

토머스 노블이 말했다.

"너 무슨 변태야?"

"아니…… 당연히 그런 건 아니야, 그냥……."

소년은 그대로 말을 끝냈다.

아이들 뒤쪽으로는 출입이 금지된 숲이 있었고 탈색되어 뼈처럼 보이는 기다란 목재들이 쌓여 울타리를 형성했다.

"너 황금의 주*에서 왔다면서. 지금쯤이면 근사하겠다. 내 사촌 중에 세쿼이아에 사는 사람이 있었던 거 같아."

"국립공원."

소년은 다시 먹기 시작했다.

"근데 너 영화 좋아해?"

"아니."

"그럼 스케이트는? 나 사실 그거 꽤 잘하……."

"아니."

소년은 어깨를 으쓱하며 재킷을 벗었다.

"그 나비 리본 맘에 든다. 나 아기 때 머리에 나비 리본 하고 찍은 사진 있는데."

"무슨 내적 독백이라도 하는 거야?"

"옛날에 어머니는 내가, 자기가 늘 원하던 딸인 척했어."

"그러다가 테스토스테론이 뿜어져 나와서 네 어머니 꿈을 망쳐버렸구나."

소년이 피넛 버터 컵을 내밀었다.

소녀는 못 본 척했다.

두 아이는 남자애들 한 무리가 지나가는 걸 지켜보았다. 그중 한 아이가 뭐라고 말하자 다 같이 웃었다. 토머스 노블은 손을 주머니 속에 더 깊이 집어넣었다.

더치스는 한 남자애가 로빈에게서 접시를 빼앗는 걸 보고 허리를 살짝 세웠다. 로빈이 다시 뺏으려고 했지만 더 큰 상대 아이가 손에 닿지 않게 높이 들고 있다가 바닥에 던져버렸다. 로빈이

• 캘리포니아주의 속칭.

그걸 집으러 가자 상대 애가 로빈을 밀어서 쓰러뜨렸다.

더치스가 일어서서 움직이며 그 아이에게 시선을 고정하고 다가가는데 로빈이 울기 시작했다. 더치스는 다른 여자애들이 웃으면서 몇 명씩 무리 지어 머리카락을 빙글빙글 돌리며 서 있는 모습을, 완전히 다른 종처럼 구는 모습을 지켜보았다. 더치스는 울타리를 뛰어넘었다. 교사는 없었고 급식 담당자도 없었다. 더치스는 로빈이 일어나게 도운 뒤 짧은 반바지에서 먼지를 털어준 다음 손바닥으로 눈물을 닦아주었다.

"괜찮아?"

"집에 가고 싶어."

로빈이 훌쩍였다.

소녀는 동생을 꼭 안고 그 애가 진정될 때까지 그대로 있었다.

"집에 데려다줄게. 약속해. 내가 다 생각해놨어. 여기 마치고 나면 일자리랑 살 곳이랑 구해서 같이 집에 갈 수 있을 거야, 알겠지?"

"할아버지 있는 집 말이야."

로빈의 친구인 소녀와 소년이 옆에 서 있었다. 머리를 땋고, 주머니에 꽃이 그려진 멜빵바지를 입은 소녀가 가까이 왔다. 소녀는 로빈의 등을 토닥였다.

"타일러는 신경 쓰지 마, 걔는 아무한테나 다 못되게 구니까."

소녀가 말했다.

"맞아."

소년이 동의했다.

"저녁으로 핫도그 더 만들래?"

더치스는 웃음 지었고 로빈은 누나에게서 멀어졌다. 더치스는 동생이 가서 노는 모습을 보며 더 할 일이 없다는 것을, 이미 다 잊었다는 것을 알았다.

더치스는 돌아섰다가 타일러가 울타리 옆에서 나무 막대기를 휘두르는 걸 발견했다.

"어이, 꼬맹이."

타일러가 돌아보는데 더치스는 한눈에 알아보았다.

"뭔데?"

더치스는 등에 해를 받으며 거친 흙바닥에 무릎을 꿇었다. 꼬마의 셔츠를 붙잡고 가까이 당겼다.

"한 번만 더 내 동생 건드리면 머리통 날려버릴 줄 알아, 욕설."

듀크 교장이 배 위에 양손 손가락을 마주 대고 걱정으로 얼굴을 찡그리며 말했다.

더치스가 자세를 똑바로 했다.

"욕설이라고 한 적 없어요."

핼이 웃었다.

"음, 그건 다행이구나. 그럼 뭐라고 했지?"

"네미 시팔놈."

듀크 교장이 마치 그 말에 깊이 상처받은 듯 흠칫했다.

"저, 이건 정말 문제입니다."

더치스는 교장의 숨결에서 나는 커피 향과 폴리에스테르 타이에 뿌린 오드콜로뉴 냄새가 그 밑에 깔린 체취를 겨우 감추고 있는 것을 맡을 수 있었다.

"무엇이 문제인지 모르겠네요."

핼이 말했다. 그의 손은 붉었고 피부는 갈라졌다. 핼에겐 바깥 냄새, 숲과 땅 냄새가 났다. 래들리 농장 냄새가.

"위협의 질이 문제입니다. 목을 날린다느니 하는 부분이요."

"이 소녀는 무법자거든요."

더치스는 거의 웃을 뻔했다.

"지금 이 문제를 그다지 심각하게 받아들이지 않으시는 것 같습니다만."

햄이 일어섰다.

"아이를 데려가서 남은 하루는 제가 데리고 있겠습니다. 아이에게는 제가 잘 이야기하죠. 다시는 그런 일 없을 겁니다. 그렇지?"

이미 토대도 다져졌겠다, 소녀는 그때 저항하고 문제를 일으킬 수도 있었다. 그러다가 더치스는 로빈을, 벌써 이곳에서 친구를 두어 명 사귄 동생을 떠올렸다.

"녀석이 로빈을 건드리면 나도 약속은……."

햄이 큰 소리로 목을 가다듬었다.

"그런 말 다시는 하지 않을게요."

듀크 교장은 일어나서 교장실에서 햄을 따라 나오는 동안 더할 말이 있는 것 같은 얼굴이었다.

두 사람은 말없이 차를 달렸다. 더치스는 앞자리에 앉았다. 햄은 왼쪽으로 꺾는 대신 동쪽으로 차를 몰았고, 태양이 구름 뒤로 숨으면서 은빛이 반짝거리는 하늘 아래로 길이 탁 트였다. 한 낙농장에 강철로 만든 민트색 헛간들을 지나가니 중심가와 그곳을 둘러싼 작은 거리들이 전부인 좁은 시내가 나왔다. 변두리 도로를 따라가다 보면 마천루 같은 소나무들이 나타났다. 그 옆으로 흐르는 강은 운모처럼 반짝이며 협곡으로 흘러 들어갔고 웅장하게 솟은 산은 꼭대기 부근이 하얗게 얼어 있었는데, 게으르고 구불구불한 길이 산 위로 이어졌다. 둘은 차로 산을 올랐고, 더치스는 트럭이 나무들을 지나고 굽이굽이 뱀처럼 흘러가는 물길을 지나갈 때 목을 빼고 뒤를 돌아보았다. 다른 트럭 한 대가 반대편에서 오자 둘은 속도를 늦췄고, 반대편 트럭에 탄 카우보이가 모자를 살짝 건드려 인사했다.

둘은 바위와 모래와 흙으로 덮인 절벽 옆에 차를 세웠다. 산의 옆면에서 넓고 크게 자란 소나무들이 다시 보였다.

핼이 트럭에서 내리자 더치스도 따라갔다.

핼이 나무를 헤치고 걷는 동안 더치스도 보조를 맞췄고, 아주 좁은 틈새밖에 없었는데도 핼은 그 길과 나뭇가지 하나하나가 어디로 이어지는지를 아는 것처럼 움직였다.

그 앞으로 몬태나가 펼쳐지며 일망천리의 광막한 물과 땅, 천연의 빛깔이 드러났다. 더치스는 솔향기를 맡고, 긴 장화를 신은 남자들이 한 2킬로미터 위쪽에서 더없이 맑은 물에 들어가 낚시하는 모습을 보았다. 옆에서 핼이 시가에 불을 붙였다.

"송어 개울이다."

핼이 가리킨 갈라진 틈을 보자 낚시꾼들이 장대한 캔버스에 찍힌 점으로 보였다.

"저쪽으로 한 100킬로미터쯤 가면 협곡이 있는데, 너무 깊어서 붉은 바위가 나올 때까지 바닥이 드러나지 않는다고들 하지. 여기 오지로 나가면 어느 길을 따라가도 사람 하나 만날 수 없어. 10억 평의 자유다."

"그래서 여기로 도망친 거예요? 세상에서 숨기 위해서?"

더치스가 돌을 하나 발로 차고는 떨어지는 걸 지켜보았다.

"휴전하지 않으련?"

"그럴 마음 전혀 없는데요."

그 말에 핼이 웃었다.

"네 동생이 그러는데 네가 노래하는 거 좋아한다더구나."

"난 좋아하는 거 없어요."

재가 흙에 떨어졌다.

"원주민들은 여기를 세상의 등뼈라고 한다. 물빛이 어디서도 볼 수 없는 청록색이야. 얼마나 차가운지…… 빙하가 녹고 미세 모래가 흘러가는데 그 아래로는 아무것도 자랄 수가 없어. 1년 내내 맑아서 뿌예지는 일도 없고 안이 안 보이는 일도 없다. 뭔가 특별한 데가 있지, 안 그러냐?"

더치스는 말이 없었다.

"그리고 반영이 얼마나 실제 같은지 세상에 오로지 하늘밖에 없는 것 같고, 하늘이 뒤집힌 것처럼 보이지. 로빈이 조금 더 나이가 차면 재머*에 태우고 데리고 나오고 싶구나. 녀석이 낚시를 하고 싶다면 배도 타게 하고. 너도 같이 오면 좋겠다."

"그러지 마요."

"뭘 말이냐?"

"내일이 진짜인 것처럼 말하지 말라고요. 그때도 핼이 여기 있을 거고 우리도 여기 있을 것처럼 말하지 말라고요."

더치스는 또 소리를 지르고 싶지 않았다. 이곳의 평온함을 깨뜨리고 싶지 않았다.

둘이 서 있는 옆으로 납작한 잎사귀들과 아주 짙은 보랏빛 베

- 몬태나의 글레이셔 국립공원을 방문하는 관광객들이 이용하는 유명한 빨간색 버스다.

리가 있었다. 핼이 하나를 따서 먹었다.

"허클베리다."

핼이 하나를 내밀었다. 더치스는 받지 않고 직접 베리를 땄다. 생각한 것보다 더 달콤했다. 소녀는 한 움큼 먹고서 로빈에게 주려고 주머니를 가득 채웠다.

"곰들도 좋아하지."

핼이 몸을 숙여 베리를 딸 때 더치스는 그가 총을 가지고 있는 것을, 더치스가 연습용으로 쏘는 총이라는 걸 알아보았다.

더치스가 숨을 들이쉬었다.

"돌아오지 않았잖아요."

그 말에 핼이 동작을 멈추고 똑바로 서서 더치스를 바라보았다.

"돌아오지 않았다고요. 엄마를 알았으면서. 엄마가 어땠는지 또 우리가 어떻게 살고 있을지 알았으면서. 엄마가 자기 앞가림도 하기 힘들었을 거라는 거 알았으면서. 나보다 크잖아요. 키도 크고 터프하고, 우리한테는……."

더치스는 말을 멈추고 나비 리본을 만지작거리며 고통이 얼마나 깊은지 드러내지 않으려고 목소리를 차분하게 유지했다.

"핼은 이런 걸 이야기할 때 이 온갖 아름다움이, 그 눈에 보이는 것들이 내 눈에도 그렇게 보일 거라고 생각하죠. 그런 것들은 내가 본 것에 비하면 아무것도 아니라는 걸 알아둬요. 이 보라색은……."

더치스가 옆에 있는 허클베리를 향해 손을 흔들었다.

"맞아서 시커멓게 멍든 엄마의 갈비뼈를 생각나게 만들어요. 파란 물, 그건 엄마의 눈이에요. 아주 맑아서 그 안에 이제 영혼이 남지 않았다는 게 다 보여요. 핼은 이 공기를 들이마시고 신선하다고 생각하겠지만, 나는 숨을 한 번 들이쉴 때마다 찌르는 고통이 느껴져요."

더치스는 가슴을 세게 쳤다.

"난 혼자예요. 내가 동생을 보살필 거고, 핼은 정말로 우리한테 관심 있는 게 아니기 때문에 우리를 버릴 거예요. 그리고 무슨 말을 하든 내 기분이 나아질 거라고 생각하는 말을 하든 말든 마음대로 해요. 하지만 좆 까요, 핼. 몬태나 따위 좆 까라고 해요. 농장도, 거기 있는 동물들도, 그리고……."

목소리가 떨려와서 더치스는 말을 멈췄다.

순간이 점점 길어지며 소나무 위쪽으로 퍼져 나갔다. 하늘과 구름을 쓸어버리고, 새 희망을 철저하게 묻어버렸다. 두 사람을 아무것도 아닌 존재로, 끝없는 아름다움 앞에서 너무나도 작은 존재로 만들어버렸다. 핼은 시가를 들고 있었으나 피우지 않았고, 베리를 들고 있었으나 먹지 않았다. 더치스는 그가 마음에 품고 있는 확신을 산산이 부숴버렸기를 신께 빌었다.

소녀는 돌아서서 눈물이 차오르는 두 눈을 꼭 감고, 눈물이 나오지 않게 억눌렀다. 울지 않을 것이었다.

20

워크는 마침내 여름이 수그러들기 시작하면서 케이프 헤이 븐의 매력이 스러져가는 것을 느꼈다.

그것은 스타 일이 있은 이튿날 아침, 기자들이 아이비 랜치가 를 가로막고 경찰 저지선이 래들리 집 주위를 둘러싸며 생경한 분위기를 연출하면서 시작되었다. 워크는 그때 거리들이 살짝 서늘해지고 풍경이 한 단계 어두워진 것을 느꼈다. 어머니들은 아이들을 집에 들여보낸 뒤 대문을 닫고 온기가 안에서 빠져나 가지 못하게 했다. 워크는 경찰이 살인범과 친구였다며 식사 초 대들을 취소하는 상황에 최선을 다해 대처했다. 그는 느긋한 여 름 저녁에 케이프 헤이븐의 거리를, 케일럽 플레이스의 기둥 달 린 저택들에서부터 가장 높은 도로에 있는 판잣집들까지 빠짐 없이 돌아다녔다. 그는 모자를 들고 턱수염은 살짝 다듬은 채 문 을 두드렸고, 필사적인 마음이 드러나지 않도록 억지웃음을 지 었다. 그는 물어보고, 간청하고, 상체를 가까이 기울이고, 캐묻고, 떠올릴 수도 없는 기억들을 끌어내려 했다. 그날 밤 뭔가를 본 사 람은 아무도 없었다. 자동차도 트럭도, 그들의 평화로운 여름에 서 벗어나는 건 아무것도 없었다.

워크는 중심가에 있는 모든 상점에서 보안 테이프를 확인했 다. 화질이 거지 같아서 빨리 감기를 할 수도 없었다. 그는 동영 상을 실시간으로 일몰에서 일출까지 열 시간씩 보았다, 두 눈을 감으면 밀려드는 고통만이 두 눈을 뜬 상태로 지탱해주었다.

그는 다크를 살펴보면서도 머뭇거렸는데, 인터뷰를 하려고 해도 다크의 변호사 그리고 보이드와 주 경찰들의 주의를 끌지 않고는 할 방법이 없어서였다. 그는 전화를 몇 통 해서 서틀러의 경찰과 통화하고 패스트랙* 통행료 내역을 확인하며 쉽게 발견할 만한 거짓말이 없나 점검했다. 그는 아무것도 찾지 못했다.

마사는 여전히 공식적으로 빈센트를 변호하는 것에 동의하지 않았으나, 워크는 저녁이면 거의 전화기를 들고 자기가 알아낸 것을, 대부분은 아무것도 못 알아낸 상황을 전했다. 어느 일요일 아침에 그는 마사를 태우고 페어몬트 교도소로 갔고 두 사람은 빈센트와 앉아 옛날 일을 더듬었다. 대화가 변호 준비 쪽으로 바뀌자 빈센트는 교도관에게 신호를 보냈다.

두 사람은 돌아오는 150여 킬로미터를 무거운 침묵 속에서 달렸다. 마사가 들렀다가 가라고 초대해서 둘은 다시 그녀 집 포치에 앉아 맥주를 홀짝였다. 마사가 음식을 했는데 무슨 스튜인지 너무 맵게 만들어서 워크의 뺨이 빨갛게 달아오르자 마사는 깔깔 웃었고 그는 혓바닥을 맥주에 담갔다.

둘은 지난 일들에 관해 대화하다가 마사가 사람들이 가장 도움을 필요해하는 곳에 자리를 잡게 된 배경을 설명했다. 비터워터는 중간 소득은 낮고 범죄율은 높았다. 마사가 자기 일에 관해 말할 때 드러나는 긍지에 그는 미소 지었다. 마사는 자기의 노력으로 다시 함께 지내게 된 가족들의 사진과 학대하는 부모에게서 벗어난 아이들의 편지를 보여주었다.

두 사람이 서로의 인생에서 찢겨나가게 된 그 시기의 일은 둘

* 캘리포니아주의 통행료 전자 납부 시스템.

257

다 언급하지 않았다. 둘은 종교 이야기도 피했는데, 둘 사이에 있었던 일과 마사와 부모 사이에 있었던 일 그리고 신앙 문제를 감안하면 마사가 어떻게 생각할지 그로서 알 수 없었기 때문이었다. 그건 괜찮았다. 둘은 할 일이 있었고 워크는 한시도 그 일을 잊지 않았다. 그가 몸을 기울여 그녀 뺨에 입을 맞추었을 때도, 그녀가 다리로 그의 다리를 건드렸을 때도. 이따금 마사는 그의 손이 떨리는 모습이나 그가 뭔가 떠올리려고 할 때 고개를 가볍게 흔드는 모습을 알아채고, 마치 안다는 듯이 그를 바라보았다. 그리고 마사가 그럴 때면 그는 잘 있으라고 인사하고 케이프 헤이븐으로, 자기 집, 자기 동네로 돌아왔다.

황혼이 내리고 그는 아이비 랜치가로 천천히 걸어갔다. 그의 기본적인 직무들이 큰 그림을 발견하는 데 커다란 걸림돌이 되었다.

브랜던이 상의는 안 입고 운동복 바지만 걸친 채 문 앞에서 그를 맞았다. 안쪽에는 오래된 풋볼 선수복이 액자에 담겨 벽에 걸려 있었다. 그 옆으로 당구대와 동전 게임기가, 10년간 노예 신세라고 느끼다가 독립한 독신남의 필수품들이 있었다.

"또 저 길 건너에 사는 병신 일인가?"

브랜던이 워크 너머로 밀턴의 집을 응시했다.

"우리 집 뜰에서 뭘 발견했는 줄 알아, 워크? 좆같은 머리통이야."

"머리통?"

"염병할 양인지 뭔지. 사슴인지. 무슨 경고처럼 속을 다 비워 놓았더군."

"내가 얘기해보지. 하지만 말이야, 브랜던. 자네 차 소리가 내 집에서도 들린다고."

워크는 브랜던이 발뒤꿈치를 들고 조금이라도 커 보이려고 하고 있는 걸 알아챘다.

"그런데 있잖아. 스타가 밤늦게 들어오지 않으니 더 조용해졌어. 아니, 비극적인 일이긴 하지만 말이야. 스타를 기다리지 않아도 되니 밀턴도 이제 더 편히 잘 거라고."

"무슨 소리지?"

브랜던이 문틀에 몸을 기댔다. 가슴에는 일본에서 흔히 하는 진부한 문신이 새겨져 있었다.

"내가 가끔 늦게 집에 들어오면 그 자식이 창가에 서 있는 게 보이더라고."

"그 친구 별을 보니까."

웃음소리.

"그래, 특히 한 종류의 별을 봤지. 한번 물어보라고, 워크."

"그 친구 말로는 자네가 그 친구 뜰에 오줌을 쌌다며."

"개소리."

"아무튼. 난 솔직히 전혀 상관 안 해. 다만 자네 둘이 날 귀찮게 하지 않길 바랄 뿐이야."

"피곤해 보이는군, 워크. 수분 섭취는 하나?"

"잘 들어, 브랜던. 내가 밀턴이랑 이야기는 할 테지만, 좀 조용히 지내면 안 되겠나? 난 지금 할 일이 산더미인데 여기까지 와서 자네들이 말도 안 되는 일로 다투는 걸 보고 싶지는 않다고."

"자네는 운동을 해야 돼. 스트레스를 풀라고. 언제 밤에 한번 들러서 같이 서킷 좀 하지. 죽여주는 거로다가. 내가 그거 피트니스로 특허 신청하려고 했는데 말이야……."

워크는 그가 떠들게 두고 길을 건넜다. 그는 문을 두드렸다.

"워크."

밀턴이 어찌나 활짝 웃는지 워크가 되레 미안해질 뻔했다.

"좀 들어가도 되나?"

"내 집에?"

워크는 한숨 쉬지 않으려고 애썼다.

"그래. 아니, 물론 되지. 들어와."

밀턴이 옆으로 물러서자 워크는 집 안으로 들어갔다.

"뭐 좀 먹을 텐가?"

"아니, 고마워."

"다이어트라도 하나, 워크? 좀 말라 보이는데. 맥주는 어때?"

"좋지, 밀턴."

밀턴은 너무 기껍다는 듯 웃더니 부엌으로 사라졌고 워크는 거실을 둘러보았다. 물건이 여기저기 쌓여 있었는데, 심지어 옛날 〈TV 가이드〉까지 쌓아놓을 정도로 물건을 잔뜩 긁어모았다. 워크는 밀턴이 필시 한 번도 가본 적 없을 지명이 쓰인 컵받침 무더기를 넘어갔다. 밀턴은 그것들을, 여행도 하고 친구도 만나는 풍요로운 삶을 보여주는 쓰레기들을 전국 각지에서 사들였다. 텔레비전 위에는 탁한 눈의 검은꼬리사슴이 찍힌 사진 액자가 놓여 있었다.

"그거 코트렐에서 구했지. 멋있지 않아?"

"그럼, 밀턴."

"맥주는 없고 커피 리큐어만 있더라고. 날짜는 발견하지 못했으니까 어쩌면 좀 됐을지도 몰라. 하지만 리큐어도 나쁘진 않잖아, 안 그래, 워크?"

워크는 잔을 받아 내려놓은 뒤 앉을 자리를 만든 다음 밀턴에게도 앉으라고 손짓했다.

"그날 밤 일을 좀 물어보고 싶어서 말이야."

밀턴은 자세를 바꿔 다리를 꼬려고 했으나 제대로 되질 않았다. 워크는 커피 리큐어를 홀짝였다가 게우지 않으려고 애를 썼다.

"내가 듣기로 자네 그날 밤 일에 관해 마을 사람 전부랑 이야기하고 있다던데. 하지만 난 진짜 경찰한테 다 말했어."

워크는 충격을 감당하며 밀턴이 의도적으로 그런 말을 한 건 아니라고 확신했다.

"자네, 싸우는 소리를 들었다고 했지."

"맞아."

"그리고 스타가 살해되기 며칠 전에 빈센트와 다크가 맞붙는 걸 봤다고도 했고."

밀턴은 스타의 이름이 언급되자 흠칫했다. 전에 스타는 자기가 깜빡 잊어버렸을 때 밀턴이 그녀의 쓰레기통을 대신 내놓았다고 말해주었다. 작은 도움, 그녀에게는 그게 필요했다.

"둘은 왜 싸운 거지?"

"내 생각에는 빈센트 킹이 질투한 거 같아. 옛날에 둘이 어땠는지 나도 기억해, 워크. 학교 다닐 때 말이야. 두 사람 꼭 결혼도 하고 애도 낳을 거 같았잖아. 내 생각에 빈센트는 감방에서 그 생각을 계속하면서 과거랑 어울리는 미래를 꿈꿨던 거 같아."

거실을 흘끔 둘러보니 목재 패널로 마감한 벽과 그의 발아래 깔린 1970년대 풍의 두툼한 카펫이 눈에 들어왔다. 돌을 쌓아 만든 벽난로는 1970년대를 연상시키는 교외의 목장 분위기가 감돌았다. 공기는 향긋하고 상쾌했고 캔이 온통 굴러다니는 상태에도 그 아래로 피 냄새가 배어 나왔다.

밀턴이 목청을 가다듬었다.

"옳지 않은 일은 해서는 안 되잖아. 과거의 한 조각을 그냥 지워버리고 좋은 것만 강조하면 안 되지. 안 그래?"

"자네 전에도 여러 번 우리를 호출했지. 스타를 만나러 남자가 올 때마다 그랬던 것 같은데. 그 남자가 다크였을 때도 그러지 않았나? 걱정된다고 하면서."

밀턴이 아랫입술을 깨물었다.

"그건 자경단 활동의 일환이었지. 하지만 그때는 내가 착각했는지도 몰라. 다크는 좋은 남자야. 그 친구 외모가 그래서 그렇지, 그래서 사람들이 수군거리는 거지. 난 알아. 그게 어떤 기분인지 안다고. 내가 애들이 하는 소리 모를 것 같나? 브릴로*. 우키**. 퍼비***. 미트패커****. 웃기는 소리지, 난 고기를 포장하지도 않으니까."

1970년대 풍의 찬란한 해 모양 시계가 울렸는데 10분이 느렸다. 밀턴이 고개를 돌리자 워크는 그의 겨드랑이에 땀이 흥건한 것을 보았다.

"이봐, 워크. 멘도시노에 또 가고 싶지 않아?"

워크가 웃음 지었다.

"재미있기는 했는데, 난 사냥꾼이라기보다 낚시꾼에 가까운 거 같아. 바다에 나가면 좋더라고."

- 　　강모 수세미.

- ●●　스타워즈에 나오는 종족으로 츄바카가 그 종족이다.

- ●●●　장난감 로봇 인형, 햄스터나 올빼미처럼 생겼다.

- ●●●●　meatpacker. 미국에서 동성애자를 가리키는 속어인데, 밀턴은 이 말을 몰라서 고기를 포장한다느니 하는 엉뚱한 소리를 하고 있다.

"난 아니야. 수영을 배우질 못했어. 수업은 받았지만 내내 입을 벌리고 있어서 물을 죄 삼켜버렸지. 염소를 좋아하거든."

워크는 그 말에 뭐라고 대꾸해야 할지 알 수 없었다.

"상관없어. 다른 친구들이랑 가면 되니까."

밀턴은 그 말을 너무 하고 싶었다는 얼굴이었다.

"그래?"

워크가 미끼를 물었다.

"그 친구랑 사냥하러 갔었어."

"누구?"

밀턴이 싱긋 웃었다.

"다크. 그 친구 에스컬레이드 타고. 그거 본 적 있어? 정말이지, 그 친구 총 좀 쏘던데. 검은꼬리사슴을 두 마리 잡아 왔다니까."

"그랬나?"

"자넨 그 친구를 오해하고 있어, 워크. 그 친구는……."

"다르다고?"

"좋은 친구야."

밀턴이 워크의 눈을 똑바로 마주하며 확고하게 말했다.

"다음에 유성우 내릴 때 여기 오겠다고 하더라고. 내년 2월이나 돼야겠지만 그래도. 난 그 친구 정말 올 것 같아."

말에 가시가 있었지만 워크는 죄책감을 느낄 기력도 없었다.

"내가 봄에 같이 떠나자고 했어. 일주일 동안, 사냥하러. 내가 그 친구한테 위장막이랑 밀랍으로 만든 각반도 사줬다니까."

워크는 넘칠 듯한 선반들이 대부분 사냥 관련 책으로 가득한 것을 쳐다보았다.

"자넨 그 친구를 몰라. 조심해야 될 거야, 밀턴."

"자네도야, 워크. 아파 보인다고."

"그리고 내가 브랜던이랑 다시 얘기했다는 것도 알아둬. 리가 그러던데 자네가 신고했다더군."

밀턴은 그 말에 몸이 굳었다.

"뭐, 아무 도움도 안 됐지만. 저 자식은 내가 일찍 일어나야 하는 거 알고 그러는 거야. 어젯밤에 내가 창으로 내다보니 그 자식이 그냥 차에서 엔진을 붕붕거리고 앉았더라고. 그러다가 날 보더니 씩 웃는 거야. 난 이제 어린애가 아니야, 워크. 여기는 학교가 아니라고. 그 자식이 어릴 때 나 괴롭혔던 거 자네도 알지. 변기에 내 머리를 처박고 물을 내렸지. 난 이제 참을 필요 없다고. 그냥……."

"양 머리를 뜰에 버리기라도 하려고?"

밀턴이 성난 눈으로 빤히 쳐다봤고 털이 셔츠 위쪽으로 삐져나왔다.

"난 전혀 모르는 일이야."

"그 친구가 자네 뜰에 소변을 봤다고 했지."

"맞습니다요."

"그 친구가 그랬는지 어떻게 알았지."

"현행범으로 잡았으니까. 커튼을 열었다가 그 자식이랑 눈이 딱 마주쳤거든."

"맙소사."

"신고도 했어. 10-98."

"탈옥이잖아."

"그리고 그 자식 보트도 있는 거 알지, 잘 손질해뒀던데. 하버 베이에 보관하고 있어. 난 그 자식이 차 팔고 물에서 좀 더 시간을 보내려나 했는데."

"그 친구는 자네만 괜찮으면 그렇게 해볼 의향이 있다고 했어. 자네가 점잖은 이웃인데 마음이 좀 안 좋다면서."

"그 자식이 그랬다고?"

워크는 밀턴이 그를 전혀 꿰뚫어 보지 못한다는 것을 알았다.

"그러니까 이 말도 안 되는 소동은 그만두라고."

"내가 문제를 일으킨 적은 없어, 워크."

워크는 애원하는 눈길로 빤히 쳐다봤다.

"어쩌면 내가 언제 그 자식한테 고기나 한 덩이 보낼지도 모르지. 뭐 대단한 건 말고, 처음에는. 어깨살. 어떨 거 같아?"

"고마워, 밀턴."

밀턴은 그를 따라 문까지 나왔다.

포치에서 워크는 발걸음을 멈추고 건너편을 내다보았다.

"보고 싶어. 정말 안된 일이야……."

"뭐가?"

"스타가 이제 저기 없다는 게 안타깝다고."

"그 애랑 개 자식들을 위해서라도 이런 짓을 저지른 놈을 체포해야 돼."

"이미 체포했잖아, 워크."

밀턴은 그와 눈을 마주치지 않으려고 하며 밤하늘로 시선을 돌렸다. 그는 주머니에 양손을 푹 집어넣은 채, 워크와 마을과 흘러내린 피를 잊은 채 서 있었다.

21

뜰에 앉아 있는 두 사람을 샌타 애나 바람*이 덮여주었다.

워크가 이른 시각인데도 자려고 해보았으나 잠이 안 와서 천장만 빤히 바라보고 있는데 문 두드리는 소리가 들렸다.

"아직도 부모님 집에 살다니 믿어지지가 않는다, 워크. 너무 멋없는데."

마사가 말했다.

마사는 저녁거리로 칠리를 가지고 와, 워크가 테이크아웃 메뉴들을 넣어두는 데 쓰던 낡은 스토브에 데웠다.

"난 이거 먹기 전에 입 안쪽에 밀랍이라도 발라야 할 것 같은데."

"긴장 풀어, 워크. 살살 했으니까. 스코빌**에 거의 잡히지도 않는다고. 아가들을 위한 칠리라니까."

워크는 포크를 혀에 대보기가 무섭게 용암에 닿은 건가 생각했다.

"제정신이야? 이건 무슨 병인 거 같아. 넌 정말 아픈 거야."

마사가 깔깔거렸다.

"그냥 옥수수빵이나 먹어. 넌 좀 먹어야 될 거 같아. 몸 좀 잘 챙기면 좋겠어, 워크."

- 내륙에서 바다 쪽으로 부는 강력하고 극도로 건조한 바람.
- 스코빌 척도, 캡사이신의 농도를 기준으로 매운 정도를 나타낸다.

워크가 미소 지었다.

"케이프 헤이븐이 그리울 때 없어?"

"날마다 그립지."

"나 리한테 요즘에 너 다시 만나고 있다고 했어."

"나랑 만난다고?"

"아니, 그런 게……."

마사가 웃음을 터뜨렸다. 워크는 얼굴을 붉혔다.

"리 탤로. 그 여자 아직 에드랑 살고 있나?"

"맞아."

"우와, 그동안 참기도 많이 참았겠는데. 학교 다닐 때 에드 어땠는지, 스타 뒤를 졸졸 따라다니던 거 기억나."

"다들 그랬지."

"탤로건설. 나도 거기 광고 가끔 봐. 언젠가 찾아온 의뢰인이 있었는데, 남편이 탤로에서 잘린 뒤에 술독에 빠져버렸더라고."

"시장이 많이 안 좋아. 달라지겠지."

"새 집을 잔뜩 짓기 시작하면 특히 더 그렇겠지."

워크가 일어나서 마사의 와인을 더 채워주었다.

"밀턴 만나러 다시 가봤어."

"정육점 주인. 그 친구도 학교 다닐 때 기억나. 아직도 피 냄새 나나?"

"그렇지. 녀석 말로는 확실하대. 다투는 소리를 들었고 빈센트와 다크가 스타네 집 밖에서 실랑이하는 걸 봤다고 증언하겠대. 그리고 다툼이 스타 때문이었다고 추측하더라고."

두 사람의 합의, 마사는 거기에 처음에는 마음이 불편했지만 점차 적응하고 있었다. 워크는 킹의 사건을 수사하면서 뭐든 알아내면 마사에게 전달하고, 마사는 그걸 풀어 헤치고 다시 포장해 법정에서 조금이라도 써먹을 수 있을지 워크에게 말해주기로 했다. 하지만 마사는 어떤 상황에서도 재판을 맡지는 않겠다고 분명하게 못을 박았다. 둘은 할 수 있는 한 재판 준비를 잘한 다음, 법정 변호사에게 넘길 계획이었다. 그런데도 빈센트가 법정 변호사를 선임하지 않는다면 적어도 마사는 노력은 한 셈이 될 터였다.

"서류 들여다볼 기회는 있었어?"

워크가 물었다.

"물론이지, 달리 뭘 하겠어? 내가 잠이 필요하거나 한 것도 아닌데."

그가 빙긋 웃자 마사는 집에서 나가 옆문 쪽에 세워둔 자기 차로 가서 서류 가방을 들고 돌아왔다. 워크가 그릇을 정리하는 동안 마사는 식탁 위에 서류들을 늘어놓았다. 레몬그라스 초 다섯 개가 타오르면서 밤하늘에 맞서며 딱 필요한 빛을 뿌려주었다.

20년 전까지 거슬러 올라가는 소득 신고서, 진술서, 공적 제출 자료였다. 디키 다크에 관해 워크가 모을 수 있는 전부였다.

"기록은 잘 정돈되어 있어, 워크. 다크는 괜찮은 수입을 올리고 있어. 1년에 25만 정도. 딱히 위험 신호가 포착되는 부분은 없어. 먼 과거까지 캐보니까 포틀랜드 래브넘로에 작은 집을 산 게 나오더라고."

"오리건이군."

"아마 거기 출신인 거 같아. 다크는 그 집을 리모델링해서 3만 달러 이득을 내고 되팔았고 신고도 제대로 했어. 비용 처리도 눈에 띄는 건 없었고. 그런 다음 한 블록 떨어진 곳에 집을 사서 4만

5천 달러를 벌었어. 그다음은 아무것도 없어."

"아무것도 없다고?"

"다른 수입원을 찾은 게 틀림없어. 4년 동안 아무것도 안 나와. 이후엔 판을 크게 키워서 마을에서 마을로 돌아다니면서 해안을 따라 한 건 할 수 있는 곳이면 어디서든 한 것 같아. 그런 식으로 한 거지."

"매번 부동산이었어?"

"거의. 유진에 한 군데, 골드 비치에 한 군데. 1995년 여름에 케이프 헤이븐에 왔는데, 카브리요 옆에 있는 오래된 바를 매입하고 1년이 걸려서 면허를 취득했어."

워크는 그 가게가 개장한 날을 기억했다. 그때도 파티를 벌이는 등 난리법석을 떨지 않고 그저 어둠 속에서 불을 밝혔을 뿐이었다.

"첫해에 총 수입이 50만 달러였어."

마사가 와인을 홀짝였다.

"다음 해에는 두 배가 됐고. 그건 금광이었어, 워크. 게다가 그건 그가 신고한 금액일 뿐이야. 그런 곳은 다 현금으로 하잖아? 그게 그가 가진 전부였을지도 모르지만 그에게 필요한 전부였을 수도 있어."

"그래서 놈은 그걸로 대출을 일으켜서 킹의 집을 산다. 적어도 그렇게 하려고 했다 이거군."

"그런데 어딘가에 지불한 돈이 있어, 눈물이 날 정도의 금액을."

"누구한테?"

"내 짐작으로는 같이 투자한 사람인 거 같아. 은행은 아니고."

"대부업체?"

"가능하지. 그 남자 신용 기록이 수상쩍어. 많이 옮겨 다녔고, 일반 은행에서는 돈을 빌리기가 어려웠을 거야. 그러다가 포튜 나로에 집을 샀지."

"디 레인의 집이군."

"그런 다음에는 아이비 랜치가에 집을 샀고."

"래들리네 집."

"임대용 작은 집들이야. 그리고 시더 하이츠라고 하는 부동산 개발 쪽에 투자 건이 있어."

워크는 지역 신문에서 광고를 본 적이 있었다.

"미안해, 워크. 이것들에는 이상한 점이 없어."

워크는 한숨을 쉬었다.

"그 남자가 소유한 클럽 말이야. '디 에이트'라는 이름 맞지?"

마사가 말했다.

"맞아."

"거기 다니던 여자가 내 사무실에 찾아온 적이 있어. 남자 친 구랑 문제가 있다면서. 한 번인가 다크 이름을 말했던 거 같은 데."

"내가 그 여자랑 얘기해볼 수 있을까?"

"될지도 몰라. 한번 물어볼게."

"그 돈 어디로 보냈는지 알아내야 돼."

"내가 아는 건 계좌번호뿐이야."

"뭔가 있을지 몰라."

"아무것도 아닐 수도 있고. 나 이제 사건 파일 다 파악했어. 너 는 아무 쓸모도 없는 것들을 잔뜩 긁어모았을 뿐이야. 그리고 네

게 필요한 건 움직일 수 없는 결정적인 증거야. 그 이하로는 안 돼."

워크는 전화벨이 울리고 발신인이 밀턴이라는 것을 보고 일어섰다. 밀턴은 숨이 가쁜 듯 들렸는데, 저녁 산책을 하러 밖에 나가 몸에 쌓인 지방을 좀 태워버리고 있었다. 그는 잠시 말을 이었다.

마사가 서류를 모았다.

"별일 없는 거야?"

"밀턴이 자경단을 운영하거든."

마사가 눈썹을 치켜올렸다.

"에타가 떠나자 그 친구 혼자 남았지. 그 친구 말이, 선셋가에 10-91이 발생했대. 가보는 게 좋겠어."

"10-91?"

워크가 한숨을 내쉬었다.

"길 잃은 말이야."

워크는 선셋가로 차를 몰고 가면서 신호를 어길 생각조차 하지 않았다.

킹의 집 바깥에 세단이 한 대 서 있었는데 어찌나 특징이 없는지 워크는 그들이 경찰이라고 짐작했다.

워크는 바로 뒤에 순찰차를 세우고 경광등을 한 번 번쩍인 뒤에 차에서 내려 그 차 옆으로 다가갔다.

두 남자가 타고 있었으나 아무도 창문을 내릴 기미를 보이지 않았다. 워크는 텅 빈 거리, 텅 빈 주차장과 달빛을 받은 케이프 헤이븐의 바다를 바라보았다. 낯선 차는 눈에 띄었다. 워크는 가볍게 창문을 두드렸다. 운전자가 천천히 고개를 돌렸는데 쉰 정도로 보이고 짙은 색 머리카락에 잘생긴 얼굴이었다.

"뭐 도와드릴 일이라도 있습니까?"

워크가 웃었다.

남자가 친구를 쳐다봤는데 그쪽은 더 나이가 든 예순다섯 정도에, 턱수염을 기르고 안경을 꼈다.

"우리가 무슨 짓이라도 했소?"

"제가 알기로는 아닙니다만."

"그럼 썩 꺼지시오."

워크는 마른침을 삼키고 아드레날린이 살짝 차오르는 걸 느껴졌다.

"그렇게 못 하겠다면요?"

대답 대신 웃음이, 마치 알아야 할 것을 모른다고 해서 벌을 받지 않는 것은 아니라고 말하는 듯한 작은 웃음이 돌아왔다.

"우리는 리처드 다크를 찾고 있소."

"다크는 여기 안 사는데요."

워크는 총을 뽑지는 않았으나 자기 의도를 드러내려고 손을 총에 대고 있었다.

"어디 가면 찾을 수 있는지 아시오?"

워크는 다크와 그가 보낸 돈과 그가 사업을 같이하기에 가장 어울리는 남자들을 생각했다.

"어디 사는지는 모릅니다."

"그자를 보거든 우리는 아무 데도 안 갈 거라고 전하시오."

늙은 쪽 남자가 워크를 보지 않은 채 말했다.

운전자가 시동을 걸었다.

"차에서 내리시기 바랍니다."

운전자는 워크를 올려본 다음 그 뒤편에 있는 킹의 집을 건너다보았다.

"다크는 접시 돌리기에 능하지. 그러다 결국 떨어뜨리지만."

"차에서 내리라고……."

운전자가 차창을 올리더니 도로로 진입했다.

워크는 추적하며 무전을 보낼까 생각했으나 그들이 선셋가를 따라 유유히 사라지는 모습을, 여전히 총에 손을 댄 채 지켜보았다.

‡

소녀는 로빈과 함께 문을 연 뒤 동생 손을 잡고 나란히 풀을 뜯고 있는 말 두 마리에게 다가갔다.

"언제 우리랑 같이 밥 먹으면 안 돼?"

더치스는 검정 말에게 재갈을 부드럽게 채우며 손바닥으로 코를 도닥였다.

"안 돼."

그런 다음 더 작은 회색 말에게 재갈을 채우며 쓰다듬으려고 했지만 녀석이 고개를 돌렸다. 더치스는 녀석이 마음에 들었다.

더치스는 재갈에 밧줄을 묶은 뒤 둘을 살살 끌며 걸었고, 로빈은 옆에 멀찍이 떨어져서 걸었다. 로빈은 마지막 몇 걸음을 뛰어가 누나가 보여준 대로 문을 닫았다.

소녀는 두 말에게 해줄 일을 다 한 다음 잘 자라고 인사했고, 물가 옆의 풀밭에서 로빈을 발견했다. 로빈은 수영을 잘했지만 물에 너무 가까이 가면 안 된다는 것을 알았다. 더치스는 예전에 토요일마다 동생과 함께 버스를 세 번 타고 오크몬트에 있는 야외 수영장에 1년 가까이 다녔다. 거기서 아이들에게 무료로 강습해주기 때문이었다.

누나가 다가가자 로빈은 재빨리 멀어졌다.

"너 나한테 화났구나."

"그래."

동생은 한 손을 주먹 쥐고 무릎에 올려놓았다. 로빈은 가느다란 다리에 짧은 반바지를 입었고 무릎에는 쓸린 흔적이 있었다.

"누난 타일러한테 그런 식으로 말하면 안 되는 거였어."

"녀석은 너를 밀쳐서 넘어뜨리면 안 되는 거였고."

어스름이 깔리기 무섭게 허허로운 밤이 내려앉았고, 온기가 빠져나가며 서늘함만 남았다.

"괜찮아."

"안 괜찮아."

로빈이 주먹으로 풀을 쳤다.

"난 여기가 좋아. 할아버지도 좋고 동물들도 좋아. 차일드 선생님도 좋고 새 학교도 좋아. 필요 없어……."

"뭐가?"

더치스는 나직이 대꾸했지만 말할 테면 해보라는 듯한 느낌이 전해졌다. 한 달 전 같았으면 로빈은 잠자코 있었으리라.

"누나. 나한테는 할아버지가 있고 할아버지는 어른이야. 할아버지는 우리를 돌봐줄 수 있어. 누나가 먹을 거 만들어주는 거 싫어."

로빈이 조용히 울었다. 소녀는 동생이 몸을 웅크리는 것을, 턱을 가슴에 대고 무릎을 당기고 팔로 무릎을 감싸는 모습을 지켜보았다. 소녀는 한 사람을 형성하는 것들, 영혼에 아로새겨지는 기억과 사건들에 대해 알았다. 더치스에게는 로빈이 잘 지내는 것이, 다른 무엇보다 그것이 필요했다. 동생은 매주 정신과 의사와 만났지만 이제는 무슨 이야기를 나누는지 누나에게 말하지 않았다. 말하지 않아도 된대. 사적인 거니까.

"누나가 무법자인 건 알지만, 난 아니야. 난 그냥 아이가 되고 싶을 뿐이야."

더치스는 청바지에 흙을 묻히며 동생에게 다가갔다.

"넌 왕자님이야, 잊어버리지 마. 엄마가 그렇게 말했고 그건 맞는 말이었어."

"날 그냥 좀 내버려둬."

더치스가 동생의 머리카락을 헝클어뜨리려고 했지만 로빈은 손을 피하더니 일어나서 집으로 달려갔다. 소녀는 자기도 울어버릴까, 그냥 지나간 나날과 시간에 몸을 맡기고 썩어 흙이 되어버릴까, 살갗이 뼈에서 씻겨 나가고 피가 물로 흘러들게 내버려둘까 잠시 생각했다.

소녀는 트럭이 덜덜거리는 소리를 듣고 잠깐 긴장했지만 이내 차에 탄 사람이 돌리인 것을 알아차렸다. 돌리가 상향등을 켜놓아 불빛이 수면 위를 쓸고 지나갔다.

"잠깐 앉아도 될까?"

돌리는 이따금 찾아왔다. 그날은 크림색 드레스에 빨간 밑창이 깔린 힐을 신은 모습이, 작업용 옷이라고는 없는 사람 같았다.

"지난주에 교회에서 안 보이던데요."

더치스가 말했다.

"빌이 아팠거든."

돌리가 들고 있는 담배가 발갛게 빛났다.

"아."

"아픈 지 오래됐어. 좀 괜찮은 날도 있고 아닌 날도 있지."

"그렇군요."

"네 드레스 못 봐서 아쉬웠어."

더치스는 그사이 한 번 더 칼을 휘둘러 배꼽이 드러나게 만들었다.

"있잖아, 내 집에 들러도 돼. 혹시 여성 말동무가 있었으면 좋겠다 싶으면 말이야. 난 형제자매도 없고, 어머니도 없고, 나 혼자 자신을 지키면서 자랐어."

"그런데도 멀쩡하시네요."

"내가 눈가림에 능하거든, 더치스. 난장맞을 명인이라니까. 아무튼 네가 들르고 싶을 때 어디로 와야 할지는 핼한테 물어봐."

"핼하고는 그다지 말을 안 하려고 하는데요."

"이유가 뭘까?"

"내가 핼을 그때 만났더라면……. 그러니까 만약 어머니가……."

물이 부드럽게 찰랑거렸다.

"그 양반 거기 갔었어."

더치스가 고개를 돌렸다.

"케이프 헤이븐에 말이야."

돌리는 신뢰를 배신하는 것처럼 나직이 말했다.

"난 그냥, 네가 알아야 할 것 같아서."

"언제요?"

"매년. 같은 날에. 6월 2일."

"내 생일."

웃음, 작기는 해도 웃음은 웃음이었다.

"선물을 가지고 갔지. 나한테 네가 좋아할 만한 걸 골라달라고 부탁하고 그랬어. 로빈이 태어나고 나서는, 1년에 두 번 차를 몰고 갔지. 게다가 이건 1년에 하루도 쉬지 않는 남자, 그럴 여유가 없는 남자 이야기야."

더치스는 오래된 농가주택을 흘깃 돌아보았다.

"어떻게 알았대요? 스타는 절대 핼이랑 말 안 한다고 했는데."

"아무렴, 그 앤 말 안 했지. 고집이 보통이 아니었어, 네 엄마. 그리고 보니 내가 아는 어떤 사람이랑 닮은 것 같은데."

"관두세요."

"그때도 핼은 거기 아는 사람이 있었어. 이따금 그 사람이랑 통화했지. 경찰이었어."

더치스는 두 눈을 감았다. 워크.

"난 선물 받은 적 없는데."

"아, 그야 나도 알지. 그 양반이 도로 가지고 왔으니까. 매번 그랬어. 그래도 그만두지 않더구나. 저 양반은 네 어머니가 허락해주지 않으면 너를 보지 않으려고 했어."

"엄마는 핼을 탓했어요. 무엇이든 다."

돌리가 소녀의 어깨에 한 손을 얹었다.

더치스는 자기 할머니 이야기를 알았다. 할머니가 얼마나 자유로운 영혼이었는지 더치스는 여전히 래들리라는 성 앞에 데이라는 이름을 썼다. 스타는 그때 열일곱이었다. 대학에 다니려고 해보았지만, 집에 일찍 돌아왔다가 곧바로 메모지를 발견했다.

사랑한다. 미안해. 아버지에게 전화하고 부엌에는 들어가지 마.

스타는 규칙을 따르는 법이 없었다.

돌리가 일어섰다.

"로빈 주려고 파이를 좀 가져왔다. 두께 2마일짜리 진흙 파이*. 진짜 진흙이 아니라고 그 애가 실망하겠지."

더치스는 트럭까지 돌리를 따라가 파이를 건네받았다.

"네 할아버지는 늙었어."

"알아요."

"넌 실수한 적 없니, 더치스?"

더치스는 케이프 헤이븐을, 방화를, 싸움들을, 브랜던의 머스탱을 긁은 일을 떠올렸다.

"절대 없어요."

그때 돌리가 소녀를 붙잡아 끌어안았다. 달콤한 향수 냄새가 풍겼다. 더치스가 빠져나오려고 했지만 돌리는 소녀를 꼭 안고 있었다.

"자신을 잃어버리지 말거라, 더치스."

얼마 후 소녀는 트럭이 희미해져가는 것을 지켜보았다.

첫 번째 빗방울이 소녀의 어깨에 떨어졌다.

빗방울은 금세 굵어지고 거세져서 진흙이 땅에서 튀어 오르고 소녀의 다리에도 튀었다. 소녀는 그대로 서서 하늘을 향해 고개를 젖혔고, 뚫려버린 하늘조차 소녀를 씻어주기에는 부족했다.

더치스는 포치에서 핼을 보았다. 그는 수건을 들고 있었다. 소녀는 핼이 자기를 감싸게 내버려두고 의자로 걸어가 앉은 뒤 그

---

* Two-mile-high mud pie, 머드 파이는 보통 초콜릿으로 만드는 케이크나 파이를 가리키는데 '마일 하이'는 두께가 1마일이나 된다는 과장의 뜻이다. 2마일이니까 그보다도 두 배 두껍다는 이야기다.

가 건네는 코코아를 받았다. 머그잔에서 피어오르는 김이 소녀의 저항하는 마음을 밀어냈다. 빗소리가 어찌나 큰지 소녀에게 발길질을 멈추지 말라고 부추기는 그 비명 같은 목소리를 삼켜버렸다.

"로빈은 잔다. 녀석은 진심으로 말한 게 아니야."

핼이 벤치에 앉은 소녀 옆에, 충분히 떨어진 곳에 앉았다.

"진심이었어요."

"네가 들판에 있는 거 봤다. 빅 스카이는 아름답지. 비가 내릴 때도."

"돌리가 파이를 가져왔어요."

더치스는 발치에 놓인 접시를 핼에게 건넸다.

안에서 전화벨이 울렸다. 전화는 자주 오지 않았다. 더치스는 핼이 안으로 들어가 뭐라고 몇 마디 하는 것을 지켜보았다.

"누구였어요?"

"워커였다."

"다크 이야기 하던가요?"

"그냥 잘 있나 확인하더라."

"다크는 올 거예요."

"그걸 무슨 수로 알겠냐."

"이해를 못 하네요."

"말해봐라."

"나를 잡으러 오겠다고 단언했단 말이에요."

"이유가 뭐냐?"

소녀는 말이 없었다.

둘은 앉아서 음료를 마시며 비와 흙내를 들이쉬었다.

"여기 있으면 꿈을 더 많이 꿔요. 그러기 싫은데."

핼이 소녀를 바라보았다.

"게다가 좆같은 꿈들이에요."

핼은 욕설에도 흠칫하지 않았다.

"말해보거라."

"싫어요."

"회색 말한테 말하는 거야. 녀석은 여기서도 들을 수 있어. 그냥 말하는 거야, 더치스, 그거뿐이야."

"그거뿐이라고요."

소녀가 조용히 말했다.

핼은 눈을 감고 빗소리를 들었다. 그때 소녀는 그를 보았다─잘못에 따른 대가를 치른 인생, 다시 찾아온 기회, 구원을 바라는 애처로운 간청.

"나는 집 위로 떠올라서 슬레이트 지붕과 초록색 들판을 보고, 홈통에 떨어진 낙엽들은 가을을, 누가 죽든 상관하지 않고 변하는 계절을 생각나게 해요. 나는 하늘 높이 올라가고 몬태나 본문 아래 붙은 각주가 돼요─들판은 개미 같은 트랙터들이 조각조각 기워 만든 보자기가 되고, 사람들은 일상에 빠져 죽을 것처럼 동동 떠다녀요. 바다는 끝없이 넓지만 나는 그 끝이 보여요. 지구가 보이고, 내일을 나타내는 둥근 곡선이 보이지만 지구는 돌아가지 않아요. 하늘을 품은 구름이 보이고, 사막에 지는 해가 보이고, 금속 덩어리들 위로 떠오르는 해가 보여요. 얼마 안 가서 나는 어둠이 되고 별들이 되고 그 별들의 달이 돼요. 세상은 아주 작은, 아무것도 아닌 것이 되고 나는 손가락 하나로 그걸 가려요. 나는 내가 믿지 않는 신이에요. 나쁜 사람들을 끝내버릴 수 있을 만큼 거대해요."

소녀는 울지 않을 것이었다.

핼이 소녀를 주의 깊게 바라보았다.

"그놈이 오면 내가 막을 거다."

"왜요?"

"너랑 로빈을 지키기 위해서."

"내가 지킬 수 있어요."

"너는 아직 아이야."

"난 아이가 아니에요. 무법자예요."

핼은 소녀에게 팔을 둘렀고 소녀는 그 따스함 속으로 녹아 들어가며, 그러는 자신을 미워했다.

22

아파트는 파이브&다임* 위에 있었는데 창문 하나가 깨져서 판자로 막아놓았고 다른 창문은 하도 때가 끼어서 워크가 보기에 그 안으로 빛이 잘 통과하지 않을 듯했다. 문 옆으로 난 환기구에서 이른 아침인데도 중국 음식 냄새가 뿜어져 나왔다.

여자의 이름은 홀리에타 푸엔테스로, 전에 여러 클럽에서 댄서로 일했다. 마사는 그녀 핸드폰에 여러 번 메시지를 남겼지만 대답이 없자 워크에게 주소를 알려주었다. 워크 때문이 아니라, 그가 말하라고 다그쳐서가 아니라, 홀리에타가 예전 남자 친구와 문제가 있어 걱정되어서였다.

워크는 문이 열린 것을 발견하고 좁은 계단을 올라갔다. 얼룩덜룩한 천장에 곰팡이가 퍼져 있었다.

그는 문을 두드린 뒤 잠시 기다렸다가 이내 쾅쾅 때렸다.

홀리에타는 키가 작고 짙은 머리카락에 엉덩이가 컸는데, 매우 매력적이어서 워크가 한 발 물러날 뻔했다.

여자가 그를 쏘아보았다. 그가 경찰 배지를 보여주자 여자는 좀 더 쏘아보았다.

"아들이 안에서 자고 있어요."

"미안합니다. 마사 메이한테서 듣고 왔어요."

그 말에 홀리에타의 표정이 살짝 누그러졌고, 좁은 복도로 한

* 미국에서 20세기 전반에 유행하던 가게로 5센트 상점, 10센트 상점이라고도 했다.

걸음 나와 등 뒤로 문을 닫았다.

홀리에타는 워크에게 바짝 다가섰다. 워크는 뒤로 물러나려 한 계단 내려섰지만 그러자 눈이 그녀의 가슴 높이에 오고 말았다. 그는 한 번 기침을 한 뒤 얼굴을 살짝 붉혔고 홀리에타는 다시 그를 노려보았다.

"얼른 말하세요. 알고 싶은 게 뭔지 모르겠지만."

"디 에이트에서 일했었죠."

"돈 벌려고 옷 좀 벗었어요. 그게 뭐 범죄인가요?"

워크는 깃의 단추를 풀고 싶었다. 옷깃이 핏줄을 압박해서 뺨이 더 빨개지는 것 같았다.

"난 그냥 디키 다크에 관해서 몇 가지 물어보고 싶은 것뿐이에요."

여자는 여전히 쏘아보았다.

워크가 목청을 가다듬었다.

"마사 말로는 당신이 어떤 남자랑 문제가 있었다던데요. 그 남자가 아이 아버지……."

"난 이 남자 저 남자랑 자고 다니지 않아요, 경관님. 춤추는 여자가 다 창녀는 아니잖아요."

워크는 주변을 흘끗거리며 누가 좀 지원을 와줬으면 하고 생각했다.

"미안합니다. 난 그냥, 디키 다크에 관해 알아내려는 것뿐이에요."

"그 사람이 한 게 아니에요."

"뭐라고요?"

"경관님이 생각하시는 게 뭐든 아니라고요."

"그게 공식 입장인가요?"

홀리에타는 로브를 꼭 여미더니 문을 조금 열고 안쪽에 귀를 기울였다.

"제 아들은 늦게 자요. 밤새 깨 있어요."

"모전자전이네요."

처음으로 웃음 비슷한 표정이 스쳤다.

"저기요. 사람들은 다크를 보면 그 엄청난 덩치만으로 무슨 터프 가이겠거니 생각해요. 아니, 그렇다고 오해는 마세요. 그 사람 자기 한 몸은 지킬 수 있으니까. 나도 본 적 있어요. 언젠가 어떤 남자가 나를 와락 움켜잡으려고 한 적이 있어요. 그랬더니 다크가 그 남자 목을 붙잡고 그냥 들어버렸어요. 바닥 위로 번쩍 들어버렸다니까요. 무슨 영화처럼요."

"하지만 폭력적이지는 않다."

홀리에타가 워크의 팔을 제법 세게 쳤다.

"머저리 경찰처럼 생각하시네요."

"그럼 어떻게 생각해야 하죠?"

홀리에타가 잠시 생각했다.

"자기 딸을 지키려고 하는 아버지 같았다고 할까요."

"다크가 그랬다고요?"

여자는 머저리 경찰을 상대하는 것처럼 한숨을 내쉬었다.

"다크는 우리를 쳐다보지 않았어요. 춤출 때 말이에요. 그는 우리를 쳐다보지도 않았고, 우리랑 데이트를 하려고 하지도 않았고, 구강 섹스를 요구하지도 않았어요. 그리고 분명히 말하는데요. 그건 평범한 게 아니에요. 우리한테 문제가 생기거나 돈이 달리면 그 사람이 해결해줬어요. 디 에이트에서 일한 여자들 다

붙잡고 물어봐요. 나쁜 말은 하나도 못 들을걸요."

"그 남자, 당신 아들 아버지요. 그 문제도 다크가 해결해준 건가요?"

여자는 입을 열지는 않았지만 그가 알고 싶어 하는 것을 눈으로 말해주었다.

"더 얘기해줄 수 있는 건 없고요? 다크는 지금 곤란한 상황일지도 모릅니다."

"무슨 문제인데요?"

"그 친구를 찾는 남자들이 있어요. 두 남자인데 하나는 턱수염이 있고 안경을 썼죠."

워크는 여자의 얼굴을 보고 여자가 그 남자들을 안다는 것을 알아챘다.

"난 그냥 답을 좀 찾아내려고 하는 것뿐이에요. 부탁입니다."

"그 남자들이라면 알아요. 매달 둘째 주 금요일에 찾아와서는 두툼한 봉투를 받아 갔어요. 특별할 건 없어요. 내가 일하던 클럽들에는 늘 수금해가는 남자들이 있었으니까."

"다크가 매번 돈을 줬군요."

여자가 웃었다.

"그런 남자들한테는 다른 수가 없어요. 알아서 돈을 내든지 아니면 강제로 돈을 내든지. 다크도 그건 알아요."

"그러면 그 남자들이 지금 다크를 찾고 있다는 건……"

"디 에이트가 불타버린 걸 그놈들이 상관이나 할 것 같으세요? 자기들 문제가 아니라고요. 그놈들은 자기들 돈만 받으면 그만이에요."

"다크가 낼 수 있을 것 같지 않은데요."

그 말에 걱정이 스쳐갔다.

"도망쳐야죠."

"다크라면 분명 자기 몸 정도는 지킬 수 있을 텐데요."

"그 사람을 모르시네요. 겉으로는 그렇게 보이지만……."

"말해봐요."

"거기서 일하던 댄서가 있었어요. 앰버라고, 그 애는 창녀 맞아요. 그년은 다크한테 돈이 있다고 생각해서 그 사람에게 접근했어요. 그런데 다크가 자기는 관심 없다고 했죠."

"이유는 말했나요?"

"자기는 그년을 그런 식으로 보지 않는다고 했어요. 자기한테 여자애가 있다면서. 그게 전부였어요. 우린 그년을 다시 보지 못했고요."

"그러니까 만나는 사람이 있었군요. 다른 건 없나요. 중요하지 않다고 생각하는 거라도 괜찮아요."

"세상에. 당신들 경찰들은 계속 밀어붙이기만 하죠."

"제발요. 중요합니다. 뭐든 좋아요."

"경관님은 그 사람을 없애버리려고 하지만 내가 얘기할 수 있는 건 그 사람이 우리를, 나를 돌봐줬다는 것뿐이에요. 나랑 또 다른 여자랑, 둘이 그가 아끼는 애들이었어요."

"왜죠?"

"우리한테는 아이들이 있었어요. 다크는 우리를 지켜주려고 했고, 심지어 부드럽게 대해줬죠. 어느 날 밤에는 내가 일하러 나가지 않았더니 다크가 여기 찾아온 거예요. 나를 보고, 그날 밤 내 얼굴을 보더니 걱정하더군요."

"그럼 다른 여자는요?"

"레일라예요. 다크는 그 애한테도 똑같았어요. 한번은 데리고 외식하러도 갔다니까요. 식스 플래그스에. 그때는 나도 질투가 나더라고요. 그 남자는 좋은 사람이에요."

"레일라랑 얘기해볼 수 있을까요?"

"걔는 갔어요, 서쪽 어딘가로. 그 애랑 그 애 딸이랑."

"딸이 있었군요."

"그래요. 사물함에 사진을 붙여놓았죠. 예쁜 여자아이였는데."

워크는 안쪽에서 소리가 나는 걸 들었다. 아이가 부르는 소리였다.

"이제 됐나요?"

"그럼요."

"사냥 잘하세요, 경관님."

한 시간을 달려 다크의 사유지. 워크는 진입로에서 마사에게 전화했다. 홀리에타의 전 남자 친구는 맥스 코르티네스라고 하는데 그는 두 달 전에 비터워터의 한 바 앞에서 죽도록 얻어맞았다. 워크는 마사에게 해당 보고서를 읽어달라고 했다.

맥스는 너무 세게, 너무 많이 짓밟혀서 이가 하나만 남고 다 빠져버렸다. 커다란 부츠로. 맥스, 그는 비터워터 경찰들이 시간을 할애하는 것조차 아까워한 남자였다. 워크는 그에게 직접 전화했고 마침내 그가 전화를 받았을 때는 좆 까라는 소리만 들었다.

워크는 룸미러에 비친 자기 눈을 우연히 발견하고, 턱수염이 좀 더 자라고 얼굴이 수척해진 모습에서, 더 어두운 곳으로 천천히 미끄러져 들어가는 자신을 보았다. 이제는 몸만 자기 뜻대로 따라주지 않는 게 아니었고, 평생 지켜오던 규칙을 어기면서도 그런 행동에 의문을 품지 않았다. 이는 언젠가 안 좋은 결말로 이어질 터, 그러지 않을 수가 없었다.

시더 하이츠는 절반쯤 완공된 주택 단지로, 널찍한 부지들에 건물들이 웅장하고 삭막했다. 경비실은 벽돌이 너무 새것이었고, 주변을 둘러싼 숲조차 공장에서 찍어낸 분위기가 감돌았다. 다크는 거기에 돈깨나 투자한 게 분명했다.

워크는 진입 차단 시설 가까이 차를 세웠다. 한 남자가 걸어 나오는데 턱수염이 듬성듬성하고 맵시 있는 폴로 셔츠 차림에 마리화나 냄새가 진하게 풍겼다. 두 눈은 그가 언제나 혼란스러운 상태에 빠져 있다는 걸 말해주었다.

"안녕하십니까, 경관님."

"디키 다크를 만나러 왔는데요."

남자는 하늘을 바라보고 턱수염을 긁적이면서 답을 끄집어내려는 듯 옆머리를 두드렸다.

"댁에 안 계시는 것 같은데요. 못 뵀습니다."

"만나기로 했는데요."

잠시 남자가 전화를 걸어보았다.

"전화를 안 받으시네요."

"내가 가서 문을 두드려보죠."

남자가 또 수염을 긁적였다.

남자가 이리저리 재보는 동안 워크는 한 팔을 차 밖으로 내밀었다.

"이름이 어떻게 되죠?"

"모지스 두프리요."

워크가 조용히 움찔했다.*

옆에는 분수대가 있었는데 물이 마른 데다 초록색을 띠었고 모자이크 타일이 군데군데 빠져 있었다.

"내가 강제로 들어갔다고 할게요, 모지스. 그럼 어떻게 돼요? 내가 난동을 부리겠다고 협박하고, 아무 집이나 가서 문 두드리겠다고 위협했다고 하면요."

"뭐, 솔직히 주민도 얼마 없습니다."

"어느 집이죠?"

모지스가 가리켰다.

"다크는……. 그러니까 다크 씨는 지금 모델 하우스에서 지내세요. 주차는 진입로에 그냥 하시면 됩니다."

안으로 들어가자 10여 채 되는 주택을 빙 두르는 도로가 하나 깔려 있었다. 두어 채는 완공되었으나, 대부분은 창과 문을 판자로 막아놓은 상태로 비계가 서 있고 반쯤 칠해진 채였으며, 한쪽에는 건설 쓰레기 더미가 높이 쌓여 있었다. 모델 하우스는 숲 옆에 있었는데 흰색 스투코와 기둥과 내리닫이 창으로 마감해 제법 예뻤다. 워크는 소독된 듯한 그곳의 분위기가 싫었다. 그는 케이프 헤이븐을 떠올리고 그곳을 여기처럼 만들려는 누군가의 의지를 생각했다. 사람들은 아직 건축 허가도 나지 않은 해변 부지들을 사들이고 있었다. 워크는 개발 물결이 밀려들기 한참 전에 세상을 하직했으면 싶었다.

가까이 가서 보니 집은 이미 낡아서 깊이 갈라진 틈이 외벽을 따라 길게 올라가 지붕에서 떨어져 덜렁이는 홈통 부근까지 이

* 모지스는 '모세'의 영어식 이름으로 특이하고 조롱받기 쉽기 때문이다.

어졌다. 잔디는 길게 자랐고 화단 틈새로 잡초가 나 있었다.

커다란 문에서도 워크는 초인종을 찾을 수 없어서 옛날 텔레비전에서 경찰들이 하듯이 쾅쾅 문을 두드렸다. 묵직하고 성급한 쿵쿵 소리. 그는 잠시 서 있었고 새들이 지저귀었다.

그가 집의 전면을 따라 이동하며 보니 빈틈이라고는 없이 커튼이 쳐져 있었다. 옆면에 연철로 만든 묵직한 검은색 문이 있었는데 열어보니 열렸다.

안에는 수영장, 높고 넓게 만든 바비큐장이 있고, TV 화면과 의자들이 놓여 있었다. 워크는 집 뒷문이 열려 있는 것을 보고 걸음을 멈췄다.

"다크."

그가 외쳤다.

그는 안으로 들어섰다. 심장이 빠르게 뛰었다. 총을 뽑을까 생각했으나 손이 말을 듣지 않았다. 이제는 그게 보통이었다.

위에서 선풍기가 돌아갔다. 집 안은 깔끔하게 정돈되어 있었고 찬장을 하나 열어보니 캔 음식들이 완벽하게, 라벨이 정확히 정면에 보이도록 늘어서 있었다.

워크는 이동했고 이제는 땀이 났다. 식당을 지나 사무실, 거실에 들어서자 텔레비전이 켜져 있었는데 소리는 무음 상태였고 ESPN이 방영 중이었다. 책으로 가득한 벽 앞에서 칼 래비치[*]가 바우티스타와 애틀랜타 브레이브스에 관해 떠들고 있었다.

집 전체가 꾸며져 있었고, 모든 것이 어떤 이상향을 나타내도록 세심하게 선택된 모습이었다. 워크는 큰 그릇에 담긴 플라스

---

*   Karl Ravech, 미국의 유명한 스포츠(메이저리그) 해설가.

틱 과일, 사이드 테이블에 놓인 플라스틱 조화, 플라스틱 같은 웃음을 짓는 모델 가족의 사진 액자들을 보았다.

그는 다크가 혼자 이 집에 사는 모습을, 크고 서툰 몸으로 어지르지 않으려고 애쓰는 상황을 상상했다.

워크는 목재에 크림색의 두꺼운 카펫이 깔린 계단을 올라갔다. 거울을 지나가다가 반사된 자기 모습을 보았는데, 여전히 한 손이 총에 얹혀 있는 모양이 마치 카우보이 놀이를 하는 소년이 플라스틱 토마호크 도끼를 든 빈센트를 사냥하려는 것 같았다.

워크는 손님용 방 세 개를 보고 난 뒤 가장 큰 침실을 발견했다. 모든 것이 티 하나 없었다.

"여기서 뭘 하는 거요?"

워크는 휙 돌아섰고 심장이 두방망이질했다.

다크는 반바지에 민소매 셔츠 차림으로 이어폰을 낀 채 계단 제일 위쪽에 서 있었다. 차갑고 매서운 눈길이었다.

"자네가 괜찮은지 확인하러 왔네."

그저 빤히 쳐다볼 뿐, 그 이상은 없었다.

"자네에 대해 묻고 다니는 사람들이 있어. 만나고 싶어지는 사람들처럼 보이지는 않더군."

워크는 그를 따라 계단을 내려가 고급스러운 휴게실로 들어갔다.

"할 말 있으면 얼른 끝내는 게 어떻겠소?"

워크는 부드러운 가죽 소파에 앉았다. 다크는 그대로 서 있었고 두 사람 사이의 골은 깊어졌다.

"훌리에타 푸엔테스."

워크가 말하고는 다크를 쳐다봤다.

땀이 다크의 몸을 감싸고 근육질인 팔과 다리로 흘러내렸다.

"홀리에타 기억하나?"

"내 가게에서 일한 사람은 전부 기억하오."

"그 여자 남자 친구 맥스 코르티네스는 기억하나?"

무반응. 워크는 일어서서 창가로 다가갔다. 뜰은 좁지만 조경이 되어 나무들도 있고 여러 구역으로 나뉘었을 뿐 아니라, 나무로 만든 조각 같은 것도 있었다.

"자네를 탓하지는 않아. 맥스한테 한 짓. 그놈이랑 홀리에타의 싸움은 균형이 안 맞았으니 자네가 균형을 맞춰준 거지."

다크는 그저 빤히 쳐다볼 뿐이었으나 한순간 다른 뭔가가 스치고 지나갔다. 슬픔, 어쩌면 후회인지 몰랐다.

"훌륭한 일이지. 그 여자를 도와준 거잖나. 인정을 베푼 거야."

"홀리에타는 다른 여자들보다 더 많이 벌어다줬소."

그러자 아귀가 맞아떨어졌다. 그는 자기 자산을 보호하려던 것이다. 디키 다크, 그의 유일한 목적은 돈벌이였다.

워크가 더 깊이 추궁하려는데 목이 말라붙었다.

"하지만 자넨 이성을 잃었어. 놈을 너무 심하게 팼지. 놈은 죽을 수도 있었어. 스타도 그렇게 된 건가?"

다크의 얼굴에 실망이 훤히 드러났다.

"엉뚱한 사람한테 엉뚱한 질문을 하고 있군."

워크는 다시 아드레날린이 솟구치는 걸 느끼며 더 다가갔다.

"내 생각은 다른데."

"빈센트 킹. 서장은 그 남자를 있는 그대로 보려고 하지 않고 어린 시절의 소년으로만 보려고 하오."

워크가 한 걸음 더 다가섰다.

다크가 허리를 폈다.

"서장은 지금 수렁 속에서 허우적대고 있소. 자신을 잃어버리고 있는 거요. 나도 그게 어떤 느낌인지 알지."

"어떤 느낌이지?"

"때때로 우리는 그저 지금처럼 죽 이어지기를 바라오. 그런데 사람들이 그걸 방해하는 거요."

"스타는 어떻게 방해가 됐나?"

"그 소녀는 어떻게 지내나? 내가 그 애 생각하고 있다는 말은 전했겠지."

워크는 그 말에 긴장하며 이를 갈았다. 그날이 아니었으면 워크는 그 커다란 남자와 정면으로 맞붙었을 수도 있었으리라. 다른 날 어쩌면 다른 삶이었다면. 그는 호흡이 너무 힘들어져 방이 흐릿하게 보이기 시작했다.

"가봐야겠군."

그는 방에서 나가 부엌으로 들어갔다. 다크가 따라왔다.

워크는 머리에서 피가 빠져나가 어지러워지는 걸 느껴 걸음을 조금 늦췄다. 손을 뻗어 균형을 잡았다. 약이, 빌어먹을 병이 그를 약하게 만들고 있었다.

현관문에 이르렀을 때 그는 구석에 있는 작은 가방을 알아챘다.

"여행이라도 하나, 다크?"

"일 때문이오."

"어디 좋은 데라도?"

워크가 돌아서서 그를 마주 보았다.

"가지 않았으면 좋겠다고 생각하던 곳이오."

두 사람 사이에 침묵이 흘렀고, 워크는 돌아서서 그 집을 떠나 순찰차로, 케이프 헤이븐으로 향했다.

　마을에 진입한 뒤에야 그는 차를 세우고 몬태나에 전화를 걸었다.

23

비가 너무 오래 내리자 더치스는 창턱에 앉아 늙은 핼처럼 하늘을 바라보는 습관이 들었다. 소녀는 노인이 자기를 주의 깊게 관찰하는 것을, 그리고 마치 방문자를 기다리는 것처럼 진입로를 지켜보는 것을 알아챘다.

로빈은 독감으로 일주일 동안 침대에 누워 있었다. 더치스는 동생에게 뜨거운 음료를 가져다주며 법석을 떨었으나, 둘 사이는 틈이 벌어져 있었고 가슴을 무겁게 짓누르는 그 어긋남을 소녀는 철저히 무너뜨리고 싶었다.

셋째 날 밤 열이 치솟자 로빈은 침대에 일어나 앉아 젖은 머리카락과 희번덕거리는 눈으로 어머니를 외쳐 불렀다. 로빈은 비명을 지르며 저 깊은 곳 어딘가에서 소리를 쥐어짜내듯 했는데, 이는 더치스 자신도 잘 아는 아픔이었다. 핼은 당황해서 더치스에게 의사나 구급차를 불러야 할지 물었다. 소녀는 그를 무시하고 천에 물을 적신 뒤 로빈을 벌거벗겼다.

더치스는 밤새 동생 곁에 앉아 있었고 핼은 문간에 있었다. 말 없이 그저 거기 있었다.

이튿날이 되자 열이 내린 로빈은 수프를 조금 먹었다. 핼은 아이를 안고 아래층으로 내려가 포치 그네에 앉혀, 아이가 비를 바라보며 안개를 들이쉴 수 있게 해주었다.

"비가 호수에 두두두 떨어지는 게 좋아."

로빈이 말했다.

"그래."

"미안. 전에 말한 거."

더치스는 몸을 돌려 거친 나무 바닥에 무릎을 꿇었고, 바지는 농장 일로 이미 무릎이 찢어져 있었다.

"나한테는 절대 그런 말할 필요 없어."

핼은 비디오 플레이어가 있었다. 그들은 어느 느긋한 일요일에 리타 헤이워스 영화를 같이 보았다. 더치스는 여자가 그렇게나 아름다울 수 있는지 몰랐다. 그런 다음 다락에서 소녀는 서부 영화로 가득한 봉투를 발견하고, 노인 옆에 앉아 로빈이 아주 나아질 때까지 밤새 영화를 보았다. 더치스는 하루 동안 자기 이름도 잊고 멕시코인 한 무리를 추적해 밀밭을 이리저리 헤치며 달렸고, 핼은 포치에 앉아 그 모습을 지켜보며 집에 미치광이를 들였다는 듯 고개를 흔들었다. 소녀는 핼을 투코*라고 부르며 그가 못생긴 놈이고 자기가 나쁜 놈이라고 했다. 좋은 놈은 손뼉을 쳤는데, 곱슬머리는 비에 젖어 들러붙었고 노란색 우비에서는 빗물이 떨어졌다.

낮이면 더치스는 총 쏘기 연습을 했고, 과녁에서 100미터 가까이 떨어진 곳까지 성큼성큼 걸어가 나무 한가운데를 맞히고 자기를 선댄스**라고 불렀다.

- 투코, 못생긴 놈, 나쁜 놈, 좋은 놈은 모두 영화 〈석양에 돌아오다 The Good, the Bad, and the Ugly〉에 나오는 인물들이다.

•• 선댄스 키드를 가리킨다. 1800년대 말 악명을 떨친 '와일드 번치' 도적단의 일원으로 명사수이다. 영화 〈내일을 향해 쏴라Butch Cassidy and the Sundance Kid〉에서 로버트 레드포드가 연기한 인물이다.

처음으로 회색 말을 탔을 때 더치스는 그 어느 때보다 부치°와 가까워진 느낌이었다. 자기 피에 가까워지고 조금 덜 낯설어져서, 몬태나의 땅에 뿌리를 내리기 시작한 느낌. 더치스는 회색 말에 손을 얹고 말에게서 열기를 느끼며 부드럽게 도닥인 다음, 절대로 녀석을 발로 차지 않을 테니 그 대신 녀석도 카우걸을 땅에 내던지지 않을 수 있겠냐고 말했다. 더치스가 머리카락에서 빗방울을 털어내며 안장의 뿔을 꼭 쥐고 있는 동안 핼이 회색 말을 이끌어 방목장을 한 바퀴 돌았는데, 가벼운 속보일 뿐이었지만 다 마치고 나자 더치스는 그 어느 때보다 활짝 웃고 싶은 것을 참느라 애써야 했다.

일주일이 더 지나고 소녀는 먹지같이 어둡고 끝없는 하늘이 걷히며 비가 가늘어지고, 파란 하늘이 모습을 드러내 햇빛이 한 달 만에 처음으로 대지를 축복하는 모습을 바라보았다.

농장 저편을 건너다보니 핼은 써레 옆에 서 있고 로빈은 닭장 옆에 서 있다가, 둘 다 하늘을 올려다보며 웃음 지었다. 핼이 손을 들었고 로빈도 들었다. 그러자 천천히, 무진 애를 써서 더치스도 두 사람에게 손을 들었다. 수학 시간에 더치스는 삼각형이 가장 강한 형태라고 배웠다.

몬태나에서는 하루하루가 조금조금 변했고, 가을이 천 가지 빛깔의 갈색 잎사귀와 함께 하루하루를 앞으로 밀어냈다.

어느 토요일에 핼이 차를 몰고 두 아이를 글레이셔 국립공원에 데리고 갔다. 그들은 러닝 이글 폭포까지 하이킹했고, 사시나무들이 빛에 반짝이는 모습에 더치스는 숨이 막혔다. 세 사람은

• 부치 캐시디. '와일드 번치'라는 도적단을 만든 남자다.

낙엽 카펫 위를 걸었는데 어떤 잎은 너무 커서 로빈이 들어 올리면 어깨까지 닿을 정도였다. 로빈은 나뭇잎을 모으려다가 너무 많이 모아서 앞이 잘 안 보일 지경이 되었다. 헬이 데려간 공터에서 셋은 황철광처럼 샛노란 미루나무들이 흔들리는 모습을 바라보았다.

"아름답구나."

헬이 말했다.

"아름답구나."

로빈이 똑같이 말했다.

더치스는 그저 바라보았다. 어떤 날은 못되고 거칠게 행동하기가 어려웠다.

세 사람은 바위들 앞에서 발을 멈췄고 폭포가 굉음을 내며 쏟아졌다. 그들 옆에는 네 명으로 구성된 가족이 서 있었는데 하도 대칭이 잘 맞아서 더치스는 어머니와 아버지가 요즘 세태를 거스르는 죄를 저지르기라도 한 듯 둘에게서 고개를 돌렸다. 소녀는 그들이 얼마 못 가서 이혼할 것이고, 그리하여 작은 천사들이 점점 냉담해져서 이윽고 문을 쾅쾅거리며 닫고 분노에 차 울부짖을 거라고 짐작했다. 그렇게 생각하니 웃음이 났다.

더치스는 아직도 일요일이면 그 드레스를 입고 캐니언 뷰 침례교회에 나갔다. 헬은 매번 인상을 찡그렸고 다른 아이들은 빤히 쳐다봤지만 노인들, 멈춰 서서 고개를 숙이며 인사하는 노부부들과 세월과 함께 품위를 얻은 과부들은 다들 더치스를 예뻐하게 되었다. 그중에서도 최고로 예뻐한 이는 돌리로, 거의 주말마다 소녀를 찾아내 그 옆에 가서 앉았다.

가을이 그림자를 드리우자 초와 손전등이 필요해졌다. 로빈

은 다른 세 아이와 마주 보고 앉았는데, 셋은 형제였고 로빈보다
나이가 많았으나 로빈이 따라다니게 해주었다. 세 형제의 어머니
가 가끔 아이들을 조용히 시켰다. 로빈은 세 아이를 말없이 우러
러보았다. 로빈에게 자기보다 큰 소년들 이상으로 멋진 것은 없
었다.

"올 거예요."

"누구 말이냐?"

핼이 물었다.

"다크요. 그 남자가 올 거라는 거 알아둬요."

"안 올 거다."

"난 조시 웨일스고 그는 북군 병사예요. 현상금은 내 피고요.
올 거예요."

"너는 아직 그 남자가 뭣 때문에 널 찾아오려고 하는지 말해
주지 않았는데."

"내가 자기한테 부당한 짓을 했다고 생각해요."

"그랬냐?"

"그래요."

늙은 목사가 성찬식을 한다고 하자 더치스는 사람들이 줄을
서서, 정화에 너무 목마른 나머지 값싼 와인과 침까지 공유하려
는 모습을 지켜보았다.

"너도 올라갈래?"

핼은 매주 물었다.

"나더러 헤르페스에 걸리라는 거예요, 핼?"

핼은 고개를 돌렸고 더치스는 그것을 작은 승리로 받아들였
다. 로빈은 큰 소년들과 같이 줄을 섰다. 로빈은 다락에서 발견한

오래된 미시시피 넥타이를 매고 적어도 일곱 사이즈가 큰 파나마모자를 썼다.

두 사람을 지나치면서 로빈은 그들에게 고개를 돌렸다.

"존이랑 랠프랑 대니는 올라가서 성찬을 받을 거예요. 나도 같이 하고 싶지만 헤르페스에 걸리기는 싫어요."

핼이 더치스를 보고 인상을 썼다.

두 아이는 케이크 시간까지 기다렸다. 더치스는 초콜릿 케이크 한 조각과 레몬 케이크 한 조각을 먹고, 배와 대추 케이크에도 눈길을 던졌지만 한 노파가 소녀보다 한발 빨랐다. 더치스는 몸무게가 조금 늘어 모진 분위기가 누그러졌다.

농장에 돌아온 더치스는 낡고 지저분한 자전거가 포치 옆 흙에 누워 있는 것을 보았다.

"토머스 노블이다."

로빈이 차창에 얼굴을 대고 말했다.

토머스 노블은 계단 제일 밑단에 서서 안 좋은 손을 초록색 코듀로이 상의 주머니에 넣고 있었다. 말쑥한 초록색 셔츠와 재킷을 입고 있었다.

"맙소사. 썩을 코딱지 같네."

세 사람은 차에서 내렸다.

더치스는 한 손을 엉덩이에 얹고 얼굴을 찌푸리며 섰다.

"여기서 뭐 하는 거야, 토머스 노블?"

소년은 침을 꿀꺽 삼키며 더치스의 드레스를 보더니 다시 침을 삼켰다.

"설마 날 넘겨다보는 건 아니길 바라. 핼이 널 쏴버릴 테니까. 그렇죠, 핼?"

"아무렴."

햄이 말했다. 그러더니 로빈을 데리고 집으로 들어가며 교회 옷을 갈아입고 나오면 잔디 깎는 기계를 운전하게 해주겠다고 약속했다.

"내가…… 수학 숙제 때문에. 도움이 좀 필요해……."

"말도 안 되는 헛소리하지도 마."

"그냥 같이 놀면 안 될까 해서. 어차피 나도 바로 저 너머에 살고 하니까."

토머스가 멀쩡한 손으로 가리켰다.

"내가 래들리 농장을 모르겠냐. 이 근처에 이웃 같은 거 없어. 자전거를 얼마나 멀리 타고 온 거야?"

토머스 노블이 머리를 긁적였다.

"6, 7킬로미터. 아마도. 엄마가 운동 좀 하는 게 어떻겠냐고 해서."

"너는 마르다 못해 영양실조에 걸릴 지경이야. 식단을 바꾸라고 하셔야 할 거 같은데."

소년은 천진하게 웃었다.

"나 너한테 점심도 만들어주지 않을 거고 심지어 마실 것도 만들어주지 않을 거야. 지금은 1950년대가 아니라고."

"나도 알아."

"음, 난 물가에서 잡초 뽑을 거야. 네가 미리 연락할 정도의 상식이 없었다는 이유만으로 일이 중단되지는 않아."

더치스가 집으로 들어가서 오래된 청바지와 셔츠로 갈아입고 내려오니, 소년은 아직 그대로 멍하게 서서 운동화를 내려다보고 있었다.

"그러고 있지 말고 나나 도와주는 게 어때."

"응."

소년이 재빨리 말했다.

소년은 소녀를 따라 호수 가장자리까지 걸어가 소녀가 가리킨 곳에 무릎을 꿇고 잡초를 뽑았다. 소녀는 주머니에서 시가를 하나 꺼냈다. 헬의 서랍장에서 훔친 거였다.

"그거 피우면 안 돼. 암에 걸릴 거야."

더치스는 가운뎃손가락을 들어 보이더니 시가 끄트머리를 물어뜯어 흙에 뱉었다.

"제시 존 레이먼드는 겁쟁이 팻 뷰캐넌을 살해했을 때 담배를 피우고 있었어."

소녀는 치아로 시가를 물었다.

"불 있냐?"

"내가 불이 있을 거 같은 애로 보여?"

"맞는 말이네. 그럼 그냥 씹어도 되지 뭐. 빌리 로스 클랜턴처럼."

"그건 담배 종류가 다른 거 같은데."

"네가 뭘 알겠냐, 토머스 노블."

더치스는 시가를 크게 한 입 물어 씹으며 토하지 않으려고 무진장 애를 썼다.

토머스 노블이 목을 가다듬더니 소녀를 힐끔 올려다봤다.

"그래서…… 내가 여기 온 거 말인데. 무도회가 열리거든. 겨울 공식 무도회. 아직 시간이 좀 있지만……."

"나한테 같이 가자고 할 용기를 끌어올리고 있는 게 아니길 바라. 하필이면 지금 같은 때. 입에 담배를 잔뜩 물고 있는데."

소년은 머리를 빠르게 흔들더니 다시 일로 돌아갔다.

"너 내가 결혼할 생각이 없다는 거 알아두는 게 좋을 거야. 특히 너랑은 안 해…… 손도 그렇고."

"이거 유전 아니야. 난 변칙적인 경우야. 라미레스 선생님 말로는……."

"그 선생 연구를 나한테 보내는 건 괜찮은데 올해 안에는 읽을 시간이 없을 거야."

토머스 노블은 입을 다물고 일하다가 다시 멈추고 더치스를 곁눈질했다.

"한 달 동안 네 수학 숙제 해줄게."

"그래."

"그래 좋다고?"

"아니. 그래도 너랑 안 가. 하지만 내 숙제는 하게 해줄게."

"내가 흑인이라서 그래?"

"아니, 네가 약해빠진 머저리라서 그래. 난 남자 볼 때 용기를 본다고."

"하지만……."

"난 좆같은 무법자라고. 대체 언제 알아들을 거야? 난 예쁘게 차려입고 남자애랑 데이트 같은 거 안 해. 신경 써야 할 더 중요한 것들이 있다고."

"예를 들면 뭐?"

"나를 뒤쫓는 남자가 있어."

더치스가 말하자 소년은 조심스레 쳐다보았다.

"디키 다크라는 남자고 검은색 에스컬레이드를 모는데 날 죽이고 싶어 해. 그러니까 뭔가 도움이 되고 싶으면 그 남자가 오나 지켜보기나 해."

"그 남자는 왜 너를 죽이고 싶어 하는데?"

"내가 자기한테 부당한 짓을 했다고 생각해."

"경찰한테 말해. 아니면 네 할아버지한테."

"아무한테도 말 못해. 내가 무슨 짓을 했는지 그 사람들이 알면 난 좆 되는 거야. 나를 로빈에게서 떼어놓을 수도 있어."

"내가 감시할게."

"살면서 한 번이라도 용감한 일 한 적 있어?"

또다시 머리 긁적이기.

"캘리 개울에서 타이어 그네 탄 거."

"그건 용감한 게 아니지."

"한 손으로 해봐."

더치스는 거의 웃을 뻔했다.

"우리 엄마는 진통제 없이 나를 낳았어. 용감한 건 유전이지, 웅?"

"헛소리 마, 토머스 노블. 넌 태어났을 때 끽해야 100그램도 안 나갔을 거잖아. 어머니가 재채기했을 때 튀어나왔을걸."

토머스는 다시 풀을 뽑았고 그러는 내내 소녀를 곁눈질했다.

"안경은 어디다 뒀어?"

"나 안경 안 껴도 돼."

"너 쌍, 블루벨 뽑고 있잖아. 나 블루벨 좋아한다고."

소년은 블루벨 시신을 조심조심 호숫가에 내려놓았다.

"용감하게 행동하는 게 항상 쉬운 건 아니잖아. 난 너랑은 달라. 나 비웃는 애들 너도 봤지. 그 녀석들은 떼거리로 몰려다니는데다 나보다 머리 하나는 더 크고 체격도 좋고 근육도 있어."

"중요한 건 몸뚱이가 얼마나 크냐가 아니야. 어떻게 보이게 하느냐지."

소년은 그 말을 생각했다.

"그러니까 싸울 줄 아는 것처럼 굴라는 거?"

"그러면 싸우지 않아도 되지."

"너 찾는다는 남자 말이야. 그게 그 남자한테도 통할까?"

"아니. 그 남자 보거든 나한테 곧바로 말해."

"알았어. 하지만 네가 위협한 녀석 문제도 좀 더 걱정하는 게 좋을 거야. 타일러 말이야. 걔한테 형이 있는데 녀석이 널 찾고 있어."

더치스가 손을 흔들었다.

"그 자식도 그 자식 가족도 다 좆이나 까라고 해. 이제 그 큰 거 뽑고 집에 가봐. 도착할 때쯤이면 어두워질 거야. 게다가 넌 트럭에 치여서 다른 데가 또 고장 나도 괜찮은 처지가 아니잖아."

토머스 노블은 마지못해 일어섰다.

더치스는 소년이 걸어가서 자전거를 집어 들고 대문을 향해 떠나는 것을 지켜보았다. 소년이 눈에 보이지 않을 때까지 기다렸다가 입에 물고 있던 담배를 뱉어내고 몸을 부르르 떤 다음, 손가락으로 혀를 문질렀다.

24

아이버 카운티 퍼레이드.

중심가가 북적였다. 한 소년이 짚으로 만든 송아지들에게 밧줄 올가미를 던지다가 실패하자 욕을 했다. 소녀들이 고리에 오자미를 던졌다. 핫도그 판매대가 섰고 뒤집어놓은 화분 위에 판자를 올려둔 것에 불과한 스케이트보드 경사로도 있었다. 핼은 로빈을 얼굴에 페인트칠하는 곳에 데려갔다. 더치스는 보도에 앉아 꽃마차를 구경했다. 마운트 콜 보험, 트레일웨스트 은행. 왕관을 쓴 작은 소녀들이 카메라 두어 대에서 나오는 플래시에 손을 흔들었다.

더치스 눈에 토머스 노블과 그 애 어머니가 들어왔다. 노블 부인. 그녀는 크고 인상적인 여자로, 지나치는 사람들이 고개를 돌려 쳐다보는 사람이었다. 그 옆에는 작고 마르고 살갗이 흰 늙은 남자가 있었다.

토머스가 다가왔다.

"네 어머니는 자선사업이라도 해? 노인들을 돕는다거나."

토머스 노블이 더치스의 시선을 좇았다.

"내 아버지야."

더치스가 인상을 썼다.

"세상에, 뭐에 끌린 거래, 돈이야 페티시야?"

토머스가 소녀의 팔을 당겼다.

"나 너한테 할 말 있어. 급한 일이야."

소녀가 내키지 않아 서 있자 토머스가 사람들 틈에서 소녀를 데리고 갔다. 더치스는 토머스 노블이 급하다고 하는 게 무엇일지 짐작만 할 뿐이었고, 그 짐작이란 그 애 어머니가 집배원과 놀아난다는 말을 그 애가 믿는 것에서부터 그 애의 시든 손이 더 튼튼해져서 곧 그 손으로 캔도 우그러뜨릴 수 있을 거라고 확신하는 것까지 다양했다. 토머스는 캔을 우그러뜨리는 데 왠지 집착했다.

"네 어머니가 집배원이랑 자고 다닌다는 얘기면 가만 안 둬."

더치스와 토머스 노블의 관계는 일종의 일방적인 우정으로 꽃피웠다. 소년이 뭔가를 털어놓으면 소녀는 가차 없이 그 비밀을 이용했다.

토머스는 햇빛 차단용 모자를 쓰고 있었는데 그걸 벗어 부채질을 하면서 더치스와 함께 단풍나무 그늘 밑으로 움직였다.

"그 녀석, 타일러 말이야. 걔 형이 여기 있는데 널 찾고 있어."

"그게 급한 일이라는 거야?"

"넌 몰라. 그 녀석은 크다고. 너 집에 돌아가는 게 좋겠어."

"그 자식 어디 있는데?"

토머스 노블이 마른침을 꿀꺽 삼켰다.

"평생 겁쟁이로 살지 마, 토머스 노블. 날 그 큰 녀석한테 데려가. 내가 혼구멍을 내줄 테니까."

토머스는 고개를 흔들며 소녀를 데려갔고, 떨리는 손으로 땀을 훔쳤다. 말이 퍼져 나가 아이들이 체리스 베이커리 뒤쪽 골목으로 모여들었다.

"저 애야."

더치스는 타일러를, 로빈을 밀어 쓰러뜨린 녀석을 쳐다보았

307

다. 그런 다음 그 옆에 더 크고 더 뚱뚱하고 더 못생긴 아이를 보았다. 무릎까지 오는 반바지를 입은 녀석은 나무줄기 같은 허연 다리에 빛바랜 컨버스 운동화를 신었다. 짙은 머리카락은 바가지머리였고 양 뺨에는 여드름이 하나씩 나 있었다.

타일러가 더치스 쪽을 가리키자 큰 녀석이 다가왔다.

"넌 씨발 누구야?"

더치스가 머리의 나비 리본을 만지면서 말했다.

"게일런."

"젠장, 너 터프하게 자랄 수밖에 없었겠구나."•

"넌 내 가족을 건드렸어."

녀석이 한 걸음 다가섰다.

더치스가 눈알을 굴렸다.

"내 동생을 해치겠다고 했어."

"사실 난 그 네미 씨팔놈 목을 날려버리겠다고 했는데."

아이들 여남은 명이 피 냄새를 맡고 왔다.

"동생한테 사과해."

"주둥이 닥쳐, 뚱보."

아이들이 다 같이 숨을 헉 하고 들이쉬며 한 걸음 물러났고, 토머스 노블은 이제 더치스 옆에 있지 않았다.

게일런이 한 걸음 더 다가서며 뚱뚱한 주먹을 쥐었다.

그리고 그때 더치스는 들었다. 전쟁의 함성 같기도 하고 소녀의 비명 같기도 했다. 아이들이 갈라지면서 토머스 노블이 질주해 들어왔다. 토머스는 셔츠를 느슨하게 풀어 헤치고, 더치스가

• '게일런'이라는 발음 ('게이'가 들어가는) 때문에 놀림을 당했을 거라는 말이다.

감히 이해할 수 없는 이유로 바지 밑단을 양말 속에 쑤셔 넣은 모습이었다.

토머스 노블은 빠르게 움직였고 섀도복싱을 하고 스텝을 밟으면서 게일런 주위를 맴돌며 고개를 앞뒤로 까딱거렸다.

더치스는 얼굴에 손을 올리고 게일런이 한주먹으로 토머스를 눕히는 모습을 손가락 사이로 지켜보았다.

그때 베이커리 뒷문이 열렸다. 체리가 쓰레기봉투를 들고 나왔다. 아이들은 재빨리 움직였고 타일러와 그 애 형은 사라졌다.

더치스가 가까이 가서 피해 정도를 파악했다.

"내가 이긴 거야?"

토머스 노블이 말하며 더치스의 부축을 받아 일어났다.

"중요한 건 참가하는 거지."

토머스 노블이 자기 눈을 조심스레 만져보았다.

"눈이 시커메지겠네."

"이미 시커메."

더치스가 바로잡았다.

"그럼 퍼레지겠네."

"가자, 얼음 좀 가져다줄게."

더치스가 소년의 멀쩡한 손을 잡았다. 소년은 아프면서도 활짝 웃었다.

"나 용감했지?"

"용감했다기보다는 멍청했지."

더치스가 그것을 본 건 중심가로 접어들었을 때였다.

검은색 에스컬레이드.

피가 빠져나갔다.

다크가 자기들을 찾아낸 것이었다.

더치스는 소년의 손을 놓고 트럭들을 따라 움직였다. '스완 산맥', '몬태나 와피티 사슴', '지역구 9' 등의 범퍼 스티커가 붙어 있었다. 소녀는 다크를, 인간들 틈에 묻어가려고 하지만 그 공허한 눈 때문에 발각될 남자를 생각했다.

더치스는 헬의 트럭을 보고 창문이 열려 있는 걸 발견했다. 소녀는 문을 열고 조수석으로 미끄러져 들어갔다. 토머스 노블이 보는 가운데 소녀는 조수석 사물함을 열고 안에서 스미스&웨슨을 슬며시 꺼냈다.

더치스는 총을 청바지에 집어넣었다.

토머스 노블은 싸울 의지를 끌어내기도 전에 전의가 싹 사라졌다.

두 아이는 보도로 돌아갔다. 태양이 거리에 빛을 뿌려 아무것도 모르고 웃음 짓는 아이들과 부모들을 비추었다. 둘은 체리스 베이커리 앞으로 걸어간 다음 이발소를 지났다. 둘은 가게 앞쪽에 밀착했고, 더치스는 여기저기를 훑어보며 벨트에 손을 얹고 있었다.

총은 이제 차가운 게 아니라 타오르듯 뜨거워져 소녀를 기다렸다.

길 건너편에 에스컬레이드가 있었다. 더치스는 늘 그랬듯이 안에서 다크가 자기를 지켜보고 있는 모습을 상상했다.

소녀는 도로로 내려섰고, 바짝 뒤따르는 두려움을 웃음 너머로 숨겼다. 더치스는 다크에게 웃음을 보여줄 작정이었다―이제야 끝장을 볼 수 있게 되었으니 그가 온 게 기뻤다. 로빈을 위해 죽이리라. 그렇게 해달라고 부탁할 필요도 없었다.

"지금 뭐 하는 거야?"

토머스 노블이 팔을 당겼지만 더치스는 흔들어 떼어내고 고개를 돌려 쏘아보았다.

"거기서 기다려."

"무작정 접근하면 안 돼."

토머스 노블은 울 것처럼, 돌아서서 달아나고 싶은 것처럼 보였지만, 점점 모습을 드러내는 내면의 남자와 두려움에 빠진 꼬마가 서로 자리를 차지하려고 다퉜다.

더치스는 빙 돌아 에스컬레이드 뒤로 다가갔다.

이제 차 옆 보도, 소녀는 한 손으로 차를 쓸었고 반들거리는 표면이 소녀의 모습을 비추었다.

"더치스, 제발."

소년이 외쳤지만 소녀는 돌아보지 않았다.

더치스는 청바지에서 총을 슬쩍 꺼내 자신과 차 사이에 두고 문손잡이에 손을 뻗어 세게 당겼다.

문은 잠겨 있었다.

더치스는 유리에 얼굴을 가까이 대고 차 안이 빈 것을 확인했다.

뒤로 빙글 돌아섰다. 퍼레이드는 계속되었고 북과 리본들이 움직였다. 아이들은 밴드와 함께 행진하고 소녀들은 빙글빙글 돌며 환하게 웃었다.

더치스는 한 무리를 밀치고 지나갔고 아이들이 욕하는 소리를 들었다. 토머스 노블도 옆에 있었다. 더치스는 모두에게서 다크를 보았다—따뜻한 웃음과 차가운 눈동자. 더치스는 남자들이 누구랄 것 없이 무슨 짓을 할 수 있는지 알았고 그 가능성만으로도 충분했다.

더치스가 뒤로 돌아서려던 그때 그를 보았다.

이제 더치스는 죽자 사자 뛰었다. 한 아이의 손에서 코카콜라를 쳐서 떨어뜨렸고, 한 노파를 대자로 넘어지게 해서 사람들이 고함쳤다. 그에게 다가가자 그가 돌아서서 고개를 들더니 웃어 보였다.

더치스는 무릎을 꿇고 로빈을 품에 안았다.

"왜 그러냐?"

핼이 말했다.

그리고 그때 더치스가 손에 든 것을 한 여자가 알아차렸다.

"총이야."

사람들이 공황에 빠져들고 핼은 더치스를 꼭 안았다.

†

저녁 식사가 끝난 뒤에 전화가 왔다. 핼이 그에게 소식을 전해 주었다. 난리가 가라앉았을 즈음에는 에스컬레이드도 사라졌다. 더치스는 번호판을 보지 않았다. 차 소유주는 누구든 될 수 있었다. 이 소동 때문에 다들 촉각을 곤두세웠다.

그가 전화를 끊기가 무섭게 다시 전화벨이 울렸다.

"인기인이네."

마사가 말했다.

워크는 그날 마사에게 음식을 만들어주겠다고 약속했지만 하루가 어떻게 가는 줄도 잊어버려서 결국 배달 음식을 시켰다. 마사는 웃어버리고는 적어도 먹을 만한 걸 먹게 되어 안심이라고 말했다. 워크는 마사를 두고 집을 나섰고 마사는 집에서 서류를 더 살펴보았다.

"커디."

그가 전화기에 대고 말했다. 한동안 커디와 통화하지 않았기에 그의 목소리를 들었을 때 마음이 놓였다.

"녀석은 좀 어떤가요?"

"그 친구가 예전에 쓰던 방으로 바꿔줬네. 거기 있던 마약 운반책 놈을 다른 데로 옮기느라 구시렁대는 소리를 좀 듣기는 했지만, 빈센트는 거기 있으니 좀 더 안정된 것 같아."

"고맙습니다."

"수사 쪽으로는 뭐 없나? 빈센트한테 물어봤는데 이 친구 입을 안 여는군. 자기가 무고하다고 부당하다고 징징거리는 녀석들하고는 다르다니까. 내 장담하는데 누가 보면 우리가 성가대원들을 가둬놓은 줄 알걸."

워크가 웃음을 터뜨렸다.

"그러니까 녀석은 아무한테도 말을 안 한 거죠?"

"그래. 사실 말인데 그 친구 애초에 여기서 나간 적이 없는 사람 같아. 곧장 예전 일과로 돌아가더군. 여기가 그리웠던 건가 하는 생각까지 든다니까."

두 사람은 잠시 한담을 나누었고, 그러다가 마사가 부르는 소리를 들었다.

워크는 일어나서 맥주를 테라스에 두고 거실로 들어갔다.

마사는 처음에는 아무 말도 하지 않고 그저 허리를 살짝 세우더니 쌓여 있는 파일들에 몸을 숙이고 안경을 낀 다음 정신을 집중했다. 돌파구를 발견한 쪽, 즉 디크의 이름을 포틀랜드에 등록된 한 회사에서 발견한 쪽은 마사였다.

"뭔가 찾은 거야?"

"어쩌면. 간식 좀 가져다줘. 머리 굴리려면 매콤한 게 필요해. 하바네로 있어?"

워크는 고개를 저었다.

"말라게타는?"

"그게 뭔지도 모르겠는걸."

"젠장, 워크. 빌어먹을 포블라노라도 좀. 매운 게 필요하다고. 망할. 다음엔 준비 좀 해둬."

적당하게 꾸중을 들은 뒤 워크는 작은 주방으로 들어가 커피를 끓이며 거리를 내다보았다. 두 사람은 저녁 식사 때부터 네 시간 동안 그러고 앉아 있느라 시뻘게진 눈으로 하품을 했지만, 각자 침대에서 쉬지도 못하고 누워만 있으니 일하는 편이 낫다는 걸 알고 있었다. 이제 마사도 사건에 마음을 쓰기 시작했는데 워크가 사건의 세부 사항에 피폐해져가는 듯 보이는 탓이 컸다.

워크가 마사에게 커피와 후추 그라인더를 가져다주었다.

마사는 웃음을 참다가 그에게 가운뎃손가락을 들어 보였다.

워크는 마사가 법인세 관련 파일과 증권 신고서를 손에 쥐고 이리 갔다가 저리 갔다가 하는 모습을 바라보았다. 흔적을 추적하기가 까다로워서 마사는 알고 지내던 세법 변호사에게 도움을 요청하기까지 했다.

"포튜나로 말이야."

마사가 말했다.

"두 번째 줄에 있는 집들."

"두어 채를 빼면 전부 같은 지주 회사 소유야. 신고가 처음 들어온 게 언제였어? 절벽 침식 건. 캘리포니아 와일드에서."

마사가 펜 뚜껑을 씹었다.

워크가 높이 쌓여 있는 서류들을 뒤적였다.

"1995년 5월."

마사가 빙긋 웃더니 자기 서류를 들어 올렸다.

"이 회사는 1995년 9월에 처음으로 집을 구입했어. 그런 다음 매년 거의 한 채씩 사들였고. 여덟 가구를 회전식으로 자금을 대서, 한 집을 담보로 대출을 받아 다음 집을 샀어. 처음 여섯 채를 살 때까지는 그 방법이 통했지만 그 뒤로 이자율이 솟구쳤지."

"그런 다음에는?"

마사가 다시 왔다 갔다 하면서 찬장으로 걸어가 커피에 위스키를 섞은 다음 워크의 커피에도 위스키를 넣어주었다.

"그렇게 해서 둘째 줄에 있는 집을 모두 샀어. 캘리포니아 와일드는 10년째 되는 해에 측정했지?"

"대략 그 정도야. 그러고 나서 방파제를 만들었지. 킹네 집은 안전해."

"둘째 줄은 그다지 값어치가 높지는 않아. 작은 주거용 집들이야. 그걸 싸게 사들였고, 한동안은 가격도 얼마 안 올랐던 거 같아."

"그런데?"

"그런데 첫째 줄이 무너지기 시작하고 휴양객들이 모여들기 시작한 거야. 첫째 줄 집들이 하나하나 무너졌지. 그래서 그 회사가 얼마야……."

"500만 달러야. 최소한."

"그 회사가 그걸 차지하는 데 걸림돌이 된 게 빈센트 킹과 그가 살던 집뿐이었던 거야. 그 주변 땅. 거기에 집을 지을 수가 없는 거지. 킹의 집이 서 있는 동안에는 허가가 날 리 없으니까."

"그 회사 말이야, 이름이 뭐지."

"MAD 트러스트."

"무슨 이름이 그 모양이야?"

"이름은 중요하지 않아. 하지만 그 트러스트의 유일한 이사가 누군지 맞혀봐."

마사는 워크에게 서류를 건네줬고 워크는 그걸 꼭 잡아 손을 떨지 않으려고 했다.

그리고 거기, 제일 위에 굵은 글자로 쓰여 있었다.

리처드 다크라고.

25

그날 밤 더치스는 식은땀을 흘리며 깨어났다.

여러 형체가 보였고 옷장이 다크의 공허한 모습으로 바뀌었다.

마음이 가라앉자 소녀는 로빈이 잘 자는지 확인한 다음, 방에서 가만히 나가 계단을 내려갔다. 소녀는 부드러운 로브를 입고 있었다. 핼이 전에 입으라고 놔둔 옷이었다. 두 사람은 어느새 그 방식에 익숙해졌다. 더치스는 여전히 핼에게서 아무것도 직접 받으려고 하지 않았다. 먹을 것도 마실 것도 받지 않고, 학교 숙제가 임박해서 시간이 촉박해졌을 때조차 말 보살피는 데 필요한 도움을 받지 않았다. 대신 핼은 소녀에게 필요한 것들을 가져다놨고 소녀는 그가 없을 때 그것을 가져갔다. 소녀는 노인의 인내심이 경이로웠다.

더치스는 수도꼭지에서 바로 물을 마셨다.

방으로 돌아가려고 할 때 소리가 들렸다.

포치에서 뭔가 움직이는 소리였다. 어쩌면 그네가 움직이는 소리인지도 몰랐다. 핼이 아무리 기름칠을 해도 체인에서 커다란 소리가 났다. 더치스는 몸을 낮게 숙였고 심장이 다시 마구 내달렸다.

소녀는 서랍장을 뒤적이다 적당한 길이의 칼을 찾았고 그걸 꽉 쥐었다. 살금살금 문으로 가니 문이 조금 열려 있었고 그 틈으로 달빛이 소녀의 맨발에 내려앉았다.

"잠이 안 오냐?"

"젠장. 하마터면 죽일 뻔했잖아요."

"그건 빵칼 아니냐."

헬이 말했다.

그네에 앉은 헬은 어둠에 잠겨 시가 불빛밖에 안 보였지만, 소녀가 가까이 가서 보니 헬의 발치에 소총이 놓여 있었다.

"내 말을 믿은 거네요."

소녀가 말했다.

"그냥 곰을 기다리는 건지도 모르지."

"번호판을 봤어야 하는 건데. 총을 들고 나서는 전부 잊어버렸어요. 병신같이 초짜처럼."

더치스는 말을 뱉어내고 입을 꽉 다물었다.

"넌 가족을 지키려고 한 거야. 그렇게 용감한 사람은 많지 않다."

더치스는 고개를 흔들었다.

"돌리도 알아요?"

그날 헬이 더치스에게서 부드럽게 총을 받아간 뒤 돌리가 나타나서 옆에 있는 작은 식당으로 소녀를 피신시켰다.

"강한 여자야. 망보는 사람이 하나라도 더 있으면 나을 거라고 생각했다. 그 여자는 나만 보면 네 안부를 물어봐. 너를 보면 어릴 적 자기 모습이 생각나는 모양이지."

"왜요?"

"돌리는 네가 앞으로 사는 동안 만나게 될 그 어떤 여자보다도 강한 사람일 게다. 힘든 일을 많이 겪었어도 한마디 하는 법이 없지. 하지만 남편 빌은 언젠가 나랑 한잔하면서 얘기했다. 돌리의 아버지, 그 양반은 심술궂은 사람이었어. 그 양반이 한번은 돌리가 담배 피우는 걸 붙잡은 적이 있지."

"그러고는 흠씬 패줬죠."

"아니. 담뱃불로 지졌어. 돌리 팔에는 아직도 그 상처들이 있다. 그 양반은 돌리가 다시는 담배를 입에 댈 엄두도 못 낼 거라고 말했지."

더치스가 침을 꿀꺽 삼켰다.

"그 사람은 어떻게 됐어요?"

"돌리가 커지니까 그쪽으로 손을…… 감옥에 갔다."

"아."

핼이 기침을 했다.

"그때 돌리는 옷차림도 달랐지. 사진을 본 적이 있는데, 남자애들 옷처럼 형체도 없이 큼직한 옷을 입었더라. 그랬는데도 그 양반은 그냥 두지를 않은 거야."

"사악하기만 한 사람들도 있어요."

"그래."

"제임스 밀러는 살인 청부업자 겸 총잡이였죠. 교회에도 매주 나가고 술도 안 마시고 담배도 안 피웠어요. 하지만 소문에 따르면 50명을 죽였다고 하죠. 사람들이 그에게 린치를 가했어요. 그가 마지막으로 남긴 말이 뭔지 알아요?"

"말해봐라."

"후딱 해치워."

"그 사람들이 잘한 거야. 선한 자들이 가만히 서 있기만 하면 그래도 그 사람들을 선하다고 할 수 있겠나?"

곧 눈이 내릴 만큼 하늘에 별이 많았다. 핼은 아직 겨울이 오지 않았다고, 겨울이 오면 왔다는 것을 모를 수가 없고 가을의 색이 어땠는지 다 잊어버릴 거라고 했다.

319

헬이 옆으로 자리를 조금 옮겼다.

더치스는 앉지 않았다.

두 사람은 오랫동안 말없이 있었다. 헬은 시가를 한 대 다 피우자 또 불을 붙였다.

"그러다 암 걸려요."

"그럴지도 모르지."

"나야 상관 안 하지만."

"아무렴 그렇겠지."

어둠이 헬의 눈을 감춰주었다. 그는 저 앞을, 나무들과 호수와 소녀에게 아무것도 아니었으나 서서히 뭔가가 되고 있는 것을 지켜보았다.

헬이 일어나서 부엌으로 들어갔고 소녀는 주전자에서 삑삑하는 소리를 들었다.

더치스는 벤치 끄트머리에 앉아 소총을 곁눈질했다.

헬은 코코아를 들고 돌아와 소녀 옆에 컵을 내려놓았다. 부엌에서 나오는 은은한 불빛에 소녀의 컵에 든 마시멜로가 보였다.

헬은 위스키를 조금씩 홀짝였다.

"예전에 폭풍우가 온 적이 있다. 아주 심했지. 나는 바로 여기 앉아서 번개가 우리 땅에 내리치는 걸 지켜봤어. 악마를 생각하면서, 하늘에서 악마의 얼굴을 보고 뱀의 혀가 마구 날뛰는 걸 봤다. 헛간이 불에 탔지."

더치스는 아무것도 자라지 못하고 한때 뭔가가 서 있었던 흔적만 검게 남은 땅을 본 적이 있었다.

"회색 말. 그 녀석 어미가 거기 있었다."

더치스는 헬을 건너다보았고, 어둠 때문에 그가 자기 눈에 담긴 공포를 보지 못하는 게 고마웠다.

"난 녀석을 데리고 나오지 못했다."

그 순간 더치스는 숨을 들이쉬었다―떨칠 수 없는 기억이 무엇인지 잘 알았기에.

"거기도 종종 폭풍우가 왔어요. 집에 살 때."

소녀가 말했다.

"나도 케이프 헤이븐 생각을 자주 한다. 네 엄마, 너, 로빈을 위해 기도했지."

"하느님 안 믿잖아요."

"너도 마찬가지지만 그러면서도 그 공터에 가서 무릎 꿇고 앉아 있는 거 내가 안다."

"거긴 그냥 생각하는 곳이에요."

"누구에게나 그런 곳이 필요하지. 그 저장실, 총들 보관한 곳 말이다. 나는 거기서 이것저것 궁리한다. 그 아래 내려가 앉아 세상을 차단하고 중요한 것에 집중하지."

핼이 소녀를 흘깃 보았다.

"녀석한테 편지도 썼어."

"누구요?"

"빈센트 킹. 몇 년 동안 편지를 쓰고 또 썼지. 무슨 글쟁이도 아니면서."

"왜요?"

핼은 달을 향해 연기를 내뿜었다.

"어려운 질문이구나."

더치스가 두 눈을 비볐다.

"너 가서 자야겠다."

"내 수면 패턴에 신경 꺼요."

헬이 유리잔을 내려놓았다.

"처음에는 보내지 않을 생각이었어. 그저 시시가 그렇게 되고, 그런 다음 네 엄마랑 네 할머니한테 그런 일이 벌어지고 나니 말이다. 아마도 분출할 데가 필요했던 거겠지. 그러다가 녀석이 알지 말아야 할 건 또 뭔가 싶어지더구나. 어쩌면 녀석은 자기 인생을 망쳐버렸다고 생각했는지도 몰라. 나는 녀석이 우리 인생도 좀 알았으면 했다. 어쩌면 녀석은 내가 여기로 은퇴해서 아름다운 농장에 앉아 있는 모습을 상상했을지도 모르지 않냐. 나는 농장 일에 관해서, 빚에 관해서, 매달 지불해야 할 비용과 그런 무게를 감당하고 사는 게 어떤 건지 적었다."

"그 남자가 답장을 했어요?"

"했지. 처음에는 슬픔밖에 담겨 있지 않았어. 그게 사고였다는 건 안다……. 그건 나도 알아. 하지만 그런 건 사실 별 의미가 없어."

더치스는 코코아를 들어 숟가락으로 마시멜로를 퍼서 입에 넣었다. 그러자 너무 달아서 깜짝 놀라버린 자신이, 마치 삶의 좋은 것들을 잊어버린 사람 같았다.

"녀석의 가석방 심리에도 갔었다. 매번 갔어. 녀석은 더 짧게 복역할 수도 있었어. 그랬으면 좋은 시절이 남아 있을 때 나왔을 수도 있지."

"그런데 왜 안 나온 거예요? 워크는 말 안 해줬어요. 난 그냥 거기서 말썽을 부려서, 나쁜 짓을 해서 그런 줄 알았는데."

"그런 게 아니다. 커디, 거기 소장은 매번 좋게 이야기했어. 하지만 빈센트는 변호사를 거절했다. 워크도 매번 거기 찾아왔지.

우리는 늘 거기서 서로 봤지만 난 워크에게 한마디도 하지 않았다. 그 자리에 앉아 있는 건 워크의 친구, 형제처럼 가까운 친구였으니까. 그때 둘이 그랬던 게 기억나는구나. 쿵짝이 잘 맞았지. 물론 일을 벌이는 건 빈센트 쪽이었지만 워크도 늘 뒤를 받쳐줬으니까."

더치스는 워크를 소년으로, 빈센트 킹의 가장 친한 친구로 보려고 해보았다. 허나 더치스가 본 것은 제복을 입은 워크였고, 자기가 기억하는 한 제복을 입지 않은 모습은 본 적이 없었다. 워크는 오롯이 경찰이었고, 빈센트는 오롯이 나쁜 놈이었다.

"심리가 끝날 때가 되면 사람들이 매번 같은 질문을 했어. 밖에 나가면 다시 법을 어길 것 같은가?"

"빈센트는 뭐라고 했어요?"

"녀석은 먼저 내 눈을 마주 보고 그런 다음 그렇다고, 그럴 거라고 말했어. 자기가 위험한 인물이라고."

어쩌면 그는 그게 고귀한 일이라고, 복무 기간을 다 채우면서 속죄하는 게 훌륭한 일이라고 생각했는지도 몰랐다. 작은 보상일지 모르지만 의도가 전부이니까. 하지만 더치스가 알게 된 것을 생각하면 그는 사실을 말한 거였다. 빈센트는 위험했다.

"그 아픔. 네 엄마를 잃은 아픔, 내 딸, 내 아내, 내 인생에서 좋았던 모든 걸 잃어버린 아픔. 나도 다 안다. 그때는 내가 그걸 버텨낼 거라고 생각하지 않았어."

"그런데 어떻게 버틴 거예요?"

"여기에 왔지. 숨 쉬기부터 다시 한 거야. 몬태나는 그러기에 좋은 곳이다. 언젠가 너도 알게 될지 모르지."

"스타는 고통과 죄가 서로 연결되어 있다고 했어요."

핼은 마치 딸의 입에서 그 말을 직접 듣는 것처럼 웃었다.

"시시는 어땠어요?"

핼이 시가를 눌러 껐다.

"죽음은 중생을 성인으로 만드는 경향이 있지. 하지만 아이들은…… 나쁜 거라고는 없어. 그 애는 작고 어여쁘고 완벽했다. 네엄마가 그랬듯이. 로빈이 그렇듯이."

핼은 현명하게도 더치스는 언급하지 않았다.

"그 애는 그림 그리는 걸 좋아했어. 7월 4일 불꽃놀이를 할 때는 울었지. 당근은 먹었지만 녹색 채소는 하나도 먹지 않았고. 네엄마를 떠받들었다."

"난 시시랑 닮았어요. 사진 봤어요. 나랑 스타랑 시시랑."

"맞아. 아주 예쁘지."

더치스가 침을 삼켰다.

"스타는 핼이 엄했다고 했어요. 다정한 면이 남아 있지 않았다고, 그때 이후로요. 주정뱅이라고도 했어요. 할머니 장례식에도 안 갔다고."

"끝은 또 다른 시작이다, 더치스."

"핼이 그걸 믿었으면 잘 지냈겠죠. 순 거짓부렁이야."

더치스는 조용히, 악의 없이 말했다.

"엄마가 말한 거 다 진짜예요?"

"나도 매번 나 자신한테 실망하는구나."

"그게 전부가 아니라는 거 나도 알아요. 왜 돌아오지 않은 거예요? 왜 엄마는 핼이 우리를 만나지 못하게 한 거죠? 무슨 짓을한 거예요?"

핼이 마른침을 삼켰다.

"몇 년 뒤에. 그러니까…… 5년 뒤에 녀석 가석방 이야기가 들리더구나. 그런 짓을 저질러놓고. 내 시시한테."

더치스는 그 말에서 아픔이, 수십 년이 지났는데도 여전히 생생한 아픔이 느껴졌다.

"어쩌면 그때 내가 술을 너무 많이 마셨는지도 모르겠구나. 누가 찾아왔었다. 그 남자 동생이 거기 페어몬트 카운티 시설에 빈센트랑 같이 있었어. 그 남자가 제안을 했다. 사라지게 해주겠다고, 잘못된 걸 바로잡아 주겠다는 거야. 더구나 돈도 얼마 달라고 하지 않았어. 난……. 내가 만약 그때로 되돌아갈 수 있다면, 이번에는 약해지지 않고 거절할 수 있을까?"

"빈센트가 페어몬트에서 죽인 남자죠. 그거 정당방위였던 거군요."

"그래."

더치스는 숨을 길게 들이쉬었다. 너무나 무거운 말들에 어떻게 반응해야 할지 알 수 없었다.

"그걸 네 엄마가 알아낸 거야. 그걸로 끝이었다. 모든 것이 철저히. 머나먼 밤에 있었던 단 하나의 행동, 그것 때문에 우리는 지금 여기 있는 거야."

더치스는 코코아를 마시며 엄마를 떠올렸다. 그 밤을 따스하게 해줄 기억을 찾아보았지만 스타의 허연 눈만 떠오를 뿐이었다.

"그래서 교회 나가는 거예요?"

"우리가 무슨 일을 했는지 알고 또 무슨 일을 저지를 수 있는지 알려고."

말을 마치자 더치스는 자리에서 일어났다. 소녀는 피곤했고 다크가 오는 걸 생각하며 노인과 소총을 쳐다보았다.

문간에서 더치스가 돌아보았다.

"빈센트 말이에요. 가석방 심리에서요. 그 사람은 왜 그랬을까요?"

핼이 고개를 들어 더치스를 보는데 더치스는 그 눈에서 로빈을 보았다.

"법정에서 경비들이 녀석을 데리고 가는데 워크가 커디를 바라보는 눈을 보니 둘 다 어떻게 생각해야 할지 전혀 모르는 눈치더구나. 하지만 녀석은 내게 편지를 썼어. 나한테는 말해주려고 했지."

더치스는 핼을 응시했다.

"그날 밤 이후로, 그 일을 저지른 뒤로 녀석은 우리 중 누구도 자유를 되찾을 수 없다는 걸 알았던 거야."

☦

그들은 래들리 가족 집이던 곳 밖에 서 있었다. 달빛으로 워크는 마사를, 그녀의 얼굴 모양과 작은 코, 어깨 바로 아래까지 내려오는 머리카락을 겨우 알아볼 수 있었다. 마사의 향수는 뭔가 가벼운 향이 났다. 두 사람은 손전등을 들고 불을 켰다.

워크는 빈센트가 신고한 시각과 검시관이 추정한 사망 시각 기록을 갖고 있었다. 그 기록은 정확할 수도 있었다. 더치스는 펜서콜라에 있는 주유소까지 자전거를 타고 갔는데 짐작건대 위험한데도 분명 주요 도로를 따라 달렸을 테니 45분이 걸렸을 것이다. 그러면 빈센트가 총을 처리할 시간이 15분쯤 된다. 두 사람은 빈센트가 살인범이라는 가설, 전날 밤 워크를 잠 못 들게 한 가설

326

을 확인해봐야 했다.

"녀석이 갔을 수도 있는 방향으로 전부 가보는 거야."

마사는 스톱워치를 가지고 있었다. 둘은 빈센트가 뛰어갔을지 모른다는 점, 전속력으로 달려갔다가 돌아왔을 가능성도 감안할 셈이었지만, 워크는 그가 숨이 차거나 땀을 흘리는 것처럼 보이진 않았다고 생각했다. 그런가 하면 어차피 그날 밤의 세세한 것은 그다지 기억나지 않고 예외는 스타의 얼굴뿐이었는데, 그는 그걸 평생 짊어지고 가야 하리라 확신했다. 기억상실이 슬금슬금 그를 덮쳐오고 있었다. 워크는 메모하는 습관을 들여, 기록하는 척하면서 사실은 단순하게 적어놓은 것을 확인할 때가 많았다. 하루 일과, 약 먹는 시간, 이제 그런 것들도 모두 적어두었다.

두 사람은 먼저 스타네 집 뒤뜰에서 시작해 무너진 울타리를 넘었는데, 그곳은 워크가 기억하는 한 늘 무너진 상태였다. 그렇게 들어간 듬성듬성한 숲은 아이비 랜치가와 뉴턴로를 구분하는 잡목림이었다. 두 사람은 체계적으로 모든 경로와 나무와 덤불과 화단을 검토했다. 하수구도 확인했다. 보이드와 그의 부하들과 경찰견들이 이미 같은 경로를 가보았다는 것을 알았지만, 워크는 오직 지역 주민만 알아차릴 수 있는 뭔가를 발견하지는 않을까 기대했다. 그는 두 눈을 감고 빈센트의 처지가 되어보려고 했다.

두 사람은 일곱 개의 경로를 걸어보았고 마지막 경로는 조금씩 바꿔가면서 걸어보기도 했다. 둘은 아무것도 건지지 못했다.

"녀석은 총이 없었어. 있었으면 우리가 발견했을 거야. 아니면 아마 보이드가 발견했겠지."

"그게 이 사건에서 구멍이기는 해. 큰 구멍이지. 지방검사장도 성질이 날 거야."

마사가 말했다.

두 사람은 래들리 집으로 돌아가서 보도에 섰다.

마사가 손을 내밀어 워크의 손을 잡았다. 워크는 무너지기 직
전이었다. 어디를 보아도 답을 찾을 수 없었다. 다크도 놓쳐버리
는 바람에 핸드폰에 전화를 걸고 또 걸었고 메시지도 수없이 남
겨 음성사서함이 꽉 차버렸다.

워크는 확신했다. 다크는 스타를 죽이고 빈센트 킹에게 그 죄
를 뒤집어씌워 자신의 왕국을 구하고 부를 거머쥐게 해줄 그 집
을 차지하려고 한 것이었다. 그건 허술한 가설이었으나 그가 매
달릴 것은 그뿐이었다. 더치스 쪽은 핼이 유령이라는 사실, 래들
리 농장이 감춰져 있어 아이들이 거기서 안전할 거라는 점에 안
심이 되었다.

뉴턴로 끝에서 마사는 그를 이웃집 진입로로 이끈 다음 짙은
매자나무에 가려진 낮은 울타리를 뛰어넘었다.

"아직도 지름길을 다 알고 있네."

워크가 말했다.

"저기는 스타가 알려줬어."

20분 뒤 두 사람은 늙은 소원목에 도착했고, 바다 위에는 별
이 떠 있고 리틀 브룩 교회의 종탑이 버려진 등대처럼 보였다.

"이게 아직도 있다니, 믿기지가 않아. 우리 이 나무 아래에서
사랑 나누던 거 너 기억해?"

워크가 웃음을 터뜨렸다.

"난 다 기억한다고."

"넌 내 브라를 제대로 벗긴 적이 없었지."

"한 번은 했어."

"아니. 그때도 내가 미리 풀어놓은 거야. 네가 잠시나마 우쭐하라고."

마사는 나무 옆에 앉더니 팔을 뻗어 워크를 자기 옆에 앉혔다. 두 사람은 커다란 참나무에 기대앉아 별들을 올려다보았다.

"내가 미안하다는 말 안 했지."

마사가 말했다.

"뭐가?"

"너를 떠난 거."

"그게 언제 적 일인데. 우린 애들이었잖아."

"그렇지 않아, 워크. 판사도 아니라고 판결했잖아. 너 그 생각 해?"

"뭐를?"

"나랑. 임신한 거. 아기."

"매일 하지."

"그 일을 떨쳐내지 못했어. 내 아버지 말이야. 그렇게 나쁘기만 한 사람은 아니었는데. 그냥…… 나에게 옳은 일을 한다고 생각했던 거 같아."

"신께는 틀린 일이고."

마사는 잠시 아무 말도 하지 않았다. 배의 불빛이 둥둥 떠가며 해류를 따라 움직였다.

"넌 결혼 안 했네."

마사가 말했다.

"당연하지."

마사가 작은 소리로 웃었다.

"우리는 열다섯이었어."

"그래도 난 알았어."

"난 네 그런 점이 참 좋았어. 그런 순수한 믿음, 좋은 것과 나쁜 것, 그리고 사랑을 믿는 마음. 너는 아무 말도 하지 않았지. 내 아버지에 관해서도, 아버지가 한 일에 관해서도. 아무에게도 말하지 않았고. 나는 널 버리고 떠나고, 스타는 다른 학교로 가고, 오직 너 혼자랑 그것뿐이었잖아. 빈센트가 저지른 그 어마어마한, 사람 말려 죽이는 염병할 짓."

워크가 마른침을 삼켰다.

"난 그냥 너희들이 다 행복했으면 했어."

다시 그 웃음소리. 거기에 조롱이라고는 없었다.

"널 본 적은 있어. 한 1년쯤 지나서였을 거야. 클리어워터 코브에 있는 쇼핑몰에서. 내가 어머니랑 같이 있는데, 네가 영화관 밖에서 줄을 서고 있었어."

그가 말했다.

마사는 잠시 조용히 있다가 그 일을 생각해냈다.

"데이비드 로언. 그냥 남자애였어. 아무 사이도 아니었어."

"그래, 그건 알아. 그래서 이야기한 게 아니야. 그냥…… 네가 행복해 보였다고, 마사. 그리고 그 녀석을 생각해보니 녀석은 몰랐던 거잖아. 우리가 무슨 일을 겪었는지 녀석은 몰랐고, 난 그러면 괜찮겠구나 싶었어. 넌 그냥…… 너랑 그 녀석 사이에는 그 일이 없었던 거잖아. 녀석이랑은 그걸 나누지 않아도 괜찮았잖아. 그냥…… 너로 있을 수 있었을 테니까."

마사는 울었다.

워크는 마사의 손을 잡았다.

26

겨울이 오자 래들리 농장은 얼어붙었고 하늘은 가벼운 눈으로 하얘졌다.

로빈이 땅바닥에 드러누워 눈을 어찌나 오래 바라보는지 더치스는 손가락이 하얗게 된 동생을 집까지 끌고 가야 했다. 농장 일은 줄어들었지만 동물들은 여전히 보살펴줘야 했다. 회색 말과 검정 말은 코트를 걸치고 풀을 뜯었다. 더치스는 매일 아침 혼자서 회색 말을 데리고 나가기 시작했고, 여명이 비치면 녀석에게 마구를 채우고 이제 익숙해지고 있던 길을 따라갔다. 소녀는 몬태나의 고요함을, 마치 신이 숲에 담요를 덮어서 가장 시끄러운 박새들만 남기고 모든 것을 감춰버린 것 같은 짙은 고요함을 즐기게 되었다.

다크를 감시하는 일은 계속되었고, 핼은 매일 밤 늦게까지 앉아 사냥 모자를 쓰고 담요를 두른 채 소총을 발치에 두고 지켜보았다. 어떤 밤이면 더치스는 잠에서 깨어 창가에 갔다가 핼이 그 아래 있는 것을 본 뒤 곧바로 깊은 잠에 빠져들기도 했다. 어떤 밤엔 아래로 내려갔고, 그러면 핼이 코코아를 만들어주었다. 대체로 두 사람은 앉아서 그저 아무 말도 없이 있었지만 때때로 더치스는 핼이 빌리 블루의 이야기를 하게 내버려두었는데, 이야기가 얼마나 눈부시고 세세한지 핼이 지어낸 게 아닌가 하는 생각도 들었다. 어느 날 밤, 더치스는 핼의 어깨에 기대 잠들었다가 침대에서 이불을 꼭 덮은 채 깨어났다.

주말이면 더치스는 토머스 노블과 로빈이랑 함께 시간을 보내며 하얀 숲을 걷기도 하고, 두 소년에게 먼저 가라고 한 다음 부츠가 찍힌 발자국을 추적하기도 했다. 찬 공기는 메마르고 산뜻했고 방황하는 소녀의 마음을 명료하게 해주었다. 더치스는 케이프 헤이븐과 그곳의 변하지 않는 계절을 덜 생각하고 몬태나를 더 생각했으며, 이따금 미래도 생각했다. 어머니의 기억을 떠올릴 때는 아주 주의해서, 산처럼 쌓인 석탄 더미에서 다이아몬드만 꺼내 보았다.

소녀는 성적이 나아졌고 학급 뒤쪽에 앉아 학교 공부를 하면서, 원주민들과 이주자들 이야기를 글로 생생하게 만들어냈다. 래들리 농장 사진을 워크에게 보냈는데, 일어나 보니 눈이 잔뜩 쌓여 있던 날 자기 방 창문에서 찍은 것이었다. 토요일 아침이면 헬과 시내에 나가서 식료품을 산 다음 체리스 베이커리에 가 코코아를 마시고 도넛을 먹었다. 그런 날이면 대체로 돌리도 거기 있었고, 그들은 같이 앉아 이야기를 나누었다. 빌의 건강이 더 나빠졌고, 돌리의 흠잡을 데 없는 얼굴 아래에서 더치스는 애도할 일을 예고하듯 갈라진 틈을 발견하고 나중에 그 때문에 애를 태웠다.

셋이 차를 몰고 찾아간 햄비호는 물이 얼마나 깊은지 바다 같았다. 헬은 배를 빌려 수정처럼 맑은 물을 갈랐고, 그들이 둥둥 떠다니는 배 위에서 낚시를 하는 동안 해가 추위를 가져가버려 더치스가 상상할 수 있는 최고로 완벽한 오후가 되었다. 로빈이 제대로 된 무지개송어를 잡아 소리를 질렀고 헬이 결국 송어를 물에 돌려보냈다.

토머스 노블은 종종 겨울 무도회 이야기를 꺼냈다. 어떤 날 더치스는 그저 개소리 말라고 했고, 어떤 날은 펀치에 약을 타서 자기가 정신을 잃으면 못된 짓을 하려고 흉계를 꾸민다고 비난했다. 더치스가 그를 성범죄자라고 하면 토머스는 머리를 긁적이며 안경을 코 위로 밀어 올렸다.

12월 첫날 토머스 노블은 그동안 모아둔 블루벨 한 다발을 더치스에게 가지고 갔다. 오래전에 죽어 서글픈 모습이었으나 마음은 담겨 있었다. 토머스는 빙판이 된 도로를 6, 7킬로미터나 자전거로 달린 다음 눈 덮인 농장 진입로까지 올라왔다. 도착할 즈음에는 살짝 동상이 걸린 데다 눈앞에 별이 보였다. 핼은 토머스의 몸이 녹을 때까지 불가에 앉혀두었다.

"난 너랑 춤추지 않아."

둘이 불길을 바라보며 앉아 있을 때 더치스가 말했다.

"너랑 키스도 포옹도 안 해. 네 멀쩡한 손을 잡지도 않을 거고. 예쁘게 드레스를 입지도 않을 거고 그날 밤 너랑 말도 거의 안 할지도 몰라."

"알았어."

토머스가 이를 살짝 떨며 말했다.

더치스는 문간에서 핼과 로빈이 웃고 있는 것을 보고 둘에게 가운뎃손가락을 들어 보였다.

다음 주 일요일 예배를 마친 뒤 핼은 두 아이를 데리고 브라이어스타운에 있는 상점가로 갔다. 상점 열 개가 서브웨이에서 캐시 어드밴스까지 단정하게 늘어서 있었다. 더치스는 캘리스라는 가게에서 여자 옷을 발견했다. 폴리에스테르로 만든 옷이 걸린 진열대들을 빠르게 훑어보다가 반짝이는 스팽글이 들어간 드레스를 불빛에 들어보고, 스팽글이 떨어져 나간 자리가 적어도 다섯 개는 되는 걸 발견했다.

"꼭 파리에 있는 거 같네요."

핼이 한 노란색 드레스를 가리키자 더치스는 그에게 패션에 대해 쥐뿔도 모르지 않느냐고 했다. 소녀는 그의 부츠와 빛바랜 청바지와 체크무늬 셔츠와 챙이 넓은 모자를 가리키며 그를 허수아비라고 했다.

그들은 매장을 세 바퀴 돌았다. 로빈은 야한 옷들을 가지고 와서 활짝 웃으며 누나한테 대보다가, 누나가 1980년대 길거리 매춘부처럼 보이게 입으면 좋겠느냐고 묻자 줄행랑을 쳤다.

매장 주인인 캘리가 직접 나왔으나 분위기를 파악하고 카운터로 돌아갔다. 캘리는 1960년대 유행하던 벌집 모양 머리를 하고 플랫폼 슈즈를 신었고, 넓은 벨트로 남아도는 몸무게 10킬로그램을 가리고 있었다. 핼이 그녀를 보고 웃음 짓자 그녀도 딱하다는 듯 웃어 보였다.

더치스는 뒤쪽에서 그것을 발견하고 우뚝 멈춰서 뚫어져라 쳐다보았다. 그러더니 천천히 손을 뻗어 그걸 집어 들었다. 더치스는 모자를 머리에 얹어놓고 심장이 펄떡이는 걸 느끼며 빌리 블루와 자기 핏줄을 떠올렸다. 자기가 있을 자리.

모자는 근사했다. 가죽에 스터드가 박혀 있고 챙도 딱 알맞아서 무법자라면 살인을 해서라도 차지하려고 할 종류였다.

핼이 뒤에서 나타났다.

"어울리는구나."

더치스는 모자를 벗고 가격표를 확인했다.

"빌어먹을."

"스텟슨이다."

그 이름이면 눈물이 찔끔 날 만큼 비싼 가격도 설명이 된다는 듯 핼이 말했다.

더치스는 그런 걸 사달라고 하지는 않을 것이었다. 너무 고가였지만 그래도 아쉬운 듯 드레스 코너로 돌아가면서 흘깃 돌아보았다.

"결국 이 거지 같은 걸로 해야겠네."

더치스는 옷걸이에서 노란색 드레스를 잡아챘다.

핼이 입을 열고, 그게 한 시간 전에 자기가 고른 바로 그 드레스라고 말하려고 했다. 더치스가 노려보자 그는 현명하게도 마음을 바꿨다.

‡

커디가 만남을 주선했다. 비터워터 바로 남쪽에 있는 햄버거 가게 빌스, 다 벗겨지는 빨간색 페인트에 망해가는 분위기, 손으로 쓴 표지판에는 3달러짜리 스페셜 메뉴가 적혀 있었다. 가게는 비어 있었고 워크는 창문을 내리고 드라이브 스루 쪽으로 차를 몰았다.

그는 늙은 중남미계 남자로, 머리 망과 앞치마를 하고 미간에 주름이 잡힌 모습이었고, 날라리 녀석들이 까불거려도 받아주면서 녀석들이 버리고 간 쓰레기를 팁처럼 챙기는 노인이었다. 워크가 명찰을 확인했다. '루이스'였다.

루이스는 워크를 알아보고는 주차장을 가리켰다.

워크는 그쪽으로 차를 몰아 주차하고 차에서 내려 보닛에 앉았다. 10분이 지나자 그가 나오더니 걸음을 멈추고 발을 이리저리 움직였다.

"쉬는 시간이 5분밖에 없어."

루이스가 말했다.

"만나주셔서 고맙습니다."

"커디의 친구니까."

루이스는 빈센트의 옆방에서 8년을 복역했다. 무장 강도로 들어간 것인데, 길고 긴 범죄 행위의 마지막이었다. 팔에 그려진 문신은 폭력단을 나타냈으나 워크는 그가 오래전에 거기서 손을 뗐으리라 짐작했다.

"당신이 물으면 내가 대답하지. 그런 다음 난 갈 거요. 주인장이 근처에 경찰이 돌아다니는 걸 싫어해서."

"좋습니다. 빈센트 킹에 관해 말씀해주세요."

루이스는 담배에 불을 붙이고 창문을 등진 채 담배 연기를 뿜으며 손으로 흩어버렸다.

"내가 만난 인간들 중 자기가 함정에 빠졌다고 말하지 않은 유일한 남자요."

워크가 웃었다.

"농담이 아니오. 그 친구는 말이 별로 없었어."

"안에 친구가 없었습니까."

"그렇지. 빈센트는 없었어. 그 친구는 운동장에 나가는 시간도 마다했다니까. 푸딩 컵도."

"뭐라고 하셨죠?"

"푸딩 말이오. 거기 음식은 개좆같은데 푸딩은 안 그렇거든. 난 그 푸딩 컵 때문에 찔린 남자도 봤소. 빈센트는 자기 걸 매일 나한테 줬지."

워크는 그 말을 어떻게 받아야 할지 알 수 없었다.

"이해를 못 하시는군, 경찰 양반. 그 친구는 딱 필요한 만큼만 먹었어. 딱 필요한 말만 했고. 염병, 숨도 딱 필요한 만큼만 쉬었다니까."

"뭐에 필요한 만큼이죠?"

"살기에 필요한 만큼이지. 기본적인 거 외에는 아무것도 안 했어. 복역 기간을 채우려고 살아 있었지. 그리고 복역 시간을 최대한 힘들게 만들려고 좆같이 애를 썼소. TV도 없고 라디오도 없고. 아무것도 없었다니까. 커디가 허락했으면 계속 독방에서 지냈을 거요."

루이스가 담배 연기를 깊이 들이마셨다.

"그 친구 거기서 문제가 있었죠."

워크가 말했다.

"다들 언젠가는 그러게 마련이지. 그 친구한테 여자가 있었지? 바깥에. 다른 놈들이 그 여자 얘기를 했소. 어쩌면 그게 그 친구 약점이었는지 모르지. 어쩌면 그 여자가 다른 남자랑 있는 걸 생각했는지도 모르고. 내 말하는데, 그 안에서 질투에 사로잡히면 아주 돌아버리지. 그 친구는 잘 버텨냈고 나중에는 다른 놈들도 어쩔 수 없이 그 친구를 내버려뒀소."

"그래도 놈들은 계속 그 친구를 노렸지요. 저도 그 상처들 봤습니다."

"그 친구의 유일한 적은 그 친구 자신이었소."

"무슨 말씀이신지?"

"한번은 나더러 칼을 구해달라더군. 별일도 아니오. 난 그 친구가 어떤 놈을 좀 혼내주려고 그러나 보다 했소."

"그런데 그게 아니었다?"

"내가 그걸 준 바로 그날 교도관들이 고함치는 걸 들었지. 그것도 별다른 일은 아니지만, 이번에는 빈센트의 방이어서 나도 가봤소."

"그런데요?"

워크는 노인의 안색이 창백해지는 걸 보았다.

"난장판이었소. 자기 몸을 찢어발겼더군. 깊은, 심한 상처들이었소. 그 친구는 동맥은 자르지 않았소. 죽고 싶었던 게 아니라 그냥 고통받고 싶었던 거요."

워크는 잠시 그 말을 되새기며 입을 뗄 수 없었고, 숨쉬기도 어려울 만큼 목이 꽉 조여 왔다.

"이제 됐소?"

"그 친구 청원서*가 필요합니다."

"그거 해줄 사람은 아무도 없을 거요. 아무도 빈센트를 모르니까."

루이스는 담배를 떨어뜨리고 눌러 끄더니 몸을 숙여 꽁초를 집었다. 그는 워크에게 윙크를 하더니 손을 내밀었고, 워크가 손을 잡아 악수하려고 하자 쯧 소리를 냈다.

마침내 워크가 20달러를 꺼내자 루이스는 그걸 받았다.

- 피의자와 인연이 있는 사람이 선처를 바라며 피의자에 관해 작성하는 글.

27

돌리가 문에 커다란 상자를 들고 나타났다. 돌리는 로빈을 자기 집으로 데리고 가서 오늘 밤 그곳에서 재우기 위해 왔다. 노블 부인이 무도회가 끝난 뒤 두 아이를 데리러 가지 못할 경우를 대비해 핼이 시간을 비워두고 싶다고 해서였다. 핼은 늘 주시하면서, 걱정했다.

돌리는 더치스를 침실로 데려가 상자를 열고, 놀랄 만큼 다양한 화장품과 향수를 보여주었다.

"날 창녀처럼 보이게 만들지 마세요."

"약속은 못 하겠는걸, 예쁜이."

그 말에 더치스는 웃었다.

한 시간 뒤 계단을 내려오는 더치스는 전문가의 손길에 닿은 듯 머리카락이 구불구불 휘어 있었고 입술이 반짝거리는 분홍색이었다. 캘리가 고르는 걸 도와준 새 신발도 신고 새 나비 리본도 했다. 더치스는 몸무게도 조금 더 늘어 이제는 그렇게 바싹 마르지 않았고 농장 일로 근육도 탄탄했다.

더치스는 핼이 자부심 비슷한 표정을 짓고 있는 걸 보고 그가 입도 뻥긋하기 전에 입 닥치라고 했다.

"예쁘다. 엄마랑 똑같아."

로빈이 놀리며 말했다.

✝

두 사람은 돌리랑 로빈을 따라 어보카까지 갔다. 눈발이 살짝 날렸지만 도로에는 소금이 뿌려져 있었다. 돌리네 집은 크고 호화로웠고 따스한 불빛이 창문에서 새어 나왔다. 더치스는 아까 빌의 안부를 물었다. 돌리는 그가 물색없이 아직도 포기하지 않았다고 답했다.

핼과 더치스는 깜빡이는 표지판을 지나갔다. 서행하시오.

"긴장되냐?"

핼이 말했다.

"오늘 밤에 임신할까 봐요? 에이, 일어날 일은 일어난다고요."

두 사람은 칼턴으로 접어들었다.

"로빈이 걱정돼요."

소녀가 말했다.

핼이 곁눈으로 보았다.

"그날 밤 일에 대해 뭘 알고 있는지. 그 일이…… 기억이 돌아온 건 아니지만, 모르겠어요. 걔는 그때 꿈을 꿔요. 전부 들은 거 아닌가 싶어요."

"그럼 해결해야지."

"그렇게 간단하게요?"

"그래. 괜찮은 생각인 거 같으냐?"

더치스는 끄덕였다.

두 사람은 하이우드 드라이브로 방향을 틀었다.

"제길."

"왜 그러냐?"

이 말을 한 뒤 핼도 그 광경을 보았고, 웃지 않으려고 했으나 웃음에 지고 말았다.

노블네 집으로 들어가는 길이 눈을 쓸어놓은 대신 장미 꽃잎으로 수놓아져 있었다.

"썩을, 제발 날 좀 쏴 죽여줘요."

더치스는 창문에서 소년이, 크리스마스를 기다리는 로빈처럼 유리에 얼굴을 딱 붙이고 있는 걸 보았다.

"얼씨구, 나비넥타이까지 했네. 무슨 마술사 같아."

핼이 트럭을 세웠다. 현관문이 열리고 노블 부인이 한 손에 카메라를 들고 나타났다. 그 뒤에서 노블 씨는 비디오카메라를 들고 있었는데, 카메라가 너무 커서 어깨에 올려놓아야 할 정도인 데다 눈이 멀 만큼 밝은 조명을 쏘아댔다.

"차 돌려요. 저 미치광이 놀음에 낄 생각 추호도 없어요."

"괜찮아. 저 사람들을 위해서 딱 한 번만 하면 어떠냐."

"이기심 없는 행동이네요."

"기다리마. 문제 있으면 전화하거라."

더치스는 심호흡을 하고 거울에 손을 뻗더니 나비 리본을 매만졌다.

"오늘 밤 재미있게 놀려무나."

"천만에요."

더치스가 트럭 문을 열자 찬 공기가 소녀를 맞았다.

"내 드레스는 평범해요. 다른 애들 거랑 달라요."

"네가 언제부터 다른 애들처럼 되고 싶어 했다고? 넌 무법자야."

"난 무법자예요."

더치스는 눈으로 내려섰다.

헬은 시동을 켰고 더치스는 차 문을 닫으려다가 불렀다.

"헬."

"그래, 더치스."

소녀가 그의 눈을 마주 보았을 때 그는 늙어 보였다. 아직 힘이 있었으나 더치스도 그가 짊어진 무게와 그 대가를 잘 알았다. 소녀는 자기 어머니를, 그리고 시시를 생각했다.

"나 미안하지 않아요. 내가 이제까지 했던 말들 전부."

소녀는 마른침을 삼켰다.

"난 그냥……."

"괜찮아."

"안 괜찮아요. 하지만 언젠가는 괜찮아질지도 몰라요."

"이제 가. 가서 재미있게 놀아봐. 카메라 보고 웃기도 하고. 두 카메라 모두."

더치스는 가운뎃손가락을 들었으나 웃음도 머금고 있었다.

미러볼이 돌아갔고 더치스는 조각난 불빛이 아이들 위로 움직이는 걸 지켜보았다. 무도회 테마는 '이상한 나라'였고 소녀는 솜으로 만든 눈과 눈 덮인 꽃들을 쳐다보았다. 머리 위로는 희고 파란 풍선들이 떠 있고 페인트칠을 한 별들과 판지로 만든 나무들이 얼음처럼 보이게 만든 무도장을 둘러싸고 있었다.

더치스가 코르사주를 만지작거렸다.

"가렵잖아. 너 이거 쓰레기통 뒤져서 찾은 거야?"

"어머니가 골라준 거야."

두 아이는 뒤쪽에 머물렀다. 더치스는 호화로운 드레스를 입고 힐을 신은 소녀들이 비틀거리는 걸 보았다. 그 애들이 자빠지기를 조용히 기도했다.

토머스 노블은 야회복 차림이지만 치수가 너무 커서 안 좋은 손이 소매 안쪽에 가려졌다. 그 겉에는 실크 망토를 둘렀는데 어찌나 환상적으로 기괴한지 더치스도 눈을 뗄 수가 없었다.

"아버지가 그러는데 신사라면 공식 행사에 갈 때 항상 망토를 둘러야 한대."

"네 아버지는 백 살 하고도 쉰이나 먹었잖아."

"아버진 아직 팔팔해. 부모님이 사랑을 나눌 때면 소리 때문에 귀가 먹을 지경이라서 뒤뜰로 도망간다니까."

더치스는 모골이 송연해져서 토머스를 빤히 쳐다봤다.

음악이 시작되자 더치스는 소녀들 한 무리가 무도장으로 달려가는 걸 보았다.

토머스 노블은 둘이 마실 주스를 가지고 왔고, 둘은 하트 모양의 무대와 사진사 옆에 있는 테이블에 자리를 찾았다.

"나랑 와줘서 고마워."

"너 그거 벌써 열여덟 번이나 말했거든."

"케이크 먹을래?"

"아니."

"감자칩은 어때?"

"됐어."

뭔가 빠른 음악이 흘러나왔다. 제이컵 리스턴이 주변 아이들을 물러나게 하더니 최고의 춤 동작을 선보였고 같이 있던 여자애가 어색하게 손뼉을 쳤다.

더치스가 인상을 썼다.

"쟤 꼭 발작하는 거 같아."

음악이 느려지고 무대에 아이들이 줄어들었다.

"너 나랑……."

"같은 말 또 하게 하지 마."

"옷 근사한데, 토머스 노블."

빌리 라일과 척 설리번이었다.

"최소한 병신 같은 손은 가려지네."

웃음.

토머스 노블은 주스를 홀짝이며 무도장에서 눈을 떼지 않았다.

더치스가 손을 뻗어 그 애의 안 좋은 손을 잡았다.

"나랑 춤춰."

지나가면서 더치스가 몸을 숙여 빌리에게 뭐라고 말했다. 그러자 빌리가 재빨리 물러났다.

"내 엉덩이에 손댈 생각 마."

두 사람이 무도장으로 올라갈 때 더치스가 말했다.

"빌리한테 뭐라고 한 거야?"

"네 거시기가 10인치라고 했어."

토머스 노블이 어깨를 으쓱했다.

"그건 4분의 1짜리 진실인데."

더치스가 웃음을 터뜨렸다. 어찌나 힘껏, 어찌나 마음껏 웃었는지 그게 얼마나 기분 좋은지 잊고 있었다는 걸 알았다.

더치스가 토머스를 안았다.

"젠장, 토머스 노블. 갈비뼈가 다 느껴지잖아."

"더구나 옷을 입고 있는데 말이지. 내가 웃통 벗은 모습은 보고 싶지 않을걸."

"상상이 간다. 전에 기아에 관한 다큐멘터리를 본 적 있거든."

"네가 여기 와서 기뻐."

"네가 하도 끈질기게 구니까 그랬지. 네 아버지가 자랑스러워 하겠다."

두 사람은 제이컵 리스턴과 그 애의 상대와 부닥쳤다. 제이컵 은 오줌이 마려운 듯 몸을 비비 꼬았다. 더치스는 그 상대 여자애 에게 연민이 담긴 웃음을 보냈다.

"여기 말이야, 몬태나. 네가 여기에 살러 와서 기쁘다고."

"왜?"

"그냥……"

토머스 노블이 동작을 멈추자 더치스는 그 끔찍한 순간 소년 이 키스하려고 하나 생각했다.

"그냥, 전에는 무법자를 본 적이 없거든."

더치스는 조금 더 소년에게 다가가 같이 움직였다.

✝

워크는 사무실에 앉아 블라인드를 내려놓고 있었지만 마을 의 불빛이 어둠을 밝혀주었다. 그는 수화기를 어깨와 귀 사이에 끼우고 핼과 얘기하면서 메모를 했다. 두 발을 종이 뭉치 위에 올 려놓고 터질 듯 꽉 찬 서류함을 보았다. 나중에 전부 정리할 작정 이었다. 그 난장판에 다들 몸서리를 쳤지만 그는 아니었다.

그는 매주 금요일 밤 같은 시각에 안부 전화를 걸었다.

보통은 짧게, 소년이 잘 지내는지, 아직 정신과 의사를 만나 는지 등을 들었다. 그런 다음 소녀 이야기로 넘어갔다. 이따금 두 남자는 5분 정도, 그러니까 핼이 이야기하는 데 딱 필요한 시간 동안 통화했는데, 핼은 소녀가 무슨 못된 짓을 저질렀는지 또 그 때문에 화가 난 척하는 동안 웃음을 참느라 얼마나 고생했는지 전했다. 워크도 그 연극을 잘 알았다.

"느리기는 해. 더치스 쪽은 느리기는 하지만 그래도 나아지고 있네. 다 나아지고 있어."

핼이 말했다.

"잘됐군요."

"오늘 밤엔 그 녀석 학교 무도회에 갔네."

"잠깐만요. 더치스가 무도회에 갔다고요?"

"겨울 공식 무도회에. 아주 진지한 행사야. 에버그린 중학교 전체가 불이 환해서, 콜드 크리크에서도 조명이 보일 정도지."

워크는 마음을 놓고 웃었다. 소녀는 잘 지내고 있었다. 역경에도 불구하고, 역경이 잔뜩 쌓여 있는데도 소녀는 삶을 살아가고 있었다.

"그리고 로빈 말이야. 녀석이 뭔가 기억하기 시작한 것 같아."

워크는 두 다리를 다시 내려놓고 수화기를 귀에 꽉 붙여 노인이 숨 쉬는 소리까지 들었다.

"구체적인 건 아직 없네."

"혹시 이름을 언급하지는 않았고요? 다크는요?"

핼은 그 말에서 필사적인 마음을 읽었는지 부드럽게 말했다.

"구체적인 건 없어, 워크. 내 생각에 그 녀석은 제 엄마가 살해 당했을 때 자기가 거기 있었을지도 모른다는 사실에 조금씩 마음을 여는 거 같네. 정신과 의사는 괜찮아, 너무 물어보거나 캐내거나 유도하려고 하지도 않고."

"마음 한구석에서는 그 애가 기억을 못했으면 싶습니다."

"나도 의사에게 같은 말을 했네. 의사도 아예 기억 못할 가능성이 적지 않다고 하더군."

"제가 세 사람 모두 생각하고 있습니다."

"내가 망을 보고 있네. 그 다크라는 자 말이야. 더치스가 그 차를 봤을 때 난 그놈이 왔나 보다, 그 애가 줄곧 말한 대로 됐구나 했어."

"그럼 지금은요?"

"아직 기다리고 있네. 먼저 쏘고 질문은 나중에 해야지."

워크는 지친 웃음을 지었다. 잠 못 이루는 밤들이 그를 짓눌러 생각을 바닥으로 끌어내리고 머리에서 빠져나가게 만들었다. 어떤 날이면 그는 고속도로 위에서 정신이 들었는데 자기가 어디로 가야 하는지도 싹 잊은 상태였다.

"편히 쉬세요, 핼. 조심하시고요."

그는 수화기를 내려놓고 하품을 했다. 보통 때 같으면 너무 피곤해서 곧장 집으로 돌아가 맥주를 하나 마시고 ESPN을 보다 잠이 들었을 터였다. 그러나 그때는 마사를 보고 싶은 마음이 압도적이었다. 이야기를 하려는 것도 아니고 그저 밤을 홀로 보내고 싶지 않아서였다.

워크는 전화기를 들어 번호를 누르다가 관둬버렸다. 그는 자기가 무슨 짓을 하고 있는지, 끼어들 자격도 없는 인생에 슬금슬금 미끄러져 들어가고 있다는 걸 잘 알고 있었다. 그가 어떤 마음이든 간에 그것은 냉혹한 짓이었다. 그를 볼 때면 마사는 삶에서 가장 어두운 때를 기억해야 했고, 그것은 앞으로도 늘 그럴 터였다.

워크는 어둠 속에 잠긴 경찰서 복도를 천천히 걸어갔다.

"리, 아직 여기 있는지 몰랐네요."

리는 고개를 들었고 피곤한 모습에는 웃음기도 없었다.

"야근이죠 뭐. 누군가는 서류 체계를 정리해야 하잖아요. 밤새 일해도 한 달은 꼬박 걸릴 거예요."

"좀 도와줄까요?"

"아뇨, 들어가세요. 난 여기 밤새 이러고 있어도 상관없어요. 에드는 알아차리지도 못할 거예요."

그는 뭔가 말하려고 했지만 뭐라고 해야 좋을지 몰랐는데, 그때 리가 고개를 돌려 하던 일로 돌아갔다.

그는 밖으로 나가며 더치스 데이 래들리가 학교 무도회에 가 있는 모습을 떠올리고, 웃음 지으며 따뜻한 저녁으로 발걸음을 내디뎠다.

✝

차를 몰고 돌아가는 동안 눈은 굵어지고 대화는 삐걱댔다. 노블 부인이 토머스에게 무도회가 어땠는지 물었다. 토머스는 자기 인생 최고의 밤이었다고 대답했다.

더치스는 지나치는 농장에 쌓이는 눈을 바라보았다. 보통은 주변이 어둠 속에 가려져 있을 터였지만 그때는 저 멀리 있는 산들도 볼 수 있었다.

래들리 농장 입구에 도착해 노블 부인은 안으로 들어가려고 했지만 진입로에 눈이 깊이 쌓여 있었다. 헬은 눈을 다 치울 수 없었다. 진입로는 너무 길고 눈이 너무 빨리 내렸던 것이다.

"여기서부터는 걸어가면 돼요."

"정말이니, 예쁜이? 마음 같아서는 그냥 지르고 싶지만 밤새 눈밭에 갇히게 될 거 같네."

"헬이 포치에 있을 거예요. 차 불빛 보고 내려올 테니 가세요."

더치스는 재빨리 차에서 내렸고, 노블 부인과 토머스 노블이 내려 따라오려고 하기 전에 진입로를 올라가기 시작했다.

반쯤 갔을 때 소녀는 뒤돌아 팔을 흔들고 차의 불빛이 멀어지는 것을 지켜보았다.

더치스는 힘겹게 눈 위를 걸으며 걸음마다 새 신발을 높이 들어 올렸다. 유칼립투스 나무들이 서 있고 눈 덮인 나뭇가지들이 늘어져 하얗게 호를 그린 모양이 마치 결혼식장의 아치 장식 아래를 걷는 것 같았다. 자유를 느껴 하늘을 올려다보자 눈송이들이 팔랑거렸고, 다 품지도 못할 만큼 아름다웠다. 소녀는 로빈을 떠올리고 주말이 되면 무엇을 할지, 눈밭에 드러누워 팔다리를 움직이며 눈 천사를 만들고 할아버지만큼 커다란 눈사람을 만들까 생각했다.

서로 맞닿는 나무들을 지나가자 달빛이 오래된 농가주택을 은은하게 비추었고, 더치스는 이유도 모르고 미소 지었다. 멀리 부엌에 불이 켜져 있었다.

소녀는 한 걸음을 내딛다 우뚝 멈췄다.

눈에 찍힌 자국, 거의 눈에 덮였지만 흔적이 남아 있었다.

발자국.

커다란 발자국이었다.

그날 밤 소녀는 처음으로 한기를, 진짜를, 몬태나의 진정한 한기를 느꼈다.

"헬."

소녀는 나직이 말했다.

소녀는 발걸음을 조금 빨리했고 심장이 내달리기 시작했다. 뭔가가 잘못됐다. 소녀는 그걸 느낄 수 있었다.

그리고 그때 그가 보였다.

그리고 소녀는 안심했다.

그는 벤치에 앉아 있었고 총이 발치에 놓여 있었다.

포치에 이르자 더치스는 손을 흔들고 활짝 웃은 뒤 계단을 올라갔다. 그날 밤이 어땠는지, 얼마나 거지 같았는지 말해줄 생각이었다.

그러나 그때 소녀는 그의 얼굴이 창백하고, 뻣뻣하고, 이마에 땀이 맺혀 있는 걸 보았다.

숨 쉬기가 힘겨웠지만 그러면서도 그는 소녀에게 웃어 보이려고 했다.

소녀는 천천히 다가갔고 그런 다음 아주 조심스레 그에게서 담요를 걷어냈다.

그리고 바로 그때 피를 보았다.

"이런 씨발, 헬."

소녀가 속삭였다.

그는 배를 한 손으로 꼭 누르고 있었지만 피가 빠르고 꾸준하게 흘러나왔다.

"녀석을 맞혔어."

헬이 말했다.

생명이 빠져나가고 있는 그 순간 그는 소녀에게 한 손을 내밀었다. 소녀는 손을 잡았고, 그의 피가 무슨 치명적인 병인 것처럼 소녀에게 흘렀다.

소녀는 손을 놓고 부엌에 있는 전화기로 달려갔다. 단축 다이얼에 있는 아이버 카운티 경찰서를 누른 뒤 할 수 있는 말은 전부 전했다.

소녀는 핼의 피가 묻은 지문을 수화기에 남겼다. 찬장에서 위스키를 꺼내 달려 나갔다.

"염병."

소녀는 병을 그의 입술에 가져다 댔다.

그는 이제 피가 목에 걸려 쿨럭거렸다.

"놈을 쐈다, 더치스. 도망쳤지만 내가 맞혔다고."

"말하지 마요. 사람들이 오고 있어요. 어떻게 해야 하는지 아는 사람들이 오고 있다고요."

핼이 소녀를 바라보았다.

"너는 무법자다."

"그래요."

소녀가 갈라지는 목소리로 말했다.

"네가 자랑스럽구나."

소녀는 그의 손을 꼭 쥐고 자기 머리를 그의 머리에 대고 두 눈을 감고 눈물을 참았다.

"씨발."

소녀는 소리쳤다. 소녀는 그의 팔을, 가슴을, 뺨을 세게 쳤다.

"할아버지. 일어나."

소녀는 새로 산 노란색 드레스에 묻은 피를 내려다보고, 쌓인 눈을 바라보다가 발자국이 하얀 들판으로 이어지는 걸 발견했다.

소녀는 한 번 더 무릎을 꿇었다.

"끝은 또 다른 시작이에요."

소녀는 그 옆에 놓인 소총을 들었다.

소녀에겐 더 이상 살을 에는 한기도 느껴지지 않고 꽉 차오른 달도 보이지 않았다. 별도 보이지 않았고 빨간색 헛간도 얼어붙은 호수도 보이지 않았다.

마구간에서 소녀는 회색 말에 안장을 채우고 말을 끌고 나왔다.

소녀는 한 손에 소총을 든 채 한 손으로 말에 올라탄 다음, 고삐를 채며 발자국을 따라 달렸다.

소녀는 마음을 놓아버린 자신을, 새로운 삶의 가능성에 그렇게 빠져버린 자신을 저주했다. 소녀는 분노를, 뜨거워서 몸이 뒤틀리는 분노를 기억했다.

소녀는 자신이 누구인지 되새겼다.

더치스 데이 래들리.

무법자.

3부 _____ 보상

28

그는 낮부터 차를 몰았고 밤이 되어 상향등을 켜자 야생화들이 깜빡이며 지나갔고, 모하비 사막도 그저 변형되는 윤곽들일 뿐이었다.

15번 고속도로가 통과하는 라스베이거스의 불빛, 거대한 외계 비행물체가 하늘에서 떨어진 것처럼 휘황찬란했다.

솟아오른 옥외 광고판들에는 근사한 옷차림에 눈썹을 치켜올린 마술사들도 보이고 예전의 인기를 최대한 뽑아 먹으려는 한물간 스타들도 있었다.

그는 룸미러로 그곳이 서서히 사라져가는 모습을 지켜보았고 머지않아 그곳이 애초에 존재하지도 않았던 것처럼 느껴졌다. 그는 밸리 오브 파이어*와 비버 댐**, 그리고 좀 더 떨어진 캐니언***의 영원한 그림자를 빙 둘러 달렸다. 시간이 흐를수록 텅 비어가는 고속도로에 모텔 불빛들과 주유소들이 나타났다.

대부분 잠든 시각, 아이언 카운티의 역사적인 도시 시더시에서 그는 밤새 영업하는 작은 식당에 들렀다. 그는 칸막이 자리에 앉아 사내 두어 명이 "클라크를 송별하는" 이야기를 하는 것에 귀

- • Valley of Fire 주립공원, 네바다주의 공원으로 붉은 빛깔의 사암 때문에 붙여진 이름이다.
- •• 15번 고속도로를 따라 달리다가 애리조나주를 잠시 지나갈 때 나오는 타운이다.
- ••• 그랜드 캐니언을 말한다.

를 기울였다. 들은 얘기로는 클라크가 죽었는지 아니면 결혼을 하는지 알 수 없었다.

그는 눈을 비비며 '포커텔로' '블랙풋' '아이다호 폴스' 표지판을 지나갔다.

카리부-타기 국유림이 눈앞으로 다가오자 그는 1600여 킬로미터를 어둠 속에서 달린 끝에 비로소 푸른빛을 볼 수 있었다. 그는 87번 고속도로에 접어들며 속도를 늦추고 헨리스호 옆으로 지나가며 해가 뜨는 모습을 보았다. 수많은 색이 호수에 굴절되어 그는 한 번 더 눈을 비볐다.

처음 눈이 내리기 시작한 곳은 스리 포크스로, 흰 눈밭이 저 멀리 하얀 하늘까지 이어졌다. 그는 차창을 닫고 히터를 켰지만 추위도 온기도 느껴지지 않았다.

아이버 카운티 경찰서에서 전화가 왔을 때 워크는 집에 꼼짝 없이 누워 있었는데, 일종의 마비 상태에 빠져 하마터면 전화기도 잡지 못할 뻔했다. 통화 중이던 경찰이 전화를 끊자마자 그는 수화기를 쾅쾅거리며 내리찧어 산산이 부숴버렸다. 그런 다음 책상 위 물건들을 쓸어 카펫에 죄 떨어뜨렸고, 컴퓨터 화면을 발로 차 금이 가게 만들었다. 그러고 나서 천천히 도로 싹 정리했다.

엽서들이며, 금요일 밤 핼과 했던 통화들, 소녀와 소년이 그럴듯한 삶을 살 수 있을지 모른다는 환상이란 환상이 모조리 냉혹하고 철저하게 깨져 워크는 사흘 동안 아무에게도 말을 하지 않았다. 그는 10년간 쌓인 휴가를 냈고, 사람들에게 하도 걱정을 끼쳐 벌레리아가 찾아와 문을 쿵쿵 두드릴 지경이었다. 그는 대답하지 않았다. 마사의 전화에도 응답하지 않았다.

그는 자기 집에서 첫째 날을 보냈는데, 텔레비전 뒤의 벽에 다크의 인생 궤적을 붙여놓고 마음속에서 그를 절대로 잊어버릴 수 없게 해두었다. 하도 옛날에 있었던 단서를 추적하다 보니 번호가 연결이 안 되거나, 연결되더라도 상대가 20년 동안 다크의 이름을 들어본 적이 없어 어리둥절해했다. 워크는 술도 마셔보았는데, 짐 빔 한 병을 비우려다가 4분의 1을 마시고는 포기했다. 복용하는 약에 술이 더해지니 그저 깨나른해질 따름이었다. 그는 무슨 실수라도 발견하기를, 자기 어깨에 책임을 짊어지고 깊이 가라앉아버릴 이유라도 발견하기를 간절히 바랐으나 이번에도 아무것도 찾지 못했다. 운명이 잔혹한 패를, 아무것도 없음이라는 패를 내놓은 것이다. 다크는 길을 선택하고 그 길을 끝까지 걸어갔다. 그런데도 그에게 아무 죄도 적용할 수 없었다. 증인도 없었다. 눈 때문에 피가 묻혀버렸다. 경찰은 지명수배도 내리고 도주로도 모두 차단하고 최대한 깊은 곳까지 추적 팀을 파견했다. 아이버 카운티 경찰은 살인범이 죽어서 숲 어딘가의 얼음 무덤에 묻혀 있다가, 나중에 녹으면 동물들에게 갈기갈기 찢겨버릴 거라는 설을 내놓았다.

워크는 경찰서로 돌아가 하던 일을 계속했다. 일상적인 위반 건을 처리하고, 늘 하던 대로 초등학교들을 돌아다니며 나흘은 낮에 하루는 밤에 교대 근무를 섰다.

마사가 말도 없이 찾아왔고 그가 있었던 일을 말해주자 그녀는 비명을 지르고 싶은 듯 손을 입에 가져갔다. 워크가 이전에 이미 부서져 있었다면, 몬태나에서 벌어진 사건은 그를 조각조각 완전히 흩어버려 다시 온전해질 희망조차 날려버렸다.

그는 빈센트에게 찾아가서, 혹시 빈센트가 마음을 바꿔 자기를 만나러 나올까 싶은 마음에 뜨거운 대기실에서 세 시간 동안 기다렸다. 그는 커디와 같이 서서 농구 시합을 지켜보며 재소자 들이 세게 넘어지거나 팔꿈치에 맞아 이가 부러져도 움찔하지 않았다.

이제는 턱수염도 길어져서 목을 지나 뼈가 도드라진 가슴까 지 내려갔다. 몇 달 만에 10년은 늙었고 피부는 푹 파인 뺨에 딱 붙어 있었다.

루이스 앤드 클라크에 이르자 눈발이 굵어졌고, 그는 89번 고 속도로에 있는 한 주유소에서 몸을 씻었다. 오줌 냄새가 나서 그 는 숨을 얕게 쉬며 제복을 벗었다. 그는 깜빡이는 불빛 아래에서 나체로 서 있었다. 배도 나오지 않고 가슴도 처지지 않았고, 오히 려 갈비뼈와 궁둥이뼈가 보였다. 그는 속옷을 입고 셔츠를 걸치 고 바지를 입고 타이를 맸다. 머리카락은 이제 바짝 쳐서 빗을 필 요가 없었다. 손이 떨렸다. 그는 떨지 않으려고 애쓰지 않았다. 손은 이제 협조하지 않았다. 한 손으로 전화를 받으면 다른 손으 로 펜을 쥘 수 없었다. 진이 빠지고 미칠 것 같았다.

캐니언 뷰 침례교회.

누군가 주차장에서 눈을 치워 높다란 눈 벽을 쳐놓았다. 그는 한 시간 미리 도착해서 좌석을 뒤로 눕히고 눈을 감았다. 밤새워 차를 몰았으니 30분은 자야 했을 텐데도 마음이 그를 내버려두 지 않았다. 그는 더치스가 어린 소녀였을 때 자기를 바라보던 것 을, 마치 그 애 문제를 해결해줄 수 있는 사람인 듯 쳐다보던 것 을 떠올렸다.

먼저 도착한 차들이 주차장에 들어왔다. 늙은 사람들이 얼굴에 추위를 드러내며 발개진 뺨으로 작은 교회를 향해 느릿느릿 걸어갔다.

그는 교회 뒤쪽에서 구석 자리를 발견했다. 오르간 한 대가 차분한 음악을 연주했다.

앞에는 관이 있었다.

다른 사람들이 일어서자 그도 일어났다.

그리고 그때 돌아서다가 로빈이 웬 모르는 여자의 손을 잡고 있는 것을 보았다. 소년은 불쑥 나이가 든 것처럼, 방아쇠를 당기는 행위에 또다시 뭔가를 빼앗긴 듯 보였다.

그 뒤에서 어두운 색의 소박한 드레스를 입은 소녀가 나타났다. 소녀는 매섭게, 도전하듯 눈을 뜨고 있었다. 소녀가 교회 안을 둘러보자 사람들이 최선을 다해 슬픈 미소를 지어 보였다. 소녀는 아무에게도 응답하지 않았다. 이제는 아이가 아니었다.

그를 보자 소녀는 잠시, 한 걸음쯤 멈칫하며 내키지 않는 기억을 떠올리는 듯했지만 곧바로 그를 지나쳤다.

앞에 가 앉은 소녀의 뒷모습에서 그는 나비 리본을 보았다. 머리 위에 눈에 띄지 않게 숨겨놓았지만 하고는 있었다.

소녀 뒤에는 안경을 낀 마른 소년이 있었는데, 목사가 말을 시작하고 로빈이 울기 시작하자 소년은 더치스의 어깨에 한 손을 올려놓았다. 더치스는 돌아보지 않고 그저 어깨를 흔들어 손을 떼어냈다.

장례식이 끝나고 워크는 사람들을 따라 래들리 농장으로 갔다.

집 안에는 샌드위치와 케이크가 준비되어 있었다. 자신을 돌리라고 소개한 노인이 워크에게 커피를 건넸다.

로빈은 아까 본 그 여자 옆에 서 있었는데 그 어떤 아이보다 길을 잃은 모습이었다. 로빈은 돌리가 도넛을 권하자 고맙지만 괜찮다고 했다. 여자가 올라가서 마지막으로 그 애 방을 보겠느냐고 물어도 고맙지만 괜찮다고 했다.

워크는 슬며시 빠져나가 눈을 뿌드득거리며 작은 발자국을 따라갔다.

그는 마구간에서 소녀가 그를 등진 채 잘생긴 회색 말의 코를 작은 손으로 토닥이고 있는 것을 발견했다. 말이 고개를 숙이고 코를 비비자 소녀는 말에게 부드럽게 입을 맞추었다.

"이제 가도 돼요."

소녀는 돌아보지 않았다.

"여기 더 있을 필요 없어요. 저 사람들 시계만 들여다보고 있는 거 나도 알아요. 자기들이 여기 오는 걸 핼이 바라기라도 했을 줄 아나."

워크가 둥근 천장 아래로 들어섰다.

"미안하다."

더치스가 한 손을 들었고, 괜찮다는 건지 썩 꺼지라는 건지 알 수 없었지만 어느 쪽이든 별로 중요하지 않았다.

"저기서 어떤 애가 계속 널 찾던데."

"토머스 노블이에요. 걔는 날 몰라요, 정말로는."

"친구가 있는 건 중요하잖아?"

"걔는 평범한 애예요. 양쪽 부모 다 있고. 성적도 좋고. 여름마다 머틀 비치에 있는 별장에서 여섯 주씩 보내요. 나랑은 마시는 공기가 다르다고요."

"식사는 제대로 하고 있어?"

"아저씨는요? 예전이랑 달라 보여요, 워크. 그 말랑말랑하던 건 어디로 갔죠?"

더치스는 드레스만 입고 있었지만 떨지 않았다.

"교회에서 로빈이랑 같이 있던 그 여자분……."

워크가 말을 꺼냈다.

"프라이스 부인이에요. 우리더러 그렇게 부르래요. 우리 입장이 얼마나 일시적인 건지 잊어버리지 않도록 하는 거죠. 얼굴 비치러 온 거예요."

워크는 잠시 소녀와 시선이 마주쳤지만 소녀가 곧 눈을 돌렸다.

"정말 미안하구나."

"씨발, 워크. 그 소리 좀 그만해요. 다 자기가 받은 패를 따라가는 거죠. 운명이라고 하든 체념이라고 하든. 다를 건 없다고요."

"교회에서 그런 건 안 가르치는데."

"자유의지는 환상이에요. 그걸 더 일찍 받아들일수록 더 일찍 앞으로 나아갈 수 있어요."

"농장은?"

"사람들이 얘기하는 거 들었어요. 핼한테 빚이 있어서 경매에 넘겨서 빚을 갚을 거래요. 래들리 농장 말이에요. 우리는 그냥 다 관리인이에요."

"로빈은?"

그 말에 슬픔이, 오직 그만이 볼 수 있는 슬픔이 소녀의 눈 깊은 곳에 어렸다.

"걔는……. 이제 말을 안 해요. 응, 아니 말고는 별로 말을 안 했어요. 우리를 입양 보낼 거라는데, 그때까지는 위탁 가정에 가 있을 거예요. 프라이스 부인이랑 프라이스 씨는 돈을 받고 우리를 받는 거예요. 먹을 것도 주고요. 자기들끼리 있으려고 우리더러 8시면 자라고 해요."

"크리스마스는."

그는 그 단어가 지금 무슨 의미가 있기라도 한 듯 엉뚱한 말을 꺼낸 것을 후회했다.

"우리 담당한 복지사가 선물 줬어요. 프라이스 부인은 로빈에게 아무것도 주지 않았지만."

워크는 침을 삼켰다.

더치스가 고개를 돌려 다시 회색 말을 토닥였다.

"이 녀석은 팔릴 거예요. 누가 농장이랑 같이 사들이지 않으면요. 누구든 녀석을 거칠게 몰지 않았으면 좋겠어요. 그날 밤 이후로 다리를 좀 절어요."

"넘어졌구나."

"내가 넘어진 거예요."

더치스가 씁쓸하게 말했다.

"녀석 탓이 아니라고요. 녀석은 좋은 말이에요. 내 옆에 있어 줬어요. 그때, 거기서 내 옆에서."

다시 눈발이 날리기 시작했다. 워크가 집을 돌아보자 안경을 낀 소년이 어머니 손에 이끌려 나가며 목을 길게 빼고 더치스를 찾았다. 그는 빈센트와 스타를 떠올렸다.

"너는 여기 남아서 같은 학교에 다니는 거야?"

"우리를 담당하는 여자가 있어요. 이제 우리는 그거예요, 워크. 복지사의 담당 건. 숫자와 파일. 장점과 단점 목록."

"너는 숫자가 아니야. 무법자지."

"어쩌면 아버지 피가 너무 좆같이 약해빠져서 래들리의 피까지 빼앗아버렸는지도 모르죠. 난 스타도 아니고 핼도 아니고, 로빈도 아니고 빌리 블루도 아니에요. 난 그냥 하룻밤, 불장난, 화학반응이에요. 그게 다라고요."

"그런 식으로 생각하면 안 돼."

더치스는 그에게 등을 돌리고 회색 말에게 말하는 듯했다.

"난 내가 누군지 절대 모를 거야."

워크는 얼어붙은 땅 너머를 건너다보고 산자락에 있는 와피티 사슴 무리를 발견했다.

"내가 필요하거든."

"알아요."

"그래도 혹시."

"그 늙은 목사요. 언젠가 예배 끝나고 나서 애들한테 삶의 의미가 뭔지 물어본 적이 있어요. 아이들 전부한테 돌아가면서 물었죠. 애들 대부분 가족이랑 사랑 얘기를 했어요."

"그럼 너는?"

"난 아무 말도 안 했어요. 로빈이 거기 있었으니까."

더치스가 기침을 했다.

"근데 로빈이 뭐라고 했는지 알아요?"

워크가 고개를 가로저었다.

"걔는 삶의 의미가 자기를 보호해줄 만큼 아끼는 사람이 있는 거라고 했어요."

"로빈한테는 네가 있잖아."

"그래서 지금 이 꼴이죠."

"하지만 넌 그게 아니라는……."

더치스가 다시 가운뎃손가락을 들었다.

"경찰에서는 핼을 쏜 사람이 죽었다고 생각해요."

"알아."

"이제 그 사람들은 그놈을 찾으려고 하지 않을 거예요. 그건 다크였어요. 그런데 그 사람들은 내 말을 안 믿어요."

둘은 눈을 헤치고 순찰차까지 걸어갔다.

"난 빈센트 킹 생각을 해요."

워크는 스타와 다크를 이어주는 고리를 찾고 싶었다. 찾을 수 없었다.

"알겠지만 이건 네 탓이 아니야."

그는 더치스의 마음을 잘 알았다.

"내 탓 맞아요, 워크. 이번에는 나 때문이에요."

그는 돌아서서 소녀를 안아주고 싶었지만 소녀가 내민 손을 잡고 흔들 뿐이었다.

"다시는 볼 일 없을 거예요."

"연락하마."

"안 하면 안 돼요?"

처음으로 소녀의 목소리가 떨렸다. 아주 조금이었지만 워크는 소녀가 고개를 돌리는 걸 보았다.

"그냥 예전처럼 착하게 지내라거나 그런 말이나 하라고요. 그런 다음 아저씨는 아저씨 길을 가고 나는 내 길을 가는 거예요. 우리 이야기는 하잘것없는 이야기예요, 워커 서장님. 참 슬프지만, 하잘것없다고요. 아닌 척하지 말자고요."

두 사람은 나무들과 래들리 농장을 덮어버리는 침묵 속에 서 있었다.

"알겠다."

그가 말했다.

"그리고요?"

"착하게 지내라, 더치스."

29

두 아이를 담당한 사회복지사는 자주색 립스틱을 발랐는데 그게 그녀로서는 가장 칙칙한 부분이었다.

셸리. 머리카락은 세 가지 색을 띠었고 모두 더치스가 보기에 자연적인 색이 아니었다. 다정다감한 셸리는 두 아이의 미래에 온당한 관심을 쏟았고, 만난 적도 없는 남자를 위해 드러내놓고 울었다.

아이들은 셸리의 녹슬어가는 볼보740 뒷자리에 앉았다. 바닥에 콜라 캔들이 굴러다녔고 재떨이에 꽁초가 가득했지만 셸리는 두 아이가 차에 있을 때는 절대 담배를 피우지 않았다.

호숫가를 지날 때 더치스가 고개를 돌려 마지막으로 집을 바라보는 동안 차는 기도하는 모양의 나무들 아래로 들어갔다.

"너희들 뒤에서 괜찮은 거니?"

셸리가 기어 긁히는 소리를 내며 2단을 넣자 차가 꿀렁거렸다.

더치스는 손을 뻗어 동생의 작은 손을 잡았다. 동생은 뿌리치지도 않고 맞잡지도 않고, 그저 축 늘어져 죽은 듯 그대로 있었다.

셸리가 거울을 보고 웃음 지었다.

"아름다운 추모 예배였어."

차는 1킬로 1킬로 이어진 순백의 풍경, 가을을 기억하지 못할 정도로 긴 겨울을 따라 달렸고 더치스는 너무 차가운 겨울 공기가 고마웠다. 세상이 다 얼어버리고 모든 색이 다 빠져버려서 캔버스가 다시 텅 비어버리도록.

셋은 새들러라는 마을에 도착했고, 삽으로 눈을 치워놓은 깔끔한 진입로들이 눈에 띄었다.

프라이스 가족의 집은 지은 지 10년 된 똑같은 집들이 늘어선 거리에 있었다. 그들의 집은 아주 밋밋한 연회색으로 칠해졌는데, 마치 부동산 개발업자도 그렇게 아름다운 풍경을 그런 색으로 망치는 걸 부끄러워한 듯 보였다.

"자, 왔다. 너희들 프라이스 부부랑은 괜찮은 거니?"

셸리는 그 질문을 여러 번 했다.

"네."

로빈이 말했다.

"헨리랑 메리 루는?"

프라이스 부부의 자식들은 두 아이와 나이는 비슷했으나 다른 세계의 아이들 같았다. 부모 앞에서는 교회에서처럼 예의 바르게 굴었지만, 더치스는 그 애들이 자기들끼리 있을 때 핼에 관해 또 그동안 있었던 일에 관해 얘기하는 걸 들었다. 소문에 따르면 그 계집애가 웬 남자를 추적해서 소총으로 쏴버렸다고 하니까 그 애 가까이 가서는 안 된다는 이야기였다. 도대체 어떤 계집애가 그런 짓을 하겠느냐는 이야기.

틀림없이 온실 속에서만 자라서 무법자라는 존재를 모르는 것이었다.

"걔들은 괜찮아요."

더치스가 말했다.

셋은 인사하며 포옹했다. 더치스는 로빈을 데리고 프라이스 집으로 올라갔다. 셸리는 프라이스 씨가 문을 열 때까지 기다렸다가 손을 흔들고는 돌아갔다.

더치스는 로빈이 구두 벗는 것을 도와주려고 했지만 동생은 누나에게서 멀어지더니 혼자서 벗었다.

프라이스 씨는 아무 말도 하지 않고 장례식이 어땠는지 묻지도 않고 그저 등을 돌리더니 가버렸다. 더치스는 자기들이 학대받는다고는 말할 수 없었다—그저 방치될 뿐이었다. 저녁 식사는 다른 접시에 주고, 음료는 유리잔이 아니라 플라스틱 비커에 줬다. 프라이스 가족이 휴식 공간에 있는 동안 둘은 놀이방에 있는 텔레비전 앞에 남겨졌다. 그곳에 있기는 하지만 같이 있지는 않도록.

더치스가 로빈을 따라 부엌에 들어가자, 흰색 장식장과 대리석이 보이고 냉장고에는 헨리의 성적표들이 붙어 있었으며 식탁 위에는 메리 루의 그림 액자들이 걸려 있었다. 로빈은 문 앞에 서서 바깥을 내다보았다. 뜰이었다. 눈사람은 커다랬고 프라이스 씨와 헨리는 눈을 계속 굴렸다.

프라이스 부인과 메리 루는 나무 막대기를 들고 눈을 가로질러 나무를 눈사람 팔로 쓰기에 적당한 크기로 잘랐다. 헨리가 뭐라고 말하자 다들 웃었다.

"너 나가고 싶어?"

더치스가 말했다.

그 순간 프라이스 부인이 고개를 들어 두 아이를 보더니, 다시 고개를 돌려 하던 일을 계속했다. 부인은 메리 루에게 팔을 둘러 보호하는, 경계심을 드러내는 제스처를 취했다.

두 아이의 방은 다락을 개조한 곳이었다. 더치스는 로빈을 따라 계단을 올라갔다. 둘이 쓸 수 있는 작은 화장실이 따로 있었고, 거기에는 세면대와 욕조와 칫솔들이 담긴 컵이 있었다. 작은 선반에는 귀퉁이가 접힌 책들이 있었다. 《페이머스 파이브》시리즈[*], 닥터 수스[**]의 작품들.

"그 옷 갈아입을래?"

로빈은 침대에 드러눕더니 자신이 우는 걸 누나가 보지 못하게 돌아누웠다. 동생 어깨가 살짝 떨리는 걸 보고 더치스는 다가가 옆에 앉았다. 더치스가 팔에 손을 얹자 로빈은 어깨를 움직여 손을 치웠다.

"누나는 오늘 아예 오지도 말았어야지. 할아버지 미워했잖아. 할아버지가 친절하게 대해줄 때도 못된 말만 했잖아. 그냥 누나가 너무너무 못된 애니까."

로빈은 눈이 날리며 내려오는 천창을 올려다보았다. 이제 험한 세상에서 그들을 막아주는 것은 그 빌린 피난처뿐이었다.

"미안해."

소녀가 말했다.

"맨날 그 소리."

소녀가 동생 옆구리를 찔렀다. 동생은 웃지 않았다.

"책 읽을래?"

"아니."

"메리 루 얼굴에 눈덩이 던질래? 순전히 얼음으로 만들 수 있는데."

---

[*] 영국 작가 이니드 블라이튼Enid Blyton의 유명한 동화 시리즈로 네 아이와 개 한 마리가 수수께끼를 해결하고 모험하는 이야기들이다.

[**] 미국의 작가로 엉뚱한 캐릭터와 말장난으로 유명하다. 그의 작품 중 〈그린치가 크리스마스를 훔친 방법How the Grinch Stole Christmas〉이라는 그림책은 세 차례 영화화되었는데, 한국에서는 〈그린치〉라는 이름으로 개봉되었다.

웃을락 말락.

"아니면 그걸로 프라이스 씨를 맞힐 수도 있지. 이를 부러뜨리는 거야. 고드름으로 프라이스 부인을 푹 찌를 수도 있고. 헨리한테 노란 눈을 먹일 수도 있지."

"노란 눈을 어떻게 만드는데?"

"눈에 오줌을 누는 거지."

그 말에 로빈이 깔깔 웃었다. 소녀가 동생을 끌어안았다.

"우리 괜찮을까?"

동생이 말했다.

"그럼."

"어떻게?"

"우리는……."

"누나가 우리를 보살필 수는 없어. 그리고 우리가 여기 있는 거 프라이스 씨가 좋아하는 거 같지도 않아."

"저 사람들은 우리 돌보는 대신 매달 1200달러를 받는다고."

"그럼 그 돈 받으려고 우리를 계속 데리고 있을지도 모르네."

"아니야. 여긴 그냥 위탁 가정이야, 셸리가 말한 거 기억 안 나? 우리랑 계속 같이 지낼 좋은 가족을 찾아줄 거라고 했잖아."

"농장이랑 동물들도 있는 가족?"

"어쩌면."

"그러면 할아버지 재도 금방 뿌릴 수 있겠다."

"그 사람들이 셸리한테 연락하면."

"그러니까 우리는 괜찮을 거네. 다 괜찮아질 거야."

더치스가 동생 이마에 입을 맞췄다. 동생에게 거짓말하는 게 싫었다. 화장실에서 더치스는 작은 가위를 찾아서 동생의 손톱을 잘라주었다.

"진작 잘라줬어야 하는 건데."

로빈이 누나를 쳐다보았다.

"누나 또 엄마 같아 보여. 뭐 좀 먹어."

더치스가 눈알을 굴렸다. 동생이 미소 지었다.

그날 밤 둘은 으깬 감자와 소시지를 작은방의 텔레비전 앞에서 먹었다. 아직도 장례식 때 입은 옷 그대로였다.

"저 아줌마 적어도 음식은 할 줄 아네. 이 소시지는 두 개도 먹을 수 있겠다."

로빈이 먹으면서 말했다.

더치스가 자기 소시지를 나이프로 잘라 동생 접시에 놓아주려고 하자 로빈은 누나 손을 밀어버렸다.

"누나 거 말고. 누나도 먹어야 돼."

"내가 가서 하나 더 가져올 수 있나 볼게."

더치스는 자기 접시를 들고 복도를 천천히 걸어갔고, 로빈은 만화가 방영 중인 방에 혼자 남았다. 벽에는 가족사진들이 있었는데 하나는 디즈니월드에서 헨리와 메리 루가 생쥐 귀를 붙이고 찍은 사진, 하나는 케네디 우주 센터에서 찍은 사진, 또 하나는 그랜드 캐니언에서 찍은 사진이었다. 프라이스 씨와 헨리는 똑같은 야구 모자를 썼다.

벽에는 '이 난장판에 축복 있으라'라고 쓰인 문구와 물가에 있는 프라이스 부인의 캐리커처가 있었는데 부인이 얼마나 활짝 웃었는지 더치스가 한 번도 보지 못한 표정이었다.

더치스는 부엌 문 옆에 멈춰 서서 식탁에서 들리는 소리에 귀를 기울였다. 프라이스 씨가 메리 루에게 시험에 관해 묻고, 그런 다음 헨리에게 소프트볼에 관해 물었다. 더치스는 헨리가 말을 시작할 때까지 기다렸다가 슬며시 부엌으로 들어갔다.

"더치스."

더치스가 돌아섰다. 침묵이 깔리고 프라이스 가족이 소녀를 보았다.

"그냥…… 로빈이 소시지를 잘 먹길래 하나 더 있나 해서요."

"다 먹었어."

프라이스 씨가 말했다.

"아."

더치스가 메리 루의 접시를 흘끗 보니 거기에 소시지가 세 개 있었다.

더치스는 돌아서서 자기 소시지를 포크로 찍어 들었다. 방으로 가서는 그걸 로빈에게 주었다.

"누나 건 벌써 먹었어?"

로빈이 물었다.

"그래. 맛있던데."

"내가 뭐랬어."

온 집이 잠든 시각, 소녀는 조용히 계단을 내려가 프라이스 씨의 서재에 들어갔다. 전부 목재로 된 방에는 재무와 유통화폐에 관한 책들이 단정하게 쌓여 있었다. 소녀는 컴퓨터로 가서 '빈센트 킹'을 검색하고 사건에 관해 읽을 수 있는 건 모조리 읽었다. 혼란스럽게도 빈센트는 죄가 그렇게 명백한데도 유죄를 인정하고 종신형을 받아들이려 하지 않았다. 신문에서는 그가 아직도 입을 열지 않았다고, 기소인부절차에서도 말을 안 했고 변호사를 선임하지도 않았다고 했다.

지방검사장은 능란하게, 스타 래들리와 고아가 된 그녀의 아이들을 두둔하고 있었다. 그 불쌍한 아이들.

문가에서 소리가 나서 소녀는 재빨리 돌아섰다.

"너 아빠 사무실에 들어오면 안 돼."

메리 루. 잘 먹고, 프라이스 부인이 매일 머리도 빗겨주고, 얼굴에는 여드름이 여기저기 박혀 있었다. 그 애는 열다섯이었고 더치스가 짐작하기에 언젠가 순결 반지를 끼겠지만 처음으로 술을 마시게 되는 날 그걸 내던질 부류의 여자애였다.

"컴퓨터 좀 써야 해서."

"아빠한테 말씀드려야겠네."

더치스는 어린아이처럼 두려움이 담긴 목소리로 말했다.

"아이, 제발 아빠한테 이르지 마."

"조심하는 게 좋을 거야."

"아니면?"

"너희가 우리 집에 처음으로 온 애들인 거 같아?"

더치스가 그 애를 응시했다.

"네가 동생한테 말하는 거 들었어. 너희를 데려갈 사람들이 있을 줄 알아?"

메리 루가 웃었다.

"왜 안 돼?"

"글쎄, 로빈은 또 모르지. 아직 충분히 어리고 착하니까. 하지만 난 아빠가 너 얘기하는 거, 말썽 부린 일들 들었어. 누가 널 데려가겠어?"

더치스가 한 걸음 다가섰다.

메리 루도 한 걸음 다가섰다.

"나 때리고 싶지? 어디 해봐. 너 같은 애들이 잘하는 게 바로 그거잖아."

더치스가 주먹을 꽉 쥐었다.

"자, 해봐."

웃음, 그럴 수 없다는 걸 아는 듯한.

더치스는 아드레날린이 분출되는 것을, 불길이 솟구치는 것을 느꼈다. 그리고 그때 더치스는 고개를 돌려 컴퓨터 화면을 보았다. 그날 밤에 찍힌 사진들. 아이비 랜치가의 작은 집과 흐릿한 이웃들과 기자들. 그리고 그 옆에 케이프 헤이븐 경찰서 사진. 워크. 웃고 있는 얼굴. 세상의 온갖 좋은 것들을 떠오르게 하는 사람.

더치스는 메리 루를 스쳐 지나간 다음, 숨을 한 번 들이쉬고 계단을 올라갔다.

30

워크는 책상에서 잠이 깼고 널브러진 서류들에 햇살이 비추었다.

몸을 똑바로 펴려는데 통증이 너무 심해 소리를 지를 뻔했다. 그는 서랍에서 약 두 알을 찾아 물 없이 삼켰다.

그는 리에게 바지와 셔츠, 재킷을 좀 주문해달라고 부탁했다. 저울에 따르면 몸무게가 11킬로그램이 넘게 줄었다.

문 두드리는 소리, 워크는 그게 얼마나 오랫동안 이어졌는지 몰랐지만 뭔가 제정신이 아닌 것 같은 두드림이었다.

워크는 비틀거리며 일어나 스트레칭을 해보려고 했으나 통증 때문에 토할 뻔했다. 숨을 크게 들이마시고 가슴을 내민 다음 사무실에서 나갔다가 철물점 주인 어니 카클린이 서 있는 걸 보고 무릎에 힘이 빠졌다.

"안녕하세요."

워크가 문을 열었지만 어니는 문지방을 넘지 않았다.

"정육점 말이야. 그 친구 어디 있지?"

어니가 갈색 앞치마에 양손을 넣고 내뱉었다.

워크는 혼란스러워 고개를 흔들었다.

"정육점 주인 말이야."

어니가 반복해 말했다.

"벌써 7시가 넘었잖아. 그 친구 매년 똑같은 날 휴가에서 돌아오는데 왜 아직도 가게 문을 안 열었냐고?"

"사냥 갔잖아요. 활 쏜다고 했던가? 하루 더 쉬나 보죠."

"멍청한 자식. 칠면조를 쫓아 사방을 돌아다니다니. 22년이네, 워크. 그 녀석이 아버지한테 일 물려받은 지가. 내가 22년 동안 그 자식한테서 아침거리로 소시지를 샀다고. 그걸 가져다가 주면 로지가 음식을 만들어. 팬케이크 세 장에 시럽, 진한 커피 두 잔."

"그냥 로지가 떼어오는 소시지를 먹으면 안 되나요?"

어니가 역겨움에 가까운 눈빛으로 워크를 쳐다보았다.

"자네 신문 보나? 마을 끄트머리에 새 집들 생긴다던데. 그러면 이 동네 망가질 거야. 자네는 반대할 테지."

워크는 고개를 끄덕이고 하품을 한 뒤 셔츠를 바지에 집어넣었다.

"내가 가서 볼게요."

어니는 고개를 한 번 가로저은 뒤 돌아서서 가버렸다.

책상으로 돌아간 워크는 밀턴에게 전화했지만 음성사서함으로 넘어갔다. 그 뒤 워크는 시더 하이츠에서 가져온 보안 테이프 보는 일로 곧장 되돌아갔다. 경비실에 있던 모지스는 별로 저항하지도 않고 테이프를 넘겨주었고 워크가 줄 수도 없는 서류를 요구하지도 않았다.

동영상에 움직임이라고는 거의 없었으나 화질이 너무 나빠서 누가 걸어 나가는 걸 확인하려면 집중해서 봐야 했다. 그는 얼마나 길게 녹화되어 있는지도 몰랐으니 며칠 분량을 봐야 할 수도 있었다. 그는 낮이 흘러가고 집배원과 포드를 모는 이웃이 지나가는 걸 보았다.

한 시간이 더 흐른 뒤 뭔가가 보였다. 그는 곧바로 재생 속도를 늦추고 세 번을 돌려 다시 보았다. 그는 그 오래된 코만치 트럭을 잘 알았다. 눈을 가늘게 떠 범퍼 스티커에 검은꼬리사슴 실루엣이 있는 걸 겨우 알아보았다. 밀턴.

워크는 진입 차단기가 올라가는 것을 관심 있게 지켜본 뒤 아주 주의 깊게 살폈다. 세 시간 뒤 차가 떠날 때는 각도가 더 나빴다. 같은 트럭이라는 건 의심할 여지가 없었다.

다시 세 시간이 지났을 때 그는 세단을 발견했다. 다크를 찾아다니는 두 남자가 타고 있던 차와 매우 흡사했다.

10분 뒤 그는 그 차가 떠나는 걸 보았다.

워크는 19분이 걸려서야 보이드와 통화할 수 있었으나, 다크의 집에 수색 영장을 내달라는 워크의 요청을 보이드가 일언지하에 거절하는 데는 2분밖에 걸리지 않았다. 워크는 다크를 찾아다니는 남자들을 봤다고 했으나 보이드가 자동차 번호를 물어보자 초짜 머저리가 된 기분이었다. 번호판은 제대로 보이지 않았다.

워크는 전화를 끊은 뒤 타이를 느슨하게 하고 책상에 몸을 숙여 머리를 세게, 아플 정도로 박았다.

"여기서는 좀 끼어들어야겠는데."

그는 고개를 들어 마사를 보고 겨우 웃음을 지었다. 마사는 파일이 담긴 서류 가방을 들고 있었다.

"여기는 술 좀 없어?"

마사는 워크 맞은편에 자리를 잡았다.

워크는 서랍 제일 아래 칸을 열어 켄터키 올드 리저브 한 병을 꺼냈다. 여름 휴양객 중 한 사람이 겨울에 자기 집을 지켜봐줘서 고맙다는 뜻으로 준 선물이었다. 워크는 커피 컵 두 잔을 꺼내 조금씩 따랐다.

워크는 마사가 마시는 모습을 지켜보며, 흥분하거나 화났을 때와 똑같은 부드러운 홍조가 뺨에 어른거리기를 벌써부터 기다렸다. 마사 메이, 워크는 아직 그녀에 관해서라면 무엇이든 알았다.

"아무것도 못 찾았어."

마사가 과장되게 선포하듯 말했다.

"그거 말해주려고 여기까지 온 거야?"

"너를 보고 싶었는지도 모르지."

그가 웃었다.

"진짜?"

"당근 아니지. 먹을 거 가져왔어."

마사가 가방을 열고 터퍼웨어 그릇을 꺼냈다.

"물어봐도 되나?"

"그냥 남은 파스타야."

"그리고?"

"그게 다야."

그는 눈을 깜빡이며 기다렸다.

결국 마사가 말했다.

"큐버넬이야. 약해빠진 볶음용 고추. 너 좀 먹어야 해, 워크. 너무 수척해지고 있잖아. 난 네가 걱정이야."

"고맙다."

마사는 일어나서 왔다 갔다 하면서 그가 이미 아는 것들을 이야기한 다음 자리에 앉았다. 그러자 워크가 다크와 보안 테이프 이야기를 했다.

"네 가설은?"

워크는 목을 마사지했다.

"가설은 없어. 아직은. 다크의 집을 들여다보고 싶어. 그리고 그 자식이 그 돈을 다 어디에 보내는지도 알고 싶고. 헬 일로, 아니면 스타 일로 놈을 잡지 못하면, 다른 건으로라도 잡아넣고 싶어. 그 자식이 여기서 사라졌으면 좋겠다고."

"몬태나에서 일을 벌인 게 그라면 죽었을 가능성도 있어."

"놈이 거기 있다는 걸 증명하면 스타랑 놈을 이어주는 고리도 만들 수 있지. 어쩌면 그날 꼬마 녀석이 뭔가 들어서 다크가 꼬마를 죽이려고 할지도 몰라. 그걸 이용할 수 있을 거야. 적당한 틈만 찾으면 돼."

"은행 지급 쪽은?"

"지점장한테 전화해봤는데 법원 명령 없이는 아무 말도 안 하려고 해. 뭐, 그렇겠지."

"퍼스트 유니언 은행이지. 좀 더 낮은 데를 겨냥해야 돼. 창구 직원이라든지."

워크가 눈썹을 치켜 올렸다.

"왜, 넌 내가 그런 거 캐내는 방법도 모를 줄 알았어? 양육비 안 보내려고 자기 수입을 숨기는 놈팡이들이 얼마나 많은데. 그래서 난 정보의 근원을 바로 찾아간다고."

"그래서 그게 먹혀?"

"항상 되는 건 아니지만 그럴 땐 그동안의 관계를 봐서 좀 도와달라고 하지. 나도 도와주고. 변호사 인생이 그렇지 뭐. 근데 너는 이 마을 사람들을 다 알잖아, 워크. 네가 기댈 수 있는 사람이 분명 있을 거야."

그는 중심가로 고개를 숙이고 걸어가며 사람들 인사도 무시했고, 앨리스 오언이 개를 안고 자기 앞을 가로막았을 때야 멈춰 섰다.

"잠깐만 얘 좀 봐주실래요, 워크? 후딱 들어가서……."

"갈 데가 있어서요."

"정말 1분이면 돼요."

앨리스는 그 망할 놈의 성질 거지 같은 개를 그에게 떠안기더니 브란츠 델리에 들어갔다. 워크는 앨리스가 카운터를 보는 여자랑 재잘대면서, 보나 마나 새 기계에서 대두 폭탄 메뉴 따위를 주문하고 동시에 20달러짜리 치즈를 살까 말까 고민하는 걸 지켜보았다.

그가 개를 내려다보니 녀석이 이를 드러냈고, 다시 앨리스에게 시선을 돌리니 그녀가 브리 에번스와 마주쳐서 신나게 떠드는 모습이 보였다.

그런 뒤 그는 자기 배지를 보고 자신의 하루하루를, 그 완벽하지만 좆같이 공허한 날들을 생각했다.

그는 개를 내려놓고 목줄을 푼 다음 그걸 옆에 놓인 쓰레기통에 떨어뜨렸다.

그 잡종 개는 그를 올려다보았고 퉁방울눈에는 혼란이 어려 있었다. 그러더니 녀석은 주저하며 주변을 한 바퀴 돌아본 다음 내면의 야성을 끌어 모으고 중심가를 따라 타닥타닥 걸어가기 시작했다.

워크는 그곳을 떠나 빈 주차장을 가로지른 뒤 양손을 마사지하고 등을 쭉 폈다. 이제 이것이 그의 연기, 세상에 보여주는 그의 모습이었다. 엄지와 검지를 맞대면서 떨고,˙ 동작이 느려지고, 그 무엇에든 집중하기 어려웠지만.

그는 작은 집 밖에 서서 빤히 쳐다봤다. 인부들이 일하는 것도 못 보았고 예전 집이 리모델링되었다는 것조차 모르고 있었다. 그가 그걸 떠올린 것은 마사가 집으로 돌아간 지 한 시간이 지나, 인터뷰들을 백 번째로 읽고 있을 때였다.

디 레인.

그녀는 퍼스트 유니언 은행에서 다크를 만났는데, 워크가 아는 한 그곳에서 내내 창구 직원으로 일했다. 워크는 디 레인의 최근 주소를 모른다는 것을 깨닫고 리를 불렀지만 디가 아직 포튜나로에 있는 집에, 다크가 소유하고 퇴거 통보를 보냈던 바로 그 집에 산다는 것을 리가 알려주었을 때는 심장이 살짝 내려앉았다.

하지만 집은 이제 낡아 보이지 않았다. 창도 새것이고 포치도 새것이었다. 나무도 새로 착색했고 페인트도 반짝거렸으며, 뜰에는 새 풀과 꽃들이 심겨 있었다. 울타리와 대문도 달려 있고, 절망이 있던 자리에는 자부심이 들어섰다.

디는 그가 문을 두드리기 전에 나와 문에서 그를 맞았고, 가볍게 미소 지으며 옆으로 물러나 그를 안으로 들였다.

안은 대체로 전과 비슷했지만 상자들이 가득한 대신 상자에 들어 있던 삶이 다시 밖으로 나와 사진들이며 가구들이 모두 제자리로 돌아갔다. 디가 커피를 만들러 갔다. 워크는 화장실을 좀

• pill rolling tremor라고 하는데, 엄지와 검지로 약을 마는 것처럼 손가락을 비비기도 하고 떨기도 하는 증상. 파킨슨병 환자에게 잘 나타난다.

써도 되겠냐고 묻고 계단을 올라갔다. 첫째 딸 방을 보니 예일 대학 삼각기가 있는데, 아직 먼 이야기였지만 워크가 듣기로는 두 아이 모두 무척 똑똑하다고들 했다. 그런 다음 둘째 딸 방을 보니 벽을 분홍색으로 칠해놓았고 침대에는 새 커버가 씌워져 있었다. 터무니없는 금액은 아니었지만 새 텔레비전과 컴퓨터도 있었다. 워크는 전에 두 아이의 이름을 알았지만 이제는 도무지 떠올릴 수가 없었다.

아래층으로 내려가니 디가 그를 뜰로 데리고 나가 작은 탁자에 앉으라고 했다.

"무슨 생각하는지 알아요."

디가 말했다.

"그냥 당신이 예전 집에서 지내도록 다크가 허락해준 게 기쁜데요. 지금쯤이면 이 집 다 허물어버리고 거금을 벌어들이는 데보탰을 줄 알았거든요."

디는 커피를 홀짝이고 바다를, 가려져 있던 전망이 드러난 것이 아니라 그 전망이 아예 없었는데 새로 나타난 것인 듯 내다보았다.

"근사하네요."

"아무려면요. 아침에 일어나면 믿기지가 않아요. 요즘은 일찍 일어나요, 5시쯤. 나는 일몰 보는 거 좋아해요. 바다 위로 해 지는 거 본 적 있죠, 워크?"

"그럼요."

디가 담배에 불을 붙이고 들이마셨는데 그 모습이 마치 그러지 않았더라면 비명을 질렀을 것처럼 보였다. 디가 무슨 짓을 했는지는 워크도 알았고 그녀 자신도 알았지만, 그래도 더없이 성가신 연극 연습처럼 두 사람이 해야만 하는 대사들이 있었다.

"그래서, 그날 밤에 다크랑 있었다고요. 스타. 총에 맞아 죽은 그날 밤."

그 말에 디가 필요도 없는 말을 군이 꺼낸다는 듯 흠칫했다.

"이 얘기는 이미 했잖아요."

"그랬죠."

"피곤해 보이네요, 워크."

워크는 손이 떨리지 않게 탁자 아래 내려놓은 뒤, 구름이 해를 가리자 선글라스를 위로 올렸다.

"그 친구 그날 밤 여기 있었죠. 둘이 뭘 하고 있었다고 했죠? 기억이 안 나네요."

"박았죠."

디가 무감정하게 말했다.

얼마 전 같았으면 워크는 얼굴을 붉혔을지도 몰랐다. 이제 그는 슬프게 웃었지만 알아챘다. 그 말에는 증오가 없었다.

"나는 평생을 일해서……."

디가 연기를 깊이 들이쉬어 머금었다.

"세금 내고, 애들 키우고, 바람피우는 남편을 죽이지도 않았어요. 아무한테도 아무것도 받지 않았다고요."

워크가 커피를 홀짝였다. 너무 뜨거워서 맛이 느껴지지 않았다.

"내가 1년에 얼마나 버는지 알아요, 워크?"

"넉넉하진 않겠죠."

"그 인간은 양육비를 안 보내요. 그게 공평한가요? 수입을 몽땅 숨겨서 자기가 세상에 내보낸 딸들한테 돈을 안 줘도 되게 한다고요."

디가 아래를 내려다보았다.

"래들리네 아이들. 그 애들은……."

"걔들 어머니는 죽었어요."

"맙소사, 워크."

디가 머리카락을 한 손으로 쓸었다. 가느다란 손목에는 혈관이 불거져 있었다.

"괜스레 일을 더 힘들게 만들 작정이군요. 이미 범인은 잡았잖아요?"

"당신은 그날 밤에 다크가 정말 어디 있었는지 물어볼 생각도 안 했죠."

디가 고개를 뒤로 젖히고, 입을 살짝 열고 연기를 내뿜었다.

"적어도 뭔가 보장은 받은 건가요?"

"무슨 말인지 모르겠네요."

디가 눈물이 맺힌 눈으로 그의 눈을 마주 보았다.

"당신 불러다가 증언하게 만들 수도 있어요. 위증하면 어떤 처벌을 받는지 알아요?"

어쩌면 그는 다크가 거짓말했다는 것을 입증할 수도 있을 터였다. 그것만으로는, 다른 수많은 것들이 뒷받침되지 않으면 아무 쓰잘머리도 없겠지만.

디가 눈을 감았다.

"다른 가족 없어요. 나랑 딸들이 전부예요. 아무도 없다고요."

그는 어머니를 아이들에게서 떼어내지 않을 작정이었다. 그 짐은 너무 무거웠다. 핼과 이야기하면서, 더치스와 로빈을 지켜보면서 그걸 알았다.

"필요한 게 있어요. 좀 도와줘요. 잘 안 될 수도 있지만 그래도 그게 있어야 돼요."

디는 무슨 도움인지 묻지 않고 그저 고개를 한 번 끄덕였다.

워크가 몸을 기울여 그녀 손을 건드리자 디는 그의 손을 꽉 쥐
었다. 놓고 싶지 않다는 듯이, 그렇게 해서 사면을 끌어낼 수 있
다는 듯이.

31

소녀는 매일 밤 극도로 얕은 잠을 잤기에 두드리는 소리가 들렸을 때 재빨리 일어나서 스웨터와 청바지를 걸쳤다. 옆에서는 로빈이 밴코어 힐 병원 가족 대기실에서 그랬듯이 태아처럼 몸을 말고 깊이 잠들어 있었다.

소녀는 창가로 가서 가운뎃손가락을 들어 보인 뒤 운동화를 신고 살금살금 계단을 내려가 추운 밤공기 속으로 나갔다.

소년은 스카프를 하고 양털 모자를 썼고 자전거를 대문 옆에 세워두었다.

"제길, 토머스 노블. 네가 돌 던진 데는 메리 루의 창문이었다고."

"미안."

"자전거를 얼마나 오래 탄 거야?"

"저녁 식사 때 출발하면서 엄마한테 친구네 집에서 자겠다고 했지."

"너 친구 없잖아."

"나 월트 거니랑 어울리기 시작했어."

"그 눈에 뭐 난 애?"

"건드리지만 않으면 안 옮아."

토머스는 어찌나 옷을 두껍게 입었는지 타이어로 몸을 감싼 듯 보였다.

둘은 긴 뜰로 걸어갔다. 잎이 다 떨어진 나무들을 지나가니 작은 양어지가 있었다. 일전에 로빈이 거기 한 시간이나 앉아 있었더니 프라이스 부인이 물고기를 풀어놓지 않았다고 말했다.

두 사람은 돌 벤치에 앉았고 하늘에는 반달과 밝은 별들이 떠 있었다.

"너 정말 제대로 된 장갑 좀 껴야겠다. 로빈도 엄지장갑은 안 껴."

토머스 노블이 손을 내밀어 소녀의 손을 잡고 거기에 입김을 불어넣은 뒤 욕을 먹을까 봐 마음의 준비를 했지만 소녀는 아무 말도 안 했다.

"너 신문에 나왔더라. 그때 일어난 일들 전부. 내가 오려놨어."

"나도 다 봤어."

"네가 학교에 돌아오면 좋겠어."

잠든 집, 그 이웃들 집을 한번 쳐다본다. 일어나서 일하러 가고 비용을 지불하고. 휴가를 떠나고. 연금과 학부모교사연합회 모임, 다음에 무슨 차를 살지, 크리스마스를 어디서 보낼지 걱정하는 사람들.

"난 핼이 좋았어. 무서운 사람이었다는 거 알지만 그래도 좋았어. 정말 안타깝다, 더치스."

더치스는 뼈가 아릴 때까지 눈을 뭉쳤다.

"이제 어떻게 움직일까 생각 중이야. 숨 쉬기부터 다시 하면서. 조져버릴 수는 없어. 그 정도는 나도 알아. 저 계집애, 메리 루…… 그 씨팔년 머리를 날려버리고는 싶지만."

토머스 노블이 모자를 귀까지 눌러 썼다.

"케이프 헤이븐으로 돌아가야 해. 로빈한테 약속했거든. 이번에는 계속 살 수 있는 집을 찾아주겠다고. 걔한테 중요한 건 그거

뿐이야."

"내가 어머니한테 너희들 같이 와서 지내면 안 되냐고 물어봤는데……."

더치스가 손을 흔들어 집어치우라는 표시를 했다.

"네 어머니가 집배원이랑 하는 꼴을 보면 얼마 안 있어 너도 동생이 생길걸."

토머스가 인상을 찌푸렸다.

"난 아무도 필요 없어……. 하지만 내 동생, 걔는 정말 그냥 아기야. 넌 세상에 진정으로 이기심 없는 행동이란 게 있다고 생각해, 토머스 노블?"

"그럼. 네가 나랑 겨울 무도회에 간 거."

더치스가 미소 지었다.

"난 겨울이 제일 좋아. 모든 계절 중에서. 그리고 몬태나는 다른 데보다 겨울이 더 긴 거 같아."

"왜 좋은데?"

소년은 안 좋은 손을 들었고, 손은 엄지장갑에 완전히 싸여 있었다.

"그래서 엄지장갑 끼는 거구나."

"응."

"윌리엄 댕스라는 무법자가 있었는데 무시무시한 명사수였어. 은행을 세 번이나 털고 나서야 잡혔지. 그 남자는 팔이 하나뿐이었어. 어깨 아래로 다 없었어."

"진짜?"

"그래."

더치스는 소년이 자기 거짓말을 눈치채지 못하는 게 기뻤다.

더치스가 떨기 시작했다.

소년은 코트를 벗어 소녀의 어깨에 둘러주었다.

소년도 떨기 시작했다.

"사람들이 우리를 멀리 보내버릴지도 몰라. 누가 우리를 받아준다면 말이지만. 이 나라 어디든 될 수 있어."

"자전거로 가면 돼. 어디인지는 중요하지 않아."

"난 아무도 필요 없어."

"나도 알아. 넌 내가 만난 애들 중에 제일 터프한 애야. 그리고 제일 예쁘고. 그리고 아마 너한테 맞겠지만 난 네가 있어서 나의 세상이 무한히 나아졌다고 생각해. 전에는 그냥 애들이 날 보고 비웃고 손가락질하고 숙덕거리는 게 전부였어. 하지만 이제 아니야. 그리고 난……"

그때 소녀가 소년에게 입을 맞췄다. 소녀의 첫 입맞춤, 소년의 첫 입맞춤. 소년의 입술은 차가웠고, 소녀의 뺨에 닿은 소년의 코도 차가웠다. 소년은 너무 깜짝 놀라서 입맞춤에 응할 수가 없었다. 소녀가 입을 떼더니 얼어붙은 연못으로 시선을 돌렸다.

"입 닥쳐."

소녀가 말했다.

"아무 말도 안 했는데."

"하려고 했잖아."

두 사람 숨에서 김이 새어 나왔다.

"헬이 그러는데 끝은 또 다른 시작이래."

"그럼 지금 우리는 어디쯤 있는 거야?"

"그게 중요한지 잘 모르겠는데."

"어디든 간에 여기 조금 더 있을 수 있으면 좋겠다."

두 사람은 잠시 손을 잡았고 그런 뒤 일어나서 뜰을 따라 돌아갔다. 봄은 너무도 깊이 묻혀 있었다. 그 집에는 소녀의 짐 가방과 동생이 있고, 그 외에 소녀에게는 아무것도 없었다. 더치스는 그 때문에 자기가 자유로운지, 아니면 끔찍하게 저주받았는지 정할 수가 없었다.

토머스 노블이 대문에서 자전거를 끌어와 안장에 쌓인 눈을 털었다.

"나 여기 있는 건 어떻게 안 거야?"

더치스가 소년의 코트를 돌려주며 말했다.

"어머니가 네 담당 복지사랑 이야기하는 걸 봤거든."

"그렇구나."

소년이 자전거에 올라탔다.

"야. 오늘 여기는 왜 온 거야?"

"너 보고 싶어서."

"그리고? 너 다 보이거든. 말해."

"나 그 자식 찾고 있어. 다크 말이야. 날마다 학교 끝나면 래들리 농장까지 자전거로 가서 숲속을 걸어 다녀."

"너 그러다가 시체 발견할지도 몰라."

"그럼 좋지."

소년은 페달을 밟지 않으며 프라이스 집의 진입로가 끝나는 곳까지 달렸다. 더치스는 도로까지 소년을 따라갔다. 우편함들이 단정하게 늘어서 있었고, 그 각각에 가족 이름이 페인트로 칠해져 있었다. 쿠퍼, 루이스, 넬슨. 로빈은 그 이름들을 읽는 걸 좋아했다. 그 안에 있는 자신을 상상하면서.

"토머스 노블."

소년이 멈추더니 한 발로 몸을 지탱하고 어깨 너머로 뒤를 돌아보았다.

소녀가 손을 들었다.

소년도 손을 들었다.

더치스가 자기들 방으로 돌아가 보니 로빈이 울면서 벽에 등을 대고 머리를 양손에 파묻고 있었다.

"무슨 일이야?"

"누나 어디 있었어?"

로빈이 흐느끼면서 말했다.

"토머스 노블이 왔었어."

"침대."

더치스는 둥글게 뭉쳐놓은 시트를 보았다.

로빈이 어쩔 줄 몰라 하며 말했다.

"침대 젖었어. 나 그날 밤 꿈 꿨어. 무슨 소리를 들었어. 목소리를 들었어."

더치스는 동생을 꼭 안고 머리에 입을 맞췄다. 그러고는 동생이 반바지와 티셔츠를 벗도록 도운 다음 욕조에 들여보내 씻겼다.

다 마치자 더치스는 동생에게 깨끗한 파자마를 입히고 자기 침대에 눕혔다. 소녀가 매트리스 커버를 다 벗겨냈을 즈음 동생은 자고 있었다.

†

워크는 침대에 누워 이미 알고 있는 사실들을 가지고 씨름했다. 디키 다크는 스타가 살해된 날 밤의 알리바이에 관해 거짓말했다. 밀턴은 다크를 만나러 갔고, 어쩌면 둘은 같이 사냥하러 갔을 수도 있지만 워크는 그걸 믿지 않았다. 밀턴은 행방을 알 수 없었고 워크가 그의 집에 가보아도 집은 캄캄했다. 모텔이든 어디든 연락해볼 데도 없었다. 밀턴은 캠핑하고, 사냥하고, 케이프 헤이븐에서는 견딜 수 없는 상태로, 즉 홀로 숲속을 돌아다녔다.

여명이 밝기 한 시간 전 워크는 일어나서 옷을 입고 커피를 마신 뒤 차에 올라타 시더 하이츠로 달렸다.

밤 시간에 경비실을 지키는 사람이 없어서 워크는 번개가 치는 하늘 아래서 흔들리는 나무들 밑에 순찰차를 내버려두고, 걸어서 진입로를 지나간 뒤 옆쪽에 있는 작은 문을 통과했다.

어느 집에서도 인기척이 느껴지지 않았고 심지어 길 건너편 집도 비어 있었다. 워크는 신경 쓰지 않고 고개를 들고 걸었고, 분명 카메라에 찍혔을 것이었다. 잠을 못 자서 그러는지 아니면 몸이 떨려서 그러는지 모르지만 그날 새벽에 그는 자기가 무슨 골칫거리를 불러들일지 쥐뿔도 상관하지 않았다.

그는 집 옆면으로 이동해 문을 열고 뜰로 들어선 다음 그걸 보고 잠시 멈췄다. 뒷문에 유리창 하나가 빠져 있었는데, 아주 조심스럽게 제거되어 아무 소리도 안 났을 터였다. 그는 다크를 찾아다니던 남자들을 떠올리며 손을 집어넣어 문고리를 돌렸다.

아무 흔적도 없는 집을 이동하면서 보니 TV도 꺼져 있고 플라스틱 과일 바구니도 그대로였고, 위층으로 올라가 침실들을 둘러보니 완벽한 가족이 한 시간 정도 집을 비웠으니까 누구든 관심 있으면 그들 사는 모습을 보고 가도 좋다고 말하는 듯했다.

워크는 침대 밑을 확인하고 시트를 벗긴 다음 베개를 바닥에 던졌다. 그리고 바로 그때 전혀 엉뚱한 곳에서 보았다. 침대에 보란 듯이 분홍색의 작은 스웨터가 있었다. 여자애의 스웨터였다. 그는 그걸 넣어서 가져간 다음 보이드에게 설명하는 것을 상상했다. 그는 그냥 내버려두고 기억할 수 있도록 메모장에 적어두었다.

그때 빛이 번쩍였다.

그는 몸을 숙이고 창가로 다가갔다가 서 있는 차의 엔진 소리를 들었다. 위험하지만 밖을 내다보니 차종은 달랐지만 전과 똑같은 이인조가 있었고, 담배 불꽃으로 수염을 기른 쪽이 차창을 내린 모습이 보였다. 사내는 집을 응시했다.

워크는 심장 박동 소리를 셌다.

15분이 지나자 두 남자는 차를 후진해 돌린 뒤 천천히 멀어져갔다. 워크는 도움이 될지는 모르지만 일단 자동차 번호를 적어두었다.

그는 부엌으로 돌아가 불을 켜고 찬장을 모조리 뒤졌다.

거의 놓칠 뻔했다.

그는 무릎을 꿇고 타일을 확인했다.

그것은 피가 분명했다.

과학수사 밴이 오는 데 세 시간이 걸렸고 그냥 호의로 와준 것이었다. 타나 러그로는 워크가 전화했을 때 근무 시간이 끝나기 직전이었다. 예전에 워크는 폴브룩에서 열린 한 파티에 급습했다가 그녀의 아들이 마리화나를 피우던 걸 발견했다. 그는 아이의 성씨를 기억하고, 아이를 경찰서로 데려가는 대신 집으로 데려다주었다. 타나는 죽는 날까지 고마워할 터였다.

모지스가 경비실에 도착했고 워크는 그와 대화를 시도하려 했지만 이내 그의 질문에 대처하는 가장 쉬운 방법이 20달러를 찔러주는 것이라는 사실을 알게 되었다.

워크는 집 뒤쪽으로 돌아갔다가 작은 사무실을 발견했다. 컴퓨터도 플라스틱에 속이 텅 비어, 그 집이 나타내는 이상만큼이나 가짜였다.

타나는 젊고 체계적이고 열성적인 남자와 같이 왔다. 남자는 뒤에 서서 한쪽 눈썹을 치켜들었고 타나는 마스크를 벗었다. 타나가 블라인드가 올라간 부엌 쪽을 가리키자, 루미놀 시약 반응으로 바닥이 환했다.

"맙소사. 피인가요?"

워크가 말했다.

"맞아요."

타나가 말했다.

"많은가요?"

"네."

"장비에 돌려볼 수 있을까요?"

"여기 영장 받고 온 거예요?"

그는 아무 말도 안 했다.

"그럼 이 타일은 가져갈 수 없겠네요."

"미안해요."

"면봉으로 채취해서 가져갈게요. 다른 정보도 주면 내가 프로파일 만들어보죠. 시스템에 없으면 아무것도 알아낼 수 없겠지만요."

워크는 다크를 추적하는 남자들을 떠올렸다. 이어 밀턴이 생각났다.

그는 보도 위에 순찰차를 세워두고 밀턴의 앞뜰을 달려가 문을 쿵쿵 두드렸다.

"밀턴."

그는 소리친 다음 거리로 되돌아가 위층 창문을 올려다보았다. 뒤쪽에서 소리가 들려 고개를 돌려보니 브랜던 록이 잔디에 물을 주고 있었다.

"밀턴 봤나?"

"휴가 갔어."

브랜던은 엉망이 된 몰골로 선글라스를 끼고 있었고, 수염도 자라고 깃털 모양이던 머리카락도 주저앉아 있었다.

"자네 괜찮나?"

"리가 말 안 하던가?"

"뭐를?"

"하기야 그 둘은 이제 말도 안 하니까, 리도 아마 모를 거야."

브랜던이 혀가 꼬여 웅얼댔다.

"뭘 아느냐고 브랜던?"

"에드가 날 잘랐어."

워크가 한 걸음 다가서자 술 냄새가 풍겼다.

"나랑 존이랑 마이클."

"딱하게 됐군."

브랜던은 손을 흔들더니 돌아서서 비틀거리며 집으로 향했다.

"시장이 무너지네. 경제도 무너지네. 개소리. 에드가 무너뜨린 거야. 술에 여자에. 나보다 디 에이트에 더 자주 갔다니까. 내가 거기 살다시피 했는데."

워크는 쓰레기 수거함을 하나 끌어다가 그 위에 올라서서 밀턴의 옆문을 넘어간 뒤 뒤뜰로 뛰어내렸다. 땅에 떨어질 때 뼈에 충격이 느껴졌다.

그는 인조석 밑에서 열쇠를 발견했다. 5년 전에 밀턴이 길 잃고 빼빼 마른 잡종견을 한 마리 들이더니 아주 투실투실하게 만들었는데, 녀석은 결국 1년 뒤에 죽임을 당했다. 고기를 얼마나 많이 먹었는지 행복하게 갔다. 워크는 밀턴의 아버지가 세상을 떠났을 때 녀석에게 먹이 주는 일을 대신하기도 했다.

집 안.

워크는 곧장 피 냄새를 맡았고 밀턴이 앉은 곳마다 피 냄새를 분비한 탓이겠거니 짐작했다. 벽에 달력이 붙어 있고 거기에 2주가 표시되어 있었는데 심지어 다시 가게 문을 여는 날에는 동그라미도 되어 있었다.

"밀턴."

워크는 그가 목욕을 할지도 몰라 큰 소리로 불렀다. 그런 걸 봤다가는 밤이면 밤마다 죽을 때까지 악몽을 꾸게 될 터였다.

거실에는 아무것도 없었다.

그는 계단을 올라 손님방을 보았다. 바닥에는 매트리스가 있었지만 시트는 없었다. 그런 다음 큰 침실로 갔다.

방은 단정했다. 침대에는 날이 따뜻한데도 두꺼운 담요가 깔려 있었고, 아마도 그의 어머니가 썼을 법한 오래된 서랍장이 있고 그 위에 거울이 붙어 있었다. 벽에는 사슴 머리가 마호가니에 얹힌 채로 걸려 있었는데, 죽은 눈을 본 워크는 대체 어떤 인간이면 그런 게 자기를 지켜보는 걸 좋아하는지 의아해했다.

책장에는 사냥과 덫과 야생 지도가 담긴 책들이 무겁게 놓여 있었다. 천문에 관한 책은 없었다.

그는 창가로 다가가 망원경 셀레스트론을 발견하고 위쪽을 손가락으로 쓸어보았다. 먼지가 두껍게 쌓인 게 1년은 안 쓴 듯했다.

워크는 몸을 숙여 망원경을 들여다보다가 그게 하늘이 아니라 건너편 집에 맞춰져 있는 걸 보고 숨을 들이켰다.

창문 하나에 맞춰져 있었다.

스타 래들리의 침실 창문.

그는 밀턴이 늘 도와준다고 나서고, 코만치도 빌려주고, 스타의 쓰레기도 치워주고, 더치스에게 집에 가지고 가라고 고기도 주던 것을 떠올렸다. 워크는 늘 그를 좋은 사람, 오해를 사고 조금 괴짜이지만 기본적으로는 괜찮은 사람으로 보았다. 그는 나직이 욕을 하며 서랍장을 뒤지기 시작했다.

그는 침대 밑에서 여행 가방을 발견해 힘껏 끌어낸 다음 매트리스 위에 내던졌다.

자경단.

위쪽에 매직펜으로 휘갈겨놓았다. 안을 열어보니 정돈된 상태에, 사진들이 분류되어 있었다. 숫자가 붙은 사진이 수백 장에 달했다. 어떤 것은 폴라로이드였고 어떤 것은 질이 더 좋았다. 워크는 스타가 옷을 벗는 상태로, 가슴을 드러내고 팬티만 입은 차림인 것을 보았다. 그게 사진들의 주제였다. 어떤 사진에서 스타는 옷을 입고 뜰에서 일하고 있었고, 어떤 사진에는 더치스와 로빈도 보였지만 둘에게 초점이 가 있지 않은 것이 명백했다. 워크는 누드 사진들, 스타가 상체를 숙인 사진, 스타가 잠자리에 들려고 옷을 벗는 사진에서 눈을 돌렸다.

"밀턴 이 좆같은."

어떤 사진은 오래되어 10년 전부터 관찰한 결과였다. 워크는 스타가 만나던 한 남자와 다른 남녀 한 쌍을 알아봤지만, 남자 이름은 아무래도 생각나지 않았다. 짐작건대 밀턴은 그들이 씹하는 장면을 보려고 했지만 그것 대신 스타가 그 남자에게 잘 자라고 키스하고 남자가 거실로 자러 가는 장면만 찍은 모양이었다.

바로 그때 워크는 동작을 멈췄다.

파일에는 '6월 14일'이라고 쓰여 있었다.

스타가 살해된 날이었다.

그는 떨리는 손으로 페이지를 넘기다가 전부 비어 있는 걸 보고 다시금 욕을 했다.

그는 마지막으로 주위를 둘러본 뒤 지원을 요청했다. 리 텔로가 전화를 받았고 워크의 설명을 듣더니 충격을 받은 듯했다.

워크는 밀턴을 서에 불러들일 작정이었다. 그를 발견하는 즉시.

32

둘은 조각조각 흩어진 생활에 적응해갔다.

메리 루와 남동생이 친구들을 모으며 학교에 가는 동안 남매는 말없이 따라갔다. 앞서가는 아이들은 뒤를 돌아보고 숙덕거리며 깔깔댔다. 한번은 더치스가 얼음을 밟아 미끄러지는 바람에 청바지가 찢어지고 무릎이 까졌다. 아이들은 멈춰서 도와주지 않았다. 더치스는 조용히 절뚝거리며 여전히 자기 가방뿐 아니라 동생 가방까지 들고 갔다.

프라이스 부인은 로빈의 침대에 플라스틱 시트를 깔았다. 그게 하도 버스럭거려서 동생은 매일 밤 더치스의 침대로 와서 잤다.

남매는 두 부부와 만났다.

먼저 만난 건 콜린 부부였다. 더치스는 셸리가 두 아이를 그 자리에 데려가려고 무지 노력했다는 것을 단번에 알아챘다. 장소는 트윈 엘름스로에 접한 공원의 놀이터였다. 더치스가 로빈을 그네에 태워 밀어주는 동안 콜린 부부와 셸리는 공원 벤치에 앉아 보온병에 담긴 커피를 마시며 두 아이가 동물원에 있는 볼거리라도 되는 양 빤히 쳐다보았다.

"좆같이 뭘 저렇게 쳐다보는 거야? 무슨 묘기라도 부리기를 바라는 거야?"

"조용히 해. 들릴지도 몰라."

더치스는 코트에서 티슈를 하나 꺼내 동생의 코를 훔친 다음 계속 그네를 밀었고, 셸리가 더치스를 향해 웃어 보였었다.

"저 남자 사서처럼 생겼어."

"왜?"

"안경을 봐. 소매도 없는 스웨터를 입었고. 저 사람들 너무 늙어서 자연적으로 아이를 낳을 수 없어서 다른 방법을 찾는 거 같아. 남자 정자에 문제가 있을 수도 있고 아니면 여자 쪽이 모하비 사막처럼 불임일지도 모르지."

로빈이 쳐다보았다.

"불임이 뭐야?"

"몸의 어떤 부분이 죽어버린 거야."

"괜찮아 보이는데."

"저 여자 몸 구석구석에서 쓰디쓴 분한 마음이 스며 나오는 게 느껴져. 그거 때문에 난자가 죽어버렸을 거야. 우리를 제대로 사랑해주지 않을 거야."

"하지만 다른 사람들은 안 왔잖아."

"올 거야. 셸리가 인내심 있게 기다리라고 했잖아."

로빈은 아래를 내려다보았다.

"아니야?"

"그래. 아마."

"이 사람들 말이야, 시험을 쳐. 평가받는다고. 어떻게 양육하는지 배우려고 수업도 들어."

더치스가 높이높이 그네를 밀어 체인이 꺾이기 시작하자 로빈은 비명을 지르며 웃었다. 더치스는 동생의 적응력에, 프라이스 씨와 부인에게 그렇게 많이 웃는 모습에 경탄했다. 혹시 그들이 마주 웃어줄지 모른다고 여기며.

더치스는 이제 성미를 다스리려고 무척 애를 쓰며, 메리 루가 히죽거릴 때나 헨리가 로빈과 게임을 같이하려고 하지 않을 때도 아무 말도 하지 않았다. 소녀는 핼을 생각하는 마음과 핼이 어떻게 죽었는지 생각하는 마음, 어머니를 생각하는 마음과 어머니가 어떻게 죽었는지 생각하는 마음을 묻어버렸다. 옛날 서부 영화들을 보고 책을 읽으며, 복수가 사람의 삶을 아주 짙게 물들여 한때 있었을지 모를 좋은 점까지 모조리 시커멓게 만들어버릴 수 있다는 것을 알았다.

소녀가 어리석은 짓을 하지 않게 막아주는 것은 워크였고, 그는 소녀를 좋은 쪽에 고정해주고 현재가 아니라 미래를 바라보게 해주었다. 워크는 남자도 좋기만 할 수 있다는 것을 상기시켰다. 그는 더치스가 셸리와 콜린 부부에게 성큼성큼 다가가 썩 꺼져버리라고, 자기가 평생 로빈을 돌볼 것이고 그만둘 생각 따위 없다고 말하지 않게 붙잡아주었다.

콜린 부인이 손을 들자 로빈은 무슨 상황인지도 파악 못하는 것처럼 빙긋 웃으며 있는 힘껏 팔을 흔들었다. 부부는 두 아이에게 거의 말을 붙이지 않았고, 대략적인 중서부 말씨로 질문을 두어 번 했을 뿐이라 어디 출신인지 알아낼 도리도 없었으며, 자신들이 온전해질 방법을 찾고 있지만 래들리 남매를 보자마자 기대에 못 미친다는 걸 알아버린 부부들 중 하나일 뿐이었다.

"딱 맞는 사람들이 아니었네."

프라이스 가족 집으로 돌아가는 길에 셸리가 말했다.

프라이스 부인은 그날 저녁 두 아이에게 짜증을 내면서 마치 두 아이가 제대로 해내지 못했다는 듯, 이제 두 아이에게 질렸으니 매주 일요일 교회에 끌고 가서 자랑할 더 어리고 신선한 얼굴을 바란다는 듯 굴었다.

다음번 만남은 안 좋았다. 샌퍼드 부부였다. 샌퍼드 씨는 퇴역한 대령이었고 샌퍼드 부인은 텅 빈 집의 주부였다.

부부는 셸리와 같은 벤치에 앉아 잡담을 하면서 아이들을 평가했다. 대령은 계속 웃으며 아내의 무릎을 쳤는데 손자국이 남을 정도로 셌다.

"저 남자 우릴 때릴 거야."

더치스가 그네를 밀며 말했다.

로빈이 남자를 빤히 보았다.

"아마 너더러 머리 밀고 입대하라고 할걸."

"아줌마가 누나한테 빵 만드는 거 가르쳐줄지도 몰라."

로빈이 말했다.

"네미 시팔."

"소리가 너무 커."

둘이 고개를 들자 대령이 둘을 쳐다보고 있었다. 더치스는 재빨리 경례를 붙였다. 셸리가 초조하게 웃었다.

3월 초, 눈이 녹기 시작했다.

더치스는 매일 밤 창가에 앉아 창문에서 물이 똑똑 떨어지는 것을 지켜보며 몬태나에 서서히 색이 돌아오는 모습을 보았다. 아침이면 차가운 해가 떠올랐으나 그래도 해는 해였다. 보도의 눈이 녹고 묻혀 있던 뜰이 드러나고 채진목이 갈색 잎을 떨어뜨리고 하늘로 솟아오르는 하얀 꽃을 피웠다. 소녀는 세상이 변하는 것을 바라보았지만 아무 아름다움도 찾을 수 없었다.

더치스는 변변찮은 생활을 무감각하게 해나가면서 행동 하나하나를 완전히 기계적으로 해서 때로는 무슨 요일인지도 잊어버렸다. 로빈을 보살피고, 학교에 데리고 가고, 메리 루와 그 애의 수하 켈리가 더치스의 신발과 상의와 청바지 브랜드를 조롱해도 무시했다. 셸리는 매주 찾아왔고 때로는 두 아이를 데리고 나가 아이스크림을 사주기도 하고 한번은 심지어 영화관에 데려가기도 했다. 로빈은 새 가족에 대해 떠들며 아버지는 핼 같을 거고 자기에게 낚시하는 법과 야구하는 법을 알려줄 거라고 말했다. 그 애는 작은 손에 그 믿음을 꼭 쥐고 있었고 날마다 손을 더 꼭 쥐었다.

어느 토요일에 셸리가 두 아이를 농장에 데려갔다. 유언 검인에는 몇 달이 걸릴 터였고 그때까지 그곳은 아직 래들리 농장이었다. 그들은 잠시 들러 토머스 노블도 데리고 갔다.

봄이 한창이던 그날 아침. 로빈은 셸리를 닭장에 데려가서 자기가 전에 하던 일을 말해주었다. 더치스와 토머스 노블은 밀밭을 걸었는데 작물을 심지 않아 그저 잡초와 흙더미만 있었다. 소녀는 너무 슬퍼서 한참 동안 아무 말도 할 수 없었다. 한 걸음 디딜 때마다 핼이 떠올랐고, 두 아이가 포치에 올라가 그네에 앉자 시가 냄새가 풍겼다. 그네를 뒤로 밀었더니 체인이 당겨지며 삐걱거렸고, 더치스는 울고 싶었으나 울지 않았다. 소녀는 한때 회색 말이 달리던 들판에 가보았다. 할아버지만큼이나 그 말이 그리웠다.

나중에 그들은 무거운 침묵 속에서 농장을 떠났고 로빈은 울었다. 소녀는 동생의 손을 잡았다. 프라이스 가족 집에 돌아왔을 때 세 사람은 길가에 멍하니 앉아 이웃집 아이들이 자전거 타는 모습을 구경했다. 날이 따뜻해져서 아직 멀었지만 여름이 곧 다가온다는 것을 느낄 수 있었다.

"한 부부를 찾았어."

셸리가 말했다.

더치스는 그 목소리에서 뭔가가, 희미하지만 무언가 담겨 있는 것을 느꼈다. 전과는 다른 뭔가가.

"누군데요?"

로빈이 말했다.

"이름은 피터랑 루시야. 내가 전에 일하던 와이오밍 사람들이야. 이제까지 그 사람들은 한 아이만 찾고 있었는데, 내가 너희들 둘이 얼마나 특별한지 말했……."

"거짓말했다는 거군요."

더치스가 말했다.

셸리가 웃음 지으며 한 손을 들었다.

"끝까지 들어봐. 두 사람은 작은 마을에 사는데 남편은 의사고 부인은 3학년 교사야."

"무슨 의사예요?"

"진짜 의사."

"정신과 의사요? 웬 남자가 동생 가지고 장난하는 건……."

"내과 의사야. 병원에서 일해. 아픈 사람들을 낫게 해주지."

"마음에 들어요."

로빈이 말했다.

더치스가 한숨을 쉬었다.

"너희들만 좋으면 다음 주말에 만날 수 있어."

로빈이 더치스를 애원하는 눈길로 바라보는 바람에 소녀는 결국 끄덕였다.

✝

두 사람은 마사의 프리우스를 타고 5번 고속도로를 따라 오리건주 메드퍼드에서 스프링필드로 달렸다.

세일럼에서 150여 킬로미터를 지나자 밝은 불빛과 부드러운 아스팔트가 사라지고 울퉁불퉁하고 어두운 길이 나타나 메리언으로, 그다음 오로지 옛날 지도에만 있는 작은 마을들로 구불구불 휘어지고 갈라졌다.

마사는 잤다. 도로가 부드러워지고 곧게 뻗어나가자 워크는 흘긋 옆을 보았고, 다시 마사의 인생에 발을 들여놓은 뒤로 줄곧 따라다니던 날카롭게 찌르는 아픔을 새삼 느꼈다. 마사는 차분하고 평온하고 너무 아름다워 보였고 그는 이따금 입 맞추고 싶은 어마어마한 충동에 맞서 싸워야 했다.

켈러세이드 고속도로에 여명이 비치고 워크가 너무 피곤해서 노란색 두 줄을 넘어가자 마사가 손을 뻗어 부드럽게 핸들을 당겨주었다.

"차를 세우지 그랬어."

"나 멀쩡해."

실버 폴스 고속도로에서 두 사람은 해가 언덕 위로 서서히 올라오며 농지를 다채로운 초록으로 물들이는 것을 지켜보았다. 둘은 한 작은 식당에 들어가 달걀과 베이컨을 먹고 워크도 단숨에 정신이 돌아올 만큼 진한 커피를 마셨다.

"이제 멀지 않아."

마사가 테이블 위에 펼쳐놓은 지도를 보며 말했다.

둘은 실버 폴스에 있는 사설 의료시설인 유니티로 가고 있었다. 디키 다크가 오래전, 둘이 찾을 수 있는 한 가장 오래된 은행 기록이 남아 있는 때부터 줄곧 돈을 보낸 바로 그곳이었다. 디는 일전에 한 말을 지켰다. 전날 밤 워크의 문을 두드리더니 송금 받는 사람의 이름이 적힌 종이를 그에게 건넸다.

두 사람은 커피를 세 잔 마시고 식당에서 나갔고, 카페인이 워크의 혈관을 타고 돌고 있을 때 실버 폴스 주립공원이 나타났다. 마사가 방향을 알려주었고 얼마 안 가서 양옆으로 나무들이 우뚝 솟았다. 가파른 초록의 제방 위로 바위들이 앉아 있었다. 폭포를 지나갈 때 워크가 차창을 열자 굉음이 들려왔다.

한 번 더 꺾어지니 정문이 앞에 드러났다. 워크는 미리 전화해서 그곳을 한번 둘러보고 싶다고 말해두었다. 그는 인터폰에 자기 이름을 말하고 정문이 좌우로 휙 열리는 걸 바라보았다.

긴 진입로를 따라가자 병원이 눈에 들어왔다—미끈하고 현대적이며, 어두운 색 창틀이 사암 벽돌과 대비되는 그곳은 숲속에 둥지를 튼 호화 콘도라고 해도 될 법했다.

아이커라는 이름의 여자가 따뜻하게 웃으며 문에서 두 사람을 맞았다. 아이커는 둘을 넓은 현관홀로 이끌었고, 그곳에는 현대미술과 독수리일지 모를 조각이 전시되어 있었다. 전체적으로 차분한 분위기에, 의사들은 느긋하게 걷고 간호사들은 천천히 움직였으며 난리법석도 걱정 근심도 없어 보였다. 처음에 워크는 그곳이 일에 시달린 기업 간부들이 잠시 한가롭게 지내려고 찾아오는 휴양지와 비슷하다고 생각했다. 하지만 그때 아이커가 돌아와서 그곳에서 무슨 일을 하는지, 환자들에게 필요한 것들이 얼마나 복잡한지, 그들이 밤낮없이 어떻게 환자들을 보살피는지 술술 늘어놓았다.

아이커는 20킬로그램 이상 과체중인데도 단호하게 걸었다. 억양이 있기는 했으나 어디인지 분간하기 어려웠고, 독일 쪽인 것도 같았지만 그 지역에서 쓰는 표현들에 가려졌다. 그녀는 두 사람이 누구 때문에 왔는지 묻지 않았고, 워크는 오기 전에 통화로 친척이 있는데 도움이 필요하다고, 특별한 치료가 필요하다고만 해두었다. 아이커는 가벼운 마음으로 와서 한번 둘러보라며 잘 맞느냐가 중요하지 서두른다고 되는 게 아니라고 말했다.

워크 옆에서 마사는 아무 말도 하지 않고 커다란 휴게실들, 늘어선 엘리베이터들, 발이 빠지는 느낌이 들 정도로 두꺼운 카펫을 훑어보았다.

아이커는 그곳의 연혁과 주립공원에서 가까운 점, 그 덕분에 얻을 수 있는 평온함에 대해 길게 이야기했다. 어떤 종류의 응급 상황에도 대비가 되어 있고, 대기 중인 의사가 다섯 명에 간호 인력이 서른 명에 달한다고 했다.

아이커는 둘을 정원으로 데리고 나갔고, 넓은 정원 끝에 세워놓은 낮은 울타리 너머로 개울이 흘러갔다. 워크는 짐꾼 두어 명이 문 옆에서 담배를 태우는 걸 보았다. 아이커가 그들을 쏘아보자 그들은 담배를 끄고 움직였다.

"저희를 어떻게 알게 되셨는지 여쭤봐도 될까요?"

아이커가 말했다.

"친구가 알려줬습니다. 디키 다크라고."

그러자 아이커가 하얀 치아를 드러내며 웃었는데, 앞니 사이가 좀 벌어져 있었다.

"매들린의 아버지 말씀이시군요."

워크는 아무 말도 하지 않았다.

"그 애는 특별한 아이예요. 그리고 다크 씨는 아주 강한 분이시죠. 부인을 그런 식으로 보내셨는데도. 케이트하고도 아셨나요?"

마사가 앞으로 다가섰다.

"그렇게 잘 알진 못했어요."

그 말에 아이커는 슬퍼 보였는데, 완벽한 얼굴에서 유일하게 드러난 틈이었다.

"케이트는 이 지역 사람이었어요. 클라크스 그로브에서 자랐죠. 매들린은 케이트의 판박이에요."

아이커는 두 사람을 건물 안으로 데리고 간 뒤 안내책자를 주며 다시 연락하겠다고 약속했다. 워크는 더 밀어붙이지 않았다. 찾아간 목적은 달성했으니.

"제가 안부 묻더라고 전해주시겠어요? 잘 회복하고 계시면 좋겠네요."

아이커가 말했다.

워크가 돌아보자 그녀는 표정을 읽고 말했다.

"죄송해요. 사고 말씀이었어요. 디키가 다리를 절뚝거렸거든요. 넘어지셨다던데요."

워크는 흥분이 솟구치는 걸 느꼈다.

"그게 언제였죠?"

"한 일주일쯤 전이에요. 어떤 사람들은 불운이 늘 따라다니는 것 같아요."

아이커가 한 번 더 웃더니 돌아서서 사라졌다.

둘은 약 25킬로미터를 달려 클라크스 그로브까지 갔고, 거기서 다시 걸어 들어간 다채로운 중심가는 서로 멀리 떨어져 있다

는 점을 제외하면 케이프 헤이븐과 똑 닮았다. 워크는 금세 그곳
이 마음에 들었다. 두 사람은 거리 끝에서 오래된 지역 도서관을
발견했는데, 그곳은 낡아 보여서 지원금으로만 유지되는 것 같
았다. 텅 빈 내부는 어둡고 시원했고, 냄새는 워크가 포톨라에서
2년간 다니던 대학을 연상시켰다.

책상에 앉아 있던 늙은 여인이 화면에서 눈을 떼지 않기에 두
사람은 컴퓨터가 몇 대 더 있는 뒤쪽으로 향했다. 마사는 워크 가
까이에 앉아 그의 다리에 자기 다리를 댄 채 작업을 시작했다. 워
크는 마사가 미간을 찌푸리는 모습과, 숨 쉴 때 가슴이 오르락내
리락하는 모습을 지켜보았다.

"지금 나 넘겨다보는 거야, 서장?"

"아냐. 미안. 아냐."

"그거 아쉽네."

워크가 소리 내 웃어버렸다.

마사는 재빨리 '케이트 다크'라고 입력한 뒤, 보관 자료에서
일치하는 항목을 10여 개 찾았다. 두 사람은 자동차 사고가 났고,
케이트는 그 자리에서 죽고 매들린 앤이 참담한 뇌 부상을 입었
다는 내용을 말없이 읽었다. 빙판길, 길에서 벗어나 가파른 제방
아래로 내달려 나무들에 충돌하여 전면 유리가 깨진 포드 자동
차 사진들이 있었다. 그 뒤쪽에 있는 호수 '디 에이트'만이 사진
속에서 유일하게 평온했다.

그 일이 있기 전 사진이 단 한 장 있었다.

마사가 사진을 확대했을 때 워크는 다크의 모습에 깜짝 놀랐
다—그 텅 비고 공허한 시선, 그때는 그게 전혀 보이지 않았다.

"그러니까 매들린은 지금 열네 살이겠네."

마사가 말했다.

"그래."

"세상에. 그 애는 거기 9년 동안 있었어. 다크가 사업을 벌이기 시작한 때랑 비슷해. 큰돈이 들었을 거야."

워크가 또 다른 기사를 발견했는데 이번 것은 매들린 그리고 유니티에서 하는 일에 초점이 맞춰져 있었다. 내용은 많았지만 아무것도 말해주지 않는 기사였다. 소녀는 기계의 힘으로 살아 있었다.

다크는 기적을 바라고 있는 것이었다.

33

하버만.

워크는 30분 만에 그곳에 도착했고 카브리요 고속도로가 텅 비어 있어서 경광등을 깜빡이지도 않았다. 그가 포틀랜드에서 돌아온 지 한 시간이 지났을 때 신고가 들어왔다.

그는 순찰차를 출입구 가까이에 세워두고 위아래로 끄덕이는 저인망어선들, 반짝거리는 베이라이너 한 척과 내비게이터 한 무리를 걸어서 지나갔다. 판자들 사이에 틈이 나 있어 물이 아래쪽에서 찰랑거렸다. 메기들이 펄떡거리는 모습이 보였고, 한 노인이 그날 치 미끼 중 남은 것을 바다에 던졌다.

광포한 물, 짠바람, 불안감.

그 배는 1973년산 레이놀즈였지만 새로 칠한 페인트와 파란색 테두리 때문에 더 새것으로 보였다. 앤드루 휠러가 갑판에서 부서지는 파도를 바라보고 있었다.

워크는 그를 조금 알았다. 앤드루는 스타와 몇 번인가 데이트를 한 적이 있었다.

저 멀리로 케이프 헤이븐이, 절벽들과 해안으로 이어지는 경사면과 그 모든 것을 굽어보는 킹의 집이 있었다. 앤드루는 아직 스킵 더글러스와 함께 일했는데, 노인은 이제 아주 늙고 머리도 하얗게 셌을 뿐 아니라, 뭍에서는 거의 입도 벙끗하지 않았다. 스킵은 잔교로 내려와서 워크에게 고개를 한 번 까딱인 뒤 다시 주차장 쪽으로 향했는데 필시 그날의 긴장을 맥주 두어 잔으로 풀러 가는 길일 터였다.

앤드루가 조타실에서 내려와 둘은 악수를 했다. 앤드루는 검게 그은 팔이 근육질이었고 하늘이 어스름한데도 머리에 선글라스를 얹어놓고 있었다. 워크가 보트에 올라서자 불빛이 깜빡거리며 켜졌다.

"어떻게 된 거죠?"

워크가 물었다.

"새크라멘토에서 온 도시 사람들을 태우고 나갔거든요. 세 사람이었는데, 어릴 적 친구들끼리 식스 리버스까지 여행하는 길이었죠."

10월부터 3월까지는 랍스터 철이었다. 잡는 숫자와 무게에 제한은 있었지만 대다수 손님들이 바라는 건 그저 하루를 물 위에서 보내는 것이었다.

"천천히 가고 있는데 스킵이 와보라고 하는 겁니다. 그물이 뭔가에 걸린 거였는데, 종종 있는 일이지만 매번 아주 성가시죠. 가끔은 잠수복을 입고 물에 들어가서 필요한 데를 잘라줘야 돼요."

물결이 잔잔한데도 워크는 한 손으로 배를 붙잡았다.

"근데 너무 무거운 겁니다. 스킵은 심지어 야구 모자까지 벗고 머리에서 땀을 훔쳤는데, 그 양반 절대 땀 한 방울 흘리는 법이 없거든요. 난 윈치를 써서 그 양반이랑 같이 그걸 끌어올렸죠. 그랬더니 그게 물 위로 올라오더라고요. 손님들 세 명 다 토했다니까요. 갈매기들이 평소보다 더 많이 선회하길래, 난 그걸 보고 알았죠. 녀석들 소리가 너무 시끄러워서 스킵이 죽은 남자 눈을 감겨주더군요."

"그거 말고는 건드리지 않았고요?"

앤드루가 고개를 가로젓고 옆으로 물러났다.

"돌아오는 길에 손님들이 하도 구역질을 해대서 하는 수 없이 저거라도 덮어줬죠."

워크는 타월을 벗기고서 숨을 헐떡였다.

밀턴이었다.

퉁퉁 붇고 얼룩덜룩해지고 두 눈이 잔뜩 부푼 모습.

"괜찮으세요, 워크?"

"하느님 맙소사."

"아는 사람이에요?"

워크가 끄덕였다.

워크는 다크의 집에 있던 피를 떠올렸다. 곧 일치한다는 결과가 나올 거라는 점을 그는 별로 의심하지 않았다. 알아낼 조각들은 더 많아졌는데 모양들이 너무 들쭉날쭉했다.

"잠깐 좀 앉지 그러세요. 별로 좋아 보이지 않는데."

두 사람은 잠시 갑판에 앉아 검시관이 오기를 기다렸다. 앤드루는 워크에게 맥주를 하나 건넸고, 워크는 그걸 홀짝이면서 얼굴에 혈색이 돌아왔다.

"좀 나아요?"

"별로 놀라신 거 같지 않네요."

워크가 말했다.

"시체 보는 게 세 번째거든요."

"정말로요?"

"한 번은 뉴저지에서, 다음에는 플로리다 키스에서 일할 때였죠. 케이프 헤이븐이 분주하네요."

"너무 분주하죠."

워크는 맥주병을 머리에 대고 올라오는 통증을 가라앉혔다. 술을 마시는 동안 손이 떨렸지만 그는 감추려고 하지 않았다.

"장례식에 오신 거 봤어요. 그때 인사할 기회가 없어서 유감 이네요."

장례식 때 앤드루는 뒤쪽에 서서 고개를 숙이고 몇 분간 있더 니 조용히 모습을 감추었다.

앤드루가 손을 흔들었다.

"나는…… 슬픈 일이었죠. 그 여자 얘기 들었을 때, 모든 게 슬 프더라고요. 아이들 생각도 났고요. 사내 녀석은 아기일 뿐이었 지만 여자애는 그때도 나를 노려보고 그랬죠."

워크는 더치스를 떠올렸다.

"이 남자, 누가 그랬는지 아세요?"

"아마도요."

앤드루는 더 묻지 않았다.

두 사람은 보트 한 대가 잔잔한 물결 위로 부드러운 불빛을 드 리우며 다가오는 걸 지켜보았다.

앤드루가 지는 해를 향해 맥주병을 들었다.

"그 여자를 마지막으로 본 게 5년 전이네요. 그런데도 여직 그 여자 생각을 했죠. 그렇다고 뭐……. 아깝게 놓쳐버린 사람이라 거나 그런 건 전혀 아니었어요. 아시죠, 어떤 사람을 구하고는 싶 은데 어떻게 해야 할지 도무지 감도 잡을 수 없을 때 있잖아요?"

"그 친구랑 한동안 만나셨죠."

"아마 몇 달 정도였을 거예요. 한 바에서 봤는데, 그 여자가 노 래하는 걸 지켜보다가 내가 한잔 샀죠. 외모도 좋고 재미있고 한 편으로는 망가진 여자라고 생각하면서. 내가 마시는 바에서는 그것도 그리 특별한 건 아니었지만요."

"그다음은요?"

"우리는 만나기는 했지만 만나기만 했어요. 거의 친구 같았죠. 난 그 이상을 바랐고요."

워크가 그를 바라보았다.

"섹스요. 한 번도 한 적이 없어요."

워크는 쾌속정 한 대가 엉뚱하게 그곳을 지나가는 걸 흘깃 보았다―하얗고 화려한 배, 틀림없이 웬 휴양객이 자기 장난감을 가지고 나온 것일 터였는데, 옛것과 새것이 충돌하는 모습을 보면 그는 아직도 마음이 불편했다. '판매합니다' 문구를 보고, 그는 그걸 산 게 누구든 멀리 가지고 가버렸으면 싶었다.

"아름다운 여자였어요. 섹스라는 게 특별하잖아요. 사람들이 말은 하지 않지만 중요한 거죠. 연인 사이에서 그걸 빼면 뭐가 남죠?"

워크는 마사를, 그들의 우정을 떠올리며 그녀를 볼 때마다 자기를 밀어붙여 가서는 안 될 곳으로 끌고 가는 자신의 속마음을 생각했다. 마사는 그의 것이던 부분을 잘라냈고, 그녀의 마음은 잃어버린 아이와 함께 땅속에 묻혀버렸다.

"그러는 이유가 뭔지 얘기하던가요?"

워크가 말했다.

"진짜 사랑이라는 게 한 번뿐이라고 하더군요. 그리고 그걸 발견하면 행운이라고요. 거기에 못 미치는 건 전부 아무것도 아닌 거나 마찬가지라고."

워크는 스타를 떠올렸다. 스타는 행복한 결말을 맞이하지 못했다. 그는 매일 밤 그 아이들만이라도 그렇게 되기를 기도했다.

✟

만나는 날 로빈은 긴장했다.

전날 밤 두 아이는 밤늦게까지 깨어 있었고 로빈은 피터와 루시를 잘 아는 것처럼 말했다. 동생은 자기도 의사 아니면 교사가 되고 싶어질지 모른다고 했다. 더치스는 이제 자라고, 내일 산뜻한 모습으로 가야 하지 않겠냐고 말했다. 로빈은 한 시간을 더 떠들었다.

더치스는 동생의 반바지와 티셔츠를 준비해뒀지만, 동생은 그 대신 장례식용 셔츠와 점잖은 바지로 바꿔 입었다. 나비넥타이도 매보더니 관두기로 했다. 제일 좋은 신발에 침을 뱉어 휴지로 반짝반짝 닦았다. 더치스는 엉켜버린 동생 머리카락을 풀어주려고 하다가 포기하고 가르마를 타주었다.

더치스는 청바지와 상의를 입었으나 로빈이 고래고래 소리를 질러서 결국 드레스로 갈아입었다. 로빈은 누나에게 노란색 나비 리본을 골라주었고 화장을 좀 해야 하는 거 아니냐고 물었다. 소년은 아침도 안 먹고 그냥 창가에서 주스만 홀짝였다.

"좀 진정해."

"그 사람들 안 오면 어떡해?"

"올 거야."

차로 공원까지 가는 길에 로빈은 말없이 바깥을 내다보았다. 더치스는 동생이 작은 손가락을 꼬아 행운을 빌고 있는 걸 보았다. 차가 주차장에 들어서자 그들은 햇빛 속으로 내려섰고, 새소리와 부드러운 바람이 그들을 맞았다.

피터는 키가 작고 약간 과체중이었지만 몸가짐이 좋았다. 루시는 아주 건강해 보이는 웃음을 지어서, 타고난 어머니 혹은 타고난 3학년 교사겠구나 하는 생각이 들었다. 셸리가 두 사람에게 손을 흔들었고 세 사람은 부부에게 걸어갔다.

피터가 몸을 돌려 휘파람을 불었다. 한 검은색 래브라도 리트리버가 한 발을 공중에 든 채로 고개를 들더니 뛰기 시작했다.

"저 사람들 개가 있어."

로빈이 속삭였다.

"흥분하지 마."

로빈이 누나를 올려다보았다. 더치스가 잠시 기다리다가 고개를 끄덕이자, 로빈은 튀어나가 래브라도를 향해 달리며 미친 사람처럼 팔을 흔들었다.

"젠장."

"걱정 마."

셸리가 말했다.

"로빈은 혹시 저 사람들이 우리를 곧바로 데려갈지 모른다며 자기 짐 가방을 가져오려고 했다고요."

"젠장이네."

셸리가 동의했다.

처음 만나면 다른 때도 그랬듯이 어색한 분위기에서 조심스레 악수하고 눈을 오래 마주칠 수도 있었는데, 피터와 루시는 처음부터 따뜻하고 개방적인 태도를 보였다. 부부는 각자 자기소개를 하고 자기들이 얼마나 멀리에서 왔는지, 어떻게 래브라도 리트리버 제트와 함께 차를 타고 와이오밍의 작은 마을에서 왔는지 이야기했다. 피터는 곧바로 로빈과 제트와 함께 자리를 떠서 시야에서 사라지지 않는 범위에서 키 큰 풀들을 가로지르며 놀았다. 로빈은 계속 돌아보며 더치스가 손을 흔들어줄 때까지 손을 흔들었다. 더치스는 하면 안 될 말을 하지 않았고, 사실 무엇이건 별로 말을 하지 않았다. 루시가 드레스 마음에 든다고 하자 더치스는 고맙다고 했다. 루시가 학교 이야기를 묻자 더치스는 좋다고 했다. 그리고 프라이스 가족과 함께 사는 일에 대해 묻자 더치스는 그것도 좋다고 했다.

더치스는 내내 지켜보고 걱정했고, 로빈은 피터의 손을 너무 꼭 잡고 있다가 제트를 쓰다듬고 너무 활짝 웃었다. 부부가 닭을 기른다고 루시가 말해줬을 때 더치스는 피터가 로빈에게 그걸 말해주지 않았기를 간절히 빌었다.

10분 뒤에 로빈이 돌아서서 누나에게 닭이라고 입모양으로 말했다. 더치스가 웃어 보이자 로빈은 손뼉을 쳤다.

그들은 적당한 경계를 넘지 않았고 과거 이야기도 하지 않았지만 루시가 헬 일이, 모든 게 안타깝다는 말은 했다. 루시는 자기 어머니도 자기가 어렸을 때 세상을 떠났다는 이야기를 했다.

헤어질 때 로빈이 피터를 너무 오랫동안 안고 있어서 더치스가 끼어들어야 했다.

돌아오는 길에 로빈은 내내 떠들며 숨도 쉬지 않고 말했다. 피터가 다음에 또 만나자고 했고, 다음에는 로빈이 제트의 목줄을 잡게 해주겠다고 했다는 것이었다. 셸리는 로빈에게 잘했다고 하면서 피터와 루시가 두 아이를 만나서 기뻐했다고 말했다.

"그리고요?"

로빈이 말했다.

"두고 보자. 하지만 이번에도 좋은 느낌이 들어."

셸리가 말했다.

로빈은 손뼉을 치더니 차에서 뛰어내려 프라이스 가족 집으로 달려갔다. 프라이스 부인이 문간에 나와서 셸리에게 웃음 지었다.

"그런 헛소리는 하면 안 되죠. 확실하지도 않은데."

"긍정적인 마음을 유지하는 것도 중요해."

셸리가 말했다.

더치스는 두 눈을 비볐다—긴 한 해와 불확실함이 소녀를 무겁게 짓눌렀다.

소녀는 자기가 신을 믿는지 확실하지 않았지만 그날 밤에는 기도했다.

34

워크는 그녀를 교회에서 발견했다.

그는 문가에 서서 오래된 외장용 판재에 한 손을 얹고 바다와 무덤가에 핀 꽃들을 바라보았다.

마사는 첫 줄에 홀로 앉아 스테인드글라스와 설교단 쪽을 보고 있었다. 그곳은 아버지가 목사이던 시절 일요일마다 앉았던 바로 그 자리였다. 워크는 뒤쪽에 자리를 잡고 방해하지 않으려고 조용히 있었다. 그날 아침에 그는 먼저 보이드와 통화하면서 밀턴 일을 전했다. 그는 그 일이 다크와 연관되어 있다고, 두 사람이 함께 사냥하러 갔었고 밀턴이 다크의 집에 들어가고 나가는 모습이 목격되었다고 말했다. 그 집에서 피를 발견한 일은 언급할 수 없었지만 보이드는 알아보고 영장을 받아보겠다고 했다.

그런 뒤에 그는 클리어레이크에 있는 한 법정 변호사에게 전화했다. 마사의 지인으로, 카터라는 남자였다. 카터는 빈센트 킹을 만나고 싶다고 했으나 워크는 그 일을 성사시킬 수가 없었다. 이제 때가 시시각각 다가와 몇 주밖에 남지 않았으니, 누구라도 준비할 시간이 부족했다.

"네가 필요해."

그가 말하자 오래된 교회에 음성이 울려 퍼졌고, 마사는 하던 걸 멈추고 고개를 들었으나 뒤돌아보지는 않았다. 마사는 하려던 기도가 무엇이었건 끝까지 했다.

그는 마사에게 다가갔고 둘은 오래된 십자가와 그 옆 성인들

앞에 함께 앉았다.

"네가 필요해. 재판에."

"알아."

그는 자기 타이와 금으로 된 타이 클립, 별 장식이 된 깃을 내려다보았다. 자기가 그토록 약하다고 느낀 적이 없었다. 아니면 늘 그렇게 약했지만 그때까지 깨닫지 못했는지도 몰랐다. 그는 다시 켄드릭을 찾아가 약 복용량을 늘렸다. 닥쳐올 일을 멈출 도리가 없었다.

"난 실수를 저지를 거야. 그게 문제가 될 거고."

"무리한 부탁인 거 알아."

"그 정도가 아니야. 사느냐 죽느냐 하는 일이라고. 나도 한때 그렇게 앞에 나서서 사람들을 돕고 싶었던 적이 있어. 좋을 때든 나쁠 때든 기댈 수 있는 기항지처럼. 내게서 그걸 빼앗아갔어, 아버지가."

"그래도……."

마사는 눈물이 가득 고인 눈으로 그의 말을 잘랐다.

"거짓된 삶을 살고 싶지는 않았어."

"밀턴이 죽었어. 정육점 주인. 다크가 죽인 거 같아. 다크가 아이들을 잡으려고 핼을 죽인 거 같아."

"꼬마가 뭔가 기억할까 봐 두려운 거겠지."

워크가 끄덕였다.

"다크는 이제 여기로 돌아올 수 없어. 사람들한테, 질이 안 좋은 자들한테 빚을 졌으니까."

워크는 번호판을 조사했고 이번에는 일치하는 차를 찾았다. 그 세단은 리버사이드에 있는 한 건축회사 소유로 등록되어 있었는데, 그 회사의 이사 중 한 사람이 유명 범죄 조직의 일원이었다. 다크의 문제는 그냥 사라지지 않을 터였다.

그러자 마사가 그를 보았다.

"보이드한테 애기해. 애들을 보호해야 돼."

"벌써 했지. 그런데도 믿지를 않아."

"빈센트 킹이 걸림돌이 되니까."

"하지만 녀석이 무죄라면. 우리가 녀석이 풀려나게 해주면……."

"제길, 워크. 전국에서 가장 뛰어난 법정 변호사도 그렇게는 할 수 없어."

"빈센트가 무고하다면 다크는 더치스가 아니라 로빈을 노리고 있을 거야."

워크는 몸이 떨리자 두 눈을 감고 목을 마사지했다. 근육이 너무 뻣뻣해서 고개를 돌리기만 해도 아팠다.

"이제는 뭐가 문제인지 말 좀 해주지 그래, 워크? 넌 내가 여태 알아차리지 못했다고 생각하지. 너 피곤해 보여. 몸무게도 엄청 줄었고."

"그냥 스트레스야."

"계속 그렇게 말하다 보면 너도 속이겠다."

"안 그래."

그는 한 노파가 문으로 들어와 무릎을 꿇고 십자가를 긋더니 다시 나가는 걸 지켜보았다. 그러고 나면 잠을 더 잘 자는지도 몰랐다.

"너 아주 그 생각뿐이구나, 워크. 예전에는 널 보면 네 속이 다 들여다보였는데."

"나도 다시 그런 남자가 되고 싶어. 그냥…… 모든 게 바뀌고 있잖아. 나도 나 자신을 잃어버리고 있어. 그걸 날마다 느껴. 전에는 나를 둘러싼 모든 게 변하고 있다고 생각했어. 톨러네 농장이던 땅을 차로 지나갔는데. 예전 모습을 상상하기 어려울 정도야. 집들이 잔뜩 늘어서서."

"사람들도 어딘가에서는 살아야지, 워크."

"세컨드 하우스들이야. 그것들 때문에 마을이 더 뒤로 밀려날 거야."

"넌 뭐든 지금처럼 그대로 있길 바라지. 나도 네 집 봤어. 사무실도. 넌 과거에 너무 매달리고 있어."

"지금보다 나았던 때가 있었어. 우리 어렸을 때, 기억 안 나? 그땐 내 앞날이 확고했어. 내가 자란 마을에서 경찰이 되고, 아내와 아이들이 있고, 리틀 리그 야구팀에 들어가고, 같이 캠핑하고."

"그리고 빈센트는 길 건너편에 살고, 아내들끼리도 서로 친구겠지. 같이 휴가도 가고. 바비큐를 하면서 아이들이 서핑하는 거 지켜보고."

"아직도 그 순간이 눈에 보여. 30년이나 지났는데도 선명해. 너무…… 손으로 만질 수도 있어. 하지만 바꿀 수는 없지."

"네가 기억하는 빈센트 이야기를 해봐."

"녀석은 날 위한 거라면 무슨 일이든 했어. 맹목적인 의리 같은 거였지. 어울리던 여자애들이 몇 있었지만 녀석의 여자는 스타뿐이었어. 주먹다짐도 곧잘 했지만 먼저 싸움을 시작하는 법이 없었고. 어떤 때는 며칠씩 말도 없이 지내기도 했는데, 녀석 아버지 때문이라는 걸 난 알았지. 그리고 녀석은 재미있었어. 나에게는 전부였어. 내 형제였어. 지금도 형제야."

그때 그는 마사의 눈빛을 읽을 수 없었다. 바깥에서 해가 빛나고 새들이 노래했다.

"난 너랑 결혼할 줄 알았어, 마사. 그거 알아?"

"알아."

"넌 늘 내 마음속에 있어. 일어나면 가장 먼저 떠오르지. 그리고 잠들기 전에도."

"자위는 죄악이야."

"교회에서 자위라고 하지 마."

"넌 내가 안전하니까 좋아하는 거야, 워크. 난 네 거울이니까. 난 변하지 않지. 놀랄 일도 없고. 단순하고 믿을 만해. 그것도 우리의 이상적인 어린 시절이 산산이 부서지기 전까지 얘기지만."

"그렇지 않아."

"맞아. 하지만 그렇다고 해도 아무 문제없어. 우리는 사람들을 도와, 워크. 나는 그보다 더 잘 사는 방법을 생각할 수가 없어."

"그러니까 해줄 거지."

마사는 대답하지 않았다.

"다른 생애에서라면 우리가 함께였을 거라고 생각해?"

"이번 생도 아직 안 끝났어, 서장."

마사는 손을 뻗어 떨리는 그의 손을 자기 손의 온기로 가라앉혀주었다.

✝

피터와 루시가 두 아이를 프라이스의 집 앞에서 차에 태웠다.

셸리는 두 아이와 함께 SUV에 탔고 뒷좌석에 앉아 차가 달리는 중에도 서류 작업을 하느라 바빴다.

피터와 로빈은 차가 달리는 내내 쉴 새 없이 대화하면서, 제트 이야기며 제트가 새를 무서워한다는 이야기, 피터가 치료하던 한 환자가 1년 내내 딸꾹질을 한다는 이야기 등을 나눴다.

"깜짝 놀라게 해보셨어요?"

로빈이 말했다.

"피터 얼굴만으로도 사람 놀래기에 충분해."

루시가 거울에 비친 더치스에게 윙크를 했다. 비록 소리 내 웃지는 못했지만 더치스도 나름 웃음을 지어 보였다. 그날 아침에 메리 루는 다정한 의사랑 부인이 골치 아픈 소녀를, 성적도 거지 같고 총 가지고 놀기 좋아하는 계집애를 집에 들일 가망 따위는 없다고 말했다. 더치스가 잠자코 들으면서 콘플레이크를 먹자, 메리 루는 다가와 남매가 보고 있던 텔레비전 뒤의 전원을 휙 잡아당겨 뽑아버렸다.

일행은 어디인지 모를 곳에 차를 세우고 길가에 잠시 시동을 켠 채로 있었고, 피터와 루시가 뒤를 돌아보았다. 피터가 안내책자를 보고 말했다.

"고잉 투 더 선 로드°야. 준비됐니?"

"준비됐어요."

로빈이 말했다,

• Going to the Sun Road. 글레이셔 국립공원을 가로지르는 유명한 산길로 가장 높은 지점이 해발 2000미터가 넘는다. 앞서 언급된 '레드 재머 버스'도 이 길을 다닌다. 구불구불 위태로운 길과 장엄한 풍광으로 유명하다.

피터가 더치스를 보고 미소 지었다.

옆에서 로빈이 누나 손을 꽉 쥐었다.

"됐어요."

고잉 투 더 선 로드는 어마어마하게 치솟은 바위를 따라 80킬로미터나 이어졌다. 동쪽 터널을 지날 때 빛이 그들을 맞아주었고, 두 산이 쇼의 시작을 알리듯이 양옆으로 갈라졌다.

일행이 탄 차는 절벽처럼 깎아지른 경사면을 따라 기어갔고, 도로가 구불구불 휘어지며 눈앞에서 사라지는데 롤러코스터를 탄 것 같으면서 너무 아름다워 더치스는 두 눈을 감았다.

일행은 계곡을 건너갔고 옆으로는 어마어마한 폭포 소리가 들렸으며 야생화들은 수없이 다채로운 빛깔을 뽐냈다. 절벽을 따라 아래로 내려가자 투명한 호수들이 나오고, 키 큰 소나무들이 비스듬하게 기울어진 모습이 꼭 넘어지지 않으려는 듯했다.

루시는 니콘 카메라를 꺼내어 쉬지 않고 사진을 찍었다. 뒷좌석에서 셸리는 앞으로 몸을 기대고 더치스의 어깨에 한 손을 얹더니, 소녀에게 필요하다는 걸 안다는 듯이 어깨를 꼭 쥐었다.

일행은 잭슨 글레이셔 전망대에서 차를 세웠다. 루시는 트렁크에서 도시락 바구니를 꺼내더니 풀밭에 담요를 깔았다. 로빈은 피터 옆에 앉았고, 일행은 샌드위치와 감자칩을 먹고 주스를 마시면서 물 위로 그림자들이 흔들리는 모습을 바라보았다.

"할아버지도 여기 좋아했을 거예요."

로빈이 말했다.

더치스는 샌드위치를 먹고 루시에게 고맙다고 말하며 웃으려고 애썼다. 이따금은 한 번도 가본 적 없는 어딘가에서 너무 멀리 떨어진 듯, 마치 집이 저기 어딘가에서 자기를 부르지만 거기에 어떻게 가야 하는지 도무지 알 수 없는 느낌이 들었다. 소녀는 소매로 눈을 훔치다가, 루시가 자기를 보고 있는 걸 알아채고 의아해할지 모른다고 생각했다. 이 아이는 대체 얼마나 망가진 걸까? 이 아이가 이제부터 언제까지나 내 인생에 함께하기를 내가 정말 바라는 걸까?

"괜찮니, 더치스?"

루시가 말했다.

"네. 고맙습니다."

더치스는 진심으로 들리기를 바랐지만 어떻게 해야 그렇게 들리는지 알지 못했다. 소녀는 전하고 싶었다—동생을 사랑해주고 아껴주기만 하면 자기는 조용하게 살 수 있다고, 말썽 부리지 않고 아무 풍파도 일으키지 않을 수 있다고.

더치스는 일어나서 울타리로 걸어가 몸을 내밀고 저 밑에 있는 얕은 물과 푸른 돌, 밝은 빛깔로 빛나는 자주색 꽃들, 밀집한 로지폴 소나무들을 바라보았다.

루시가 옆에 와서 같이 바라보았지만 아무 말도 하지 않았고 더치스는 그게 고마웠다.

돌아가는 길에 일행은 속도를 늦추고 산양과 큰뿔 양을 구경했다.

"쟤네들 떨어지면 어떡해요?"

로빈이 말했다.

"걱정 마. 내가 의사니까."

피터가 말했다.

루시가 눈을 굴렸다.

더치스는 피터를 관찰하며, 그가 아주 조심스럽게 운전하는 모습과 그의 웃음이 얼마나 자연스러운지를 보았다. 소녀는 정돈된 삶을, 모든 게 딱딱 맞아떨어지는 삶을 상상했다. 그는 차분한 분위기, 서두르지 않는 면이 있었다. 사람들이 그를 스치고 지나가도 그는 알아차리거나 신경 쓰지 않을 터였다. 소녀는 그가 로빈에게 좋은 아버지가 되어줄 거라고 생각했다.

돌아왔을 때 더치스는 로빈이 피터 허리에 양팔을 둘러 꼭 끌어안는 것을 보았다. 그리고 피터와 루시 두 사람 사이에 오가던 시선을 보았다.

더치스는 어느 정도 확실히 알게 되었다.

둘에게 새 집이 생겼다는 것을.

35

두 사람은 밤늦게까지 일했고, 마사가 자정에 한 번 그리고 2시에 한 번 커피를 만들었다.

두 사람은 페어몬트 카운티에서 빈센트와 함께 오후 시간을 보냈다. 마사는 녹음하면서 코치도 하고 힌트도 주려고 했으나 빈센트는 증언할 마음이 추호도 없어서 아무 말도 하지 않았다. 결국 헛수고였으나, 워크는 마사가 믿는다는 걸 알면 빈센트가 그날 벌어진 일에 관해 마침내 모든 걸 털어놓을 구실이 되지 않을까 하고 내심 바랐다.

들어가는 길에 커디가 워크에게 다가오더니 봉투를 하나 건넸다.

"이게 뭐예요?"

워크가 물었다.

"빈센트. 그 친구한테 온 우편물이야. 별다른 내용은 아니네. 자네가 보고 싶어 할 것 같아서."

워크는 대기실에서 혼자 있을 때를 기다렸다가 봉투를 열었다. 편지, 타이핑이 되어 있었지만 다크가 보낸 게 틀림없었다.

자금을 모으기가 힘들지만 난 포기하지 않았소. 분명 실망했을 테니 그걸 보상할 방법을 찾아냈소. 재판에 행운을 비오. 가끔은 소원이 정말로 이루어지기도 하니.

워크는 10여 번을 읽으며 거기에 없는 것을, 그가 알지 못하는 뭔가를 찾으려고 했다. 어쩌면 다크에게도 양심이 있는지 몰랐다. 이제 아무래도 좋았다.

워크가 편지를 건네자 빈센트는 그걸 곧장 주머니에 쑤셔 넣고 마사를 보며 화제를 바꾸었다. 선이 그어졌는데 워크는 확실히 그 바깥에 서 있었다.

재판이 다가오자 마사는 준비하고, 도움을 요청하고, 심지어 캐머런 카운티에 사는 옛 교수에게 찾아가기도 했다.

마사와 워크는 워크의 집 지하실에 사무실을 마련하고, 벽이란 벽은 모두 서류와 사진과 지도로 채웠다. 마사는 재판 기록들을 읽어보고, 모두 변론을 하도 여러 번 연습해서 워크도 토씨 하나까지 다 외울 정도였다. 마사는 지방검사장의 명성을 들어 알고 있었고, 검사가 몇 달 동안 준비했으리라는 것도 알았다. 사실들은 설득력 있었다―빈센트 킹은 피해자를 알았고 피해자 집에서 피해자의 피를 뒤집어쓴 채 발견되었다.

디키 다크를 소환하면 어떻겠느냐는 논의도 했지만, 둘은 그를 찾아내지 못했다. 지방검사장은 이미 그의 진술을 받아두었다. 그를 범죄 현장과 연결하는 증거는 아무것도 없었고, 그를 소환하면 디 레인도 증언대에 세워야 했는데 워크는 디의 딸들에게 그런 짓을 할 마음이 없었다. 워크는 틀림없이 검찰 측 증인으로 나가게 될 터였다.

두 사람은 동네 사람들이 사는 곳과 그들이 오가는 곳을 지도로 만들었다. 지방검사장은 빈센트가 총을 물에 버렸다고 주장할 터였다. 마사는 빈센트에게 있었던 시간에는 그게 불가능한 일이었다는 것을 입증할 계획이었다. 그것은 작은 승리였다. 그들에게는 그게 필요했다.

9시에 워크는 의자에 앉아 먼저 왼손에, 그런 다음 오른쪽 다리에 떨림이 시작되는 것을 느꼈다. 그는 의지로 그걸 쫓아낼 수 있다는 듯이 두 눈을 감았다. 숨을 천천히 쉬면서 그렇게 결정적인 순간에 그렇게 배반하는 몸을 저주했다.

"괜찮은 거야, 워크?"

워크는 말하려고 했으나 얼굴에서, 턱과 입술에서도 증세를 느꼈다. 얼얼한 느낌, 그러다가 나타나는 똑같은 떨림. 지나갈 테지만 시간이 걸릴 터였다. 워크는 뜨겁고 부끄러운 눈물이 느껴졌다. 마사가 보기 전에 손을 들어 눈물을 닦으려고 했으나 손이 움직이지 않았다.

그는 눈을 감고 자기 의지로 그 방에서, 그 마을에서 그리고 어쩌면 그 인생에서 벗어나려고 했다. 열 살로 되돌아가 빈센트와 자전거를 타던 때를, 서로서로 가로지르며 오직 아이들만 지을 수 있는 환한 웃음을 짓던 때를 떠올렸다.

그리고 자기 손을 두 손이 잡는 것을, 꽉 쥐지는 않았지만 따뜻한 손을 느꼈다. 그는 눈을 뜨고 마사가 자기 앞에 무릎을 꿇고 있는 것을 보았다. 아름다운 눈동자에 심지어 눈물이 고여 있었다.

"괜찮아."

워크는 고개를 저었다. 괜찮지 않았고 다시 괜찮아지지도 않을 터였다. 그가 마지막으로 운 것도 10여 년이 지났다. 하지만 바로 그 순간, 완벽한 난장판이 되어버린 자기 인생을 둘러보았을 때 그는 열다섯 살이 되어 다시 빈센트를 멀리 보내버린 것처럼 흐느꼈다.

"왜 그렇게 빈센트를 짊어지고 사는 거야?"

"내 탓이거든. 그날 밤, 난 시시를 발견하고 나서 녀석 집에 갔다가 차를 봤어. 녀석이 한 짓이라는 걸 한눈에 알았지."

"알아. 얘기해줬잖아."

"하지만 난 그때 녀석을 깨울 수도 있었어. 그러면 녀석은 자수했겠지. 그럼 판사에게도 배심원에게도 더 나아 보였을 거야. 판사도 관대하게 판결했을 거고. 그런데 난 뒤부아 서장한테 갔어. 누가 그런 짓을 하겠어? 대체 누가 자기 친구한테 그런 염병할 짓을 하냐고?"

마사가 그의 얼굴을 양손으로 잡았다.

"너는 옳은 일을 한 거야, 워크. 넌 항상 그랬어. 스타를 그렇게 돌봐준 것도 그래. 걔가 분명 널 밀어냈을 텐데. 그건 특별한 거야. 그렇게 하는 건 특별한 거라고."

"버티는 거지 뭐. 그게 사랑하는 사람을 위해 하는 거잖아."

"너 같은 사람들이 많아지면 세상도 더 나은 곳이 될 거야."

마사가 너무 진심으로 말해서 워크는 그 말을 믿을 뻔했다. 하지만 그는 마사의 어깨 너머로 벽에 붙여둔 것들과 친구를 보았다. 이럴 시간 같은 건 없었다.

그는 아무 생각도 없이, 느닷없이 마사에게 입을 맞췄다.

그가 사과하려고 하는데 마사의 입술이 그의 입술에 다가왔고 마사가 그에게 키스하는 태도에는 뭔가 광적인 데가, 마치 30년 동안 기다린 것 같은 분위기가 있었다. 마사는 그를 뒤로 밀더니 일으켜 세우고 그의 손을 잡고 침실로 데려갔다. 그는 마사를 멈추고 싶었고 또 실수하는 거라고, 그녀가 모든 면에서 자기보다 낫다고 말하고 싶었다. 그러나 마사가 키스하자, 그는 느꼈다. 다시 열다섯으로 돌아간 것을.

소식은 늦게 왔고 워크는 오랜만에 아주 깊이 잠들어 있다가 전화벨 소리에 깨어났다. 그가 일어나 앉자 마사가 옆에서 꿈틀거렸다.

그는 말없이 듣다가 전화를 끊고 드러누웠다.

"뭐야?"

그는 천장을 응시했다.

"밀턴 부검이 나왔어. 익사한 거래. 아무것도 없어, 부상도 없고. 그냥 익사했대."

하늘이 컴컴했지만 마사는 재빨리 일어났다.

"이거야, 워크."

"뭐가?"

"우리가 기다리던 결정적인 한 방."

✞

그날 밤 로빈은 울면서 깨어났고 침대 시트가 푹 젖었다. 악몽이 얼마나 생생했는지 더치스가 안아주었는데도 한동안 말을 하지 못했다.

"엄마였어. 내가 잠긴 방 안에 있었는데 엄마가 비명 지르는 게 들렸어. 피터랑 루시 불러줘. 엄마 불러줘. 할아버지도. 돌아가고 싶어, 이게 다 악몽이면 좋겠어."

더치스는 동생을 달래며 머리에 입을 맞췄다.

소녀는 동생이 씻는 걸 도와준 다음 동생 침대에서 플라스틱 시트를 벗겨내고 그곳에 누웠다. 더치스가 커튼을 열어두었고 둘은 수많은 별들과 꽉 차오른 달을 내다보았다.

"괜찮을 거야, 알지."

"그 사람들이 우릴 와이오밍으로 데려갈까?"

"네 미래는 아직 정해진 게 아니야, 로빈. 넌 무엇이든 될 수 있어. 넌 왕자님이라고."

"난 피터처럼 의사가 되고 싶어."

"넌 좋은 의사가 될 거야."

동생이 잠든 뒤 소녀는 창가에 앉아 교과서를 꺼냈다. 최선을 다해 역사 과제를 했다. 다시 노력하고 있었다.

소녀는 동생을 바라보며, 동생이 자기라는 어둠에 색을 더해 주는 존재라는 것을 확실히 알았다.

다음 날 두 아이가 학교에 걸어가는데 메리 루가 번갈아가며 아이들 귀에 대고 뭔가 숙덕거리자 아이들이 코를 찡그리며 낄 낄거리고 웃었다.

"왜 저러지?"

로빈이 더치스에게 말했다.

"아무것도 아냐. TV에서 바보 같은 거라도 보고 저러겠지."

그런 상황은 히코리와 그로브 거리로 접어들 때까지도 계속 되었다. 앞서가는 아이들은 월슨 쌍둥이, 에마 브라운과 남동생 애덤까지 네 명을 더 모았다. 매번 메리 루는 아까 했듯이 그 아이들을 가까이 불러 속닥거리고는 아이들이 배꼽을 잡고 웃는 모습을 즐거워하며 지켜보았다.

"우엑, 드러워."

에마가 말했다.

로빈이 또 더치스를 올려다보았다.

"헨리가 오늘 나더러 큰 애들이랑 같이 걷지 말랬어."

"헨리 놈은 머저리니까."

더치스는 걸어가면서 그 아이들을 빤히 보았다. 계속 뒤돌아보며 히죽거리는 메리 루, 켈리와 에마 그리고 씹어 먹을 헨리와 그 자식의 좆도 아닌 친구들. 학교 정문에 다다라 메리 루가 학급 아이들 한 무리에게 또 숙덕거리자 더치스는 자기 피에 흐르는 차가운 납덩이가 녹기 시작하더니 점차 용해되는 것을 느꼈다. 아이들이 전부 돌아보았다. 키득거림이 대놓고 웃는 걸로 바뀌었고 다들 더럽다는 듯 인상을 썼다.

그러자 더치스가 움직였고 로빈은 누나 손을 꼭 잡고서 뒤로 당겼다.

"제발."

로빈이 말했다.

더치스가 풀밭에 무릎을 꿇었다.

"로빈."

로빈이 뭐라고 말하려고 하자 더치스가 곱슬거리는 동생 머리칼을 뒤로 넘겨주었다.

"내가 누구지?"

로빈이 눈을 마주 보았다.

"무법자."

"무법자는 어떤 사람이야?"

"허튼수작을 받아주지 않는 사람."

"아무도 우리를 괴롭힐 수 없어. 아무도 우리를 비웃을 수 없어. 내가 너를 지켜. 우리에겐 같은 피가 흘러."

로빈 눈에 두려움이 어렸다.

"이제 넌 교실에 들어가."

누나가 부드럽게 밀자 동생은 돌아서서 마지못해 초조하게 건물로 들어갔다.

더치스는 일어나서 가방을 내려놓고 메리 루를 쳐다보았다. 그리고 그 애를 향해 걸어갔다. 에마와 켈리, 앨리슨 마이어스 등 여자애들은 들은 이야기가 있어서 옆으로 물러났다.

"뭐가 그렇게 웃긴지 말해볼래?"

남자애들이 다가와서 주변을 빙 둘러섰다.

메리 루는 물러나지 않고 그저 아까처럼 히죽거렸다.

"너 오줌 냄새 나."

"뭐라고?"

"네 침대 말이야. 어젯밤에 네가 그런 거잖아. 엄마가 네 침대에서 시트 벗겨서 빨래하는 거 내가 봤거든. 너 무슨 변태처럼 오줌 쌌잖아."

더치스는 종소리를 들었다.

아무도 움직이지 않았다.

"맞아."

웅얼거림, 웃음소리, 그리고 알아들을 수 없는 외침이 들렸다.

"인정하는 거야?"

메리 루가 말했다.

"그럼."

"봤지. 내가 뻥 치는 거 아니라고 했잖아."

메리 루가 켈리에게 말했다. 그런 뒤 메리 루가 돌아섰고 아이들 무리도 움직이기 시작했다.

"근데 내가 왜 그랬는지 알아?"

다들 멈춰서 고개를 돌렸다.

메리 루는 더치스를 지켜보며 무슨 말이 나올지는 모르지만 바짝 긴장해 만반의 대비를 했다.

"네 아버지가 나 건드리지 못하게 하려고 그런 거야."

쥐 죽은 듯한 정적.

"거짓말."

메리 루가 말했다.

켈리와 에마가 살짝 뒤로 물러났다.

"이 좆같은 거짓말쟁이야."

메리 루가 비명을 지르며 더치스에게 달려들었다.

메리 루는 드잡이에 익숙했고 어쩌면 머리카락 잡아당기기 정도는 해봤을지 모르지만 그게 전부였다. 학교에서 무법자를 만날 줄은 짐작도 하지 못했다.

더치스는 무자비한 주먹 한 방으로 메리 루를 눕혔다.

메리 루는 무너져 내렸고 이 하나가 풀밭에 떨어졌으며, 그 입에서 피가 솟자 다른 아이들이 다 소리를 질렀다.

더치스는 가만히 서서 차분하게 먹이를 내려다보며 다시 일어나서 한 번 더 붙었으면 하고 내심 바랐다.

상황이 종료되었을 때 교장과 두 교사가 달려 나와 메리 루를 한번 보고, 그 애가 맞아서 피가 났고 이가 빠졌는데 새로 온 여자애가 앞에 서서 웃고 있는 모습을 보더니, 소녀를 안으로 끌고 가서 프라이스 부부와 셸리를 호출했다.

더치스는 혼자 앉아 기다리며 핼이 복도를 따라 걸어 들어와서 이 난장판을 해결해주었으면 싶었다. 창밖으로 몬태나의 하늘을 내다보며 워크와 케이프 헤이븐에 관해, 모든 게 다시 한 번 달라져버린 그날 아침 그곳 하늘은 어땠을지 궁금해했다.

프라이스 부인이 울면서 도착했고, 남편이 그녀 어깨를 감싸고 있었다.

"여기까지다. 우리도 더는 못 참아."

프라이스 부인은 숨 쉬는 중간중간 말을 내뱉으며 더치스가 죽기를 바라는 것처럼 노려보았다.

프라이스 씨도 노려보기에 더치스는 가운뎃손가락을 날려주었다.

셸리가 도착해 더치스를 포옹했다. 더치스는 가만히 서서 포옹에 응하지 않았다.

어른들이 교장실에서 회의하는데 금색 문패가 붙은 문짝이 어찌나 두꺼운지 기이하게 높은 목소리가 이따금 들릴 뿐이었다. 프라이스 부인이 떠들어대는 소리였다. 내 집에서 내보낼 거다, 하룻밤도 안 된다, 내 아이들이 위험하다.

프라이스 부부가 나오자 더치스가 불려 들어갔다. 부부는 더치스를 지나치면서 그 아이가 자기 집에 살지도 않는 것처럼 고개를 돌렸다.

셸리가 더치스에게 프라이스 씨에 관해 뭐라고 했는지 물었다. 더치스는 사실대로 말했다. 메리 루가 입을 다물게 하려고 그랬다고 했다. 셸리는 최선을 다해 소녀를 두둔하며, 지고 있는 경주마이지만 그래도 지지해줬다.

교장은 경악해서 심각한 모함이라고 하며 자기 학교에 폭력은 있을 수 없다고, 다시 돌아오지 말라고 했다.

더치스는 아예 교장에게도 가운뎃손가락을 날려버렸다.

"너 괜찮니?"

둘이 학교에서 걸어 나갈 때 셸리가 말했다.

"살아 있어요."

더치스는 로빈을 학교에 내버려두고 가는 게 싫었다.

소녀는 셸리의 차에 올라타고 프라이스 가족 집으로 가는 길에 조용히 앉아 있었다.

프라이스 부인은 부엌에 서서 감시했다. 프라이스 씨는 메리루를 응급실에 데려가 검사도 받고 이도 치료받게 했다. 부부는 법적인 방법까지 동원해 가만히 있지 않겠다고 위협했다. 더치스는 다락에 올라가 둘의 물건을 챙겨야 했다. 오래 걸리지 않았다. 도착한 날부터 짐이 싸져 있었으니까.

더치스는 한마디 말도 없이 그 집을 떠났고, 프라이스 부인은 계단에 서서 자기 눈가를 찍어댔다.

셸리는 말없이 차를 몰아 사무실로 돌아간 뒤 미친 듯이 전화통을 붙잡고 있었고 더치스는 오래된 나무 의자에 앉아 시간이 지나가는 걸 지켜보았다.

3시가 되자 셸리가 밖으로 나가며 더치스를 나이 든 두 여자에게 맡겨두었고, 노파들은 10분마다 더치스에게 웃음 지었다.

셸리는 로빈과 같이 돌아왔다. 로빈은 울고 있었다.

5시가 되자 둘은 머무를 곳을 찾았다. 셸리는 백 가지 다른 파일들, 다른 사례들, 두 아이만큼 길 잃은 다른 인생들에 지치고 고단해져 무감정하게 말했다.

"복지 시설이야."

36

건물은 웅장한 그리스 부흥 양식으로, 도리스 양식의 기둥들이 어찌나 큰지 옆에 있는 더치스가 작게 느껴졌다.

잘 관리된 널찍한 잔디밭이 펼쳐지며, 봄 하늘을 배경으로 대담한 녹색으로 서 있는 사시나무들이 나타났다. 더치스가 로빈과 함께 벤치에 앉아 있으니 비행기들이 하늘에 흔적을 남기며 날아갔다. 셸리는 안에서 클로뎃이라는 몸집이 큰 흑인 여자와 상의 중이었는데, 클로뎃은 그곳을 운영하는 사람인 듯했다.

'청소년지도원.'

로빈은 그곳에 도착했을 때 조용히 체념한 모습이었으나 누나의 손을 잡고 있을 만큼 긴장해 있었다.

"미안해."

더치스가 너무 슬픈 목소리로 말하자 로빈이 잠시 누나 어깨에 머리를 기댔다.

그곳에는 다른 아이들도 있었고, 그 애들은 공 하나와 후프 세 개, 배트 하나로 하는 복잡해 보이는 게임을 하고 있었다. 더치스는 20분 동안 지켜봤지만 규칙을 알아내지 못했다. 그래도 아이들의 눈에서 자기와 같은 처지라는 것을, 저주받은 아이들이라는 것을 알아보았다. 아이들은 둘에게 웃거나 고개를 끄덕이는 일도 없이, 그저 하루를 버틸 수 있으면 기적이라고 생각하는 듯 시간을 보냈다. 밖으로는 길가에서 한 여성이 로빈과 키가 비슷해 보이는 소녀를 안고서 안을 들여다보고 있었다. 약물 사용자에게서 흔히 나타나는 초췌하고 깡마른 모습이었다.

30분 뒤 그들은 식당에서 같이 밥을 먹었는데, 거기서는 백 명의 아이들이 백 명분의 식사를 욱여넣는 냄새가 났다. 로빈은 음식을 깨작거렸다.

공동으로 쓰는 라운지에는 구석에 TV가 있고 거기서 영화가 상영되고 있었다. 여자애 두 명이 갈색 소파에 앉아 영화를 보며 팝콘을 먹으면서도 서로 무시하고 있었다.

다른 쪽 구석에는 장난감으로 가득한 수납함이 있었는데, 쌓아 올리는 블록들에서부터 퍼즐까지 다양했다.

"가서 놀아."

로빈은 고개를 숙인 채 걸어가더니 자기보다 훨씬 어린 아이들이 보는 이야기책을 하나 골랐다. 소년은 바닥에 책상다리로 앉아 이따금 책장을 넘기면서도 마음은 누나와 그 방에서 멀리 떨어져 있었다.

복도에서 더치스는 셸리를 발견했다.

"내가 무슨 짓을 했는지는 나도 알아요. 완전히 조져버렸다는 것도 알아요……."

셸리가 다가가 소녀의 팔을 쓸어주려고 했지만 더치스는 뒤로 물러났다.

"이제 어떻게 되는 거예요?"

"나도 잘……."

"그냥 말해주세요, 셸리. 나랑 내 동생한테 무슨 일이 일어날지 그냥 말해주세요."

"여기는 여자애들이 지내는 곳이야."

더치스가 고개를 흔들었다.

셸리가 진정하라는 듯 손을 들었다.

"클로뎃은 네가 로빈과 같이 지내게 해줄 거야, 로빈이 어리니까."

더치스가 다시 숨을 쉬었다.

"피터랑 루시는 어떻게 돼요?"

셸리는 마른침을 삼키고 고개를 돌려 로빈을 보고, 여기저기 시선을 주면서도 더치스만은 보지 않았다.

"그 사람들한테 말했어요?"

"하는 수 없었어. 피터는…… 의사야. 그리고 루시는 학교 선생님이고. 그 사람들, 네가 프라이스 씨한테 한 말을. 위험을 감수할 수가……."

"알았어요."

"계속 찾아보자. 딱 맞는 사람을 찾기만 하면 돼."

"난 어디에도 맞지 않아요."

셸리의 눈빛에 소녀는 거의 무너질 뻔했다.

로빈이 나와 그들은 복도를 따라가다 위층으로 올라갔다.

침실들을 지나가다 보니 아이들이 있었고 한 여자애가 큰 소리로 이야기책을 읽고 그 애의 여동생이 집중해 듣고 있었다. 벽에는 색이 칠해져 있었는데, 파스텔 톤의 분홍색과 노란색이었다. 사진을 붙여놓은 코르크판들에는 무너진 가정들의 가족사진이 꽂혀 있었다.

두 아이의 방은 벽이 흰색이었고 코르크판도 비어, 두 아이가 그곳에서 보낸 시간이 아직 기록되지 않았다. 더치스가 나중에 같이 붙여놓을 두 침대는 무지개색 커버가 덮여 있었다. 빈 옷장과 서랍장, 빨래를 담을 고리버들 바구니가 하나씩 있었다. 카펫은 퍼즐 조각들처럼 딱 맞는 사각형들을 붙여놓은 것으로, 얼룩이 묻어도 쉽게 떼어낼 수 있었다.

"짐 푸는 것 좀 도와줄까?"

셸리가 물었다.

"내가 할게요."

로빈은 방 가운데 서서 창문을 올려다보더니 커튼을 쳐서 저무는 석양을 막았다. 아이는 전등을 켜고 침대에 올라가더니 두 사람을 등지고 몸을 둥글게 말았다.

"피터는 언제 와요?"

로빈이 말했다.

셸리가 더치스를 보자 더치스는 괜찮다고, 이제 가라고 말했다. 셸리는 이튿날 와서 둘이 잘 있는지 보겠다고 했다.

더치스가 동생에게 가서 등에 손을 올렸다.

"피터랑 루시 말이야."

그 말에 로빈이 돌아눕더니 자리에 앉아 누나를 빤히 보았다.

더치스는 더 말하지 않고 그저 고개를 저었다.

동생은 재빨리 달려들어 자기가 아는 모든 말로 욕을 퍼부었다. 팔을 마구 휘두르다가 누나의 뺨을 세게 쳤다. 더치스는 두 팔을 내리고 그저 눈을 감고 있었고 로빈은 소리치고 새된 소리로 이제 더는 상처가 되지도 않는 진실들을 내뱉었다. 이미 더치스가 아는 것들이었다. 소녀는 나쁜 누나였다. 나쁜 사람이었다. 동생은 너무 많이 울어서 부들부들 떨었고, 얼굴을 베개에 묻고 길지 않았던 복에 겨운 몇 주 동안 거의 손에 잡힐 듯 가까웠던 삶을 돌려달라고 비명을 질렀다.

더치스는 동생이 울고 싶을 만큼 울 때까지 기다렸다. 긴 울음이었다. 소녀는 동생이 때린 뺨에서 피가 흐르는 걸 느꼈다.

동생이 마침내 잠에 들자 소녀는 운동화를 벗기고 이불을 덮어준 뒤 이를 닦아주지 못한 걸 걱정했다.

그날 밤 더치스는 자기들처럼 새로 온 누군가가 복도 건너편에 있는 작은 방에서 소리 내는 걸 들었다. 우는 소리, 그러다가 클로뎃이 와서 달래는 소리가 들렸다.

더치스는 동생 침대로 다가가 동생을 지켜보았다. 토머스 노블을 떠올리고, 이제는 그 애가 자기들을 찾을 수 없겠구나 하고 생각했다. 편지를 쓰려 해도 그 아이의 주소를 몰랐다. 셸리에게 물어볼 수도 있었지만 자기가 그러지 않으리라는 걸 알았다. 소녀는 그 아이의 인생에서, 돌리의 인생에서, 워크의 인생에서 그저 각주에 지나지 않았다. 오래 지속되는 흔적을 남기지 않았고 그 영향도 추하기는 하지만 천만다행히도 짧게 끝날 터였다.

"더치스."

로빈이 똑바로 일어나 앉았다.

"괜찮아."

소녀가 동생 머리카락을 쓰다듬었다.

"나 꿈꿨어. 또 그 꿈이었어. 목소리가 뭐라고 하는지 알아낼 수가 없어."

더치스는 동생을 도로 눕혔다.

"가끔 내가 어디 있는지 모르겠어."

소녀는 동생이 차분해질 때까지 동생 가슴에 손을 얹고 있었다.

"근데 누나가 여기 있어."

"나 여기 있어."

소녀가 말했다.

소년이 손을 뻗어 누나 얼굴을 만졌다.

"그거 내가 그런 거야?"

"아니야."

"미안해."

"넌 나한테 절대 그 말 안 해도 돼."

봄이 저기에 보일 듯한 여름을 향해 흘러갔다. 워크와 마사가 재판에 대비하는 동안 래들리 남매는 또 다른 학교에 다니기 시작해, 시설에 있는 아이들과 함께 버스를 타고 또다시 족쇄에 묶인 생활 리듬에 적응해갔다. 더치스는 여전히 로빈을 돌보고 어머니처럼 동생을 보살폈지만 법석 떨지 않고, 마치 그것만이 자기가 잘하는 일이라는 듯 할 일을 해나갔다. 동생에게 최대한 웃음 지으려고 노력하면서, 그네를 밀어주고 이런저런 놀이를 같이하고 넓은 뜰을 뛰어다니고 동생이 참나무에 올라가는 걸 도와주었다. 하지만 소녀는 자기가 저지른 잘못들에서 달아날 수 없었고, 그것들 때문에 분명 자기뿐만 아니라 동생까지도 가라앉아버릴 거라고 느꼈다.

셸리는 여전히 남매에게 찾아왔고 로빈은 셸리의 머리가 핑크색에서 코발트블루로 바뀐 걸 보고 웃었다. 로빈은 매번 피터와 루시 안부를 묻고, 편지를 쓸 수 있도록 주소를 물어보기까지 했다. 더치스는 동생이 편지 쓰는 걸 도왔다. 로빈은 자기와 자기 누나가 그들 부부에게 딱 맞는 아이들이 아니라는 걸 안다고, 그래도 괜찮다고 했다. 로빈은 제트가 잘 지내는지, 와이오밍이 얼마나 더워지는지 또 제트가 어떻게 시원하게 지내는지 물었다. 소년은 편지 끝에 사랑한다고 쓰고, 그곳 시설과 자신 그리고 더치스를 그림으로 그렸다. 작대기로 된 몸통에 둥근 머리, 일직선으로 그린 입은 가능했을지도 모르는 미래를 깊이 생각하는 듯 보였다. 동생은 더치스한테도 사인을 하라고 했다. 더치스는 '더치스 데이 래들리, 무법자'라고 휘갈겼다가, 동생의 성화에 마지막 단어에 줄을 그었다.

더치스는 워크에게 엽서를 받았다. 그는 셸리와 연락하고 있었고 소식을 들어 알고 있었다. 그는 케이프 헤이븐에 대해 쓰면서, 더치스가 없어서 그곳이 얼마나 조용한지 적었다. 글씨가 너무 작아서 더치스도 읽기 어려울 정도였다.

엽서 사진에는 카브리요 고속도로를 따라 남쪽으로 조금 달려가면 나오는 빅스비 크리크 브리지와 그 교각의 호가 담겨 있었는데, 그 아래로 파도가 얼마나 거세게 부서지는지 거의 그 소리가 들릴 듯했다. 소녀는 엽서를 코르크판에 붙이고 그 옆에는 피터와 루시가 일주일 뒤에 보낸 편지도 붙였다. 부부는 모든 걸 말하면서도 아무것도 말하지 않았고, 로빈에게 거기가 하데스가 지배하는 명부보다 더 뜨겁다고 하며 루시가 뜰을 돌보다가 볕에 심하게 탔다고 썼다. 로빈은 누나에게 다섯 번을 읽어달라고 하더니, 읽을 때마다 도무지 대답할 수 없는 질문들을 틈틈이 던졌다. 부부는 편지 끝에 자기들이 기억하는 대로 로빈과 더치스를 그렸다. 루시는 그럴듯한 화가였지만 너무 활짝 웃는 얼굴로 그렸다. 부부는 편지와 함께 제트의 사진도 한 장 보냈다. 그날 밤 로빈은 침대 옆 탁자에 사진을 두고 잠들었고, 자다가 두어 번 깨서 사진이 그대로 있는지 확인하기도 했다. 다음 날 더치스는 그것도 코르크판에 꽂았다. 두 아이의 수집품이 조금 더 늘어났다.

더치스는 머뭇거리며 미래를, 자기 미래가 아니라 로빈의 미래를 생각하기 시작했다. 성적은 다시 떨어져서 학급에서 하위권으로 미끄러졌다. 다른 아이들은 소녀를 혼자 내버려두었고, 소녀가 오크 페어에서 왔으니 곧 떠나버릴지 모른다는 것을 알고 있었다.

그러던 어느 날 릭 타이드라는 어떤 남자애가 더치스를 찾아다니기 시작했다. 알고 보니 릭의 사촌이 켈리 레이먼드, 그러니까 메리 루의 수하였던 것이다. 릭은 그 이야기를 듣고 나름대로 윤색을 해서 아이들에게 퍼뜨렸다. 그 이야기가 더치스 귀에 들어갔을 때쯤 메리 루는 더치스 때문에 한쪽 눈을 잃어버린 게 되었다. 더치스는 나름대로 애를 쓰며 그냥 넘어가려고 했고, 심지어 릭이 점심때 줄을 서려는 더치스에게 발을 걸어 소녀와 음식까지 바닥에 널브러뜨렸을 때조차 그랬다.

다음 날 더치스는 양호실에 갈 정도로 릭을 두들겨주었다. 셸리가 호출되어 상황이 무마되었다. 교장도 릭 타이드가 어떤 아이인지 잘 알아서 문제를 더 키우지 않았다.

더치스는 그날 학교에서 일찍 나왔고 셸리는 소녀를 태우고 중심가의 햄버거 가게에 데리고 간 다음 가게 밖에 같이 앉아 셰이크를 먹으며 차들이 기어가는 모습을 보았다. 다가오는 퍼레이드 때문에 도로가 차단되어 있었다. 깃발들이 걸려 있고 현수막 하나가 한 건물에서 시작해 건너편에 있는 다른 건물까지 연결되어 있었다.

"베리 퍼레이드? 내가 들어본 것 중에 최고로 허접한 퍼레이드네요."

셸리가 웃음 지었다.

"오늘이 무슨 날인지 알아?"

"계속 확인했는걸요."

재판 첫날이었다. 더치스는 복지 시설이 잠든 시각 컴퓨터 앞에 앉아 읽을 수 있는 건 모조리 읽었다.

"너 괜찮니?"

"그럼요. 전에 핼이 순식간에 끝날 거라고 했어요. 사형 판결이 날 거예요."

셸리가 한숨을 쉬며 고개가 살짝 갸우뚱해졌다.

"말해보세요."

더치스가 말했다.

"뭐를?"

"뭐가 됐든 하고 싶은 말이요."

셸리가 선글라스로 눈을 가렸다.

"난 형제들을 절대로 갈라놓지 않아. 형제는 항상, 같이 있는 편이 낫거든."

"제시 제임스와 그의 형제 프랭크는 아이오와에서 텍사스까지 은행을 털고 다녔어요. 경찰들이 그자들 갱을 노스필드에서 잡았는데 두 형제만 달아났죠. 둘은 서로서로 지켜봐줬거든요."

셸리가 웃음 지었다.

"내가 이 일을 한 지가 이제 20년이야. 그동안 안 가본 데가 없지. 온갖 사례를 다 봤고. 아이들은 나를 지나쳐가, 가는 길에, 또 돌아오는 길에. 난 수백 명을 이 집 저 집에 보냈는데, 매번…… 울었어. 그걸 내 인생으로 삼았고, 또 그래야 마땅한데. 그런데도……."

"나쁜 아이 같은 건 없어요, 그렇죠?"

소녀의 목소리에 당황한 기색이 어렸다.

"넌 나쁜 애가 아니야, 더치스."

트럭 한 대가 멈췄는데 헬이 몰던 것과 같은 색이었다. 더치스는 뱃속에서 고통을 느꼈다.

"로빈은 여섯 살이야. 좋은 나이지. 아주 좋은 나이지만 그게 계속되지는 않아. 그걸 인정하기는 어렵고, 그렇게 생각하는 것조차 어려운 일이기는 하지만."

더치스는 밀크셰이크를 내려놓고 그걸 빤히 들여다보았다.

"내가 무슨 말 하는지 알겠니, 더치스?"

"무슨 말인지 알아요."

셸리는 가방에서 티슈를 한 장 꺼내더니 안경을 들고 두 눈에 가져다댔다. 그러자 평소보다 더 나이가 들어 보였는데, 지나간 세월에 점점 마모되어버린 듯 그 특별하지만 참혹한 책임에 밤낮으로 짓눌린 것 같았다.

"난 죽기 전에는 동생을 포기할 수 없어요."

"포기하라는 얘기가 아니야."

"내가 만난 적도 없는 사람에게 동생을 보살피는 걸 맡기는 거잖아요. 그리고 난 살면서 괜찮은 사람을 별로 못 만났어요. 잘될 가망이 별로 없다고요."

"이해해."

"그건 이기심 없는 행동인가요?"

셸리가 고개를 들어 더치스를 보았다.

"그런가요?"

소녀의 눈은 필사적이었다.

"그렇게 하는 게 이기심 없는 일이냐고요? 알다시피 그 애는 정말 귀여워요, 정말 착하고 귀엽고, 나보다 더 좋은 누나가 필요해요. 그걸 동생한테 줄 수 있나요, 셸리? 난 그 애를 망쳐버리고 있어요. 애가 점점 모질어지고 있다고요. 그렇게 되게 둘 수는 없어요. 걔는 밤에 자다가 깨면 내가 필요해요. 나를 불러요. 그리고 내가 거기 없으면……."

셸리가 소녀를 끌어당기더니 꼭 안았다.

"씨발."

"괜찮아."

"안 괜찮아요. 아무것도 안 괜찮다고요."

"너한테 절대로 그런 짓 하지 않을게, 더치스. 먼저 너에게 말하지 않고서는 아무것도 하지 않을게. 그리고 나도 이게 아니라는 거 알겠어. 형제들은 같이 지내야 해. 계속 찾아볼게. 딱 맞는 사람들을 찾을 거야. 계속 찾아보겠다고 약속할게."

37

워크와 마사는 너무 길고 어지러운 사흘을 표류하듯 보내고 케이프 헤이븐으로 차를 몰고 돌아와 워크의 침대에 누웠으나, 마음에 새겨진 그림을, 전에 죽이지 못한 여자를 죽이려고 30년 동안 계획한 죄수라는 이미지를 떨쳐낼 수가 없었다.

모두 변론은 양쪽 다 계획을 제시하는 것으로 간략하게 끝나서, 마사는 7분이 걸리고 지방검사장 엘리스 데샹은 18분이 걸렸다. 데샹은 인상적이었다—화려한 이력, 맵시 있는 옷차림, 검은 머리카락에 창백한 얼굴. 데샹은 진정성을 내뿜으면서 배심원단에게 갈채를 보내고, 자기가 그들을 위해, 캘리포니아주를 위해, 스타 래들리와 부모 잃은 그녀의 아이들을 위해 일한다고 말했다. 자기가 그들의 목소리이고, 그들의 정의라고 했다. 증거가 압도적일 것이고, 사전에 계획된 냉혹한 범죄라는 게 밝혀질 것이라고 했다. 빈센트 킹이 살인자라고. 그가 한 아이의 목숨을 빼앗았고, 그런 뒤에는 동료 수감자의 목숨을 앗아갔다고. 살인이 쉬워졌다고. 배심원들도 그가 유죄라는 것을 알게 될 수밖에 없고 그리하여 사형이라는 판결을 내릴 수밖에 없을 거라고 했다. 쉬운 일은 아닐 테지만, 그녀에게 그들이 필요하다고 했다. 래들리 아이들에게 그들이 필요하다고 했다.

데샹은 예일 법대 출신으로 능숙했고 옆에서는 동료 두 사람이 지켜보고 기록하며 적절한 때 고개를 끄덕였다.

서기들, 집행관들, 화가, 기자들. 한 남자의 운명이 결정되는 것을 지켜보러 온 무리.

거창한 가설, 대상이 배심원을 이끌어가는 능란한 방식과는 대조적으로 제시된 사실들은 명백하고 반박할 여지가 없었다. 대상이 주립 범죄 연구소의 병리학자를 불러들였고, 그가 탑처럼 어마어마한 자기 이력을 끝도 없이 읊어대자 마사가 그래요, 그래, 전문가라고 인정할 수 있겠네요, 하고 말을 끊어버렸다. 대상이 버럭 소리쳤으나 로즈 판사가 사태를 잘 정리했다. 워크는 마사가 물러서지 않는 모습에 미소 지었다. 그가 보니 빈센트도 마찬가지였다.

병리학자가 차근차근 이야기를 해나가며 사진들을 보여주자, 배심원들은 고개를 흔들었고 한 명은 눈물을 흘렸다. 병리학자는 구타에 대해 자세히 설명하며, 그것이 피해자의 갈비뼈를 세 대 부러뜨릴 만큼 강력했다고 말했다. 그는 총탄의 궤적을 따라가며 살상에 이르게 한 탄환이 가슴에 맞았고 아마 피해자가 쓰러지기도 전에 죽었을 거라고 설명했다. 이젤에 해부도가 펼쳐지고 설명이 이어졌다.

지문 전문가는 래들리네 집에서 나온 지문들을 추적했다. 빈센트 킹은 부엌, 복도, 거실에 있었다. 경찰은 앞문에서도 지문을 하나 채취했다. 한 시간 뒤 배심원들은 피곤해했다. 빈센트 킹이 현장에 있었다는 데는 처음부터 의문이 없었다.

다음으로 이번에는 탄도학 전문가, 말하자면 총잡이가 총기에 대해 이야기하러 나왔다. 그런 다음 살해에 쓰인 총기로 넘어갔는데, 총기는 발견되지 않았으나 스타 래들리의 시신에서 나온 탄환은 .357 매그넘이었다.

그런 다음 대상은 둘이 예상한 대로 움직였다. 대상은 서류를 한 장 꺼내더니 그것이 마치 불에 붙은 듯 흔들어댔다. 빈센트 킹의 아버지는 본인 이름으로 총기를 하나 등록했는데 루거 블랙호크라는 권총이었다. 데샹은 배심원에게 그 총의 구경이 얼마인지, 어떤 탄환을 발사하는지 맞혀보라고 했다. 워크는 배심원들을 가까이서 지켜보며 그들 하나하나가 홈런 볼을 눈으로 쫓는 것을 보았다.

반대 신문으로 넘어가자 마사가 총기 전문가에게 .357 매그넘 탄환이 그리 흔하지는 않지만 여전히 다양한 방법으로 구입할 수 있다는 점을 인정하게 만들어 소소하게 점수를 얻었다. 그래도 이미 입은 피해는 되돌릴 수 없었다.

이어서 데샹은 스타의 인생을 하나하나 짚으면서 힘겨운 어린 시절을 이야기하며, 어린 동생이 비극적으로 죽은 일과 그 뒤에 어머니가 죽은 일을 설명했다. 검사장은 지나간 사건들을 묘사했다. 빈센트 킹은 무표정하게 앉아, 데샹이 어린 소녀의 시신을 발견한 숲 이야기를 할 때 눈을 감았을 뿐이었다. 차갑게 홀로 죽도록 방치된 소녀. 그런 뒤 데샹은 스타 어머니가 자살한 사건으로 넘어가 스타가 어머니를 어떻게 발견했는지, 그게 어떤 느낌이었을지 말했다. 그리고 마침내 조금 밝은 이야기로 옮겨와 스타가 힘겨운 삶에도 아이들을 끔찍이 아꼈다는 이야기를 했다. 더치스와 로빈이 이제 알지도 못하는 동네에 있는 그룹 홈에서 생활해야 하고, 학교에서도 새로 시작해야 하며, 집에서 2000킬로미터 가까이 떨어진 곳에 있어야 한다는 이야기도. 데샹이 제시한 또 다른 사진은 스타와 더치스와 로빈이 해변에 있는 모습이 담겨 있었는데, 드물게 평온하던 어느 날 워크가 직접 찍은 것이었다.

워크는 몇 안 되는 최초 출동 대원들과 함께 검사 측 증인으로 소환되었다. 현장에 처음 도착한 사람으로서 그는 신성한 법정의 증인석에 앉아 목을 가다듬고, 사실을 있는 그대로 노골적으로 말했다. 빈센트의 몸에 묻은 피, 차분하던 그의 목소리. 워크는 세부 사항들을 비틀지 않고 그냥 묘사하면서 이따금 친구를 흘깃거렸다. 빈센트는 살짝 미소 지으며, 괜찮아, 너는 네가 할 일을 해, 워크 하고 말하는 듯했다.

8일이 지나자 검사 측은 증인 소환을 끝냈다. 워크와 마사는 법원 맞은편에 있는 바에 들어가 뒤쪽 칸막이 자리에 앉아 냉장고에서 갓 나온 새우튀김을 집어 먹었다.

"빈센트는 어때?"

"끝내주게 잘하고 있지. 아예 증인으로 올려서 배심원들에게 빈센트가 얼마나 차분한지 보여줄까 하는 생각도 든다니까. 정신이상이라고 주장해서 남은 평생 정신병원에서 보내게 하는 거지. 그게 주삿바늘보다는 낫잖아?"

마사가 말했다.

워크는 새우를 하나 집어 들더니 뜯어보다가 유산지에 도로 내려놓았다.

"우리 쪽은 얼마나 걸릴까?"

"2, 3일. 내가 준비한 거 얘기하고 준비한 사람들 불러들일 거고, 배심원들이 논의한 다음 사형을 내리겠지."

마사는 자기 음료를 빤히 들여다보았다.

"넌 잘하고 있어, 마사. 정말 변호인석에서 아주 근사해 보여."

"내 엉덩이 너무 쳐다보지 마. 잡아먹을 것처럼."

"날 사로잡는 건 네 신발이라고. 척 테일러 컨버스 운동화에 보이는 네 충성심."

마사는 가방을 열어 핫소스를 한 병 꺼냈다.

"너 나 놀리려고 가져온 거지. 이걸 실제로 가지고 다니다니."

"호신용 스프레이도 된다고."

마사가 소스를 듬뿍 뿌렸다.

"너 내가 목에 십자가 걸고 있는 거 봤지."

마사는 자기 목걸이를 가리켰다.

"배심원 3번, 9번, 10번, 그 사람들 열성 신자들이야."

마사는 직접 컨설팅을 하면서 꼬박 이틀을 지난한 배심원 선정 절차에 참여했고, 피고인을 직접 사형에 처하겠다고 자원할 것 같은 두 사람을 빼는 대신 더 너그러운 사람으로 대체했으나 결국 대상도 똑같이 되갚았다.

"그놈의 총."

마사가 한숨을 쉬었다.

"탄환도 그렇고. 그게 아니었어도 나쁠 만큼 나쁜데 말이지."

워크가 자신을 진정시키려는 듯 숨을 들이쉬었다.

"난 너를 믿어."

"넌 그냥 나랑 자려고 그러는 것뿐이잖아."

워크는 다음 날 아침에 마사가 불안해 보이는 걸 알아챘다. 사람들이 일어서고 로즈 판사가 들어와 깃발 사이에 있는 장중한 판사석에 앉았다.

빈센트는 워크가 고른 값싼 정장을 입고, 타이는 안 하겠다고 거부해 안 맨 채로 앞에 앉았다.

먼저 마사는 자기 쪽에서 고른 의사 코언 씨를 소환했다. 마사는 그의 딸이 곤경에 처했을 때 벗어나게 도운 적이 있는데, 부양 의무에는 게으르면서 손찌검에는 재빠른 머저리 남자라는 흔하지만 딱한 사례였다. 코언은 너무 고마워서 귀여운 딸을 구해준 사람에게 은혜를 갚고 싶어 했다.

둘은 스타 래들리의 부상 부위가 찍힌 사진들을 검토하면서 부상 정도가 심각하다는 걸 인정했다. 그런 뒤 빈센트 킹의 손이 찍힌 사진이 제시되었다. 오른손이 살짝 부어 있었지만 오래된 흉터로 보였고, 아마도 빈센트가 며칠 전에 겪은 다툼 때문인 것으로 짐작되었다.

반대 신문에서 대상은 그렇게 부은 게 언제인지 딱 잘라 말할 수 없다는 것과, 빈센트 정도의 체격이 되는 남자라면 손바닥으로도 쉽게 부상을 입힐 수 있다는 것을 인정하게 만들었다.

마사는 다음으로 총기 발사흔으로 넘어가 자기 쪽 전문가를 소환했다. 워크가 고리타분한 생활에서 모은 돈으로 고용한 법과학자였다. 그녀는 젊지만 자신만만했고 사람들의 이목을 집중시키며 이야기했다. 원리를 하나하나 설명하면서 화학 성분들과 연쇄 반응과 총이 발사될 때 나오는 연기에 관해 이야기했다. 빈센트 킹에게서는 잔사물이 발견되지 않았다.

마사가 지켜보는 가운데 반대 신문이 이어졌는데 그녀가 소환한 전문가가 잔사물이란 씻어낼 수도 있고 실제로 현장 수도 꼭지에서 물이 나오고 있었고, 또 땀에 씻겨나갈 수도 있고, 빈센트 킹이 총을 쏜 직후에 그 방에서 나갔다면 애초에 남지 않았을 거라는 점을 인정했다.

워크가 두 번째로 증인석에 올라갔다. 이번에 그는 웃음 지으며 자기가 빈센트 킹의 어린 시절 친구라고 인정하면서도 그게 오래전 일이라고 말했다. 사실 그 옛날에 빈센트를 고발한 것도 그였다고 말했다. 그의 임무는 법을 수호하는 것이고 그 어떤 것도 그 일을 방해하도록 두지 않을 것이라고 했다.

그런 뒤 마사는 앞으로 나가 숨을 한 번 들이쉰 다음 결정타를 날렸다.

정육점 주인.

밀턴.

데샹이 눈을 가늘게 뜨며 허리를 살짝 세웠다.

마사는 워크에게 밀턴의 어린 시절을 이야기하고 그의 아버지가 하던 그 가게에서 그도 정육점을 한다는 사실을 설명하게 했다. 워크는 그가 어릴 적 따돌림을 당했다고, 다른 아이들이 그에게서 떨어지려고 길을 건너갈 정도였다고 말했다. 데샹은 전해 들은 말이라서 증거가 아니라고 이의를 제기했지만 요지는 전달되었다.

따돌림당하던 어린이는 불행한 어른으로 자랐다. 그는 외로웠고, 심지어 그 동네에 휴가를 온 사람에게 자주 말을 걸고 같이 사냥하러 가자고 할 정도였다. 그랬다. 밀턴은 사냥을 좋아했다. 마사는 그의 이름으로 등록된 무기들을 하나하나 언급했는데 그 목록이 길어서 워크는 배심원들이 서로 눈길을 주고받는 모습을 볼 수 있었다.

"증인은 자신이 밀턴과 가까웠다고 하시겠습니까?"

마사가 배심원석 옆에 서서 말했다.

"저는 그 친구를 좋아했습니다. 그 친구를 보면 안타까웠어요. 그 친구가 항상 좀 너무 매달리는 것 같았거든요. 저는 그저 숫기가 없나 보다 생각했습니다. 그에게는 친구가 없었어요. 손

내밀 사람이 아무도 없었죠."

"그래서 증인에게 손을 내밀었나요?"

"이따금요. 우리는 같이 사냥하러 갔습니다, 한 번뿐이었지만요. 저는 먹는 건 좋아하지만 죽이는 건 별로 안 좋아해서요."

두어 명이 웃는 소리가 들렸다.

"그러니까 밀턴은 이 무기들에 능숙했군요."

"그 정도가 아닙니다. 저는 그 친구가 1000미터 가까이 떨어진 곳에서 노새사슴을 잡는 것도 봤습니다. 총을 아주 잘 쐈죠."

워크는 이 대답을 1번 배심원을 향해 던졌는데, 이 배심원은 밀턴이 그랬듯이 멘도시노에서 사냥을 했다.

마사는 다음으로 넘어가 밀턴이 스타의 길 건너편에 살았다는 사실을 언급하고, 그가 자기 트럭을 스타에게 빌려주기도 하고 스타의 쓰레기를 대신 내가기도 했다는 사실을 제시했다.

"저는 그 친구가 좋은 일을 했다고 생각했어요. 스타를 살펴주는 사람이 있었던 거니까요."

"증인 외에 말인가요?"

"그렇죠."

그때 워크는 마사와 눈을 마주쳤다. 마사는 잘해내고 있었다. 그는 마사가 자랑스러웠다.

마사가 증거 C에 배심원들의 주의를 집중시켰다.

"이게 뭔지 설명해주시겠어요, 워커 서장님?"

워크는 자기가 밀턴의 침실에서 발견한 것이 무엇인지 설명했다. 몇몇 배심원들은 옷을 벗고 있는 스타의 모습을 다양하게 찍은 사진들을 보고 고개를 흔들었다.

"그러면 이런 사진이 몇 장이나 있었죠?"

워크는 뺨에 공기를 넣어 부풀렸다.

"꽤 많았습니다. 수백 장. 날짜별로 정리되어 있었는데 아주 오래전 것부터 있었죠."

"집착이었네요."

데상은 이의를 제기하고 싶은 듯 보였지만 꾹 참았다.

"그렇게 보이네요."

워크도 동의했다.

"그런데 밀턴에게 망원경이 있었다고 하셨죠."

"밀턴은 별을 보는 걸 좋아한다고 했습니다."

워크는 차분하게 말하고서 배심원들이 그 뜻을 포착하기를 기다렸다.

"그런데 그게 하늘에 맞춰져 있지 않았다고요?"

데상이 일어났으나 아무 말 없이 도로 자리에 앉았다.

"그러면 어디에 맞춰져 있었죠?"

"스타 래들리의 침실입니다."

"사진 목록은요. 가장 최근 것이 언제였죠?"

"스타가 살해되던 날 밤이었습니다."

"그러면 그날 밤 찍은 사진들은 어떻게 됐나요?"

"사라졌습니다. 아직 발견되지 않았고요."

마사가 배심원들을 보았다.

"밀턴은 증인이 그에 관해 물었을 때 뭐라고 하던가요?"

"물어볼 기회가 없었습니다. 지난달에 그 친구 시신을 물에서 건져 올렸거든요."

그러자 헉 하고 숨을 들이쉬는 소리들이 하도 커서 로즈 판사가 정숙하라고 해야 할 정도였다.

"익사였습니다. 범죄의 흔적은 없었고요."

워크가 말했다.

"자살이군요."

마사가 그 말이 사람들에게 스며들도록 가만히 있자 데상이 벌떡 일어나 이의 있다고 빽 소리를 질렀다. 마사는 발언을 철회했지만 이미 그 법정에 있는 모두에게 그 말이 새겨진 뒤였다.

데상은 방향을 바꾸려고 무지 애를 쓰며 뺨이 발그레해진 채, 워크에게 밀턴의 지문이 래들리가의 집에서 발견되지 않았다는 것을 인정하게 했다. 밀턴은 장갑을 꼈을 수도 있었다. 워크는 그걸 말할 필요도 없었다. 그는 정육점 주인이었고 늘 장갑을 꼈다. 억지 논리도 필요 없었다.

그날 밤 바에서는 분위기가 지난번보다 좋았다. 워크는 두 사람이 먹을 햄버거를 주문했고 둘은 만족스러운 침묵 속에서 먹었다. 마사는 어마어마한 압박 때문에 피곤해 보였다. 둘은 빈센트에 관해 잠시 이야기하며, 그가 밀턴 이야기에 반응을 보이지 않은 채 그저 이제까지처럼 그대로 앉아 눈을 내리깔고 시선들을 무시하고 있었다는 말을 나눴다.

"오늘은 좋았어."

마사는 탄산음료에 꽂은 빨대를 씹었다.

"아직 갈 길이 멀어, 워크."

그가 고개를 들었다.

"무시하기에는 증거가 너무 많다고. 네가 희망에 부풀지 않았으면 좋겠어. 이 사건은 애초부터 이길 가망이 없었지만 우리는 할 수 있는 걸 다 했어. 밀턴 일은 운이 좋았지. 이런 말 안 좋게 들리겠지만. 하지만 그걸로는 부족해. 총기랑 탄환. 두 사람 사이의

과거. 빈센트 손에 묻은 피. 제길, 내가 빈센트를 몰랐으면 나라
도 유죄를 선고할 거야."

"하지만 넌 녀석을 알잖아, 안 그래?"

"배심원들은 아니야."

워크는 마사를 배웅하러 가서 그녀 차 옆에서 머뭇거렸다.

"갔다가 돌아올래?"

"내일 최종 변론이잖아. 오늘은 일찍 쉬어야지."

워크는 마사가 가는 모습을 지켜본 뒤 순찰차에 올라타 경찰
서로 돌아갔다. 늦은 시각이라 리도 퇴근하고 경찰서는 어두웠
지만, 그는 재판이 시작된 뒤로 한 번도 들르지 않은 터였다. 그
는 자기 책상에 좀 쌓인 것을 보고, 전등을 켠 뒤에 풀썩 자리에
주저앉았다. 우편물을 훑어 두어 개를 열어보다가 그걸 발견했
다. 버라이즌 커뮤니케이션스. 다크의 핸드폰 기록이었다. 보이
드가 약속을 지킨 것이었다.

통화 내역은 1년 전까지 거슬러 올라갔는데 글자가 너무 작
아서 워크는 눈을 가늘게 떠야 했다. 그것은 재판이 끝나고 나면
다시 살펴볼 생각이었다. 그는 페이지를 넘기며 초점이 흐릿해
지는 가운데 하품을 하고 기지개를 켰다. 뭔가 발견할 거라고는
기대하지 않았다.

그러나 그때 날짜가, 12월 19일이 눈에 들어왔다—핼이 죽은
날이었다. 처음에는 잘 아는 숫자를 눈이 휙휙 넘겨버리는 바람
에 제대로 인식되지 않았다.

그는 다시 집중하면서 이번에는 뭔가 보이리라 생각했다.

그러고는 서류를 책상에 떨어뜨렸다.

다크의 핸드폰에 찍힌 발신 번호.

그것은 케이프 헤이븐 경찰서 번호였다.

그녀는 울었다. 그는 지켜보았다.

두 사람은 뜰에 앉아 있었고 케이프 헤이븐은 잠들어 있었다. 그가 찾아갔을 때 그녀는 깨어 있었다. 눈 밑에 생긴 그림자를 보니 이제 잠을 못 잔다는 걸 알 수 있었다.

그녀는 마스카라가 섞인 시커먼 눈물을 흘렸다.

하늘에 뜬 보름달이 슬픔을 강조했다. 리 탤로는 눈물을 훔치고, 훌쩍거리고, 조금 더 울었다. 워크는 그 집으로 조용히 걸어가며 또 다른 답을 발견할 수 있기를 간절히 바라며 찾고 있었다.

"어떻게 된 건지 말해볼래요?"

거짓말을 하려고는 하지 않았다. 리는 잔디밭을 내려다보며 이 순간을 기다렸다는 듯이 차분해졌다.

"우리는 오랫동안 힘들었어요."

워크는 긴 숨을 들이쉬며 그 순간을 조금이나마 미룰 수 있기를 바랐다. 일단 듣고 나면 되돌릴 수 없다는 것을 알기 때문이었다.

"돈 말이에요, 워크."

그는 리에게서 괴로운 표정을 보았다.

"에드도. 사업도. 다 끝났어요."

"끝났다고요?"

리가 고개를 들었다.

"내가 알아듣게 차근차근 얘기해봐요, 리."

리는 집을 돌아보았다.

"탤로건설은 70년 동안 에드네 가족의 사업이었어요. 에드는 아버지에게 물려받았고, 아버지는 할아버지한테 물려받았죠. 예전에는 수익도 꽤 괜찮았어요. 마을의 절반이 거기 고용되었죠. 맙소사, 에드는 아직도 열다섯 명을 고용하고 있어요. 보통 우리 저축에서 월급을 주죠. 그러다가 에드의 아버지가 돌아가시면서 우리한테 집을 물려줬어요. 포튜나로, 그러니까 둘째 줄에 있는 집이요. 대단한 건 아니지만 우리한테는 큰 거예요. 바깥세상에서 보면 특별하달 건 없었지만요."

"사업을 팔아버리고 손실을 줄일 수도 있었잖아요."

"에드가 그러려고 하질 않았어요. 그 사람은 이 마을을 사랑해요, 워크. 당신처럼요. 하지만 우리는 변화가 필요해요. 새 집들, 새 돈이 필요하죠. 그런데 당신이 그걸 막았어요. 당신이랑 다른 사람들이, 할 수 있을 때마다 반대표를 던져서 막았죠."

"내가 지난번에 듣기로는 그래도 통과될 거라고 하던데요."

"하지만 우리한테는 너무 늦어버렸어요. 당신이 우릴 묻어버린 거라고요. 당신도 알죠."

그는 그 말을 잠시 헤아리며 자기가 해온 역할에 대해, 케이프 헤이븐이 자기 없이, 빈센트와 스타와 마사 없이 앞으로 나아가지 않게 막으려는 그의 욕망에 대해 생각했다.

"다크는요?"

그가 말했다.

그러자 리가 숨을 들이쉬었다.

"다크는 포튜나로에 있는 우리 집을 싼값에 샀어요. 그 대신 에드가 그 집을 철거하고 그 길에 있는 다른 집들도 철거할 수 있게 계약을 맺어줬죠. 재건축 건들이었어요. 에드가 그걸 다 받아서 그 집들이며 콘도의 공사를 전부 맡았을 거고, 그러면 우리도 살아남았을 거예요, 워크. 케이프 헤이븐도 살았을 거고요. 진짜 케이프 헤이븐이요. 여기서 태어난 주민들이요."

"하지만 다 허물었잖아요. 전부."

"아직 남았어요."

"이해가 안 가는데요."

"킹의 집이요. 보험금 때문에요. 더치스 래들리가 테이프를 갖고 있잖아요. 그 애가 그걸 다크에게 돌려주기만 하면 보험금이 나올 거고 그러면 우리도 사업을 되살릴 수 있단 말이에요."

워크는 그 말을 흡수하려 했고, 머리가 핑핑 돌았다.

"얼마나 되죠?"

리가 마른침을 꿀꺽 삼켰다.

"전부 다요. 집이랑, 회사 담보로 낸 2순위 저당권, 신용카드 대금 신용 대출. 젠장, 전부 다라고요, 워크. 심지어 나한테 월급 줄 돈도 없었어요. 그래서 내가 서에서 추가 근무를 최대한 한 거예요."

워크는 달을 바라보다가 다시 집을 힐끔 보았다.

"당신이 한 일 에드도 알아요?"

"아뇨. 장부는 내가 쓰거든요. 에드는 얼어 죽을 병신이에요. 내가 아무것도 모르는 줄 안다니까요. 여자들 향수 냄새 허구한 날 풍기면서."

"당신은 아이를 팔아먹은 거예요."

리는 고개를 가로저었고 두 눈에서 눈물이 더 빨리 흘렀다.

"그 사람은 개를 해치지 않을 거예요. 당신은 다크를 모른다고요."

그는 그 모든 일에도 불구하고 리의 손을 잡아주고 싶었다. 평생 알고 지낸 사람이었다. 그는 이를 악물었다.

464

"그 애들 있는 데는 어떻게 알았죠?"

이제 감정도 사라지고 리는 차가운 사실을 있는 그대로 말했다.

"전화요. 그거 몬태나에서 왔다는 거 알고 있었어요. 내가 당신 영수증을 챙겼잖아요. 주유소 영수증이요. 그런데 언제인가 핼이 당신이랑 통화하면서 학교 이름을 말했어요. 그리고 농장 옆에 호수가 있다고 했고."

"엿들었다는 거예요?"

그는 어안이 벙벙했다. 알게 된 사실들에 숨이 막혀 그는 두 눈을 문지르고 목을 마사지하며 뺨이 달아오르는 걸 느꼈다. 그는 일어서려다가 무릎에 힘이 없어서 도로 앉았다.

"당신 손은 피로 물들었어요, 리. 게다가 뭘 위해서죠? 남편 사업을 위해서."

"그들을 위해서였어요."

리가 큰 소리로 말하며 집을 가리켰다.

"내 아이들을 위해서. 우리가 이 마을에서 지탱해주는 모든 가족들을 위해서였다고요. 그냥 테이프일 뿐이잖아요, 좆같은 테이프요. 워크. 더치스는 클럽을 태워버렸어요. 다들 아는 일인데 당신은 아무것도 하지 않았죠."

"지금 그게 중요한……."

"맞아요, 워크. 당신도 알잖아요. 당신과 스타 그리고 빈센트 킹을 향한 그 거지 같은 일그러진 의리. 스타는 그 남자의 여자였고 그래서 당신은 스타를 돌봐주기로 약속한 거예요. 나도 알아요. 전에 당신은 친구들을 위해서라면 무슨 짓이든 하겠다고 했죠. 고등학생 때도 마찬가지였고. 당신이 자기 일을 제대로 했으면, 그 계집애를 불러들여서……."

"다크는 지금 어디 있죠?"

"몰라요."

워크가 리를 쳐다보았다.

"몰라요. 맹세해요."

"더치스 말이에요. 그놈은 아직도 그 애를 찾고 있나?"

"그 사람한테 중요한 건 돈이에요. 항상 돈이 문제라고요. 그 남자는 멈추지 않을 거예요. 내가 돕든 안 돕든."

그때 워크는 마사가 집에서 최종 변론을 검토하고 있으리라는 걸 떠올렸다.

"놈은 사람을 죽였어요. 당신 때문에요."

리는 펑펑 울었다.

"난 그런 거 생각하면 안 돼요."

"제장, 리."

"소중한 사람을 위해서라면 사람은 무슨 짓이든 할 수 있어요. 당신이라면 누구보다 그걸 잘 알 거예요."

그날 밤 그는 케이프 헤이븐 거리를 내내 걸어 다니다가 해가 밤하늘을 가르고 새 하루가 시작되는 걸 보았다. 그는 래들리네 집에, 밀턴의 집에, 중심가와 선셋가에 들렀다. 킹의 집에 들러 그곳이 허물어지는 것을 상상했다. 다크가 돈을 마련하지 못한다고 해도 다른 누군가가 그보다 더 낮은 가격에 그곳을 살 터였다. 그는 진입로에서 농구공을 던지고, 오래된 다락에 숨어 리치 킹의 〈플레이보이〉 잡지를 보던 일을 떠올렸다. 그들이 제대로 맞혔을 가능성도, 밀턴이 마사가 말한 대로 했을 수도 있었다. 어쩌면 빈센트는 교도소 생활에 익숙해진 것일지도 모르고, 아니면 그냥 자신이 너무 미워서 자유로운 사람으로 살아가기보다는 사형당하는 쪽이 낫다고 여기는 것일지도 몰랐다. 아직도 답을 찾지 못한 의문이 너무 많았다. 그는 자신이 진실과는 다른 색을 칠했을 수도 있다는 걸 알았지만 그래도 뼛속 깊이 느꼈다. 빈센트 킹은 죄가 없었다. 그리고 워크는 그걸 우연에 맡기지 않을 작정이었다. 더는 아니었다. 그는 이미 멀리까지 왔고, 자기 영혼을 대가로 지불해야 한대도 끝까지 갈 작정이었다.

38

그날 아침 워크는 거울 앞에 서서 면도를 했다.

그는 세면대가 가득 차며 자기 얼굴이, 창백하고 수척하고 아픈 얼굴이 드러나는 걸 지켜보았다. 그는 개의치 않고 그저 얼음처럼 찬물을 뺨에 끼얹은 뒤 길고 무거운 숨을 들이쉬었다. 그런 다음 라스 로마스 법원에 차를 몰고 가서 자기 자리에 앉아 사람들의 시선과 숙덕거림을 무시했다.

리 탤로가 불려 들어왔다.

그녀는 차분해 보였고 화장 덕분에 어젯밤 일이 가려진 채 단순한 드레스를 입고 힐을 신었다. 리는 지나가면서 워크와 눈을 마주쳤지만 그는 웃지 않았다.

마사는 리의 배경을 설명하면서 그녀가 케이프 헤이븐 경찰서에서 15년 동안 행정직으로 일했고, 이따금 출동 무전 전달도 맡았다는 것을 제시했다. 리는 워크와 벌레리아처럼 경찰서의 일부였다. 리는 자신 있게 말했고 두어 번 더듬기도 했으나, 워크는 배심원들이 그녀를 마음에 들어 한다는 것을 알 수 있었다.

그날 그는 이른 시각에 리에게 전화해 전부 말했고 리는 단박에 동의했다. 일종의 휴전이었는데, 대가는 나중에 치를 수 있었지만 이 일은 뒤로 미룰 수 없었다. 그리고 워크는 마사에게 전화해 이야기했다. 마사의 목소리에는 의문이 담겨 있었고, 그는 두 사람이 소중하게 여기는 모든 것을 자기가 위험에 빠뜨리고 있다는 점을 알았다.

"정리 체계는…… 말하자면 되풀이되는 농담이에요. 한마디로 워크 서장은 뭔가를 최적의 상태로 바꾸기보다 예전 그대로 두는 걸 더 좋아한다고 말씀드릴 수 있겠네요."

마사가 워크를 보고 웃음 짓자 워크가 눈썹을 치켜 올렸다. 7번 배심원이 그걸 보고 소리 내 웃었다.

"그래서 저는 벌써 몇 년째 체계를 정비하려고 파일 보관실을 정리했어요. 4년 전에는 새 템플릿을 들여오게 해서 새로운 양식과 코딩도 적용했고요. 그리고 워크 서장이 그걸 다루는 방식은…… 뭐, 체계는 있어요. 체계적인 혼돈이요."

데샹이 일어서자 로즈 판사가 서두르라고 했고 마사는 사과했다.

"그래서 저는 석 달째 그 일을 하고 있어요. 이제 1993년까지 했는데, 그때 발견한 거예요."

마사가 서류를 들어 보였다. 데샹이 이의를 제기하자 판사가 두 사람을 판사석으로 다가오라고 했다. 워크는 데샹의 목소리에서 열기를 느꼈고, 데샹은 벌게진 얼굴로 돌아서서 고개를 한 번 흔들고는 자리에 가 앉았다. 로즈 판사가 그걸 증거로 사용해도 좋다고 허락한 것이었다.

"이게 뭔지 말씀해주시겠어요?"

마사가 말했다.

"1993년 11월 3일에 접수된 가택 침입 신고서예요. 선셋가 1번지, 그레이시 킹의 거주지죠."

"빈센트 킹의 집이군요. 그가 석방된 뒤 돌아간 집이요."

"네."

"뭐가 도난당했는지 여기에 나와 있나요?"

"네. 워커 서장은 늘 그렇듯이 철저하게 조사했어요. 서장은 빈센트 킹의 어머니 그레이시 킹과 도난 물품을 검토했어요. 알고 보니 그레이시가 금고를 잠그는 걸 잊어버렸다고 했어요. 범인은 현금 200달러와 금 브로치 하나, 그리고 다이아몬드 귀걸이를 좀 가져갔어요. 그리고 권총도요."

"권총이요?"

"네. 루거 블랙호크요."

웅성거리는 소리가 들려 로즈 판사가 정숙하라고 해야 했다. 데샹은 판사에게 다가가 뭔가 더 따졌다. 열띤 논의가 되어 판사가 15분간 휴정을 선언해야 할 정도였다.

다음으로 워크가 증인석에 올라갔고, 다시 자기소개를 하거나 이력을 언급하지는 않았다. 마사는 그에게 침입 사건에 관해 이야기해달라고 했다. 워크는 차분하게 말했다. 그는 빈센트의 시선은 느꼈으나 그의 눈을 한 번도 보지 않았다.

그런 다음 데샹이 일어났다.

"좀 기습을 당한 기분이네요."

"리도 어젯밤에야 그걸 발견해서요. 리는 남편이 집에 아이들과 함께 있을 때면 이따금 저녁에도 일합니다. 기존의 정리 체계가 저보다는 리에게 더 성가시거든요. 저는 뭐가 어디 있는지 다 아니까요."

"그렇다면, 워커 서장님, 모든 게 어디 있는지 아신다면서 왜 이걸 이제까지 언급하지 않으신 거죠?"

"침입 사건을 잊고 있었습니다."

"잊어버리셨다고요?"

데샹은 혼란스러운 눈으로 배심원을 바라보았다.

"서장님은 빈센트 킹과 함께 자라셨죠. 그의 가족들하고도 알고 지내셨고요. 예전에 그의 감방에도 방문하셨어요. 이런 일들이 일어나는 상황에서 잊어버리실 만한 일인 것 같지가 않은데요."

워크는 마른침을 삼키고 마지막으로 숨을 들이쉬었다. 말하고 나면 달라질 것이었다. 모든 것이.

"제가 아파서요."

워크는 법정을 둘러보고, 뒤쪽에 있는 기자들과 방청객들을 보았다. 그는 침묵을, 자기를 향한 시선을 느꼈다.

"파킨슨병입니다. 기억력도 예전 같지 않아요. 아직 아무에게도 말하지 않았습니다, 대처할 수 있다고 생각했죠. 아마 저는…… 아마도 제 자리를 잃어버리고 싶지 않았던 것 같습니다."

워크는 배심원들을 힐끔 쳐다보며 그들에게서 연민을 느꼈다. 그러고는 빈센트를 보자, 그가 슬픈 눈으로 워크를 바라보았다.

그런 뒤 워크는 침입 보고서를 내려다보고 만약 자세히 조사한다면, 잘 들여다보았을 경우 갈겨쓴 글씨가 살짝 틀어진 것을, 마치 떨리는 손으로 쓴 것처럼 보인다는 것을 알아채리라고 생각했다.

✝

최종 변론은 5시에 시작했는데, 로즈 판사가 다음 날로 넘기기보다는 늦게라도 배심원에게 넘기는 편이 좋겠다고 해서였다. 최종 변론을 먼저 하게 된 마사가 발언하기 시작하자 모두의 시선이 그녀에게 모였다. 마사는 메모지를 들고 있지 않았고, 워크

471

는 마사가 늦게까지 자지 않았으리라 짐작했다. 마사는 간략하게 말하면서 사실들을 하나하나 짚었다. 스타와 스타에게 일어난 비극에 대해 말했다. 스타의 아이들에 대해, 그 아이들을 위해 정의가 구현되어야 하지만 올바른 사람에게 대가를 치르게 해야 한다고 했다. 그런 다음 밀턴 이야기로 넘어가 사실들을 부인해서는 안 된다고 했다. 마사가 너무 비극적일 만큼 정확하게 상황을 묘사하여 배심원들은 홀린 듯 빠져들었다. 그런 뒤에는 빈센트 이야기였다. 마사는 배심원들에게 열다섯 살에 교도소에 들어가는 것을, 어둠에 사로잡힌 남자들과 감방에서 지내야 하는 겁먹은 아이를 상상해보라고 요청했다. 마사는 빈센트의 후회를, 최대한 힘겹게 수감 기간을 복역하려는 그의 분투를 이야기했다. 어쩌면 그는 감방 생활에 익숙해졌는지 모르고, 어쩌면 정당방위로 한 남자를 죽였는지도 모른다. 그리고 어쩌면 그는 영영 회생할 길 없는 잘못을 저질렀는지도 모른다. 그러나 그렇다고 그것이 그가 스타 래들리를 죽였다는 뜻은 아니다. 그리고 그의 침묵은 죄를 드러내는 것이 아니라, 너무나도 강렬하게 타오르는 무시무시한 자기혐오를 드러내는 것이다. 자기가 죽인 아이는 살아갈 수 없는 이 세상에서 자기만 살아가느니, 다른 사람이 저지른 죄의 대가를 대신 치르는 편이 나았기에.

✝

법원에서 2000킬로미터 가까이 떨어진 곳, 로빈은 래빗브러시라는 관목에서 노란 꽃을 발견하여 가지고 돌아왔다. 더치스는 동생이 그걸 납작하게 눌러서 코르크판에, 제트의 사진 옆에 꽂아두는 걸 도와주었다. 더치스는 동생 어깨에 팔을 둘렀지만 마음은 딴 데 가 있었다. 릭 타이드는 또 일을 벌이기 시작해 더치스를 자극하려고 했다—언제 관둬야 하는지를 모르는 아이였다. 릭은 더치스 등에 침을 뱉더니 메리 루 대신이라고 했다. 더치스는 화장실에 들어가 셔츠를 빨면서 워크가 착하게 지내라고 말한 것을 떠올렸다.

그날 저녁을 먹은 뒤 더치스는 로빈을 데리고 큰 정원에 있는 그네로 가서, 나무 너머로 붉게 타오르는 태양을 마주 보며 그네를 태워주었다. 로빈은 눈을 가늘게 뜨며 웃었고 소녀는 동생에게 왕자님이라고 말했다.

그런 뒤 소녀는 동생이 잘 준비하는 걸 도우며 이를 닦아주고, 윌버라는 돼지와 샬럿이라는 거미가 나오는 이야기에서 한 챕터를 읽어주었다.

"감성적인 돼지네."

로빈이 말했다.

"그러게."

그날 밤 두 사람은 기도를 했다. 로빈이 누나를 올려다보자 더치스는 동생이 눈을 감고 손가락을 모으게 했다.

"오늘은 왜 기도한 거야?"

로빈이 물었다.

"그냥 안부 인사야."

동생이 잠들고 나자 더치스는 방에서 빠져나왔다. 소녀가 침대들을 지나갈 때, 세상에서 잊힌 그 아이들은 깊은 잠에 빠져 세상과 단절된 채 자기 처지를 잊어버리고 다른 삶을 경험할 수 있는 소중한 시간을 보내고 있었다.

방은 어두웠고 텔레비전만 빛났다. 소녀는 채널을 바꾸다가 자기가 찾던 뉴스를 발견하고, 기자들이 법원 바깥에 모이는 장면을 보았다.

앞서 더치스는 수신자 부담으로 워크에게 전화했는데 워크는 지친 목소리로 배심원들이 판결을 고심해볼 거라고, 언제든 돌아와서 판결을 발표할 수 있다고 했다. 더치스는 얼마 안 남았으리라 보았다.

소녀는 어머니를, 지난 한 해와 그와 더불어 따라오는 모든 것들을 생각했다.

소녀는 고개를 돌렸다가 동생이 문가에 서서 자기를 물끄러미 보고 있는 걸 발견했다.

"누나가 침대에 없어서."

"미안."

동생은 다가와 누나 옆에 앉았고, 둘은 너무 멀리 떨어진 곳에서 일어났기에 자기들과 무슨 상관인지 알기 어려운 장면들을 바라보았다.

둘은 기자들이 가득 차더니 화면이 광고로 넘어가는 걸 보았다. 침묵 속에 앉아서 더치스는 동생 마음속에 무슨 생각이 지나가는지 생각했다. 본 방송으로 돌아가자 화면에서는 재판 과정이 흘러나오며 자기들 어머니와 빈센트 킹에 관해 둘이 아는 이야기와 모르는 이야기를 세세히 전했다.

판결이 붉은색으로 깜빡이자 소녀는 몸을 곧추세웠고, 심장이 빠르게 뛰었다.

"어떻게 됐어?"

"그 남자가 엄마를 죽이지 않았대."

더치스는 입을 살짝 벌리고 기자가 한 배심원에게 다가가는 걸 지켜보았다. 남자는 피곤해 보였지만 그래도 미소를 지어 보였다. 그는 케이프 헤이븐 경찰서장의 증언을 자세히 이야기했다. 경찰이 한 침입 절도 사건 보고서를 발견했는데, 거기에 따르면 살해 흉기로 추정되는 총이, 한때 용의자의 아버지가 소유했던 그 총이 빈센트 킹의 수중에 있었을 수가 없었다는 말이었다. 배심원단은 어느 쪽으로도 기울지 않은 상태였으나 그것 때문에 결정할 수 있었다고 했다.

그때 더치스는 배에서 통증을 느꼈고 고통이 너무 심해서 주먹으로 배를 눌렀다.

"워크. 도대체 씨발 무슨 짓을 한 거야, 워크?"

로빈이 바짝 들러붙자 소녀는 머리에 입을 맞추고, 세상에 대해 안다고 생각한 모든 것에 의문을 던졌다. 진실이라는 개념이 또 한 번 뒤흔들렸고, 공평함이란 있을 법하지 않은 일이었다.

그리고 그때 남매가 그를 보았다.

그리고 로빈이 일어섰다.

화면에서 말쑥한 정장과 척 테일러 올스타 컨버스 운동화 차림의 작은 여자와 같이 있는 것은 빈센트 킹이었다.

카메라 조명이 터지며 방이 밝아졌다. 한 무고한 남자가 대기 중인 차로 인도되었다.

"왜 그래?"

더치스가 동생에게 물었다.

동생은 몸 전체가 부들부들 떨리면서 숨을 쉬려고 헐떡였다.

동생이 울기 시작한 순간 바지가 가랑이부터 다리 쪽으로 점점 어두워졌다.

더치스가 무릎을 꿇었다.

"로빈. 말해봐."

로빈은 고개를 흔들고 두 눈을 질끈 감았다.

"괜찮아. 내가 여기 있잖아."

"저 사람이야."

숨 가쁜 소리였다. 울면서.

"기억나."

더치스는 동생 얼굴을 두 손으로 부드럽게 받쳤다.

"뭐가 기억나?"

로빈은 누나 뒤쪽에 있는 텔레비전 화면을 응시했다.

"빈센트가 내 방에 있었어. 나한테 뭐라고 했는지 기억나."

더치스가 눈물을 닦아주자 동생은 마침내 누나를 마주 보았다.

"빈센트가 나더러 자기가 엄마한테 그렇게 한 거 미안하다고 했어. 나한테 아무 말도 하면 안 된다고, 안 그럼 후회할 거라고 했어."

로빈은 눈을 감고 흐느꼈다. 더치스는 동생을 꽉 안았다.

소녀는 동생을 방으로 도로 데려가 욕조에 들여보내고 샤워를 시킨 다음 새 파자마를 입히고 침대에 눕혔다.

소년은 잤다.

그리고 소녀는 짐을 꾸렸다.

가방에서 소녀는 스타가 자기들과 같이 있는 사진을, 자기들 집 뜰에서 맨발로 활짝 웃고 있는 귀한 사진을 발견했다. 소녀는 그걸 코르크판에, 헬 사진 옆에 꽂아놓았다.

소녀는 블라인드를 살짝 벌려 별을 보았고, 동생 침대 발치에 앉아 지나간 시간을 헤아렸다. 밤이 너무 길고 너무 짧게 지나갔다. 소녀는 동생이 태어났을 때를, 첫걸음을 떼었던 때를, 처음 말을 했던 때를 떠올렸다. 소녀를 웃게 만든 모든 것들을. 동생이 처음 학교에 가던 날을, 작은 뜰에서 동생에게 미식 축구공 던지는 방법을 알려주던 때를.

소녀는 여명이 밝을 때까지 기다렸다. 동생이 어둠 속에서 혼자 깨어나지 않도록.

소녀는 가방을 문으로 끌고 가 문을 부드럽게 열었다.

그러더니 다시 돌아가 더는 숨을 쉴 수 없을 때까지 눈물을 참고, 자신을 저주하며 미친년처럼 머리카락을 쥐어뜯었다. 칼이 있었더라면 소녀는 자기를 깊이 베었을 터였다. 아파도 당연했다. 세상의 모든 고통을 받아 마땅했다.

더치스는 몸을 숙여 동생의 머리에 입을 맞추고 착하게 지내라고 말한 뒤, 이제까지 수없이 그랬듯이 동생의 인생에서 가만히 빠져나갔다.

39

워크는 책상에 앉아 서랍에서 켄터키 버번위스키 한 병을 꺼내 뚜껑을 열고 길게 한 모금 들이켰다.

그는 타는 듯한 감각에 두 눈을 감았으나 그다지 축하하고 싶은 마음이 들지 않았다. 빈센트는 곧장 집으로 갔다. 그는 돌아오는 차 안에서 아무 말도 하지 않고 웃지도 않았고, 그저 마사 메이와 악수를 했을 뿐이었다. 워크는 마사에게 잘했다고 하며 눈을 마주쳤고, 마사도 안다는 걸 알았다. 공허한 승리였다. 지방검사장은 법정에서 폭풍처럼 식식대며 나갔다.

워크는 조금 더 마시며 밤이 부드러워질 때까지 앉아 있었고, 어깨는 이완되고 몸도 이제는 그를 지치게 만들지 않았다.

그는 서류함에 높이 쌓인 종이들을 보았다. 1년 전까지 거슬러 올라가는 서류들로 대부분 일상적인 것이었는데, 그가 빈센트 킹과 다크 문제를 빼면 거의 무시하며 지낸 결과였다. 재판에서 거짓말하지 않은 유일한 부분이 있다면 워크 사무실의 몰골이었다.

그는 서류 뭉치를 끌어당겨 종이를 넘기기 시작하며 벌레리아가 휘갈겨 쓴 내용, 교통 위반 건들, 기물 파손, 무단 침입 가능성이 있는 건 등을 보았다. 그는 집중하기가 힘들었고, 전에는 일상적인 일이던 것들도 알아보기 힘들었다. 그는 주에서 보낸 메모를 두어 개 발견하고, 온갖 서류들 틈에서 데이비드 유토 박사가 그의 전화에 응답했다는 메시지를 보았다.

워크는 머릿속을 뒤적거리며 점점 좌절하다가 마침내 백스터 로건, 빈센트가 페어몬트 교도소에서 죽인 남자의 부검을 생각해냈다.

그는 손목시계를 보고 늦은 시각이기는 했지만 전화번호를 눌렀다.

상대편은 첫 벨소리에 전화를 받았는데 알고 보니 유토 박사는 그곳에서 마지막 주를 보내고 있어서, 자신보다 20년은 젊고 평생 쌓아도 모자랄 만큼 경험이 부족한 후계자에게 업무를 넘겨주려고 준비하고 있었다. 두 사람은 잠시 잡담을 했다. 워크가 로건 사건을 간단히 이야기하자 유토는 금방 파일을 찾아냈다. 정리정돈을 아는 남자였다.

"더 알고 싶으신 게 뭐지요?"

유토가 말했다.

"글쎄요…… 아마도 세부 사항이요. 저는 혹시…….'"

"당시에는 그렇게 엄격하지가 않았어요. DNA도 없었고요. 내가 사인은 적어놓았네요. 두부 외상이라고."

워크는 위스키를 홀짝였고 다리는 책상에 얹어놓은 상태였다.

"그런 거군요. 한 방에…….'"

"한 방이 아닙니다. 로건의 꼴을 보면요."

워크는 잔을 빤히 보았다.

"커디가 전화한 게 생각나네요. 물론 그때는 그 사람도 젊었고 아버지한테 일을 물려받기도 전이었지요. 하지만 그 사람 말이 로건 사건에 시간 낭비하지 말라더군요. 성범죄자들이 페어몬트에서 별로 인기가 없거든요. 나는 사인을 기록하고, 다음 건으로 넘어갔지요."

"폭행은…… 심각했습니까?"

유토가 한숨을 쉬었다.

"오래전 일이기는 한데, 어떤 건 그야말로 잊히지가 않지요. 치아가 뽑히고 양쪽 안구가 다 부서졌더라고요. 코도 너무 심하게 부러져서 아예 납작해져버렸고요."

"하지만 싸움이었어요. 빈센트 킹도 살려고 싸운 거잖습니까."

"내가 무슨 말을 해주기를 바라시는지 모르겠네요, 워커 서장님. 싸움은 싸움이었지만 로건은 싸움이 끝나고도 한참 동안 얻어맞았어요."

워크는 갈비뼈 세 대가 부서져버린 스타가 떠올랐다. 그는 유토에게 고맙다고 하고 전화를 끊었다.

침을 꿀꺽 삼키자 아직도 위스키 맛이 났고 목이 바짝 말라붙는 듯하면서 심장이 두방망이질하기 시작했다. 그는 일어나서 경찰서에서 나가 이제 한밤중이 된 거리를 걸었으나, 볼 것이라고는 파도에 떠 있는 먼 불빛과 꾸준히 만을 건너가는 보트들뿐이었다.

그는 소금기 밴 바람을 들이마시고 아주 천천히 움직이면서 생각을 가다듬으려고 했지만, 생각은 달아나며 그가 보고 싶지 않은 그림들을 만들어냈다. 그는 브라이스우드로를 따라 그가 예전부터, 마을이 그의 것이던 때부터 알던 이웃들이 사는 거리를 따라 걸었다.

선셋가의 끝에서 멈췄을 때 그는 건너편에서 빈센트가 그에게 등을 돌린 채 짙은 색 청바지와 셔츠를 입고 빠르게 움직이는 걸 보았다. 워크는 그를 부를까 하다가 충분히 떨어져서 따라가기로 했다. 그는 빈센트가 어떤 기분일지, 죽음에서 살아난 게 어떨지 궁금했다.

길을 따라가다가 언덕으로 올라 2분쯤 더 가자 빈센트는 메쌓기 한 회색 돌담을, 부드러운 가로등 빛에 삐죽빼죽하게 보이는 담을 넘었다. 그는 소원목으로 성큼성큼 멈추지 않고 다가가더니 급히 쭈그려 앉았고, 그러고는 다시 일어서서 주변을 두리번거렸다.

언덕길 끝에서 차가 한 대 나타나 언덕 위쪽과 그 너머로 불을 비추었다. 워크는 어둠 속으로 움직였고 빈센트는 겁을 먹고 얼른 헤드라이트를 피해 캄캄한 곳으로 이동했다.

워크는 차가 지나가기를 기다렸다가 돌담을 넘어 긴 풀이 나 있는 땅으로 내려갔다. 소원목 앞에서 그는 안 보이는 채로 주위를 더듬거리다가, 핸드폰을 들고 나무둥치를 비추었다.

흙 가까이에 구멍이 하나, 놓치기 쉬울 정도로 작게 나 있었다. 그는 무릎을 꿇고 안에 손을 넣어 권총을 끄집어냈다.

40

"달에 있는 발자국들 말이야. 아폴로 우주선 우주비행사들이 만든 건데 적어도 천만 년은 그대로 있을 거래."

토머스 노블이 말했다.

소녀는 이제 하늘이 무한하게 보이지 않았다. 영혼이니 예언이니 하는 것, 신성한 재회니 다가올 낙원이니 하는 것에 대해 알기는 했지만 믿지 않았다. 소녀는 로빈을 생각하지 않으려고, 동생이 아침에 일어나서 무서워했는지 생각하지 않으려 했다. 너무도 쓰라린 수치심을 삼키느라 소리를 지를 뻔했다.

"어디로 가려고?"

"해야 할 일이 있어."

"여기 있어도 돼."

"안 돼."

"내가 같이 갈 수 있는데."

"안 돼."

"나 용감해. 너 대신 눈에 멍들었잖아."

"그건 나도 언제까지나 고마울 거야."

둘은 토머스네 마당 끝에 누워 있었고 뒤쪽에 펼쳐진 숲이 둘에게 그늘을 드리웠다.

"네가 겪은 일들. 불공평해."

토머스가 말했다.

"어린애 같은 말을 하네. 공평하니 불공평하니."

소녀는 눈을 감았다.

"이런다고 좋을 건 아무것도 없다는 거 너도 알잖아."

별똥별 하나가 피를 흘리듯 하늘을 지나갔다. 소녀는 소원을 빌지 않았다. 별을 보고 소원을 비는 건 아이들이나 하는 짓이었고, 더치스는 자기가 더는 아이가 아니라는 걸 알았다. 자기가 한 번이라도 아이였던 적이 있는지 궁금했다.

"이 수많은 사람들. 그 사람들은 평생 하늘을 올려다보면서 질문을 던져. 신은 개입을 하는 걸까, 아니라면 왜 사람들은 여전히 기도하는 거지?"

"믿음이지. 신이 개입할 거라는 희망."

"아니면 삶이라는 게 너무 하찮으니까."

소년이 다시 조용히 말했다.

"네가 돌아올 길을 찾지 못할까 봐 걱정돼."

더치스는 달을 보았다.

"나는 예전에 신께 내 손에 대해 물었어. 왜냐고? 그런 것들. 잠에서 깨어나면 평범해지게 해달라고 기도했지. 그거 알아, 그건 헛된 기도였어."

"기도는 전부 헛된 건지도 모르지."

"나랑 여기 있어. 내가 숨겨줄게."

"할 일이 있어."

"돕고 싶어."

"도울 수 없어."

"넌 내가 그냥 너 혼자 가게 내버려두길 바라지. 그게 용감한 거야?"

소녀는 소년의 멀쩡한 손을 잡았고 둘은 깍지를 끼었다. 소녀는 소년처럼 사는 게 어떤 걸지, 그렇게 사소한 문제를 안고, 어머니도 집에서 자고 있고 미래도 오점 하나 없이 활짝 열려 있는 게 어떤 것일지 생각했다.

"사람들이 널 찾을 거야."

"그리 열심히 찾지는 않을걸. 복지 시설에서 도망친 또 다른 애일 뿐이니까."

"너라면 찾아다닐 만하지. 게다가 로빈은 어쩌고?"

"제발."

소녀가 당장이라도 무너질 듯 말했다.

"널 찾아올지도 몰라. 경찰들 말이야. 와서 너한테 내가 어디 있는지, 어디로 가는지 물어볼지도 몰라. 넌 뭐가 최선인지 안다고 생각하면서 말할까 말까 고민할 거야."

"만약 내가 안다면."

"넌 몰라."

소녀는 아침까지 누워 있었다. 노블 부인은 일찌감치 운동복 차림으로 떠났고, 렉서스가 진입로에서 소리 없이 사라지자 토머스 노블이 뒷문을 열었다.

더치스는 노블의 집에 들어가 몸을 씻고 시리얼을 먹었다.

집에는 금고가 있었는데 토머스 노블이 거기서 50달러를 꺼내 더치스에게 건넸다. 더치스는 됐다고 거절하려고 애썼지만 소년은 돈을 강제로 손에 쥐여주었다.

"나중에 갚을게."

더치스는 콩과 수프 캔을 두어 개 가방에 넣었다. 소녀는 빠르게 움직였지만, 셸리가 자기보다 더 빠르다는 걸 알게 되었다. 전화벨이 울리고 자동응답기가 돌아갔다.

두 아이는 귀를 기울였다.

"걱정하는 것 같은데."

"셸리한테는 나 같은 애들이 천 명은 있어."

문으로 나간 더치스는 짐을 쌀 준비가 된 가방들을 보았다. 토머스 노블은 며칠 후면 휴가를 떠날 터였다. 소년은 더치스를 잊을 것이었다. 그 아이의 인생이 계속될 거라는 생각에, 소녀는 웃음 지었다.

밖으로 나가자 거리가 깨어나며 한쪽 끝에 쓰레기 수거 트럭이 보이고 반대쪽 끝에 집배원이 보였다.

토머스 노블이 자기 자전거를 밀고 나오더니 문에 기대놓았다.

"가져가."

더치스는 됐다고 했지만 토머스가 더치스 어깨에 한 손을 얹었다.

"가져가. 사람들이 널 찾기 전에 더 멀리 갈 수 있을 거야."

"난 유령이 될 거야. 이미 유령이야."

"널 볼 수 있을까?"

"그래."

둘 다 그게 거짓말이라는 걸 알았지만 소년은 그냥 내버려두고 몸을 앞으로 기울이더니 소녀의 뺨에 키스했다.

소녀는 자전거에 올라탔고 어깨에는 소녀가 가진 전부인 가방을 메고 있었다.

"또 봐, 토머스 노블."

소년은 멀쩡한 손을 들었고 소녀는 진입로를 따라 자전거를 달려 거리로 나갔다. 그런 뒤 소녀는 뒤돌아보지 않고 페달을 힘차게 밟아 바람이 얼굴을 스치고 지나가게 했고, 밝은 도로를 뒤로하고 어두운 곳으로 향했다.

한 시간 뒤 소녀는 중심가에 들어섰다. 소녀는 잭슨 홀리스 장례식장 앞에 자전거를 내버려두고 안으로 들어갔다. 중앙 냉방 장치에서 불어오는 바람이 얼마나 센지 피부가 찌릿찌릿했다.

"더치스. 이렇게 다시 보니 기쁘구나."

매그다가 웃으며 말했다.

매그다는 남편 커트와 함께 그곳을 운영했는데, 커트는 그가 의뢰받은 죽은 사람들만큼 창백했다. 커튼이 쳐지고 관들이 가려져 있는 걸 보니, 그는 다른 손님과 이야기하고 있었던 듯했다.

"할아버지 재를 가져가려고요."

"네가 언제 오려나 했어. 셸리가 언젠가 널 데리고 올 거라고 했으니까."

"셸리는 차에 있어요."

더치스가 길 건너편에 있는 닛산 차를 향해 고개를 까딱했다. 보이지 않는 각도에 주차되어 있는 차였다.

매그다가 바깥으로 나간 뒤 작은 단지를 들고 금방 돌아왔다.

더치스가 그걸 받고 떠나려는데 커튼이 걷히더니 돌리가 나오고 그 뒤로 커트가 따라 나왔다. 더치스가 가만히 나와 보도로 나선 뒤 거의 체리스 베이커리까지 갔을 때 돌리가 따라잡았다.

"더치스."

돌리는 소녀를 가게 안으로 들어가게 하고 구석에 앉혔다. 돌리는 카운터에 가서 두 사람 몫을 주문했다.

돌리는 더 나이 들어 보였고 화장도 예전처럼 완벽하지 않았으며 머리카락도 그다지 단정하게 말려 있지 않았다. 그래도 여전히 명품을, 샤넬 가방과 신발을 두르고 있었다.

"여기서 다시 만나서 반갑다고 했을 거야."

"제가 도망친 게 아니라면 말이에요?"

돌리가 미소 지었다.

"빌 일은 미안해요. 몰랐어요."

"그이는 준비가 돼 있었어. 알고 보니 준비가 안 된 건 나였더구나."

더치스의 가방이 열려 있어 옷가지며 캔들이 보였다. 더치스는 가방을 당겨 지퍼를 잠갔다.

돌리가 슬픈 눈으로 소녀를 바라보았다.

"이제 어떻게 하실 거예요?"

더치스가 물었다.

"남편을 묻어야지. 그거 외에는 별로 생각해보지 않았어. 같이 가보고 싶어 하던 곳, 여행하고 싶어 하던 곳들이 있었는데. 내가 혼자 거기를 갈지 모르겠네. 하지만 그이는 좋은 인생을 살았어. 사람이 그거 외에 뭘 더 바라겠니, 안 그래?"

"토머스 노블은 공평함을 이야기하던데요."

돌리가 웃었다.

"이해한다."

"공평하다는 건 누군가가 다스리고 있다는 거죠."

"그 남자 이야기 들었어. 뉴스에 나왔더구나. 나는 네가, 그리고 로빈이 생각났어. 어쩌면 토머스 노블이 말한 것도 그런 건지 모르지. 어떤 이는 다른 사람들에게 고통을 주면서 살아가는데, 어떤 이는 그냥 앞으로 나아가려고 한다고 말이야. 그 둘은 항상 충돌하는 것 같구나."

더치스는 돌리의 인생에 대해, 그녀의 아버지와 그가 남긴 영향에 대해 생각했다.

"핼은 그 남자가 우리 가족한테 암이라고 했어요. 그 남자는 멀리까지 영향을 미치죠. 나한테까지 또 로빈한테까지. 내 동생한테까지. 나는……."

돌리가 손을 뻗어 소녀의 두 손에 자기 손을 얹었다.

"우리는 자기가 어떤 사람이 될지 고를 수 없는 건지도 몰라. 어쩌면 그건 미리 정해진 건지도 몰라. 어떤 사람은 우리처럼 무법자야. 어쩌면 그런 사람들은 서로를 찾아내는 건지도 몰라."

"아니면 다 아무것도 아닐지도 몰라요. 다스리는 존재 같은 건 없고, 그저 나가서 자기가 하고 싶은 대로 하는 사람만 있는 건지도."

"넌 정의에 대해 아니, 더치스?"

"세 손가락 잭이요. 그는 800킬로미터를 달려서 파트너인 프랭크 스타일스의 죽음에 복수했어요."

"하지만 넌 정의가 뭘 뜻한다고 생각하니? 나는 개념을 묻는 게 아니라, 누군가의 행동 때문에 고통을 당하는 사람들에게 그게 뭘 뜻한다고 생각하는지 묻는 거야."

"끝맺음이요. 난 다 잊어버리고 처음으로 돌아가 숨 쉬기부터 다시 할 수도 있을 거예요. 하지만 그걸로는 충분하지가 않아요."

"그럼 로빈한테는? 로빈은 뭘 바란다고 생각해?"

"그 애는 여섯 살이에요. 자기가 뭘 바라는지 몰라요. 눈앞에 보이는 것을 넘어가면 세상이 뭔지 몰라요."

"그러면 너는?"

"난 너무 많이 알죠."

웨이트리스가 코코아 두 잔과 초가 하나만 꽂힌 작은 컵케이크를 가지고 왔다. 웨이트리스는 그걸 내려놓고 더치스에게 윙크를 한 뒤 카운터로 돌아갔다.

"생일 축하한다, 더치스."

더치스가 케이크를 빤히 쳐다보았다.

"이러실 필요는……."

"가만히 있어. 소녀가 열네 살이 되는 건 날마다 있는 일이 아니니까. 소원을 빌어야 된다."

돌리가 포기하지 않을 거라는 걸 알고 더치스는 몸을 기울여 눈을 감고 훅 하고 불었다.

바깥으로 나가 둘은 그늘진 거리를 걸었다. 장례식장에 도착하자 더치스는 자전거를 집어 들고 끌고 갔다.

돌리가 자기 트럭 옆에서 멈췄다.

"여기서 내가 해줘야 할 말이 많이 있다만."

"하지만 그중에 내가 모르는 건 없죠."

"내 집으로 돌아올래? 너한테 보여주고 싶은 게 있는데."

"안 돼요. 가야 돼요."

"나중에라도."

"물론이죠."

돌리가 소녀의 손을 잡았다.

"언젠가 들를 거라고 약속하렴."

"들를게요."

"난 네가 그 약속을 지킬 거라고 믿어. 약속을 지키지 않는 무법자는 가치가 없으니까."

그때 돌리는 걱정스러운 얼굴이었고 연약해 보였다. 마치 더치스가 자기 문제가 될 수 있기라도 한 것처럼.

"내가 로빈 잘 있나 지켜보마."

더치스는 끄덕였고, 아랫입술이 살짝 떨렸다. 앞으로 일어날 일을 견디려면 더 강인해져야 할 터였다.

"몸조심하거라, 더치스."

그런 다음 돌리는 가방에 손을 넣어 지갑을 꺼냈다. 돌리가 돈을 세기 시작할 때 더치스는 자전거에 올라타고 달리기 시작했다.

더치스는 중심가 끝에서 돌아보았다.

소녀가 손을 흔들자 돌리도 손을 들었다.

더치스는 래들리 농장에 정오에서 한 시간 이르게 도착했고, 다리는 타오르는 듯하고 티셔츠는 흠뻑 젖었으며 머리카락은 머리에 딱 붙었다. 자전거를 대문 옆의 풀숲에 숨겨놓고, 구불구불한 진입로를 따라 기도하는 듯한 나무들을 지나고, 죽은 듯 고요한 물을 지나 천천히 올라갔다.

소녀는 로빈을 떠올리며 동생이 지금 학교에 있을지, 셸리가 그 애와 같이 있을지 생각했다. 지금 가려는 길에서 벗어나 되돌아가서 무릎을 꿇고 동생을 품에 안지 않으려면 온 힘을 다 끌어내야 했다. 소녀는 동생 머리가 지금보다 길었던 1년 전에 찍은, 그 애가 웃고 있는 사진을 한 장 가지고 왔다. 그것을 가방에서 꺼내 오래된 포치 계단을 올라간 뒤 그네에 앉았다.

아까 지나간 대문에는 안내판이 걸려 있었다—설리번 부동산. 언젠가 경매가 열릴 테고 다른 누군가가 이사해 들어와 땅을 관리하며 판에 박은 지루한 일과를 할 터였다.

멀리에서 더치스는 와피티 사슴들이 으레 그렇듯이 산자락에 모여 있는 걸 보았다. 들판은 보살핌이 필요했다. 더치스는 핼이 그곳에 나가 있던 모습을, 일생 홀로 지낸 삶을 상상했다.

빨간색 헛간으로 가서 소녀는 문을 열고 햇의 도구들이 여전히 제자리에 있는 것을 보았다. 누구에게도 값어치가 없어서였다. 소녀는 안으로 들어가서 깔개로 가 그것을 잡아당겼다.

더치스는 바닥에 나 있는 문을 당겼으나 문은 무거웠다. 턱에서 땀방울이 떨어졌다. 소녀는 문을 받쳐놓고 계단을 내려갔다.

낮은 저장실. 선반에 놓인 총들, 소총 받침대.

낡은 가죽 의자, 햇이 혼자 있을 수 있었던 그의 자리.

옆에는 작은 탁자가 있고 그 위에 편지들이 두껍게 쌓여 있었다. 더치스는 그것들을 넘겨보다 마지막 것에 눈이 가서 열어보았는데, 그때 종이 두 장이 펄럭이며 바닥으로 떨어졌다. 소녀가 그걸 집어 들고 보니 반으로 갈라진 수표였다. 더치스는 두 종이를 합해보고 마른침을 꿀꺽 삼켰다. 100만 달러. 재판이 시작되고 두어 달 뒤에 지급하도록 되어 있는 선일자수표*였다. 서명은 단순해서 인쇄된 글씨 같았다. 리처드 다크. 뒤에는 빈센트가 배서했는데 곧장 햇에게 지급하도록 되어 있었다.

더치스는 전부 제자리에 돌려놓고, 속죄의 대가를 생각하다가 할아버지가 그걸 반으로 찢어버렸다는 생각에 마음이 따뜻해졌다.

소녀는 일어섰다.

맞은편에 상자들이 보였다.

더치스는 다가갔다가 색이 있는 포장지를 보고 무릎을 꿇었다. 선물들. 소녀는 꼬리표들을 확인하며 자기 이름이 휘갈겨 쓰여 있는 것과, 동생 이름을 보았다. 각각에는 날짜도 있었는데 소

• 미래의 날짜를 발행일로 해서 그날 지급하겠다는 것을 약속하는 증서다.

491

녀가 태어났을 때까지 거슬러 올라갔다. 소녀는 낮은 선반에 앉아 상자 하나를 풀어보았다. 인형. 다음 것도 풀어보았다. 퍼즐. 로빈 것은 하나도 열어보지 않았다.

더치스는 마지막 선물, 바로 그날로 되어 있는 선물에서 주저했다. 조심스레 뜯어 상자 뚜껑을 열고 안에 있는 것을 보고는 침을 꿀꺽 삼켰다.

더치스는 모자를 들고 감탄하며 바라보았다. 밴드에 스터드가 있고, 통풍구가 있는 꼭대기, 10센티미터짜리 챙. 소녀는 안쪽의 상표를 엄지로 만져보았다. 섬세한 금장식이었다.

존 B. 스텟슨.

그리고 천천히 머리에 얹어보니 완벽하게 맞았다.

소녀는 총을 두 정 챙겼다. 하나는 자기 것, 하나는 핼의 것이었다. 핼이 보여준 것과 같은 종류의 탄환도 한 상자 챙겼다.

할 일을 마친 소녀는 모든 걸 제자리에 돌려놓고 가방을 꾸리다가 묵직함을 느꼈다.

핼의 재는 물가에서, 둘이 종종 앉아 있던 곳에서 흩어주었다.

더치스는 마음을 독하게 먹고 모자를 까딱했다.

"안녕, 할아버지."

41

워크는 하루 종일 위쪽에서 걸려오는 전화를 회피하며 보냈다. 소식은 빠르게 퍼졌고, 그는 홉킨스 주지사 사무실에 소환될 테고 거기서 윗사람들이 그의 후임자를 논의하고 그에게 필시 사무직을 권할 터였다. 그때까지 전화가 세 통 왔는데, 위에서는 그가 계속 근무하기에 매우 부적합하다고 가정하고 움직이는 듯했다.

워크는 파일을 펼쳐놓은 책상 앞에 앉았고 밀턴의 부푼 얼굴이 그를 빤히 올려다보았다. 밀턴은 가족이라고 할 만한 사람 없이 오직 먼 이모뻘 되는 사람이 한 명 있을 뿐이었는데 그 여자도 잭슨에 있는 요양 시설에서 지냈다. 워크가 전화하자 그 사람은 밀턴이라는 사람은 모른다고 말했다.

그는 고개를 들었다가 문가에 서 있는 그녀를 보고 웃음을 지으려고 했으나 힘이 들었다.

마사가 들어와 문을 닫았다.

"내 전화를 피하고 있었다 이거지, 서장?"

마사가 웃으며 말했다.

"미안, 좀 바빠서."

마사는 자리에 앉아 고개를 갸웃하며 눈썹을 치켜올렸다.

"사실은?"

"네 얼굴을 마주할 수가 없었어."

"넌 날 속였어."

"하지만 너한테 그러고 싶진 않았어."

마사가 다리를 꼬았다.

"난 괜찮을 거야. 너나 나나 눈 멀쩡히 뜨고 뛰어든 거잖아."

"너보다는 내가 더 그랬겠지."

"이제 나한테 의뢰가 들어오고 있어. 얼어 죽을 사형수들이 나더러 항소심을 맡아달라는 거야. 알게 뭐람. 양육비 떼어먹는 놈팡이들과 무너져버린 여자들이나 데려다달라고. 내 밥줄은 그 사람들이니까."

마사는 손으로 머리를 쓸었고 그는 한 동작도 빠짐없이 관찰했다.

마사가 손을 내밀어 그의 손을 잡으려 했지만 그는 손을 뺐다.

"말해봐."

마사가 말했다.

"우리가 이 일을 시작했을 때 나는 오로지 마지막만 생각했어. 빈센트가 자유로워지고 시계가 거꾸로 돌아가는 것만 상상했지. 나에게는 그걸로 충분했어. 그게 내 최종 목표였어. 난 병들었어, 마사. 세포들이 죽어가고 있지. 지금 증상들, 이건 초기 단계야. 시작일 뿐이라고."

"그건 나도 알아."

"안다고? 난 읽을 만큼 읽어보고 의사랑 이야기도 해보고 나보다 더 상태가 진행된 사람들을 대기실에서 보기도 했어."

"그래서 하고 싶은 말이 뭔데?"

"난 네가 날 보살피는 사람이 되는 걸 바라지 않아. 네가 그 이상을 누리기를 바라. 언제나 그랬어."

마사가 일어섰다.

"너 꼭 내 아버지처럼 말하는구나. 내가 무슨 어린 계집애라서 자기 인생을 결정할 수도 없는 것처럼. 내가 정한 건…… 내 선택은 너야. 그리고 난 너도 날 선택한 줄 알았는데."

"그건 맞아."

"개소리. 네가 선택한 건 너 자신이야. 좆같이 고귀하시고 믿음직하신 너 자신."

워크가 시선을 내렸다.

마사가 눈을 훔쳤다.

"난 슬픈 게 아니야, 화난 거라고. 넌 겁쟁이야, 워크. 그래서 여태까지 연락 한번 없었던 거야."

"난 네가 날 보고 싶어 하지 않을 줄 알았어."

"음, 난 보고 싶었거든."

"미안해."

"그 거지 같은 소리 좀 하지 마. 그 긴 시간 동안 넌 나한테 연락을 하든지, 날 만나러 오든지, 젠장, 그것도 아니면 그냥 전화기를 들고 내 번호를 누를 수도 있었어. 그런데 너를 움직인 건 빈센트였지, 항상 그랬듯이."

"그건……"

"네가 기억하는 빈센트가 어떤 사람이냐고 내가 물었을 때, 넌 좋은 점만 부각하고 그 자식이 스타를 두고 놀아난 일들은 일언반구도 하지 않았어. 숱한 계집애들 얘기도. 스타가 내 어깨에 기대 울었던 수많은 날들 얘기도. 예전에 넌 그 자식을 두둔하고 심지어 나한테 거짓말도 했어. 넌 항상 그 자식 뒤를 봐줬다고."

"그 여자애들은 아무 의미도 없었어."

"그건 나도 알아. 난 그냥 네가 지난 30년을 다른 누군가를 위해 살았다는 거야. 이제 그만둘 때도 되지 않았어?"

마사는 성큼성큼 문으로 걸어가다가 걸음을 멈추더니 뒤로 돌아 그에게 손가락질을 했다.

"너 그거 끝나면, 그 자기 연민 파티 끝나고 다시 사내자식으로 돌아오면, 그때 전화해."

문이 열리고 마사가 리 탤로를 스치고 지나가자 리는 고개를 돌려 마사가 나가는 모습을 지켜보았다.

"저 사람 괜찮은 거예요?"

워크는 일어나서 문을 닫고 리를 맞은편 의자에 앉혔다. 리는 화장기 없이 머리를 위쪽에 묶어 얹었고 얼굴은 야위었다.

그도 자리에 앉았다.

"정말 이렇게 하고 싶은 거 맞아요, 워크?"

"그래요."

그는 리가 불법 핸드폰으로 전화하는 걸 지켜보았다.

다크는 응답이 없었다. 리는 음성사서함으로 넘어갈 때까지 기다렸다.

"애들 어디 있는지 알았어요. 전화해요."

리의 목소리가 갈라졌다. 전화를 끊는 리의 얼굴에 눈물이 흘러내렸다.

"놈이 전화하거든 이 주소를 알려줘요. 이 집 애가 더치스랑 친구라서 걔를 어디 가면 찾을 수 있는지 알 수도 있다고 해요."

워크는 리에게 종잇조각을 하나 건넸는데 겨우 알아볼 수 있는 글씨였다.

"이러지 마세요, 워크. 내가 보이드한테 말할게요. 전부 다 말할게요."

그는 리를, 더는 예전과 같지 않은 모습을 보며 그녀를 미워하려고 했으나 그럴 수가 없었다.

✢

소녀는 남쪽으로, 더 큰 동네라서 버스 터미널이 있는 포트 프라이어로 향해야 한다는 것을 알았다. 50달러로 얼마나 멀리까지 갈 수 있는지는 몰랐지만 그걸로는 부족하리라 가늠했다. 아마 아이다호, 운이 좋으면 네바다까지겠지. 처음부터 소녀는 그날 하루 이상은 내다보지 않기로 했다. 더 생각하면 눈앞에 닥친 일이 들고 일어나 소녀를 가로막았다.

소녀는 좁은 길을 따라 달리며 속도를 느리게 유지했고, 오르막이 나오면 자전거에서 내려 밀고, 내리막이 나오면 거기에 맞춰 달리며 브레이크를 잡고 조심스레 갔다.

몬테시의 코밋 공원, 하늘을 뒤덮는 나무들과 그림자에 그곳의 빼어난 아름다움이 다 가려져 있었다. 어여쁜 집들은 널찍이 떨어져 서 있었고, 노란색 안내판들은 키스톤 파이프라인을 까는 데 찬성 투표를 던져 침체에 빠진 마을들에 생기를 불어넣자고 촉구했으며, 한 식료품점 앞에 서 있는 몇 대 안 되는 트럭은 죽기 직전의 경련일 뿐이었다.

뭐라도 있는 곳까지 가려면 3킬로미터는 가야 하는데 자전거 타이어에 펑크가 났다. 강력한 타격에 거의 눈물이 날 뻔했다. 소녀는 계속 앞으로 나아가려고 했으나 자전거는 점점 느려져서 페달을 밟을 때마다 힘이 곱절로 들었다.

더치스는 욕을 내뱉으며 토머스 노블의 자전거를 잭슨 크리크 근처의 숲에 던져버렸다.

소녀는 쓰러진 나무에 앉아 이미 딱딱해지기 시작한 빵을 먹고 남은 물을 마신 뒤 도보로 이동하기 시작했으나, 스니커즈가 지형에 맞지 않아 양쪽 발꿈치에서 살갗이 벗겨졌다.

소녀는 농가들과 쪽모이 모양의 들판들을 지나가며 온갖 색조의 녹색과 갈색을 보고, 아직도 종탑이 있고 또 그걸 칠 사람들이 있는 트리니티 교회들을 지났다. 2킬로미터 남짓 소녀는 노인 한 쌍을 따라갔는데, 느긋한 걷기 여행에 쓰는 장비와 긴 스틱을 들고 편안하게 웃는 사람들이었다. 더치스는 두 사람의 발걸음 하나하나에 귀를 기울였고, 비록 길에서 벗어나 있기는 했지만 적어도 대략 어디로 가고 있는지는 알았다. 두 사람은 어딘가로 가고 있을 터였다. 소녀는 여전히 그게 남쪽이라고 확신했다.

소녀는 노인들을 놓쳐버리고 다시 욕을 해대며 자신이 연약하고 내동댕이쳐졌다고 느꼈다.

소녀는 너무도 넓고 길고 텅 빈 도로를 마주하자 그 옆에 멈춰서서 하늘로 고개를 젖혔다.

그런데 그때 그 노인들이 다시 나타났다. 캐나다 캘거리에서 온 행크와 비지였다. 은퇴하고 휴가 중인 두 사람은 모텔에 머무르며 하이킹을 하고 있었고, 나이 든 눈으로 새로운 풍경들을 구경하는 중이었다.

더치스는 두 사람과 함께 걷기 시작하여 반쪽짜리 자기 이야기를 하며, 자기 어머니가 아픈데 포트 프라이어 병원에 있는 어머니를 만나러 가는 길이라고 둘러댔다. 노인들은 소녀에게 물과 초코바를 주었다.

비지는 자기 손주가 일곱 명인데 모두 여기저기 흩어져 있다고, 한 명은 극동지역에서 은행원으로 일하고 한 명은 시카고에서 의사로 일한다고 했다. 행크는 마치 지형을 정찰하는 것처럼 앞서 걸으며 여성들을 위해 나뭇가지를 치워주었고 목이 볕에 타서 벌겠다.

행크는 소녀가 절뚝거리는 것을 알아채고 곧 소녀를 풀밭에 앉힌 뒤에 가방을 뒤적여 보호대를 꺼내고는 소녀의 발꿈치에 붙여주었다.

"딱하기도 하지."

세 사람은 다시 움직였다. 지도를 들고 있던 행크가 테선호수를 가리켰다.

"또 호수."

비지가 장난스레 말하며 동의를 구하듯 더치스를 보았다.

"예전에 케이프 헤이븐이라는 마을에 살았어요. 어렸을 때."

"예쁜 이름이네."

비지가 말했다. 비지는 하이킹으로 다리가 단련되어 무릎이 튼튼했다. 얼굴이 넓적하고 잘생겼지만 부드러운 인상은 아니었다.

"거기 잘 기억나니?"

세 사람이 또 다른 길에 접어들자 더치스는 얼굴에 들러붙는 먹파리를 쫓으려고 팔을 휘둘렀다.

"아니요."

세 사람은 75번 도로를 지나가 트럭 폭 정도 되는 좁은 도로로 들어섰다. 소녀는 행크가 아주 단호하게 움직이는 터라 질문을 던지지 않았다. 두 사람은 포트 프라이어에서 1킬로미터 정도 떨어진 곳에 숙소를 잡아두었고, 소녀를 거기까지 안전하게 데려다 줄 것이었다. 소녀에게 행운이 올 때도 됐다. 되어도 한참 됐다.

"형제는 있니?"

비지가 물었다.

"네."

더치스는 비지가 더 묻고 싶어 한다는 것을 슬픈 미소와 촉촉한 눈에서 알 수 있었다. 소녀는 그냥 가만히 있었고 그 순간은 저 높은 곳으로 둥둥 떠갔다.

한 시간을 걸어 끝이 안 보일 정도로 높이까지 이어진 도로의 굽은 지점에 이르렀을 때 세 사람은 양쪽으로 열리는 대문을 하나 발견했다. 행크가 잠시 쉬어 가자고 해서 그들은 인동덩굴과 죽어가는 꽃들 옆으로 길을 내며 나아갔다.

집은 커다랗고 당당해 보였다. 세 사람은 건물 정면으로 가서 돌로 된 벽을 올려다보았는데 돌덩이들은 소녀의 머리보다 컸고 창문들은 정교하고 예뻤다.

행크는 주변을 둘러보았고 더치스는 그를 지켜보며 자기 가방을 꼭 붙잡고 안에 든 총기들을 확인했다.

"이 집은 애터웨이네. 행크가 건축물을 좋아하거든."

행크가 카메라를 꺼내 사진을 여남은 장 찍었다.

세 사람은 뒤쪽으로 돌아가 길고 단정하게 뻗은 물길이 숲으로 이어지는 걸 보았다.

"연기가 나네."

비지가 말하며 그쪽을 가리켰다.

공터 부근의 불에서 피어오르는 연기였다. 비슷한 또래의 또다른 한 쌍이 비슷한 눈으로 그들을 보았다. 마치 10년은 일찍 천국을 발견하기라도 한 것 같은 눈. 사람들은 서로 자기소개를 했다. 그들은 노스다코타에서 온 낸시와 톰으로 하트슨 댐에 캠핑

카를 세워두었지만 애터웨이 집을 보러 왔다고 했다.

그들은 그릴에 구운 햄버거를 먹었다. 더치스는 로빈을 떠올리고 시계를 보며 이제 동생이 먹고 있겠구나, 혼자서, 하고 생각했다. 그 애는 누나가 없으면 먹지 않을 터였다. 소녀는 배가 너무 아파 배를 움켜쥐었다.

해가 질 무렵 그들은 모텔에 도착했다. 포트 프라이어는 10분만 걸어가면 되었다. 행크는 소녀 손에 초코바를 몇 개 더 쥐여주고 물도 한 병 더 주었다. 비지는 소녀를 꼭 끌어안고 소녀의 어머니를 위해 기도하겠다고 했다.

더치스는 시내를 향해 걸었고 발은 조금 덜 아팠다. 어둠이 산 너머로 내려앉자 불빛이 두어 개 들어오고, 작은 식당 스톡먼 앤드 밥스 아웃도어가 나타났다.

더치스는 구석에서 자동차 정비소 맞은편에 있는 버스 터미널을 발견하고 늘어선 자동차들의 반짝이는 보닛에 가로등이 반사되는 것을 보았다. 터미널 카운터에는 한 흑인 여자가 앉아 있었는데 썩 바빠 보이지 않는 게 더치스로서는 달갑지 않았다. 더치스는 셸리가 경찰에게 연락했을 테고 아마 그들이 래들리 농장을 이미 둘러보고 토머스 노블한테도 물어보았을 거라고 짐작하며, 그것 말고는 별다른 걸 알아내지 못했으리라 생각했다.

"50달러로 어디까지 갈 수 있어요?"

흑인 여자가 안경 너머로 더치스를 보았다.

"어느 쪽으로 가는데?"

"남쪽이요. 캘리포니아."

"너 혼자서? 혼자 갈 정도로 나이가……."

"어머니가 아프세요. 집에 가야 해요."

여자는 더치스를 관찰하고 이목구비를 보며 뭔가를, 아마도 거짓말의 흔적을 찾는 듯했다. 그러더니 자기와는 상관없다고 생각했는지 컴퓨터로 고개를 돌렸다.

"버펄로, 거기까지 가는 데 40달러야."

픽시글라스 안쪽에 지도가 하나 있었다. 더치스는 거기서 버펄로를 찾았다. 지금 있는 곳에서 멀어 보였지만 목적지까지는 아직도 한참 남은 곳이었다.

"내일 아침 돼야 출발해. 생각해볼래?"

더치스는 고개를 젓고 카운터 너머로 돈을 내밀었다.

"여기는 좀 있으면 문을 닫아."

더치스가 쿠션이 놓인 벤치를 쳐다보는데 여자가 말했다.

"어디 갈 데 있니?"

"네."

여자가 티켓을 건넸다.

"거기서 어디로 가야 돼요?"

"가장 빠른 길로 갈 거니 가장 싼 길로 갈 거니?"

"내가 돈이 있어 보여요?"

여자는 얼굴을 구기더니 다시 화면을 보았다.

"가장 싼 방법은 덴버로 가는 거야. 그런 다음 그랜드 정션, 그러고는 L.A.야. 먼 거리야, 얘. 이렇게 해도 돈이 꽤 들어."

더치스는 버스 터미널을 떠났다. 소녀에게는 17달러, 총 두 정이 있는 가방, 먹을 것 조금과 갈아입을 옷이 있었다.

오설리번스라는 바 앞에서 소녀는 공중전화를 발견하고 수화기를 들었으나 전화할 사람이 아무도 없다는 걸 깨달았다. 로빈과 통화하고 싶었고 말을 안 해도 좋으니 그냥 잠자는 동생 숨

소리라도 듣고 싶었다. 동생 머리에 입을 맞추고 동생을 끌어당겨 감싸 안고 잠들고 싶었다.

소녀는 나무들과 놀이터가 있는 공원을 발견했다. 소녀는 공원 숲에 들어가 풀밭에 드러누웠다. 가방에서 스웨터를 꺼내 몸에 덮었다.

아직 도시가 잠든 시각, 소녀는 약 1킬로미터를, 한 걸음 한 걸음 납덩이처럼 무거운 발로 온갖 근육이 비명을 지르는 가운데 걸어갔다.

모텔은 고요했고 점원도 없고 아무도 없었다. 광고판에는 '빅 스카이'라는 이름과 '컬러 TV, 빈방 있음'이라는 글자가 쓰여 있었다. 더치스가 주차장을 따라 걸어가는데, 문마다 앞에 가족용 자동차들이 서 있고 짙은 색 타일의 낮은 지붕 위로 나무 몇 그루가 높이 솟아 있었다. 커튼이 쳐진 유리창, 소녀는 포드 브롱코가 서 있는 문으로 다가갔다. 캘거리 번호판이었다. 행크와 비지는 창문도 활짝 열어놓고 자고 있었다. 그들답게, 걱정도 하지 않고.

소녀는 가방을 내려놓고 총을 꺼냈다. 그런 뒤 조용히 기도하며 창을 넘어 두 사람의 방으로 들어갔다.

행크의 형상이 시트를 덮은 채 세상모르게 자고 있었다. 종일 하이킹을 하면 그렇게 되는 법이었다. 겨우 보이는 빛에 의지해 의자까지 가자 행크의 바지가 놓여 있었다. 소녀는 주머니를 뒤져 지갑을 발견했고 안에는 웃고 있는 아이들 사진이 있었다. 소녀는 지폐들을 꺼내면서 침을 삼킬 수도 없었고 가슴이 미어져서 숨을 쉴 수도 없었다.

그리고 그때 소녀는 비지를, 눈을 뜨고 슬프게 바라보는 노인을 보았다. 더치스는 손을 뒤로 돌려 청바지에 꽂아둔 총을 확인했다. 노파는 아무 말도 하지 않았다.

더치스는 떠나면서 가슴이 무너졌다.

그 사람들에게 상기시키는 것, 세상이 좋은 곳이 아니라는 것을 깨닫게 하는 게 소녀의 역할이었다.

42

워크는 하이우드 드라이브 끝에서 렌터카에 앉아 있었다.

크고 값비싼 단독주택들이 늘어서 있고 진입로마다 독일제 차가 서 있었다. 그는 제복 차림이었지만 좌석에 몸을 깊숙이 파묻고 있었다. 옆에는 빈 커피 컵뿐 음식은 없었다. 그는 혼자서 거의 2000킬로미터를 달려왔다. 두려움에 맞서 비행기를 탈까도 고려했으나 총이 필요했기에 그 싸움은 다음으로 미뤄두었다.

노블네 집은 비어 있었고, 토머스와 가족은 매년 그렇듯이 휴가를 가고 없었다. 언젠가 더치스는 그들 가족이 매년 동남부의 머틀 비치에서 여름을 보낸다고 말했다. 워크는 이곳 주소를 리에게 주면서, 다크가 더치스를 찾을 수 있을지 모른다고 생각하면 여기 나타날 거라고 자신했다.

워크에게는 신문도 책도, 지금 할 일에서 주의를 돌릴 거라고는 아무것도 없었다. 한 시간 전에 그는 근육에 심한 통증을 느끼며 몸이 뒤틀려서 약 두어 알을 삼키고, 누워서 그저 지나가기만을 바랐다.

이것은 그가 경찰로서 하는 마지막 임무, 수십 년간 아무것도 없던 경력의 마지막 시도가 될 터였다. 그는 마사를, 빈센트와 케이프 헤이븐에서 벌어지는 난장판을 생각하지 않았다. 이 일은 래들리 아이들을 위한 것이었고, 그는 두 아이를 안전하게 지킬 작정이었다. 스타를 위해, 핼을 위해 그렇게 할 생각이었다. 그는 리에게 다시 연락했을 때 다크가 얼마나 가까이 있는지는 몰라도 아마 몬태나 근처에 있으리라 예상했다. 더치스와 그 테이프, 그 것은 다크가 무너져가는 그의 왕국을 구할 최후의 기회였다.

워크는 마치 극도로 추운 날 몸을 덮은 따스한 담요처럼 피로가 자기를 무겁게 누르면서 더 깊이 끌어내리는 것을 느꼈다. 눈꺼풀이 무거워졌다. 약을 먹으면 찾아오는 께느른함은 감사한 부작용이었으나 그는 1년이나 잠을 제대로 잔 적이 없으니 이제 와서 그런 일이 벌어지지는 않으리라 계산했다. 그러면서도 그는 하품을 한 번 하더니 천천히 두 눈을 감았다.

토머스 노블이 침대에 누워 텔레비전을 보고 있는데 전기가 나갔다.

소년이 일어났으나 사위가 조용해서 집에서 나는 소리만 들릴 뿐이었다. 복도의 시계 소리, 보일러가 낮게 웅웅대는 소리. 소년은 일어서서 한 걸음 내디뎠다가 자기 가방에, 이미 싸서 준비해놓은 가방에 발이 걸렸다. 부모님은 매년 소년을 여름 캠프에 데려다줬는데 부부가 해변에서 휴가를 만끽하는 동안, 아들은 집에서 약 13킬로미터 떨어진 곳에서 모래 그림을 그리고 티셔츠에 홀치기염색을 하며 보냈다. 토머스 노블은 어두워진 뒤 몰래 캠프에서 빠져나와, 숲을 통과해 집까지 걸어 돌아온 다음 차고에서 여분의 열쇠를 발견했다. 아침이면 한바탕 소동이 날 테지만 그때쯤이면 소년은 캘리포니아로 출발하고 없을 것이었다. 소녀를 뒤따라서. 소녀를 도우러.

심장이 고동치자 소년은 가슴에 손을 얹고 마음을 가라앉히려고 했다. 소년은 귀를 기울였지만 아무것도 들리지 않았다. 단지 어둡다고 그렇게 깜짝 놀란 게 바보처럼 느껴졌다. 소년은 창가로 걸어갔다가 이웃한 집들에 불이 켜져 있고 포치 불빛들이 환한 것을 보았다. 소년은 두꺼비집이 어디 있는지, 전원이 내려 갔을 때 어떻게 해야 하는지 알았다.

소년이 계단으로 갔을 때 유리창이 깨지는 소리가 들렸다.

소년은 얼어붙어 그 자리에서 꼼짝도 할 수 없었다.

자물쇠가 돌아가는 소리, 문이 열리는 소리가 들렸다.

유리 조각을 밟는 우드득 소리.

소년은 아버지가 총을 보관하고 있는 것과 그게 아버지 서재에 잠겨 있는 것을 알았다. 또 양손이 다 멀쩡하다고 해도 자기가 총을 겨누거나 발사할 용기가 없으리라는 것도 알았다.

다시 발걸음 소리, 부엌 바닥에서 단단한 소리가 들리다가 카펫이 깔린 복도로 가면서 부드러운 소리로 바뀌었다. 소년은 두려움이라는 게 절반은 깜짝 놀라는 탓에 생기니까 차라리 소리를 질러 자기가 있다는 걸 알리고 싶었다. 좋은 동네에 있는 좋은 집에, 어머니에게 보석도 있었고 더구나 누군가의 눈에 띄었을 수도 있는 화려한 것들이었다.

소년은 숨을 한 번 쉬고 재빨리 움직여 계단 끄트머리를 밟으며 제일 위층에서 중간층으로, 그런 뒤 부모님 침실로 이동했다. 침대 옆 탁자에 놓인 전화기에 손을 뻗었다.

신호음이 안 들렸다.

소년은 창으로 달려가며 고함을 칠까 생각했으나 다시 발소리가 들렸고 이번에는 더 가까운 곳, 아래층 계단참이었다. 머리가 바삐 돌아가며 아래층을 보고 뛰어내리면 어떨까 생각했으나 적어도 다리가 부러지리라는 계산이 섰다.

소년은 휙 돌아 주변을 둘러보다 침대 밑에 있는 틈을 보고,

옷장에도 공간이 있는 걸 떠올리다 손님방으로 가기로 하고 잽싸게 움직였다.

계단에 그림자가 보였다. 소년은 돌아보지 않고 곧바로 방으로 가서 문 뒤로 숨어들어 벽에 몸을 밀착시켰다. 소리를 지르고 싶었으나 그러지 않으려고 기를 쓰며, 저기 있는 게 누구든 집이 비어 있다고 생각하고 필요한 것을 챙기고 나면 가버릴 거라고 짐작했다.

"토머스."

소년은 눈을 감았다.

"네가 여기 있는 거 안다. 숲에서 지켜보고 있었지. 나한테 필요한 걸 알려주면 조용히 떠나마. 약속이다."

소년은 소리쳐서 그에게 뭘 바라는지 묻고 그게 뭐든 곧장, 다투지 않고 줘버리고 싶었다. 그런데 그때 남자가 다시 소리쳤고, 토머스 노블은 피가 차가워지는 걸 느꼈다.

"더치스 래들리."

에스컬레이드를 모는 남자. 다크.

토머스 노블은 광적으로 주변을 두리번거렸으나 이용할 만한 것을, 무겁거나 날카로운 것을, 귀중한 시간을 벌어줄 만한 것을 아무것도 찾지 못했다. 다크는 이제 곧 그를 찾아낼 텐데.

소년은 더치스를 떠올리고 그 애를 처음 만났을 때와 그 애가 겪은 일들을, 둘이서 처음 춤을 춘 일과 그 애가 자기에게 키스한 일을 생각했다. 그는 완벽한 자기 집과 애정 어린 부모를, 그리고 혼자 길에 있는 그 애가 총이 든 가방을 메고 그 총을 쏠 용기로 무장한 채 지금 어디에 있을지를 생각했다. 그때까지 소년은 그 애를 도와줄 수 없었다. 하지만 이제는 도울 수 있고, 자기를 증명할 수 있었다. 소년도 무법자가 될 수 있었다.

소년은 형체가 문에 들어서는 모습을, 염병할 괴물처럼 거대한 모습을 보았고 그것이 다가오는 순간 토머스 노블은 숨을 깊이 들이쉬고 어둠 속으로 몸을 날렸다.

╪

총성.

워크는 잠에서 깨 차에서 뛰어내려 달려갔다.

깨진 유리창, 열린 문을 보고 그는 내달리며 총을 겨눈 채 방에서 방으로 움직였다. 그런 뒤 위층으로 갔다.

아이는 바닥에 앉아 등을 벽에 댄 채 무릎을 가슴까지 끌어안고 있었다.

"다쳤니?"

소년은 고개를 흔들었다. 위쪽에 석고판이 찢어지고 천장이 반쯤 날아갔다. 경고 사격이었다.

"놈은 어디 있지?"

"뒷문이요."

워크는 계단을 달려 내려갔다. 잔디밭 끝에 울타리가 보이고 그걸 뛰어넘자 숲이 나왔다. 그는 희미한 흔적을 따라갔고, 빽빽하게 자란 나무들 사이로 달빛이 은빛 조각들처럼 비쳤다.

"다크!"

그는 외쳤고 아무 소리도 못 들었지만 계속 뛰었다.

그는 어마어마하게 큰 나무들 사이로 움직였다.

그리고 그때 저 앞에서 한 나무 옆으로 천천히 움직이는 형체를 발견했다.

워크는 총을 들었다.

그는 서서 두 발을 벌리고 양손을 고정했다.

한 발을 쏘았다.

커다란 형체가 쓰러졌다.

워크는 계속, 천천히 이동했다.

그가 다가갔을 때쯤 다크는 나무에 등을 기대고 앉아 있었다. 다크의 손에는 아무것도 없었고 워크는 그의 앞에서 한 걸음쯤 떨어진 곳에 총이 있는 걸 보고 몸을 숙여 총을 집었다.

다크는 힘겹게 숨을 쉬었다. 어깨 부상이었는데 매우 고통스러워 보였으나 목숨은 건질 터였다.

워크는 귀를 기울였지만 아무 소리도 듣지 못했다. 곧 이웃들이 경찰을 부를 것이었다.

그 순간 워크는 몸에서 경련이 느껴지지 않았고 오로지 임무에만 집중할 수 있었다. 그의 임무, 그의 자리. 그는 아직 둘 다 포기할 준비가 되지 않았다.

"당신이 쏠 수 있을 줄은 몰랐는데."

"이제 그만 끝내는 게 어떤가, 다크?"

"좋소, 워커 서장."

차분하고 감정이 담기지 않은 목소리였다. 끝이 다가오고 있는데도.

"자네 이제까지 내내 숨어 있었지."

"회복하느라. 내가 빚진 사람들이 있소. 그 사람들은 사라지지 않을 거요. 총에 맞아본 적 있소, 서장? 난 이걸로 두 번째요."

"물어볼 게 있네."

다크는 상처를 손으로 누르지도 않고 그저 피가 팔을 타고 흘러내려 손가락에서 떨어지게 내버려두었다.

"경찰이 밀턴을 발견했네. 저인망어선에 걸려 올라왔지."

다크가 그를 빤히 올려다봤다.

워크가 말을 이었다.

"그 친구한테 무슨 약점을 잡힌 거지?"

다크는 잠시 혼란스러운 표정이었으나 차츰 머리가 돌아가기 시작하는지 대답했다.

"그 사람은 사진 찍는 걸 좋아했소."

워크는 다른 누군가가 아니라 자기 자신에게 하듯 고개를 끄덕였다.

"그 사람은 그냥 친구를, 같이 사냥하러 갈 사람을 바랄 뿐이더군. 그래서 난 갔소. 다들 뭔가 이용할 만한 틈이 없나 엿보지 않소, 워커 서장. 그게 사람들이 하는 일이지."

워크는 마사를 떠올렸다.

다크가 주먹을 꽉 쥐자 피가 더 빨리 흘렀다.

"이제 내가 죄를 고백하면 되는 거요?"

멀리에서 사이렌 소리가 들렸다.

"매들린 일은 나도 아네."

그 말에 다크는 침을 삼키며, 처음으로 감정을 드러냈다.

"그 애는 이제 열네 살이오."

"더치스 래들리랑 같은 나이지."

"난 그 애를 잡으러 가고 싶지 않았소. 방법이란 방법은 모조리 동원해봤지."

"핼은."

511

"나한테 말할 기회도 안 주고 그냥 소총을 꺼내더군."

"자넨 살인자야."

"당신 친구와 똑같지."

워크는 한 걸음 물러나며 그 어지러운 감각이 다시 그를 덮치는 걸 느꼈다.

"빈센트는……."

"비극은 죄인을 성인으로 만드는 경향이 있소. 그건 내가 잘 아니까 믿어도 좋소."

다크는 헉 하고 숨을 들이쉬었고 고통이 극심한 듯했다.

"저 집 소년. 해치지 않았소."

"나도 알아."

"사람들은 날 보고, 내 모습을 보고 이런저런 추측들을 하지. 그건 괜찮소. 내가 할 일을 하는 데 도움이 되니까."

"자넨 스타 래들리를 살해했어."

"그걸 아직까지 정말 믿는 거요, 워커 서장? 난 그 여자한테 도 와달라고, 나 대신 빈센트한테 말을 좀 해달라고, 그 집을 팔도록 설득해달라고 부탁했소. 내가 빈센트 이름을 꺼내기가 무섭게 그 여자는 뚜껑이 열리더니 주먹을 날리더군. 난리도 아니었지."

"자네는 빈센트와 모종의 거래를 했어. 그런데 자네가 그걸 지키지 않았지. 돈을 모을 수가 없었던 거야."

"난 약속은 지키는 사람이오. 빈센트한테 물어보시오. 그가 말해줄 테니."

"그 친구를 잘 아는 것처럼 말하는군."

"그럴지도. 어쩌면 스타가 이것저것 말해줬을지도 모르지. 술이든 약이든 뭐든 그런 걸 좋아했으니까. 고백을 교회에서만 하는 건 아니오."

"무슨 뜻이지?"

"빈센트는……. 그 사람은 서장이 생각하는 그런 사람이 아니오."

워크는 그를 관찰하며 진실을 찾으려고 했으나 어쩌면 진실을 전혀 보고 싶지 않은 건지도 몰랐다.

그때 다크의 숨이 짧아졌다.

"나한테 생명 보험이 있소. 매들린을 지킬 수 있는 금액이오."

"끝까지 돈 타령이군."

"자살에는 보험금을 주지 않을 거요. 정말이오, 확인했으니."

"경찰 유도 자살이라."

"서장이 제대로 말만 해주면 자살이 아니오."

"그 애한테 자네는 필요 없는 건가?"

다크는 눈을 감았고, 잠시 후 눈을 떠 그 모든 고통을 마주 보았다.

"아이는 언제라도 부모가 있는 편이 낫지. 하지만 그 애가 있는 곳. 개한테 필요한 건 그거요. 내가 그 애한테 줄 수 있는 것도 그것뿐이오."

"그 애는 나아지지 않을 거야."

"그건 단정할 수 없지. 가망은 있소. 시간이 지나면. 기적은 날마다 일어나니까."

워크는 그가 그 말을 정말로 믿는지 알 수 없었으나 아마도 그런 생각으로 계속 살아왔으리라 짐작했다.

"날 쏘시오."

워크가 천천히 고개를 가로저었다.

"내 손에 총을 쥐여주고 날 쏘시오."

워크가 한 걸음 물러났다.

피는 아직도 떨어지고 있었다. 다크는 너무 튼튼했다. 너무 크고 튼튼했다.

"염병할, 날 쏘시오. 부탁이오. 그냥 씨발 날 좀 쏴달라고. 내가 그 노인을 죽였소. 그 계집애를 잡으러 왔다니까. 제발 좀."

워크는 뒤쪽에서 아직 멀지만 다가오는 소리를 들었다.

"그럴 순 없네."

"자비를 베푸시오, 서장. 당신이 믿는 신도 자비를 믿잖소."

워크는 고개를 저었고 옳은 일이든 공정한 일이든 아무것도 분명하지가 않았다. 그는 매들린을, 자기가 모르는 여자애를 떠올리고 다음에는 더치스를, 자기가 아는 여자애를 떠올렸다.

그는 다크에게 한 발짝 다가섰다.

"내 딸에게 기회를 주시오. 할 수 있소. 서장이라면 가능하오."

워크가 한 걸음 더 다가갔다.

"저 사람들이 자네를 처넣을 거네."

"언젠가는 나갈 거요. 그러면 다시 더치스를 찾아갈 거요. 이 번에는 복수가 될 테지. 단순한 복수. 그 애를 끝내버릴 거요."

워크는 꿰뚫어 봤다. 너무 쉬웠다.

"씨발. 제발, 워커. 경찰들이 날 체포하게 내버려두면 내 딸은 죽소. 난 이제 돈도 없고 아무것도 없단 말이오. 클럽이 내가 가진 전부였어. 그 애를 살려둘 돈을 낼 수가 없다니까."

워크는 그 자리에 서 있었고 총이 너무 무거워 들고 있기도 힘에 부쳤다.

"총에서 지문을 지워야 하오."

다크는 다시 나무에 머리를 기댔고 눈에 눈물이 고였다.

"내 주머니에 열쇠가 있소. 케이프 헤이븐 외곽에 있는 임대 창고요. 웨스트 게일. 거기에 내가 매들린에게 주고 싶은 것들이 있소. 그 애가 우릴 알아야 하니까."

워크는 그저 빤히 보기만 했다.

"이럴 시간이 없소. 그냥 하시오, 내 딸에게 기회를 주시오."

워크는 다크의 총을 닦고 몸을 숙여 그걸 그에게 쥐여주었다.

다크는 팔을 들며 움찔했다가 엉뚱한 곳을 조준해 방아쇠를 당겼다.

메아리. 워크는 귀가 윙윙 울리는 걸 느끼며 총을 들었다.

다크가 한 번 끄덕했다.

워크는 방아쇠를 당겼다.

43

더치스는 겉으로 드러난 마을들과 외로운 산들을 지나가고, 몇 번인가는 바다가 한없이 펼쳐지는 고향 케이프 헤이븐을 연상시키는 아주 새파란 하늘을 지나갔다.

더치스는 바퀴 위쪽 좌석에 앉아 있어서 차가 덜컹거릴 때마다 뼈가 울렸고, 도로는 땅을 가로지르는 흉터—옛날에 할아버지가 자신의 유일한 행복을 뒤로하고 멀리 떠나가던 때 남겨놓은 상처 같았다.

버스는 여러 마을에 섰고 사람들이 타고 내렸는데, 침묵 속에 잊힌 뭔가를 간직한 늙은 사람들, 배낭과 지도와 계획이 있는 젊은 사람들, 애정이 버스 통로까지 흘러넘치는 바람에 더치스가 고개를 돌리게 만든 연인들이 왔다가 갔다. 흑인인 운전기사는 버스 승객들이 잘 때 소녀에게 웃음을 지어 보였고, 콜로라도에서 뜨는 해를 등지고 서 있는 히치하이커를 본 것도 두 사람뿐이었다.

고장이 나서 보닛을 열고 서 있는 트럭들, 보닛에 고개를 숙인 남자들, 안에서 버스가 지나가는 모습을 바라보는 여자들. 작은 식당들과 경찰차들, 링컨 브랜드를 단 최고급 자동차들, 그리고 어디든 가볼 만한 곳에서 너무 멀리 떨어져 있는 기나긴 길.

커로가 평야에서 기타를 든 한 남자가 버스에 타더니 몇 안 되는 승객들에게 연주해도 괜찮으냐고 물었고, 다들 괜찮다고 하자 〈골든 슬럼버스〉를 불렀는데, 목소리가 거칠기는 했지만 그 안에 담긴 뭔가가 오래된 버스의 지붕을 없애버리고 별들이 버스 안으로 떨어지게 만들었다.

밤이 되어 달이 아타야 캐니언으로 숨고 운전기사가 속도를 늦추더니 실내등을 끈 뒤에야 더치스는 로빈 생각이 떠오르는 것을 막지 않았다. 가슴이 아팠다. 누가 좌석 등받이에 버려두고 간 반질반질한 잡지에 나온 연애 이야기 같은 아픔이 아니라, 영혼을 잡아 뽑아버리는 종류의 고통이었고, 너무 격렬해서 소녀는 몸을 웅크리고 숨을 헐떡이며 가방에 손을 넣어 물병을 꺼낸 뒤 병에 대고 얕은 숨을 쉬어야 했다. 운전기사가 소녀와 눈이 마주쳤을 때 그의 눈에 걱정이 어려 있었으나, 헛된 걱정이었으니 소녀는 괜찮지 않을 것이었다. 앞으로 소녀 인생의 그 무엇도 괜찮지 않을 터였다.

더치스는 닷새로 외곽 어딘가에서 돈이 다 떨어졌는데, 여기저기 분화구가 있는 언덕들이 불룩했고 화산도 솟아 있었으며 초록색 나무들이 듬성듬성 서 있는 땅이 어찌나 척박하고 붉은지 몸을 숙여 흙을 만져보았다.

소녀는 70번 고속도로에 있는 트럭 휴게소에서 공중전화를 발견했다. 로키산맥에서 흘러나온 물줄기가 광활한 멕시코와 그 너머로 길을 찾아 내달렸다. 소녀가 수신자 부담으로 전화를 걸자 교환원이 소녀를 저 먼 세상으로 느껴지는 곳과 연결해주었다. 천만다행으로 클로뎃이 전화를 받았고, 소녀는 돌아오라는 말도 경찰들이 왔다느니 난리가 났다느니 하는 이야기도 모두 물리쳤다. 그저 클로뎃이 그래, 동생은 괜찮아, 하고 말할 때까지만 수화기를 들고 있었다. 그때 클로뎃이 기다리라고, 동생을 바꿔주겠다고 했다.

소녀는 동생 목소리를 듣고 전화를 끊더니 벽돌에 기대 무너져 내렸다—어디로 가든 한참을 가야 하는 곳에서, 혼자 있기에는 너무 작았는데 하늘은 달아날 길 없는 임박한 폭풍이었다. 동생은 여보세요, 하고 마치 비밀 이야기를 하듯 나직이 말했는데 소녀는 아무 말도, 단 한 마디도, 심지어 자기가 한 일이 미안하고 앞으로 할 일 또한 미안하다는 말조차 할 수 없었다.

소녀는 마지막 남은 2달러를 우유와 퍽퍽한 베이글을 사는데 썼다.

소녀는 거기 네 시간 동안 앉아 있었고 해가 호를 그리며 차근차근 시곗바늘을 움직여 아침을 이글거리는 오후로 바꿔놓았다. 주유소에서는 한 여자가 카운터를 보면서 잡지를 숨기고 고개를 숙인 채 피곤한 얼굴로 앉아 있었다. 여자는 커다란 안경을 꼈고 얼룩이 묻은 셔츠를 입었다. 여자는 더치스에게 화장실 열쇠를 주며 한순간 웃음 지었는데 마치 소녀가 어떤 갈림길에 서 있는지 안다는 듯, 그런 애들을 수도 없이 봤다는 듯했다.

화장실은 냄새가 고약하고 낙서가 벽을 빈틈없이 채웠다. '톰과 베티-로렐 여기서 썹하다' 같은 로맨틱한 선언이며, 즐거운 시간 보내고 싶으면 이 전화번호로 연락하라는 홍보 따위가 휘갈겨져 있었다. 더치스는 티셔츠와 청바지를 조심스레 벗고 물비누 통에서 비누를 짜서 몸을 씻은 뒤 종이 수건으로 물기를 닦았다. 얼음처럼 차가운 물을 얼굴에 뿌리자 피로가 눈가에서 스르르 물러났다.

밖으로 나간 소녀는 트럭 기사들을 관찰하며, 이제까지도 자기를 그리 잘 이끌어주지 못한 본능적인 감에만 의지하여 적당한 사람을 고르려고 했다.

한 시간 뒤, 더치스는 체크무늬 셔츠를 입고 끝이 말려 올라간 콧수염을 기른 커다란 남자로 정했다. 그는 깨끗한 트럭을 몰았는데 보닛에 '애니-베스'라는 이름이 쓰여 있고 양쪽 옆에는 하트가 그려져 있었다.

소녀가 다가가자 그는 웃으며 소녀의 젖은 머리카락과 스텟슨 모자, 작은 가방, 35킬로그램쯤 나가는 체구를 파악했다.

"어디에 가야 되는데?"

"베이거스 정도요."

"베이거스라고, 흠."

"그래요."

"너 가출했냐?"

"아니요."

"내가 곤란해질 수도 있어."

"가출한 거 아니에요. 열여덟이라구요."

그 말에 그가 웃음을 터뜨렸다.

"난 피시호를 지나서 가."

"그게 어딘데요?"

"유타야."

"좋아요."

트럭이 달리는 동안 소녀는 아래를 내려다보는 높은 자리에서 세상을 바라보았다. 좌석은 가죽 냄새가 풍겼다. 체격이 큰 운전기사는 이름이 맬컴이었는데, 한 170센티미터 정도까지만 자랄 거고 회계사가 될 거라고 예상하며 지은 이름 같았다. 대시보드에 식물이 하나 있어서 소녀는 그걸 좋은 신호로 받아들였다. 그리고 자기보다 그리 나이가 많아 보이지 않는 소녀와 한 여자가 같이 찍힌 사진도 있었다.

"저 애가 애니-베스인가요?"

소녀가 말했다.

"내 딸이야."

"예쁘네요."

"아무렴. 저건 오래전 거고 이제…… 열아홉이야. 대학에서 정치학을 하지."

한 마디 한 마디에 자부심이 묻어났다.

"난 밤마다 개랑 통화하는데. 걔는 뭐랄까, 너무 똑똑해서 둘 다 어디서 저런 애가 나온 건지 모르겠다니까. 축복이지."

"옆에 있는 게 부인이에요?"

"예전 얘기야. 내가 술을 좋아하다 보니."

그는 대시보드에 붙여놓은 핀을 가리켰다.

"열여덟 달 동안 안 마셨어."

"어쩌면 다시 받아줄지도 몰라요."

"아직은 그럴 때가 아닌 거 같은걸. 내가 화분을 하나 들였어, 선인장으로. 그걸 여섯 달 동안 건강하게 키우면, 그럼 혹시 또 모를 일이지. 중요한 건 기본으로 돌아가는 거 아니겠냐."

소녀는 대시보드에 있는 선인장을, 죽은 지 한참 된 식물을 보았다. 소녀는 남자가 그걸 아는지, 그리고 선인장을 죽이기가 얼마나 어려운지도 아는지 궁금했다.

이것저것 좀 더 물어봤지만 소녀가 아무 대답도 하지 않자 트럭 기사는 묻기를 그만두고 해 가리개를 내려 빛을 막은 뒤 달리고 또 달렸다.

소녀가 깜빡 잠이 들었는데 어찌나 화들짝 놀라 깼는지 기사가 괜찮다고 말해주었다. 소녀는 붉은 바위들과 노랑과 오렌지색의 바싹 말라버린 풍광을 보고, 너무 길고 너무 곧게 뻗은 길에 내리는 저녁노을을 보며 자기가 꿈을 꾸는 것인지 헷갈렸다.

트럭 휴게소에서 기사는 여기까지라고 했다. 소녀가 고맙다고 하자 기사는 잘 지내라고 빌어주었다.

"집에 가라."

남자가 말했다.

"가고 있어요."

분명한 이름이 없는 어떤 마을 어귀, 더치스는 은빛 하늘 아래에서 발이 너무 무거워 온 힘을 다해 겨우겨우 걸음을 떼며 걸어갔다. 양쪽으로 높은 건물들이 서 있고 한 걸음 디딜 때마다 건물의 색이 밝아졌다. 노란 화분들과 묘목들, 죽어가는 상점들과 어디선가 흘러오는 소음, 길 건너편의 바에서 깜빡거리는 네온사인. 안에서 들려오는 소리를 보아하니 들어가서는 안 될 곳이었다. 소녀가 거기 서 있는데, 가방은 어깨의 피부를 짓누르고 눈은 너무 피곤해서 시야 가장자리가 뿌예지고 가로등 불빛도 흐려졌다. 길을 건너는 걸음걸음이 위태롭게, 제멋대로 움직였다. 소녀는 이제 숨을 이어가는 방법도 알 수 없어 더듬더듬 숨을 쉬었고, 양손은 짐의 무게 때문에 저렸으며, 이따금 떠오르는 로빈 기억이 가슴에 불을 붙여 세 사람이 함께하던 예전의 삶을 빼앗은 다음 바람결에 쓰레기를 버리듯 되는대로 내팽개쳐버린 남자를 타오르듯 증오했다.

소녀는 그러면 안 된다는 걸 알면서도 문을 밀어 연 뒤 사람들을 헤치며 바까지 다가갔고, 남자들 그리고 이따금 있는 여자들이 온통 붉은 조명 아래에서 길을 터주었다.

바텐더는 늙은 사람이었고 소녀는 코카콜라를 달라고 하고 나서야 돈이 부족하다는 걸 떠올렸다. 소녀가 주머니를 뒤적거리는데 바텐더가 콜라를 내려놓더니 상황을 알아채고, 그런 게 존재하는지도 거의 잊고 지낼 만큼 멀게 느껴지던 친절이라는 걸 베풀며 콜라를 내밀었다.

소녀는 구석 자리를 찾아 가방을 내려놓고 낮은 스툴에 앉아 달콤한 음료를 마시며 눈을 감았다. 기타를 든 남자가 반대쪽 구석에 있었는데 단골손님들을 부르더니 같이 연주하고 노래했고, 북적거리는 사람들은 그걸 지켜보며 종종 웃기도 했다. 음을 맞출 줄 아는 사람이라고는 한 명도 없었으나 더치스는 아주 오랫동안 음악을 듣지 않은 사람처럼 빤히 쳐다보았다.

소녀가 잠시 눈을 감고 얼굴에 묻은 땀과 먼지를 닦아내는데 어머니가 로빈을 별들에 닿도록 높이 들어 올린 모습이, 동생이 또 다른 실수로 태어난 애가 아니라 축복이라는 듯 안고 있는 모습이 눈앞에 떠올랐다.

그러자 소녀는 저도 모르게 자리에서 일어났고, 소녀가 움직이자 사람들이 다시 길을 터주었다. 여자들은 소녀를 아이처럼 보았고 남자들은 호기심 같은 것이 어린 눈으로 보았다.

소녀는 당구대를 지나가며 담배 연기와 맥주 냄새와 지친 남자들의 숨결을 맡았다. 그들은 서로 기대고 있기도 하고 일부는 기타에 몸을 흔들기도 했다.

음악이 잦아들 즈음 소녀는 반대편에 이르렀고 기타 연주자가 모자를 건드리자 소녀도 답으로 모자를 건드렸다.

"노래하고 싶은가, 꼬마 아가씨?"

소녀가 끄덕였다.

"좋아, 그럼."

소녀가 자리에 앉아 앞을 바라보며 한 사람 한 사람 마주 보니 그중 몇몇은 웃고 있었고 일부는 아니었다.

소녀는 연주자 쪽으로 몸을 기울이고 노래 제목이 확실하지 않아 그냥 노랫말을 속삭였지만 기타 연주자는 무슨 곡인지 알아차리고 잘 골랐다는 듯 웃음을 지었다.

그가 연주하는데도 소녀는 조용히 앉아 있었고 소녀가 눈을 감은 채 들어가야 할 순간을 놓쳤을 때도 연주자는 개의치 않는 듯했다. 수군대는 소리가 들렸으나 소녀는 그걸 차단하고 대신 그 선율이 자기를 1년 전으로, 어머니에게 손을 뻗을 수 있었던 때로, 어머니가 손에 잡히지는 않았지만 잡힐 듯한 느낌이 들던 그때로 돌아가게 해주도록 마음을 열었다. 동생이 보이고 다음으로 할아버지가 보이고, 그의 사랑에 담긴 속죄의 몸짓이 떠올라 가슴에서 숨이 다 빠져나가버렸다.

소녀가 입을 열고 노래했다.

소녀는 사는 게 힘겨워질 때 자기가 그들 편이라고 했다.*

수군거림이 가라앉더니 당구대에 있던 남자들이 각도 재던 걸 그만두고 작은 소녀에게 다가갔고, 소녀가 천국의 문을 활짝 열고 타오르는 자기 영혼을 그대로 드러내는 동안 옆에서 기타 연주자는 너무 푹 빠져 코드를 제때 짚지 못 할 뻔했다.

소녀는 빈털터리가 되어 길에 나앉았다. 어둠이 찾아왔고 온통 고통뿐이었다.

- 앞서 언급한 사이먼 앤드 가펑클의 곡 〈Bridge Over Troubled Water〉의 가사. 앞의 것은 1절 가사고, 뒤는 2절 가사다.

523

소녀는 환상을 품고 있는 게 아니었다. 그의 피가 자기 피를 깨끗하게 해주지는 않을 터였다. 그래도 소녀는 할 작정이었고, 하지 않을 수 없었다.

노래를 마친 소녀는 침묵이 내려앉도록 그대로 있었다. 바 뒤에서 늙은 바텐더가 나오더니 지폐가 든 봉투를 소녀에게 건넸다. 소녀가 인상을 쓰자 노인이 안내 문구를 가리켰다. '노래 대회', 매달 100달러.

소녀는 환호성을 기다리지 않았고 소녀가 가방을 들고 그곳을 떠나 버스 터미널을 찾아가는 동안에도 환호성은 외로운 밤의 공기 속으로 흘러나올 터였다.

이것은 소녀에게 파멸에 이르는 길이었다.

평생 저지른 잘못들을 바로잡으러 가는 소녀에게.

44

워크는 후유증을 감당하느라 하루 밤과 낮을 보냈다.

아이버 카운티 경찰서에서는 질문을 해댔으나 그가 별말을 않자, 여전히 다크가 왜 노블네 집에 침입했는지 알아내려 하고 있었다. 워크는 거기에 도움을 주지 않았다. 그는 피곤하고 아프다고, 조만간 제대로 된 보고서를 쓰겠다고 했다. 그는 더치스와 테이프에 대해 말하지 않을 작정이었다. 더 나은 이야기를 찾아낼 생각이었다.

그는 렌터카에 올라타 어딘가 잘 수 있는 장소로 갔다. 어디서든 100킬로미터쯤 떨어진 데 있는 모텔로.

낡은 방에서 그는 침대에 누워 더치스를, 지금 어딘가를 홀로 떠돌고 있을 소녀를 떠올렸다. 그는 몸이 떨리는 것에 저항하지 않고 그냥 굴복했다. 바지는 헐렁해서 벨트에 세 번째로 구멍을 뚫었다. 거울을 보았다면 미소가 있었던 자리에 찡그림이 자리 잡은 것을 보았을 터였다. 사람들은 그가 절대 안 바뀔 거라고 했다. 그는 그 말에 매달렸다.

옆에 놓인 서랍에서 그는 성경과 펜과 종이를 발견한 뒤 사직을 받아들인다고, 배지를 내놓겠다고 썼다. 아직 답을 모르는 의문들이 있었고 영원히 답을 찾지 못할지도 모르지만 그는 시도할 작정이었다. 소녀와 소년을 위해 아직 시도할 것이었다.

그는 마사에게 전화했다가 음성사서함으로 넘어가자 자기는 잘 있다고, 그녀가 믿지 않으리라는 걸 알지만 좀 자고 나서 다시 전화하겠다고 약속하는 뒤죽박죽의 메시지를 남겼다. 그리고 또 미안하다고, 도저히 속죄할 수 없는 일들에 대해 미안하다고 했다.

9시에 전화벨이 울렸다.

그는 마사의 목소리가 들리리라 예상했지만 과학수사연구소의 타나 러그로에게서 온 전화였다. 예전에 그는 그다지 밀어붙이지 않고 그저 조용히 처리할 수 있겠느냐고 물었다.

"혈액 분석 건 알려드릴 게 있잖아요. 지난 한 달 동안 메시지를 몇 번 남겼는데요."

"미안해요. 좀 일이⋯⋯."

"아무튼, 총 분석도 서둘렀어요."

"다크의 집에서 나온 혈액 말이죠. 밀턴이죠."

"그게, 아니었어요. 동물이었어요. 인간이 아니라."

워크는 머리카락을 한 손으로 쓸어 넘기며 밀턴을 떠올렸다. 그가 다크와 함께 사냥한 뒤 자기 집으로 향하는 모습을.

"사슴인가요?"

"가능해요."

"그렇군요."

"괜찮아요, 워크?"

"총은요. 뭔가 나왔나요?"

"지문을 얻었어요."

"빈센트 킹인가요?"

워크는 숨을 멈췄고 방이 빙글빙글 돌았다. 이제 전부 따든지 전부 잃든지 둘 중 하나였다.

"아뇨, 아니에요."

워크는 그 말을 알아들었으나 너무 피곤해서 맥박도 빨라지지 않았다.

"지문이 작아요."

"여자인가요?"

"아이예요. 작은 아이."

워크는 눈을 감았다. 조각들이 맞아떨어지기 시작하자 전화기를 놓쳤다. 그는 고통스러웠고 너무 지쳐서 고개를 들고 있기도 힘겨웠다.

그는 타나에게 고맙다고 말한 뒤 빈센트에게 전화했다.

빈센트는 두 번째로 벨이 울리고 전화를 받았다. 이제는 잠을 자지 않는 남자. 밤에 속한 사람이었다.

"나 알아."

그는 빈센트가 숨을 들이쉬는 소리를 들었다.

"뭘 아는데?"

빈센트가 조용히, 도전하는 투가 아니라 받아들이는 어조로 말했다.

"로빈."

작은 소년의 이름이 허공에 오랫동안 떠 있었다. 지난해, 그리고 그 전에 있었던 모든 일의 무게가 그 이름에 실린 채. 워크는 창문으로 다가가 차가 없는 고속도로를, 별이 없는 하늘을 바라보았다.

"나 총 찾았어."

침묵이 길게 이어졌다―두 사람뿐, 늘 그랬듯이 서로 지탱해주며.

"말해볼래?"

"난 두 명의 목숨을 빼앗았어, 워크. 그중 하나는 나도 감당할 수 있지."

"백스터 로건. 그놈은 자기가 한 짓의 대가를 치른 거야, 그렇지?"

"넌 그게, 그 여자를 망가뜨린 괴물 자식한테 내가 한 일이 그 여자 가족을 행복하게 만들어줄 거라고 생각해? 그럴 수도 있겠지. 내가 한 짓이 뭔지는 나도 알아. 그걸 감당하면서 살지. 하지만 시시는 아니야. 숨을 쉴 때마다…… 내가 들이쉬고 내쉬는 숨 하나하나가 그 아이한테서 훔친 거라고."

"어떻게 된 건지 말해봐."

"이미 알잖아."

워크가 마른침을 삼켰다.

"꼬마가 엄마를 쏜 거야."

빈센트가 숨을 쉬었다.

"하지만 녀석은 다른 사람을 겨냥한 거였어."

워크가 조용히, 슬프게 말했다.

"다크."

"꼬마 녀석 누나가 놈의 클럽을 태워버렸지. 보험사는 돈을 지불하지 않으려고 하고. 넌 여기에 어떻게 연관되는 거야?"

"난 놈의 차를 보고 집 뒤로 돌아갔어, 지름길로. 다크 말로는 자기가 그 집에서 뭔가 찾으려고 뒤적이다 아이들 침실에 들어가려고 했더니 스타가 눈알이 뒤집혔다는 거야. 꼬마 녀석은 창문으로 빠져나갔는데 어머니가 소리 지르는 걸 듣고 돌아왔고."

"용감하군. 누나처럼."

워크가 말했다.

"스타는 꼬마 녀석을 옷장에 밀어 넣어 걸리적거리지 않게 했지. 거기서 꼬마는 총을 발견한 거야. 어쩌면 엄마가 얻어맞고 있다고 생각했는지 모르지. 녀석은 총을 겨누고 눈을 감은 다음 방아쇠를 당겼어. 내가 들어갔을 때도 여전히 눈을 감고 있더라."

"다크는."

"꼬마를 죽였을 거야. 놈에게 스타의 피가 묻어 있었거든. 꼬마가 유일한 목격자였는데 다크는 자기가 뭐라고 하든 일단 현장에 있었잖아. 망하는 거지."

워크는 빗방울이 듣기 시작한 유리창에 머리를 기댔다. 그는 다크를 떠올리며, 사람들이 그를 보는 인식을 그가 어떻게 이용했는지 생각했다. 어쩌면 그는 꼬마를 죽였을지도 몰랐지만 워크는 그렇게 생각하지 않았다. 그럼에도 그 이야기는 그럴듯해 보였다.

"넌 놈을 어떻게 설득한 거야?"

"놈한테 내가 다 뒤집어쓰겠다고 했지. 내가 죄를 떠안으면 경찰이 다른 누군가를 찾을 필요가 없다고. 놈은 거기 아예 없었던 거라고."

"놈이 그걸 믿었어?"

"아니. 내 집이 있잖아, 워크. 놈은 집을 차지하고 싶어 했어. 그래서 내가 굴복했지. 녀석이 꼬마를 그냥 내버려두면 사게 해주겠다고."

"넌 왜 그냥 유죄를 인정하지 않은 거야?"

"인정하면 그 새장 속에서 평생을 보내야 해. 무죄라고 하면 끝인 거고. 그 사건은 이길 수가 없었어. 의문이 생길 수밖에 없었으니까. 총도 있고."

"네가 숨겼구나."

"다크가 가져갔어. 내가 마음이 바뀔 때를 대비한 보험으로."

"넌 로빈이 창문으로 다시 방에 돌아가는 걸 도와줬고. 그런 뒤 물에 손을 씻었겠지. 젠장, 빈센트."

"30년 동안 빵에 있으면 범죄 현장에 대해 알게 되는 법이지."

"넌 구멍을 막아놓고 입을 다물었어."

"네 의문들은 답할 필요가 없었어. 내가 그냥 입을 다물고 있으면 오히려 더 유죄로 보일 테니까. 내가 입을 열기 시작하면 네가 허점을 발견했을 거야. 총이 없는 걸 설명할 수 없었을 테니까. 주삿바늘로 나를 끝장내게 하자는 거였어. 30년 전에 했어야 할 일을 하자는 거지."

"시시 일. 그건 살인이 아니었어."

"살인 맞아, 워크. 넌 그냥 그렇게 보고 싶어 하지 않는 것뿐이야. 이제 난 준비가 됐어. 떠나고 싶다고. 줄곧 그랬어. 그냥 복무 기간 채울 때까지 기다린 거지. 핼은 내가 그 안에 있어서 잘됐다고, 내가 처벌받아야 한다고 했어. 죽는 건 너무 쉽다고."

"다크는 네 집을 살 돈을 모을 수가 없었어. 선금이랑 세금도 못 모았지. 더치스가 한 일 때문에."

워크가 말했다.

"그건 나도 몰랐어. 그런데 놈이 나한테 편지를 썼지."

"나도 봤어."

"그래."

"열받았겠네."

"그랬지. 처음엔 그랬어. 날 생각해서가 아니라…… 그 돈 때문에. 그 돈이 필요했거든."

"놈은 약속한 대로 하지 못하니까 총을 돌려준 거야. 허튼소리는 안 하는 놈이야, 안 그래?"

한동안 침묵이 이어졌다.

"인간이란 복잡한 거야, 워크. 누군가를 알았다고 생각하면…… 놈은 혹시 내가 필요할 때 이용할 탈출구를 준 거야."

"가끔은 소원이 정말 이루어지니까…… 그게 소원목을 말한 거였어."

워크는 혼잣말을 하며 지친 웃음을 지었다. 바로 눈앞에 있었는데도 놓쳐버린 것이다.

워크는 전화 너머에 있는 빈센트를 생각했다. 그가 얼마나 시달리고 마모되었을지, 그 안에 아직도 어린 시절의 그가 조금이나마 남아 있을지 궁금했다.

"넌 꼬마 녀석이 기억하지 못할 거라는 쪽에 걸었어."

"녀석을 봤는데 한순간 아예 다른 세상으로 가버렸더라고. 녀석이 알 거라고는 생각하지 않아. 그래서 난 그 녀석한테 내가 한 거라고 했지. 그걸로 충분해. 작은 의심이면 돼. 다른 누군가한테 떠넘기는 거지. 젠장, 녀석은 그래도 돼. 난 스타를 살리려고 해봤어. 온 힘을 다해 가슴을 눌러댔다고."

워크는 스타를, 부러진 갈비뼈들을 떠올렸다. 그리고 다크와 매들린을, 잔혹한 운명이라는 패를 생각했다.

"너 나 때문에 거짓말했잖아. 법정에 서서 배지를 달고 거짓말을 하다니. 그러고도 너 자신을 안다고 할 수 있겠냐, 워크?"

"아니."

"구원받고 싶어 하지 않는 사람을 구원할 수는 없는 거야."

한동안 말이 없었다.

"마사랑은 어때?"

워크가 겨우 웃음을 지었다.

"너 그래서 그 애를 고집한 거지."

"그날 밤 백만 가지 비극이 시작됐어, 워크. 대부분은 내가 바로잡을 수 없는 것들이지."

워크는 로빈 래들리를 생각했다.

"예전에 난 과거로 돌아가서 처음부터 다시 하고 싶었어. 하지만 이젠 그냥 지쳤어. 빌어 처먹게 지쳐버렸다고. 어쩜 네가 잘한 건지도 몰라."

"난 래들리 식구들에게 빚이 있어. 꼬마 녀석은 기억 못 할지도 몰라. 어리잖아. 녀석의 인생을 되돌려줄 수 있다면 난 죽어도 돼. 모든 게 어둠 속에 묻혀 있을 가능성도 있어."

"그 가능성에 넌 실제로 거의 죽을 뻔했어."

"녀석이 내가 되게 내버려둘 수는 없지."

45

워크는 마지막 도로를 달리면서, 앞으로 다시 오지 않을 길을 조금씩 뒤로 밀어냈다. 그는 평생 변화를 두려워하며 살았다. 그런 그가 사람을 죽였다. 겉으로는 아무것도 달라지지 않았고 그럴 거라는 건 그도 알았다. 만이 찬란한 아름다움으로 그에게 다가오는 동안 그는 도로에 난 점선에서 시선을 떼지 않았다.

집에서 약 30킬로미터 떨어진 곳에서 그는 보관 시설인 웨스트 게일을 발견했다. 빨간색의 낡은 임대 창고들이 있는 그곳에는 사무실도 없고 그저 서비스가 필요하면 전화하라고 번호만 붙어 있었다.

워크는 차를 세우고 다가가 주머니에서 열쇠를 꺼냈다. 이름표에 붙은 번호를 확인하고 작은 창고들 중에서 맞는 것을 찾았다. 그는 자물쇠를 따고 어두운 창고 안으로 들어간 뒤 불을 켰고, 형광등이 깜빡거리며 탁한 노란색 불빛을 퍼뜨렸다.

한쪽에서 그는 플라스틱 보관 용기를 두어 개 발견했다. 그는 천천히 확인하면서 행복했던 옛 시절의 물건들을 하나하나 보았다. 결혼 앨범에서 다크는 젊어 보이고 키는 컸으나 그렇게 위압적이지 않았고 아내는 아름다웠다. 그리고 매들린의 사진들도 있었는데 갈색 머리카락에 밝은색 눈동자의 소녀는 사진마다 활짝 웃는 얼굴이었다. 매들린은 어머니와 닮은 모습이었다. 세례식용 드레스, 옛날 웨딩드레스, 세대에서 세대를 거치며 물려주는 물건들.

워크는 그 창고를 유지하면서 대신 임대료를 치르고, 혹시라도 기적이 일어날 경우에 대비해 병원 사람들에게 그게 어디 있는지 말해줄 생각이었다.

그는 돌아서서 불을 끄고 문을 잠그려다가 마침 먼 구석에서 상자들과 쓰레기봉투들이 쌓여 있는 걸 보았다. 그것들은 옛날 서류철들로 별다른 게 없었고, 그러고 나자 광고 우편물들이 눈에 들어왔다. 그리고 그때 이름과 주소가 보였다. 디 레인.

그는 1년 전으로 기억을 되돌리다가 그게 떠올랐다. 디 레인이 달리 지낼 곳을 찾아보는 동안 물건을 보관해주겠다던 다크의 제안. 디가 평생 짊어지고 살아야 할 거래를 다크와 하기 전에.

워크는 우편물을 물건 더미 위에 다시 던졌다가 물건들이 와르르 무너지자 욕을 내뱉었다. 그가 몸을 숙였을 때 그게 시야에 들어왔다. 생뚱맞은 물건.

비디오테이프 하나.

워크는 케이프 헤이븐으로 돌아가 마을 경계를 지나가며 새로운 표지판, 단단한 금속 구조물, 어마어마하게 높은 비계를 보았고, 새로운 집들과 새로운 상점들이 생길 거라고 약속하는 문구에 빛이 비추었다. 개발 안건은 워크가 다른 데 정신이 팔린 사이 조용히 통과되었고 그것은 그저 변하는 세상에서 진행 중인 또 다른 변화일 뿐이었다.

경찰서는 캄캄했다. 그는 전등을 켜지 않고 자기 사무실에 앉아 기계에 테이프를 넣었다가 다크의 클럽 '디 에이트'가 나타나자 얼굴을 찌푸렸다. 그런 뒤 그는 화면 위쪽 구석에서 날짜를 보고, 자기가 뭘 보고 있는지 깨닫고 심장이 빠르게 뛰기 시작했다.

테이프에는 하루 치가 기록되어 있었고, 워크는 빨리 감아 스타가 바에서 일하는 부분으로 넘어갔다. 그는 스타가 유령이라도 되는 듯 그녀가 웃고 시시덕거리자 팁이 비처럼 쏟아지는 장면을 지켜보았다. 앞으로 조금 더 감았다가 실랑이가 벌어진 장면에서 멈췄는데 사람들이 잔뜩 있었다. 스타가 뒤로 넘어지고 눈에 손을 대더니 뭐라고 욕을 하는 것 같았다. 스타는 비틀거리며 마침내 취기가 올라오는 것처럼 움직였다.

워크는 상대 남자가 카메라를 등지고 있어 누구인지 보지 못했다.

그런데 그때 남자가 밖으로 걸어 나갔다.

워크는 절뚝거리는 동작을, 그걸 바로잡으려고 애쓰는 동작을 알아보았다.

브랜던 록.

그는 다시 앞으로 감다가 소녀를, 대낮처럼 환하게 잡힌 소녀의 모습을 보았다. 작은 체구, 금발 머리, 증오로 일그러진 얼굴. 그는 더치스가 1년 동안 타오르게 될 불을 붙이는 것을 지켜보았다.

다 보고 나자 그는 일어섰다. 그는 배지를 떼어 책상에 놓고, 테이프를 기계에서 꺼내 밤공기 속으로 나갔다. 그는 중심가를 따라 조금 걸어 올라가 테이프를 통에서 꺼낸 다음 알맹이를 잡아 뽑았고 쓰레기통에 던져버렸다.

‡

킹의 집은 비어 있었다.

더치스는 집 앞쪽에 서 있었고 낡은 포드 토러스가 길가에 주차되어 있었다. 소녀는 카머릴로에 있는 바에서 슬롯머신을 하던 한 여자한테서 열쇠를 빼냈다. 소녀는 열쇠를 꽂은 채 차를 거기 내버려둘 작정이었다. 너무 지쳐서 미안해할 기운도 없었다.

소녀는 집을 빙 돌아가 문을 두드렸다. 사라지지 않는 의심이 있었다—그 순간까지 오기 위해 그 먼 길을 왔는데도 과연 자기가 그 일을 끝마칠 수 있을까 하는 의심이었다.

소녀는 중심가를 따라 차를 몰며 자기가 없었던 1년 동안 뭔가가 달라졌기를 기대하듯이 거리를 응시했다. 대단한 건 아니어도, 소녀와 소녀의 작은 가족이 없으니 케이프 헤이븐이 전과 같지 않다는 걸 말해주는 것이라면 무엇이든. 소녀는 마을이 쉬고 있는 것을, 전과 다름이 없고 심지어 뜰에 풀이 길게 자라게 방치된 집조차 없는 걸 발견했다. 반지르르 윤기가 나서 마치 자기 어머니가 흘린 피 위에 새로 페인트를 싹 칠한 것처럼, 어머니가 애초에 존재하지 않았던 것처럼 보였다.

소녀는 다시 뒤쪽으로 돌아가 돌멩이를 발견하여 창문을 하나 깼는데, 부서지는 파도 소리에 유리 깨지는 소리가 묻혔다.

킹의 집에 들어가 소녀는 총을 손에 들고 방들을 지나갔다. 벽에 붙은 사진들, 빈센트와 워크가 바다를 등지고, 소녀 자신은 결코 지어본 적 없는 걱정 없는 웃음을 짓고 있었다.

소녀는 계단을 올라가 방마다 확인했다. 달빛만이 주변을 비춰주었다. 소녀는 옷장을 열다가 빈센트의 옷이 너무 적은 걸 보았다. 셔츠 세 장, 청바지 한 벌, 무거운 부츠 하나. 소녀는 살인자가 어떻게 만들어지는 것인지, 태어나기 한참 전에 시작되는 것인지 부모의 유전자와 치명적인 혈통 때문인지 생각했다. 아니면 천천히, 야금야금 진행되면서 수많은 타격과 상처로 생겨나는지도 몰랐다. 빈센트 킹은 한때 좋은 사람이었을지 모르지만,

아이의 피를 묻힌 손은 깨끗해질 수가 없었다. 그리고 30년 동안 그 누구보다 잘못된 인간들 틈에서 지내면서 온전하게 살아남으려면 누구보다 강해야만 했다.

침대는 없고 그저 바닥에 매트리스만 깔려 있었다. 방에는 가구도 없고 그림도 텔레비전도 책도 없었다.

오로지 사진 한 장만 벽에 테이프로 붙어 있었다.

소녀를 숨 막히게 하는 사진. 소녀 자신과 너무 닮은 탓이었다. 금발 머리와 파란 눈동자. 시시 래들리.

소녀는 집에서 나가 2킬로미터가 좀 안 되는 거리를 걸으며 마을의 불빛들 위로 높이 솟은 언덕길을 따라 올라갔다. 반쯤 갔을 때 소녀는 멈췄다—근육이라는 근육은 다 아픈 데다, 숨을 쉴 때마다 가슴이 아파 마치 소녀가 이승에 머무르는 것을 몸이 바라지 않는 것 같았다.

마지막 언덕을 올라가자 저녁 예배의 불빛이 보였다. 소녀도 예전에 한번 대여섯 명 되는 사람들과 함께 단지 잠이 안 온다는 이유만으로 그 자리에 앉아 있었다.

리틀 브룩 미국 성공회.

소녀는 말뚝 울타리를 따라 올라가 문으로 다가간 뒤 성스러운 음악에 귀를 기울였다. 소녀는 잠시 가방을 내려놓고 나무에 몸을 기댔다. 긴 하루가 끝나갔다. 달리 갈 곳도 없어서 소녀는 어머니가 시시 옆에 누워 있는 작은 무덤으로, 가장 순결한 사람들을 위해 마련된 묘지 자리로 다가갔다. 예전에 더치스는 두 자매가 다시 같이 있게 해달라고 요청했다.

소녀는 우뚝 멈췄다.

그는 거기에 서 있었고, 소중한 밤하늘을 배경으로 커 보였다.

그의 뒤로는 땅이 푹 꺼져 깎아지른 절벽과 끝없는 바다가 있었다.

✝

워크는 아이비 랜치가를 따라 걷다가 문을 두드렸다.

브랜던은 몰골이 엉망이었고 아무 말도 하지 않고 그저 옆으로 비켜서서 워크를 집에 들였다. 실내는 냄새가 퀴퀴하고 사방에 포장 음식 상자들과 맥주 캔이 널려 있었으며, 표면이란 표면에는 먼지가 잔뜩 쌓여 있었다. '록 하드'라는 이름의 피트니스 DVD가 쌓여 있었는데, 커버 사진에 브랜던이 배를 홀쭉하게 하고 찍은 모습이 보였다.

부엌 조리대에 앉는 브랜던의 눈이 게슴츠레했다. 워크는 스타가 그에게 너무 많이 퇴짜를 놓은 것을 생각하며 어쩌면 브랜던이 그날 밤 주먹을 휘두른 것도 그 때문인지 모른다고 여겼다.

"자네가 무슨 짓을 했는지 알아."

워크가 입을 열었다.

그리고 그것으로 충분했다.

브랜던은 울었고 일단 댐이 무너지자 어깨가 들썩거릴 때까지 울었다. 워크는 그를 바라보며 혼란스러운 마음이 부풀었다.

"그러려던 건 아니야. 미안해. 내 말을 믿어줘, 워크."

워크는 아무 말도 하지 않고, 브랜던이 흐느끼는 중간중간 이어지는 이야기에 그저 귀를 기울였다.

"자네가 말한 대로 내가 손을 내밀었어. 그 친구를 보트에 태워주겠다고 제안했다고. 낚시를 하든 뭘 하든, 아무튼 말이야. 그만 끝을 내고 싶었거든. 근데 그때 그 일이 생각난 거야. 그 자식이 내 머스탱을 긁어놓은 일 말이야. 분명 그 자식이 한 짓이었어. 달리 누가 그런 짓을 하겠어? 처음에 난 신고하려고 했는데 스타 일이 터져버렸지 뭐야. 어쨌든 난 장난으로 그런 거였어. 그 자식한테 복수해주려고. 해안에서 멀리 가지도 않았다니까."

워크는 숨을 들이쉬었다. 혼란이 지나가자 그저 슬픔만 남았다.

"빠뜨린 거군. 밀턴을."

브랜던은 더 울면서 기억을 토해내듯이 기침을 해댔다.

"난 선창에 돌아가서 그 자식을 기다렸어. 그냥 녀석을 좀 혼내주고 싶었을 뿐이야. 헤엄쳐서 돌아오게 하려고. 그냥 장난으로. 그런데 그 자식이 나타나지 않길래 다시 바다로 돌아갔지. 하지만 녀석은 사라졌어, 워크. 사라졌다고."

워크는 그의 옆에 앉아서 보이드에게 전화한 뒤 기다렸다가 브랜던에게 어떻게 말해야 할지 알려주었다. 솔직하게 말하라고. 그러면 밤에 잠이 잘 올 거라고.

그는 주 경찰들이 브랜던을 데려가는 모습을, 브랜던이 고개를 푹 숙이고 걷다가 꼭 한 번 고개를 들어 건너편에 있는 밀턴의 집을 흘깃 보는 것을 지켜보았다. 그것은 카르마, 스타가 전에 이야기하던 우주를 관장하는 힘인지도 몰랐다. 워크는 그걸 곰곰이 생각할 겨를이 없었다. 디 레인이 그의 핸드폰으로 연락해, 킹의 집에 누군가가 침입하는 걸 보았다고 했기 때문이었다.

"누군지 봤어요?"

워크가 말하며 뛰기 시작했다.

"여자애처럼 보였어요."

워크는 선셋가까지 내내 달렸고 몸무게가 줄어들어 가볍고 빠르게 움직일 수 있었다. 땀을 흘리며 도착한 그는 문을 쾅쾅 두드렸다.

뒤로 돌아가자 깨진 유리창이 보였다.

그는 반격에 나선 소녀의 발자국을 따라가며 앞으로 벌어질 일을 막기에는 자기가 너무 늦어버렸다는 걸 알았다. 벽난로 선반에서 그는 사진을 발견하고 소년이던 자신을 겨우 알아보았지만, 빈센트와 스타의 모습에서는 오직 웃음만 보였다—더는 아무리 애를 써도 되돌릴 수 없는 시간을 포착한 사진.

그는 위층으로 올라갔다. 그리고 그걸 보았을 때 그도 동작을 멈춰버렸다.

어쩌면 빈센트는 감방에서, 교도소장에게서, 수감자들과 굵은 철조망 울타리에서는 벗어날 수 있을지도 몰랐다. 그러나 그 작은 소녀에게서는 결코 떠나지 않을 터였다.

‡

소녀는 그를 한참 바라보다가 걸음을 내디뎠다.

"널 기다렸어."

빈센트가 말했다.

더치스는 더 다가가 천천히 가방을 내려놓고 총을 꺼냈다. 총은 소녀가 기억하는 것보다 무거워서 그 순간에는 겨우 들고 있을 정도였다.

그는 소녀가 마지막 남은 아이인 듯, 그의 세상에 마지막 남은 좋은 것인 듯 소녀를 바라보았다. 소녀는 그가 마치 그럴 권리라도 있는 것처럼 무덤에 꽃을 가져다 놓은 것을 보았다.

그는 총을 보았지만 경계하는 것 같지 않고 오히려 어깨에서 힘을 빼고 차분하게 숨을 쉬었는데, 마치 끝으로 점철된 인생에서 마지막 끝을 기다린 것 같았다.

빈센트가 뒷걸음질 치고 소녀가 다가서고, 이를 반복하다가 마침내 소녀가 다리를 땅에 박고 그의 뒤로 비치는 달빛을 바라보았다.

오래된 교회에서 음악이 흘러나왔다.

"난 이 노래가 좋아. 예배당이 있었거든…… 페어몬트에. 항상 이 노래가 좋았어. 이 세상 영광 빨리 지나네."

"이 천지 만물 모두 변하나."•

"미안하다."

"말하지 않으면 좋겠어요."

"그래."

"어떻게 된 일인지 얘기하지 않으면 좋겠어요. 알고 싶지 않아요."

"알았다."

"사람들은 세상이 불공평하대요."

"항상 그렇지."

"당신이 나한테 총을 준 날이요. 아버지 총이었다고 했죠."

"맞아."

"난 당신이 보여준 대로 총을 깨끗이 닦았어요. 존중하라고 했잖아요? 하지만 그러고 나서 그걸 옷장에 숨겨뒀죠. 당신은 그걸로 날 지키라고 했는데."

"내가 괜한 소리를……."

• 찬송가 〈때 저물어 날 이미 어두니〉의 노랫말이다.

"그래서 이제 그렇게 할 거예요. 헬은 당신이 암이라고 했어요. 당신이 가까이하는 건 전부…… 당신은 그냥 모든 걸 죽여버려요. 헬은 당신에게 살 자격이 없다고 했어요."

"맞는 말이야."

"워크는 법정에 서서 거짓말을 했어요. 스타는 워크가 선하기만 하다고 했는데."

"미안하다, 더치스."

"씨발."

더치스는 손을 들어 모자를 고쳐 썼고 숨이 다 빠져나갔다. 목소리가 떨리려고 했으나 소녀는 손만은 떨리지 않게 고정하고 방아쇠에 손가락을 넣었다.

"나는 무법자 더치스 데이 래들리. 그리고 당신은 살인자 빈센트 킹."

"이러지 않아도 돼."

그가 부드럽게 웃었다.

"난 내가 할 일이 뭔지 알아요. 정의. 복수. 뭐가 됐든 난 할 수 있어요."

"넌 아직도 어떤 사람이든 될 수 있어, 더치스."

소녀가 총구를 들었다.

눈에서 눈물이 흘렀으나 그는 여전히 소녀에게 웃고 있었다.

"난 여기에 작별 인사를 하러 온 거야. 이건 네 탓이 아니야. 네가 나를 짊어지게 하지는 않아."

그가 뒤로 물러나 팔을 벌리고 떨어지는 순간 소녀가 헉, 하고 숨을 들이켰다.

소녀는 달려가며 비명을 지르다가 절벽 끄트머리에서 멈췄고 어둠이 그를 삼켜버렸다.

총이 소녀 옆에 떨어졌다. 소녀도 그 옆에 쓰러지며 흙에 무릎을 꿇더니 벼랑 밖으로 손을 뻗은 채 숨을 헐떡였다.

뒤에는 소녀의 어머니가 누워 있었고 더치스는 마지막 남은 힘을 짜내 무덤까지 기어올라갔다. 비석에 뺨을 대고 두 눈을 감았다.

4부 _____ 여자를 울리는 남자

46

블레어 피크는 엘크턴-트리니티 국유림과 화이트푸트라는 마을에 맞닿은 곳이었다. 화이트푸트는 워크가 넓게 펼쳐진 자연을 멍하니 내다보며, 신의 손까지 다다르려는 듯 높이 자란 나무들을 바라보기만 해도 하루를 보낼 수 있을 법한 동네였다.

그는 지난 20년 동안 백 번도 넘게 차를 몰아 황량한 언덕들을 지나고 10여 개의 버려진 마을을 뒤덮은 시든 풀밭을 지나면서, 옆에서 조용히 생각에 잠겨 얼마나 달렸는지 헤아리던 스타와 함께 그 길을 달렸다. 그리고 나중에, 돌아오는 길에 스타는 워크가 본 그 어느 때보다 행복해 보였다. 스타 안에 살던 악마들이 어떤 놈들이었든 콜튼 신이라는 이름의 남자에게 퇴치된 덕분이었다. 그는 중고 피아노 상점 위층에서 상담소를 운영하던 심리상담가였다.

워크의 손에는 작은 단지가 있었다. 장례식은 간소했다.

빈센트 킹의 유언은 명쾌하면서도 모호했다. 여섯 개의 카운티에 걸쳐져 있고 200백만 에이커에 달하는 숲, 워크는 여기든 저기든 마찬가지라고 여겼다.

그는 길을 건너고 아래쪽으로 내려가 높이 솟은 사탕소나무들의 낙엽을 밟으며 걸어간 다음 숲 바닥 여기저기에 재를 뿌렸다. 그는 아무 말도, 거창한 작별 인사도 하지 않고 그저 마침내 희미해지기 시작하는 과거를 잠시 떠올렸다.

그러고 나서 그는 유니언가를 걸어 올라가 그 건물을 발견했는데 가게는 문을 닫았지만 겨울날이어서 전등이 켜져 있었다. 그는 버저를 누른 뒤 문이 열리는 소리가 들리자 작은 로비로 들어가 좁은 계단을 따라 올랐다. 예전에 딱 한 번, 이곳에 처음 왔을 때 스타가 도망치지 않게 하려고 같이 온 적이 있었다.

"워커 서장……."

워크가 더듬거렸다.

"죄송합니다, 워커라고 합니다. 그냥 워커입니다. 전에 케이프 헤이븐 경찰서 서장이었죠."

워크는 신이 자기를 알아보지 못했을 때 놀라지 않았다. 그의 앞에 선 남자는 근사하게 나이가 들어 회색 머리카락이 머리를 덮었고, 키는 180센티미터쯤 되었다. 워크가 스타 래들리라는 이름을 언급하자 그가 손을 내밀었다.

"미안합니다. 정말 오래전 일이어서요. 10분 뒤에 누가 오시기로 해서 그때까지는 시간을 낼 수 있지만 그 정도가 다겠네요."

신이 말했다.

두 사람은 자리에 앉았고 워크는 편안한 의자에 푹 파묻힌 뒤 벽에 걸린 차분한 그림들을 보고 미소 지었다. 그 옆으로는 커다란 창이 나 있어, 엘크턴-트리니티와 흰 눈으로 덮인 높은 산들이 눈에 들어왔다.

"밖에 내다보느라 하루를 그냥 보낼 수도 있겠는데요."

신이 웃었다.

"저도 자주 그러죠."

"스타 일로 찾아왔습니다."

"아무 말씀도 드릴 수 없다는 거 아실 텐데요. 비밀 유지……."

"압니다."

워크가 말을 잘랐다.

"그냥…… 죄송합니다. 이 동네에 다시 왔다가 들러보자는 생각이 들어서요. 아시겠지만…… 그 친구가 죽었거든요."

신이 가볍게 웃으며 연민을 비쳤다.

"저도 봤습니다. 뉴스 기사를 계속 확인했죠. 정말 비극입니다. 그래도, 죽었더라도……."

"사실 제가 여기 왜 왔는지 저도 모르겠습니다."

"친구가 그리우신 거겠죠."

"저는…… 네. 친구가 그립습니다."

그러자 온갖 감정들 사이에서, 단서들을 추적하고 가설들을 따져보는 데 빠져서 자기가 친구를 얼마나 그리워하는지는 미처 생각하지 못했다는 것을 깨달았다. 그녀의 문제들과 아름다움만 보며 진정한 모습, 그가 평생 알고 지낸 다정한 인간이라는 모습을 보지 못하기란 쉬운 일이었다.

"그냥 그 친구가 왜 여기 오는 걸 그만뒀는지 궁금했던 것 같습니다. 그 친구는 잘 지냈거든요. 꽤 오랫동안 정말 잘 지냈죠. 그러다가 그런 상황이 너무 느닷없이 끝나버린 겁니다. 그리고 친구는 그때 이후로 다시는 예전처럼 지내지 못했고요."

"사람이 가던 길을 되돌아가거나 방향을 바꾸는 데는 오만 가지 이유가 있습니다. 제가 말씀드릴 수 있다고 해도 벌써 너무 오래전 일이에요. 게다가 제가 친구분을 만난 건 한 번뿐이었고요."

워크가 얼굴을 찡그렸다.

"죄송한데요, 저는 지금 스타 래들리 이야기를 하는 겁니다."

"네. 이제 당신이 생각나네요. 내담자를 경찰이 데리고 오는 경우는 흔치 않지요."

"하지만 제가 매달 친구를 데리고 왔는데요."

"저한테 온 건 아닙니다. 그래도 그분을 여러 번 보기는 했죠. 저 풍경, 저는 늘 이 창가에 있거든요."

워크가 몸을 앞으로 내밀었다.

"정확히 어디서 보셨죠?"

신이 일어섰다. 워크도 그를 따라 창가로 갔다.

"바로 저깁니다."

신이 가리켰다.

워크가 보도에 서 있는데 구름이 빠르게 쓸려 왔다. 블레어 피크를 통과하는 버스는 하나뿐이었고, 워크는 스타가 10여 년간 매달 그랬듯이 콜튼 신의 전망창 앞에 있는 정류장에서 버스에 올라탔다.

그는 뒤쪽에 앉았고 버스는 반쯤 빈 채로 가파른 언덕길을 올랐다가 계곡으로 고꾸라지듯 내려갔다. 나무들이 솟아올라 도로에 그림자를 드리웠다.

한동안 숲을 달리다가 탁 트인 곳이 나오자, 캘리포니아가 펼쳐지며 광활한 평야가 눈에 들어왔다. 그는 일어나서 운전기사 옆으로 가서 앞을 내다보았다.

그는 버스가 마지막으로 꺾어지기 전까지도 모르다가, 경고도 없이 갑작스레 자기가 어디 있는지, 앞에 무엇이 있는지 깨달았다.

그는 버스에서 내린 뒤 버스가 지나가는 동안 주위를 둘러보았다. 양옆 몇 킬로미터 내에는 아무것도 없고 오직 길게 뻗은 거친 길과 약 6미터 높이의 면도날 철조망, 그리고 페어몬트 교도소를 구성하는 낮은 건물들뿐이었다.

그는 혼자서 그 방에 앉아 한 시간을 기다리며 손을 들고 떨리는 모양을 지켜보았다. 그동안 조금 악화했는데 자기가 아니라 빈센트의 일로 약을 거른 탓이었다. 이제 증상이 나빠져 이따금 통증도 찾아왔고, 두려움 또한 늘 곁에 있었다. 아침에 그는 한 시간 일찍 알람을 맞춰놓고, 점점 더 이기기 힘들어지는 전투에 대비했다. 미래는 두려운 것이었지만 생각해보면 늘 그랬다.

커디가 모호하게 웃으며 나왔다.

"견장이 없으니 못 알아볼 뻔했네. 일 마무리하는 중이니 같이 걷고 싶으면 그렇게 하지."

워크는 키 큰 교도소장과 보조를 맞추며 문이 열리고 다시 잠길 때 그의 뒤에 바짝 섰다. 질서와 무질서. 나쁜 것을 안에 가두고 좋은 것을 내보내는 삶. 그는 그런 삶의 무게를 상상할 수 없었다.

"장례식에 참석 못해서 미안하네. 작별 인사는 썩 좋아하지 않아서."

커디가 말했다.

두 사람은 사일로처럼 높은 탑들과 울타리를 따라 걸었다.

"제가 모르는 게 있어서요."

워크가 말했다.

커디가 마치 기다렸다는 듯이 숨을 깊이 들이쉬었다. 워크는 자기들이 지금 뭘 하는지, 둘레를 따라 걷는 이유가 뭔지 몰랐지만 커디는 어쩌면 열 시간 동안 근무하고 나서 자유로운 공기를 맡고 싶었는지 몰랐다.

"스타가 여기 왔었죠."

워크가 말했다.

"그랬지."

"하지만 그 녀석 이름은, 제가 올 때마다 방문자 명단을 봤는데요. 확인할 수 있는 건 전부 확인했거든요."

두 사람이 감시탑에 있는 경비를 한 명 지나갈 때 커디가 손을 들었다.

"난 황혼이 좋네. 천문박명*이 끝날 때. 해가 지평선 아래로 좀 내려갔을 때. 난 재소자들을 이따금 밖에 내보내 일몰을 보게 하네. 500명의 살인자들 강간범들 마약범들. 다들 같이 서서 하늘을 쳐다보지. 문제다운 문제가 없는 유일한 때라네."

"왜일까요?"

"아마 아름다움 때문이겠지. 더 높은 존재가 있는 걸 부인하기가 힘들어지니까."

"쉬워질 수도 있죠."

"낙망하지 말게, 워크. 그거야말로 진짜 비극이 될 거야."

"스타 얘기 좀 해주세요."

커디가 감옥에서 가장 먼 지점에서, 감시탑 두 개와 경비병들이 어느 배심원만큼이나 빠르게 생명을 끝내버릴 준비가 된 위치에서 멈췄다.

"난 그 여자가 마음에 들었어. 긴 시간이 흐르는 동안 그 여자를 잘 알게 됐지. 빈센트 킹은 내가 만난 그 누구보다 점잖은 남자였네. 그리고 난 그걸 지켜봤지, 그가 변하는 과정을. 무서워하는 아이에서, 한동안은 두려움을 모르는 녀석으로. 그리고 나서

* 해의 중심이 지평선 아래로 12도에서 18도 사이에 있을 때로, 도구가 없으면 사물을 구분하기가 어려워진다.

는 괜찮아졌어."

"뭐가요?"

"자기 자신과의 관계 말이야. 좋아진 건 아니지만 괜찮아졌지. 그리고 스타 그 여자가 그 친구를 도와줬고. 그 여자에게 아픔을 준 것도 그 친구고, 그걸 없애줄 수 있는 사람도 그 친구뿐이었어. 그 친구는 다시 삶에 목적이 생긴 거야."

워크는 처음 나타나는 별들을 바라보았고 그곳에서 보니 별들이 천상의 존재처럼 느껴졌다.

"그 친구가 뭔가를 다시 느끼고, 오렌지색 죄수복을 입고 사슬을 차고 다니는 모습 이상의 존재로 자기를 느끼려면 그 여자가 필요했어. 꼭 결혼생활 같았지. 그 여자가 20여 년 찾아오던 세월이. 가끔 둘은, 특히 처음에는 말도 하지 않고 서로 마주 보기만 했는데. 그 여자는 활활 타올랐고 그 친구는 그 여자가 꼭 자기만을 위해 이 세상에 내려온 사람처럼 바라보더군."

"다른 죄수들은 어떻게 하고요?"

"아, 난 두 사람을 휴게실에 있게 하지 않았네. 물론 처음에는 그랬지. 하지만 거기 있기에는 그 여자가 너무 젊다는 걸 바로 알겠더군. 그 자식들이 온갖 잔인한 말로 으르고 협박했거든. 빈센트는 나중에 곤란해졌어. 교도관들이 제때 끼어들기는 했지만 일단 다른 놈들이 그 친구 약점을 알고 나니 그걸 이용했지. 거기 말고 다른 방이 하나 있었네. 우리가 보유한 아파트였어. 부부 접견용인데, 자격을 얻은 사람한테만 기회를 주지. 여기랑 다른 주 세 곳에서만 시행하던 거네."

"두 사람만 있게 해줬다는 말씀인가요?"

"빈센트는 그게 필요했어⋯⋯. 다시 그 친구가 인간이라고 느

끼려면. 젠장, 그 친구를 다시 인간으로 보는 건 나한테도 필요한
일이었네. 그리고 스타랑 그 친구 두 사람은. 무슨 우주의 힘이니
뭐니 그런 걸 보는 것 같더군. 세상 어떤 감옥도 그런 단단한 끈
을 잘라낼 수는 없었을 거야."

워크가 웃음 지었다.

"그걸 방문 일지에 기록할 순 없었네. 엄밀히 말하면 허가된
게 아니니까. 난 그 여자가 모습이 바뀌는 걸, 아홉 달 동안 달라
지고 그 시기에 흔히 그렇듯 환하게 빛나는 걸 지켜봤네. 두 번이
나. 절망 속에서 두 번이나 기적이 일어난 거야."

커디가 웃었다.

"하지만 스타는 한 번도 애들을……."

"그 친구가 절대 받아들이지 않았거든. 그렇게 갇힌 채로는
안 된다면서. 게다가 애들이 아는 걸 바라지도 않았고. 그 친구를
탓할 수는 없지. 그 친구 말이, 페어몬트에 들어간 아버지를 바라
는 아이는 세상에 아무도 없다는 거야. 우리는 그 문제를 의논했
고, 그 덕분에 그 친구도 결의를 다졌지. 다른 누군가를 위해 사
는 인생. 그건 헛된 게 아니잖나."

워크는 두 눈을 감고 더치스와 로빈을, 두 아이의 피를, 아버
지를 모르는 두 아이를 생각했다.

"그 친구가 나더러 말하지 말라고 했네. 난 내가 먼저 말하지
는 않을 거라고 했지만, 누군가 와서 물어보면 거짓말을 하지도
않을 거라고 했어. 난 약속은 지키네."

"그렇죠."

커디가 나직이 웃었다.

"이제 그런 사람도 얼마 없어."

"어쩌면 스타가 다크한테 털어놨는지도 모르겠네요."

"왜 그렇게 생각하나?"

"그냥 놈이 마지막에 한 말 때문에요. 사람이 소중한 이를 위해서라면 무슨 짓이든 한다고들 하잖아요? 빈센트와 스타는 서로에게서 그런 면을 본 거군요. 결국 둘은 만남을 이어나갈 수가 없었던 거고요."

"그러다가 상황이 바뀌었거든. 최고 위험 등급 재소자들 시설을 새로 만들려고 아파트를 허물어버리는 바람에. 빈센트는 스타를 다시 휴게실에 들어오지 못하게 했어. 예전 일도 있었으니까. 이놈들은 출소하면 그 여자를 찾아내겠다고 을러대는 놈들이었으니까 말이야. 빈말이었지만 그래도. 빈센트는 그 여자를 위해서도, 아이들을 위해서도 그걸 바라지 않았던 거네."

"그래서 스타를 끊어낸 거로군요."

워크가 슬프게 말했다.

"내가 한 일 중에 가장 힘들었지. 그런 식으로 그 여자를 돌려보내는 게 말이야. 빈센트는 그 여자한테 이제 그만 잊으라고, 다른 사람을 찾으라고 했어. 그래도 그 여자는 계속 왔고, 1년 동안 혹시 그 친구 마음이 바뀔까 해서 기다렸네. 그러고는 끝이었지. 난 그 여자가 앞으로 나갈 길을 찾았겠거니 했네."

"찾긴 찾았죠. 앞으로 나가는 길이 아니라 그냥 아무것도 안 느끼는 길이었지만요."

커디는 아무 말도 하지 않았지만 이해했다. 그는 모든 종류의 비극과 그 때문에 일어난 일들을 목격했다.

"그래. 자네는 아무것도 몰랐던 건가?"

커디가 말했다.

"네. 스타는 제가 뭐라고 할지 알았을 거예요. 그 애한테 자기를 보살피라고, 그렇게 과거에 머물러봐야 도움이 안 된다고 했겠죠. 제가 뭐라도 안다는 듯이. 말할 주제나 된다는 듯이 말이죠. 어쩌면 둘은 둘만의 뭔가가 필요했는지도 모르겠네요. 자기들만의 작은 가족, 부서지긴 했어도 자기들만의 것이요."

교도소 문 앞에 도착해 워크는 커디와 악수했다.

"고맙습니다, 커디. 잘하신 겁니다."

"한 가지 물어보세, 왜 이제 와서인가? 왜 여기로 돌아왔지?"

"우연이었어요. 빈센트가 저더러 엘크턴-트리니티에 자기 재를 뿌려달라고 했거든요. 저는 그 이유도 모른다니까요."

커디가 웃음 짓더니 워크의 어깨를 잡고 가리켰다.

"저기 저 위가 빈센트의 감방이네. 11-3. 그 친구가 30년 동안 내다보던 곳. 그게 어디를 향하고 있나 보게."

워크는 돌아섰다.

그러자 굽이굽이 이어지는 언덕들 위로, 200만 에이커의 자유가 눈에 들어왔다.

47

화창한 가을 아침, 밝은 햇빛이 뒤편의 산을 건너갔다.

더치스는 회색 말을 타고 몬태나가 깨어나기 전에 아침마다 밖으로 나갔다. 소녀는 이제 오솔길을 잘 알았고, 회색 말은 입김을 뱉으면서 천천히 가는 것에 만족했다. 녀석은 이제 다시는 잘 달릴 수 없을 터였다. 더치스는 언덕 위에 서서 목장을 내다보면서 회색 말을 쓰다듬었다.

그 집은 근사한 목조 주택으로, 난로를 피워 굴뚝에서 연기가 났다. 헛간도 몇 채 있고 앞으로 강도 흘렀는데, 소녀는 5킬로미터쯤 강을 따라 달리며 사시나무들 아래를 이동하다가 늑대 흔적이 보이자 급히 방향을 되돌렸다. 소녀는 할아버지가 쓰던 칼을 가지고 있었고 주말이면 혼자 탐험에 나서 관목 숲에 길을 만들기도 하고 빗물로 형성된 얕은 지하수면을 지나가기도 했다.

그 후로 몇 달은 길고 힘들었으나 더치스는 새로운 환경이 도움된다는 걸 발견했다. 소녀는 헬이 전에 말했듯이 숨 쉬기부터 다시 하기 시작했고, 그 모든 것이 아프기는 했지만 시간의 힘이 막강하다는 것을 알았다.

마구간에 도착하자 소녀는 회색 말을 안에 들여보내고 물과 지푸라기가 충분한지 살펴본 뒤 말의 코를 쓰다듬었다.

부엌에 들어가니 돌리가 신문을 읽고 있고 커피 향이 진하게 풍겨왔다. 그 일 후 더치스는 자정에 돌리네 집에 나타나 돌아오겠다는 약속을 지켰다. 처음에 소녀는 하룻밤만 머무르겠다고 했지만 다음 날 아침이 되자 돌리가 소녀를 마구간으로 데려가 회색 말을 보여주었다. 헬의 부동산이 정리된 뒤 돌리가 대가 없이 데리고 온 것이었다.

하루는 일주일이 되었고 일주일은 다시 한 달로, 그 이상으로 늘어났다. 돌리는 땅을 돌볼 일손이 필요하다는 구실을 댔지만 실제론 매주 일꾼 몇 명이 와서 일하게 할 만큼 넉넉했다. 더치스는 열심히 일하며 새벽부터 해가 질 때까지 밖에 나가 있었다. 처음에 둘은 별로 말이 없었는데, 소녀가 너무 피폐해져 있었기에 돌리는 때가 되어야만 소녀를 도울 수 있다는 걸 알았다.

돌리는 어느 날 아침 진입로에서 아로니아 잎사귀를 쓸다가 정식 입양 이야기를 꺼냈다. 더치스는 사흘간 아무 말도 하지 않더니 돌리에게 자기를 딸로 받아들이고 싶을 정도로 멍청하다면 의사에게 가봐야 할 거라고 말했다. 하지만 만약 의사가 정상이라고 하면 좋다고, 같이 지내고 싶다고 했다.

더치스가 부츠를 거칠게 벗어던졌다.

"돈을 좀 벌어야겠어요."

돌리가 신문을 읽다 말고 고개를 들었다.

"빚이 있어요. 갚아야 해요."

"내가 줄 수……."

"내가 스스로 벌어야 돼요. 무법자는 제 손으로 빚을 갚는다고요."

소녀는 행크와 비지를 어떻게 찾아내야 할지 아직 생각해내지 못했다. 먼저 그 모텔에서 시작해 전화를 해볼 계획이었다. 아무튼 잘못을 바로잡을 작정이었다.

더치스는 돌리를 지나가다가 돌리가 편지를 내밀자 멈췄다.

"너한테 왔다."

더치스는 편지를 받아들었다. 케이프 헤이븐 우표를 보고 자기 방으로 들어갔다. 주변의 산들과 어울리는 초록색으로 직접 칠한 방이었다.

소녀는 문을 닫고 창가에 놓인 큰 의자에 앉았다.

소녀는 글씨를 알아보았다. 아주 작아서 워크가 그걸 쓰는 데 일주일은 걸렸으리라 짐작했다.

소녀는 천천히 읽었다. 워크는 법정에서 거짓말한 것을, 자기를 향한 믿음을 저버린 것을 사과했다. 그는 사람들이 올바른 이유로 그릇된 행동을 할 때도 있다고 했다.

그는 20쪽에 걸쳐서 자기 자신과 소녀의 어머니의 삶을, 어린 빈센트 킹과 마사 메이의 삶을 이야기했다. 그는 자기가 아프다는 것을, 그것을 부끄러워했다는 사실을, 또 자기 자리를 잃어버릴까 두려웠다는 것을 고백했다. 그리고 그 이야기를 한 장에 걸쳐 두서없이 말하다가 본론으로 들어가 진실을 털어놓았고 소녀는 편지지를 떨어뜨리고 방 안을 서성거렸다.

마음이 가라앉자 소녀는 편지를 집어 들고 읽어나갔다. 그는 빈센트에 관해, 소녀에게 흐르는 피에 관해 말한 다음 슬퍼할 게 아니라 자랑스러워할 일이라고 했다. 소녀의 어머니가 언제나 그를 사랑했다는 것과 더없이 가혹한 상황에서도 그 사랑을 간직했다는 것을 말했다. 그는 빈센트의 고뇌에 관해, 그가 빼앗은 생명을 속죄할 길이 없어서 어떻게 번뇌했는지 말했다. 그래도 소녀는 사랑받았다고, 그는 그렇게 말했다. 소녀와 소녀의 동생은 그 무엇도 끊을 수 없는 사랑으로 탄생했다고.

편지에는 사진이 한 장 동봉되어 있었는데 워크가 녹슬어가는 보트에 앉아 있고 '케이프 헤이븐 낚시'라는, 새로 칠한 듯한 문구가 보였다. 더치스는 물에 반사된 이미지를, 짙은 색 머리카락의 작은 여자가 카메라를 들고 더없이 활짝 웃고 있는 것을 보았다.

그리고 사진과 함께 법률 문서가 왔는데 바로 빈센트 킹의 유언장이었다.

나중에 돌리는 소녀가 로빈과 함께 케이프 헤이븐에 큰 집을 갖게 되었다고 말해줄 것이다. 빈센트는 둘을 위해 그 집을 고쳤던 것이다. 그리고 돌리는 두 아이가 아직은 아무것도 할 필요가 없지만, 언젠가 거기 들러도 되고 그걸 팔아도 되고 뭐든 내키는 대로 해도 된다는 점도 알려줄 것이다. 길지 않은 기간에 소녀는 아무것도 없는 처지에서 뭔가가 있는 처지로 옮겨갔고, 미래는 여전히 불확실하기는 해도 분명히 소녀 앞에 있었다.

그날 밤 소녀는 누워서 그때까지 일어난 모든 일을 떠올리고, 자기가 무엇을 배웠는지 또 무엇을 잊어버릴지 생각했다. 소녀는 그동안 기다리고, 치유하고, 다시 충분히 강해지고 있었다.

다음 날 아침 소녀는 돌리에게 준비가 되었다고 했다.

48

동네는 법석을 떨지 않고 조용히, 그저 이름이 적힌 작은 표지판으로 존재를 알렸다.

아울 크리크.

돌리는 아이다호주 렉스버그에 친구가 한 명 있어서 더치스와 함께 밤새 차를 달려 거기까지 갔다. 거기서 더치스는 혼자 버스를 타고 갔다. 돌리는 자기가 같이 가면 좋겠느냐고 한 번 물었다. 더치스는 아니라고, 하지만 고맙다고 말했다.

버스는 차체가 길었고 은색 바탕에 빨간색과 파란색으로 장식되어 있었다. 차가 멈추자 소녀는 가방을 들고 일어나 통로를 따라 걸어간 뒤 와이오밍의 공기 속으로 내려섰다.

운전기사가 큰 소리로 무탈하게 여행하라고 말한 다음 차 문을 닫고 이동했다. 소녀는 차창을 마지막으로 쳐다보고 거기 반사된, 빤히 쳐다보는 눈길들과 두어 명의 웃는 얼굴을 보았다. 엔진 냄새와 기계 열기가 느껴졌다.

소녀는 그날 이후 전보다 더 조용해져서 이제 고개를 숙이고 걸었다.

소녀는 캐피톨 호텔을 지나갔다. 차양 아래로, 물질적으로 풍족한 방문객들이 쇼핑하는 종류의 가게들이 서 있었다. 레이시스 도자기, 앨던 골동품, 프레슬리 꽃가게.

카네기 도서관을 지나가자 해가 빅혼산맥 위로 낮고 무겁게 걸려 있고, 그 앞으로 평야가 물결치듯 펼쳐졌다. 소녀가 숨을 깊이 들이쉬자 버스 의자 때문에 등이 아파왔다. 반짝반짝 윤이 나는 주유소 화장실에서 소녀는 세수도 하고 모자 쓴 머리 모양을 딱 원하는 상태로 만들었다.

소녀는 들고 있는 작은 지도에 어디로 가야 하는지 미리 동그라미로 표시해뒀고 그에 따르면 그리 멀지 않아 보였다. 1킬로미터 정도밖에 걷지 않았는데 예쁜 집들이 둘러싸고 있는 널찍한 잔디밭을 발견했다.

도로 하나를 더 지나가자 그곳이 나타났다.

아울 크리크 초등학교.

낮은 학교 건물은 흰색으로 이름이 칠해져 있었고, 공중에 걸려 있는 꽃바구니들에 꽃이 피어 있었다. 건너편에 잔디밭이 한 군데 더 있고 그 너머에는 고향의 소원목이 떠오르는 커다란 참나무가 있었다. 소녀는 나무에 다가가 나뭇가지들 아래 서 있다가 낙엽 위에 앉았더니 잎사귀들이 진한 오렌지 빛깔로 물든 것을 보고 하나를 집어 하늘로 들어 올렸다.

더치스는 가방에서 물병을 꺼내 물을 조금 마시고 나머지는 나중에 마시려고 남겨두었다. 소녀는 초코바도 가지고 있었지만 너무 초조해서 먹을 수가 없었다.

첫 차가 와서 서고 또 다음 차가 와서 섰지만, 대부분은 걸어서 아이들을 데리러 가는 게 눈에 들어왔다.

소녀는 피터를 바로 알아보았다—제트가 줄을 당기는 와중에 피터는 누군가와 지나칠 때마다 웃으며 인사했다.

소녀는 처음으로 아이들이 학교에서 나오자 가슴을 꽉 쥐었다. 모자를 만지작거리다가 다음에는 운동화 끈을 다시 묶었다. 소녀는 자기가 가진 최고의 드레스, 그 애가 좋아하는 노란색을 입었다.

소녀는 그 애를 보고 숨을 헉 들이쉬었다.

그 애는 더 커 보이고 머리카락은 더 짧았는데, 티 없이 아름답게 웃고 있었다. 소녀는 그 애가 언젠가는 여자들의 가슴을 아프게 할 거라고 확신했다.

아이 옆에서 루시가 그 애를 길 끝까지 데리고 가는 동안 아이는 그녀 손을 꼭 쥐고 있었다. 그러다가 피터를 보고 로빈이 그에게 달려가자 피터는 아이를 들어 올려 꼭 안고 한참을 그대로 있었고, 동생은 눈을 감았다.

피터가 로빈을 내려놓고 목줄을 건네자 제트가 로빈에게 뛰어들며 얼굴을 핥았고 로빈은 까르르 웃었다. 더치스가 뿌리라도 내린 듯 그 자리에 서 있는 동안 피터는 둘을 데리고 작은 공원으로 가서 로빈을 그네에 태워 밀어주고, 로빈이 미끄럼틀 계단을 올라가는 걸 도와준 뒤 아이가 미끄럼을 타고 내려오자 받아주었다.

소녀는 그들을 바라보며 동생이 웃을 때마다 자기가 웃는 듯했고 동생의 웃음소리가 멀리까지 흘러가는 걸 들었다. 종이가 넘쳐 흘러내릴 듯한 가방을 들고 루시가 그들에게 합류했다. 로빈은 루시를 보더니 아주 오랜만에 만나는 것처럼 달려갔다.

그들이 이동하자 더치스도 따라가면서 어느 정도 거리를 유지했지만 안 그랬어도 그들은 소녀를 알아차리지 못했을 것이었다. 소녀는 소리쳐 부르려고 몇 번이나 해보았지만, 목소리가 너무 작아 이름이 겨우 들릴 정도였다.

그들은 좋은 집에 살았다. 초록색 미늘 판자벽에 흰색 덧문, 단정한 뜰. 소녀가 둘이서 살 곳으로 한때 꿈꾸던 집.

집에는 우편함이 있었다, 레이턴 가족. 더치스는 해가 지는 동안 그 집이 있는 거리를 따라 걸었는데 와이오밍의 하늘이 너무도 섬세한 아름다움으로 소녀에게 다가왔다. 소녀는 이웃집들을 확인하며 꼬마들과 자전거들, 야구 배트와 공을 보았다.

땅거미가 내리자 소녀는 다시 그 집으로 돌아가 집 옆쪽을 따라 살금살금 이동하다가 뜰로 들어갔다. 그네, 바비큐, 곤충 집이 있었다.

소녀는 오랫동안 얼어붙은 채 서서, 밤이 낮과 자리를 바꿔 셀 수 없이 많은 별로 가득해지는 걸 지켜보았다.

소녀는 포치에 다가가서 계단을 오른 다음 창가에서 멈췄다. 안에서 불이 환하게 빛나며 완벽한 장면이 연출되었다. 루시가 로빈과 함께 앉아 로빈이 책 읽는 걸 도와주고 피터는 조리대에 서서 저녁 먹을 시간이라고 하며 각자에게 접시를 나누어주었다. 텔레비전을 묵음으로 켜놓은 채로 그들은 같이 앉았고, 제트는 로빈 옆에서 기대하는 눈망울로 올려다보았다.

로빈은 하나도 안 남기고 다 먹었다.

소녀는 때가 될 때까지, 피터가 로빈의 머리에 부드럽게 키스하고 루시가 책을 가지고 아이 손을 잡고 위층으로 올라갈 때까지 지켜보았다.

소녀는 동생이 기억할지, 둘이 겪은 모든 일을 기억할지 궁금했다. 동생이 그러지 못할 가능성, 세세한 것까지는 기억하지 못할 가능성이 꽤 있다는 걸 알았다. 동생은 아직 어려서 누구든 될 수 있었다. 세상은 그 아이의 것이었다. 동생은 왕자님이었고, 이제야 소녀는 그 이유를 알았다.

소녀는 눈물을 흘리는 아이가 아니었지만 그 순간 댐이 무너지게 내버려두자 눈물이 흘러내렸다.

소녀는 자기가 잃은 모든 것을 생각하며, 그리고 동생이 얻은 모든 것을 생각하며 울었다.

더치스는 유리창에 손바닥을 대고 동생에게 작별을 고했다.

49

더치스는 며칠 동안 자기 방에 틀어박혀 지냈다.

돌리는 걱정은 되면서도 소녀에게 시간을, 공간을, 숨 쉴 여유를 줘야 한다는 것을 알았다. 돌리는 아이 문밖에 식사를 가져다주고 그날 아침에 회색 말 보살피는 걸 도와줄 마음이 있느냐고 딱 한 번 물었다. 방에 들어갔을 때 돌리는 더치스가 작은 책상에 앉아 해를 받으며 뭔가 적고 있는 걸 보았다.

월요일이 되자 더치스는 토머스 노블과 함께 교실에 들어갔다.

"끝냈어?"

소년이 물었다.

"그래."

그것은 자유 과제, 스스로 골라서 하는 과제였다. 소녀는 아이들이 앞에 나가서 제퍼슨에서부터 미식축구, 여름휴가, 흰꼬리사슴을 추적하는 법에 이르기까지 온갖 주제로 이야기하는 걸 지켜보았다.

교사가 이름을 부르자 더치스는 교실 앞으로 나가 칠판에 종이를 붙인 뒤 마음을 가라앉히려고 했다. 주머니에 양손을 깊이 찔러 넣고, 가계도 앞에 섰다.

완성된 가계도.

소녀는 아이들의 시선을 느끼며 토머스 노블을 흘끔 보았고 소년은 웃으며 시작하라고 몸짓했다.

더치스는 목을 가다듬고 앞으로 돌아서서 발표를 시작했다.

소녀는 먼저 아버지, 무법자인 빈센트 킹부터 이야기했다.

언젠가 이 책이 한국에서 출간될 거라고 누군가 말해줬더라도 나는 결코 믿지 않았을 겁니다. 나에게 이 일은 20년 전에 시작된 여정의 도착점인 것처럼 느껴지거든요.

나는 학교에서 잘해내지 못해 아무 학위도 받지 못하고 학교를 그만뒀습니다. 그러다 보니 이 일 저 일을 전전했죠. 슈퍼마켓이나 바에서 일하기도 하고 전기 케이블을 팔기도 했습니다. 전단을 돌리던 어느 날, 나는 강도를 만났습니다.

당시 나는 열아홉. 용감한 것과 어리석은 것의 선이 모호하게 느껴지기 쉬운 나이였습니다. 난 그 남자를 쳤습니다. 남자는 일어섰죠. 싸움은 그럭저럭 비등비등하게 흘러갔습니다. 적어도 한동안은요. 그때 남자가 칼을 꺼내더군요. 남자는 내 옆구리 쪽을 두어 번 찔렀습니다. 내게는 아직 그 흉터가 남아 있어요. 그러더니 남자가 칼을 위쪽으로 올려 내 가슴 한가운데를 노리는 것이었습니다. 나는 남자의 손을 잡았고, 남자는 칼을 떨어뜨렸습니다. 나는 전화기를 떨어뜨렸죠. 남자는 내 전화와 칼을 집어 들더니 달아났습니다.

그 후로 잠을 못 자게 됐습니다. 별로 먹지도 않았죠. 의사를 만나러 갔더니 의사가 항우울제를 처방해주더군요. 나는 그걸 쓰레기통에 버렸습니다.

거울에 비춰 봐도 나를 알아볼 수가 없었습니다. 더는 내가 아니게 되어버렸죠.

나는 술을 마시고 약을 하기 시작했고 종종 혼자서도 그랬는데,

그것들 덕분에 한동안은 아무것도 느끼지 않을 수 있었기 때문이었습니다. 상황이 너무 나빠져서 자살을 고민하기도 했습니다.

그러던 어느 날 도서관에서 자기계발서를 빌려 봤습니다. 트라우마가 남을 만한 사건을 가져다가 그걸 글로 쓰라고 나와 있더군요. 대신 연관된 사람들이나 배경이나 결말을 바꿔보라고 했습니다. 내가 고른 인물은 여자아이였어요. 겉보기에는 작고 섬세하고 연약해 보이는 여자아이. 그 아이가 처한 곤경이 너무 크고 무거워서, 만약 그 아이가 용기를 낼 수 있다면 나도 용기를 낼 수 있을지 모른다고 생각했죠. 무대는 6000킬로미터도 더 넘게 떨어진, 내가 가보기를 꿈꾸던 곳으로 잡았고요. 몬태나. 광활한 아름다움, 수정처럼 맑은 공기, 상상하기로 생각이 명료해지기가 좀 더 쉬울 것 같은 장소였죠. 그리고 결말은 당시로서는 확신이 없었지만, 적어도 아주 오랜만에 처음으로 시커먼 암흑처럼 느껴지지는 않더군요. 나는 새벽까지 글을 썼습니다. 그러다가 잠이 들었는데, 거의 1년 만에 처음으로 제대로 잠을 잔 것이었죠. 이튿날 아침 나는 일어나서 글을 더 썼습니다. 그것은 빠른 해결책, 마법의 약 같은 해법은 아니었어요. 하지만 쓰면 쓸수록 나아지는 느낌이 들었습니다.

길고 긴 1년이 지나가고 나는 미래를 생각해보게 됐습니다. 기사에서 한 주식 중개인에 관해 읽었는데, 그 남자는 대단한 인생을 살고 있었고 페라리를 몰았을 뿐 아니라 사진 속에서도 무척 행복해 보였습니다.

나는 신용카드로 시험 응시료를 지불하고, 시청에 내 (끔찍한) 이력서를 들고 당당하게 들어가 말단직 일을 어찌어찌 따냈습니다. 그 후 과거를 돌아보지 않는 열정으로 새 일에 투신했죠. 일주일에 80시간 일하고, 책상에 엎드려 자면서요.

내 부모님은 자랑스러워했습니다. 나도 이제는 한 고비 넘겼다고, 거울을 들여다보는 게 두려웠던 소년을 뒤로했다고 느꼈죠.

결국 나는 트레이더 자리까지 가게 됐습니다.

"20만 달러를 잃으면 트레이딩을 그만둬야 하네. 그리고 나랑 같이 앉아서 뭐가 잘못됐는지 알아내는 거지. 그게 유일한 규칙이네."

업무 첫날 상사가 한 말이었습니다.

다음 날 나는 200만 달러를 잃었습니다.

스물넷이었죠.

나는 잠을 안 잤습니다. 먹지도 않았죠. 가족들에게는 말하지 않았습니다. 나는 약혼을 했고 우리 둘은 결혼을 계획했습니다. 나는 하루하루를 버티려고 술을 마시고 약을 하기 시작했습니다. 약물의 도움 없이는 열차를 타고 일하러 갈 수가 없었거든요.

그렇게 해서 몇 년 만에 처음으로 나는 다시 몬태나로 돌아갔습니다. 글을 쓰다 만 지점으로 가서, 그 연약한 여자아이가 어떻게 지내는지 살펴보려고 한 것이죠.

글쓰기는 나를 살렸습니다. 아무것도 도움이 되지 않았을 때 글쓰기는 내게 도움이 되었고, 내게 필요한 토대와 목적이 되어주었죠. 나는 심지어 신혼여행에 가서도 일어나서 글을 썼어요. 아내는 내가 자고 있다고 생각했지만요.

몇 년이 걸리기는 했지만 나는 빚을 다 갚았습니다. 그리고 다시금 내가 바라던 사람이 되어 있었죠. 나는 잘나가고 있었습니다. 부모님도 자랑스러워했고요. 하지만 이내 나빠지기 시작했습니다. 이번에는 그럴 만한 이유가 없었는데도요.

친구들은 내가 회사를 그만두자 미쳤다고 했습니다. 서른을 눈앞에 두고, 안정된 미래를 꾸릴 수 있는 상황이었으니까요. 당시 아내는 임신한 상태였습니다. 우리는 좋은 아파트에 살면서 좋은 차를 몰았죠. 그러나 나는 앞날을 계획하는 것을 그만두고 지금을 살기 시작해야 했습니다. 하룻밤 사이에 우리 삶은 뒤바뀌고 말았습니다.

《나의 작은 무법자》는 나에게 그 무엇보다 큰 성취입니다. 3년 동안 세 가지 일을 하면서 그것을 썼기 때문은 아닙니다.

내 마음이 모든 페이지에 담겨 있기 때문이죠. 과거의 그늘 아래에서도 살려고 노력했던 나의 경험을, 이 이야기에 쏟았기 때문이고요. 이 글은 지극히 광범위한 이야기이기도 하면서 동시에 극도로 사적인 이야기이기도 합니다. 그래서 한편으로는 복수와 그것이 어떤 결과를 낳을 수 있는지 들여다보는 범죄소설이지만, 다른 한편으로는 그보다 훨씬 많은 것을 담고 있죠. 그것은 첫사랑, 자기희생, 선악의 개념과 그 중간의 회색지대에 관한 책입니다. 하루하루 분투하며 살아가는 여자아이와 과거에 지나치게 매달리는 경찰관에 관한 이야기입니다. 실수에 관한 이야기, 다시 일어나서 한 걸음씩 발을 내딛는 것에 관한 이야기이기도 합니다.

그리고 무엇보다, 이 책은 우리 자신과 우리에게 상처를 준 사람들을 용서하는 것에 관한 이야기입니다.

한국 독자들에게 글을 써달라는 요청을 받았을 때, 나는 출판사에서 이런 글을 염두에 두지는 않았을 거라고 생각했습니다. 하지만 나는 글쓰기가 내게 얼마나 큰 의미인지, 그리고 여러분이 이 책을 읽어보기로 해주신 것이 얼마나 고마운지 전하고 싶었습니다. 여러분은 그게 내게 얼마나 의미 있는 일인지 모르실 겁니다.

크리스 휘타커

나의 작은 무법자

초판 1쇄 인쇄 2025년 2월 10일
초판 1쇄 발행 2025년 2월 19일

지은이 크리스 휘타커
옮긴이 김해온
펴낸이 최순영

출판2 본부장 박태근
스토리 팀장 김소연
편집 김다인
디자인 함지현

펴낸곳 ㈜위즈덤하우스   **출판등록** 2000년 5월 23일 제13-1071호
주소 서울특별시 마포구 양화로 19 합정오피스빌딩 17층
전화 02) 2179-5600   **홈페이지** www.wisdomhouse.co.kr

ISBN 979-11-7171-372-1 03840